小山重疊誰又語相思々狂雙飛去
鵲起恨無邊痴人偏病殘
问卿愁底事移寫青燈字
諸子莫多言謝池碧似天

城邦暴力團

張大春・著

(下)

20 ANNIVERSARY SPECIAL EDITION

目次

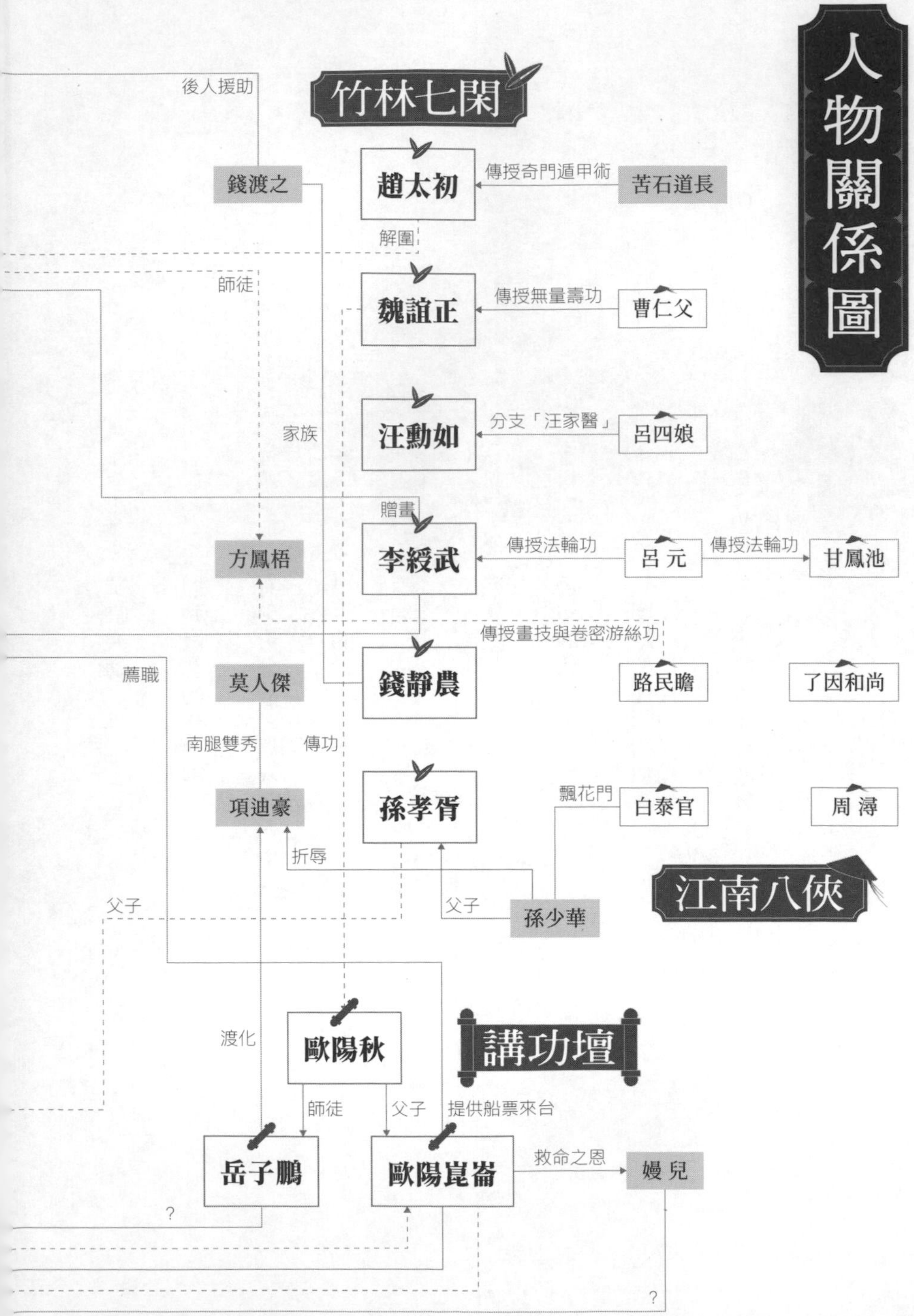
人物關係圖
竹林七閑
趙太初
魏誼正
汪勳如
李綬武
錢靜農
孫孝胥
錢渡之
後人援助
苦石道長
傳授奇門遁甲術
解圍
師徒
曹仁父
傳授無量壽功
家族
呂四娘
分支「汪家醫」
贈畫
方鳳梧
呂元
傳授法輪功
傳授法輪功
甘鳳池
傳授畫技與卷密游絲功
薦職
莫人傑
路民瞻
了因和尚
南腿雙秀
傳功
項迪豪
白泰官
飄花門
周潯
折辱
江南八俠
父子
父子
孫少華
講功壇
渡化
歐陽秋
師徒
父子
提供船票來台
岳子鵬
歐陽崑崙
救命之恩
嫚兒
?
?

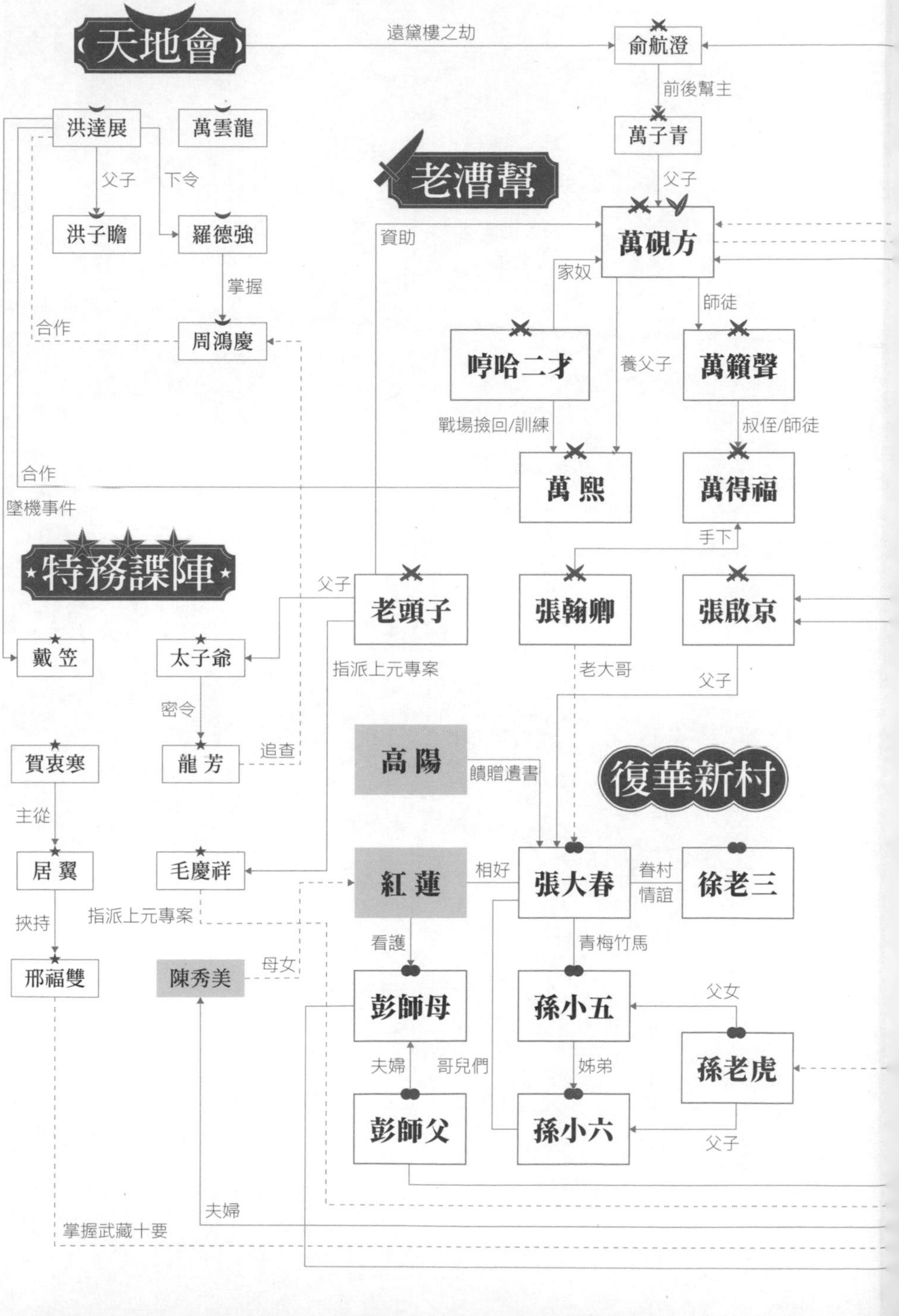

天地會
遠黛樓之劫
俞航澄
前後幫主
萬子青
洪達展
萬雲龍
父子
下令
洪子瞻
羅德強
掌握
周鴻慶
合作
老漕幫
父子
萬硯方
資助
家奴
師徒
哼哈二才
養父子
萬籟聲
戰場撿回/訓練
叔侄/師徒
萬 熙
萬得福
合作
墜機事件
特務諜陣
手下
父子
老頭子
張翰卿
張啟京
戴 笠
太子爺
指派上元專案
老大哥
父子
密令
高 陽
賀衷寒
龍 芳
追查
饋贈遺書
復華新村
主從
居 翼
毛慶祥
紅 蓮
相好
張大春
眷村情誼
徐老三
指派上元專案
挾持
看護
青梅竹馬
邢福雙
陳秀美
母女
彭師母
孫小五
父女
夫婦
哥兒們
姊弟
孫老虎
彭師父
孫小六
父子
夫婦
掌握武藏十要

第三十二章　逃亡

在這一刻我的人生又岔向另一條道路。

小五顯然是刻意打扮過了，穿一身半黑半紫、像棗泥那種顏色的長裙，兩隻辮子打得又長又粗，打結處用兩根和裙子同樣顏色的緞帶綁著大蝴蝶結，臉頰上微微透著些紅——不知道是敷過胭脂了還是怎地；一雙長長的眼睛一眨就要滴出水來的光景，才眨了兩下，嘴邊的笑就浮上來：

「久沒見了。」

坦白說：不該可是忍不住偏就那樣地，我還沒打回招呼去，卻先想起了紅蓮來——而且是她精赤條條盤起一條腿坐在宿舍地板上拿礦泉水沖洗頭臉和身體的模樣——這個念頭閃過，當下讓小五看起來平添了兩分土氣；我說不太清楚，總之是有那麼一點你說是天真也好、無辜也好、痴傻也好的土氣。

「你爸不在？」徐老三一見來人，「刷」的聲站起身，一面朝裡間屋（我們稱貯藏室的）匆匆走去，一面忙往風衣口袋裡摸出一大把祇有獄卒才能有那麼多的鑰匙。

「出車上台南去了。」小五說著，眼睛沒離開過我的臉，好像非這樣沒法兒看出我在遇見她之前的這一大段日子裡幹過些什麼樣的好事。就在徐老三「喀噠」一聲開了門的一刻，她低下聲，幾乎是以唇語的方式皺皺鼻子，笑著對我說：「瘦了。」

我所想著的卻是完全不同的事——從前、乃至從前的從前，我是怎麼會對這麼一個女孩子產生過那樣濃厚或強烈的興趣的呢？如果純粹以當下的直覺來看，小五徹頭徹尾不是我這個時代的人——你絕對可以說她是胡適之或沈三白那些個時代的產物，而且她顯然從出生到老死都會是屬於那樣的時代。可怪的是為什麼多年以前的我會那樣熾烈地想要去探訪她的身體？難道純粹是荷爾蒙的作用？同樣奇怪的是當那種因荷爾蒙作用而燃起的情思熄滅之後，我其實毫無能力去抵禦小五的笑容。她的天真、無辜帶痴傻的笑容祇會令我羞赧和焦慮，有如做了什麼不該做的事——或者正相反——提醒我根本沒去做早該做了的事。這種對不起人的感覺祇會令我想逃得更遠一點，彷彿祇有把虧負或歉疚捅得更深、更大、更不可彌補，才能解決已然的一切。我於是冷冷地點了點頭，什麼也沒說。我猜想她一定也感覺得出些許尷尬；她的笑容還勉強掛著，扭脖子繞室環顧了一大圈，道：「搬來這麼些年，我還是頭一回進來——咦？還有迴聲呢！」

徐老三這時從貯藏室走出來，提了好大一個皮箱，往辦公桌上沉沉一擱，箱蓋應聲彈起，裡頭的東西赫然在目，我的頭皮登時發了陣麻，脫口「哇」了一聲——

裡頭有一本看來像是袖珍版的《聖經》，三邊開口處染著紅顏料的那種精裝黑皮小冊子。旁邊是一把銀亮銀亮的手槍；槍柄特別處理過，嵌著不知是桃花心還是核桃護木，木質光滑而質感堅硬。槍和小黑皮書的底下墊著軟軟的一個藏青色包裹，看來裡面還裝著不少東西。徐老三伸手往那包裹底下抄出一大片女人束腹之類的東西，頭也沒抬便扔給我，同時道：「從現在起，隨時給我穿著它，連洗澡也不許脫下來。」

徐老三說得非常果斷，彷彿我非在那一秒鐘裡就把身上的衣服扒了、穿上那背心不可。我極不情願地脫去上半身的衣服，看他繼續像個鐘錶師父般地清點箱中物事——他把小黑皮書和幾包行軍口糧、一塊羅盤、兩支手電筒、一綑尼龍繩、三個睡袋還有一個類似工具腰包的帆布囊全給塞進那藏青色的包裹，扔給孫小六。在這段時間裡，小五走上前來，幫我扣上那件背心。她的手指時不時會擦觸到我的背脊和臂膀——那真是我有生以來碰過最冰涼的東西之一，涼得我一陣接一陣地起雞皮疙瘩，這使得她的聲音也涼到人耳鼓裡：「聽彭師母說故事啦？」

「什麼？」我一時沒意會過來，搶忙穿上襯衫和夾克。

「你們不是上彭師母家洗澡去了麼？」小五細聲細氣地說下去，一面替我理了理衣領和下襬，彷彿我真是她的什麼人似地：「她今天說了什麼故事沒有——說了那個教她一輩子忘不了的小男孩兒了嗎？那可是彭師母的初戀情人喲！」

「那算什麼情人？」我漫不經心地白她一眼，甩身避開，腔子裡忽然有一股衝動，想要告訴她：我不但知道那個小光頭歐陽崑崙的故事，還跟他的女兒睡過覺。然而這個念頭祇閃動了一下——像突如其來的地震那樣——便停住了、消失了。在這一刻，我彷彿重新回到幾天以前的宿舍，看見自己像個瘋子一樣地睡覺、沖涼水以及想念一具火熱美好的肉體。最令人沮喪的是：我其實一直都知道卻不甘於承認，我所能想念的也祇不過是一具火熱美好的肉體而已——我根本沒有能力去想念更多、更深、更大或者更真實的東西。為了掩飾這一點，我祇好勉力分神去聆聽「那算什麼情人」的迴聲在辦公室的四壁之間飄來蕩去。我猜想：很久很久以後，當紅蓮親口向我解說那個關於我所謂的愛情究竟是什麼的時候，我之所以會那樣放肆地大哭起來，絕對和開始逃亡的這天晚上有關；這天晚上我以一種近乎冷漠而粗暴的方式對待小五，完全是由於我在情感上的無知、無能和對這無知無能的恐懼。

小五從這一刻開始沉默了下來，像是為了避免再引得我拿話嗆她，她不再找話同我閑聊，有什麼不得不說的話也出之以最簡捷短促的修辭，像個勤懇幹練的機器人。有那麼短暫的片刻，我還以為她在鬧脾氣——這顯然也是我的小人之心。

徐老三最後拎著那把木柄銀身的槍管，在小五面前晃了一下，道：「我猜你用不著這個。」小五搖了搖頭，徐老三把皮箱蓋闔上，又衝孫小六說：「往西不能去，那裡有新蜘蛃的人馬；往東的話，汀州路、三元街口的東南海產店也得避過，那店是一個小匹婆的眼線開的，往南一到崁頂就算是『入竹林』了，也太危險。如果是我，我會請南機場公寓賣燒臘那老廣開車載一程，到火車站，隨便買兩張南下到台中或台南的票，然後在中壢下車，再叫輛計程車到平鎮，到了平鎮再換計程車，總之換得越勤越安全，懂嗎？到了地頭上小五再打公用電話到這裡來——不是家裡，是這裡。記得。」

「我到平鎮去幹嘛？」我倒退了幾步：「我得回學校，學校總該沒這些妖魔鬼怪了罷——欸！我還有論文要趕呢！」

徐老三似乎聽不懂什麼叫「趕論文」，他眨了兩下眼，轉頭跟小五比了個意思是我腦袋有問題的手勢，同時說了句：「我看你還是去趕火車罷。」

接下來的一些細節——也許由於時隔多年，或者因為當時過於忙亂、驚恐的緣故——我已經記不清了。總而言之、簡而言之：賣燒臘的老廣載我們到火車站，隨後的一切行程好像盡如徐老三的口頭吩咐；我們趕上末班南下的莒光號、在中壢下車，又換了不知道幾趟叫客計程，最後在一大片茶園中間隆起的台地上找著了這麼一幢破房子——它其實是十六幢呈「Ｈ」字型排列的透天厝中間的一戶，這「Ｈ」左右兩豎各有坐北朝南和坐南朝北的六戶人家，中間的一橫是四戶坐西朝東的宅子，前後各有院落。我們落腳的一戶是坐西朝東這一横的邊間，門牌上標示著「桃園縣龍潭鄉美滿新城一巷七號」，樓分上下兩層，無水無電，屋裡有巴掌大的蜘蛛、拳頭大的蝙蝠、幾張塑膠椅和一個顯然是垃圾場裡撿回來的舊梳妝台；台面一層觸手可陷的厚灰，靠底的大鏡子破了，所以映出了兩個從後窗透進來的月亮。

孫小六一進屋便從包裹裡摸出一把手電筒來，上樓巡了一圈。小五則從後院找著輛破腳踏車，一路推出前院，說是去找公用電話。

我獨自靠著向東的落地長窗站了不知多久，忽然有一種和此情此景似曾相識的感覺。當時我並不知道：爾後將近十個月的時間，我都得躲在這樣一幢僅能遮風避雨的破宅子裡；也不知道：我將在那張梳妝台上完成一部近三十萬字的碩士論文《西漢文學環境》，我更不會知道：「美滿新城一巷七號」恐怕會是日後無數歲月裡我唯一能安然入睡的地方。然而，初到的這個夜晚，我對周遭的一切並無絲毫陌生之感的那種情趣的確是十分令人入迷的——也許是那黑暗、骯髒甚至濃濁嗆鼻的惡臭氣味喚起了我身為一隻老鼠的本能或直覺，我幾乎在一瞬之間體悟到人們常掛在嘴邊的那句「身心安頓」的濫調。我還記得：靠在那扇落地長窗上，四下裡的沉黑逐漸褪淡，而浮現了些許輪廓的美妙情景——

牆上原先應該髹過一層水泥漆的，可是不知道是因為滲過大量的雨水，或者曾經居住在這兒的人家懶得維修水管，遂使一大片原漆脫落淨盡，於是南北兩邊的側牆上都斑駁著，霉跡漫漶，蝕染成一大塊、一大塊猶似世界全圖的印痕；也是人們稱之為「壁癌」的那種東西罷？當我的視力再適應些，便發現樓梯下方的三角地帶居然還冒生出類似蕈菇類的植物，沿著大大小小傘狀的蕈子看過去，通向一個大約是廚房的空間。若從我靠站的位置向左移動個一、兩尺，也許我能看得更清楚些——至少借助於斜斜闖進屋來的月光，我一定能辨識出洗手槽和可能是灶台之類陳設的位置。可是我一動也不動。這是多麼完美的一刻——活了二十五年，我第一次有來到一個屬於自己的家的那種感動——我甚至可以斷言：每一隻藏頭縮尾、躲東避西的老鼠在挖鑿或發現了一個洞穴之後都會這樣安安靜靜地享受這感動的。

如果要我述說未來十個月的逃亡生活，我應該利用這幢令我「身心安頓」的破宅子為媒介。它——我的天堂——在任何黑道勢力的爪掌之外，提供了一個讓我窺知恐怖份子們的洞穴。

就好像人們所說的：「山中無歲月／寒盡不知年」，我在「美滿新城一巷七號」經歷了幾乎所有的季節，但是時間似乎並無意義；我也不能順著時序的刻度來說明那段期間所發生的每一件事——日曆或手錶並不能喚起我完整的記憶。是以我必須換一種方式；讓我像一個熱心碎嘴的主人忍不住向人炫耀自己的宅邸細節那樣引導一些想像中的觀光客瀏覽這地方，我想是比較合宜的。

這破宅子的前院種著一株山櫻、幾株聖誕白、一叢竹子——後來小五還給補種了一畦小蝦花和兩排夕顏。小五每個星期六或星期天來，帶足一週所需的口糧。她來祇待一白天，天暗就走，其間我們總坐在這前院的一條長板凳上，隨便瞎聊些什麼。在沒發生任何意外的情況之下，除了這一白天之外，我都趴在那梳妝台的破鏡子前寫論文。

那是一條朱漆剝落得相當醜陋卻十分結棍的長板凳，據說是所謂「拆船家具」，得自徐老三一個專門搞破船到台灣來進行解體的朋友。我和小五腳掌相對，各自躺平在凳上看浮雲從院子頂空飄過的時候，小五告訴我關於她的不少往事——那些事原來就發生在復華新村裡，和我家不過咫尺之遙，但是我一無所知，聽來卻像是非常之陌生的、發生在「很久很久以前」的童話裡的故事。比方說：我問她為什麼徐老三認為她能「保護我」。她說她身上有功夫。我說哪兒學的功夫。她說小時候爺爺教的。我說我怎麼不知道。她說連她爹孫老虎都不怎麼知道。我說那麼大一大二小三小四他們學過麼。她說爺爺嫌他們性子不好，沒教。我說你要不要教我幾手，那樣我就可以保護自己了。她說你性子也不好，不教。可是躺在那條長板凳上，看一朵朵白色的雲棉花高高低低掠過頭頂之際，這種不經意的對話非但沒有一丁半點兒的重量，反而很容易令人產生一種幻影般不真實的想像。日後當我一個人回想起來，就會以那片藍天白雲為屏幕，在那一大片澄澈的天穹之中放映著一個老頭子教一個小女孩兒練武功的奇景——至今我無法確定：那童話般的奇景究竟是小五描述所得、抑或根本就出自我的想像。

長板凳內側的屋簷底下是孫小六每天晨起和入夜兩次打坐調息的地方，地面以紅鋼磚鋪成，但是在我們住進去一個星期之後——也就是孫小六打了十三、四次坐之後——紅鋼磚全部變成如冰糖粒般大小的粉屑。孫小六打完坐之後通常會抽出腰纏的皮帶抖幾下，那皮帶就像情慾勃發的雞巴一樣挺硬僵直起來，除了握手的部分之外活脫脫就是一支劍。孫小六告訴我它叫軟鋼刀，是孫老虎在他第三次失蹤又回家之後傳給他的。孫小六曾經在茶園裡用這柄軟鋼刀擊退了兩個一路從台北盯梢而來的老傢伙——這事發生在舊曆年期間。

我們後來猜想：那兩個老傢伙極有可能早在十二月下旬就盯上孫小六了。當時水電剛剛接通，我決定正式開筆、繼續寫作我那還有不知道百分之九十幾未完工的碩士論文。可是所有的參考書籍、資料卡、筆記……都在學校的宿舍裡，為了避免往返途中暴露行藏，孫小六便替我跑了幾趟，搬回十幾箱圖書——他不敢直接往美滿新城一巷七號搬，總是先在茶園中的一座倉庫裡暫存一、兩天。

在一個乾冷且不時可以聽見沖天炮呼嘯而過的典型春節的早晨，孫小六一肩一箱書從牆外跳了進來，促聲囑咐我：門窗關好，不要任意出入，也不要朝外探頭探腦。說這話時我發現他的鳥崽褲腰間一圈兒殷濕；事後才知道是那把軟鋼刀皮帶上的血染的。我們匆匆躲進屋裡，他說他懷疑早在幾天之前就被人盯上了，因為最近幾次搬進茶園倉庫的書都有經手翻動的痕跡。我說你怎麼看得出來，他說他從我宿舍裡裝箱運書來的時候都暗裡做了記號。我說什麼記號。他說作者姓氏筆劃多的一本旁邊一定放一本作者姓氏筆劃少的，前者封面朝左，後者封面朝右，如此一經人移動，便看得出來。前一、兩次他去茶園倉庫清點轉運回來的時候，還以為是自己一時大意放錯了幾本，可是心頭不免起疑，這一回趁夜去搬這兩箱的時候，才發現有兩個年約七、八十的老頭子在那倉庫裡一本一本地翻看著我的參考書，彷彿想要從中找些什麼。

「老頭子？」我先想到的是萬得福和我老大哥。

「嗯。」孫小六擦擦額角的汗水，從徐老三給的藏青色包裹裡摸出那塊羅盤，看一眼手錶，掐指算了算，又衝進後院裡往草叢中摸索了半天，再輕手輕腳打開屋前門，往前院地上東一處、西一處，安放起不知道什麼東西來。

「你又在布陣了麼？」我隔窗問他。

孫小六朝我點點頭，還比了個噤聲的手勢，不時對一對手中的羅盤，計算著腳下踩踏的步子。過了大約有十分鐘之久，才斜退三步、右橫兩步，再縮腰曲膝學個侏儒走路一般向後蹦了七步——正好退到屋門口，在那兒又安置了一塊東西；這一次我看清楚了，是一顆青綠未熟的佛手瓜。

孫小六隨即退身進屋，闔上屋門，祇不過三、五秒鐘之後，從我眼中所見到的院中景象已豁然不一樣了——原先的山櫻、聖誕白和竹子全給一整排高可一、兩公尺的姑婆芋給翳住，佛手瓜的藤絲蔓條則在眨眼間爬滿了整片落地窗，把剛剛掠進屋來的天光給遮了個死緊不透。孫小六接著不免有些得意地告訴我：這是就地取材，不得不將就現有之物，布成個地遁陣。如同上一回在青年公園所擺的天遁陣一般，必須隨時移動，調理得好，可以維持好幾個月。「你要是從外面茶園子裡看過來，就祇能看見一大棚子佛手瓜和芋頭葉，連房子都不見了。」孫小六齜牙笑著說：「擺陣擺到這樣嚴密，才叫過癮。」

「可這附近的鄰居不會覺得奇怪嗎？我們這房子忽然就不見了——」

「我早算在裡面了，張哥。」孫小六笑得更得意了：「這陣坐西朝東，同我們的右鄰三戶人家是同向，從他們這三家看過來，原屋沒有一點異樣。左鄰六戶坐南朝北的人家原先祇能從後窗看見我們這一家的前後院，可是我們的前院本來就生著竹子，早晚一片死綠而已；後院並沒有陣象，所以也不會看出太大的不同來。右邊遠處坐北朝南的六家和我們之間又隔了三戶，還是個背對之勢，誰會注意到我們這前院裡的不同呢？這個陣，要從正對面茶園那方位看過來才是十足障眼，人家還以為我們這一戶全都荒了。別說人，連老鼠也不會來住的。」

「那不是更惹眼嗎？」我歎口氣，道：「還有，萬一我們的左鄰右舍閑來沒事跑到茶園裡往西一張望，發現我們這一戶的外貌變了，不是很奇怪嗎？」

孫小六想了想，搔兩下後腦勺，囁聲道：「應該不會罷？」

「為什麼不會？」

「你不覺得這個世界上根本不會有人去注意自己的鄰居嗎？」

根據我的記憶，這是孫小六第一次反駁我的意見。日後我才發現：他是那麼篤定地相信，這世界是由彼此完全不能相互關心的人不小心組織起來的。我可以大膽地推測：他之所以會這樣想，極可能是因為從小一直被陌生人捉到某個陌生的地方去囚起來學手藝的緣故。這種生活上已經習以為常、見怪不怪的經歷逐漸使他相信：人與人之間並沒有恆常且深刻的關係，甚至也不會有什麼強烈的好奇和關注——當他說出：「你不覺得這個世界上的人根本不會有人去注意自己的鄰居嗎？」這句話的時候，我幾乎是教這十七歲的少年給震懾住了——因為他說得如此輕描淡寫、如此稀鬆平常、且如此吻合像我這樣一隻老鼠對整個世界的觀感和結論。

孫小六似乎並不能體會他的話對我有多麼大的衝擊，他關心的是現實裡另一個層面的問題：「祇有存心想找到我們的人才會注意這屋子的模樣。如果他們不知道我擺了個地遁陣，就不會來查探什麼；如果他們明知道這裡有個陣，就更不會突然闖進來下殺手——」

「為什麼？」

「就因為張哥你說的：它太惹眼了。」孫小六雙臂環胸，十分自負地說下去：「這是『紗布爺爺』最厲害的一個陣法。那些想要來抓我們的人如果看出這陣來，一定不敢硬幹——因為來硬的會驚動我們的鄰居；他們祇能想辦法去調一、兩個懂得布陣的高手來拆陣腳，這樣我們就可以耗很久，張哥你就可以安心寫論文了。」

事實果如孫小六所料：春節假期之後不久，一巷一號到七號的門前開始熱鬧起來。有時是穿著郵差綠制服的傢伙騎著摩托車或腳踏車來回巡走，我聽見其中一個還刻意向鄰居太太打聽：怎麼這裡會冒出來個「一巷」。鄰居太太問那人要送什麼信給什麼人。郵差說沒什麼，祇是地址怪怪的。鄰居太太碰地聲關了門，說怪怪的就去問鄉公所。

鄉公所也派人來查問了幾回。最後一次發生在二月底，十六戶人家裡的十四、五戶主婦們像一群爭著下蛋的母雞，和那小公務員在門前這條大約二、三十公尺長的「一巷」裡議論著改地籍的細節問題。有的說去掉巷就可以，有的說去掉巷就要重新編號，有的說一旦重新編號則舊地址就算作廢，那麼郵件出了問題該誰負責，有的說一巷很好，沒有二巷、三巷就是唯一的一巷的意思。那小公務員趁隙就問七號為什麼沒有代表來參加討論。有一位太太答得好：「你要跟老鼠討論什麼？」說得大家都笑起來。

的確。我能跟這些人們討論什麼呢？我的論文嗎？還是這種跟坐牢沒兩樣的逃亡生活呢？

第三十三章　學術問題

我應該暫時放下茶園倉庫裡那兩個怪老頭的疑團、也暫時不去敘述接下來時不時前來騷擾我們的電力公司、水力公司和電信局工務組的那些個「人員」。我還是從美滿新城一巷七號這座宅子內部的一些細節往下說去罷——

我寫作論文的那張梳妝台是合板貼皮製成的，它的一支腳已經折斷了，儘管我給墊了兩本書在下面，仍是晃動不已。一寫字，就有如坐上了一輛老爺車，東倒西歪地顛簸起來。這為我日後的寫作生活伏下了很不好的影響——我幾乎不能在任何平整安穩的桌面上寫出一個字來。雖然我很厭惡所謂寫作依賴某種靈感的說法，但是坦白講：如果一張寫字桌不能有那麼點偏傾側斜之勢，我是一點靈感也不會有的。

另一個現實問題是當孫小六的行蹤暴露之後，他不能再替我搬運任何一本參考書，是以計劃中皇皇三十萬言的論文原本應該援引、摘錄的古代典籍、近人論著和其他很可以充填篇幅的資料都沒了著落。這使我的寫作耽擱了好幾天。終於在某日小五再度前來的一個週末中午，我再也忍禁不住，竟然坐在那張長板凳上啜泣起來。小五起先祇是安慰我不要著急，總會想出法子來的。由於誰也想不出什麼法子，她便又勸我：如果壓力太大，也可以考慮暫時放棄，等以後當完了兵再慢慢兒找時間把論文寫完。然而這也是行不通的，因為辦理休學手續得親自跑一趟學校；能親自跑一趟學校而無送命之虞的話，我又何必辦休學呢？總之，我被困住了——不祇是肉體上的，更是精神上的。

不能隨意讀我應該讀或想要讀的書是極其嚴重的一種懲罰。這使我真正地感受到囚禁的苦悶和失去自由的寂寞。我一面掉著淚，一面不斷地跟小五說：「我好難過，我好難過，我好難過。」沒有什麼別的話比這四個字更能體現我當時的心情。我起碼說了三百次，且在意識的底層想到許多古今中外受過牢獄之災、遭到放逐之禍的偉人——我相信他們在真正體嘗著我這種心情的時候一定也不停地說著「我好難過」罷？

最後小五隨口問了我一句外行話：「難道一定要讀那些書嗎？」

「什麼意思？」

「不能自己想寫什麼就寫什麼嗎？」

就在我正要說「當然不能，這是碩士論文」的時候，靈感來了——我的眼前乍然一亮！為什麼不能？我轉身進屋，坐回那動輒搖晃顫抖的梳妝台前，伏案疾書起來。

從這一天起，我不再去想參考書的事。如果有需要援引古今中外著名經典或研究資料的地方，我就瞎編一個人名、捏造一個書名、杜撰一段看起來像是早在千百年前就已經說出、寫出、且恰恰可以充分支持我的論理的語言。坦白說：這樣的勾當作來十分有趣；幾乎像是上了癮一般，我越來越覺得發明一個論文中的理據要比推演一套嚴整的論述、或者歸納一個抽象性的命題來得更加迷人。在將近四個月的時間裡，我創造了一百三十二個不存在的人、兩百零五本不存在的書、三百二十六則不存在的論述；如果不是因為繳交期限已至，我還可以繼續寫下去，直到天荒地老。

在這種可以說是「焚膏繼晷、夜以繼日」地寫作論文的日子裡，我並沒有多想現實的問題。比方說：我是不是真能如期寫完？就算如期寫完，我又該用什麼方法把手稿交給打字行打字、排版、印刷、裝訂？就算連這些都能順利搞定，我又如何避得過那些撒下天羅地網，隨時可以在大門外把我抓走的恐怖份子，前去參加論文口試呢？說句更實在的話：我連口試是哪一天、在哪裡舉行都不知道——我已經澈底和這個地遁陣之外的世界隔絕了。

但是，奇蹟也因而發生。在茶園倉庫的一場惡鬥之後不知多久，孫小六發現我們的口糧已經沒了，祇剩下幾根鱈魚香絲和半包發了霉的王子麵——連餵那幾隻大蜘蛛都不夠。我也不記得究竟多久沒有食物進肚了，然而，在那種極度飢餓的狀況之下，人的頭腦卻變得非常清楚——我甚至一閉上眼就可以用一種視覺狀態意識到自己腦細胞的運動；它們之中有的像變形蟲那樣蠕動、有的像蹦豆兒似地跳躍，有的如大雨敲窗之際相互併吞、溶化的水珠，總之活力旺盛到令人心驚膽戰的地步。連帶地，貯存那些奇形怪狀的腦細胞裡面的種種資料也開始變成各種鮮活靈動的符號向我發出各式各樣的召喚。

實際的情況是這樣的，當我雙手環膝、眼睛瞪視著稿紙上飛速滑動的筆尖寫出論文所需的字句之時，另有無數個可以名之為心象的畫面也同時在我四周開啟，它們的總數若干其實難以確實估算——因為每一個畫面都隨時閃爍、靈動著，祇要我稍稍分神注意，就會立刻像進入一部我早已看得爛熟的電影一樣，非但理解了那情節的事實細節，也知悉它的意義，更清楚接下來會發生些什麼。

舉個例子來說：我在寫到先秦縱橫家之學到漢代成為宮廷中為皇帝辯護的職業演說者必備的一種技術的時候，梳妝台旁的塑膠椅上方忽然呈現了一幕奇景，是一座三層高的四方樓台忽然倒塌下來的情形。接下來——幾乎不假思索地——我立刻意識到：並沒有任何人因此而罹難，受傷的也不過是六十四個魁梧健碩的中年男子之中的二、三人而已。也就在這個念頭一閃而過之際，我已經置身於倒塌的樓宇之中——卻並不感覺壓迫和窒息——我遊刃有餘地在地底的灰煙土霧中遊蕩飄移，看著這些人被八張大網兜住；有的網裡人多一些、有的網裡人少一些。可是完全毋須數計，我知道他們就是六十四人，一個也不多，一個也不少。

這是非常怪異的一幕，一來它和我的論文內容全然無關。二來它也從來不是我過往真實人生之中的一個片段。三來它也絕對不是我曾經看過的任何一部電影或戲劇裡的某一場面。然而我對它卻如此熟稔——毋庸繼續看下去，我已經知道這是一群在光緒年間被天地會洪英誆騙構陷的老漕幫庵清元老，他們差一點遭到活埋，而那一棟倒塌的樓宇叫「遠黛樓」，乃清代著名建築巨匠錢渡之的後人所建，此樓的確有個機關，能害人、也能救人。整段故事原來出自署名「陳秀美」者所撰的碩士論文《上海小刀會沿革及洪門旁行祕本之研究》之中。質言之：由於飢餓——也許再加上與世隔絕的恐懼或焦慮罷——我所讀過的書裡的每一情節都開始向我包圍進襲，且以鮮明無比的影像一再迫令我凝視著它們。

對我而言，這種前所未有的經驗其實是極其迷人的，彷彿我所讀過的書——無論它們多麼枯燥乏味，陳腐失真乃至錯訛連篇——都在以一種活潑潑、熱滾滾的魅力向我展現生命。在這一大片你叫它客廳也好、書房也好、臥室也好的底樓空間裡，容有不下成千上萬個這樣的生命。書的幽靈。白紙黑字的魂魄。就在我即將變成餓殍之前，前來向我作完美的告別。也一如在人世間我們可能會遭遇到的情況——走在路上你會碰到似曾相識的老同學，卻怎麼也想不起他的名字來，或者是在某處讀到了一個名字，你知道那是你的老朋友、卻怎麼也想不起他的長相來——這些充塞在我極度疲憊的身軀四周的影像之中也有令我覺得非常陌生、似乎從來沒見過。換言之：有些我讀過，可是顯然已經遺忘掉的內容也從記憶的角落裡赫然浮出。

在梳妝台的右側，也就是樓梯下方的三角狀區域裡，地面長滿了大大小小的蕈菇，前後院的天光根本觸撫不著，是以幽暗有如潑墨般深濃的夜色。也就在這個地帶，上演著一些我自覺並不熟識的情節——它們彷彿各自從我所閱讀過的書裡散落出來，像脫了串線的珠子，孤獨地閃爍著。這反而引起了我的注意，我終於停下筆，讓漢武帝和他的語言侍從之臣自腦海中暫時引退，開始以一種玩拼圖板的心情去仔細審視那畫面。我隱約察覺自己之所以這樣做其實出於某種真摯的情感——我對任何活著的人從未產生過這樣的情感；可是對於這些被記憶棄置在角落裡無依無靠的片段，我自認有義務要替它們找回上下文的聯繫。這樣做（至少在當下的直覺裡）要比完成一部看似怎麼也寫不下去的碩士論文來得重要得多。

其中一個片段出現在五、六朵沿著牆壁踢腳板和磨石子地之間冒生的木耳上。是一個二十多歲的年輕男子走在一條古老的、東西走向的街道上，他來回走了好幾趟，好像是在猶豫著要不要走進街邊一幢樓宇中去。那樓宇前有小院，院牆甚高，門楣右邊掛著亮漆木牌，正楷雕刻填墨的六個大字是「南昌劓匪總部」。年輕人的鼻樑上掛著副酒杯底一般厚的眼鏡，看似是讀過書的，一身褐布長袍倒也十分素雅，既不像匪類，亦不像剿匪之流。可正在他這麼躊躇逡巡的當兒，樓院之中猛可衝出兩名槍兵，一邊一個、將年輕人拽進這總部廳堂中去，再直奔二樓，扔進一個門首掛了「諜報科」招牌的房間。裡頭一張大會議桌，繞桌擺著十幾把帶扶手的籐椅，可是祇坐了五個人。一個才見這年輕人的面便皺起眉峰，操湖南話說：「又來了！伯屏，自從你把那叫化子弄進來行營，就跟菜市場差不多了。」湖南人身邊一個說浙江土話的中年人也搶著道：「昨天、前天、大前天，一連多少天了？洒度每天拖出去的少則一、兩個，多則四、五個，是不是真細作誰也不知道——」說到這裡，一旁被稱「洒度」的小胖子也開了腔：「我處理得手都軟了。你想：不處理嘛，任他們探頭探腦，說不定哪一天飛簷躍壁闖進來，走漏了情報，豈不壞事？要說處理嘛——老實說：我也搞不清楚這些人是匪不是：有一個失手錯殺，畢竟對不起老百姓。你又成天價在外奔走號召江湖人等，等哪一日我處理到你的人馬；伯屏！你可別怨我。」

被稱做「伯屏」的人是張長白臉（我認得他；在我記憶較為深刻的書裡，他的名字是「居翼」）——此人尚未及答話，長桌盡頭另一張籐椅中一個縮肩沉腰垂頭翻白眼的四川人卻瞄了瞄給按倒在地上的年輕人啞聲說道：「前些時我說過，祇要是『同志』，就留著；可如今混充『同志』的車載斗量，教你我從何揀選？衷寒說得對，眼下行營果然同菜市場差不多了。聽說頭幾天貴科還一口氣收進來兩個鬧示威的學生，這要是讓『老頭子』知道了，豈不又討一頓排頭？」

這廂的居翼顯然是因為官卑職小或年事較輕之類的緣故，神情雖十分自負，卻仍透著些許謙抑之色。他直挺著腰板，隨時點著頭，彷彿將這四個人的責備都銘記於心了，才開口說道：「賀公、康公、蔣先生、余先生，先要跟各位報告的是那兩個學生不是咱們『收』進來的，是『請』

進來的，而且是『大元帥』本人的意思。」

另四人聞言陡然變了臉色，一陣咿呀噢唔之後，操湖南腔的低聲問了半句：「怎麼著？」

「聽說是老漕幫當家的萬硯方給薦的。」居翼道：「一個是個醫道，據傳遠祖為少林醫術所傳，『河洛二汪』之一汪碩民嫡出的汪家醫一脈——」

「唉呀！」小胖子「洒度」忽然作聲彈起，道：「莫非是曾經替前清總督何桂清治過病的天醫星汪馥的後人？」

「不錯，」居翼面無表情地繼續說下去：「這人年方不過三十，已經堪稱直魯豫第一神醫，外號人呼『痴扁鵲』，本名汪勳如，正是那汪馥的後人。另一個麼，來頭更不小——」居翼說到此處，忽然頓了一下，扭頭卻朝匍匐在桌前的年輕人身後槍兵一抬下巴，示意把人給拽起來，才道：「這位老弟！久仰你濟寧李氏一族飽讀群書，博學多聞，我且考考你罷——那老漕幫在光緒年間曾有蘇州河畔遠黛樓的一場劫難；請教當時不動一刀一槍卻救下老漕幫八八六十四位元老的是什麼人呢？」

這麼一來，圍繞長桌而坐的四人不覺怔了怔，各自暗忖：不意先前在行營門外探頭探腦這年輕人也有出身來歷；祇不詳何為「濟寧李氏」。正狐疑著，卻聽這姓李的年輕人扶了扶眼鏡，又撣了撣袍面上的土灰，才道：「此人有姓無名，想來是遠黛樓塌了之後刻意隱埋所致。不過其祖上是個乞兒，亦本無名姓，祇不過曾在乾隆年間為錢籜石建了些宅第，便跟著姓了錢。你問的這人應該是姓錢的。」

幾乎是不假思索、一氣說完之際，居翼那一張馬臉驀然往橫裡一綻，露出兩排既方又白的牙齒，道：「果然我諜報科的同志們沒白當差——你老弟就是尾隨叫化子而來的李綏武罷？」說完根本不等這年輕人答話，臉上笑容乍收，轉回去朝桌前諸人肅聲說道：「咱們先說那另一個，那個人叫錢靜農——當年老漕幫遠黛樓之難能夠大劫不死，要多虧了這錢靜農的爺爺。」

「那麼，」被稱做「康公」的四川人這時忍不住插嘴問道：「不管他是姓汪的、姓錢的，也不管他祖上何等煊赫，萬硯方薦這二人前來，意欲何為呢？」

被稱做「賀公」的湖南人睃了一眼姓李的年輕人，接著說：「還有這賊眉賊眼的後生，又是從哪個窟窿裡冒出來的？」

居翼沒理會「賀公」，逕自說下去：「汪勳如和錢靜農同那萬硯方相結，各有表裡。姓汪的小子祖上和天地會有仇，姓錢的祖上於老漕幫有恩。萬硯方極力拉攏他倆，是不是看上了他倆的本事？咱們諜報科既不是他肚子裡的蛔蟲，自然不明白。可拉攏不上，卻是有緣故的。一來老漕幫律法嚴明，非有引見師、點傳師媒介以投本師，算不得庵清弟子；即使因此而入幫在籍，那汪、錢二人必然因此而矮了一輩、甚至兩輩，這未必然合乎萬硯方拉攏交情的本意。二來汪、錢二人是新青年，固然一肚子老學問，思想卻是十分新式的，邀之入大夥、做光棍，如何在這堂堂民國的天下出一頭地？這豈不是和逼人上梁山、落草為寇沒有兩樣麼？」

被稱做「蔣先生」的浙江人不覺點頭微笑道：「久聞大江南北三教九流對萬子青、萬硯方父子讚譽有加，說他倆有治國平天下之才。聽伯屏這麼一說，果然是有眼光、有胸次的。」

「是以萬硯方同這兩個小子以私誼訂交，待之如卿客、奉之若上賓，無事吃喝遊玩，有事還是遊玩吃喝；這，不外就是養士了。」居翼說到這裡，從上衣內袋裡掏出個小本子來，翻看少頃，繼續說道：「大元帥身邊的同志遞了消息來，說萬硯方薦來這汪、錢二人，請大元帥也要以『國士』待之，還用了『再造中樞』四字。」

此言一出，那四人猛可交頭接耳起來，辭色之間既惶恐、又疑惑，兼之還流露出幾分忿忿不能捺忍的神情。小胖子余洒度猛可一拍桌子：「『再造中樞』？這是什麼詞兒？姓萬的果若不知什麼是『中樞』，如何再造？他要是知道，豈不是衝著咱們『力行社』來踩盤的麼？」

居翼仍舊不慍不火，慢條斯理地接著說道：「諜報上祇說：借助於此二人之才，再加上老漕幫各地旗舵堂口的建制，可以在北方幾個由地方軍系所控管的區域發展青年組織、收攬知識人才。此外，倒是有一句要緊的話，是萬硯方親口說的；他跟大元帥說：『以黃埔得天下，卻未必能以黃埔治天下。』」

「還說什麼治國平天下之才呢！還說什麼有眼光、有胸次呢！」四川人「康公」咬牙恨聲衝「蔣先生」瞪了一眼，又環視眾人一圈，昂頭怒道：「分明是派人前來臥底奪權的。依我看：其陰險狠毒，比起共產黨來猶且過之而無不及。大元帥要是遭了這個道兒，不消說什麼『再造中樞』了，連民國政府的一丁點子元氣恐怕也要沮萎淨盡了呢！」

「是不是該報告大元帥，就說老漕幫萬某人狼子野心，有危殆中樞的陰謀——」「賀公」自言自語地說著，一隻手還在桌面上劃撇劃捺，彷彿正在運筆疾書，寫著公文的一般：「伯屏！貴科若是能張羅一、兩份諜報，把姓萬的和共產黨之間的什麼瓜葛弄明白，我這便打個報告呈上去，就以貴科諜報作附錄。白紙黑字，有憑有據，大元帥不至於不信。」

「賀公、康公，」居翼瞇眼斜乜，收起小冊子來，緩聲道：「如此多一番形跡；大元帥是聽您二位的，還是聽姓萬的，卻還不一定呢！」

賀、康二人聞言也不作聲了。想來「老頭子」雄猜之深，非比尋常；長久與之相處者皆知：一旦在他跟前說起什麼是非，反而極容易讓他先對這說的人起了是非之疑。所以待要贏得他的信任，總需在應對進退上拿捏住準確的分寸，持論謹慎的不能教他當作是有所保留隱匿，做事積極的不能教他意會成別具企圖野心。尤其在這種切切關乎如何掄才用人的方略上，一旦輕舉躁進，便迅即招惹反感，倒壞了事。

經居翼這一提醒，另四人一時之間竟無可議之計，你望我一眼、我睨他一眼，最後祇得不約而同地將視線投向居翼這廂。但見他摩挲兩下光溜溜的下巴，胸有成竹地說道：「既然是江湖中人，便祇好應之以江湖之道。依我行事作風，其實毋須費太多心思，直把那汪、錢二人『報銷』即可——當然，怎麼『報銷』？由誰下手？採取何等手段？這些就不勞各位操心了。」

「這樣做妥當嗎？」四人幾乎同聲冒出這麼一句來，又面面相覷一陣，末了還是由那位看來資歷最深的「賀公」問道：「他們初來乍到，才見過大元帥的面，倘若就這麼『報銷』了，我們豈不都脫不了干係？」

「各位素知我手段——」居翼齜了齜牙，半像是笑、半像是要咬人似地說：「我辦起事來，若是滴湯漏水的，能在戴公手底下活到今天麼？」

「此事宜速不宜遲，拖久了，怕夜長夢多。」「康公」也咬牙磨齒地說。

居翼點點頭，歪臉忖了片刻，慨然道：「這樣罷——戴公來電報交代我和那叫化子上南京去出一趟差，這差幹得下來，我也許能跑一趟山東泰安，等回來之後，就給各位辦妥此事。」

「幹嘛還上北方去？康公不是說『宜速不宜遲』的麼？」小胖子余洒度瞪了居翼一眼。

居翼略一遲疑，不自覺地睃了睃那姓李的年輕人，繼之又流露出一副灑然無甚所謂的神色，道：「各位還記不記得我說那叫化子身上有一部機關，其價值不亞於十萬雄師的？」

眾人皆愣了愣，紛紛搖起頭來，「蔣先生」似略帶不屑地歎口氣，道：「又是你江湖上那些玩意兒。呿！」

居翼聽他這話，理當是不大樂意的。可非但不見他著惱，反而縱聲狂笑起來；一面笑著、一面離座跨前幾步，朝那姓李的年輕人走去，突然一掌揙出，硬生生落在對方的左頰上，直把他打了個流星滿眼，一條身軀離地兩尺有餘，朝右衝飛了丈許遠，肩膀撞上牆板，人才萎下地來。迷迷糊糊聽見居翼接著說道：「江湖上的玩意兒既然如此教人看不起，你小子卻幹嘛苦心孤詣非要衝著那『武藏十要』來不可呢？」

這一巴掌看似打在了姓李的年輕人臉上，又何嘗不是在向桌邊坐著的四位示威抗議？居翼這指桑罵槐之意至明至顯，將賀、康、蔣、余等人都駭了一跳；他仍不肯罷休，登時一矮身形，猛然探出左掌向姓李的年輕人下巴上再一記推手，同時道：「你濟寧李氏一族既然是讀書人，又幹嘛把咱們江湖上這些不入流的玩意兒當成學問來修練呢？你說是不是啊——李綬武！咱們所有的不過是兩個拳頭一雙腿，裡邊有什麼屁的學術問題麼？」

第三十四章 一個朋友和一個朋友

讓我們先從李綬武誤陷「南昌行營」的情節中暫停。因為就在我目睹居翼毆打李綬武的同時，感覺上是孫小六往我的肩膀上擂了不知有多重的一拳，他的話語則彷彿從極其遙遠之處穿越過一條飄蕩著迴音的山洞，鑽進我的耳朵：「張哥！我找到吃的了。」

我眼前晃動著的是徐老三在我們臨行之夜往那藏青色的包裹裡塞進去的行軍口糧。此刻我一點兒胃口也沒有，奮力揮手擋開去，可是先前樓梯底下那一幕情景卻像風中的肥皂泡一般無聲無息地消失了，原處還祇是那幾朵茶垢色的木耳。

也許孫小六從我的臉色上看出了什麼，他怯生生地說了聲「對不起」，把那包口糧放在梳妝台上，便匆匆竄上樓去。我聽見他輕輕掩上房門，祇那門上的銅荷葉過於老舊，仍發出異常刺耳的噪響。此後一片死寂。

應該是天地間過於寂靜的緣故罷？我在梳妝台前枯坐著，偶爾望一眼呈輻射狀破裂的鏡面中無數張參差錯落的臉，那些臉在昏暗的燈影中顯得十分陌生，似乎非我所有。是不是由於飢餓而產生了幻覺，我不得而知，但是的確有好幾次——甚至該說「好多次」——我把那些分別映現在各塊破片上的部位看成是孫小六的臉的一部分。然後（可以說是有生以來的第一遭）我感覺到：

該說「對不起」的是我。

日後，當我在回憶著逃亡期間那獨特的寂靜夜晚之際，情緒猶不免如潮湧般澎湃起伏。如果用一種分析性的語言去重塑當時的情況，可以這樣描述：是那面使映象顯得支離破碎的鏡子所引發的陌生感使我在一個又一個試圖辨識它的剎那之間離開了自己——也就是離開了觀看著鏡中之象的那個「張大春」。正因為離開了自己，我原先對「張大春」的一切關注和執著也像風中的肥皂泡一般無聲無息地消失；我暫時不再理會梳妝台面上零亂潦草、亟待完成的論文手稿，不再擔心那些神祕人物因為莫須有的緣故而展開的圍捕或追殺，不再因為重拾起對某些書籍內容的記憶而興奮著迷——當然，也不再因為某一即將被喚起的記憶突遭打斷而懊惱。

正當我一而再、再而三地從許多破鏡殘塊上誤以為看見了孫小六面容的局部映象的時候，我忽然掉進一種全然沒有自己存在的想像裡去——掩上房門之後的孫小六正在做些什麼呢？

或許一如來到美滿新城一巷七號之後的每個晚上那樣：孫小六總是盤腿趺坐，兩掌向天，交疊在丹田前方，面朝正東，舌尖抵住上顎齒根之處，同時以一種極深、極緩的節奏呼吸吐納。

這就是我對掩門之後的孫小六所能想像的全部——非徒想像祇此而已，事實也祇此而已。打從孫小六能夠記事起，他就從來沒有躺平熟睡過。想到這個，我的胸腔不由自主地抽搐了一下。

在下一瞬間，我扭熄了梳妝台角落裡的小燈，在黑暗中鼓足勇氣喊了聲：「小六。」

房門的銅荷葉又狠狠地呻吟了一聲，孫小六仍是怯生生地應了句：「是，張哥。」

「你不用下來，其實、其實也沒什麼事。」我支吾了半天，想足了多少道歉或者道謝的話卻一個字也說不出口，祇好隨口問了句：「你在打坐嗎？」

接下來我們有一搭、沒一搭地對話（也可以說是廢話）了不知道多久，內容是什麼全天下也無人知曉——我反正是一個字都不記得了——我所能記憶的祇是一種交談的氛圍。由於整個對話是在全然黑暗之中進行的，兩人說話的目的似乎也祇是讓自己和對方的聲音持續下去而已；時間稍久一些，情景就顯得有些荒謬滑稽的味道——至少在我的感覺裡，自己好像是在和一整個黑暗的世界，或者說一整個世界的黑暗在講話。而那黑暗還會發出對應、回答的聲音。以我和孫小六彼此陌生的程度而言，其實很難觸及什麼我們都有興趣或理解的話題。他不時地想探問的是我對小五「有什麼感覺」，我總有辦法避開閃過。而當我侃侃說起手邊那篇碩士論文裡的觀點和少得可憐的文獻材料中一些瑣碎的故事的時候，孫小六也祇能「噢」、「唔」、「嗯」地應我，活像一隻得了感冒而啞了嗓子的貓頭鷹。然而我沒有停止這種交談的意思。我喜歡這樣——在無際無涯的黑暗之中，說一些於對方而言並無意義的話，聽見一點輕盈微弱的應答；也以輕盈微弱的應答來對付自己所聽到的、沒什麼意義的話語。事實上我一直相信：絕大部分的人類的交談好像都是如此——不過是一個人和黑暗的對話。這是交談的本質。也正由於大部分的人不願意承認他每天談論的東西、甚至一輩子所談論的東西都祇是「一個人和黑暗的對話」，他們才會想盡辦法發明、製造甚至精心設計出各種掩飾那黑暗的裝置。

坦白說：當時我並不知道那些掩飾的裝置究竟是什麼。我那樣坐在黑暗中和孫小六說了大半夜，其實祇是掙扎著如何對他表達一個卑微的歉意或謝意而已。我多麼想明明白白地說：「謝謝你剛才給我東西吃。」或者：「對不起我不該冒犯你的好意。」諸如此類。可是這樣的言語（無論它多麼真誠）我總說不出口，我寧可讓自己被黑暗狠狠地包圍著、封裹著、擠壓著；直到孫小六出乎我意料之外地迸出兩句話來——乍聽時我打了個哆嗦，還以為在這老宅子裡另外跑出來一個鬼——

「張哥！你知道嗎？我一輩子都會感激你；我早就想跟張哥你說了。」

「怎麼會說這個？」

「張哥不記得了嗎？」

我在黑暗中搖搖頭，之後好一會兒才忽然想到：樓上房裡的孫小六根本看不見我搖頭，便答了句：「記得什麼？」

「我們去植物園騎腳踏車，被警衛抓起來蓋手印的事。」

「這個你上次說過了。你還說小時候什麼垃圾你都記得。」

「那張哥一定忘記了。」

「忘記什麼？」

「真的嗎？」

「忘記了那時候我根本沒有蓋指紋印哪！」

「是張哥你趁那警衛沒注意的時候用小拇指蓋在我的那張表格上的啊！後來罰站的時候你還偷偷跟我說：不要留下一個黑記錄，那我一輩子就完蛋了。」

「沒那麼嚴重，根本就是他媽唬人的——我上回不就告訴過你？」

「我還是感激張哥。雖然我這一輩子還是完蛋了。」孫小六的聲音聽來比我勇敢多了：「我是說真的。」

我做過這麼好漢的事麼？在黑暗中我搖搖頭。不可能。我再搖搖頭，努力向室內每一個角落裡蒐尋那些失落的記憶的影像，卻什麼也找不到了。我本能地伸手去摸索，結果在梳妝台上摸著了一個已經空空如也的行軍口糧塑膠袋。然後我想起來：在和樓上的孫小六說了不知多久的廢話的時候，我的確把一整袋狗餅乾之類的食物幹光了。我吃飽了，精神和體力都恢復了，距離下意識所預期的死亡遠了，活過來了，和那些曾經邂逅過、擁有過的生命記憶再一次地告別了。

「我沒有別的朋友，張哥；祇有張哥是我的朋友。」黑暗跟我這麼說。

我應該很感動的。一個稍微正常一點的人聽到這種話會說什麼我不知道，而我的回答卻是：

「你朋友還真多。」

這是我和孫小六勉強交上朋友那個黑夜裡的最後一句話。

第三十五章　面具爺爺及其他

孫小六在十二歲那年第三度離家出走——或者該說「第三度遭人拐走」——的事發生在民國六十六年。當時市面上流行一首爛歌叫〈從民國六十六年起〉，大意是說：從民國六十六年起，一切都會更美麗。我敢和任何人打賭：在那個年代，很多人是以一種感動得不能自已的心情在唱著那首歌的。大約也就是從那個時期開始，遇到元旦、國慶和隨便什麼鳥節日，都會有一大票人趁天還沒大亮的時刻從四面八方簇擁到總統府前面的廣場上，昂起頭等著看兩名憲兵在樓塔尖上升國旗。電視台派出來的攝影記者還會把那些仰望國旗、淌下眼淚的老百姓如何感動著的模樣拍下來，在你剛吃過晚飯，正打著飽嗝兒的時候播放出來。

一切會不會變得更美麗是個愚蠢的問題，我祇知道一切會變得完全顛倒錯亂。如此而已。比方說：孫小六失蹤那天，我所認識的所有的人都在討論一貫道的事。那是某個禮拜二或禮拜三，一個一貫道的「前人」王壽被刑警抓起來了，和王壽一起落網的傢伙叫蕭江水，他的職稱是「宰相」。兩人被捕的罪名是他們宣稱自己乃佛祖投胎轉世，於是稱王稱帝，發展組織不說，還以「渡大仙」的名義向信徒募斂錢財，混了個上幾千萬的資產。治安機關隨即宣布：要澈底消滅邪教勢力，讓我們的社會風氣更清新、更乾淨。可惜這話說早了——王壽和蕭江水給抓起來之後，治安機關才發現：一貫道信徒的總數比全中華民國的陸海空三軍加起來還多了好幾萬。一切並沒有因為稱王稱帝的神棍被捕而更美麗——很多很多年過去了，孫小六從五樓窗口一躍而出，竄入竹林市的那天下午，有三組準備出馬競選總統的政治人物分別在一個半小時之內拜訪一貫道的總壇，呼籲全國不吃魚、肉，可是不忌吃鴨蛋的教友投他們一票。

我還可以舉一個一切不會變得更美麗的例子。孫小六在民國六十六年六月十三號那天遇見萬得福，地點是在台北西門町峨嵋街一家叫「金元寶」的小歌廳門口。萬得福在騎樓下攔住孫小六，要他到對街立體停車場「避一避」。話才說完，「金元寶」門裡衝出來三個人，前面兩個大個子人手一把槍，後面的小個子則神色驚惶，滴溜溜轉著雙大眼珠子四下張望。孫小六給萬得福扯著臂膀，衝過街心的時候聽見一聲刺耳的緊急煞車——

關於那兩個大個子如何朝煞車卻未及開門的一票人連開多少槍，以及他們如何護送那賊眼賊眉的小個子劫車離去的細節我就不說了——因為我不在場，沒有立場說話，祇是孫小六瞥了那小個子一眼，因之而印象深刻；他認識那小個子。他是個頗有點兒小名氣的台語歌手，出道十多年，漸成電視紅星。就在給孫小六撞見的前一天，這個叫葉啟田的歌手還在台南元寶歌廳駐唱，因為受不了台南地痞的勒索而找了幾個少年郎替他圍事，動起手來把地痞打了個一死二傷，自己隻身竄到台北來，投靠元寶歌廳老闆的哥哥——此人是金元寶的大股東，人微角輕不必細表。總之孫小六見過的這小個子後來居然當上了立法委員，插身教育文化委員會問政。這是我說世界不可能變得更美麗，祇會變得顛倒錯亂的另一實證。

如果要把「從民國六十六年起，一切都會更美麗」的反證一一羅列而出，恐怕要說到民國九十九年也說不完。不過，跟孫小六有關的另外一個事實是非說不可的。這件事發生在搜捕一貫道首惡份子之後、通緝賊眼小個子歌星之前，正確的時間是三月三十號上午。孫小六所謂的「面具爺爺」扔石頭沒留神，打下了一架直升機——事情要用類似孫小六那種慢條斯理、不忌繁瑣的方式說，才說得明白。

農曆年前的二月八號，祇有十二歲的孫小六在雙和市場裡遇見這「面具爺爺」——這人臉上罩著個長了雙彎犄角、凸眼珠，還有副翹下巴和一張血盆大口的塑膠製妖魔面具；他湊近孫小六，低聲道：「有空沒有？」孫小六聽那聲音便知道：完蛋了！又來了！正待拔腿要跑，「面具爺爺」早已按住他的琵琶骨，道：「前回『紗布爺爺』沒告訴你麼？」

孫小六胡亂點了點頭。

「『紗布爺爺』說什麼來？」

「說我要是不跟他走，就把我爸我媽我哥我姊切成一塊兒一塊的。」孫小六說著，已經流下淚來。

「然後呢？」

「然後絞成泥、和韭菜——」孫小六這時開始抽搐起來，然而琵琶骨上的手指摳得更緊了些——他不覺得疼，但是渾身上下卻有如教人用麻繩給紮了個結實、直教透不過氣來，自胸腔以下則幾乎完全麻木了。這時他的悲傷倒不是由於疼惜自己身體的緣故，而是想到他爸他媽他哥他姊可能遭遇的下場。

「絞成泥又和上韭菜之後呢？」「面具爺爺」溫聲問下去。

「做成——餃子，煮、一、鍋。」孫小六終於把這一套恐怖的流程說完，連鼻涕也嗆出來了。

「既然都記得，咱們就上路了罷？」「面具爺爺」似乎是在面具後頭笑了笑，道：「你小子如果當真是那星主投胎降世，包你不出一年半載，就能打我這兒出師。」

「可是——」孫小六一眼朝市場口瞥去，忽然給激出個主意來，當下抬袖口抹了把臉，扯了個謊：「今天下午我要去師父家練拳。」

「想搬出你師父那兩套臭把式來嚇唬爺爺我？」「面具爺爺」的面具湊得更近了些，從那張血口之中噴出一股又腥又嗆的怪味兒。孫小六打從這一刻起迷糊了，祇知道自己歪歪倒倒趦出市場口，扶牆摸到武術館，站在大門口跟彭師母道了個別，說過了年也不一定會來，之後便什麼也不知道地走了。

這一次，孫小六居停所在卻不見之前的那個新生戲院了。「面具爺爺」帶他住進一幢鄉間的別墅。這別墅前後皆有庭園，園中修竹短草，參差有致。側院築有白石小徑一條，順著這小徑往裡走，過了二進房宅還另有天井一方，中有魚池一座，池中養了幾十尾或赤或白的錦鯉。對幽囚在此的孫小六來說：每天能到那池畔以觀魚作耍，稱得上是唯一的樂事。

除了魚池，那獨門獨院的大別墅中最令孫小六印象深刻的是某小室牆上的十字架，以及小室對面臥房床下的一雙大皮鞋。之所以印象深刻，乃是因為「面具爺爺」每見那十字架都要施以「哼哼」兩聲噴鼻冷笑，卻從不說明緣故。至於那雙大皮鞋則更有不得不令孫小六難以忘懷之處——他每天晚上都要在那雙皮鞋旁邊的地板之上打坐入眠；陳年老皮子加上鑽石鞋油的刺鼻氣味，著實難以消受。然而「面具爺爺」曾經三令五申：暫住於此實非得已，為了不節外生枝，徒增驚擾，是以在此居停之際絕對不能破壞一磚一石、一草一木。室內陳設原本如何放置，便一任它如何放置；連几上茶杯、廁中巾絹和床下皮鞋亦復如此。孫小六初入此屋的幾日感覺萬分不自在，祇道這房子的主人一定是個不吃不喝、不拉不撒的神仙，才能把居室住得這樣纖塵不染。未料三數日後，「面具爺爺」才告訴他：此屋原主已在兩年前仙逝，人死了，房子也帶不走，如今祇有三、兩個「底下的人」每週前來灑掃整頓，務使其情狀一如原主生前舊觀。

「咱們既然祇是來此借住，便不該移動原先物事一分一毫，這——」「面具爺爺」用鼻孔哼了兩聲，歎了口氣道：「也算是對死者的一點敬意罷！再者，你若隨手移動了些許物事，教那來灑掃整頓之人窺看出什麼端倪，咱們可也就住不下去了。」

是以每日清晨，「面具爺爺」都會手持一枚放大鏡，將屋前屋後、裡裡外外巡看一遍，直要見到每樣小物件皆歸置原處，未見絲毫偏移，才算放了心。這樣巡看一回，差不多已過八、九點鐘光景，「面具爺爺」便帶著孫小六從後園的一堵矮牆縱躍而出，去做這一天的功課。直到夜色四合，再由原路躍牆而入，躡步潛蹤，各自回房睡覺。有那麼一遭孫小六心血來潮，在「面具爺爺」巡看之時劈頭問了兩句：「這主人既然死了，怎麼還要人來替他打掃房子呢？難道他要變個鬼回來住嗎？」

「面具爺爺」聞言之下悄然說道：「人世間哪裡有鬼神可以立足之地？自凡說神道鬼，皆是因為怕人失去了敬畏之心，才藉這鬼神的說法來畏之、戒之的。人一旦有了敬畏之心，也就不至於胡作非為、無法無天了。」

「他既然變不成個鬼回來，又為什麼要替他打掃房子，還擦皮鞋呢？」

「面具爺爺」想了片刻，一副不該說、又不得不說的神情；幾度啟齒，話到嘴邊又吞了回去，最後終於迸出這麼幾句來：「人雖然不在了，可是祭之、祀之、就彷彿他還在的一般。這裡頭有個極深的意思；叫『祭如在』。說的是我們活著的人眼中不能祇看見現在的人、現在的事。」

「那麼這死了的人以前是個好人囉？」孫小六問道。

「面具爺爺」這回不答他，扭頭進了那間小室，關上門，大約是又抬眼瞥見了牆上掛著的木十字架，隨即發出兩聲哼哼。孫小六沒的說，祇好撲身盤腿，在那雙大皮鞋旁邊趺坐定神；一夜如常，無話無夢。

至於每天所行的功課，便與「大牙爺爺」和「紗布爺爺」所授者完全不同了。這「面具爺爺」總是手持一枚放大鏡，出門逢著什麼事物，似乎但憑興之所至，便湊近前，仔細端詳一陣，再回神思索半天，彷彿直要將所見之物想了通透無礙，才肯向孫小六講述。所講述的內容，初步未必同先前那事物有什麼關聯，聽來不過是一個套一個、一則接一則的故事，但是環環相銜，隻字片語皆令孫小六銘印在心，揮之不去。下面是為數不下千百計的故事之中的一套。

那一天「面具爺爺」和孫小六躍牆而出，朝後山坡下行了數百步。走著走著，「面具爺爺」忽然「咦」了一聲，停下步子，朝身旁草叢中尋撥一番，一面掏出放大鏡來，衝一株碗口粗細的樹上打量了許久，又循例思忖了約莫有半個鐘頭。猛地開口：「你該認識這樹——這叫桑樹。且此株能生長得如此結棍，乃是經歷過好些年月的艱難打熬；它居然能活下來，倒真是不容易了。

「從前孟老夫子說過：『五畝之宅，樹之以桑，五十者可以衣帛矣。』說的是什麼呢？一般人說這幾句，不外是有個五畝地的宅院，在空地上種些棵桑樹，再養養蠶，就可以讓五十歲的老人家穿綢衣服了。這是不明白孟老夫子的道理說法兒。孟老夫子說五十歲的老人可以穿綢，而不說二、三十歲的壯年之人，或者七老八十的暮年之人，乃是說這種桑育蠶的事業，非有個幾十年的時間是無法成就一分產業的規模的。所以十幾、二十幾上種了樹，到五十歲才穿得上綢料。底下才會有『雞豚狗彘之畜，無失其時，七十者可以食肉矣。百畝之田，勿奪其時，數口之家，可以無飢矣。謹庠序之教，申之以孝悌之義，頒白者不負載於道路矣。』這一大堆的話，說的都是謀生教養的艱難，非窮耗無數歲月是不會有什麼收穫的。這些話，你要記下了。

「再者，方才我說此株存活尤為不易，也是有道理的。這株桑樹原先不知什麼緣故，是發在我們所住的那宅院之中。那主人嫌桑喪同音，兆頭太壞，便教整理庭園的工人給鋤了、扔了。不意它落在這雜草坡下，滾了如此遙遠的路途，居然還抓地生根。如今眼見都兩丈多高了；倒是忌諱它的那主人，而今安在哉？而今安在哉？——這，你也要記下了。

「你再看這桑樹內層根皮——所謂桑白皮者——這是極有用處的中藥；有清肺去熱、下氣定喘的功效，可以固元補虛、瀉濁止嗽的。還有這桑耳，它又叫桑臣、桑檽、桑黃，也叫桑寄生，是一種專門附生在桑樹上的菌，是可以吃的，也可以入藥。你，且記下了。

「桑樹身上還有這麼一樣特別的蘚類植物，長的模樣兒像地錢，名叫桑花，卻不是桑樹自有之花，也是可以吃的。宋詩曰：『柳菌粘枝住／桑花共葉開』，所指的便是此物。你便將這桑花也一同記下罷。

「另外同這桑樹有關的事還很多，其中有些是你一輩子用不上、也學不來的知識，有些是你學得了卻未必正用的知識。倒是有這麼一樣，你非得牢牢記住不可：日後倘若有一赤臉醜老漢拿著一把桑木製成的弓、一支蓬草做的箭，前來尋你，你便不問情由，同他前去。那赤臉醜老漢會傳你一套有用的藝業。知道嗎？」

孫小六實出無奈地點了點頭。也差不多就是在那一刻，他猜想自己這一輩子都逃脫不了各式各樣的老頭子們的追捕和牢籠了。

然而，此時他所經歷的還祇能算是極小的一部分——即使單就桑樹的知識而言，前面所說的這些也還祇是「面具爺爺」所授之學的九牛一毛而已。

「面具爺爺」看似隨興閑說的內容乍聽之下彼此並無干涉，可是時日稍久，自然相互呼應起來。而且不祇是「面具爺爺」自己所傳授的內容得以桴鼓相應；更多的時候，孫小六可以在他的話語之中聽到一些當年從「紗布爺爺」那裡聽過的道理。比方說：民國六十六年三月三十號那天上午所發生的一樁怪事。這樁怪事又必須從日後整理而得知的相關背景資料說起。

民國六十五年七月間，一場據說是由台灣省林務局僱請消防專家施放的無名大火燒燬了阿里山小火車站前的一整排木造房屋。傳聞中主使此事的林務局其實也是在有關單位授意之下才幹出了這等勾當。至於是哪一個有關單位？一直未有定論。有說是安全局、有說是警備總部，也有說是國防部情報局的；總之是這麼一個情治單位。由於查察線報，該單位得知：在各族山地同胞間有一跨部落的「走路人」行當存在。這種「走路人」師徒相傳，每傳一代弟子皆是自各族中揀選體格壯碩、耐力逾常者，是為周遊於全島部落之間的信差或專使角色。這種「走路人」終身不娶，其所司之事便是自基隆附近的小丘陵入山，沿稜線遍行全島，傳遞部落間大小信息。由於身分不俗，使命特殊，「走路人」每至一處，便會受到極其豐盛的酒食款待，且有美女服侍，務使愜洽。此外，「走路人」決不介入各族之間的爭戰，其所行走的稜線路徑亦屬絕對機密；非師徒相授者，外人無一知曉。那情治單位在偵知有此一祕密路徑之後，曾屢次遣特訓人員跟蹤，卻每每於半途中失算落梢，不可復得。而根據所有已知情報綜合研判；每年七月中，阿里山小火車站附近，都有類似「走路人」師徒模樣的老小「山青」出沒。這個研判結果落在該情治單位的一名消防顧問洪子瞻手中，卻得出了一個「火攻之計」的策略——質言之，便是在七月初施放一場大火，再遣便衣人員嚴密注意阿里山小火車站左近人口流動情況，遇有可疑者即行逮捕，屆時再加以祕密刑訊，不怕沒有口供。洪子瞻之所以力主此計，乃是因為他堅信「一場大火」乃是各族山地同胞之間都會關心討論的重大事故；「走路人」有義務奔而告之。

倘若僅此一慮，火未必放得成——因為這畢竟是攸關百姓生命財產安全的災害，豈可任意釀致。偏巧台灣省林務局有個為「山地同胞」開闢新社區的計劃，正愁沒有說服住民放棄老房舍的口實，洪子瞻這「火攻之計」恰可與新社區拆遷計劃互為表裡——這場火祇要不燒死人，便稱得上師出有名了。

這場火果爾將小火車站前的幾十幢木造房舍燒了個片瓦不留。所幸大火延燒之前，林務局早已作了安置：招待住民去林務局實驗所看露天電影，是以火場內並無人員傷亡。事後局方承諾：半年之內可以規劃建築完成一批新社區房舍，住民也就有新屋可住了。

孰料火也放了、屋也燒了，「走路人」卻始終未曾現形，那主持縱火逼事的情治單位撂下話來：沒有「走路人」的稜線路徑圖，就不會發放新社區的興建經費。此事延宕到六十六年二月，那些流徙到其他聚落村集中無家可歸的住民已經忍無可忍，成天到晚前往林務局駐在單位扔擲空酒瓶洩憤。此情由觀光客輾轉向新聞界透露，遂有那專以刊載社會聳動案件起家的報館以「官逼民反」之類的案語登了幾日消息。林務局實在吃不消這樣攻訐，趕緊挪支了些山地水土保持經費，先給所謂「新社區預建址」處打上了地樁土樑之類的地基，又邀約了十名新聞記者搭乘直升機前去阿里山，名曰「參觀神木新社區整建工程」，期使這一趟行腳下來，記者諸公可以在報章上替林務局美言幾句。然而這一架編號八—一三一〇三的直升機根本沒飛上阿里山，它在林口上空就墜機了。這一日低空風勢強勁，上升氣流間歇起伏，倒是應該不至於影響已經升空、且以穩定速度前進的直升機。然而，就在墜機的前一刻，機上正、副駕駛、兩名林務局陪行官員以及十位記者都聽到螺旋槳葉片發出「喀啷」的一記巨響，隨即在數秒鐘內失速。直升機體勉力盤桓十數匝之後終於撐持不住，側身壓倒在一株大樹頂上。由於樹冠十分茂密，托卸了很大一部分的墜失勁力，是以機身雖然斷成兩截，機上一干十四名人員大多無礙，僅正、副駕駛和一名林務局官員受到輕傷。

眾人相繼爬出機外，所能看見的直升機已是殘骸，螺旋槳葉片早就不知斷落何方去也，祇這機身外殼經樹枝擦磨了一圈，竟然片片捲捲，猶似魚鱗。一名記者在次日的新聞中如此描述：「我們這一群僥倖大難不死的生還者在爬出機身之後的第一個感覺竟恍若從一條魚腹中鑽出的一般。」

另一名記者則以較抒情的筆調描述了附近正在舉行建醮法會的某寺廟僧眾稍後前來協助從事救援工作的細節。在這位記者的文章中，還有如下一段刻畫：「頭部碰傷的副駕駛在獲救當時頻頻囈語：『白色的老虎。白色的老虎。』我們都以為副駕駛可能因腦震盪而產生了輕微的幻覺。幸好入院檢查後並沒有進一步的症狀出現……」

上述這個背景——也就是從利用「火攻之計」迫使「走路人」出首，一直到十四名墜機事件生還者後來的敘述——皆可以自報章雜誌乃至一些散軼的回憶錄式文字中爬梳而得。然而它仍祇是片面的。如果不拼合「面具爺爺」這一方面的事實去看，則它非但片面，甚至充滿誤解。

至於「面具爺爺」這一方面的事實，又要先從他在民國六十六年三月三十號當天帶孫小六外山授課的內容說起——那一天，「面具爺爺」告訴孫小六：當年「紗布爺爺」教了他一套奇門遁甲陣雖然稱手好用，可卻祇是這門學問中的皮毛。

「所謂變色易貌、布幻設迷，祇在唬弄那些沒眼神、無心機、比咱們愚笨的人。」「面具爺爺」如此說道：「可是奇門遁甲作為一種占卜之術，還有無數功法成就，猶在擺陣之上。

「此術早在明代中葉即由一名喚劉蘭溪的老道士傳下，一傳兩支。一支經走方的黃雀卜者而傳，一支經賣藝的江湖術士——也就是我們今天稱之為『魔術師』的——而傳。這兩支向例互無來往，一直到清末出了個苦石道長，機緣奇佳，先後從一卜者、一術士身上學得這奇門遁甲兩支的全般藝業，傳了你『紗布爺爺』。祇可惜你『紗布爺爺』還不曾出師，苦石道長便入寂歸真了，是以他的道行還不算完備；擺幾個迷陣固然難不倒他，可是講究起觀天窺人、未卜先知來，就有些吃力了。

「我是個喜好讀些雜書、研究各種旁門左道之務的人。此生容不下一件不明白的事、見不得一宗不透澈的理。是以過去幾十年來，東鱗西爪地涉獵了不少亂七八糟的瑣碎學問。你『紗布爺爺』那幾手我也參習了十四、五年，直到這幾年上，我才參出其中還別有究竟。你且看——」

孫小六應聲順勢抬頭朝「面具爺爺」指尖盡處看去，但見一片朗朗青天，高空中有一塊一塊似瓦片又似魚鱗的雲彩。

「這叫高積雲。」「面具爺爺」微微瞇著眼，細細覷了半天，彎身拾起塊小石子在手中，道：「老古人叫這雲為『慶雲』、『紫雲』、『景雲』，意思是一種祥瑞之雲。有了這種雲，就不會下雨了。俗話說：『天上鯉魚斑／明朝曬穀不須翻』就是這個意思。你順便把這雲的稱謂、形狀和這諺語都記下了。再往雲後面看——」

孫小六手打亮掌遮住眉沿，逞盡目力朝那高積雲破洞深處的一抹藍天望去，可怎麼看也祇見一片湛藍。美則美矣，卻並無可見之物。正狐疑間，耳旁傳來一陣低沉的囑咐：「欸？難道你『大牙爺爺』教給你那套『欲窮千里目』的功夫你竟忘了嗎？」

孫小六聞言一怔，還來不及思索：這「面具爺爺」不祇同「紗布爺爺」相識，居然連「大牙爺爺」也知道；轉念之間倒立刻憶起「欲窮千里目」是一套增強目視能力的內功——孫小六極幼小時背誦過千遍百遍，印象深植腦海，但是他從未認真記之、用之；直到「面具爺爺」這一提醒，才赫然想起來了。

當下先將氣血過宮總訣默誦一遍，再就這天光看出：此際屬辰時；辰時氣血歸發於胃宮，血行在鼻、透心窩十二支骨、臍邊平直開四寸，這得將內力自足陽明逼成一線，散入三焦，經一小周天，暫囤於氣海，使成忽斷忽續之勢，點點離離，循任脈而下，沿督脈而上，潛伏於百會少頃。接著，再透過內觀冥想將這點狀之氣布於眼周蝶骨邊緣，待其分布均勻之時根本毋須睜眼，那視力便可透過眼瞼皮膜，直窮於外。此時正在光天化日之下，若以尋常視力觀看世界，萬物燦爛明亮，豈有異狀？但是一旦運用起「欲窮千里目」的奇功，卻得以眼瞼為濾片，濾去這強光之害，直看進更迢遞窅渺的宇宙之中。「面具爺爺」在這一刻道：「我食指尖所向的一顆星叫天衝星，又叫左輔星——這，你總不至於也忘了罷？」

孫小六貌似瞑目，其實看得個一清二楚——那正是當年「紗布爺爺」教他辨認的一組星辰中的一顆。

那總共是九顆星，分別命名為天英星，又名天樞或貪狼，配在離位；天任星，又名天璇或巨門，配在艮位；天柱星，又名天璣或祿存，配在兌位；天心星，又名天權或文曲，配在乾位；天禽星，又名玉衡或廉貞，配在中宮；天輔星，又名開皇或武曲，配在巽位；天蓬星，又稱搖光或破軍，配在坎位。另有天衝星，又名左輔；天芮星，又名右弼。這兩顆星經常是隱而不見的，但是熟通前七星布列之勢（也就是一般人所稱之北斗七星或大熊星座）者，對這兩星也多有想像的位置——即是在天蓬、天輔二星之間的左右兩側，它們便分佔震、坤二位。

是以也可以用這樣一個圖表來顯示這九星八卦的基本配置：

「面具爺爺」這時在孫小六耳邊沉聲道：「看你神色，彷彿真忘了你『紗布爺爺』的教誨了。」

「不不不、沒忘沒忘。祇是找不著那顆天衝星——」

話還沒說完，孫小六後腦勺上便吃了一記拍打，可他眼皮還不敢睜開，耳邊又聽「面具爺爺」道：「說你忘了還不認？『天衝、天芮，視而不見』的訣詞難道是白背的麼？來！我投個石子兒給你比擬比擬——」說著，便窸窸窣窣在一旁草叢中撥尋了片刻，又猛裡大喝一聲，彷彿是運上了不知多麼大的一股氣力，奮擲小石出手。隔著層紅橙橙的眼皮，這孫小六逞起「欲窮千里目」奇功仍看得一清二楚——那小石子兒便恍如一漸去漸遠、也漸小的黑斑，恰恰朝天蓬、天輔二星左側飛去。偏就在那小石子兒即將自極高處疲落而下之際，但見橫裡忽然飛過來一隻碩大無朋的蜻蜓，恰恰撞上那石子兒。說時遲、那時快——孫小六睜開眼皮，身旁的「面具爺爺」也瞠目結舌地「啊——呀！」喊了一聲。

原來說巧不巧，真個是一腳踢出了屁來的那麼份兒巧勁湊合——當空不知多高多遠之處，堪堪飛過來的是一架林務局招待記者，準備南下阿里山宣導新社區整建作業的直升機。「面具爺爺」把這直升機的螺旋槳葉片打了個彎折，那一枚小石子登時化為齏粉，直升機動力頓失，便飄飄搖搖、掙掙扎扎地墜落了幾百丈高，栽進一叢樹冠之中，壓垮了樹身不說，機身也由尾架處斷成兩截。

這「面具爺爺」作何表情？孫小六是不知道也就記不得了。可是在那一聲驚喊之後，他又緊跟著唸了一串怪話：「天衝值辰，鯉魚上樹，白虎出山，僧成群。徵應後四十日內拾得黃白之物，發橫財。七十日內家主有折傷之患。」唸到此處，「面具爺爺」搖了搖頭，又思索了片刻，瞄一眼半里開外墜毀的直升機，拍了拍孫小六的肩膀，道：「好在這徵應裡沒有死人，否則爺爺我的罪過就大了。咱們快走罷！」

「直升機裡一定有人，不去救他們出來嗎？」孫小六雙腳杵著，動也不動。

「待會兒自有一麻袋的人會來救他們的；此處沒咱們的事兒。」「面具爺爺」似乎著了急，抬手抓抓臉，又忽地發覺臉是給藏在一頂面具底下的樣子而停了手，低下聲自言自語起來：「怎麼這麼說呢？李綏武啊李綏武！你活了偌大年紀，經歷過多少顛沛流離，到了這緊要關頭，器度膽量竟還不如這麼個孩巴芽子。唉！罷罷罷！——小六，還是你說得對，那直升機裡一定有人，咱們不能見死不救。」說罷一甩雙臂脫去罩身長袍——裡頭居然是一套連身的緊束棉衣褲；大約是穿的年代久了，說不上來是白的、灰的還是黃的。孫小六從沒見識過那樣的衣靠，一時之間還以為是BVD長筒內衣褲；正尋思：這「面具爺爺」為什麼要脫衣服？猛可見他一個旱地拔蔥，竄入半空幾達十餘尺高，空中卻不稍停佇，使的竟是孫小六的姊姊小五會使的一種凌空翦腿的身法，一逕往直升機落地之處飄了過去。未待孫小六交睫眨眼，「面具爺爺」已然趴伏在那碩大的鯉魚一般的前半截機身之旁，躡手躡腳像是怕教機身之中的乘客給認出來的模樣。就這麼前後尋了兩趟，才向機身底側的另一邊踅繞過去，沖飛而起，順勢扭開向著天空那一側的機門把手，再絞著一雙像是由一具馬達操控的腿子，沿原路飄了回來。這一去一返祇不過是彈指間事，非徒令孫小六印象深刻而銘記不忘，恐怕也讓當時機身之中唯一瞥見這過程的副駕駛大感駭異——難怪在那篇文字感性溫柔的女記者的追問之中，眾人一致懷疑副駕駛因撞及頭部而出現了暫時性的幻覺；不消說：那「白色的老虎」正是脫去外袍、頭戴鬼臉的「面具爺爺」。他是前前後後幾位爺爺之中唯一不小心讓孫小六獲知名字的人，不過，由於孫小六在二十二歲以前的語文程度太差之故，他自然不會知道「李綬武啊李綬武」是哪幾個字，他在龍潭徐老三的老宅子裡跟我描述這整個過程的時候也疑則傳疑地表示：他聽到的字是他不認得的字，也許是「你瘦五啊你瘦五」罷？

孫小六這個版本可以一直說下去：從「面具爺爺」從外面打開已經變形的機門門柄，到幾十百名在附近做法會，卻臨時前來救難的和尚們如何集結以及下達軍事口令……等等。不過那樣說太費事。雖然我必須坦白招認：我非常喜歡和尚們高喊「向右看齊」、「向前看」和「齊步走」的細節——且由於這細節太真實又太荒謬而令我捧腹不已。對孫小六來說，和尚這個部分甚至還是整個墜機或救難事件中最迷人的一段（他表演了兩次）。可是，對我而言，看似最無關緊要的「你瘦五啊你瘦五」則別具獨特的意義。

在民國七十一年、七十二年之間，我尚未來得及結識高陽，當然也就不會知道李綬武正是化名「陶帶文」而實為《民初以來祕密社會總譜》的原作者。此外，在短暫的接觸、交談之中，不論是萬得福也好，我老大哥也好，也從未向我提過這樣一個名字。這個名字大約就是那種和黃杰、陳大慶、高魁元等等，差不多的名字；他們都做過一陣什麼官，然後就變成了總統府的資政。這種人通常無政可資，所能做的不過是出現在報紙的訃聞欄中，嚇人一跳——因為讀者通常在看到這種人名字的時候直覺以為他們早就死過一次，怎麼又跑回來了？

臉上罩著個妖魔面具，身上穿了套棉質緊身衣靠的資政被這世上的某個小人物誤認成白老虎。這是令我十分著迷的一個千真萬確的情節；一個可以說已經湮沒在世人記憶或認知體系之外的荒原中的事件。它發生了、存在過，然後被誤會和忽視所放逐，幾乎因之而寂滅。它甚至應該比阿里山小火車站前那場燒掉整排民宅的無名大火更值得被載錄於《中華民國大事年表》之類的史料之中；因為正是這一天所發生的事把一個又一個看似神祕又彼此無關的名字串聯在一起——至少，對我這樣一個雜讀群書而無所用的鼠輩來說，其所揭露的歷史毋寧更為有趣而可信。讓我姑且以「『面具爺爺』及其他的歷史」稱之。簡言之：「面具爺爺」——總統府資政李綬武——是第三個綁架孫小六出走的老人。他們潛蹤借居之地是桃園縣復興鄉角板山附近一處「老頭子」的行館。此地於「老頭子」心臟病突發去世之後一度關閉，僅維持極少數人力打掃整理，直到民國六十六年暑期以後才開放民眾前往參觀。我就是在那年以救國團分支機構「中國青年服務社」培訓之嚕啦啦服務員身分負責向參觀者導覽那行館的工讀生。也正因為有這麼一段經歷，當孫小六向我描述那座鄉間別墅的庭園、魚池、房間以及牆上的十字架和床下的皮鞋，乃至院外山坡草叢中死而復生的桑樹……諸般細節的時候，我能夠毫不遲疑地辨認出那就是「老頭子」生前經常喜歡盤桓、居停甚至商議重要國是的所在。

祇不過到那行館對外開放參觀之際，李綬武已經將孫小六帶往台北市西門町的另外一個空屋藏匿——這顯然是由於他不希望被洶湧而來的參觀人潮打攪或干擾的緣故。

此外，正因李綬武無意間吐露了自己的姓名——聽在孫小六耳中也許祇是一串全無可解之意的符號，可是卻提供給我一個極其重要的線索——這個「面具爺爺」當年曾經被冠以「最年輕的資政」之號，據云乃戴笠一系名為「特務」的情治單位出身。抗戰前曾在軍事委員會「調查統計局」第二處任職機要。然而自國府遷台以後（也就是他當上資政未幾）便再也不過問任何台面上的重大政務了。有一個關於他的傳聞曾經出現在《傳記文學》或《中外雜誌》之類的刊物之中，我依稀記得那篇回憶錄式的文字是以充滿惋惜之情的修辭暗示：倘若「老頭子」在民國五十二年、西元一九六三年十月能夠順利取得一份重要的軍事情報，則「反攻大陸／解救同胞」的革命大業非常可能「邁入了一個新的里程」，之所以未能邁入這新的里程，則是因為「某一曾經參贊中樞、與聞機要且時時以博學淹通睥睨群公的人士作梗」之故。也正因為反攻大業倏爾遭到「撒潑塌擊」（按：這是老派文人喜歡運用的一種迻譯式語言策略，疑原文為sabotage；意指在產業或政治、軍事糾紛中以故意破壞機具、設施，或阻撓某一計劃之遂行為手段的陰謀活動），「老頭子」才會在兩年之後逐步展開對政府內部殘留匪諜或異議份子的肅清行動。

關於這篇刊登在那種「類歷史性」雜誌上的文字，我記憶有限，獨於一次祕密策劃的「反攻大業」行動和一個博學而瞧不起衮衮政客諸公的「某人士」印象極深。在孫小六說出「你瘦五啊你瘦五」的時刻，我赫然想起那個幾乎已經消失了的資政。

「『面具爺爺』及其他的歷史」還可以是非常繁複的一部中國當代生活資料記錄。比方說：他身上那一套白色棉質緊身長筒衣靠日後便穿在孫小六的身上——如果有誰能到竹林市找著孫小六本人，讓他脫下來，再找個科技單位研發部門好生研發研發，繼而推廣之、行銷之，當可大暴利市。因為就在茶園倉庫大戰、以及爾後發生在「美滿新城一巷七號」樓頂的惡鬥之際，這一身據說是當年杭州湖墅地區工匠以「木龍頭」手拉機穿梭織就的衣靠發揮了極強極韌的防護作用，救了孫小六一命。

此外，經孫小六轉述的一則回憶也填補了「面具爺爺」李綬武和「藍衣社」之間恩怨糾結的一段經歷——它恰恰可以嵌在我所讀過而無法相互勾稽拼合的幾段史事之間。

孫小六轉述它的時候並無確切的時間、地點和人物，其中除了「面具爺爺」這個角色之外，都是身分模糊的「壞人」、「那幫人」、「特務」和一個被稱為「大元帥」的傢伙。對我而言，那些人的名字卻再清楚不過——一如用解密本譯寫出來的明碼——其實就是賀衷寒、蔣堅忍、康澤、余洒度、居翼和邢福雙。也正因為我曾經寓目的書籍之中還牽涉了另外兩個人物，也應該在這個段落裡加以說明——祇不過在李綬武向孫小六述說這則過往之時並未提名道姓，祇以「另外兩位爺爺」稱之——他們分別是汪勳如和錢靜農。

李綬武之所以要同孫小六述說這則往事，或許跟孫小六不期而然撞上萬得福有關。當時他們已經離開角板山「老頭子」行館，躲回台北市西門町。在一次意外撞上逃亡的殺人歌手葉啟田的時候，被萬得福攔住，一把扯到對街立體停車場，躲過一陣天外飛來的槍彈。萬得福事後祇跟孫小六說了這麼幾句話：「我叫萬得福，回去跟你那幾位爺爺說：『老爺子』臨終有交代；得見了面合計合計。」說完人就一溜煙兒不見了。

依照我事後的推測：萬得福之所以那樣匆匆來、匆匆去，藏頭縮尾、諱形匿跡，一定是出於不敢輕信對方究竟是敵是友的顧慮。藉由孫小六傳話，起碼透露兩層意思：第一，萬得福知道有這麼「幾位爺爺」動輒拐架孫小六離家出走，授以平生絕藝。第二，讓這「幾位爺爺」也知道有萬得福這麼一號人物如影隨形，翩然在側。換言之，萬得福口頭上雖然說「得見了面合計合計」，意思恐怕反而是「並不方便見面」。機心深刻一點設想：萬一孫小六遭第三者強行問訊，得到的口信就祇能是「得見了面合計合計」之言，則表示萬得福並沒有和這「幾位爺爺」見上面。如此一來，顯然雙方還是不見面的為佳。

李綬武聽了孫小六轉述之言，點點頭。過不久讓孫小六重說了一遍，又點點頭。片刻之後，居然又道：「你再把當街攔你那老頭子的話說一次。」

「他說：『我叫萬得福，回去跟你那幾位爺爺說：「老爺子」臨終有交代；得見了面合計合計。』」

「你記下了沒有？小六。」

「記下了。」

「記下了好。」李綬武笑著說：「再有旁人問你，你就這麼說。自凡是照實說，一定忘不了。」

接著，李綬武向孫小六敘述了那段充滿爾虞我詐氣氛的故事——對於當時祇有十二歲的孫小六來說，我認為他所能夠得到的教訓就是不要相信任何人。

第三十六章　特務天下

「南昌剿匪總部」——又稱「南昌行營」——裡有這麼一個單位，外人僅知其名稱為「計劃處」，門榜掛著木牌，開門處是一扇大屏風，裡面是些什麼人？處理些什麼公事？則鮮少有知情的。

李綬武被那居翼狠狠揍了一頓之後，便給安置在這計劃處裡。室內桌椅几凳俱全，四壁全是木製櫥架，滿架上堆放的都是些裝訂成冊的宗卷文書，看來顯然是個貯置檔案資料的所在。根據李綬武自己的推測：居翼之所以將他安置在計劃處時並無長遠打算，祇那兩掌重擊之下，揣度李綬武必然承受不住，於是僅僅交代了一個武裝衛兵：先將此人扔進計劃處去，更無餘言。豈料才處理了這一步，戴笠的第二封急電又來，要居翼即刻動身前往南京——倘若對照當時其他相關的背景消息來看，這一連兩封電報催促登程所為者，應該就是馮玉祥僱用一批敘利亞人密謀刺殺「大元帥」一事——居翼慌忙馳往南京，竟忘了計劃處裡還躺著個性命垂危的李綬武。

且說這李綬武的祖上——也就是在《七海驚雷》中託名的李甲三——為呂元所傳之「法輪功」四支之一。前文曾經表過：李甲三徒步千里，扶棺歸葬其師至鳳陽故鄉，結果在棺中得了一本題寫著「法輪長隱／萬象皆幻」的操典；隨讀隨翻，紙頁上的字跡也逐字逐行地隱沒。此後由李甲三所傳的濟寧李氏「法輪功」一系使非練家武士之流，而一向以蒐纂考究各種武學掌故的工作為己任。這一系「武學的收藏家、武術的考古家」若非迫不得已，是不會將平日嫻記熟誦的武功拿來做什麼防身克敵之實用的。

李綬武這人更是好學成痴，非但於武學、武術無所不窺，對於各門各類的天文地理、圖識方伎更是殷殷求顧，切切思習，尤其是與拳腳兵刃、內家外家有關的種種掌故功法更十分不願放過。不料尾隨邢福雙入社而來，硬生生捱了居翼結結實實兩掌，比起尋常練家子十頓、百頓的毆打還要吃重幾分，幾乎就要命喪黃泉、魂歸太虛了。可他躺在這計劃處的地上，微睜雙眼，覷見四下裡俱是些圖籍資料般的物事，靈台方寸之間忽而一陣清明，忖道：此地居然有這麼些文卷，倘若能翻看翻看、瀏覽瀏覽，說不定還可以長點兒見識，多點兒學問；那麼，就算一時半刻之後就要死了，也差堪不枉。一面想著，李綬武一面掙扎著起身。然而居翼的兩掌雖然祇招呼到他的左頰和下巴兩處，可是內力剛猛頑硬，已經鑽入他的頸脊椎節之間，將神經束震斷——質言之：此時的李綬武手足四肢俱已不聽使喚，成了個癱廢之人。

也就在這一刻，李綬武不覺輕輕歎了口氣，嘴角微微抖了抖，暗道：你自幼飽覽各種武書，熟知諸家技擊；不意給人這麼一打，便直似破棉敗絮，動彈不得了。難道孜孜矻矻十餘年所研所習，不過是這一脈幽幽然、緲緲然的思慮，眼見還就要與身俱滅了嗎？如此想下去，可說是越想越傷心、越想越斷腸，兩行熱淚竟撲簌簌自眼角成行滾落——那淚水滾到地面之上，久之凝成一汪，冰冰涼涼沁上他的後頸——他不覺打了個哆嗦；玉枕穴處登時傳來一陣麻癢突跳。

這一個哆嗦打下來，倒提醒了李綬武：雖說頸椎神經損壞、四肢癱瘓成殘，可是人體之中自有無須逞筋拚肉之力，原非任何人所能使得。然而身為呂元一系「法輪功」的嫡傳弟子，他濟寧李氏一族如何不能通曉運用呢？前文早已交代：朝元和尚在將呂元辭出師門之前以袖風些許之力催動呂元丹田後之法輪，讓一個從來不曾習武的人於瞬息間成就功果，頓入「活潑」之境——呂元一個頭磕下去，根本沒有用上多少氣力，卻將石磚磕得粉碎，可證人血肉微軀之中自有無限周流不居、生發不息的大能量。祇是濟寧李氏這一支篤學深思，一向不以武鬥為能事，說得更坦白些：全是「紙上談兵」之流，何嘗實操實練？

可如今李綬武現成給打成了一個廢皮囊，若僅能懊惱這「紙上談兵」之不及於身體力行，又有什麼用處？偏偏一個小小的哆嗦打下來，玉枕穴上那陣麻癢突跳，讓他想起一個同呂元有關的故事來。

當年呂元和甘鳳池萍水相逢，硬教甘鳳池迫著傳授武功，呂元見此人雖然粗夯鄙陋，仍不失是個血性漢子，遂允其請，且以結拜金蘭敘交。然而兩人還有約定：倘或有一日，甘鳳池動了個殺人劫財之念，卻又不是為他人主持公道的話，便須自廢武功，永永不再做什麼行俠仗義之事。

未料世事變化竟常成讖驗；甘鳳池固然在外頗有俠名，自家謀生務實倒總為俠名所累——畢竟他與刺殺皇帝的呂四娘同在八俠之列中，縱令他果真是個頂天立地的大英雄、大豪傑，試問：不能在光天化日之下抬頭挺胸、揚眉吐氣，不能受閭里市井間老幼婦孺的欽羨、愛慕，成年累月祇便晝伏夜出，避人耳目，豈不悶煞了像甘鳳池這樣尚意氣、好名節，喜歡迎風逆行的人物？最令甘鳳池神喪氣沮的是：長此以往，江浙一帶地面上的人物居然忘了「甘瘤子」這號人物。

江湖上慣見的情形便是如此：有人技擊了得，受人畏忌也罷、推重也罷，封他一個俠字算是難能可貴的了。然而一旦招惹上公門是非，壞了清望，甚至還受虛名之累，成了亡命逃捕之徒，那麼空頂一個俠銜在身，是連飯也吃不上的。久而久之，原先在甘鳳池身邊恭維簇擁、趨走倚附的人益形疏遠、零落，倒是自內廷潛出，到處圍逮兇徒的禁中高手勢成漸束漸緊的網羅。不到三年之間，甘鳳池已經給逼得遁往那湖廣、四川各地藏匿，且猶不得飽食安寢。

某日在成都市上，甘鳳池早已餓得頭暈眼花，不意又見有那偵騎人馬出沒，還以為又是衝自己來的，遂搶忙往人多處竄走，情急之間，撞倒了幾個肩挑貿易的商販，將餅餌菓食打砸滿地，自己也給絆得摔了個馬趴，可謂狼狽至極了。偏就在他頭臉指掌之間的地上，有那麼一枚銅錢掉落，甘鳳池連想也不曾想，一把抓起那銅錢，撐身便起。不料此景卻教身旁一個丐童瞧見，登時發喊：「這腦袋上生瘤子的老潑皮搶人銅錢！」

甘鳳池聞言一悚，低頭再看，手中可不正攤著一枚銅錢？這剎那間百感交集，忖道：想我甘鳳池在南京時日是多麼風火光鮮的一介大俠，怎麼會淪落到這步田地？居然當真為了一枚銅錢成了強徒；且在十目所視、千夫所指之下，更是無地自容了。

就在這既羞且憤的片刻之際，甘鳳池忽然想起當年與呂元訂交時賭的一個咒——他日甘鳳池要是為了一己之私動了貪人錢財的歹念，便一抓摘了這顆瘤子。這話畢竟是他自己說下的，如今銅錢在手，歹念在心，蒼天后土俱是見證。甘鳳池二話不說，恭恭敬敬將那枚銅錢置於地上，右手逕往額角上瘤子抓去——

這頃刻間的血肉淋漓便毋需細表了；市集上眾人見這人自破命門，仰身栽倒，登時嚇得蜂飛蠅散。輾轉喚來地保、仵作時，又已經過了半個時辰。驗看俱畢，祇道此人既無鼻息，亦無脈動，自是死了，便喊過些遠近圍看的丁壯，先將甘鳳池屍身舁往集邊一野寺暫置，再發遣些幫閑好事的四出打聽：這死者究竟是什麼出身來歷？

想這甘鳳池流離至此，哪裡有什麼親故友朋？是以晝間幾個時辰下來，全無半點著落。看熱鬧，議短長的人久之失趣，到暮夜時分也散盡了。未料這甘鳳池半僵半冷的身軀卻打了個哆嗦——不知是否天可憐見這個負氣好名的大俠原非作惡自斃之徒，總之一個哆嗦打下來，甘鳳池那一縷心不甘、情不願的遊魂竟爾從這野寺門外踅了回來，望著地上的屍骨，一陣歎息、一陣啼泣；顧盼自己平生行事，不過是為了成全一副俠名，孰知臨了是如此不值、不堪的一個結局。也就在這麼撫歎之間，甘鳳池的遊魂陰眼靈通，睇見屍體丹田深處的那一具法輪仍兀自轉個不停，這才恍然有所悟：當年同呂元訂交之日，他已然暗裡替我點撥了這法輪。祇是他不喜我這麼慣扮英雄，動輒以力制暴，是以從未將這法輪的用途好處告我。如今我一抓摘了命門所在的瘤子，明明是死了，然而法輪仍端端好好、活活潑潑，略無寂滅休止之象；可見我這條歹命還不該就此絕了——反而是什麼英雄豪傑的威風名望，倒還真稱得上是「從前種種，譬如昨日死」呢。一念輕搖，這遊魂再垂眼望去，祇見那法輪轉處，果爾有些游絲漫縷的脈氣緩緩釋出，分別往神庭、期門、環跳、曲垣、陰市、三里和神封七處大穴竄去，其勢猶如以紙媒傳遞火種；一處點著、便顯出一處明亮，待此穴既亮、便另往他穴訪走。初無定向，亦看不出這氣脈是依循一個什麼樣的布局而遊動逐走。要之則似任性適意、隨遇而安的一般，且其分流衍行的速度更時而慢、倏爾疾，彷彿有幾分拿不定主意。實則本當如此。試想：一個若隱若現、似有似無的小小法輪，畢竟祇如一枚促發生命潛力的機械裝具，而非諸天神佛，豈能足具智慧，知所先後緩急？不過，就這麼逐穴漸進，過了大約一個更次的辰光，甘鳳池的遊魂但覺那屍身上的三百六十處孔穴無不熠耀灼熱起來，一個忍禁不住，撲影而下，便投入那軀殼之中——須知人之魂魄，也有幾錢幾分薄力，祇這一影翩躚，奄奄歸臥，更令法輪旋轉得歡快起來。甘鳳池就這樣死去活來了。在江南八俠說部故事中，這一回的回目正是「甘鳳池摘瘤還咒誓／法輪功導穴召英靈」。

回頭且說囚困癱瘓於南昌行營計劃處的李綏武一旦想起呂元和甘鳳池的這一段舊事，精神猛可一振！想那甘鳳池起死回生的經歷俱載於書冊，班班可考。莫說我沒有死，還能打哆嗦，那麼又有什麼不可為的呢？

想到這裡，李綏武精神一振，默想起自幼即寓目誦習，祇是從未熬練苦修的「法輪功」內容。濟寧李氏這一支的「法輪功」別無可知而傳者，倒是在《七海驚雷》這部看來如武俠小說的作品中形容過：昔年負棺歸葬師尊到鳳陽地頭，從空棺中得了部隨讀隨滅的奇書，李甲三乃小說中的角色，不過是一虛構出來的人物；然而，《七海驚雷》的作者「飄花令主」形容其功法操演的步驟甚詳，居然正是從神封、三里、陰市、曲垣、環跳、期門和神庭這七穴觀想——須知這七穴正乃甘鳳池死而復生之際，由法輪處最早啟動的七個穴位；祇不過李綏武憑讀書印象隨想，其先後順序正好相反。

在此處不得不岔向歧路說出另一首尾：《七海驚雷》一書乃民國六十六年一月出版，上距李綏武入「南昌行營」已四十五、六年，李綏武豈能依照四十多年以後問世的一部小說中虛構而成的功法、於旦夕間救轉自己的一條垂危性命？然而，「飄花令主」描述這李甲三從觀想七穴而於頃刻間練成一部「以心念駕御氣血周行；內鑄腑臟、外鑄筋骨的奇術」，其細節恰恰與李綏武向孫小六所追述的往事一模一樣。這麼一來，其間情由便十分複雜了。倘若按諸常情事理言之：李綬武初演「法輪功」決計不可能是在讀了出版於四十多年之後的《七海驚雷》才做到的；那麼，為什麼不反過來說：倒是《七海驚雷》的作者「飄花令主」曾經像孫小六一樣聽李綬武說起「南昌行營」中的一段經歷，才將之鉅細靡遺地植載入書，是以尋常讀者祇道那是角色李甲三的際遇和體驗；殊不知那情節卻是李綬武的人生中十分真實的一段過程。

總而言之：如果將小說和實情對照參詳，便更得以詳知當時究竟——李綬武一旦觀想起那七處大穴，但覺分別有紅、橙、黃、綠、藍、靛、紫七色微光分別自那七穴湧入丹田，七色微光倏忽衝撞、融會，居然形成一旋轉不休的虹影，虹影越轉越疾，諸色乍然泯滅，便祇剩下一圈白色輪跡。也就在這白色輪跡方且形成的當兒，雲門、中府、巨闕、章門、京門、季、太倉等七穴也相繼為應，分別在李綬武的觀想之中出現了七色微光，並再次湧入丹田，綰成虹影，重鑄輪跡。到了這一刻，李綬武才漸漸悟覺：幸而自己記憶所及的七穴部位無誤，正是在脈血周流之際與法輪直接作用的七個穴；其實，更幸而因為他記誦所得，無意間逆悖了次序，否則順之作用，以李綬武這等從未練氣行功的人突如其來地「以意使氣」，且又讓這未經導引、舒張之氣搶攻神庭穴，則非但無法開啟法輪，恐怕還要落個「五腧俱傷」——然則李綬武即使再有幾條大命也活不轉了。但是他顛倒了次序，由胸口神封穴起觀想、導氣息，恰為合宜。正因神封穴在靈墟之下一寸六分，為足少陰脈所發；「足少陰、太陽，水也。」水性陰柔就下，順勢利導，得以緩濟奏功。

李綬武就這麼躺臥靜息，聽任前後七穴遂次第而漸漸活絡，法輪更不疾不徐地向前催轉，下經會陰而入督脈，沿脊柱而上，分別向後腦的浮白、風府——也就是耳後入髮際一寸以及項後上髮際一寸的兩處穴位。就在這兩穴中有了澎湃洶湧的動勢，李綬武微微笑了起來；他知道自己有救了。

如果這個人生片段能夠開展得像《七海驚雷》的小說角色李甲三的遭遇一樣順利，李綬武行氣衝撞周身三百六十要穴的功法將在三個時辰之內逐漸修成，屆時他祇須大搖大擺走出這計劃處，穿過一條長廊，步下兩截樓梯，再向北踅行三十步，便算是脫困了。其間即便是無數魑魅魍魎、修羅夜叉前來阻截，也抵敵不過他拂袖彈指之力。那麼，濟寧李氏一支的法輪功自將開立出二十世紀武林版圖之上的一片新疆域。無奈李綬武素無撲刀趕棒的興味，神功鼓血振脈之下，方才將損傷的神經束修補疏通過來，這位仁兄便勉強撐身而起，蹣跚踱走，來到其中一壁的櫥架之前，隨手翻看起那些宗卷文書。

李綬武閱字讀書二十餘年，早已練就一目十行、過眼成誦的本事，雖間或有那極其繁瑣、細碎的材料未必能纖芥無誤，不過一經寓目的檔案當即與前此多年之間所曾接觸的諸般圖籍、文章，乃至形形色色布之於紙面的載記、軼聞、稗官、閑說匯織成愈益龐大的知識之網。在這樣一張網上，熟極而流的讀書人如李綬武者，根本毋須花費太多氣力，便能夠勾稽比合出這四面連壁及頂的櫥架上所貯放的，正是開國以來南京政府諸般祕密行動的記錄。質言之：這個計劃處並非籌備任何尚未真正展開的任務的地方；而是收藏一切已經遂行工作之結果的地方。

後人無法得知：李綬武究竟瀏覽了多少密檔，也很難估計他所窺知的密檔之中又有多少內容曾經輾轉為他人取得。不過，經由《民初以來祕密社會總譜》這部書的綜理、分析，則大致可以得出幾個重要的面向：

第一，世人所熟知的「老頭子」在民國十六年為了駕馭開設在租界區中的銀行、商店、公司、工廠等南京政府管轄不到的地方而投拜於老漕幫之門，成為正式的弟子。

第二，老漕幫自民國十六年五月起每月供應「老頭子」所需之黨費、軍費、人事費、組織費、活動費二千萬銀圓。一應款項由老漕幫總舵主萬子青協調上海及江、浙二省主要城市之錢莊、押舖、煙館、賭場、妓院、電影公司、舞廳等商家視獲利狀況不定額捐輸。至於銀行、商店、公司及工廠等單位則以接受保護方式納繳定額規費。

第三，國府要員——如外交使節、邊疆大吏、各地軍閥與特務等——得以販售鴉片煙膏方式籌措一定額度以內之餉銀、稅需。其定制為每年十二點五兩罐裝鴉片一千至二千三百罐。（按：這一項的實例可於《民初以來祕密社會總譜》第十四章七節中得一覆證——民國十八年國府駐美國舊金山副領事高瑛及其妻廖氏販運鴉片煙膏二千二百九十九罐到舊金山，甫抵埠即遭驗獲遣返。這二千二百九十九罐即為老漕幫設定的上限。）

第四，為掃除各地方幫會不法勢力，「老頭子」得以藉由國府及地方黨部動員軍事及特務力量，針對天地會系統、白蓮教系統、丐幫系統等等會黨份子進行彈壓及肅清行動。老漕幫須視情況給予必要或充分協助。

第五，老漕幫自總舵主以下一干光棍有配合國民政府及黨組織從事特務訓練、祕密制裁、蒐集情報及其他必須貫徹實行之軍事行動。

第六，老漕幫應明令三代九堂各級下屬不得參與從事或捐資協助任何對抗國民政府及中央政令之個人和團體。如有私自違抗這一原則的庵清光棍經查獲者，得由中央方面（按：此處後經另文增補附注以「中央組織部調查科專責」等字樣）逕行處分。

這六個重點其實俱載於那汗牛充棟的文書宗卷之中，卻是由李綬武在《民初以來祕密社會總譜》一書中率先拈出，坐實國民政府與老漕幫最初接觸的步驟和動態。可以明白從這六個重點之中看出的是：在「老頭子」控制之下的國民政府最初僅因「老頭子」一人投拜於老漕幫中，成為記名弟子；復藉由老漕幫對上海及江浙兩省主要商業城市之宰制而有了累積資金、廣開財源的種種機會。國府要員及親近國府的軍閥也得以經由老漕幫「分潤」而參與諸多或合法、或非法的交易。至於老漕幫方面的利益，自然是透過各級政府所主導的諸般偵伺、查緝和逮捕行動來肅清那些對立的幫派會黨，使成江湖中唯我獨尊的巨大勢力。祇不過——純就密檔資料比合而觀則可以發現——第五及第六兩個重點顯示了老漕幫方面始料未及的發展；那就是在親附於國民政府的趨勢既成之後，老漕幫反而成為必須接受對方監督調遣的一個單位，而且是一個完全喪失其獨立意志的祕密單位。

包括孫小六在內，沒有任何人知道李綬武在那個計劃處裡待了多少時日？讀了多少資料？又探知了多少祕密？祇知道忽有那麼一個尷尬人闖了進來，見李綬武正專心致力捧讀著宗卷，便在他身後哼哼冷笑了一陣，一口湖南鄉音既濃且濁地說道：「那一日聽居伯屏說你什麼『濟寧李氏一族飽讀群書，博學多聞』，原來是如此好學不倦的一個青年！」

李綬武一回頭，面上又吃了一拳——這一拳剛猛有加，直打得他眼鼻口耳之間金星亂冒，可是論勁勢之刁鑽深沉，卻遠遠不及居翼那兩掌的千萬分之一。是以不過一眨眼間，李綬武便清醒過來，收了放大鏡，再掏出深度近視鏡戴了，見出手的是一個衛士模樣的年輕人，身後則是發話的湖南騾子賀衷寒：「那天我問居伯屏：道你這賊眉賊眼的小子是何方神聖？他不作聲，我不能就此作罷。如今他去了南京，你小子便是我的人了——來啊！再給我打！」

話才說完，那衛士的雙拳又如雨點般掄揮而至。好在李綬武的一部法輪功暗渡初成，筋骨間自成一防禦氣罩，捱這長拳短腳的硬功猛打，還能生受幾分。祇一副眼鏡不能毀傷，搶忙埋臉摘去，伏身蹲踞著儘讓那衛士踢打劈搥，直到賀衷寒滿意了，才抬手止住，道：「如何？」

在問者而言，這聲「如何」並非有意義的問話——其中即令有什麼用意，不外是要那被問之人討饒告哀罷了。孰料李綬武垂頭想了想，衝那出手的衛士道：「這位弟台的拳腳出自山東螳螂拳一門。此拳正宗祇在棲霞、萊陽兩縣有傳人。看這位弟台身形不高，恐怕是萊陽縣人士。萊陽螳螂拳也正因在地人丁腿子較短，是以多勤於拳、掌、臂、肘的進擊之術。可惜這位弟台研習這套拳法的時日恐怕不長，否則打了半天不至於祇會這蹬山、坐虎二式。」

賀衷寒聞言睇了衛士一眼，見他果然是五短身材，這矮衛士也發了傻，接下來準備伺候的拳腳是怎麼也打不出手了，祇得回望一眼賀衷寒；那眼裡的意思是：您老還要我打的話，我祇有打下去了。

倒是李綬武不慌不忙戴上眼鏡，衣袋裡掏出條手帕來將眼角、鼻下和嘴邊的血跡抹去，沉吟道：「由蹬山式入騎馬式是極容易的，由坐虎式入寒雞式也不難；世人皆以為這些都祇是身法、步法，其實身步之中自有氣血運行之道，非學全了一百四十四個拳招，不能暢快磅礡。要不，退而求其次，由王朗而下的『八步螳螂拳』也還打得，如能練得出入周至，未必不能成為一時的方家。再退一步說：這位弟台如果肯再下三年五載的工夫，權且將我說的四式練得絲縫不漏、進退不失，恐怕也能打下一片江湖——」

「住了！」賀衷寒揮手止住李綬武一發不可收拾的讜論，順勢揮退了那瞠目結舌的衛士，道：「眼下居伯屏三日五日也回不了南昌，我們這些從事革命工作的人裡更沒有一個是溷跡江湖、低三下四的人。可你李老弟也不知身負何等能耐德行，竟然便到總部來窺探機要、擾犯中樞了——這，可是要殺頭的大罪啊！」

李綬武點點頭，道：「是的是的。在下一條性命原本該葬送在那居先生手中，今日還有一口氣在，畢竟是多餘的。賀先生要取去，隨時請便，祇不過若是能容在下將這些宗卷再飽讀片刻，我也就於願足矣、於願足矣！」說著，低頭蝦腰又拾起散落了的幾十張檔案，收束整齊，置於几首，再摸出放大鏡，逐行逐字閱看下去，口中還不時會發出些「噫」、「噢」、「嗯」、「啊哈」之類意會神知之聲。

這廂的賀衷寒卻遲疑了——聽對方語調辭氣並無一絲半縷做作之態，彷彿來殺便殺、要剮就剮，全不畏恐。更奇的是：他怎知我姓賀呢？念及聲出，賀衷寒不自覺地退了半步，雙手環胸護持，道：「你怎知我姓賀？」

李綬武又讀了幾行文字，才仰臉微微一笑，道：「賀衷寒先生黃埔一期畢業，早年既是中國共產主義青年團的成員，也曾經身為孫文學會骨幹，還是莫斯科大學的留學生，稱得上是國民政府核心大員之中的理論家、戰略家——在下即使眼力再拙，怎麼能連賀先生也不認識了呢？」

賀衷寒聽他這麼一說，渾身上下如浴溫湯、如沐春雨，其溫柔舒洽，簡直難以言喻；暗想：

這個青年非僅嫻於武術，亦復通曉我革命界的底蘊，想來必非尋常人物。如此一作想，賀衷寒對李綬武竟生出一、二分欽服之意。未料李綬武接著說道：

「祇可惜當今大元帥不讓賀先生領兵握權，執掌虎符。否則，以賀先生之才具能力，又何止是貴黨的理論家而已呢？」

賀衷寒不及聽完這一整段言語，早已搖頭轉臉、四顧八望，生怕隔牆有耳的模樣。然而嘴角鼻梢已經顯露出笑意來——李綬武的確說中了他的心事。想那「老頭子」一向以為賀衷寒其人野心熾盛，不易收服，是以總委之以政治訓練、軍事教育之職。然而他畢竟出身黃埔一期，於「老頭子」的嫡系親兵之中可稱首腦，其顧盼自雄，而又抑鬱難伸的矛盾之感，竟爾為李綬武一語道破。

「你——」賀衷寒一時之間接不上口，一隻手掌卻不由自主地往旁邊的籐芯扶手椅一攤，道了聲：「坐。」

李綬武卻繼續說道：「賀先生自印出版的《一得集》、《學與幹》都是經世致用的大文章，我是早就讀過了的，祇是這一次誤闖貴部，才有緣相見——說句託大的話——李綬武頗有恨晚之感呢！」

這幾句話更讓賀衷寒飄飄然起來，一顆熱血滾滾的心好似艷艷春花，款款綻放，且要昂梢挺葉，掙向那最高枝的模樣兒，於是浮出一臉笑容，道：「你讀過我的文章？」

李綬武哪裡讀過賀衷寒的文章？祇不過方才櫥架之上的宗卷裡有幾筆帳款，署名賀衷寒申報，用途就是印書。公文附件裡有賀衷寒親筆所寫的出版品內容摘要；總之是吹大了牛皮好申請經費。可如此一說，賀衷寒更覺覓著了知音，遂拉著李綬武肘彎，硬讓陪同坐下，殷殷說道：「沒想到李老弟也是關心革命、熱愛國家的有為青年。看你文武雙全，淹通得很，怪不得教居翼瞧出些稀罕來。但不知你老弟到咱們行營——究竟所為何來呢？」

李綬武當然不肯將尋覓一部「武藏十要」的底細向這幫牛鬼蛇神和盤托出，然而對方的話卻給他指點了一條應答之道，當下答道：「自是為革命、為國家而來。方才賀先生誤會在下窺探機要、擾犯中樞；其實在下所思所圖者，正是要找個戮力報効的機會。誰知進門先吃了兩頓熬打——」

「噢？」賀衷寒點了點頭，掃一眼四壁的櫥架，道：「那麼這些宗卷你都看過了？」

「不瞞賀先生說，在下就算有一目十行、百行、千行的功夫，也讀不完這麼龐大的一筆材料。不過，倘若能假我以數月的時日，一定是讀得完的。」

「光讀讀資料就能革命、就算愛國了麼？」賀衷寒笑了起來，辭氣固然略見迫人，可是態度依然是和緩的——甚至還預藏了幾許器重、稱賞之意。

「是賀先生自己在《學與幹》中說過的：『在我們今天這樣一個大時代裡，讀書即是革命、讀書即是報國；我們國家的志業非讀書人不能夠開啟，非讀書人不能夠完成。』」李綬武說到這裡，凝眸望著賀衷寒，還抬手扶了扶眼鏡。

賀衷寒的一顆腦袋終於止不住地點了起來，道：「你果然讀過我的文章，你果然明白我的意思。好好好！那麼我再問你，你從這麼些檔案裡又讀出了什麼可以革命救國的學問呢？你要是說得上來，賀某人一句話，非但不治你的罪，還保你一本。你的前程就大放光明了。」

在李綬武而言，除了能飽讀酣讀各種有字之紙，其餘哪裡還有什麼大放光明的前程？然而他同時也十分瞭解：此際如若不給賀衷寒一個滿意的答覆，恐怕這計劃處方圓咫尺之地便是他葬身之所了。於是他緊緊抿住嘴唇，暗中運起一縷真氣，催動法輪，將通體上下血脈經絡疾速「走意入神」了一遍——這一大周天行遊下來，腦海中匆匆瞥過的材料又歷歷浮現，如繪如織，可以稱得上洞澈清明了。他抖擻抖擻軀幹，先向賀衷寒一揖，隨即起身，向櫥架走去。

賀衷寒看他隨手比劃著櫥架的寬度——一如工匠在丈量著什麼似地；正待要問，卻聽李綬武亢聲侃侃說道：

「在下資質愚魯，未能盡閱所有資料。不過以所寓目者言，可以看出大元帥所切切關心者，惟三事而已；是以關於這三樁事體的文書宗卷幾乎佔了十之八九。賀先生且看：此壁高十二尺，橫幅二十四尺，每架間距二尺，若以乘積算來，共是五百七十六立方尺。在這五百七十六立方尺的體積上，軍務和財務方面的文卷幾乎各佔了近一百二十立方尺。倒有那麼一種文卷，上標『特』字，所言者既非軍務，亦非財務，更非什麼黨務、政務；而是關乎某些個人、乃至於集團的記事。其餖飣瑣碎，直似從前皇帝的『起居注』。然而細察其內容，竟然有吃飯穿衣、零用花費之類極其入微的載錄。觀所載錄之人，又決非帝王將相那一類的大人物——」

「這是我們稱做『特務』的一個作業。無論你叫它『特別任務』也好、『特殊勤務』也好。總之非關一般黨政要務就是——你怎麼連這些也看了？」

李綬武並不答腔，卻接著先前所言，繼續說下去：「那麼便容在下以特務與軍務、財務並舉；這是大元帥至為注意的三個方面。以軍務方面言，有三個人是他最倚重的，是以往來公文中所夾附的私筆議論最多，硃批意見亦最為詳盡——」

「這三個人是——」

「陳誠、湯恩伯和胡宗南。」

「不錯的、不錯的。你老弟的眼力果然不凡。那麼財務上呢？」

「大元帥在財務方面信得過的有四個人物：孔祥熙、宋子文、陳立夫和陳果夫。」李綬武道：「原因正與前者相反——在與收支用度方面有關的文卷之中，祇這四人所具銜經手者僅有裁可，而無覆問；這表示大元帥在錢這個字上同這幾個人是不分彼此的。」

「說得對極了！」賀衷寒忙不迭問道：「好！那麼你再說說看——特務方面又如何？」

李綬武微一蹙眉，緩聲道：「這裡頭也有三個人物，一個叫戴笠、一個叫徐恩增、一個叫毛慶祥。這三個人裡又屬戴笠最為得寵。」

「連這個——」賀衷寒一句話吐出唇邊，另半句和著口唾沫硬生生嚥回肚子裡去，當下改語氣：「何以見得？」

「這個姓戴的自己從未上過一件公文、打過一張報告，可在所有標示了『特』字檔的資料裡，大元帥都批有『會戴雨農』、『會戴先生處』、『轉戴先生專責處分』、『轉委戴笠即辦』這一類的字樣。」

「老弟此身不在公門，對公門中事倒不陌生，可謂別具慧眼了。」賀衷寒朝李綬武比了個大拇哥兒，孰料李綬武搖手帶搖頭，道：「賀先生，在下還沒把要緊的事說出來呢；您道為什麼是這些先生們如此備受知用呢？」

賀衷寒給兜頭這麼一問，頗有猝不及防之感。然而此問問得巧妙：「老頭子」憑什麼獨對這幾個人別睞青眼，特加賞識？比方說：論嫡出黃埔一期的身分、論秉筆成文的學養和才華、論對主義的熟悉、對群眾的掌握、對戰術戰略的研究，他賀衷寒不在任何人之下，怎麼偏偏不如這些人得邀眷顧呢？

「原因很簡單，」李綬武灑然笑道：「其一，淺薄得很——他們全都是浙江人。其二，他們彼此之間都有些個不尷不尬的小意氣，正好相互牽制。其三，他們都能聽大元帥之令行事而將那事做得比所下之令完備——而又不聲張。在下說的這些其實都可以從這些往來文卷之中察知。」

賀衷寒肩膊一鬆、胸腹一塌，像個猛可給抽去了棉芯子的枕頭，果爾洩盡氣力——李綬武說得的確不錯；「老頭子」用人並非不審才相力，而是在才力之上更講求忠誠、以及謙退。就行事低調這一要求言之，賀衷寒力求表現、鋒芒畢露的風格自然討不了便宜。他沉吟了，無言以對了，好容易迸出「那麼——」兩個字，又深深瞅了瞅李綬武，慘然道：「你還看出些什麼樣的門道？」

「那一日居先生把在下揍了個半死，之前我聽諸位談起要『報銷』兩個人，一個姓汪的，一個姓錢的；可有此事？」

賀衷寒皺眉覷眼抓耳撓腮想了好半天，才道：「好像有這麼回事，是兩個老漕幫薦來的年輕人。」

「請賀先生聽在下一言，」李綬武神祕地一笑，道：「此事千萬不可、萬萬不可。」

「為什麼？這兩人分明是老漕幫萬子青父子派到大元帥身邊來的細作——」

「萬子青去年年中就因病過世了，這兩人他根本來不及結識。」李綬武道：「至於萬硯方麼，非但不必為敵，反而可以引以為友。」

「這——怎麼說？」

「在下剛讀過的這幾份文卷裡寫得很清楚——」說著，李綬武已經將手中的一疊「特」字號檔案連厚紙封一同遞了過來。

第一份由田載龍、王天木、胡抱一——也就是居翼之外號稱「龍王一翼」的三大護法——聯名具銜的一紙報告，內容平淡無奇，祇是就杭州最早一家名喚大有利的發電廠所作的調查報告，其中包括資金來源、資產估算、營收細目和逐月登錄的收支帳。賀衷寒看得一頭霧水、滿眼繁星，正待追問，李綬武已看出了寒傖，逕自說道：

「這大有利電廠原先是個電燈公司，屬天地會中哥老會一個會首洪某人的物業。到了十八年上，發電事業收歸省辦，由政府出重資收購，那洪某人得了不少補貼，油電生意便作大起來。去年建杭江鐵路，省裡缺一筆周轉款，打算將電廠再讓給企信銀行團，日後再改成個公司什麼的，也好朝新派經營的路子上發展，這份調查報告就是這麼個來歷。」

「這是財務方面的事，怎麼列在『特』字號文卷裡？」

「非但如此，大元帥還親筆批交戴雨農專責辦理。」李綬武又指著第二份檔案，繼續說道：「再看這個。」

接下來的這份文卷更離奇，談的是國民黨宿遷縣黨部徵收該縣東嶽廟，改做演講廳的一樁瑣事。簽呈署名為宿遷縣長童錫坤，亦直上「老頭子」批示，批文寫得一清二楚：「委戴笠督辦」。

「連這樣的小事都——」賀衷寒說到這裡臉色忽地一變，先是雙頰青白、繼之印堂也暗了下來，兩抹紅潮自耳根之下沿法令紋泛上鼻翅：「哎呀！這件事後來演變成一樁暴動——我幾幾乎忘懷了！」

「因為那東嶽廟是小刀會眾醵資興建的一座極樂庵的廟產。」李綬武道：「強徵地方會黨的產業，又不予人好處，自然要鬧譁變了——賀先生請再看這幾份檔案。」說著，索性將底下那幾份文件往几上一扇鋪開，作孔雀開屏之狀。

攤在表面上的同樣是民國十八年簽報的一份公文，具銜的是山西大同縣政府，注明副本呈古物保管委員會；說的是雲岡石窟佛頭遭宵小盜斲九十六顆的一宗案子，縣府呈上這份公文的目的是在說明釋放該案首謀邢福雙的原因。但是詳細敘述其原因的附錄文件並不在卷中——它被人簽了個「永平」字樣便消失了，空留騎縫的半個藍色「機密」印章殘跡。

「這邢福雙是居伯屏引進來的諜報人員！」賀衷寒顯然又是一陣駭怖驚恐，連聲音都抖顫起來：「『永平』是戴笠的化名！」賀衷寒再往下翻去，緊挨著大同縣政府這一宗文卷底下的卻是與宿遷和大同兩案全然無關的另一件事。此事賀衷寒原本是極為熟悉的——

原來是不久之前的民國二十年十二月，「老頭子」在老漕幫萬硯方的建議之下忽然請辭國民政府主席、行政院長以及天下都招討兵馬大元帥等各本兼專附之職；圍繞在「老頭子」身邊這一批死忠之士便商議著該如何挺護故主復出，而有「三民主義力行社」等大大小小的組織相繼出現。照說賀衷寒是此中極為核心的份子，對於一切籌措布置可說是不論巨細、靡有孑遺。但是眼前的這宗文卷賀衷寒卻從未過目——它是由一個署名「祐洪」的人所寫的。乍看之下，賀衷寒還以為「祐洪」又是戴笠的化名。然而往下再看去，竟有「老頭子」硃批：「速向戴先生請示，勿誤！」顯而易見：這「祐洪」當非戴笠本人；且可能由於「老頭子」行文過於心急，竟然在「勿」字上多點了一點，使之幾乎成了個「匆」字。以「老頭子」書寫習慣言之，即便那字寫至中途發覺有誤，也要一氣錯寫到底，最後再圈去重寫，是以批文上留下了明顯的塗改痕跡。

至於這個「祐洪」的呈文內容，賀衷寒更以為是不可思議的事；它根本無關乎政軍要務，大意不過是向「老頭子」報告：「遠黛樓」舊址已經尋獲，證實是位於上海蘇州河北岸、美租界外一處叫做黃泥塘的地方；現址已經封鎖，日內即可鳩工整頓。所欲「敦請」「老頭子」「鈞裁」的部分是：「薹遷日期」。

賀衷寒前思後慮，硬是悟不出「薹遷日期」之意為何來。試想：自民國二十年秋，「九一八」事變以降，舉國所關心注目者皆在抗戰一事上。無論重攘外抑或重安內、先剿匪還是先抗日，要之「老頭子」的一言一行，可謂動見觀瞻；也因此才有下野徐圖之議。在這樣一個重大的時刻，怎麼還會有遷居至某樓舊址之類的文卷上呈？而「老頭子」又怎麼會急批交發戴笠處分、甚至寫錯了字的情境出現？此外，倘若呈文者「祐洪」所請示的是遷居日期，又怎麼用了「薹遷」這樣一個怪字眼？再有一個，便是這「遠黛樓」看來真是十分眼熟，卻怎麼也想不起它的來歷了。賀衷寒且遲疑著，倒聽那李綬武昂聲說道：「賀先生要是想不起『遠黛樓』來，我捱那居先生一頓好打可就有些白白生受了。」

賀衷寒再幾轉念才想起那日居翼向窗外瞻望，發現李綬武在總部門外逡巡顧盼，狀似十分神祕，才將之挾入質問。不料一進門，就讓居翼瞅出了身分來歷，還用老漕幫當年在遠黛樓遭遇劫難且獲救的一節掌故來考較了這年輕人一回。李綬武這麼一說，賀衷寒便略見恍然了，道：「那日聽居翼和你老弟說什麼樓塌了，某人救出八八六十四位元老而不費一刀一槍，還說什麼某人姓錢，是那錢靜農的祖上——可是這既是前清時代老漕幫的家務事，又怎麼同大元帥扯上牽連？又如何與戴笠有關聯？」說著，他順手將桌面上剩下的七、八份文卷一一抓起，隨目瞬過，見有請老頭子裁示的、有向老頭子報告的，有申請經費的、有建議人事的，有的隨文附上了厚甸甸一份計劃書、有的寥寥數語閑話家常……其間共同之處皆是批文：得交付戴笠處分。

「請恕在下直言，」李綬武順手將之前那幾份包括發電廠調查報告、宿遷縣東嶽廟改建演講廳徵收案、雲岡佛頭盜斲處置說明以及由「祐洪」簽呈的遠黛樓請示等四份文卷收理在手中，整整齊齊攤平在几沿兒上，才接著說道：「賀先生要是肯耐下性子仔細翫味，便能尋摸出這些文卷之間牽絲攀藤的關係；也就知道大元帥為什麼在軍務、財務之上，猶且獨重特務的發展；又為什麼在這麼些個同鄉親近之中唯唯對戴笠委以那麼些雞零狗碎的任務——其寵眷之隆、信賴之深、倚仗之重，更不是旁人所可僭越的了。賀先生方才問在下：『光讀讀資料就能革命、就算愛國了麼？』請容在下這麼說：若是讀不透這些文卷裡的機關，賀先生如何知曉大元帥治國平天下的心思？不知曉大元帥治國平天下的心思，又如何助之完成革命呢？」

賀衷寒聽他字句鏗鏘、辭氣慷慨，不覺又是一懾。然而心頭之疑未去，仍不肯鬆口，遂道：「那麼你說：這些文卷裡的機關究竟為何？」

李綬武深吸一口長氣，將之後的幾份文卷也依著先前樣兒收束齊整，重新排了個次序，再把面上一份置於几案的右上角，道：「大元帥於舉賢用人方面，其實並無定見，要之以親故戚友之忠誠可靠、且謙退自持者為主。然而北伐軍興，黃埔子弟中隨大元帥親征的嫡系幹部折損過半，大元帥時刻憂慮的便是他手邊幾無可遣之將，是以前番與老漕幫萬硯方接談之間，定了個網羅各地人才的方策——」

「不錯的，」賀衷寒搶忙接道：「過去這一年多以來，大元帥常報怨：他的好學生都戰死了，儘留下來些不中用的。」

「可是賀先生別忘了：大元帥想要救亡圖存，怎麼旁人不去聞問，卻往上海投帖請來了老漕幫新上任的老爺子萬硯方呢？」

「這——」

李綬武知他答不出，自伸手去几案右上角的文卷封皮上敲了兩下，道：「那是因為大元帥早就投拜在萬硯方之父萬子青門下成為弟子；此事極密，惟獨這位戴先生知情。而在這份文件之中，留下了痕跡。此乃民國十六年五月間大元帥投帖之後三日，老漕幫許以每月兩千萬銀圓鉅款助餉的一紙合約，祇不過行文用的是隱語，表面上看不出來。」

賀衷寒急忙翻開那文卷，李綬武亦於此際探過那枚放大鏡的象牙柄來，指著其中的一段文字，唸道：「『隨月奉銀若干元端正請裁』，批示：『專委戴笠規劃』，賀先生不覺得此文拗口了些麼？」

「這端正二字非尋常用語，不過湊合起上下文來看，大約就是恭敬客套的話，難道不是麼？」

「賀先生不熟悉江湖事，自然如此解得，」李綬武道：「老漕幫從陸陳行中借來的切口，以『常落幾時麥重春伏求西』為『一二三四五六七八九十』之隱語；這『若干』的『若』字即是『落』字，也就是『二』字。此外，『牌干元以朝』則為『百千萬億兆』的隱語；所以『干元』即是『千萬』之意。『端』字即是『元』字，這裡頭的典故是從古語『端貳』這個詞上來的——」

「是是是，」賀衷寒搶道：「『此少年落落，有端貳之才』；這話說的是人有尚書之才，可為宰輔。端貳者，數一數二也。那麼，『元』也是一，所以借『端』成『元』，『端』即是『元』、『元』即是『端』了。」

「不錯。」李綬武微微頷首，道：「用隱語讀來，這公文中的話就明白得很了，它說的正是『隨月奉銀二千萬元整請裁』。」

賀衷寒「啊——」了一聲，底下的話尚未及出口，李綬武又將另外幾份文卷一字攤平在几上，逕自說下去：

「發電廠這個案子則是大元帥結交哥老會光棍的一套作法。明裡是由省府接管發電事業，省府不能強徵民間事業，便狠狠付了一筆補貼，讓大有利的洪老闆有了資金，先行買進幾家銀行的股份，組成一個企業信用銀行團。事隔兩年之後，省府報請建杭江鐵路，可是欠缺資金，怎麼辦呢？這就是暗裡的勾當了——大元帥再交付這位戴先生同洪老闆周旋，用企信銀團的名義又將發電廠收回去經營。此時洪老闆的資金已非昔比，除了掙回從前的家業，還平白插手銀行圈，成了金融鉅子。」

「你這麼一說，我倒想起來了。」賀衷寒道：「前兩年是有個姓洪的銀行家倏忽竄起，是為上海暴發戶的奇聞，可我聽說此人去年在虹口出了場車禍，當場死了——」

「那是在賀先生沒耐住性子看下去的一宗文卷裡——」李綬武又指了指旁邊一個封了口的紙袋：「那場車禍也是戴先生策劃、執行的。」

「不是結交光棍麼，怎麼會——」

「哥老會會首是世襲，交上一個老的，直是交上了他子孫和徒眾。這老的倘若知道得太多，不如暗中假手除去；這——卻不妨礙和小的再續世交。」李綬武隨即指一指旁邊那署名「祐洪」簽呈的文卷：「這『祐洪』向例為哥老會會首的匿稱；此人正是那洪老闆的遺嗣，如今同大元帥也有十分密切的往來——他叫洪達展，字翼開，他日後若能謹守分際、知所進退，說不定還是一方人物，可與老漕幫的萬硯方頡頏上下呢！」

「你這麼一說，我反倒有些胡塗了。」賀衷寒盯著左一封、右一件的文卷，道：「東一個哥老會，西一個老漕幫，大元帥究竟是同哪一方交好呢？」

「大元帥既然要在江湖道上涉足扎根，便不能祇同一二勢力往來；君不見武林之中自有盟主、至尊之號，欲意稱孤道寡、統一寰區者以來，走的無不是結納諸方之路，結果如何？從元至正年間第一個江湖領袖陸士杰以下，歷明清兩朝凡六百年之中，一共推舉出二十八個共主，沒有一個是憑武功藝業而雄霸海內的。這些人靠的就是交際，就是應酬，就是資助往來——說穿了，就是錢財利益的流通；是以『疏財仗義』、『仗義疏財』四字所指的便是這個情狀。」李綬武一面說，一面將桌上所有的文卷收攏了，整成一大落，抱在胸前，笑著說道：「往好處看，不以力服人，武林之中少折損幾條性命，多湊合幾筆生意——套個時髦的詞兒，這是『進步』了！往壞處看，習武之徒，不能以修習身步氣力的功法參天悟人，淪喪本務，個個兒都學上了玩弄權謀的把戲，也誠然是可悲而無奈的事。不過話說回來，大元帥以大政治家、大軍事家的身分插手江湖，手段自然非比尋常，而有戴先生這麼一個能人居間運籌播算，更是合縱連橫，無不稱意的了。也正因為在貴處埋伏著這麼些不可令外人知的檔案，夾藏著這麼些不足為外人道的機關，在下便不得不向賀先生進一言：那姓汪的、姓錢的兩位青年的性命，還是保全下來的好。」

「這——」賀衷寒沉吟起來，搓著手、咂著唇，彷彿還有些為難和不解的意思。

「那是大元帥刻意留在陣中的兩枚活子。」李綬武道：「姓汪的叫汪勳如，祖上向與天地會的醫道有著極深的芥蒂。姓錢的叫錢靜農，祖上也曾為了搭救老漕幫諸元老而得罪過天地會系統的光棍。這兩個人若在江湖上闖蕩，不出一年半載便是要遭敵壘狙殺斃命的；可他二人又不願趕香堂拜老爺子，是以才經萬硯方舉薦給大元帥量才掄用。在大元帥而言：又有誰能比他二人更知道天地會裡的諸般勾當呢？賀先生如若借居先生之手料理了他二人，豈不直是傷了大元帥的耳目麼？」

賀衷寒聞言至此，才算澈然一悟，不覺喟歎一聲，作手一揖，道：「李老弟！你果然深思廣識、博學多聞；賀某畢竟是承教了。那麼以你之見，為今之計又當如何呢？」

「這四壁之間的文書宗卷是一部無盡之藏，不讀它個通遍，豈能熟知明識貴黨在過去二十年間的行事布局和藍圖方略？」李綬武道：「賀先生既然放了在下一條生路，我又怎麼能不思圖酬報呢？——這樣罷，倘若蒙賀先生信任得過，在下便從這些檔案資料之中讀出些許端緒，再給賀先生作個報告。如此一來，無論大元帥想了些什麼，還有那戴先生做了些什麼，偶有蛛絲馬跡，即可探本溯源——」

「好極了！聽君一席話，勝讀十年書。」不待李綬武說完，賀衷寒已矍然起立，執手緊握，慨然說道：「我們『力行社』真正需要的就是像老弟這樣的人才。你若不嫌棄，從此刻起便是我們革命的同志了。」

李綬武也緊緊地回握住賀衷寒的雙手——但是在他的意識深處卻十分清楚地感覺到對方掌中滲沁而出的一絲涼意；他知道自己僥倖從鬼門關前轉了一圈又回到陽世，然而身邊從此圍繞起啁啾啾、慘慘悄悄的無數厲鬼，且注定要揮之不去了。

第三十七章　背後的背後

在孫小六轉述自「面具爺爺」口說的版本裡，這一節故事中拳腳毆打逼供的場面可以說多得不勝枚舉，包括康澤、蔣堅忍、佘洒度等人在內的許多可以對照出真名實姓的人物都曾經出手修理過李綬武。關於這個部分，我實在不敢深信、所以也寫不出來；我猜想那些毆打加刑的場面之所以有如一首交響樂的主題那般輾轉遞出、屢見不窮，祇可能有兩個原因。其一是李綬武為了引起時年十二歲的孫小六的興趣而渲染出來的，其二是孫小六將自己捱彭師父揍的經驗內化成他意識底層種種衝突性記憶的一部分，從而滲進了他所講述的故事裡面。總而言之：當我對來路不明的暴力細節產生疑慮的時候，便失去了記錄的興趣。

至於李綬武加入賀衷寒等人的組織之後的情節就變得比一部動作片還要乏味了。他換上了藏青色中山裝上衣，領口緊緊地扣著一枚銅扣鉤，下著米黃色卡其長褲、黑皮鞋，每天伏案閱讀計劃處裡貯放的文書宗卷。可以用「有話則長、無話則短」一語帶過。可令我無法安然的是：李綬武究竟在這「南昌行營」裡待了多久？如果比對其他史料加以推算，我們僅能猜測：居翼和邢福雙二人匆匆上路、趕赴南京，從十幾個化裝成印度阿三的敘利亞籍刺客手中救下「老頭子」一條偉大的性命的同時，李綬武已經暗中為賀衷寒所吸收，成為他個人、或者是「三民主義力行社」

轄下第一個收攬人才單位——「復興社」——的一份子。那身衣裝應該就是該社公務人員所穿的一種非定例的制服，是以才有「藍衣社」的諢號。接下來發生的事，應該就是山東泰安九丈溝的一節。在彭師母還叫嫚兒的時候，年僅五歲的光頭大俠歐陽崑崙手刃邢福雙的段落。

我在陳述這個段落的時候曾經留下了幾個懸而未解的頭緒；比方說：李綬武原本要將邢福雙轉薦於老漕幫萬硯方門下避禍而託之代呈書信一封，可憾那邢福雙陰險成性、殺心突起，卻被歐陽崑崙出手格斃在「高人碼頭」坡頂。然而那封書信的下落如何？李綬武的去處又如何？此外，在試圖說服邢福雙洗心革面、重新做人的時候，李綬武曾經出示過一疊砍下來的人頭的照片；這些照片除了持之以儆醒邢福雙之外，是否原有其他的用途？更關鍵的一個疑問是：李綬武如何說服賀衷寒等人縱之遠赴山東泰安、而趕上了那「高人碼頭」上的一場廝殺？質言之：李綬武之入社若不僅僅是權宜之計，而是在飽讀汗牛充棟的祕密檔案之後對於國民政府成立以來諸般幕後操作產生了鑽研窮究的興趣，則取信於「力行社」核心幹部、當上了「復興社」新編成員的這個過程便不祇是某種求生苟活的手段，而是出於自發自主的企圖了。

我僅僅能依據孫小六的敘述和平日從閑書中讀來的材料研判：這裡面的機關十分複雜；或許李綬武的目的既是探翫「武藏十要」的真偽，也是毀棄這一部極可能成為特務血腥手段幫兇的魔法。或許李綬武在取得賀衷寒等人的信任的同時自己也成為另一個死心塌地的革命同志兼神祕莫測的諜報人員。或許他已經進一步窺看出這批高高在上、掌控龐大資源的黨國元老背後還有更強更大更恐怖的勢力。祇不過在民國七十一、二年間，我所能知道和懷疑的都過於簡略。

如果將彭師母年幼時所親歷的那一場驚心動魄的惡鬥和孫小六得自「面具爺爺」李綬武的遭

遇拼湊起來，還是那個並不顯眼而極易被忽略的細節其實十分可疑；那就是李綬武千里迢迢追蹤居、邢二人到山東泰安去的時候，口袋裡放置著一疊詭異的照片——那些照片上是一顆一顆和身體分了家的人頭，人頭旁邊（可能是以一種類似毫芒雕刻的手法鏤寫在小小的底片上以後、經放大而顯現）還注明了死者的姓名和年月日般的數字符號。我儘可以揣測：那一疊照片原先可能就存放在「南昌行營」計劃處的書架上某個檔案夾裡，然而無論如何我卻無從得知：李綬武隨身攜帶著一疊可怕的照片是何用意。它們是某種考古材料嗎？是歷史文獻嗎？抑或是同那封要交給萬硯方的信有關的影像訊息呢？

坦白說：我在這個小小的疑問上卡住了。幾乎就要組合起來的拼圖板忽然失去了和其他線索之間的聯繫。如今回想起來，我可以斷然地說：倘若高陽於民國八十一年遺贈予我的七本書和一疊筆記早在十年前就出現在龍潭美滿新城一巷七號的破宅子裡，或許我立刻便能掌握住一連串看似彼此全無牽涉之事的關係，從而解開所有割裂之後的事實背後所隱藏的謎團。可是——我被一大堆捏造出來的碩士論文參考資料包圍著的那個冬天和春天裡，根本無法判斷：自己的人生究竟走上了一條什麼樣的岔路？遇上了一群什麼樣的怪人？我還有什麼樣的機會去認識這個世界？以及我自覺認識了的世界的背後還有些什麼樣的力量在操控和推動著？

我祇不過確然體會到「背後」有著什麼的那種滋味。

讓我依隨著原先拼圖的時序，將那個後來成為總統府資政的李綬武暫且卡在一疊用意不明的照片上，然後學小五那樣，從另一個方向來觀看、接近並進入孫小六和我在逃離背後那些惡靈時所寄居過的美滿新城一巷七號。

可以想像得出：當孫小六用佛手瓜和姑婆芋的種子布下一個地遁陣之後的那個星期六，站在正對面茶園中央可稱之為「產業道路」上的小五一定曾經短暫地猶豫了一陣——因為在那一刻，她極有可能像拼圖板上失去了左鄰右舍的小圖塊一樣迷惘。

那天她手裡捧著兩盆植物——一盆小蝦花、一盆夕顏——背包裡是一大堆泡麵、罐頭、醬瓜、肉脯之類的食物。就像之前以及之後的許多次一樣，她總是小心翼翼地轉搭無數班客運車，有的時候還故意在龍潭和關西或龍潭和大溪之間來回搭坐好幾趟，直到百分之百確認同車乘客皆非跟蹤盯梢之輩，才肯下車，再走上幾百公尺，穿越整甲的茶園，來到這破宅子。

而我總會想像那一個特別的星期六午後特別的一刻；滿頭大汗的小五站在茶園中間，忽然發現那破宅子不見了，滿眼但見蒼蒼鬱鬱的佛手瓜、龍鬚菜和巨大的姑婆芋葉扇。她也許會「呀！」的驚叫出聲，也許會懷疑自己下錯了客運車站而走進了另一片茶園，也許會忽然忘記自己要到什麼地方去、或者身在何處。總之，這是一連串令我十分著迷的想像。

關於小五是否真地產生過我所想像出來的那種暫時性的迷失感，我從未求證過。我祇記得：擺下地遁陣之後，孫小六有事沒事就會沿著二樓後陽台側牆的鋼筋梯登上樓頂，趴在隔熱用的石綿磚上朝茶園的方向瞭眺——有如古代藏身於刁斗之中的衛卒那樣——看看小五來送口糧了沒有。是以小五來的那天所發生的事很簡單：孫小六遠遠地發現了站在茶園中東張西望的小五，便飛身下樓，連打幾個縱躍，有如一條獵兔的雪達犬那樣欺近小五面前，再往四下裡打量了一陣，確認並無外人，就把她接進屋來了。

可是我卻寧願執意去揣摩當時站在茶園之中突然感到世界極其陌生的小五的心情。無論在當時抑或日後——甚至到我當兵服役期間——不下數十百次之多，我總會不期而然想到手捧盆栽、渾身是汗、佇立在陣陣寒風之中的小五曾經十分短暫地和全世界失去聯繫的那個片段。在那片刻之間，她突然和自己的來處和去處同時斷離了，她會驚懼、畏恐、惶惑嗎？像一個玩著躲迷藏遊戲的孩子（因為躲藏得太深沉、太嚴密也太專注的緣故）而竟至在沒有任何人能夠發現的角落裡忽然忘記自己正努力從事著的遊戲。

那一天，小五帶來了應該說是令人欣慰的好消息——徐老三找著一家背景牢靠的打字印刷公司，可以在最短期限之內幫我把論文打印成冊，裝幀完好。人家甚至還願意把所裡規定必需繳交的十四套論文專程送到學校去。這整個過程之中唯一的麻煩是沒有人能夠替我幹校對。印刷公司的人說得妙：印這種學術性的東西絕對不要接手校對工作。因為你給他校出來的錯字可能沒有錯；他真正寫錯的你又校不出來。要校一定要作者自己校，不然印好了上門來吵吵鬧鬧要重印，賠幾輩子都賠不完。

可是徐老三卻認為：一部要寫好幾十萬字的東西來來回回在路上跑是極其危險的事。萬一託帶的人一個不留神、讓人窺知形跡，遲早還是要暴露行藏的。於是徐老三擅自替我作成決定：打好了字就付印、印足了頁就裝幀，這叫乾淨俐落。小五轉述徐老三安慰我的話是這麼說的：「就算有幾個錯字好了，認不出來的，活該認不出來；認出來的一定知道對的字怎麼寫，你費那麼些事幹嘛？」之所以插敘打印論文的這段枝節，乃是基於學院中責任倫理之故。我必須非常明確地宣示：民國七十二年六月付印的那本《西漢文學環境》之所以堆疊著那麼些可以用「綿延近寸」形容之的錯別字，完全是因為情治單位正在指使幫派份子追捕（或追殺）我的緣故。

老實說：我根本已經不會在乎什麼錯別字不錯別字的問題了。對當時的我而言，那部論文祇是另一個躲迷藏的遊戲。我其實並不關心它能不能通過審查？而我能不能取得學位？日後是不是又能憑藉它所換取的資格而進入一個什麼研究或教學單位混碗飯吃？我之所以沒日沒夜地趕寫出它來純粹是因為惟有在那樣一頭鑽入一個由我自己構築起來的世界的時候，我才能夠完全忘記紅蓮。這部碩士論文唯一的意義似乎也在於此。而且——我願意率直且誠摯地說：寫一部看來有根有據的學術論文所能達到的忘情效果要遠超過任何事；它甚至遠超過我所擅長的小說。

春天正豐美繁盛一如剛開始的饗宴，小五一次又一次帶來的植物讓破宅前後院變成了亮麗無比的花園。明明經歷過好幾個月的栽種、培育，但是這一切卻像是在一夜之間布置起來的一樣。小蝦花沿著長板凳下方排開了一列十五尺長的黃色隊伍。山櫻也一朵朵地發了苞，正補足聖誕白凋落了片片葉瓣之處的閑空。竹子變得更粗、也更密了，從竹枝和竹葉間拚力掙出頭頸來的是從來未曾露過面的鵝掌藤；彷彿是教那竹叢逼擠、激將出來一種發憤的生命力，自竹莖和竹莖的縫隙中探身向外，尋找斑斑離離的陽光。當我突然發現這些鵝掌藤的那天，小五坐在長板凳的另一端衲鞋底，孫小六蹲在大門裡修補地遁陣的陣腳，我則捧著剛才寫好的論文結論部分的草稿。我們三個人忽而同時迸出一句：「快好了！」而我們說的並不是同一件事。

那是一個奇妙而帶些詭異氣氛的週日近午，我在鄰居和路人都不可能察覺或欣賞的美麗庭園裡嗅出空氣中渲染著的離別的氣味。我猜想小五和孫小六也和我一樣——在如此寧靜安詳且美好愉悅的時光中，你一定會感受到潛藏在某個間隙裡的不安的。似乎事情總是這樣：當你認為一切都安適了、服帖了、順遂了，就會驚覺這世界已經稍許地改變著了。一時之間我還說不上來：到底有什麼樣的東西產生了什麼樣的變化，但是我不自覺地回頭朝背後看了一眼——待我再扭轉頭臉之際，發現小五和孫小六也似乎是不由自主地往背後凝眸靜視。我們三個人又相互望了一眼，每個人的意思看來都像是在探詢另外兩個人：你們看見了什麼嗎？

孫小六眨眨眼、搔搔後腦勺，低聲說了句：「不會罷？」

話音未落，但見他將就著原先的蹲姿朝空一縱，一團身影登時彈起三丈多高，上了二樓房頂。小五則一把探向我的肘彎，抓了個正著，另隻手也環住我的腰眼，我祇覺得眼前臉上像是教一支接一支的掃把給猛可拂了幾陣——少頃之後我才知道那是竹枝和竹葉刮擦所致——小五像是「帶」我跳交際舞那樣地拽住我；我這廂雙腳騰空、身軀打橫，被她緊緊箍在懷裡，而她則僅僅憑藉一隻右腳踩在一枝斜裡朝上竄出、不及一分粗的竹枝上。她的左腳我看不見，倒是我的腿肚子底下有那麼一個柔軟的物事撐著，事後我才知道：那是她的左膝蓋。

很難說這是什麼樣的一個姿勢；勉強形容起來，就是小五和我凝結在竹叢之間，狀似一對跳探戈的舞者，祇不過她跳的是領舞的男生，我跳的是跟舞的女生。如果當時有人拍下一張照片，再將掩翳在我們四周的竹叢抹了去，就可以清清楚楚看見一支探戈舞華麗的終結。我生平第一次被一個女人那樣攬著，身體並沒有什麼不舒服——相反地，我甚至應該覺得很舒服，因為就從小五單腳站定的那一刻開始，我的手腳四肢和腰腹之間忽然柔軟起來，有如失去了每一個細胞、每一塊肌膚和每一根骨骼的重量。我不知道跳探戈的女人是否在那樣挺腰傾倒之際都有這種失重的快感，然而我的快感卻是千真萬確的——彷彿任由小五那樣兜抱著，我便可以像個嬰孩一般熟睡到天荒地老，永遠不必醒來。

事實當然沒有這麼浪漫輕盈。孫小六在屋頂上遭遇了兩個穿著灰藍色電信局工作服的傢伙——他們果然是從後院外翻牆進來，又使撓鉤和釘掌手套沿水泥壁爬上樓頂——這兩般器械可不是電信局工程人員常用的。孫小六在樓頂截住這兩個傢伙的時候瞥見他們身後還站了一堆奇形怪狀的人物，有的也穿了電信工程人員的制服，有的則穿了運動裝和慢跑鞋，人手各執長扳手、鐵鍊條和消防斧之類既是工具、又是兵刃的東西。

接下來的一場打鬥的詳情如何是我無法形容的，因為從頭到尾我都藏身在竹叢之中，任由小五攬著、抱著，聽她在我耳邊輕聲哄著：「沒事的，沒事的。不怕不怕。一會兒就過去了。」

在那「一會兒就過去了」的時間裡，我還聽見鐵器交擊的鳴聲以及金屬敲打在水泥樓板上沉重的悶響，夾雜其間的除了有人唔唔唉唉的喊叫之外，還有一種抽抖布帛的促音；那促音每出現一次，小五的雙眉便不由自主地舒展一下，兩片光滑的嘴唇便微微綻啟，數出一個數字。幾乎就在小五數數兒的同時，樓頂上方就會飛出來一抹人影，躍過前院的上空，直摔到大門前幾十尺以外的茶園裡去。當小五數到「四」的時候我已經像觀看某種童戲一樣開始跟著數算那些從空中掠過又墜落茶園深處的身影究竟穿的是工作服還是運動裝。

在小五數到「十八」、而我算出有十套工作服和四套運動裝之後，樓頂上方暫時沉寂下來，偶或有一、兩聲踢動隔熱磚的聲音之外，什麼聲音也沒有。

「還有兩個。」小五低聲說著，隨即俯臉貼住我的面頰，道：「是高手，不過不打緊的——」

「你怎麼知道？」我也悄聲銜她的耳朵說。

「他們踩的步子同我爺爺是一路的，可是功力差得遠了；應該就是前兩個月被——」小五話還沒說完，樓頂上傳來幾聲濃濁的咳嗽。

「年輕人！你這是何苦呢？」一問話的這個一句話才出口，又猛烈地咳了幾聲。孫小六顯然沒有答腔的意思，但聽另一個鼻音黏膩、嗓音尖細的老傢伙接著說道：

「上回咱二老教你小子給打發得好不慘然。今番再來討教，原本祇想尋摸尋摸你小子的武學根柢，不料這一十八名各懷絕技的練家子仍抵敵不過你小子的兩招散手。放眼當今這滿街狐狗、遍地鴟鴞的江湖之上，居然還出得了此等高人；咱二老若是不能明白個中一二，即便今日就是死在這裡，也須化做厲鬼冤魂，啁啾纏祟，永世不歇的啊！」

這一席話說到後來，竟爾悽惻慘悄，猶似魑魅啼泣，聽在耳朵裡好似初學小提琴的孩子在咫尺近旁開鋸拉弓，赫然是一陣魔音貫腦之勢。偏在這一瞬間，小五喊了聲：「不好！」隨即奮力將我朝空中拋了個老高，我還沒來得及動念頭，整個人便像顆脫了線的陀螺一般暈天胡地往橫裡轉了幾圈，眼見就要朝園中栽倒，腰身又給小五隻手扶住，隨她在空中站直了，可兩腳沾不著實地，登時就要摔它個三丈六尺高的跟頭，孰料才惡叫出口，人已經立定在樓頂之上了。

先前少說有一刻鐘的時間兩腳沒踏過尺土寸地，我忽而往那樓頂上一站，居然像是喝醉了打踉蹌，一時搖晃得厲害。小五僅用一隻軟綿綿的掌心托住我，另隻手上前扯住孫小六的袖子，聲音壓得極低道：「留神！他倆有上乘的內力，還會使『迷蹤步』。」

孫小六冷冷一哼，道：「不要緊，過年那兩天我就見識過了。」

我順著他姊弟二人的視線望去，樓頂西側的底端果然杵著兩個老者。一個身穿咖啡色混紡尼龍布夾克，底下是條深藍色卡其布長褲和一雙膠底膠皮的便鞋。另一個與他身量一般無二，上身成了藍布夾克、褲子卻是咖啡色的，便鞋一樣是膠皮膠底。越是多看一眼，你越是覺得這兩老頭兒的模樣十分尋常，也十分不尋常。他們就像街上熙來攘往的、通稱之為「老芋仔」的那種人，從眼前迎面而來，你根本不會多花一微秒的時間去注意他們的面容、聆聽他們的語聲、觀察他們的舉止。質言之：他們就是一團介乎藍色和啡啡色之間，朦朧如霧模糊似鬼若有若無不虛不實的影子。以這種影子般的形體他們存在著，偶爾發出酸腐的氣味，讓錯身而過的青年不假思索而練就瞬間閉鎖呼吸的功夫。

應該是出於一種迫切的危機感，我忍不住仔細打量了他們一會兒，從那十分尋常的模樣裡看出了十分不尋常的部分——他們的腰身要比一般的老頭子們纖細很多，而胸膛和肩膊也凹陷斜削，顯得異常單薄。經樓頂的勁風一吹，原本鬆垮的褲管緊緊貼上小腿的脛骨和大腿的股骨，就更可以看出那兩雙腿子有如銅澆鐵鑄的一樣堅硬挺直——即使它們極其細瘦。

在我目不轉睛凝視著他倆的片刻之間，那不時咳嗽幾聲的老頭兒繼續對孫小六說道：「好不好就此打個商量？咱們倆不計較了。」

「上回在那邊兒倉庫裡，」黏鼻尖嗓的接著道：「你小子一把軟鋼刀殺得咱二老渾身上下一共落下七十二道口子——這，咱不同你計較了。」

「今兒你一口氣傷了十八名幹員，」咳嗽的又接著說：「指不定有殘了的、有半殘了的；人家端的是公門裡的飯碗，家裡也有老小妻兒，萬一有個三長兩短——」

黏鼻尖嗓的再接著道：「那也是一十八個無辜受害的家庭啊！這個麼，咱們也不同你小子計較了。就連他——」說到這裡，兩老頭的腦袋瓜子一如傀儡戲裡的牽絲木偶那樣齊齊向我轉過來。

「咱們也可以不再追究的。」咳嗽的一面說，一面又猛力地嗆咳著了。

「可你小子無論如何得給咱二老一個交代——你這一身武藝是出自哪一門？哪一派？哪一位師尊？」

孫小六聽了，搔了搔後腦勺，隨眼遍地胡亂看了一陣，一副掉了什麼物事的神情——這樓板上散落一地的俱是些鋼絲撓鉤、掌釘手套、長扳手、鐵鍊條和消防斧，當然沒有一樁是他的——不消說：孫小六所失落的不是什麼東西，而是應對的語言。他顯然不知道該不該接受對方這聽起來十分慷慨的允諾。就這麼猶豫了片刻，孫小六仍不免透著八、九分疑惑地囁嚅著說：「其、其實、其實我、我也可以活活打死你們就沒事了啊！」

兩老頭兒聽他這麼雲淡風輕地說著，臉色驟然一變，面皮整個兒垮將下來，相互對了一眼，彷彿不知道該如何接腔。待他們再扭頭望過來的同時，各自身形猛可朝南、北兩側閃開一步，靠北的一個拉左弓右箭步，左拳向前平舉、右拳倒扣當額；靠南的一個拉右弓左箭步，右拳向前平舉、左拳倒扣當額——這一式在彭師父從前傳授我們練步拳裡叫「騎馬射箭」，依我看不過是戲台上的伶工使來「亮相」的一種「花架子」；村子裡的小夥兒也都說這一式祇在放屁的時候管用。可兩老頭兒才拉開這式子小五便一步搶上護在我身前，孫小六又閃影子跨腿護在小五身前。這樣好似老鷹捉小雞的排排一站竟有幾分滑稽的趣味——因為我不得不歪起個腦袋才能勉強越過他姊弟倆看見對面那兩個「騎馬射箭」的傢伙；我朝左歪，小五也朝左歪，我朝右歪，小五也朝右歪。總之就這麼閃閃藏藏之下，孫小六忽然又開了口：「如果我同你們說了，你們就不會再來煩我張哥了嗎？」

「君子一言——」左弓右箭的說。

「快馬一鞭。」右弓左箭的接著說。

「不過，」左弓右箭的陰陰笑了笑：「即便咱二老放過了他，自有放不過他的人——你小子保他保得住今日，未必保得住明日。」

「咱二老說話算話，旁人說話未必算話。」

偏就在這兩老頭兒繼續這麼一搭一唱地說話的時候，我眼前忽然閃過一幕情景——那是在幾個月之前，孫小六和我在青年公園的天遁陣裡窩藏的最後一個午後，我們瞥見一棵樹下站著四個人；他們分別是「岳子鵬」、斷掌的豬八戒和另外兩個「老得不像話的瘦皮猴」。當時我祇顧著和孫小六爭辯：手提空鳥籠的大胖子是不是彭師父，是以匆匆幾瞬眼間未遑細顧其餘。然而此刻這兩老頭兒側馬拉弓，而我又非得從孫小六和小五的背後這麼左窺右盼不可的情況之下，那似曾相識的感覺驀地深刻且明確起來——這兩老頭兒正是昔日我從兒童遊樂場的水泥樹椿後面看見的兩個「老得不像話的瘦皮猴」。或許，當時看他們瘦皮如猴的印象竟又是同身軀過於肥大的「岳子鵬」相比較之下而得來的罷？

無論如何，一旦我認出這兩老頭兒的確就是那天一聽我喊了聲「岳子鵬」之後便倉皇離去的四個人中的兩個之際，我忽然意識到自己手上也握了副可以加碼的好牌，隨即往旁邊跨了個大步，雙手往腰眼上一扠搭，昂聲道：「臭老頭兒在那邊哼哼哈哈、雞雞歪歪什麼東西？你們『追究』我？我他媽還『追究』你們呢！你們跟『岳子鵬』搞些什麼狗屁倒灶的事別以為我不知道；

逼急了我全給你們抖出去。知道嗎？逼急了我全給你們抖出去。」

我的確就是這種唬爛成性的人。每當我唬爛的時候——我記得我曾經如此坦白過——每當我所想的跟所講的不一致的時候，我講話就會特別大聲，而且會重複。站在美滿新城一巷七號樓頂的寒風之中，我的牙關顫抖、氣血僵凝，打從骨髓裡面害著怕。我知道此刻所面對的正是這一向在我背後出沒的那些個黑道、暴力團、地下社會、恐怖份子之中的人物，且他們的背後還有其他我根本無從想像的幽靈和鬼魅。要對付他們，我祇能靠胡說八道。

在胡說八道的那一刻，我祇想暗示他們：我在報章雜誌這一類的媒體上有很多朋友，我在文藝圈也小有名聲——這倒不算吹牛，早在大學時代，我靠幾個短篇小說得了些文學獎，時不時會風光一陣，還有些想要吸收年輕作家以充實旗下陣容的副刊編輯偶爾會來約約稿、請請客，並代邀知名評論家在他們的文章中為我美言幾句；有一位前輩就曾經說過：「張大春是很可預期成為未來的大師的。」在整個流行給人封贈大師二字當頭銜的七〇年代和八〇年代初期，我還不覺得自己未來將要和那些三教九流滿街竄走的媒體明星同列有什麼可恥，反而頗有幾分沾沾自喜、洋洋得意。所以當我跟那兩個瘦皮猴老頭兒說：「我全給你們抖出去」的時候，腦子裡面確然有某個部位映現出各大媒體刊登出黑道份子迫害未來大師級作家的字樣。然而我還來不及設想：究竟我手上有什麼可以抖出去的東西？倒是對面依然維持著「騎馬射箭」之姿的兩老頭兒聞言之下相互看了一眼，右邊老咳嗽的一個道：

「『雞雞歪歪』是什麼意思？」

左邊黏鼻尖嗓的一個搖搖頭，接著道：「可『哼哼哈哈』我卻明白！」

兩人頓時朝我扭轉臉來，同聲叱道：「原來你小子還真認識咱二老！」

很久以後我才知道：他們是「哼哈二才」！

當「哼哈二才」向我們撒出各式各樣的暗器的那一霎時之間，我自然無法得知：他們為什麼會忽然決定下殺手？因為一切發生得太急太快——對我而言，從那四隻夾克袖筒裡衝鑽而出、飛馳而來的物事祇如斑斑點點迎風兜繞的蚊蚋、蒼蠅；它們並不是像我從前在一些武俠小說裡讀到的甩手鏢、袖箭、飛蝗石或鐵蒺藜那樣以直線運動的方式勁射而至；倒像是在離手之後、迫近之前還兜空繞起了螺旋形、波浪形、圓弧形和閃電形的路徑。若要勉強描述的話，祇能說我倏忽自覺陷身在一群惡作劇的隱形小兒手持的仙女棒火花陣中——不過，即便是如此迷離奇詭，也祇一眨眼間而已。

我所謂的「一眨眼」，其實就是當異物迫近之際，人會出乎本能地趕緊閉上雙眼的那種反應。我就是「本能」反應了那麼一下，再睜眼時，前身正貼著的是小五柔軟的背脊和屁股，再前頭仍是孫小六頎長高大的影子。我想掙一掙身形，看那兩老頭兒一眼，卻給小五反手按了個死緊，聽她以極低極低的聲音說：「別動！千萬不要動！」

「兩位長輩還有什麼明的暗的、長的短的，就往這邊招呼罷！」孫小六兩臂朝橫裡平平攤出，整個背影猶如一個「大」字，把對面的一切全擋住了。我既掙動不得，視線祇能在他的後背和小五的頭頂之間往復游移——猛可間，我睇見一樣教我觸目驚心的東西，它埋在小五濃密烏黑的髮髻裡，藏得很深，幾難令人發現，祇在極偶然的剎那間映照著天光，閃爍出異常的光芒。是那根翡翠簪子。

我像是被那簪子給扎了一下，也像是隨視線所及而誘發了嗅覺，當下在一陣濃郁的（或許是明星花露水）的香氣之間，我的胸口狠狠地痛了一下。我並沒有被「哼哈二才」的暗器擊中，可是那蜂螫針刺的疼痛卻真實無比。

事後回想起來，當時我並沒有時間去深刻體會一下那刺痛之感究竟出於一種什麼樣的心理。然而我不得不承認：那是我有生以來第一次對他人產生憐惜之意。

憐惜。一種混糅著不忍又不捨的情感，它浮顯在髮簪的翠綠色澤以及廉價且帶有懷舊氣息的香水味道之間。直到多少年之後的今日，我已然不再能憑藉零碎、黯淡又渺茫的感官記憶去重塑那短暫的感受——其間有一次，我甚至將整瓶明星花露水灑在一疊稿紙上，試圖重新體驗一下那種全心全意因為他人的委屈而感覺自己刺痛起來的滋味，然而我所能得到的祇是撲臉嗆鼻如酒精中混合了農藥的兇猛揮發的作用力。在那一疊布滿了可能永遠拂拭不去的化學藥劑氣味的稿紙上，我所寫下來的是和紅蓮在宿舍中瘋狂打炮的一段情節。

至於在小五背後有如神悟的片刻——無論是肉體上的刺痛抑或是情感上的憐惜——永遠失落而不可再得了。我祇能這樣勾勒：也許是在小五專注地用身體翼護我的整個過程之中，她髮間的簪子和香水與當下險惡現實的疏離和不協調所牽動的荒謬感所引致的。試想：小五在那天清晨離家上路之前，曾經以多麼溫婉而柔緩的動作、多麼細緻而繁複的步驟整理過她的長髮，並且在脖頸、耳根和我無能想像的部位撲打上不多不少的香水。她決計無法逆料的是這一切的努力都成為惘然——我真正注意到那髮簪和香水的時刻正藏匿在她的背後，觸目所及的還有一片掩翳在零亂髮絲之下的頭皮；以那樣貼近的距離去凝視一小片遍植髮根的頭皮誠然不會產生什麼美感，它甚至有些醜陋……這，便是在經過許多許多年以後，我對當時那即生即滅的憐惜之情所作的一個勾勒；我把發生了不及半秒鐘的過程停滯了、放大了、凝顯了。於是我才能夠約略察覺：其實我一直要逃離的不祇是我的家庭、我的父母、我的村子、我的生活，我還同時想要逃離面對小五的處境。也祇有在她的背後，以那樣漫不經心的一瞥，哪怕祇是一截若隱若現的髮簪、半縷若斷若續的香氣和一片其實談不上美麗的頭皮——這些都是被什麼切割了的片段，在這些片段裡沒有逼人面對或正視的東西，我也才敢於釋放那憐惜的情感。是的，我是一個祇能在他人背後釋放情感的傢伙——從某種嚴厲的分析角度來看，被小五努力翼護著的那個我其實是個因為拙於表達而澈底失去愛的能力的人。

那天「哼哈二才」並沒有傷害到我，他們所發出的暗器全數釘在孫小六的軀幹和四肢上。他們也顯然是在目睹孫小六硬生生吃下這些暗器的時候受到了極大的驚嚇，好半晌說不出話來。孫小六依然像個「大」字般地站著，又追問了一聲：「怎麼樣？二位長輩。」

「方才你小子這身法已經道出了來歷——這是當年北京飄花門末代掌門孫少華的一招『漫天花雨』；你，可是孫少華的傳人？」

另一個也接著道：「咱二老有言在先；既然知道了你小子的出身來歷，今日之事也就作罷了，更何況——」說時竟壓低了聲，有如自言自語地繼續說下去：「怎麼會是飄花門的後人？怪哉怪哉！」

「我是姓孫，我叫孫小六，可我是不認得什麼孫少華不孫少華的。」

兩老頭兒聞言不由得一怔，當即收了勢子，相互欺近兩步，交頭接耳起來。過了好半晌，才同聲喝問道：「那麼飄花掌孫孝胥又是你什麼人？」

未待孫小六接腔，偏在這間不容髮的一刻，小五像是早就提防到有此一問的態勢，猛然抬手按住她弟弟的後肩，借力撐身躍起，一記鷂子翻身躍出五尺開外，搶道：「他的一身功夫都是我教的，你們有什麼事不明白，就問我好了。」

我看不出小五這一觔斗翻出去有什麼大了不起之處——所謂前空翻，那本事自凡是練過幾天徒手體操的都能湊附，遠不及幾年前我從郭家廚房頂上窺看她從孫老虎手下救出小六的一手凌空翦腿來得神奇又優美。可那兩老頭兒卻彷彿各教人封點了什麼周身要穴的一般；右首咳嗽連聲的一個張著大嘴、露出一口爛牙，左首黏鼻尖嗓的一個猛眨著眼皮，直要滴下淚來的模樣兒。

「飄花門向例不傳女弟子，你——你——你怎麼？」

「如此看來——我說品才啊——咱二老這一回莽撞了；真個是強中自有強中手，能人背後有能人哪！這個差使，恐怕是交不了了。」

給喚做「品才」的也連連搖起頭來，止不住又咳了幾嗓子，才唉聲歎道：「交不了差沒什麼，祇可惜這麼高的身手、這麼深的內力、這麼好的師承，卻如何甘心情願維護一幫國家民族的敗類呢？唉、唉、唉——呀！」說著，瘦削如髑髏的臉上那一雙深陷的眼珠子倏忽朝我一瞪，接著道：「姓張的！你跑得了一時、跑不了一世；逃得過今朝、逃不過明日。咱二老即便認栽去了，你終究是要受天理國法的制裁的。別忘了把老夫這話也同你老大哥、還有萬得福那二廝交代。用才，咱們走！」

話才說完，兩老頭兒身形不改，直愣愣朝後彈退，猶似兩枚砲彈一般地竄出幾十丈外，逕沒入幾十株樟樹和相思樹的樹冠之中。

孫小六連忙衝步上前，往後院和院牆外的雜木林鳥瞰了一陣，十分懊惱地囁嚅道：「真叫賴皮——他們破不了我的陣，卻從背後這一頭混進來了，看樣子後院也要布一個——」

「小六！」小五卻突然一聲喊，但見她兩手環胸，神情出奇地嚴峻：「我問你：你打哪兒學來的『漫天花雨』？」

孫小六掉轉身來，往自己通體上下打量一遍——我也才看清楚——他的手臂、前胸、兩脅、腰腹以及褲襠和雙腿之上密密麻麻釘著一大堆晶光閃亮的玩意兒；不消說：正是他先前用那招什麼「漫天花雨」的身法給硬吃下來的暗器，而且果然並不是什麼甩手鏢、袖箭、飛蝗石、鐵蒺藜。從射入的角度看去，倒像是一片一片超大號的圖釘，祇不過釘帽都是角錐形的，孫小六順手拔了幾個下來，可見角錐帽前插入衣衫的部位全拱成了圓弧狀的尖鉤——顯然，它們原先是兩寸多長的刺針，祇不過在勁射而入的瞬間給孫小六的某種護體神功給抵折了，才變成掛鉤的模樣。

「小六你的皮還真夠厚。」我失聲叫道。

「我哪夠看？」孫小六嘿嘿一笑，扯開那件破夾襖的盤扣，露出裡頭那件白內衣的一部分：「全是『面具爺爺』的衣靠了得。」

「小六！我問你『漫天花雨』是打哪兒學來的？」小五抬手朝我臉前晃晃，有如交通警察攔路，禁止通行——也就是不准我說話打岔的意思。

孫小六一面繼續拔著身上的暗器，一面咕咕噥噥敷衍著，過了天長地久的幾秒鐘罷，忽然間像是找著了下台階，眉眼一開，笑道：「你不是說你教的嗎？」

「少貧嘴！」小五說時從脖子根往上泛起整片的潮紅，還分神狠狠瞪了我一眼，彷彿是說：小六嘴這麼貧，非你給教的不可。我想要辯解，可說什麼又都嫌多事；小五卻嚴辭厲色地說下去：「你明明知道我是唬弄他們的，說！」

「你兇什麼兇啊兇什麼兇啊？你兇就有理啊？你兇就對啊？……」孫小六撒著賴，姊弟倆接著又來上一段夾七纏八的口角——最後還是孫小六認輸，迸出兩句：

「是——是那個飄花門的掌門嘛。人家不是說了嗎？」

「那位老掌門已經過世三十多年了。」小五那隻交通警察的臂膀這才悠悠放下，雙手環住胸口，嘴裡卻一字不肯放鬆。

「那就是那個孫笑什麼東西——」

這話還沒說完，小五不知使了個什麼樣的手法兒，環胸的手看似纖毫未動，但是在她和孫小六之間卻倏忽亮出一隻長著蔥白粉嫩手指頭的巴掌，那巴掌當即結結實實烙上孫小六的左頰，留下五指紅印。我猜孫小六並不覺得疼——彭師父把他當成個沙袋那樣揍，他都不疼，這一耳刮子應該不算什麼。可是他隨即捂住了臉，又冒出兩泉眼淚，雙唇抖顫著，顯然是受了極大的委屈，卻因這委屈極深，或者是驚嚇太大，竟至說不出話來。倒是小五也噙著淚、抖著唇，哽聲說道：

「孫孝胥——你想說的是孫孝胥麼？孫孝胥就是爺爺，咱們的爺爺就是孫孝胥。爺爺早就死在新生戲院那場大火裡了。」

孫小六聞言搶忙抬袖子一抹眼眶，皺絞雙眉，猛裡露出孫老虎那種劍拔弩張的氣色。他昂昂下巴朝天空看了看，眨巴眨巴眼皮；垂垂頭朝樓板望了望，又眨巴眨巴眼皮，最後居然扭頭衝我道：「張哥！你還記得我跟你說過的『雷根爺爺』的故事嗎？」

我點點頭。

「『雷根爺爺』如果是我爺爺的話，那我爺爺就根本沒死呢！」

雷根，當時仍在第一任任內的第四十屆美國總統，曾經是好萊塢著名影星，通常扮演正直、善良而帶些柔性氣質的西部英雄。自銀幕淡出之後擔任過很長一段時間的加州州長。一九七六年爭取共和黨提名競選總統失敗，而在一九八〇年捲土重來，非但順利獲得黨內提名，還以壓倒性的勝利成為美國有史以來最年長的總統；當選那年他已經六十九歲了。兩年以後，台灣從南到北的玩具店、菜市場和地攤上都出現了一種鐵定出自仿冒的膠皮頭套，以雷根的頭臉為模型灌鑄而成，彼時若有人戴那頭套上街，的確會惹人側目嗤笑一陣，然而不須幾日，雷根那張鬆皮贅肉的老臉便為一批批妖魔鬼怪的臉所取代了。一旦退了流行，沒有人會在街上看雷根一眼半眼——這張臉要比任何一個平凡人更平凡一點。

第三十八章　飄花令主的祕密

被孫小六赤手空拳打落樓頂、飛入茶園的一十八個所謂「大內高手」像汽泡一樣消失了。這一次突襲並沒有驚動我們那些互不關心的鄰居。直到近十年以後，當我從汪勳如的《天地會之醫術、醫學與醫道》之中讀出它和現實世界之間隱勾暗串的詭異關係，而且被家父嚴辭訓斥——也可以說指點——了一番，我才回憶起這場乍起乍息的打鬥之所以立刻「事過境遷」，其實是出於「哼哈二才」的翻覆折衝所使然。

這二才一個叫施品才、一個叫康用才，俱是江南北八俠之中身居第七的白泰官的後學徒孫。祇不過白泰官為聚斂貲財而收徒無數，徒子徒孫不得不從再收授徒子徒孫才能敷裕開銷，所以徒孫再傳三數世，便有同門對面不相識的情況發生。且因傳承浮濫、根柢亦隨之而淺薄；你一個迷蹤拳、我一個迷蹤掌，東一套迷蹤法、西一套迷蹤功，是以在《七海驚雷》書中便曾借一連串同門相殘的小故事指出：在千百個號稱皆是白泰官親傳嫡系的後學之中，獨有一個門派不以白氏的名號為招徠，那就是「飄花門」。

根據作者飄花令主夾議夾敘的解說，讀者才明瞭：「飄花門」之所以不肯奉白氏為祖，乃是此門原有三百多年的傳承歷史，其淵源早在白泰官之前——反而是白泰官在浪跡江湖的歲月曾經一度拜投在飄花門下學藝，也不知藝成與否，日後便消失在其餘更複雜奇詭的情節之間了。

純粹從小說創作的角度來說：像《七海驚雷》裡白泰官這個角色根本是個多餘的、冗贅的；有之無益於主題推進，無之亦不害於情節發展，作者插筆及此，除了說明白泰官原來衹是剽竊飄花門本門正宗的迷蹤步行道天涯之外，彷彿全然沒有其他作用。

要不是在民國八十一年七月十三日——一個下著迷濛細雨的黃昏到夜晚——家父訓斥了我一頓，我是根本不會注意到《七海驚雷》裡白泰官的那段枝節究竟有什麼旁的意思，乃至同我的現實生活又居然會有什麼關聯的。

那一天，家父逼問我和紅蓮交往的情形，語氣出奇地嚴厲：「那麼歐陽崑崙的女兒又是怎麼一回事？」

我沒有立刻回答，腦子裡儘想著該如何不撒謊而應付得過去。正躊躇著，老人似乎已經看出了我三翻五轉的思緒，從椅墊裡撐身站起，又蝦腰拾掇著家母扔在地上的笤帚和簸箕，一帚一帚地掃拂著先前摔碎的一地碎玻璃碴和茶葉。我望著他掃過磨石子地面上殘留的水漬刷痕，登時聯想起小時候站在矮凳上看他伏案描繪古戰場山川形勢的一些圖案——那圖案的確跟笤帚的掃痕十分相近，他在畫那些古戰場的時候年紀不過四十出頭，近視眼已經有千度以上，然而工筆細繪，一絲不苟。於接近完成的那一刻就會開始同我說話：「你看這一幅是什麼？」

我會指一指那些縱橫交錯、不下數十百萬繁瑣線條說：「頭髮。」

「還有呢？」家父笑了。

「笤帚掃水。」我說，其實我知道那不是真正的答案，可是這樣的回答會逗得他繼續笑下去。

他果然笑了，再問：「還像什麼？」

「爛鍋麵。」

「還像什麼？」

「毛線。」

這個遊戲可以一直玩下去，直到我再也想像不出一個詞，或者一個句子。我從來不讓他稱心如意地得到那準確的答案。他也從來不告訴我那答案是「等高線」、「等溫線」、「測地線」、「接擊線」、「戰線」、「運補線」……也許要到了高中或大學以後的某一日、某一時，我無意間再向家父零亂堆疊著各種書籍、地圖、測量儀器和賽璐珞投影片的書桌投以匆匆一瞥，才赫然驚覺他其實另外過著一種和我所熟知與臆想者全然不同的生活。那是一個塞滿了數字和枯燥乏味的名詞的世界。簡單地說，他的工作就是將已經發生且結束了的許多次戰役重新描述一遍。由於戰爭必有勝負，是以他可以運用各種文獻、遺跡和考古發掘的材料來解釋打勝的一方為什麼會打勝，而打敗的一方又為什麼會打敗。換言之：他先知道了結果，再重塑出製造了那個結果的原因。對正值叛逆期的我來說，這份工作可說再荒謬不過，因為一切所謂的證據都是在已經預設好結論的情形之下提出的。家父每天出門上班、下班後挑燈伏案，多少年下來，居然就是替已經知道了勝負成敗的事塗抹錦上添花和落井下石的理由。在那樣懷抱著義憤的情緒下，我轉眼便忘記幼年時代踩著矮凳和他胡說嬉鬧的情景。

然而，就在老人一帚一帚掃過來、掃過去，卻總也掃不淨地上那些細小的碎玻璃碴的時刻，我猛然間被帚棕拂刷出來、在轉眼之間便乾逝的平行線條觸動了一下，想起非常遙遠非常遙遠的兒時，當這個老人正值壯年的歲月，曾經多麼謹慎地維護著我對語言符號的想像力——那應該算是我的修辭學啟蒙罷？

我搶過去，接下他手裡的笤帚和簸箕，繼續掃著，老人退開兩步，我朝他腳下掃了一記，他又退開兩步，我再把笤帚伸遠了些，假作不小心掃著了他的腳趾頭，他笑起來：「咦——欸！別鬧。」

我也笑了，又掃他一下，趁勢問道：「你怎麼會問起我和紅蓮的事？」

一聽這話，家父才舒展開來的五官，猛地又虬結起來，道：「有人給我寄了一疊照片——還有一張便條，說這女人叫歐陽紅蓮。」

「幹嘛寄她的照片給你呢？」

「不是她的照片，是『你們』的照片。」家父說著時順手撐高眼鏡框，順手往鼻心眉頭狠狠揪揉起來。

「我們？我們沒有拍過——」半句話才出口，我的背脊煞地竄開一陣森寒，脖根處卻同時滲開一片燥熱——打從民國七十二年秋，我入伍當兵開始，紅蓮才重新回到我的世界，每次來去都彷彿鬼魅一般；沒有誰知道她是怎麼找到我的，也沒有誰能告訴我：在我們熱烈地互相饗以彼此的肉體之後她又去了哪裡？其間的過程再簡單不過，無論我在訓練中心、接受分科教育的國防管理學院或者是正式服役當文史教官的陸軍通信電子學校，經常在逢著放假的日子，一出營門或者走到車站，紅蓮就出現了，她的第一句話總是：「找個地方陪你睡一睡，嗯？」

彷彿中了魔咒的一般，我的眸光凝直、牙齒交戰，渾身上下每一個孔竅都舒張開來，滿盈盈一腔歡悅迎接著她的身體。任她挽起我的手臂，走向海角天涯。

無論是烏日、積穗、平鎮——祇要在營區附近觸眼可見、距離最近的情人旅館——都留下我們裸裎廝殺的蹤跡。從某些細節方面言之，我越來越熟練、越來越能從紅蓮所做的些微不經心的動作或反應察知她的感受和渴望；比方說：我們重逢那天的第一次我就發現她對脊椎骨沿線的膚觸有著極其強烈的感應，一經指尖輕輕撩劃，便止不住地打著哆嗦，微啟的眼簾底下露出兩彎瓷白，好像那哆嗦一旦打上，黑眼珠便給抖到額頭上方去了。我試出這個門道，自然加意撩劃。幾回之後，紅蓮忽然睜開眼皮，輕輕笑了，低聲說了句：「多了。」

「什麼多了？」

「你如果不去體會，」她緊緊摟住我的背，翻身躺平，又閉上了眼，仍舊低聲道：「沒有誰會告訴你。」

這該算是我學習男歡女愛的第一課罷？在那條塵土飛揚的公路邊一爿叫做「烏日大旅社」二樓的小房間裡，被陳年不曾流通、說不上來是霉味還是腐味的空氣浸裹著，我再度跌入一年前那個撞擊、爆炸之後一切歸於寂滅的空無宇宙，重溫如何進入另外一人生命深處的祕密。這一次與之前在宿舍裡那樣的魯闖莽撞是截然不同的；紅蓮似乎有意誘導我用一雙探訪的眼睛去窺看那些我原以為祇不過是一片黑暗的風景。我也不得不承認：那是一種全然無法描繪、形容或用任何方式捕捉的風景。它祇存在於兩具肉體纏絞廝磨著的那些個當下，透過並不灼灼然相互逼取的感官而時現時隱。也正因為我們在努力探訪彼此的許多個剎那其實是失落了視覺，或失落了聽覺、嗅覺、味覺和觸覺的，是以它無法經由任何形式的敘述而再現——我祇知道後來有一次和孫小六為躲避人追殺而溜進一家狄斯可舞廳，置身於乍閃乍滅的輪轉燈球所擺布的光影之中，才約略體會出那種支離破碎的感覺——時間並不連續而世界從未完整。是的。

在凝神致志的歡愉撫觸之中，時間並不連續而世界從未完整。我猜想這是我無從記憶任何一次和紅蓮親密交接經驗的根本原因。然而這是十分令我苦惱的事。每當收假歸營的時限將至，我知道這先前的一切便要隨之而露晞霧散、雲逝煙消；無論我在部隊寢室的蚊帳裡如何冥想追憶，也不可能拼合出所曾強烈體會過的這一切於千萬分之一。

終於有那麼一回，當我穿起軍服、扣緊皮帶、打好綁腿、戴上小帽的那一刻，鼻根一陣痠哽，涕液猛然間噴湧出來。紅蓮從背後環住我的腰，哄了幾聲什麼，我沒聽清楚，逕自咽聲說道：「我記不得你了，我會忘記你。」

「又不是不再見了，怎麼這樣哭法兒？」

我摘下小帽，想用它擦淚水，可什麼也沒擦出來，倒是又擤出一堆鼻涕。我從來不曾向任何人表達過依戀不捨的情感——這極有可能是因為在成長的過程之中我從來不曾體驗過真正的失落或欠缺。然而，這樣顯然並非幸福。在那個令我心痛的離別時刻，我像一株給人倒栽入土的植物，既不能思考、復不能言語呼吸，整個地球卻翻轉過來，然後我便盡情嘔吐著了。

那是一次獨特而奇異的經歷。我發現那是一種和酒醉全然不同的嘔吐；在傾瀉出胃腸裡所有的東西的瞬間，似乎並沒有煩噁之感，倒像是向某個值得託付的對象訴說了一個天大的祕密，或者是向一群陌生人發表了一次動人的演講那樣酣暢淋漓。總之，當紅蓮用浴巾和一整卷衛生紙擦拭過床尾地毯上的穢物、而我則趴伏在馬桶邊沿喘息的時刻，我顫抖著，回味著喉頭殘存著的、射精般收縮的快感，幾乎連想也沒想，我衝那馬桶底部漩渦狀的注水自言自語道：「原來是這麼回事。」

紅蓮沒聽見而我也不會告訴她：我所說的正是戀愛。戀愛原來是這麼回事。

此後大約有一年九個月的時間，我從來沒有懷疑過我和紅蓮的關係，也從來沒有懷疑過她不期然出現的時機——有十多次逢著該放假或例休的日子，我臨時接獲命令，必須到總部甚至國防部去參與籌劃那種名為「莒光週」、「軍紀教育月」、「保防教育月」等軍中電視教學活動的會議。而之所以上級單位會找到我——據我當時揣測——不外是由於我已經小有文名，且擁有中文碩士的身分；對於軍方職司政訓業務的高階長官來說，張大春既然是個會寫小說的人物，便應該有能力編寫幾個能夠發揚軍紀和保防觀念、乃至提倡「忠誠精實」軍風的電視劇腳本。這種差事經常是說來就來，頂多前一天晚間下達電話命令，第二天一早就得派車出發。就我記憶所及，總是在星期六或者輪到我放榮譽假的前一天。遇到這種情況，我自然會惦念：那麼紅蓮呢？可是說巧不巧，等到任務結束之後的某個假期，紅蓮粲著一臉笑容再度出現在我面前的時候，總會這麼說：「上週末我正好有事，沒能來。」或者：「前幾天又換了工作，忙翻了，幸好沒來撲個空。」

但是，祇要不碰上那種臨時委派的公差，紅蓮幾乎沒有遺漏過我軍旅生涯中的任何一次假期。對於當時的我來說，那是一種難以想像的美滿境界。我不時會以一種歷盡滄桑、飽經世故的腔調告誡同在一個營區服役、時時為情所苦的同袍弟兄。其中包括一位大隊長、幾位教官、和無數為相思懸念所苦惱的軍校學生。我告訴他們：愛情是一種建立在自由和信任之上的付託，愛情是一種兩個肉體之間無法被他者取代的交流，愛情是一種經由身體的探訪而建立起來的相互存有，愛情是一種透過對性慾的滿足而昇華成就的靈性解悟，愛情是一種必須通過分離、思念、挫折、磨難等等嚴酷考驗才能修成正果的美學經驗……總而言之、統而言之，我越說越深、越說越玄、越說越抽象奧妙；時常說了就忘了。可是我的聽眾卻越聽越有趣、越聽越入迷、越聽越以為那是人生至理，充滿了兩性相知相愛的智慧。一直到我快退伍了，居然還有幾個總教官室教電碼和數學的預官，每天晚上擠進我的寢室裡來請益至夜深不散。他們最後聯名醵資送我一支派克金筆，筆身上鐫刻著蠅頭細字：「惠我良深」。

倘若我當時就能明瞭那暗藏在我和紅蓮之間百分之百的美好愛情的背後究竟是些什麼的話，這枝金筆恐怕非但不足以彰顯我在愛情方面夸夸其談的成就，它反而還稱得上是一個絕大的諷刺。

也就在入伍之後的這麼一大段穩定持續的關係或者交往，我摸索著去親近、理解、侍奉以及享用紅蓮的身體，也漸漸同她在零亂的枕衾被褥之間有了交談。紅蓮說故事的方式和彭師母、孫小六都不一樣。彭師母說起故事來猶如重新經歷了一次自己的人生，也帶著聽故事的人重返那個歷史現場。可是在那個現場，你幾乎看不見彭師母的身影，也聽不見她的聲音；即使涉身於某事件之中，她始終像個幽靈般隱匿在某一最適於觀察的角落。儘管她的表情誇張動人、腔調變幻莫測，聽者祇覺其逼真如實，卻從不致懷疑自己有什麼迫切的危險。孫小六說故事的時候有一種惟恐遺漏什麼而隨時提心弔膽的不安——這種不安當然也會傳染給聽故事的人——彷彿每件他所經歷的事都有一種極大的不確定性，非得將一切和這事有關的細節都交代清楚不可；否則整件事便會被視為虛妄無稽，且招致嚴重的指控或譴責。這樣說起故事來，別有一種纖維畢露、毫釐不失的趣味，祇不過很難瞭解他堆積了那麼多瑣碎的故事裡究竟有什麼意思。

紅蓮則全然不同，她總不肯平鋪直敘地述說一件完整的事，好像她的人生就是在一大片伸手不見五指的迷霧之中東閃一下、西閃一下的七彩燈飾不斷飄忽游移而形成的。你必須像個努力在益智繪本上玩串聯數目字尋繹圖形的孩子，一丁一點兒把那些晶瑩閃熾的小片段拼湊起來，才勉強勾勒得出一個生命的輪廓。

我開始對這個女人產生好奇；想瞭解她的過去，想知道她的生活，想追索出她曾經在如何如何之際而我當時又正如何如何。我在印著「烏日大旅社」字樣的一張床單底下展開了第一次探訪：「你跟我說過你爸爸長了個鐵腦袋瓜兒的故事。」

「嗯。」她掠了掠耳際的髮梢，閉上眼，嘴角微揚著喘息。

「後來呢？」

「後來那顆腦袋瓜兒被人砍掉，掉進台灣海峽裡去了。」

這就是紅蓮說故事的方式。坦白說：我在她講到「掉進台灣海峽裡去了」的那一刻，眼前確實浮現起一顆血淋淋的人頭墜入湛藍泛黑的海水裡去的印象。然而它太不真實卻又太強烈；紅蓮的語氣又過於簡淡尋常，似乎不像是在刻意揑造什麼驚魂攝魄的場面。

「怎麼會這樣？」我掀開床單，像一根背後忽然鬆了壓縮彈簧的橛子一樣坐起來。

紅蓮略一皺眉，仍不肯睜眼，想了想，道：「大概那刀很利罷？」

「你在旁邊嗎？你那時候多大？」

終於她睜眼了，輕輕搖搖頭，意思大約是說：「我不在旁邊。」隨即把隻手從枕頭底下探出來，曲張五指算了幾回，又想了片刻，然後用食指和拇指比了個八、九公分的距離，竟然低聲笑著說：「這麼大。」

「別開玩笑。」

「真的，這麼大。我還在我媽的肚子裡。」一面說著，紅蓮一面使勁兒將那床單朝空一抖、抖成個帳篷，把我們都覆在下頭，接著便捧起我的臉，鼻尖摩挲著我的臉頰，道：「告訴過你我比你大很多很多；你還想知道什麼就儘管來罷！」我們立刻又來了一回合。

再度說起同一個話題恐怕又是好幾個月以後的事了。也許在積穗那家罕見的日式木造客棧的小閣樓上，也許在平鎮那家兼作西藥房生意、取名為「平鎮雅築」的民宿。我忘了什麼原因——也許是壁間掛了幀印著湍急瀑布照片的月曆，也許那月曆上的照片不是瀑布而是碧波與海船；或者根本沒有那樣的月曆而純屬毫無情由的遐想使然。總之我又問了她一次：「你爸的頭真是被砍掉的？」

她睨我一眼，是那種何必大驚小怪以及小事不足掛齒的表情，點了點頭。

「為什麼？」

紅蓮認真思索了片刻，又給了我一個迷霧中閃熾著小燈泡似的答案，簡潔、眩目、忽焉而逝但令人難以忘懷：「應該是因為黃金罷？他幫政府運了太多黃金出來；那麼多怎麼可能不出事？」

我記得當時我並沒有追問下去。原因很簡單：那顆其實我並不關心、和我也沒有一丁點兒關係的腦袋瓜兒恐怕又已牽涉到許多我無能負荷的內幕。或者——我該更誠實一些——在無比渴望著紅蓮那豐美的肉體的同時，我並不敢再深入窺探其中還有什麼誘人的祕密、以免那祕密一旦揭露開來，我便會再失去她一次。

可以說抱著一種忐忑的意緒，我繼續和紅蓮維持著那種盡情褻掘對方身體的遊戲關係。然而在另一方面，我隨時隨地能夠意識到自己對她的隱瞞和提防；比方說，我始終沒有告訴她：其實我後來從彭師母那兒聽到了「鐵頭崑崙」初展神威故事的更多細節，我還知道她的爸爸就在那一次事件中結識了一個後來當上總統府資政的人物。這種隱瞞和提防或恐祇是男女之間一個無足輕重的、玩笑式的角力，彷彿握有某個（儘管並不重要的）祕密的一方便取得了某種精神上的、極其抽象的優勢。我甚至偶爾還會這樣想：等我老了以後——我是說要等我老到都已經不知道雞巴硬起來是個什麼感覺以後——我若突然把我所知道的歐陽崑崙告訴紅蓮，那麼，她的臉上會出現一種什麼樣的表情呢？

然而，毋須等到那麼久——我在三十五歲那年便已瞿然驚見自己所握有的祕密其實微不足道，且在我自以為比紅蓮多知道了一些什麼的時候，早就成為握在別人手中的某個祕密的一小部分——家父朝我擺了擺手，意思是「不要再掃了」。我放下笤帚和簸箕，隨他走進他的房間。門一開，撲面迎來的是一陣混合著蟑螂蛋、霉斑、潮透了之後蒸出鹽漬酸梅香氣的油印資料紙和蛀蟲啃嚙成粉屑的楠木所發出的味道。我許多年未曾進入這個房門，忽然產生一種裡面比以前小了很多的錯覺——稍後才注意到這錯覺是因為房間裡又堆疊塞放了較原先多出幾倍不止的書籍、圖錄、卷軸和資料夾；最令我訝異的是書桌右邊多了張矮几，下置滾輪，几面上端端正正架設著一部我從來不曾碰過、也不曾想到會去使用的電腦。

「九〇年代了嘛。」家父大約是從我看那電腦屏幕時目瞪口呆的神色中揣摩出我的驚詫，便帶些赧意地說了一句。可接下來發生的事卻輪到我面紅耳赤、骨悚心虛——家父從電腦主機和矮几之間的縫隙裡抽出一個牛皮紙封遞過來：「是行家拍的。」

一時之間很難判斷家父所謂的「行家」指的是攝影技術方面的行家、還是跟監偵伺方面的行家。不過，照片的確拍得極好；每張洗成八乘十的大小，曝光正確且層次分明，雖然都是黑白底片攝製，卻因為沖曬技術細膩入微而頗能傳神。至於所拍攝的內容——一言以蔽之：我和紅蓮在打炮。

站在自己的父親面前端詳自己妖精打架的模樣能有多麼尷尬就毋須贅述了。我匆匆瞄了兩眼，十足體會那無地自容的滋味。倒是家父顯得相當從容，不疾不徐地說道：「一共寄來了十八張，應該是用那種高精密度的特殊底片拍下來的——依我看，祇有拍航照圖之類的單位才用得上那種底片；你是碰上『專門的』了。」

我這也才注意到：十八張照片並非一時一地之作。照片裡我的容貌和體態有著極其明顯的差別。薙了個大光頭的一張靠近右側的位置有一扇教窗帘給掩去半邊的窗戶，沒掩住的半邊透著光，可以約莫看出窗外公路上瀰漫著鎮日不落的灰煙塵埃，和「烏日大」三個顏體正楷招牌字。其次，我趴在紅蓮身上（採「傳教士」姿勢）衝刺的一張下方——也就是距鏡頭較近的位置——放置著一個側面印了「平鎮雅築」字樣的火柴盒。除了這兩張之外，其餘大多沒有明確的地理標示。不過，照片中的我頭髮越蓄越長，可見是服役中期以降、乃至退伍之後的幾年間陸續拍攝下來的。其中有三、四張裡的我肚腩肥厚，有如懷孕四、五個月的婦人；那顯然是民國八十年以來的一年半之間拍的。倒是紅蓮一點兒沒有改變——除了頭髮或稍長些、或稍短些，幾乎辨認不出這前後跨越了十年的歲月在她身上留下過任何痕跡。

在那樣認真看著每一張照片的時候，原本乍然綻開的羞慚窘迫之情竟爾習習褪去。毋寧可以說是在家父帶些寬縱意味的眼神鼓舞之下，近乎諧謔地——一如用笤帚去拂掃他的腳趾頭那般——我隨手抽出一張晃了晃，道：「要是有人拿我兒子的這種照片給我看，我會瘋掉。」

老人點點頭，似乎是表示接受了我的試探。可是他卻如此接著說道：「我原本想燒了的，又覺乎著有什麼不對勁兒——一定是你招惹了什麼事，才有人會用這下三濫的手段，想借我的力氣整治你小子一下。」

「為什麼要寄照片給你呢？」我脫口問著的同時已經在想：萬一他們寄件的對象是我任職的報社、或者我任職報社的同業競爭者，則極有可能讓我逐字筆耕、辛辛苦苦在文學圈裡所建立起來的一點小小名聲毀於旦夕之間——起碼我會成為一個蜚短流長的話題，一個東招西搖的笑柄，一個再也不能發表什麼「具有嚴肅意義的作品」的小丑。

「當然是因為歐陽崑崙的緣故。」家父低聲說道：「寄照片的人非但掌握了你和歐陽紅蓮的交往，恐怕也想考較考較我和歐陽崑崙之間的關係——」

「你認識歐陽崑崙？那、那個鐵頭？」

「可以說認識，也可以說不認識。」家父再度抬手扶了扶眼鏡框，用那種幾乎像先前斥責家母一樣嚴厲的語氣說道：「我先問你，你可要老老實實、仔仔細細地答我——是不是有人曾經告誡過你：無論如何不要獨自一個人出入任何地方？」

他的話乍聽起來的確耳熟，而且不祇如此，連遣詞用字都一模一樣：「無論如何不要獨自一個人出入任何地方」。然而這種告誡式的話語在我們那一代人耳朵裡至少堆置了數十百萬，一時半刻之間實在很難爬梳得出來。我正猶豫著，家父卻急切地說了下去：

「這幾年我看你很風光，一天到晚電話不斷，朋友也多了起來，這和你服兵役之前的光景是大大不同了。你自己不會不知道罷？」

我聽他的話裡似乎沒有責備什麼的意思，可是細細咀嚼，也未必然十分讚賞我那可以稱得上是應接不暇的社交生活。於是——帶著幾分防衛意識地——我咕噥著答道：「也沒什麼罷？你也知道的，人家邀篇稿子，總會打幾個電話；找我去演個講，也會打幾個電話。有那些報紙雜誌想到什麼題目要採訪採訪，總不外還是打幾個電話。你要不樂意接就別接，要不我搬出去——」

「沒那麼大罪過。」家父往床邊一張籐圈椅裡一坐，攤攤手示意我也坐下，突然降低音量，道：「你靜下心、捺住性子、好生想一想：打從你那年寫論文當兵起，一直到此刻為止，有沒有哪一天是獨自一個人過日子的？」

他的話越說聲越悄，但是卻狠狠撞了我一記；猶如走著走著猛裡撞上一塊又硬又厚的透明玻璃，砰然把腦門撞了個滿天星斗，裡頭的零碎兒東灑西飄，眼前一片金光燦爛。我摸摸前額、眨眨眼，居然笑了起來，應聲道：「的確沒有。」

「哦？」家父朝椅背裡仰了仰。

「不不！等等——」我忽然想起來：「剛才我是一個人的！我一個人到青年公園去看書。咦？不對！不是一個人；我在公共廁所裡撞見一個冒失鬼；那傢伙說他是我的忠實讀者，還尿了我一褲子！」

「如果人家不是個冒失鬼呢？」

「哪有人故意幹這種事？」

「哪有人褲子上沾了那麼髒的東西還不趕快回家換了、洗了？」

「我在看一本書——」我辯解著，可是也就在那一刻，我依稀明白了家父的意思：公園廁所裡那傢伙既不是冒失鬼，也不是我的忠實讀者——那是個故意窩囊我一下，好逼我趕緊回家換褲子的人物。

家父逕自露出一副恍然大悟的神情，連連點著頭，道：「所以，這一向你身邊的確是『隨時有人』了。看樣子，你這條小命兒能苟活到今日，不是沒有道理的。」說到這裡，他摘下眼鏡，另隻手使勁兒搓抹了兩把臉，直抹得兩頰和鼻頭兒赤紅殷殷，兩丸聚不攏的黑眼珠子不知是看著我還是我身邊的房門，歎了口氣道：「去把你那幾本書拿進來罷。」

「我可不想唬弄你，爸！你要是逼我燒了它們，我出了這屋門就不再進來了。」我幾乎是咬牙切齒的那麼個架式地說。

「別跟我鬧意氣。」家父重新戴好眼鏡，又沉吟了半晌，有如作了個極其艱難的決定似地說：「燒與不燒，其實一點兒也不重要；可你已經是三十好幾的人了，要是還像個跌跌撞撞的小娃娃一樣，成天提著條性命混來蹚去，如何是個了局？」

我沒答他的話，開了門，三步併兩步衝進客廳，拎起先前擱在長茶几旁邊的書袋，忽地閃出個念頭來：我當然可以揹起這袋書，扭開門鎖，竄身出去，隨便找它一個天涯海角去混一段時日。日後回想起來，當時之所以迸出這個念頭，未嘗不與家父那句「這一向你身邊的確是『隨時有人』了」的話有關；或許在意識的深處，我正竭盡所能地抗拒著這樣一句話——難道我真地再也不能回到許久許久以前，一個人窩在緲無人蹤的宿舍裡，像老鼠一樣讀書度日了嗎？難道我從不知道什麼時候開始便已完全失去了獨來獨往的權利了嗎？難道我已經習慣了變成報社、課堂乃至文壇諸如此類非與眾人接觸不可的社會的一份子了嗎？難道我根本是個捨不得也離不開（包括那些所謂的忠實讀者在內的）陌生人群，且熱切渴望同他們交流、溝通，卻又不屑承認而惺惺作態的人嗎？

拎起那袋書的剎那，我把「身邊隨時有人」這句話作了太過偏執的引申；然而那樣帶有自責況味的引申毋寧是深具意義的——它讓我得以重新溫習一遍從前，重新體會一遍既非知名作家、亦非媒體寵兒時代的張大春所曾經懵懂追尋的一個狀態——一個夜以繼日祇在這本書和那本書之間逡巡來去、顧盼自如的狀態。

事實上我已經扭開門鎖，一步正待跨出——倘若就這麼揚長而去，也許我再也不會有回頭面對家父的勇氣，也許我再也沒有機會從他那裡得知為什麼我「身邊隨時有人」，也許我再也不去報社上班、再也不回學校授課、再也不發表什麼狗屁文章、再也不……推演到某個難以捉摸其細節的極致，也許我便消失了。然而那一步沒能跨出去——家母在身後喊了我一聲。我回頭瞥見她正趴伏身軀，用手掌撫按著方才打碎了玻璃杯的地面。

「又要出去啊？」她說。

「你在幹嘛？」我叫了聲，搶上前要拽她起身。

「玻璃碴子太細，不這麼試，你怎麼掃也掃不乾淨。」家母說著，抬起一隻手掌，指丘處果然晶晶瑩瑩沾黏著幾片碎碴子，另隻手順勢給撣進簸箕裡。她沒肯讓我拽起來，反而扯住我的衣袖，低聲道：「你老子最近不大對勁兒，動不動就唉聲歎氣的，夜裡不知道是作夢還是怎麼著，老是嗥嗥亂叫。你別跟他計較；人老了，什麼毛病都來了。」

就在這一瞬間，我打消了那個揚長而去的主意，衝她點點頭，拎起書袋，走回家父的房間。老人還仰臉坐在籐圈椅裡，雙眼直愣愣瞅著天花板上的吊燈，道：「把門關上。」

我照他的吩咐做了，順手扣住插梢鎖，漫聲問了句：「媽說你最近睡得不安穩。」

他扶了扶眼鏡，嘴角不自主地撇了撇，道：「等你聽我說完，再看看你能睡得安穩不？——那本《七海驚雷》你讀到哪兒了？」

我沒料到他會這麼問，抓耳撓腮想了老半天，依舊沒有頭緒，祇好扯開書袋，把《七海驚雷》摸出來，扭亮燈，胡亂翻了翻。坦白說：在翻看的時刻，我祇覺得有如陷身於那些經常纏祟著我的、有關考試的惡夢，滿腦子盡呈一團真空，視線所及之處的白紙黑字也不外一片茫然。有好幾個剎那，我很想告訴家父：算我壓根兒沒讀過這本書好了，你想說什麼就直截了當地說好了。

但是，老人什麼也沒說，他十分有耐性地等著，十指在胸前一下又一下地叉搭，即使偶爾咳嗽一下，也像是置身於病房或圖書館裡一般努力地節制著音量。不知過了多久，我總算找著了當年匆匆瀏覽之下所歷經的那個極限——

這整個過程像一名迷失於險峰霧林之間的漫遊者——在蒐尋、穿越過既蕪雜零亂且模糊縹緲的記憶之時，猛地從我眼前閃過兩張忽隱忽顯，半生半熟的臉孔。其情狀有如你翻箱倒篋遍尋某一則資料或某一篇文章而不得，無可如何之際，卻在你全然意想不到的書頁間飄落下一份你以為早已遺失的筆記、一紙你聲明作廢多時的證件一樣。那是兩個人的臉；一張泛著紫氣的同字臉和一張不時會撮起口唇、發出呼呼怪笑之聲的圓臉。紫色同字臉的那人跟我說了句話：「可惜你讀了那麼些書，都讀了個七零八碎兒。」圓臉的則露出不以為然的表情回嘴道：「有朝一日人家把這些零碎兒摻合起來，匯入一鼎而烹之；自凡是火候到了，未必不能大快吾等朵頤呢！」

這沒頭沒腦的往來言語轉瞬即逝，頗像是清晨起床的片刻間殘留在枕邊衾上的夢境遺痕，待我正要岔開思路，往復撥尋，卻又杳然消滅了蹤影。在那一刻，我祇當是因為答不出家父的追問而一時情急，從意識底層浮湧出從前在學期間挨老師們教訓的無數個情景之一。不意這一岔念，倏忽閃熾，稍後才解開了家父原本想要探究的另一個問題。

不過，我必須先回到《七海驚雷》——

我把拼湊出來的閱讀印象比對著書中原文，好容易找到當年停頓的地方，說的是一個雙腿畸殘的拾荒人於窮途末路之際忽有奇遇，得著了一個傳衍了數百年之久的古本故事，拾荒人覺得那故事固然荒誕不經，但是頗有異趣，便逐字逐句地讀了下去。豈料一旦入迷，非但茶飯不思，寢息亦廢，且正因為字斟句酌、鑽深究細的緣故，竟至神魂馳蕩，心魄動搖。看在外人眼裡，這拾荒人鎮日裡喃喃囈語、唔唔咒唸，竟爾瘋癲痴狂了。殊不知這古本故事的頁裡行間隱隱然藏著個奇門遁甲祕術的機關；拾荒人讀之誦之，居然練成了一套排詭陣、設迷局、興道法、布幻象的本領。

當年我就是在看到這一節上打住的。我指了指《七海驚雷》第五百零二頁的一個段落，同時也想起初讀此書當下的情景——我隨手闔上它，放回壁間書架的原位，走到另一個標示著「宗教民俗」類別的書架前，抽出一本叫《奇門遁甲術概要》的書。

「為什麼沒讀完就不讀了？」家父覷覷著雙眼，似乎是以一種純屬好奇而非訓詁的口吻問道：「這本書有六百多頁呢。」

「反正是一部破武俠；本來就讀到哪兒算哪兒。」我說：「而且我又搞不懂奇門遁甲是個什麼東西，大概就這樣放過了罷？」

家父點了一下頭，又垂下臉、沉思了好半天，才像是鼓足了勇氣一般說道：「這樣罷——你先仔細看完它再說。」

一時之間我仍不免有些胡塗——才多麼大一會兒之前不是還要我把這一袋書「通通燒了」的嗎？這一下怎麼又來個「仔細看完」了呢？

然而彼時的我如蒙大赦，無暇細究個中因果，遂抓起《七海驚雷》，從第五百零二頁那中斷之處讀了下去。

且說那雙腿畸殘的拾荒人姓裘，單名一個攸字。在前五百頁書中祇偶爾出現過三數次，讀者僅僅知道：這裘攸曾經進過學、中過秀才、也娶了一房妻氏，並育有一子。倒是那孩子是此書主角之一；此子生來桀驁不馴，在年紀還很小的時候便給個和尚模樣的人拐帶離家，一去不返，可是在日後竟練成了絕世的武藝。日久天長，這裘氏子便以雲遊僧的身分行走江湖，法號「輪空」。輪空雖然到處行俠仗義、濟弱扶傾，卻始終不曾與聞自己的身世，更不知道他的母親已經因為哀慟過遽而染病亡故了。至於那裘攸先遭失子之禍、復陷喪妻之悲，頓時勘破功名、無心舉業，才淪落成一個拾荒人。

《七海驚雷》全書直寫到第五百零二頁上——也就是裘攸不期然而練就一身奇門遁甲的方術之際——才冒出另一個主人翁。是時在市井坊巷之間，無論三教九流，幾無一人肯以青眼睞裘攸者。倒是有個遠從京師流浪千里而來的孤兒看他著實可憐，遂禮事之、敬奉之。裘攸深受感動，便將一套本領盡數傳給了這孤兒，還給他起了個名字，叫「跨兒」。為什麼叫這麼怪的名兒呢？書中還有閑言說解，乃是裘攸這秀才畢竟抹不淨讀書人的底子，取名用上了典故。原來這「跨」乃「跨灶」之意。《海客日談》云：「馬前蹄上有兩空處，名『灶門』。馬之良者，後蹄印地之痕反在前蹄印地之前，故名『跨灶』。」引申說來，即是後者超越前者的意思。在裘攸心目之中，自然是期許這跨兒的奇門遁甲之術能超越裘攸本人；至於是不是隱含著「後兒超越前兒」的意思，則飄花令主並沒有明說。

或許是浪擲在閑說某名某物來歷掌故之類的筆墨太多、也太瑣碎，致使《七海驚雷》最後的六分之一看起來非但沒把前文之中所設下的伏線一一呼應完妥，飄花令主反而變本加厲，花了將近三、四十頁的篇幅去重述早在四、五百頁之前就已經交代過的一段無關宏旨的背景；也就是在全書中根本無足輕重的一個小幫派——飄花門——如何擁有三百多年的傳承歷史、如何於江南北八俠中排名第七的白泰官之前即已獨步武林、如何精揀慎擇良材美質的子弟諄諄而教……。飄花令主特為顯示白泰官一系子弟皆屬歪瓜劣棗之輩而不惜以整整四頁的篇幅抄錄了一份諧稱「白邪譜」的名錄，刊印出兩千多個名字。坦白說：我認為那是作者為了騙稿費而混使的卑劣伎倆，是以一眼掃掠之下，便將那四頁儘快翻了過去。

接著，飄花令主像是蓄意撒開控韁馭轡的雙手以便縱馬狂馳一般地寫出了另一段有頭沒尾的故事。

在這個故事裡，自幼離家、寄蹤八表的僧俠「輪空」再度登場，為了替嵩山少林寺護送一批名為《武經》的祕笈到福建少林寺去，一路之上，歷經了不少艱難險阻，斬殺了許多盜匪強徒，最後終於達成任務。但是，就在輪空將《武經》運抵南少林、貯入藏經閣之際，居然憑空冒出來兩個早就伏匿於寺中、寂寂無聞的灑掃老僧——材平和材庸；這兩個老僧手起掌落，立時便將輪空給格斃了。最令人沮喪的是：整部《七海驚雷》到這裡居然就結束了。

這樣虎頭蛇尾也就罷了，整個閱讀過程更極其彆扭，因為在高陽給我的這個本子上到處是他隨手注記的一些小考據——高陽的行草自成一體，且善書者不擇筆，忽而紅墨水鋼筆連下數行、忽而又是藍色油墨圓珠筆岔寫幾百字，之後居然連毛筆的蠅頭小楷也綿延一氣，乃至原先排印的明體鉛字常為之掩翳難明。有些夾注字句依稀可辨，不外是引申、旁證小說所述內容的一些來歷出處，有些我連他寫的是什麼字也認不得，於是乾脆通通跳過。至於《七海驚雷》的原文——坦白說——在深受現代小說結構形式洗禮的我看來，這樣鬆散駢漫、挾沙跑馬的寫作方法跡近乎對小說這一體製的侮蔑。我在讀到「全書完」三字之際，忿忿然隨手將《七海驚雷》向桌腳邊的垃圾桶一扔，不意卻瞥見封底上的一行小字，正是高陽所寫的那句：「惟淺妄之人方能以此書為武俠之作」。我忍不住再將它從垃圾桶裡抽出來，捧在手中，又讀了一遍——惟淺妄之人方能以此書為武俠之作——

家父似乎並沒有讀到這一行字，但是他迸出口的話卻幾乎同高陽的題字按語是一模一樣的：

「你看不出門道來，自然會以為它祇是一部破武俠了。」

「如果這裡面有什麼影射——」

「不是如果，」家父使勁兒一扶眼鏡框，道：「它本來就是一部影射。飄花令主是什麼人？我不知道。可是他寫了些什麼，我卻猜得出幾分。你方才跳了幾頁沒仔細讀，應該是那『白邪譜』的名錄罷？」

我點點頭，順手翻回那四頁有如聯考榜單一般密密麻麻的名錄。這時我也才發現：高陽在這四頁裡居然沒有半個字的夾注、眉批。乍想起來，應該也是不耐這無聊名姓的擺布，是以和我一樣，匆匆放過了。然而，另外一個念頭這時猛裡閃出來擠了我一把：倘若此書並非小說，而這份名錄或可能並非虛構出來的；也正由於它是一份實有其人的名錄，高陽才未曾像在別處那樣隨文附注、鑿掘奧義——是這樣的麼？

「你先認一認，在這些個名字裡，有你認得的沒有？要是怕費事，倒是可以『捲簾』而上，從最末一個名字往回認，認一個、想一個，想清楚了就圈起來，不可馬虎。」

「為什麼不順著來？我不怕費事，誰說我怕費事？」我扯嗓子抗了兩聲，其實心是虛的——我猜家父恐怕早就看出來我這作不得學問的懶散習性，可教他這麼一說，卻偏要跟他逞強，執意要從第一個名字往下讀。

「那都是些前清雍正朝時代的洪門棍痞，你怎麼會認得？別犟！倒著來罷。」家父的語氣仍舊平淡溫和，但是十分堅定：「等你認出什麼、想起什麼來，也許就明白那飄花令主的意思了。」

白晝至此隱退，窗外的天色已經全然暗下了，我並沒有注意到家父是在什麼時候悄然扭亮了日光燈，甚至還打開了電腦，雙手便捷如熟練的鋼琴家一樣敲擊著我完全陌生的鍵盤，黑底白字的螢光幕閃熾良久——照理說我應該十分驚詫於老人居然能如此熟練地操控這種先進的科技工具，然而我什麼也沒來得及表示——我竟毫不自覺地跌進「白邪譜」名錄所展示的機栝之中。

第三十九章　名字

即將揭露我和孫小六各自遭遇的奇譎詭異之謎以前，我確曾猶豫著：究竟該從哪一條線索展開敘述。我可以先從那一年在小五姊弟倆的護送之下前往輔大文學院應付碩士論文口試的那一天說起。然而這樣說並不吻合我重新回憶起彼日情景的實況——口試通過之後、直到家父為我撥雲撩霧、洞察世事的那一天中間過了差不多有將近九年的光景，我從不曾想起民國七十二年六月十四日那天所發生的一些瑣事。之所以我會記得那日子，祇不過因為它既是我「竟然」取得學位之一日，也是我二十六足歲的生日。

我也可以先從孫小六那個「雷根爺爺」的身上說起。然而這樣說就很難繞回頭解釋歐陽秋、歐陽崑崙乃至紅蓮這祖孫三代和老漕幫這一系人馬之間似有若無、陰錯陽差的幾番遇合。此外，就我逐漸知悉世事真相的過程而言，依據時序的前因後果、逐日逐月交代那些在早年我既不以為意、又不甚明瞭其究竟的枝節背景，則是椿既繁瑣、又無趣，除了比較貼近素樸寫實主義者們冗贅堆砌的風格之外毫不足取的事，所以我索性還是得暫且不去理會「雷根爺爺」的部分。

斟酌再三，我最後決定從「白邪譜」上的幾個名字說起。這幾個名字出現在全譜的最後一行，從最末一名以次逆行而上，分別是：洪子瞻、洪達展、陳光甫、莫人傑、項迪豪。

不是我自負書讀得多，在看到項迪豪這個名字的那一剎那我得意地笑起來，說了句：「哈！每一個名字我都認得。」

「也都知道他們的事兒麼？」家父仍目不轉睛地盯著他的電腦螢幕，手指頭喀噠喀噠繼續敲著鍵盤。

「當然。」我又合十指，枕在後腦勺上，蹺起二郎腿，把不知從哪些閑書雜誌裡讀到的些個舊聞軼事一抖露說了個透——

根據我的記憶所及：項迪豪和莫人傑分別是杭州湖墅一帶經營過塘行生意發家的兩個紈絝子弟。由於項、莫二家素來通好，兩族各自精通的武術也時有交流，遂有「南腿雙秀」的美譽。可到了抗戰期間，項、莫二家的際遇卻判若霄壤；項氏盡數變賣了資產，舉家遷往上海租界區，經過幾年的蓄積韜養，居然在抗戰勝利之後改行投資海運事業，有了足可敵國的財富。莫氏則恰恰相反——原先的家業燬於兵燹不說，又欠了大筆債務，莫人傑甚至還在一樁債務糾紛之中被某幫會份子舉槍射殺，斃命於杭州商會會館待客小廳。

當我一口氣說到這裡的時候，家父才稍一側身，偏過半張臉來，嘴角斜斜撇給我一個難掩輕蔑之色的笑容：「哦？是這樣的麼？」緊接著——彷彿像是不忍打斷我的興致似地——他又連忙收斂了笑意，扭回身，道：「你先說下去罷。那陳光甫呢？」

陳光甫我就更熟了。許多和抗戰時期國民政府處理外交事務有關的著作和文章都提過這個名字。此人最稱顯赫的一樁事跡便是在抗戰伊始之際率團赴美遊說，借來一筆為數高達兩千五百萬美金的軍援款，為當時正捉襟見肘、寅吃卯糧的「老頭子」解決了燃眉之急。

此外，在署名陳秀美所撰的《上海小刀會沿革及洪門旁行祕本之研究》一書「書畫門」之部中也曾提到：陳光甫為人十分風雅，有蒐集法帖碑拓及名家書藝真跡的嗜好，曾斥資百萬購買了一批號稱「蛇草行書」的新潮派書法作品，持之分贈政商名流，並倩人大作評介之文，發表於報刊媒體。果然鼓吹得力，匝月之間，這「蛇草行書」便轟動全國；非但藝壇稱盛，就連不識字的市井小民也知道：當代出了個走筆如舞蛇的大書家——這大書家正是「白邪譜」上緊挨著陳光甫的一人：洪達展。

在《上海小刀會沿革及洪門旁行祕本之研究》裡，洪達展之名不祇出現在「書畫門」之部，也出現在「統領門」之部。所謂「統領門」，顧名思義，即是洪門這個幫會系統中領導階層的一個專章。無論我們泛稱為天地會也好、洪門也好，甚至隨俗而訛呼曰「紅幫」也好，由於這個系統的組織過於蕪雜、結納過於粗率，自凡是每三、五人共有一個抄錄了些口訣、手勢、儀節之類圖文的「海底」，便可自組一會。於是什麼小刀會、鐵尺會、邊錢會、紅槍會、斧頭會……各種名目的會黨都出現了，人人自稱洪英、號曰光棍，祖奉萬雲龍大哥，不爭地盤戶稅的時節皆是天地會兄弟，一旦爭起來，各械鬥團體之間直似一把散沙。是以《上海小刀會沿革及洪門旁行祕本之研究》之中的「統領門」十分熱鬧，寓目之下，彷彿每個有姓有名的人物都是一會之首——倘若我記得不錯的話，在同治、光緒兩朝之間，安徽盱眙地方就有一個鋼鞭會的會首叫「張大春」的。至於這洪達展，字翼開，杭州人，祖上是哥老會的首領，由於四處傳播「海底」祕本，宣揚「南會北教」結盟有功，其會首身分成了世襲。傳到洪達展的父親那一代又躋身油電業，經營發電廠致富……

想到這一節上，我不由自主地打了個哆嗦，忽然回憶起不知多少年以前在三民書局二樓，以那種「接駁式閱讀」的方法讀書的某一刻——當時我在這本近千頁的書裡不斷地瞥見「哥老會洪達展」、「哥老會洪達展」這個名字，卻怎麼也串不成洪達展這個人物的整體印象，恐怕也正是因為這一點疑惑或困擾，才促使我在未終卷之前轉而去翻閱了另一本《民初以來祕密社會總譜》的。

這是一個極其微妙而有趣的體驗，使我幾乎忘了家父要我辨認「白邪譜」最後的那幾個名字的事，反而分心想著：人的記憶多麼奇妙？我以為不可能記得的，或者我不認為值得去記的涓涓滴滴會在你全然來不及提防的一刻重新回來，深深地撞擊你一下，且狠狠地干擾你正在關心、正在思索或正在著迷的生活。我暫時拋下了洪達展這個名字，俯身從書袋裡翻揀出《上海小刀會沿革及洪門旁行祕本之研究》和《民初以來祕密社會總譜》這兩本書，漫無頭緒、也漫無目的地翻起來。似乎——是的，似乎我真正想要翻揀的並非書頁，而是另一個失落了的記憶的片段。幾乎也就在此同時，之前曾經來干擾過我一回的兩張臉孔又浮現了：紫色同字臉說的是：「可惜你讀了那麼些書，都讀了個七零八碎兒。」呼呼怪笑的圓臉說的是：「有朝一日人家把這些零碎兒摻合起來，匯入一鼎而烹之——」沒等腦海中這人說完，我大叫一聲：「我想起來了！」說時渾身上下哆嗦得更厲害了。

那是曾經出現在我碩士論文口試會場上的兩張臉；民國七十二年六月十四號上午九點鐘。

那天清晨不過四點鐘左右的辰光，小五忽然來到美滿新城一巷七號，身上穿的居然還是頭一年冬天裡她送我到龍潭來的那一天穿過的棗泥色長裙，兩隻辮子像是又長長了，打結之處也仍舊綁著和長裙同色的緞帶。我說我見過這條裙子，她說你當然見過，我一年到頭不過就那麼幾條裙子。我說又不是週末，你來做什麼。她說來接一個胡塗大少爺進京去趕考。我想了老半天才想起這天要口試，對於考試，我心裡其實沒抱半點希望，忘了日子臉上仍覺得掛不住，於是都倔到嘴邊來了：「現在才幾點鐘？」

「要不是前半夜忙耽擱了，我兩點多就來了呢。」小五一面往屋裡闖，一面喊著：「小六，都收拾好了沒有？」

孫小六應了聲，也沒說好不好，支吾了片刻，才皺眉苦臉道：「徐三哥給的那小冊子不見了。」一聽這話，小五的臉色也變了，上牙咬起下嘴唇兒，兩丸亮晶晶的眼珠子轉轉東又轉轉西，彷彿走失了魂魄，卻拿不定主意該不該找去。

我當然知道那是本什麼東西。它看起來像是那種袖珍版的聖經，三邊開口的地方染著紅顏料，封面黑皮精裝。徐老三在村辦公室把它交代給我的時候還說過：「你很快就用得上了。」

事實上我的確如徐老三所言，很快就用上那小冊子了——祇不過用法決非徐老三的本意——在寫我那本碩士論文《西漢文學環境》的時候，由於（我曾經招認過）參考書籍過於匱乏，不得不信手胡編，有時靈感枯竭，一連幾個小時獃坐下來，也想不出一本古籍或一個古人的名字。有那麼一天，我隨手翻揀徐老三給收拾的那個藏青色包裹，從一條類似工具腰包的帆布囊底下找著了這黑皮小冊子。

那果然是一本十分合用的東西——小冊子的每一頁都分成上下兩欄。一般說來，上欄都比較簡略，祇注記了些公司行號的名稱、地址以及類似負責人的姓名；下欄便複雜多了，通常寫著另一個公司行號或單位機構的名稱，以及另外一大串人物的姓名，乃至於外號和生平簡歷，以及三言兩語的記事或某些不尋常的商品內容。比方說有一頁是這樣寫的：

（上欄）通和汽車音響百貨精品中心／台北縣新莊市中正路四八六之一號／簡瑞河

（下欄）九鑫賭具供應站／台北縣新莊市中正路四八六之二號／簡阿猴，松聯幫北縣一級代表。船骰、折視麻將（附透色鏡）、電子偵測及反偵測儀、點式彈跳台布（另備遙控裝置）、定時易色撲克（限JQK三種）。

這是比較容易辨識的一頁；稍微細心思索一下便知道：簡瑞河和簡阿猴也許是同一家的人，或者就是同一個人。汽車音響百貨精品中心是一門生意——也可以說是另一門生意的「招牌」；而所謂「另一門生意」，在這裡就是販售作假賭具給特定對象的行當，且應該與所謂的「松聯幫」有些關聯。日後我才知道：徐老三借給我這本黑皮小冊子其實是有用意的——他怕我踩錯了堂口，在原本已經是一筆混帳的人生道路上又誤入什麼陷阱。

可是我卻讓這本小冊子發揮了另一種偉大的作用——它變成我碩士論文的索引簿；每當我想不起一個人名、一個書名、一個地名……總之是鬧名字荒的時候，這本黑皮小冊子便成了我取之不盡、用之不竭的聖經。

舉例來說，有一頁是這樣寫的：

（上欄）親慈婦幼衛生用品專門店／台北市古亭區同安街四十二號／梁城陽、王台生

（下欄）哥老會台北南區第二分會。入門訣：「要把台北南區分給老弟管理，請問怎麼做？」答稱：「看著辦。」入門再問：「誰看著辦？」再答：「哥子親自看。」入門再問：「各位老弟又

如何？」再答：「翻開國語辭典，分座次。」入門最後需說：「老弟畢業之後再來封爵位。」

這一頁稍稍複雜了些——卻難不倒我。它的意思是：在台北市同安街四十二號掛牌經營婦幼衛生用品店的梁城陽和王台生其實是哥老會台北南區第二分會的負責人。如果不屬哥老會成員，而臨時有事要請該分會的光棍幫忙，就得在一進店門之後找著梁、王二人，依照入門訣問話。問一句，人自會答一句，總共三問三答，倘若字句皆無舛誤，入門求助的最後還要補上一句：「老弟畢業之後再來封爵位。」如此一來，梁、王二人便明白：來者雖不在幫，卻是道上混事的朋友，且有急難相求，應該立刻提供協助。這種盤查檢覈的應對言語顯然是從老幫老會那些個繁瑣異常的「海底」中所載錄的「切口」——也就是黑話——簡化而來，一旦深入翫究，其實並無神祕奧妙可言。

但是對於困在美滿新城無書可讀、無文可引的我來說，這小冊子上的任何一個字都像是天賜的奇蹟，閃爍著熠耀奪目的光芒。我利用這一頁所提供的字句寫下了論文第二章的一個片段。這一段原本是要證明：漢武帝將整個漢帝國中央集權的政體鞏固起來，形成統一專制之局。然而苦於沒有《史記》、《漢書》可資援用，祇好自己捏造了下面這樣一段——它其實就是從剛才所說的徐老三那本小冊子上所登錄的文字延展拉長、扭曲搗爛而來：

到了武帝元朔二年（西元前一二七年）春正月，此一集權化運動達到了新的臨界點。武帝下詔：「梁王、城陽王親慈同生，願以邑分弟，其許之。諸侯王請與子弟邑者，朕將親覽，使有列位焉。」班固於本紀中遂判云：「於是藩國始分，而子弟畢侯矣。」

天曉得：在把「翻開國語辭典，分座次」和「老弟畢業之後再來封爵位」兩句改成「於是藩國始分，而子弟畢侯矣。」並將之竄入班固所寫的《漢書》的時候，我是多麼多麼地興奮和驕傲。

懷抱著同樣的興奮和驕傲之情，我拉開那個舊梳妝台的抽屜，拎起徐老三交代的那本聖經，往小五姊弟倆臉前晃了晃：「找這個麼？幹嘛？你們也要寫論文嗎？」

在這幾句話脫口而出之際，我並沒有仔細評量：話裡是不是飽含著輕蔑不屑的意思——我並沒有那樣的意思；可是話裡卻彷彿有的。孫小六垂下了眼皮，小五則把下嘴唇兒咬得更緊了。她接過小冊子去，低聲像是跟整幢空屋子說了句：「再不走就來不及了。」

在接下來的五個小時裡，我才大約算是明白了那本黑皮小冊子真正的用途。小五捧著它，翻到最後一頁。這一頁的文字也是手寫的，卻像鉛印字一般工整；寫的是台灣省各縣市治地的名稱，而在右邊另外注明不同的號碼。台北市是「1」，台北縣是「124」，桃園縣是「201」，新竹縣是「279」……以此類推，照著地圖上的台灣省各縣逆時針繞一大圈，回到了基隆市，號碼則增加到「1581」。小五沒等我在一旁偷眼看明白，逕自翻到了注明「201」的一頁。這頁又是一張用蠅頭小楷工筆填寫得十分整齊的表格，看來像是依照鄉鎮區域排列，旁注的號碼則分別是「202」、「208」、「219」……直到「274」——大溪鎮就在「274」上，小五很快地順頁翻了去，前後蒐尋半天，像是把「274」到「278」的五頁都背下來那樣的熟法兒，卻仍拿不定主意的模樣兒，囁著聲道：「怎麼是個簡本？唉！徐老三也真是的！」

「簡本是什麼？」我指指那小冊子，湊近了些。

半像是賭著氣，小五瞪了我一眼，道：「跟寫論文沒關係的，少爺。」接著，她在標號「277」的一頁上打了個折角，闔起小冊子，道聲：「先走再說。」便拎起孫小六先前整好了的那個藏青包裹，扭頭朝外奔出去。

彼時曙色未開，天地間仍舊一片闃暗。我跟在小五身後，任由孫小六隻手按住背脊，一發朝我全然認不得的路途竄跑——那速度，一如半年多以前被孫小六吸著跑向青年公園的那回一樣——我明明白白知道：自己的兩隻腳根本沾不上地，不過是在半空之中前後晃盪著一般假裝跑著，可這麼假跑了幾分鐘之後仍忍不住累得慌，胸口一陣一陣地痠疼，彷彿吸進肺葉裡的空氣全長著細刺，一抽又一抽地燒灼著腔膛裡的臟器。就在我快要撐持不住的時刻，前頭的小五忽然停了下來，彎身朝路邊的一排草叢深處尋看了幾眼，覷個準頭，探手一抓，連根拔起一團芒草，另隻手往草根處的土塊兒上輕輕一彈，那土塊兒登時碎成像痱子粉一般小的顆粒，紛紛散了——也就在同一瞬間，一顆深灰色，約有雞蛋黃一般大小的石頭從草屑和土粉間落進小五的手掌心裡。小五攤開掌子，把那石頭往我和孫小六的眼前一亮——果真是一亮——我多看了兩眼才發現：那石頭不祇是灰的，在將明不明的天光底下，居然還顯出了帶黑夾藍、甚至泛著些許墨綠的色澤。

「這叫黑蛋白石，待會兒天亮了，你從不同的角度看，一點一點轉著看，就看出來了，它會發出不一樣的光。別的寶石就沒有這種好處。」小五一面說著、一面使勁兒把隻手往太陽尚未升起的東方伸去，繼續說道：「算我們運氣不錯，是顆原石。遇上了識貨的，可以賣個好價錢。」

「你怎麼知道草叢裡有這種寶貝？」我一把攫過那顆黑蛋白石來，學她一樣迎向東方轉著看，果不其然看出一片又一片、一抹又一抹，猶似走馬燈一般層出不窮的顏色。而那顏色並不是固定的，隨著我手指的轉動，也隨著一秒一秒移升而起的微弱晨曦，它綻放出無一霎相同的色彩。

「當然是草啊。無論是什麼草，自凡它的根抓上了這種黑蛋白石，草葉就會現夜光，美極了。要不是咱們有急用，我還真捨不得拔它呢。」

那顆黑蛋白石真正的價值究竟若干？我始終沒搞清楚。我祇知道那天天剛大亮，我們已經身於大溪鎮的一爿店鋪門前。表面上，那是一家當鋪，可另一方面，它又是桃竹苗三縣非客籍人物的銷贓重鎮，負責人叫林玉郎——這些，當然都記在徐老三的黑皮小冊子裡，也就是小五打了折角的標號「277」頁上。

林玉郎人不如其名，是個豁了兩顆門牙，還長著一臉脂肪瘤的中年人。他把那顆黑蛋白石迎光左右看了半天，似不放心，戴上一枚獨眼放大鏡，又覷了個仔細，才慢條斯理抬起頭，咧開豁牙嘴，笑道：「太輕。」

「它本來就不該是重的。」小五皺起眉，捂住鼻子，道：「你不要就還給我。」

林玉郎卻把石頭抓緊了些，扭頭衝我道：「少年仔，你講多少？」

「她說多少就多少。」我翹起大拇指朝小五比了比。

林玉郎顯然看出了我是外行，查脯查某嘰哩哇啦了一大套，意思大約是用「男人不要讓女人拿主意」之類的話擠搭我，可他不知道：這種長威風、添志氣的言語對我一向不起作用，且我壓根兒不知道小五要賣這石頭幹什麼，自然也就不在乎成交與否。孰料一陣囉唣之下，這林玉郎開抽屜把石頭收了起來，兩手卻凌空朝外揮甩，猶如趕蒼蠅的一般。不消說：咱們這是落了陷，教這臭嘴惡氣的傢伙給坑了。林玉郎也許當真看出那黑蛋白石的價值不菲，且決非吾等魯肉腳之人所配坐擁；所謂「匹夫無罪，懷璧其罪」約莫就是這個道理。或許他也曾揣測過：天才亮就撞進來這麼三口子眼生面澀的尷尬人，說不定是夜來剛得手的一窩小蟊賊，為什麼不給他們來個黑吃黑呢？

無論林玉郎打的什麼主意，總之他在幾秒鐘之內便後悔了——但見孫小六伸起一根直愣愣的手指頭，往櫃邊一根六寸來寬的頂樑紅木柱子上戳去，看他戳得不花氣力，猶似戳進一塊海綿蛋糕裡一樣，而食指齊根沒入，連一粒粉屑也沒驚動。孫小六指起指落，轉瞬之間在那根紅木柱子上留下六個圓洞洞。

林玉郎的手不揮了，探下桌面，打開另一個抽屜，向小五拋出一個求救的眼色，近乎帶著些絕望的神情，道：「你講多少？」

小五要了三萬塊錢，三百張百元大鈔，我們一人揣起一疊子塞進各自的口袋。從這一刻起，小五說什麼，我就聽什麼，而且打從心底服氣——包括她招手攔了輛計程車，順向往新竹去，才到了新竹又換乘公路局中興號，一路坐回台北，再換了不知道幾趟計程車。趕到學校門口的時候剛過八點四十，輔仁大學例行第一堂早課的準時間。

路上總是小五挨著我坐，孫小六則始終坐在前座或者後座，不時朝四下裡張望蒐尋著，彷彿真有什麼妖魔鬼怪在附近伺機蠢動一般。直到我在宿舍門口石階上吃了一顆子彈之前，無論是在意識或者潛意識裡，我始終把她姊弟倆這種風聲鶴唳、草木皆兵的行徑當作是一場無傷大雅的兒戲；有如孩提時代村子裡的小鬼們玩兒的什麼「追蹤旅行」、「陸海空大作戰」或者是「神仙老虎狗」之類的遊戲，有逃的一方、有追的一方；有找的一方、有躲的一方。總地說起來，我們不過是玩一種即使長大了也還玩不膩的遊戲而已。

兒時玩那些個遊戲的情景，我曾在一篇散文中描述過，稱之為「以想像力為僅有玩具的驚恐演練」。在幾條連狗搖尾巴都會甩到牆的狹窄巷道裡，我們扮演獵人以及獵物；既不知會遭遇什麼樣的追捕，也不知該從事什麼樣的蒐尋。通常我們會在轉角的牆磚上辨識一些用尖石片或超級牌小刀刻留的記號，但是——在絕大部分的情況下——我們分不清那記號是「同一國」失散的友伴所留下的指引或呼求信號，抑或是「另一國」守候的敵人彼此之間的聯絡密語。當然，它也可能是一種請君入甕的陷阱。我們甚至還經常遇到這樣一個狀況：大家都忘了牆磚上的記號，其實是上一次或上上一次遊戲的遺跡；那是一次早已結束的虛擬作戰，可是牆磚上的刻痕混淆了每個人的記憶，使我們在誤讀和誤解中將當下這一次的遊戲假想得更複雜且更凶險。

對幾乎所有的孩子來說，高潮通常在於敵對雙方或三方的人馬全都不約而同地停止了躡手躡腳的潛密行動，聚集到路燈底下爭論那些記號的意義。在爭論中，原本敵對的態勢會突然改變，「同一國」內部的矛盾開始浮顯、升高，留下錯誤記號和誤解記號意義的人立刻遭到排擠，解決的方式通常是把這種人擱回家去——在下一次的遊戲中，他們大多能組成嶄新的「另一國」。

對我而言，遊戲最有趣的部分卻全然不同。我常在爭論開始之前溜回家去，等所有的人不歡而散之後再悄悄地重返現場，拿小手電筒照映每一個筆劃模糊的記號，思索且決定它「其實是」、「應該是」、「絕對是」什麼意思。在喧嘩落盡的暗巷深處，屬於我自己的遊戲正式登場，參與的角色陣容無比龐大；有我從故事書裡讀來的古代劍俠，有我從電影裡看過的偵探、殺手、美女和惡棍，也有我生活裡的玩伴——祇不過在童年的現實之中他們從來不理會我的指揮調度而已。

當小五在那一程忽而繞遠、忽而抄近的車行途中，捧著徐老三的黑皮小冊子向我解釋那五百多頁暗碼的用途之際，我其實並沒有認真聆聽，反而不時想起孩提時代在老復華新村那些狹窄巷弄裡獨自奔跑、藏匿，像煞有介事地追逐和逃竄，並隨時自言自語著順口發明的一些暗語的情景。我想我是一直在偷偷地笑著——我一直記得那種輕微的、掛在嘴角和心頭之間不知什麼位置上的嘲謔之笑；彷彿經歷了這麼多年，活過了這麼多日子（就算再加上「上了這麼多學」、「讀了這麼多書」罷），我根本沒有長大，我所遭遇到的人和事也都如此幼稚，猶似孩童的嬉戲！

在距離口試開場祇有一刻鐘的八點四十五分，我們來到了校園深處的文學院餐廳門口，我終於忍不住而放聲大笑起來，真笑得彎腰縮腹、熱淚奪眶，小五姊弟（或許還有從旁路過的一些正忙著期末考的學弟妹們罷？）顯然被我這一陣突如其來的狂笑嚇了一跳，弄得東張西望、左顧右盼，不知如何是好，我卻笑得更厲害了——不是的確很好笑嗎？你們一個個兒神情肅穆、舉止端嚴，好似有那麼一樁鋪天蓋地、生死交關的大事即將發生、正在發生、甚至已經發生了。可是，我又怎麼知道：說不定這一切，祇是一個成人世界故作正經而處之的遊戲而已呢？

也許我在那一刻崩潰了。這樣推測並非沒有道理；我與整個世界澈底隔離了半年多，杜撰了三十萬字的學術論文，親眼目睹了一切違反自然律、經驗法則和科學常識的事物，最後還得忍受一個「隨時冒著生命危險」的警告，參加一場絕對不可能通過的論文口試。我當然有理由崩潰一下。

然而，瘋人顯然也有瘋人的銳利理智——我在自己那一發不可收拾的笑聲中，感覺到周圍投注而來的每一束充滿驚疑、錯愕、哀矜、憐憫的目光，都像是發自一個極力扮演成人的小孩子。他們看我那樣笑著，可能以為我罹患了癲癇之症，遂在某一個片刻，他們會慶幸自己十分健康正常、未入譫妄之境。揣測到他們這樣的念頭，我便益發難以控制地笑得更響亮、更激動了。其間我一度想抬頭跟那些陌生的臉孔解釋：我祇是趁口試尚未舉行之前，帶兩個兒時友伴前來參觀一下大學時代我曾經住過的宿舍，如此而已。然而即便是這麼想了一下，都會牽動我橫膈深處某一條敏感顫抖的神經而催發更難抑忍的噱笑——因為我赫然瞥見宿舍門口張掛起「男賓止步」的藍底白字塑膠告示牌；校方不知從什麼時候開始把整幢男生宿舍改交女生寢住。我的老鼠窩乃至裡面未及搬出的書籍、資料、日常用品以及垃圾全部轉交「另一國」人士使用了。我的大學生活、少年終頁和黃金歲月完全失去了可資實證的地標。我於是笑得更開懷，終至搖起頭來。

便在這一刻，我聽見小五對孫小六說：「你給張哥找杯水來，我去給徐老三打個電話。」大約就在他倆離開了幾秒鐘之後，像是有人惡作劇似地往我後心窩上用雨傘尖之類的物事給杵了一記——至少當下的感覺確乎如此——我一個穩不住身形，從宿舍門口洗石子的階梯短牆上朝前仆倒，所謂的狗吃屎，往階沿兒磕個正著，血水從鼻孔和嘴梢汩汩湧出，我暈了過去。

此後兩、三個小時之間所發生的事於我始終是殘片斷絮一般，這也是我在日後總想它不起、理它不清的原因。事實上我祇暈倒了不足一分鐘，小五姊弟便在一陣呼喊和吵嚷聲中衝入人群的重圍，把我扶了起來。我感覺孫小六的兩根手指頭在我的背脊上摸索了一陣，聽見他低聲跟小五說：「張哥中槍了，還好有徐三哥給穿的背心，應該不礙事。」

之後再有意識的一幕是在考堂上。本所碩士論文口試向例在研究所所長室裡的會客廳，廳中向北的牆上有一盞掛鐘，鐘面上的指針指著九點零二分，鐘底下一字排開坐著三個老先生。最右邊的是所長王靜芝教授，左邊那個照說應該是我的指導教授葉慶炳先生，至於中間那個則想必是從外校聘了來——我們稱之為「開刀手」的另一位口試委員。然而我怎麼看、怎麼不對勁兒，首先，我發現左邊那人長了張紫氣蒸騰的同字臉，一點兒也不像我的指導教授。其次是中間那位居然一直不停地說著些有關烹調、廚藝之類的話題，右手裡還不時撥弄著兩根銀光閃熾，猶如筷子一般的東西，看來更不像是要來砍我的論文的「開刀手」。此外，王靜芝所長也渾然不似平日裡看見我時愁眉苦臉、恨不成器的嚴峻肅殺。相反地，他顯得十分興奮、十分愉快。

我再能記得的情形大約發生於九點四十五分。當時我的背脊發麻、頭殼腫痛，意識到自己可能有些輕微的腦震盪，滿心祇罣念著小五姊弟倆究竟是怎麼把我安置進考堂的，以及他倆的去向又如何。然而，無論我多麼努力地想要集中注意力去思索或觀察哪怕祇是一個單純的對象，都不能如願。諸般感官像是各自搴旗擁兵，相互對陣開火，大有彼此爭勝的況味。我若使眼睛看什麼，便聽不見任何聲音；若使耳朵聽什麼，便猶如一個瞎子。從九點四十五分左右開始，這狀況持續了一、兩個鐘頭。就事後多年回憶的片段而言，當時三位考試委員侃侃而談的大都是我論文參考資料的部分。有一個（我實在記不得是哪一個了）不停地想說服王所長，極力稱許我所引用的書籍都是第一手的材料，其中還有不少傳聞中新近在中國大陸出土的罕見文獻。王所長則像是不肯輕易回護一個被外人謬獎的子弟那樣，一再強調我對基本史料和原典的引述太少，而在未經證實的稀有書籍之借題發揮者又太多。僅僅是這上面的爭執就適足以讓我的頭皮像一顆無限充氣的皮球一樣，隨時而有爆裂的感覺。然後我注意到：那個應該是葉慶炳教授的紫臉人不時會朝我頷首微笑，似乎有意向我暗示：別擔心、別懊惱、高興點兒。「Don't worry, be happy.」鮑比・麥克菲林原唱的那首老爵士，十分拉丁風情的那首歌——老實說：在看著他那張同字臉的時候，我滿腦子就是鮑比・麥克菲林的那首歌。甚至——也許有那麼一小段時間——我已經不由自主地哼起「Don't worry, be happy.」的調子來。

挨到快十一點半，我的精神才稍稍恢復了些，看見壁上大掛鐘所指示的時刻，不覺嚇了一跳；心頭第一個疑惑是：時間跑到哪裡去了？我仍維持著端正的坐姿，開始回想這場口試到底是怎麼回事？這兩個陌生人是打哪兒冒出來的？王所長為什麼看起來如此快慰歡喜？還有，整場口試下來我為什麼一個問題也不必回答？抑或是在渾渾噩噩之中，我已經回答了什麼，卻一點兒也想不起來了。

「對不起——」我終於按捺不住，瑟瑟縮縮舉起右手，道：「請問葉老師怎麼了？」

上座的三位長者相互看了一眼，似乎沒有因為我魯莽發問而不悅；在一陣短暫的寂靜過後，手裡撥弄著一雙銀筷子的圓臉老者忽然大笑出聲，道：「好孩子！我說是個好孩子罷？到底還是惦記著慶炳兄。」

同字臉的老者接著朝我指了指，附和道：「王所長，此子謙恪恬厚，不聞《易經・謙卦》有謂：『亨，君子有終』，這才是貴系貴所的風範。看他屈躬下物、先人後己；能夠以此處世，日後當然能夠『所在皆通』的。」

王所長似乎勉為其難地接受了這聽來十分誇張的讚美，衝我笑了笑，道：「方才不是說了麼，鬧咳嗽鬧了幾個月，非作個詳細的檢查不可，今天出不了院，才請龍教授代一代的。此外倒沒什麼消息了。」

「敬謙兄名字裡有個『謙』字，這〈謙卦〉的卦辭自然是熟極而流了。」玩兒筷子的老者立刻搶道：「既然說到『君子有終』，我倒想考考敬謙兄了——你可聽說過『君子有終』是一道菜？」

「哦？」那龍敬謙教授聞言一愣，道：「以偉兄說的可是《齊民要術》引《廣志》所述的『君子芋』？那麼這道菜該同芋頭有關嘍？」

話說到這裡，王所長意味深長地瞄了我一眼，隨即道：「既然大春的論文裡也引了《齊民要術》軼文，他一定也讀過《齊民要術》的正文，鄭教授何不讓大春來說。」

一時之間，我還不知道王所長之所以倏忽突襲一記是當真對我有著無比的信心，還是根本存心拆穿我捏造什麼鬼軼文的謊言？正盤算著該如何逃過這一劫，卻聽那鄭以偉教授又朗聲笑了起來，道：「大春要是答了上來，我這教授銜兒也送與你了。」

這一下麻煩了，我的腦袋像是給轟然搗開了一個馬蜂窩，裡頭猛地衝竄出成千上萬的嗡嗡祟嚷的翅蟲，不得而已地應聲扯道：「《詩經．邶風》的〈終風〉篇說到『終風且暴／顧我則笑』，《毛傳》以為這『終風』是終日颳的風，不過《韓詩》以為是『西風』。如果說是一整天颳一陣風，這風就像颱風了。按諸地理言之，邶國大概不會颳颱風；換言之：倒是《韓詩》所解的『西風』為可信一些。倘若依《韓詩》所言，那麼『終風』應該就是指大風、狂風、暴風。」

同字臉的龍敬謙教授和圓臉的鄭以偉教授同時笑著點了點頭，齊聲道：「那麼『君子有終』呢？」其中鄭以偉教授還像是「做球」給我出手一般地補了幾句：「《齊民要術》裡既然引出『君子芋』來，同這大風、狂風、暴風又有些什麼關係呢？」

偏在這一刻，我忽然有一個奇特的感覺：這兩位教授好像不是來考較我的學位資格的，反而是來幫我個忙，準備讓我混成一名碩士的。僅此一念掠過，我的膽子陡然大了起來，漫聲應道：「『終風且暴』之句在原詩裡是個譬喻，所喻者好像是莊姜的丈夫莊公偶爾會狂性發作打老婆，有時候雖然『顧我則笑』，可始終沒把這老婆當個應該疼惜、憐愛的人兒。從這裡說起來，終風不祇是大風、狂風、暴風，還有壞脾氣、發怒的意思，今天我們說『火大了』、『光火了』就是這意思。所以鄭教授問：『君子有終』是道什麼菜？我想就是大火燒芋頭罷？」

「而且是大芋頭。」鄭以偉教授「叮鈴鈴」夾兩下銀筷子，樂道：「《廣志》上說到蜀漢之地推廣老百姓種芋頭，以大小分等級，共十四等；君子芋最大，體積近斗。這種芋用大火燒烤，不多時外皮就焦了，裡頭還是生的，可別說它不好吃，老饕才得識味——要吃就吃那焦熟的皮下和半生未熟的瓤子之間有那麼薄薄的一層，不軟不脆、不甜不淡、不膩不澀，帶些炭火味兒、又帶些生瓜香，正是君子人的質性、蘊藉。這道菜——呃，這道題，大春算是答上來了。」

「算是答上來了。」龍敬謙教授也忙點著頭道：「後生可畏，後生果然可畏。」

然而王所長似乎仍不覺愜意，一面翻看著我的論文，一面若有所指地說道：「可是咱們還是得回到大春這論文上看，兩位是不是還可以多提些問題？畢竟這裡頭還有相當多可疑之處呢！」

那龍敬謙教授聞言之下立即接道：「我倒是有一惑不解，得請教請教——在你論文的第二章、第二節、第六段講到了董仲舒和他的《春秋繁露》，可是卻沒提到主父偃竊稿的故事，這一點極不尋常——」

「對對對！」鄭以偉教授也迭忙幫著腔道：「既然要指陳武帝外儒內法，且獨擅權術，怎麼連《漢書》本傳裡明明寫了的，這麼重要的一則證據都漏了呢？」

他們說的我當然知道。那是發生在漢武帝建元六年，遼東高廟和長陵高園殿兩地鬧火災，董仲舒閉門在家，據《春秋》推演這兩起災變的緣由——這原本是董仲舒個人鑽研的一套怪學問；他從秦漢以來的陰陽家那裡轉借了些災異、符命的神祕解說，試圖迎合武帝喜言天人相感的胃口，以便推廣他自己埋藏在諸般神道儀式底下的儒學禮義。草稿寫出，還沒來得及修改考訂，卻被主父偃偷了去，背地裡奏聞武帝。武帝其實早就偵知董仲舒外飾災異符命的皮毛、內擁禮樂教化的骨血，所以故意找來諸儒評講，還特別挑上了董仲舒的弟子呂步舒。呂步舒一不知此中另有君王的權謀、二不知那草稿竟是本師所作，遂當庭斥之為「下愚」之見。這一下主父偃才說出：此稿出自董仲舒之手。主父偃和武帝這一段「雙簧」演下來，當即把個董仲舒下獄問死，隨後再「詔赦」一番，嚇得董仲舒再也不敢打著災異的幌子搞真儒學了。

這一段說來容易，可我在美滿新城一巷七號杜撰論文的那幾個月身邊根本沒有《漢書》，哪裡去查引抄錄呢？然而，若是坦白承認我連《漢書》都沒準備就寫成了論文，還來混口試幹嘛呢？

「不過，」龍敬謙教授沒待我答話，逕自搶道：「以偉兄，能看出漢武帝外儒內法的門道，已然別具隻眼，少引一則材料倒顯得清爽。」

「可不？」鄭以偉教授把雙銀筷子朝左掌心裡一拍，像個說相聲的找著了哏，虎瞪起眼道：「今年我看了十六、七本論文，真教亮眼的觀點沒有幾個，夾七纏八的書鈔倒有百把萬言。大春這一本的確清爽——」

「而且能遍讀那麼些珍本、善本的原典，顯見花了不少『上窮碧落下黃泉』的工夫。」龍敬謙教授說著，身軀往椅背裡一靠，吁了口長氣，道：「尤其是荀悅那本《漢紀外編》、劉珍那本《東觀漢書拾遺》，還有常洵傳那本《淮南子竹簡考釋》，這三本書太難得了；我還以為普天之下惟獨我架上的是孤本呢！」

此言一出，我卻不由得打了個哆嗦——他說的這三本書無一不是出於我的捏造，其中「常洵傳」根本是我初中同學的名字——之所以用他的名字純粹是因為我不善於編造人物姓名的緣故。可是，這位龍敬謙教授為什麼會說他也有這些其實並不存在的書呢？更令人覺得不可思議的是鄭以偉教授接下來的一句話，他看一眼王所長，作勢起身，道：

「那麼，就恭喜了罷？」

王所長毫不遲疑地先離了座，同兩位教授握手，再繞過長桌的一端，走到我的面前，臉上綻開了笑容，眉心卻微微蹙著，道：「恭喜你通過了考試；你先到門口等一會兒，我和兩位教授要商量一下你的分數。」

小五姊弟倆一左一右，就像兩尊門神一樣，面朝外，站在走廊上。聽見我出來了，趕忙簇擁過來，怎樣怎樣問了個熱鬧，我隨便敷衍兩句，盯住孫小六的一雙眸子，反口問道：「剛才到底怎麼回事？有人放了我一槍？」

「呃——」孫小六一遲疑，又縮頭撓手露出一副孬蛋像：「沒什麼，放槍的人離得太遠，張哥又穿了『殼子』，不礙事的。」

「我好像昏過去了。」我開始極力想要回憶起腦門摔在石階上之後那短暫的幾分鐘裡所發生的事，然而無論如何卻不能夠，彷彿我生命中就有那麼一個，以及稍後的兩個、三個……連到底幾個我都不知道的空洞。在意識的底層，我其實明確地知道：背後飛來一顆子彈也許沒什麼可怕，真正惱人的是那些個空洞裡究竟充填了些什麼？「後來怎麼了？」

孫小六朝我身後的考堂木門呶呶嘴：「來兩個老頭兒，把你攙到這裡來的。」

「什麼老頭兒？是龍教授和鄭教授。」小五推搡了他一把，道：「他們不是你的教授嗎？」沒等我答腔，孫小六接著道：「有一個還跟姊說：『真快，都這麼大一個姑娘家了。』奇怪，我們又不認識他。」

小五白了她弟一眼，似乎對他那碎碎叨叨的話題十分不耐煩，索性搶著問我：「你自己怎麼了？跟著了瘋魔似地，胡天胡地亂笑，嚇死人了。」

就在此際，考堂的門開了。那身軀極為高大的鄭以偉教授當先跨步而出，跟我握握手，道聲：「恭喜！」這還不算，扭身他又同孫小六和小五也握起手來，說的是：「辛苦了、辛苦了。」話才說著，我身後一擠——次一個出來的龍教授赫然也是個高大胖碩而挺拔的老漢；他的手比之鄭教授既溫且厚，握上去的一剎那間彷彿戴上了一隻熱烘烘的棉手套。握時自不免又是一陣「恭喜」，然而他說完了卻沒有鬆手的意思，半拽半拱地把我拖出幾步開外，突然壓低聲說：

「大春！切記切記——從今而後，無論如何不要獨自一個人出入任何地方。」

「什麼？」

「無論如何不要獨自一個人出入任何地方！」他又說了一遍，那張同字臉上倏忽像掀開一個蒸籠蓋兒那樣漫出一陣紫氣來。我正詫異這人臉怎麼會猶似一塊調色盤那樣，他卻抽個冷子昂起鐘磬般的嗓子，道：「可惜你讀了那麼些書，都讀了個七零八碎兒。」

「有朝一日——」鄭以偉教授這時依舊用那種梟鳥夜啼呼笑之聲橫裡截過來，道：「有朝一日人家把這些零碎兒摻合起來，匯入一鼎而烹之；自凡是火候到了，未必不能大快吾等朵頤呢！」

兩位教授說到這裡，相互欠了欠身，結果讓個頭兒幾乎高出一指的鄭以偉教授先行，龍敬謙教授在後，臨去時回頭朝小五揮了揮手，再瞄了我一眼，笑道：「好、好、好得很呢！」

此刻之後的事，我祇記得王所長一步邁近我身邊，臉上掛著笑容目送那兩個漸行漸遠的魁梧背影，嘴裡卻歎了口氣，沉聲道：「要不是碰上這兩位惜才如金，你這四年可就算白混了——還有你那本論文，我看還是燒了的好！」

我猜想他此刻的心情是極其矛盾的——一方面他為我僥倖混到了一個學位而高興，一方面更為那篇滿紙荒唐言的論文而不安——其實我又何嘗不是如此？然而，最頑強骨鯁的疑惑是：兩位教授怎麼一鬆手就放我溜過了門檻？帶著這個疑惑，我轉身朝王所長深深一鞠躬，說了聲：「對不起，老師。」我的意思不祇是為一篇胡說八道的論文辜負了他的教誨而道歉，也為我帶來的疑惑和不安而道歉。在鞠躬的當時，我當然無從解釋；此後多年，我更未曾向任何人提及這一點。或許是出於一定程度的蓄意掩藏罷；每當有人問起或向我索取我那本「聽說寫了三十萬字」的碩士論文，我就說：「早就不知道扔到哪兒去了」、「不值得看的」、「完全沒有什麼參考價值」。我確乎燒掉了手邊僅存的幾部，有如罪犯湮滅證物一般惟恐殘留一丁點兒蛛絲馬跡。但是絕大多數聽說過這本一度存在過的《西漢文學環境》的人都以為我這是出於中文系學者必然的行事風格。他們若不是誤會我謙抑自持、就是懷疑我擁學自重。這種加諸於我的標籤無論出自善意與否，都是不正確的；而我忙著逃亡——對於一個逃亡者來說，任何錯誤的認識都毋須辯解，因為它們總是最好的掩護。

是以我逐漸從意識的深處離開了學校、離開了這個培育我八年的系所、離開了老莊孔孟程朱陸王、離開了漢賦唐詩宋詞元曲、離開了原本我以為可以托蔽於斯、終老於斯的一個華麗古典世界。鞠著那個躬的時候，我在餓得咕咕叫的肚子裡跟自己說：「如果我再回來，一定是個騙子。」想必是出於羞慚的緣故——當我鞠了躬、道了歉、轉身隨小五姊弟倆的背影疾步趨出之際，根本不敢去看王所長的表情。也就在那一刻，我大約恍然悟覺：為什麼早上在已然物是人非的宿舍前我會那樣一無節制地縱聲大笑——其實我是想哭的，祇是我不太會哭（也許緣於缺乏練習之故）；我從未擁有那種認真哭泣的能力。

從民國七十二年六月十四日的口試現場回到民國八十一年七月十三日家父的書房，祇須一眨眼的工夫。這個老人並不知道我大叫著想起來的一切其實已然被我刻意隱瞞了整整九年，他以為我從「白邪譜」中找著了認得的名字，遂回過頭來，像是露出一絲笑容地說：「從年歲上看，我猜是這個『洪子瞻』。對不對？」

我搖搖頭，道：「我想起是誰告訴我『無論如何不要獨自一個人出入任何地方』的。」然後我說了那兩個名字——龍敬謙和鄭以偉——並且告訴他：是這兩位教授主持通過了我的碩士論文口試。

家父聽著，上半身似乎不由自主地顫抖了兩下，隨即扭回頭去，伸手往電腦鍵盤上敲了幾下，過了幾秒鐘，我看見那方黑色屏幕上出現了「龍敬謙」和「鄭以偉」的反白字樣。家父接著又按了十幾個我來不及辨識的字鍵，又過了大約半分鐘之久，那六個字在轉瞬間消失，變成了另外兩組三個字的姓名：「錢靜農」和「魏誼正」。

「如此看來——」家父索性把那副看來像是怎麼扶也扶不住的眼鏡摘了，吐了一口大氣，緩緩說道：「你早就招惹上這批人物了。果然是無所遁逃於天地之間啊！」

第四十章　風雲渡海

根據我平素的觀察，民國三十八年渡海來台的外省人絕少向他們的子女描述渡海期間的生活細節。大部分即使是善於回憶或描述的人祇會使用較多的形容詞去強調當時場面的混亂或驚險，彷彿旅程中他所看到、聽到、嚐到、嗅到、觸到和想到的，可歸於名詞性的事物都在過度的恐懼中失落、湮沒了。比方說：像彭師母那樣會說故事的人在提到這段往事的時候也祇說風浪多麼多麼地大、人多麼多麼地擠、共產黨的砲彈打得離船身多麼多麼地近，接下來猛裡一跳，就跳到船靠了岸，有小販來賣香蕉；那香蕉是多麼多麼地甜，又多麼多麼地便宜。大家吃了個死飽，以至於日後看見香蕉又是多麼多麼地倒胃口。

我在年紀還很小的時節便想像：也許有一天我長大了，得找個機會仔仔細細追問一下家父家母：他們是怎麼來的？坐什麼船？那船有多大？形狀如何？買了船票嗎？船票長什麼樣兒？航行時間有多長？艙房裡的設備呢？睡的是那種美國電視影集裡出現過的吊床嗎？……事實上我從來沒有正正經經詢問過這些，或許是關於逃難這件事家裡一直有種不堪回首、諱莫如深的氣氛，或許是我並不那麼好奇，也或許我總以為它是唾手可得的一個人生的零碎片段而未加珍視；無論何者，家父出乎我意料地主動說起來，反而不如我所預期的那樣有著驚心動魄的史詩格局與壯麗景象——它充滿了卑微、瑣碎、令人不忍逼視凝思的紊亂細節；渡海行動本身顯然就是摧毀人生記憶完整性的一個手段。

在開始敘述此一日後看來意義重大的倉促遷徙行動之前，家父伸手指了指「白邪譜」倒數第二行底端，也就是排在「項迪豪」之前的兩個名字——施品才和康用才——接著那句「果然是無所遁逃於天地之間啊！」的話說下去：「這兩個人，原先是我老漕幫中的光棍，是『老爺子』跟前的扈從；輩分不算高，可資歷和聲望卻因為是『老爺子』家臣的緣故而非比尋常了。」

家父一向對他曾經在幫這件事守口如瓶，忽而說了這麼一大串，聽得我不由自主張口結舌起來。尤其是扯絡上施品才、康用才這兩個名字——他們不正是徐老三那張江湖圖上腳跨哥老會和國防部情報局兩個勢力範圍的「兩位老資格」嗎？當年在美滿新城一巷七號頂樓上（甚至更早之前在茶園的倉庫裡）被孫小六打了個落花流水的不也是他們嗎？

「把你和歐陽崑崙的女兒那疊子妖精打架的照片寄給我的，恐怕也是他們。」家父沉吟了半晌，抓住一支眼鏡腿當搖鼓軸子似地轉了起來，道：「難說他們是從你身上追出了我，還是從我身上追出了你；總之把咱爺兒倆搓成一股，想必是合情入理的。這，得從民國三十八年五月底說起。」

民國三十八年五月二十號，台灣省主席兼警備總司令陳誠宣布全省實施戒嚴。戒嚴期間除了本島的基隆、高雄和澎湖的馬公三港在警備總部監控之下開放船隻進出之外，其餘各港一律封閉。對於當時仍身在青島的家父、家母而言，這是一道遠在天涯、毫不重要的消息，他們甚至全然無從想像：一個東南方數千里之外的小島開始盤查出入人口的這件事同他們會有任何關係。

在那個日後看來至為重要的日子裡，家父念茲在茲的一個問題其實微不足道：他究竟應該參加一個濟南同鄉的生日局、還是老漕幫為某重要「幫朋」所舉行的接風宴。這兩個應酬恰巧撞在同一天下午六點。家父若是參加後者，則必須獨自前往觀海山西側、浙江路北端最高處的聖・愛彌兒教堂旁某酒樓——此行極密，連家母都不可與聞。若家父參加前者，則可以攜家母一同前往西鎮南村路上的杏閣飯莊，之後再和那些同鄉們徒步去至僅有一箭之遙的天成大戲院聽戲。正由於兩地相隔甚遠，勢難兩全，家父懊惱了半日，才由家母拿定主意，謂：家父何不逕自赴老漕幫之會，而由家母代往西鎮南村路參加生日局，待老漕幫這廂散了，家父再往天成大戲院接家母回住處，如此安排，勉強算是兩頭靠岸，起碼各不失禮。

孰料家父乘了輛人力車剛到聖・愛彌兒教堂門前，便閃出兩個疾如風、動如火的練家子，趨前對家父道：那位重要的「幫朋」人是來了，卻不是來參加什麼接風宴，當晚的聚會一無酒、二無餚，便餐云爾；目的衹在問一個點頭與搖頭的「然否」。點頭的即刻發給船票，搖頭的當下一揖而別。家父一聽這話，比沒聽還胡塗，忙用暗語盤問那兩練家子，一連盤了十八個來回，才知對方果然是本幫光棍；一個叫施品才、一個叫康用才，併稱「哼哈二才」的是也。這「哼哈二才」情知家父是「理」字輩兒的前人，在幫既久、隸籍固深，不可輕慢，是以執禮甚恭，答問亦十分詳盡。然而家父一向落拓成性，鮮少過問幫中事務，也不願意倚仗著什麼資格輩分耍些不必要的派頭，遂低聲下氣地詢問起來：究竟是多麼重要的關節？為什麼祇問一個「然否」即定去留？不料那「哼哈二才」一聞言竟板起臉孔道：「人家『幫朋』交代，凡事不必多言語。若屬同門同道，自然傾心相託，在籍光棍也無不盡力幫襯；若有異心異志，便沒有什麼勉強共濟之必要，您老就火速拿個主意罷。」

家父一聽這話便縱聲笑了起來，道：「豈有此理？說什麼點頭搖頭？根本是不問青紅皂白，教人如何然、如何否？再一說：即便張某人點了頭，拿了什麼船票？這船票又是往何處去的？難道連問也不許問一聲麼？呿！」言罷一拂衫袖，扭頭便走；心想若是能追及先前來時所搭乘的那輛人力車，說不定還能趕上杏閣飯莊的宴席。未料偏在此際，一旁酒樓門首晃出來一條人影。此人中等身材，堪當得起虎背熊腰的形狀，年約二十出頭，一頂爍光油亮的腦袋更平添幾許英雄精神。這人笑盈盈朝家父拱拱手，道：「久聞啟京先生為人不羈、處世瀟灑，今日一見，果然卓爾不群。其實今日之會也沒什麼大了不得的尷尬，祇不過要解釋起來，就嫌多餘。總之眼下時局緊張，兄弟手上正好有幾張船票，又聽說青島地面上有些像先生這樣飽讀詩書、滿腹經綸的在幫前人；為了替國府積蓄些元氣，也為了替貴幫保留些人才，在下才冒昧請施兄、康兄代為邀請，不知啟京先生是否有意隨國府一道南行，徐圖大事？是以才有這沒頭沒尾的一問——啟京先生如果點了頭，船票立時奉上，今夜當須起程。此去千里，自然非同小可；祇是事急且密，施兄、康兄也有不得已而難言的苦衷，還請啟京先生見諒。」

以家父在幫的閱歷，一聽便聽出來：對方正是那位重要的「幫朋」。所謂「幫朋」，乃是極受庵清光棍們禮敬的一種客卿。這種人通常不在幫籍，可是卻擁有崇高的地位、也享有特殊的待遇。一般說來：若非與幫中「老爺子」有十分深厚的私交、就是對本幫有過非常重大的貢獻，才得躋身「幫朋」之列。這光頭青年一番話說下來，似乎什麼內情都沒吐露，但是辭氣慷慨、情意懇切，非但禮貌莊嚴，也顯然蘊蓄著幾分撼人肺腑的悃悃誠心。家父聽罷點了點頭，道：「可否見告：船是往哪裡去的？」

「這個嘛——」那光頭青年睨了睨身後那幢酒樓，道：「恕在下不方便說。非徒啟京先生，即便是現下已經領了船票入座的幾位也都是雲山霧罩、不知究竟呢！」

「張某人身在庵清，原本不該有什麼顧忌，天涯海角，也沒有不可以去的所在。祇不過——」家父一沉吟，道：「賤內如今在西鎮南村路的杏閣飯莊；我若是就這麼上船走人，委實欠缺一個交代。」

「這倒不難。施兄、康兄俱是『老爺子』身邊的行腳能人，」光頭青年立刻接道：「煩他二位跑一趟，將夫人接了來，不過頃刻辰光，也就交差完事了。祇恐夫人未肯輕信施兄、康兄確為先生遣使，是不是還請先生託付一個什麼樣的信物？他二人持物而往，也好有個憑據。」家父想了想，見那「哼哈二才」在一旁又蹙眉、又咂嘴，神情十分不耐，祇好隨手將一副深度近視眼鏡脫下，交付二人，自便隨那光頭青年進了酒樓。

一頓食不知味的飯吃下來，洋鐘已過九時有餘。一桌人相互簇擁著離席出門，祇見右首聖．愛彌兒教堂前廣場上炬燈閃熾，及至近前才發覺：竟然是一排四輛黑漆轎車魚貫駛來。家父原本是個霧眼茫茫的大近視，夜暗之下更看不清咫尺之外的動靜，但聽那光頭青年在他耳邊吩咐道：「啟京先生但請放心，有施兄、康兄保駕，夫人一定趕得及上船，絕對萬無一失的。咱們先上車往碼頭去罷。」

倘若家父早就知道此行的目的地是台灣，他是斷斷乎不會登上那其中任何一輛轎車的。我插嘴問他：是不是因為沒等著家母的緣故，老人居然搖了搖頭，道：「沒有了眼鏡，我現成是個睜眼瞎子，能上哪兒去？」

結果眼鏡緊緊抓在家母手上，她和「哼哈二才」早一步已經到了碼頭。一見著家父的面，她渾身上下止不住地抖顫著說：「要上哪兒去怎麼不早說下？我當你是教人給架走了呢！」

家父不慌不忙戴上眼鏡，四下打量了一陣，見岸邊泊著艘軍艦，港裡船上一片燈火通明，把方圓數百丈內照耀得如同白晝一般。到這一刻，身邊除了「哼哈二才」、便祇同桌吃飯的十餘人勉強不算面生，然而大夥畢竟互不熟識，且看起來人人灰頭土臉、失魂落魄，個個兒面色黯然、神氣蕭索，怎一個張惶了得？再放膽往一旁睇顧，但見穿著陸軍和海軍制服的兵士們扛著糗糧、槍械乃至囊橐、箱籠和些裝盛著不知是彈藥抑或其他物事的桶具，無不齜牙咧嘴，彷彿那一身勁氣早已用盡，卻還在絞緊榨乾地拚命，隨時都要脫力倒斃的模樣兒。

再過不一會兒，碼頭邊上兩排倉庫大樓的巨型木門也掣開了，一輛接一輛裝滿輜重的軍用大卡車亮著圓通通的兩盞頭燈駛了過來，同時早有不知打哪兒冒出來的兩標勁裝警衛便緊挨著外側門框、推擋起丈許高的纏絲鐵蒺藜拒馬。拒馬不曾架上，那圍觀看熱鬧的老百姓還祇比手劃腳、騎山看鬥；一旦架上了，人們反而猛地慌急起來。有人不顧鐵蒺藜刺鉤橫出，拚命往上攀爬，似乎是想要翻越到碼頭這邊來。無奈才離地兩、三尺，身上已然是刮皮剜肉、鮮血噴湧。饒是如此，偏有那不知是膽大還是氣倔的青年，居然逞足蠻性，自老遠處飛奔近前，想要一躍過頂，然而十之八九都活活掛在拒馬纏絲之間，既不能上、亦不得下，任由後來想要借蔽其身軀攀爬的人摳撲踐踏。倒是偶有一人勉強縱身躍上拒馬頂端，雙腿還未及站定，早被碼頭這邊的警衛持長竿揮打戳刺，登時翻摔落地，自也不免頭破漿出。

這廂爭執越演越烈，那廂又出了事端——原來有一輛大卡車或許是負載過重之故，又或許是機械發生了故障，才靠近船舷，尚不及駛入吊車板，就失去了動力，無論如何進退不得。這一輛的後面少說還排著七、八輛大卡車，如此堵塞，非但它自己上不了船，連其他各車也祇能在原地空轉著引擎，連一分一寸也推移不動。這倒讓拒馬之外的百姓們鬧嚷得更兇了；有怒罵的、有嗤笑的，到頭來還有歡欣鼓掌的。隨即有一頭戴軟帽的將級軍官下了舷梯，問明情由，低頭沉吟片刻，遂向身邊傳令囑咐了幾句。那傳令隨即扯開嗓子衝旁側兵士隊伍以及家父這一夥人喊道：「司令官有令！碼頭區不得有游手閑人，各位同志一齊動手，幫忙卸貨，加緊動作！」

照那司令官的意思彷彿是要先將故障的卡車上的物資以人力卸下，再由眾人協力助手，把那空車推上吊車板，俾能吊上艦去。這是無可如何之計，雖說延宕時間，卻連貨帶車都保全了。

未料傳令才下達了命令，那司令官尚未及轉身離開，家父這一夥人群之中竟竄出一條身影去——正是那光頭青年。這人二話不說，三、五個箭步奔至卡車車尾，反手捉住一塊不知是鉤是環的物事，便將整輛卡車給提拎了個雙輪離地。這且不說，光頭青年像是早就覷準了行進路線——但見他左腿朝前跨出個長弓步、右腿帶右臂猛裡拉了個弧圓，那卡車端地讓他給轉了個九十度的直角。說時遲、那時快，光頭青年順勢縮緊身形，向前再一掙，人在空中驟爾挪出丈許遠，身後的大卡車不偏不倚滑進吊車板正當央。

這一切祇是彈指間事，卻著實教在場的數百千人看得個睒睒眒眒，張口結舌。拉過了那輛故障車之後，光頭青年隔著幾丈遠的距離朝司令官拱手抱拳、施了一禮。那司令官睨了他一眼，既不回禮、也不作聲，扭身扶著舷梯纜繩、逕自登艦去了。

就在這一刻，方圓近里之內倏忽變得鴉雀無聲了。倒是拒馬外的鐵蒺藜上，有一人嗚嗚咽咽地嘶聲喊道：「尊駕既然有恁好身手，怎麼不留下來打共產黨？卻同他們一道逃命去了！」

光頭青年聞言點點頭，反身朝那人走去，走到近前——距離家父不過三、五尺之遙，便隔著拒馬道：「閣下安知我們這艘船是逃命船而非戰船呢？」

「那些個卡車上載的都是黃金珠寶，當我們老百姓不知道？」

家父原先在青島總監部第四兵站任科長，專管大軍糧秣；先前見卡車一輛輛駛過身旁，本能地留意觀察一陣，看那車身篷蓋遮蔽得十分嚴密，可深吸氣勉力嗅聞，自然聞得出刺鼻的黃油味兒——不消說，車上載的俱是些大型機具；看來不是火砲、便是重機槍。以此言之：拒馬外這些上不了船的老百姓分明是誤會或誣枉，才造出了黃金珠寶這般謠言來的。家父轉念一想：也難怪老百姓要造謠滋事；倘若這一趟出航，果真有什麼作戰任務，則何以非徒總監部沒有一聲知會、卻是由「哼哈二才」和那光頭青年居間通報？此其一。再者，真要打起仗來，怎麼還能容得家父把家母專程接到，且眼看即將隨行登船？此其二。另外，就是碼頭上那一座可以力舉萬鈞的吊車板了。但見它的上方是四條絞鍊、各有茶盅口粗細，分別扣出卡車底盤四角，吊板隨即由一支屋柱般粗的鋼骨撐竿向上曳引，不過幾眨眼的工夫，一輛大卡車便給提拎起十幾丈高，隔空兜轉，猶似老鷹搏兔一樣輕易地擱置在軍艦的甲板之上。至於操控那撐竿和吊車板的，不過是碼頭上的三名士兵——其中一人雙手推移著五、六根鐵條拉柄、另二人則奮力搖轉兩個徑如汽車輪胎的圓形轉盤，其間數十百個大小齒輪，輪輪相銜，不時發出磨合擦撞之聲。這座神力無匹的機具，家父卻是生平僅見，看它一無髹漆、二無批號，似乎並非軍中所用的裝備，卻怎麼在此幹著運輸軍用輜重的活計呢？此其三。有此三疑，則又未必能說這不是一趟作戰任務，因為碼頭上除了老漕幫相邀的這一桌十來口子沒頭沒緒的賓客之外，幾乎全數是頭戴鋼盔、身著軍服、荷槍實彈的士兵和警衛。

經那渾身鮮血淋漓的老百姓出言激問，家父不由自主地扭頭瞥一眼「哼哈二才」，那施品才似是會了意，近前兩步，道：「此行極密，恐怕祇有啟碇離岸之後才能同您老詳說究竟。這些閑雜人等的鷩言亂語，就不必理會了。」

這艘軍艦在子夜過後啟了碇，正是民國三十八年五月二十一日。家父和家母給安置在甲板上兩輛大卡車之間一個約有兩蓆大的鋪位上，前後有白帆布垂覆，上方還張掛了油布篷頂；「哼哈二才」更送來被褥、鍋碗和一個暖水瓶，道聲：「委屈二位了。少時司令官同艦長還要召見，您老先養養神罷。」

家父和家母當時並不知道：此後整整四十年，他們再也沒有機會回到這片幅員廣袤的亞洲大陸之上，且終其一生，也不可能再踏上青島這個美麗的港市。正因為對未來倏忽掩至的巨大變化懵然無所知、無所覺，家母並不以為此行有多麼倉促，祇道：「兵站安排這一趟出差怎麼連我也差上了？」一面說著，一面還喜孜孜地笑起來。倒是家父緊鎖雙眉，在肚子裡嘀咕著：就怕不是出差。嘴上卻雲淡風輕地說：

「可不？你這是頭一遭上軍艦罷？」

新鮮勁兒沒能持續太久，倒是司令官和艦長的召見一延再延。家母曾經極其簡略地告訴過我：前幾天的航行比蝸牛上樹還慢，人坐在三面布篷、兩邊車板、幾乎密不透風的空間裡，簡直覺不出船身有一尺一寸的移動。原想若是家父能見著司令官或艦長，起碼能打聽出個去向和行程，不料帆布透著天光、又暗下來，暗了幾個時辰、又透了天光。如此過了不知幾個晝夜，除了上排水口去出恭撒尿，以及有勤務兵定時給送點飯食、熱水，人就像是給囚在個地牢裡沒兩樣兒。偶爾撩起前後帆布的一角，所能看見的不外是另外兩輛卡車的排氣管和車頭燈。祇有一回變了個花樣兒：送飯的勤務兵掀開後篷布，照例為了將就地形，單膝落地捧來一頂竹籠。開蓋兒一看，裡頭是兩個用大白米飯揉成的三角形飯糰，還冒著裊裊的熱蒸汽。勤務兵赧赧地說道：「報告夫人，今兒過五月節，船上沒有當令的供應，包了幾個菜飯糰，算是粽子了；您二位慢用。」篷布一掩上，家母的淚水落了下來，回頭跟仰臉縮身躺在前側的家父說：「咱們這是逃難了不是？」

端午節當天夜裡，那久候不至的「召見」終於到了。家父隨著一名穿海軍制服的傳令在迷宮也似的船艙裡繞了不知多少圈，來到官廳，門開處，裡頭坐著站著一桌子人；艦長當首座，一旁是掛著將星的司令官，司令官下首還有兩個同司令官一樣穿陸軍制服的校官，兩校官面前是厚厚的幾疊有如名冊、表格之類的文卷，桌子的另一側則站著那光頭青年和「哼哈二才」。官廳狹仄、人氣薰騰，照說要比甲板上暖和；可家父一進門卻不由得倒抽了口冷氣，當真是滿室冰霜、一陣肅殺。

「張科長來了。」司令官轉臉衝艦長道：「張科長是第四兵站的文職軍官，和之前那些個光棍、空子之類的人物不同，是不是讓張科長坐著說話？」

艦長的軍階其實還低些，不過在船當家，另有一番威嚴的客套，隨即答道：「但憑司令官安排。」

沒等家父一屁股坐穩，司令官衝口迸了一句：「張科長！四兵站那邊說你休假在身，可有此事？」

「報告司令官：是有半個月的假。」

「什麼時候銷假啊？」

家父屈指一算，答不上來了。

「是昨天、還是前天哪？」司令官有個擠眉弄眼的習慣，說話聲音一大，擠弄得就更厲害，有如《安天會》裡的美猴王一般。看來他根本就沒有要家父答覆的意思，接著喝道：「大軍正在和匪全線作戰，張科長修（休）的哪一門子的瓜架（假）啊？」

「報告司令官：是上級交代個人把總監部各兵站歷年收支帳目作個彙報，不祇是本第四兵站的業務；為了要出入其他兵站盤點物資，不祇在原單位執行勤務——」

「你今天執行了什麼勤務啦？」司令官猛裡一拍桌子：「老子判你一個陣前脫逃，把你扔下船去，你張科長能有什麼話說？」

家父不吭氣兒了，聽那兩校官一陣喁喁私語，其中一個道：「報告司令官：張科長隨身沒有行李。總監部那邊也證實了：各兵站的帳目彙報資料在五月二十號下午已經呈上去了。」

「真能幹啊，張科長！」司令官冷冷一笑，道：「你祇花了五天就辦完了半個月的公事；莫非早知道青島守不住，才混上咱們這條船來了？」

家父聞言一愣，失聲出口：「青島也淪陷了？」

「你這個假休得果然愜意！」司令官這一下不祇擠眉弄眼，鋼牙一挫，連頂門和額角的青筋都虬結浮鼓起來：「我且問你：時局吃緊、悍敵當前，你居然沒有任何派令便擅離職守，該當何罪？」

家父心念一轉，忖道：投身在幫，原來就是把副性命依託了大夥，這一點信義，同那不在幫的空子哪裡說得清、講得明？司令官執掌的也是一部大軍律法、陣前綱常，果爾要論例議處，也沒有可容迴圜的餘地；遂仰臉道：「全憑司令官處置了。」

「這倒乾脆。」司令官點點頭，道：「那麼我再問你最後一件事：你花了多少『好處』得來的通行憑證？」

到了這一刻，家父才依稀明白：吆喝他上船的光頭青年原本與此艦官兵並非同一路人馬；說什麼「替國府積蓄些元氣」、「替貴幫保留些人才」之類的話亦不是黨、政、軍方任何一方的立場。換言之：這身手不凡、行事莫測的「幫朋」根本是私自挾帶著他和家母和一桌在幫前人登船的。至於為什麼是他們？容或基於同屬老漕幫庵清光棍、容或基於這些人物確乎有什麼值得「積蓄保留」的長才，然而一時之間，家父已無暇深究。祇不過司令官這般咄咄相逼，他更不能連累同門，便道：「報告司令官：我和拙荊自濟南來青島投軍任事，沒有一分錢的家財，也沒有一寸地的恆產。能上船來，也全是看在船票上有總監部戳印、大軍關防，這些既然假不了，又怎麼能花『好處』得著呢？」

此言一出，司令官反而沉吟起來。一旁原本默然不語的艦長轉臉凝視著那光頭青年，道：「本艦祇能容載一千三百名官兵，如今上來快三千人；如果不澈底清查、斷然處置，恐怕過不了上海，就要全船覆沒了。這個責任，誰能擔待得起？你說上來的都是忠貞幹部，又有誰能作保？司令官所部之下，難道都不是忠貞幹部？他們上不了船，難道就活該淪落成散兵游勇、在匪軍槍口底下充砲灰麼？」

「司令官、艦長，」光頭青年朝上座的兩位長官揖了一揖，道：「方才說過了：在下奉『老爺子』手諭，負責轉交船票，個人所經手的，也祇十四張爾耳。二位職責在身，非清查船上人不可，這也是按律合理之事。祇這船票既然不假、身分也能覈實，二位何不看在國難當頭、大夥應當和衷共濟的份兒上，彼此扶持則個。動不動要脅著將人扔下船去，豈不教親者痛、仇者快麼？」

家父聽他說話好生不客氣，脊骨煞地一片森涼，暗想：這光頭青年如何這般負氣自矜，居然敢這樣對司令官和艦長說話？一念尚未及轉定，但聽司令官「啪」的聲一掌甩上了桌面：「我日你娘了個屄養的東西！歐陽崑崙！不要以為你頭上頂著個天，老子就不敢把你怎麼樣！」可罵了這麼兩句之後，底下竟然沒話了。聽在家父耳中，司令官的確是不敢把對方怎麼樣的一個態勢。

卻在此際，艦長又開了腔——這一回，竟是衝家父來的——一字一句說得面無表情：「張科長，你再仔細回想一下，那天登艦之時你繳驗的兩張憑證上是不是清清楚楚印著『軍事港務科人員證』幾個字樣？請問：賢伉儷什麼時候在這個單位服務的？」說到這裡，猛可轉臉對光頭青年道：「你口口聲聲『船票』、『船票』，難道認不得這是軍艦、不是客船麼？」

「分明是滲透份子！」司令官補了一句，可一旁的校官登時朝他移動了一下桌面上的手指，家父偷眼覷見，正是之前在碼頭上繳驗的那張粉紅色憑證——不過從指尖露出的半張看來，卻是背面。家父自己不記得過手繳驗時注意過那「船票」的背面注記了什麼文字，然而看那校官和司令官的表情，似乎也忽地在上頭發現了什麼。司令官歪擠斜皺的眉眼像是教一層透明膠水給糊住、再也動彈不得了，連忙湊臉近桌、細細又睇視一遍，隨即以指尖將之推向艦長。艦長的神色幾乎同司令官一模一樣，愣了好半晌，才乾著嗓子道：「你、閣下也是——『保』字號兒的？」

此言一出，家父明白了七、八分。原來「保」字號兒別有所指，正是國防部保密局。

這個單位淵源甚早，可以直溯至「南昌剿匪總部」時期的諜報科，那已經是民國二十年左右的事了。民國二十一年二月，「老頭子」復行視事，經過幾年的整頓、擴充，將原先各地剿匪總部的諜報科收編成一個龐大的特務機構系統，而在民國二十六年對日抗戰前夕成立了一個隸屬軍事委員會」的「調查統計局」。局本部設在南京西華門四條巷，下轄三個處。抗戰軍興，「老頭子」親自規劃，把第一處和第二處的職掌分開，前者歸中央黨部執委會秘書長指揮，稱「中央調查統計局」。後者仍名「軍事委員會統計調查局」，實際掌權的便是前文提過的戴笠。

民國三十五年三月十七日，戴笠和局中人事處長龔仙舫等一行七人自青島搭航委會專機飛上海，行前據報上海天氣不佳，遂多帶了八百加侖燃油，以備萬一不能在上海降落、則可以轉赴南京或重慶。當天下午一點六分，機上駕駛電告南京航委會塔台，說是上海方面聯絡不上，飛機已達南京上空，但是氣候惡劣，無法降落，須折回青島。可是七分鐘之後又有電告：「現穿雲下降。」此後便再也沒有任何音訊。三天以後，美國海軍派出的搜索飛機在南京板橋鎮附近二十里的山上發現了飛機殘骸和連同六名機員在內的十三具遺體。當時目擊該機墜燬的農民指證：機身飛行高度太低，先擦撞到一株大樹、崩落一枚螺旋槳，才翻過三座山頭、撞擊另一山腹，旋即爆炸焚燒云云。

此次空難自然影響極大，一時謠諑紛紜，有謂戴氏在機上臨時強令駕駛迫降，以便他能趕往上海與「舞國皇后」李麗共赴雲台之約。有謂機上潛有中共諜員，以引爆備用燃油方式與戴氏同歸於盡——按諸三週之後發生在山西興縣黑榮山墜機事件中死難的中共參與政治協商會議代表王若飛、秦邦憲及葉挺等人身分看來，自有繪聲繪影的報復臆說而令戴氏的墜機殞命益發顯得撲朔迷離了。

然而，戴笠身後的「軍統局」立刻爆發了不同地域派系的強烈內鬥。這一內鬥實肇因於早年吸收特務份子時期力求「發展組織，收攬人才」，而未建樹一超然客觀的人事制度使然；遂致種種以黨、團、社、行營等組織投身特務工作者各倚山頭，形成壁壘分明的角逐之勢，而有廣東派、浙江派和湖南派三足鼎立的局面。時過未幾，居然在各派之間還流傳著「某派實為幕後策動空難事件元兇」的耳語。

「老頭子」情知這個態勢恰足以瓦解一切尚未臻制度化的特務系統，遂一舉裁撤「軍統局」，另外成立「保密局」，這便是「保」字號的來歷了。

據家父日後的鑽研瞭解：保密局成立之初，是有其特殊的階段性任務的。它不祇是為了在「軍事調查統計」這一類傳統情治活動上取代原來的軍統局，還要乘機清查戴笠生前於抗戰勝利之後在各地接收自日本的現金、珠寶、產物、軍械乃至諸般民用器材。

事實上，勝利接收工作的一切所得本有一主司其事的單位，名為「敵偽財產管理局」。然而保密局直屬軍事委員會極峰，自然得以插手干預。在「老頭子」的算盤上，倘若能夠藉保密局之力深羅密網地將敵偽財產管理局接收的所有物業括而囊之，便稱得上富可敵國了。這對他爾後要唾手而得之的總統之職有著至為重要的影響。於是在民國三十五年六月，他召見了原軍統局中廣東、浙江、湖南三派的領袖鄭介民、毛人鳳和唐縱，同時還指派了他身邊擔任過多年機要室主任的毛慶祥督導研究：如何在最短時間之內透過保密局取得一干接收物資、產業及設施，「並經營企業，發達資本」，名目則是「以充國防，以實國本」。這四個人取「三民主義，建國所有」的字面，另外又設立了一個「三有公司」。這三有公司同那保密局正是一體的兩面——由保密局清查、獲取來的一切資源皆交付三有公司處分；而由三有公司經營所得的利潤之中又自然可以撥發、供應保密局的種種開銷。這個「下海作生意」的拓展活動更順帶地解決了最初的人事問題——一旦有利可圖，許多爭權鬥位的特務頭子們都有了看似為身分掩護、實則確能坐收漁利的董事、經理頭銜，於是那一觸即發的內鬥便逐漸平息戢止了。

三有公司在上海、南京、天津、北平、青島、重慶和昆明各城市都有分公司。為什麼是這些個城市而非其餘？這也同「接收敵偽產業」有關——正因為這七個城市裡都設置了保密局外勤省站的甲種站，此站編制龐大，有一百六十個員額；更重要的是編為甲種的外勤站都擁有一個可以直接和保密局聯繫的電台。這個電台不祇是軍事或治安情報的傳遞中心，也是商業訊息的呈報單位。這也是為什麼保密局外勤甲種站總是設在三有分公司隔鄰、對街甚至同一幢樓房上下。至於電台的設備，便全數是由北平「四極無線電器材製造公司」生產；「四極」正是保密局接收了來、交付三有公司操控、原名「鈴木」的日本工廠。

從「鈴木」到「四極」這一類的例子不勝枚舉，家父雖時有耳聞，總以為那是共產黨造謠生事、中傷國府的慣技。不料那一夜在軍艦的官廳裡卻果然見識到「保」字號的硬場面。

司令官也隨艦長一般，一張橫二霸三的繃臉像洩了氣的皮球一樣，登時垮了、皺了，嘴角也揚起來：「那麼——請問老弟台：你這十四張憑證是『總署』那邊發的、還是『處』裡發的呢？」

光頭青年大約是見對方低聲下氣起來，也相應以和顏悅色，微微笑道：「都不是，是『新社會』方面發的——對不住，請二位長官別再問下去了，在下成命在身，不方便多說。是不是請二位長官先把那九位開釋了？免得有個閃失，當真給扔下船去，就麻煩了。」

司令官沒等他說完，已經朝一位校官比了一個手勢；後者搶忙離座，奔出官廳。這廂艦長也親自傾身上前，拉開右首木椅，意思顯然是請那光頭青年入座。

家父則在這片刻之間恍然悟出一番前情：首先，是這光頭青年的部分背景。司令官口中所稱的「總署」，其實是「警察總署」；而「處」則是指「稽查處」。「保密局」成立之後，「老頭子」為了安撫不同派系的特務頭子，特任湖南派的唐縱任全國警察署長。表面上警察總署歸保密局指揮，事實上卻能自行掌控人事，打著正規化的旗幟，培訓一整批由警校出身的各級領導幹部。「稽查處」則表面上轄屬於各地警備司令部、衛戍司令部，骨子裡卻一向由保密局掌握，其主要任務是偵伺、防範兩種犯罪活動；其一是各大城市和人口密集地區的刑事案件，其二是兵工廠內非國民黨或親共勢力的滲透和顛覆。司令官這般問訊，不外是想弄清楚：光頭青年在「保」字號兒裡究竟隸於哪一個山頭？

然而光頭青年所答稱的「新社會」卻毋寧讓在座諸人都吃了一驚。這個組織原名叫「人民動員委員會」，是戴笠生前親率手下三大護法田載龍、王天木、胡抱一等人召募擴充而成的。據說這護法原有四位，但是在民國二十年代初折損了一員，此人姓居名翼，字伯屏。當年親領「老頭子」密詔，往赴山東公幹——一說是聯絡軍閥割據區內心向南京政府的革命志士，一說是去搜尋一部可敵十萬雄師的軍事祕寶；無論何者，此人去而不返，生不見蹤跡、死不見骸骨。有謂遭江湖人物襲殺殞命者；然而戴笠傾盡全力、遍撒網羅，查察了五、六年，直到對日抗戰開打仍無纖芥之功。對於一個致力發展特務系統、嚴密情治組織的諜報鉅子而言，此事無疑是一極其重大的挫折和恥辱。於是戴笠索性假借著「老頭子」號召全民抗日的題目，成立了一個企圖將全國地方械鬥團體一舉結盟起來的大組織，名為「人民動員委員會」——所謂「委員」，便正是老漕幫和天地會系統各會黨的領袖。由於委員之間不分高低大小，也就免除了孰尊孰卑、孰先孰後的爭議。要之此會受軍事委員會統計調查局節制——換句話說：也就成為該局的外圍組織了。

無奈這祇是戴氏一廂情願的想法，一旦付諸實行，卻窒礙難通。原因很簡單：老漕幫的「老爺子」萬硯方對於抗戰期間國府對該幫的幾個「處分」十分不滿，且不願促成「清洪合流」的一統之局所致。傳言有謂：萬硯方曾經對前去遊說老漕幫「動員」的人說過這麼兩句耐人尋味的話：「老漕幫為抗戰一鼓作氣、再而衰、三而竭，如何『動員』起來？」

所謂「一鼓作氣」，指的是萬硯方開立「離家出走」的規矩，縱令八千名庵清光棍棄幫參軍，結果這八千子弟在淞滬會戰中全數陣亡，成了劉羅公路上的孤魂野鬼。所謂「再而衰」，指的是行政院下令拆遷上海各工廠，支援後方工業。凡老漕幫所有物業則特令運往鎮江和渾沌浦拆封清查。諸般機具設備經這一折騰，豈有不折損之理？至於所謂的「三而竭」，據說則是與哥老會慫恿執事要員向老漕幫逼繳三十二萬公噸的油料以支應外債有關。

凡此三事，戴笠是否親自向萬硯方疏通或綰解？外間實無從得知。然而一直到抗戰勝利，這個「人民動員委員會」的委員名單裡始終掛著萬硯方的名字，卻始終沒人聞見這位「老爺子」如何「動員起來」過。

一直到民國三十五年初，戴笠又把那委員會擴大成一個叫「中國新社會事業建設協會」的機構，利用農曆新年大開名為春酒的宴會，邀請了一百二十多位「上席貴賓」，以及總人數達一千一百以上的「華筵豪客」，舉行那協會的「籌備成立大會」。萬硯方本人雖未到場，可是筵席所設之處乃在上海靜安寺路麗都花園——此園正是老漕幫於勝利後重返根據地時購進的物業。江湖上這才又紛紛傳言：萬硯方是不是與「老頭子」言歸於好了？

然而萬硯方動向如何尚未撥雲見日，戴笠卻墜機身亡。這簡稱「新社會」的組織隨即於民國三十五年七月一日保密局成立之際成為一個十分神祕的機構。各界僅僅聽說：「新社會」名義上由保密局副局長毛人鳳監管，實際上則是由一個名叫「徐亮」的特務督控——也有人說：徐亮不過是個傳令，真正掌握「新社會」的是萬硯方，而萬硯方又是「老頭子」跟前取代戴笠的親信。不過，傳言畢竟祇是傳言，一旦渲染，面目便模糊起來；更有道聽塗說指出：萬硯方根本和「新社會」無關，幕後主其事的反而是哥老會的洪達展；而那些涉及萬硯方的風風雨雨根本是洪達展為掩人耳目而煽放出來的煙霧。

家父入幫也不是一朝半夕，雖說身在齊魯，從未與「老爺子」本人過從接晤，但是顯見這「新社會」是個和政治以及特務活動密不可分的組織，便不該同萬硯方有什麼瓜葛。然而看那司令官先前色厲內荏的模樣，說什麼「頭上頂著個天」之類的言語，分明是早已知悉了光頭青年和老漕幫之間的關係，而不得不有所顧忌。繼之這光頭青年又以「新社會」發出憑證的話表明來歷，則莫非老漕幫真地成為保密局的外圍單位了？正狐疑間，司令官又問了一句：「那麼，容我再問一句：諜報傳說今年二月間有那麼一宗『上元專案』，乃『新社會』同志鼎力襄助，才告成功，司其事的竟是一名身手不凡的年輕人。敢問那年輕人會是老弟台你麼？」

這是十分微妙的一刻，家父偷眼窺看，見那光頭青年一張眉目清秀的臉上忽地閃過一抹紅潮，雖祇一彈指頃，在白皙的皮膚上卻顯眼異常，似是有幾分羞赧之意，口中則囁嚅著說：「司令官這麼盤問，在下實不方便多說。」

「這是什麼話？任務已經圓滿達成，各方稱慶不已，有何不可言者？我聽說主其事的青年是個禿子，又見老弟台頂上牛山濯濯、寸髮不生，才有此一問的。」

光頭青年一聽這話，反倒開懷笑道：「既然司令官這麼說，在下若再支吾其辭，反倒矯情了——不錯，正是在下不才、略施薄技，動了點手腳。」

「這麼說還是不夠痛快。」司令官說著站起身，探出一隻長臂、越過桌面，朝光頭青年伸去，隨即緊緊握了手兒，又環視諸人一圈，道：「各位，這位老弟台功在家國，莫說邀薦十四位貴客前來，就是一百四十位，咱們也沒有二話可說——是罷，艦長？」

艦長也跟著站了起來，道：「當然當然。『上元專案』是維護國本的一個案子，我僅知其梗概，久欲聞其詳；既然老弟親自參與了，倒可以在這航行途中說與咱們聽聽——」

「不不不——」光頭青年搖著手，竟有些窘急之狀：「不值得說的、不值得說的，我也不會說、說不上來。」

倒是司令官好整以暇，又擠弄了一陣眉眼，示意大家復座，轉臉低聲同艦長道：「既然如此，那麼這批同志便毋須『清點』了罷？」

艦長點點頭，看一眼腕錶，道：「馬上就要過上海了，屆時得全艦熄燈，否則岸上瞅見動靜，來一個亂槍打鳥，咱們就斷無活路了。這樣罷——各位先請回舖位去，闖過了這道鬼門關，咱們再作打算。」

這麼輕描淡寫的三言兩語，似乎就是端午節這天「夜審」的結論和判決了。家父當時祇知道個人逃過一劫，而國家和政府卻正陷入一個其大不知凡幾的災難之中。這個幾乎可用「淪亡」二字形容的災難瀰天蓋地而來，改變了數以億萬計的中國人的命運。然而在離開艦長官廳的那一刻，家父的肩膀上按過來一隻溫熱厚實的大巴掌，他扭臉一看，與光頭青年四目交接，聽見對方低聲說了兩句：「一切不會有事的，請您老放寬心。」

家父當下愣了愣，祇覺那掌心傳來一股源源不絕的暖意。在接下來有如行走於迷宮之中的幾分鐘裡，光頭青年告訴他：這艘軍艦原本是要航向一個叫海南島的地方，彼地隔絕於廣東省雷州半島徐聞港外海，應可作為國府秣馬厲兵、養精蓄銳的復興基地。若能在海南島稍事喘息、再圖反攻，大局當在三數月後略有轉機——因為廣東省畢竟是國民革命發源之地，黃埔建軍、子弟皆出於此，料應在結合閩、桂、黔、川各省兵力之後培元固本，可效抗戰時期拉長所謂「前後方戰線」的攻守之略徐圖剿匪。祇不過此艦負載過於沉重，船身吃水太深，經不起一點風浪。且行進遲緩、燃油益耗，如此貼岸潛渡，雖然能節省一些油料，卻要冒上極大的風險——因為沿岸港市之淪陷敵手者皆有海防重砲設施，一旦算計得不準，在白晝時分通過火網覆蓋之地，便有遭敵擊沉之虞。然而，光頭青年卻如此作結說：「吉人自有天相；在下是這麼想的：既然能苟全性命到今天，就一定見得了明日！」

家父回到那兩蓆大的小天地裡，什麼旁的話也沒說，祇對家母笑笑，抬手按了按家母的肩膀，道：「吉人自有天相；既然活到了今天，一定見得了明日。」

家母則回了他一句：「你的手好燙，莫不是發燒了？」

家父在回憶到這裡的時候突然頓了一頓，衝我苦苦一笑，眼角湧出兩泡清亮的淚水來、哽著聲道：「我既沒生病、也沒發燒，心裡憋著一股子窩囊，跟誰也沒法兒說——」

「什麼窩囊？為什麼不能說？」我有些慌，打心底發起怵來，生怕他一個忍不住掉下眼淚、或者放聲哭了，那我還真不會對付。

家父幾度欲言又止，雙唇抖顫開闔，彷彿也畏恐著一旦說出了什麼，便控制不住自己的情緒。如此過了好幾分鐘，才勉強撐持住臉頰上的肌肉，反而「噗哧」一聲笑了起來，口中連連「嘻——噫」、「嘻——噫」地喟了幾下子，搖頭道：「那司令官訓斥得一點兒也沒錯，我、我……我是、我就是陣前脫逃！那位『幫朋』是個明白人，當然知道上了船就等於是逃命，所以在上船之前，才刻意隱瞞去向，這份心思，何等深刻？」

「我不懂。」

「試想：我當年在總監部處理的最後一件公事，正是為各兵站盤點物資、清查帳目，完了這份差事，怎麼會不知道大軍將有異動？」家父深深皺起眉峰處幾道刀雕也似的山字紋，道：「又怎麼會不瞭解部隊糜損耗潰的狀況？坦白說，我的確猜想過：青島是守不住的；祇沒料到啟碇不過十天就淪陷了。可是話說回來：臨行之前那位『幫朋』萬一挑明了此行就是棄守、就是撤退的話；以我一個在職科長之身，我有臉上那艘船麼？」

我沒接得上腔，更不忍再看這懺悔著的老人臉上的表情——在這一刻，我並不知道他把我從一個又一個首尾殘缺不全的故事碎片之間拉到如此令他椎心刺骨的內疚裡去究竟有什麼目的？也許——我想；也許他已經無法承受那恐懼懺悔的巨大寂寞了罷？

「我是擅離職守！我是臨陣脫逃！我是貪生怕死！而且我還裝胡塗！」家父並沒有如我所料地哭泣，反倒「嗬嗬嗬嗬」笑了幾聲，喘兩口氣，繼續說道：「要不是遇上了這位『幫朋』，你爸爸死在青島原不足惜，絕了張家門兒的香煙也是命中注定；可是沒走上後半輩子這一程，我便永遠不會明白自己曾經是多麼沒出息的一個人——沒能明白這一點，連前半輩子都是白活的。」

對於這個垂暮的老人而言，一生之中似乎有那麼一個類似馬拉松賽跑的折返點一樣的東西，它卡在自青島渡海南下的半個多月的航程上。如果一定要利用地圖來標定那折返點的位置，我祇能猜測它在東海磨盤洋南方的韭山列島和大目洋的台州列島之間，也就是當那艘載著近三千名官兵的軍艦趁夜悄渡上海港南水道的第二天，時值子夜，那折返點出現了。

當時家父一陣內急，巡遍前後甲板上的排水口——艦上稱之為簡易廁所的設備——其實就是以兩塊防波盾板作「L」型掩蔽，不論大解小解皆在盾板外側向風迎波、出之於排水口中。至於守候者則在盾板另側自成一行伍蹲踞；據說正由於官兵人數太多，是以十二個簡易廁所前終日蹲著人丁，蜚短流長、謠言臆說，皆自此處滋生。司令官放探子查謠源，逮住幾個愛嚼舌的，給扔進了舟山和漁山列島附近，仍不能平息這種「野談稗說」。倒是有一伍人給突來的惡浪捲入海中滅頂，稍稍嚇阻了些閑言碎語。

謠言卻注定是迷人的。不多時又鬨傳全艦，其誇張離奇、荒誕無稽者不勝枚舉。有謂此艦的目的地並非海南島，而是菲律賓呂宋島。因為「老頭子」早有先知卓見，見神州已成鼎沸魚爛之勢，遂遣特種艦隊於數月前登陸呂宋之拉瓦格、維干，殺其主而自立；準備在彼地建一基地，待日後另謀反攻大舉。

另一個謠言則說：此艦白晝由北而南徐行，等到夜深人靜、燈火管制之後便掉轉鷁首、由南而北疾駛。反正是伸手不見五指，又無人能上艦橋識別羅盤等儀器之定向，是以晝行雖長、夜行雖短，整個航程不過是在一片汪洋之中大繞圈子。至於為什麼這樣繞圈子？放話者無不沾沾自喜地說：司令官圖的是保存精銳戰力，不忍倉卒接敵、無謂折損，要俟陸上一場惡仗打得差不多了，再擇期擇地登陸，坐收漁利。

還有一則是這樣說的：此艦其實是一艘諜報艦。勝利復員之後，舉凡冀南、魯東、皖北部隊中的特務人員此番皆應召回軍，登艦會師。白天無話，宵禁之後這批為數不下千人的特務便開小組會商討、研判，糾舉同艦官兵中涉嫌通敵叛黨之徒，隨即出手處決，再將屍身投入波濤之中。這一則最為駭人聽聞，卻也流布最廣、且頗符實況——因為它不但解釋了艦上何以多出來將近兩千口軍民男女的來歷，也坐實了每夜嚴格執行燈火管制、以及無端有人遭逮捕而拋擲入海的事件。此說一出，人人自危，爭相轉述——因為若不同他人一道渲染，便反而容易招致懷疑自己就是特務了。

對於置身於妖言妄語、如墜迷霧之中的這種境況，家父自然不能不驚心動魄，起碼在他親赴艦長官廳、往鬼門關前繞了一圈之後，對這一則怪譚有了獨特的體會。畢竟，老漕幫究竟與保密局有什麼樣的關係？艦上除了那「幫朋」帶來十三口人之外、還有多少幫會人物？此外，司令官和那「幫朋」應對之間所提到的「上元專案」又是什麼？這個專案如係特務作業，是不是同艦上渲天塗地、漫東漶西的謠言有些不足為外人道的瓜葛呢？

家父懷著這一肚子狐疑和排洩物繞甲板周行數過，偏找不著一處閑置無人的簡易廁所。待踅過艦尾，忽一眼瞥見離港前在碼頭上見過的那具吊車器械正端端杵在下層甲板上——但見那器械教六根粗大的鋼纜給牢牢繫住，底板伸出後舷五尺有餘，前方則掩翳著一座丈許寬的絞盤、以及大大小小數十百個嚴絲合縫的齒輪裝置。家父心想：若是能繞行至下層去，雙手扶握鋼纜、固穩身形，走出幾步之遙，便可蹲踞在那車板末端，遂行方便。如此前方還有絞盤和齒輪裝置的屏障，要比防波盾板更形隱密。

孰料正當家父躡至艦尾、準備出個野恭之際，忽然聽見有腳步聲漸行漸近，雜沓間還夾著低言悄語。一個說：

「腳下留神！風大，不好走。」

另一個接著說：「要不是人命關天，也不好吵擾老弟台一場清夢。」

「不妨事。可人是怎麼卡住的？」

家父傾耳細辨，聽出第一個說話的是艦長，第二個是司令官，第三個則是那光頭青年——在那個夜黑風急的子夜時分，家父祇知他是那位「幫朋」，一時間還沒想起他聽過一次的那個名字：歐陽崑崙。

在那令人猝不及防也難以逆料的一剎那之前，家父祇聽見這短短的三句話。事後回想起來，光頭青年那句「可人是怎麼卡住的？」以及司令官所謂的「人命關天」應該是指同一件事；也就是有人卡在船尾下方某處，亟待救援，艦長和司令官才將熟睡中的光頭青年叫醒，前來助一臂之力。然而緊接著發生的一切卻令家父驚駭莫名，一泡屎登時縮回腹中，凝結成岩堅石硬的滿腸塊壘，若非數日後軍艦在基隆港暫泊之際、家父吃了一掛香蕉又喝了幾升涼水而導致腹瀉，則後果不堪設想。即使在溯憶當時情景的當下，家父那一雙原本略有些脫眶的眼珠卻猛地聚攏了，彷彿看見一支飛天夜叉迎面撲來的模樣兒，道：「那光頭青年踩著小內八步，三、兩下躍至吊車板的後沿兒，傾出上半身朝下一打量，不料卻在這個當口，從吊桿之上砸落了一方物事——」說到此處，他閉上眼皮，輕輕地搖起頭來。

對於寫了不知多少萬字小說的我而言，實則也很難精確地描述出一個曾經折磨家父長達四十三年的慘烈場景，簡而言之：在淡薄的月光敷瀉之下，一塊有如斷頭台上的巨大刀刃般的防波盾板在轉瞬間切下了光頭青年的腦袋，而那失去了意志和力量支撐的殘軀也幾乎在同時蹶落於濃黑如墨的滾滾濁浪之中。

艦長和司令官既未交談、亦不曾停頓，雙雙不約而同地四下環視一圈，扭頭便朝前艙的方向去了。家父早已嚇得腿瘓腳軟，根本立身不住，祇好蹲伏身子，兩臂緊緊抱住舷邊一根柱頭，任由遍體上下的雞皮疙瘩此起彼落，祇巴望著趕緊打來一記大浪，劈頭罩臉把這噩夢驚醒也就算了。

然而天不從人願，浪頭沒來，那吊車裡卻倏地竄出另一條黑影——不消說：方才鬆動吊桿機關、凌空砸下那方盾板的便是此人了。這人身形極瘦、有如猿猴，步法更奇、可比鶻兔；才交睫間，便翻身縱出那障蔽層層的齒輪組具之外兩丈多遠，立於廊燈之下。這時，廊內伸出一隻手來，指間夾著一支點著的香菸。這人接過菸，深吸兩口，回頭眺一眼先前光頭青年落水的方向，便也閃身入廊，失去了蹤影。若非那兩口菸、一眺眼的短暫佇留，加之以昏黃凝聚的燈光，家父是不可能看清楚的：那人正是「哼哈二才」中的施品才。

折返點。家父充滿懊悔和迷惑的一生之中最重大的轉捩於焉浮現。他抱著那根冰涼的鐵柱，瞑閉雙眼，聽見自己的腦袋瓜兒一下又一下地敲擊著柱上的鉚釘，卻怎麼也敲不去片刻之前那一幕殘忍的情景。

可能就是在那個時刻，家父才赫然發覺：當初慌慌張張、匆匆忙忙上了船，既不是為「轉進」、也不是為「反攻」，更不必美其名曰對黨國的忠貞和對共匪的唾棄；其實純粹祇是捨不得捐軀送命的一次逃亡罷了。根據我的揣測，目睹歐陽崑崙身首異處的整個過程，不但帶給家父無與倫比的驚恐、駭怖，也激發了他——作為一個逃亡者——前所未有的同情；他不得不逼迫自己追問一個死者根本來不及發出的問題：「為什麼？」恐怕也正是這個問題使所謂的同情不祇是在一剎那間迭宕起滅的悲哀和憐憫，而產生了持續的力量。

在腦海中撞擊既久，那「為什麼」就自然會歧生出各式各樣的句子，比方說：「為什麼要害死一個正直善良的人？」、「為什麼是他而不是我？」、「為什麼要用這種陰狠毒辣的手段？」還有，「加害者和被害者為什麼都與老漕幫有著深厚的淵源？」……恐怕也正是這一波未平、一波繼起、層層相銜、撲雲覆地的疑問輻輳而至，形成了家父此生的那個折返點——他爾後數十年歲月的生命便步上一條為這些疑問尋找答案的道路。

就事實部分的回憶來說，通過這個折返點之後的渡海之行也變得極其簡略：船行又過五日，遠遠可見高插入天的險峰峻嶺兀立於東南方的海上，有人說到了蓬萊仙島，有人說到了巴布煙海域，也有人說到了海南的七洲島。眾人紛紛擠近舷邊遠眺，竟將一名大腹便便的華服婦人擠得破水臨盆，不得不搶忙送入官廳，並廣播全艦問訊：若有通曉接生之術的產婆子，速至官廳報到。

廣播同時宣布：海上高山乃是蜃影，並非實地實貌。於是又有傳聞：船行至見山之地名為東引，乃是台灣海峽北端的一個小島，至於聳入雲霄的高山則是台灣島的中央山脈；每年到農曆五月中，台灣島上的嶔崟大山便不知怎地透過那上天下海的折射手段，投影於東引島外數里之遙的海域——此事凡閩台間漁民無不知曉；至於艦上如何有人知之、述之，家父卻未及詳查。總而言之，那廣播再三闢謠之餘隨即宣布：本艦因油料耗損過甚，無法逕赴海南，須先至台灣島北端之基隆港停靠加油，艦上官兵眷屬如欲登岸停留者須先至前甲板第二排水口旁登記處辦理入境手續，未登記者不得擅自離艦，否則一律按違反戒嚴法逮捕。

這廂三令五申才告一段落，那廂連綿矗立的大山蜃影果爾在不久之後便消失了，眾人意興闌珊，正欲散去，艦上警號又嗚嗚然作鳴不已，一時間眾人紛紛去來、不知如何趨避；祇見東一撮扛槍的、西一叢提水的、前一堆捧著鍋碗瓢盆的、後一撥抱著衣衫被褥的，全都驚亂到一處來了。那剛剛在第二排水口簡易廁所旁架設起來的臨時登記處冷不防教人潮給沖了，桌椅翻飛，落下海去。好半晌警號停息，才有人傳說：是個手笨腳拙的產婆子生炭爐燒開水時不小心踢翻了爐座，差一點把官廳給燒了。所幸產婦洪夫人命尊福大，母子平安。祇那初生的嬰孩似乎受了些驚嚇，啼哭不止；其實並無大礙。艦長已經派人熄了火，收押了那婆子云云。

彼時家父和家母則商議著如何定一去留。船行多日，家母已經受不了風浪顛簸，時時犯嘔作吐，非但飲食飯漿不能在腹中稍留，最後連黃綠膽汁都吐得竭澤涸轍，眼見是撐不住了。家父教那天夜裡的一幕殘殺嚇涼了心，自然也以為該及早下船登岸，另覓棲枝。可是引介他上船的人不明不白地枉送了性命，司令官和艦長——乃至於「哼哈二才」——會放他一條什麼樣的生路呢？家父若驟爾去辦什麼離艦入境的手續，難道不會吃他們再拏問一場、又落一個陣前脫逃的罪名嗎？正躊躇懊惱之際，帆布篷突地掀開，天光炫然搶入，篷外歪探著一條人影，居然是那施品才。家父慌忙斂襟起立，未料那施品才卻笑盈盈地咳了幾聲，問道：「您老若是想去台灣，我給您老辦手續去。」

當下如蒙大赦的家父無暇深思：這些行事詭譎莫測之人如何就這麼輕易地開脫了他？及至手續辦妥，兩個和他曾有一面之緣的校級軍官負責唱名核發台灣入境簽證之際，他才發現：不祇是他和家母獲准離艦，另外還有九名與他在青島同桌吃過一頓飯的人物也冒出來了。在臨行之夜的筵席上，家父鼻樑上少副眼鏡，腦海中多份擔憂，祇顧著盤算去留之計，未遑注意其他，是以對同行者究竟是些什麼角色其實全無印象。這回一唱名，瞅見幾張似曾相識的面孔，才忽地想起來——祇不過這麼一留神，竟又瞧出了蹊蹺——猶憶行前那「幫朋」曾經語及：同行者乃是青島地面上一些「飽讀詩書、滿腹經綸的在幫前人」，家父自忖讀過幾年師範、祖上不知幾代以外也確有像張蔭麟之流在朝貴為天子師的京官兒；然而若不把「滿腹經綸」當成過耳可忘的瞎恭維，甚至認真以之自況，則未免忘形了。可是放眼細觀那九人，其中有兩個婦道，皆是村姑模樣；一個似乎懷著身孕，年約二十上下，滿面病容愁色，更添幾許粗夯之氣。另一個年歲不下四十的、頭上草草裹了塊青巾，難掩一叢焦黃虬結的亂髮，右腿顯見已然瘸跛多時，看情狀，應該也是個在戰火中流離失所的嫠婦。在這瘸婦人身後還翳著個年約十二、三歲的男孩兒，高額隆準、儀表倒非凡品，祇可惜一雙黑瞳不時地閃爍游移，神色也顯得陰鬱不定。非但這三人不似「滿腹經綸」之輩，另外六個看來更頗類鬍匪響馬者流了——或許是半個多月以來在這汪洋大海之中餐風宿露、未暇櫛沐所至；家父不知道自己的體面如何，卻不管怎麼看那六人都覺極不順眼。

第一個年紀也在四十左右，臉上生著無數麻斑和兩道奇長的壽眉，穿了身藏青色的中山裝、土黃咔嘰布褲，已然頗經年月，邊邊角角磨損之處不知凡幾。此人要算是六人之中較斯文沉靜的——鼻樑上掛著副度數不比家父淺的近視鏡，孑立於人圈以外稍遠之處，手中握著柄放大鏡之類的工具，正讀著一本不知內容為何的小書冊。

另一個看來也與他人不甚熟識、熱絡的是個身形十分頎長的高個兒，歲數恐怕要比頭一個還要略長五、六歲；祇他手裡隨時舞拶著兩支銀筷子，無論是仰觀穹宇、俯覽波濤，時時流露出一股頑皮歡快的佻達模樣兒，是以倒顯得不如前者老成。這人祇顧俯身同那皺眉苦臉的年輕孕婦說話，似要逗她一展愁容。未料那孕婦鼻頭一紅、眼眶一潤，竟哭出聲來。倒是這大個子渾不以為意，仍自說笑不歇；看得一旁的家父不覺火冒三丈，直欲衝身上前教訓幾句。無奈再思之下，又覺得這麼不分青紅皂白、趨管閑事，未免忒嫌莽撞，遂扭頭回身，假作不見。

另一廂的四人則像是一夥舊識，粗看眉目，年齒多在四十上下。一個紫臉漢子穿著一襲連身長袍，生得亦十分魁梧。他一面同其他人說著話，一面不停地搖晃著一隻虛虛握住的右掌——看那姿態，猶似淩空運筆、正寫著一個又一個無形無狀的字體。要說這人腹中有什麼經綸？倒也窺看不出；僅他唇上頷下一大圈兒又濃又密的鬍髭，望之便不似善類。

站在這紫臉大鬍子左邊的是個相貌更為奇古的怪人。此人兩撇八字眉活似戲台上專扮贓官的三花臉，卻長了隻又挺又長的懸膽鼻，鼻根發自眉心，眉毛以上寸髮未生，現成是個牛山濯濯的禿子，正扯直嗓子同他對面一人在爭議著：

「我不過是依天象說人事，天象所布列的是什麼，我便說什麼。你信便信了，不信也就不信；怎麼誣我造謠？如今咱們『身在曹營』，這不是陷我入罪麼？」

站在紫臉大鬍子右邊的是下巴上生了一叢黃色短鬚的漢子，相較之下，身形略微矮些，一張嘴露出兩枚又長又白的門牙，也不甘示弱地嗆了回去：「人家孝胥老弟隻身來了，妻兒音信杳然，心下豈有不忐忑之理？你若是個識相的，便學咱們這些肉骨凡胎之人，儘把些教人安心的話兒說幾句。什麼『一年生死兩茫茫／萬里秋荻莫思量／漢祚凋零辭故壘／偏聽斷雁滯蠻荒』？分明是沮喪人家夫妻父子團圓的巴望。你不說，人家會當你個啞巴麼？」

「這有什麼好沮好喪的？」禿子抗聲頂回，氣勢更盛了些：「象辭是這麼說的，我總不能給改了罷？再者，依此行所見所聞而言，這詩意也無不吻合。此外，我說『一年生死兩茫茫』，而非三年、五年、十年、八年；孝胥難道不該稍事寬心麼？忍它個一年，一家人也就好生團聚了，這不也是番巴望麼？你『痴扁鵲』既不知天、亦不知人，三字合該祇當得一個『痴』字。」

被喚做「痴扁鵲」的大板牙正待分辯，卻聽背對家父一名赤頸赤耳、想來是張關紅臉的漢子忙勸解道：「小弟家務就讓小弟一人掛心罷了，兩位兄長切莫為此傷了和氣。」

禿子哪裡肯讓？又口沫橫飛吐訴了一陣，好半晌才讓紫臉大鬍子給勸住。其間家父著意思忖了一回，想那七言絕句不過就是江湖術士割裂採擷些前人名句而來的文字遊戲。首句竄蘇東坡悼亡之作〈江城子〉的「十年生死兩茫茫」而來。二、三句中的「秋荻」、「漢祚」、「故壘」又是侵奪劉禹錫〈西塞山懷古〉的「故壘蕭蕭蘆荻秋」和杜甫〈詠懷古跡五首之五〉的「運移漢祚終難復」而來。至於末句，則分明是挖鑿了柳宗元〈登柳州城樓寄漳汀封連四州刺史〉的首尾句意，拼湊「城上高樓接大荒」和「猶自音書滯一鄉」而成的。倒是這幾首古人佳構非悼亡、懷古，即是遠地相思之作，被這兩人把弄來、說解去，當真略有些許慨陳當前處境的意思。家父為之一沉吟，暗道：莫非此去竟須經年？轉念及此，不免益發煩躁，再打量這些人物，更不覺他們有什麼「滿腹經綸」的氣質；倒是洋溢著幾分劍拔弩張的草莽味，嗅之頗為厭惡起來。

正這麼百無聊賴的時分，那廂唱名的校級軍官喊集諸人，一一發給簽證，第一個是那紫臉大鬍子，他叫錢靜農。次一個是黃鬚大牙的漢子，他叫汪勳如。第三個是禿子趙太初，第四個則是赤臉而看來年事較輕的孫孝胥。第五個是身長近七尺、手持銀筷的魏誼正。第六個是在遠處憑欄讀書的李綬武。第七個才輪到家父，可人家唱出來的名字卻非「張啟京」，而是「張逵」。家父四顧茫然，正不知該不該應個喏，那軍官卻賠個笑臉，步上前來，將兩份簽證雙手捧至家父面前，低聲道：「司令官特別吩咐，給科長改個名字；過往種種，便毋須計較了。司令官還要我轉告科長：『逵』這個字是極好的；四通八達，悠遊自在。您和夫人到了台灣，便重新做人了。」

接著，那軍官又唱了兩婦人和少年的名字，並稱那少年「小少爺」。祇當時家父滿心疑慮憂忡，並未分神留意，還道是什麼落難的大戶人家，也頂了老漕幫前人名義上船來的「幫朋」之流。對家父而言，教人不由分說便給改了個名字的這件事是極其嚴重的，他越想越不能甘心，遂返身疾趨，直奔官廳而去——也就因之而與同席復共渡的這一批人錯身相失，未及結識。

至於司令官方面，給家父的答覆卻十分難堪。他擠眉弄眼地從抽屜裡抱出一大疊活頁公文紙穿繩裝訂的名冊，語帶譏誚地對家父說：「你科長閣下要是看這『逵』字不順眼，我這兒還剩下一些字，你儘著挑，可不許出這『走之兒』部首的範圍。前頭原有些筆劃簡單的，什麼『迅』、『𨑨』、『迎』、『述』、『迪』、『通』之類的，都教人認走了。後首祇剩下什麼『進』、『過』、『逸』、『達』、『遇』、『遊』、『道』、『遼』這一類的字，不大好寫的居多。我看你這一回就安分了罷？」

「為什麼要改我的名字？」

「不改也成——我還是那句話——扔下船去！」司令官的鼻頭絞成個小湯包兒似的圓球，笑道：「留下一條性命，就得留下個認記；日後也好教人知道：你們這些吃著軍糧、揣著軍餉的，都曾經是『走之輩兒』的人物！」

這一番近乎羞辱的言語幾乎就是家父對那一次渡海之行最後的記憶了。他在電腦鍵盤上又使勁敲打了幾下，屏幕上跳出「張逵」兩個字樣。他顫著指尖摸觸兩下那個名字，苦苦一笑，道：「到基隆上了岸，人家海關上一眼就看出我這『走之輩兒』的來歷，還故意問了句：『你是濟南人，有濟南的出生紙沒有？』我說沒有。關上的說：『那就算你是個青島人了罷——總然是打從青島走的人嘛！』好了！咱們家從此以後子孫萬代都成青島人了。」

「這也沒什麼，青島人、濟南人，有什麼分別？」

「在當時是有的。」家父又按了不知什麼鍵，祇見那「張逵」二字忽地變成了「張啟京」，隨即又變成了「張逵」，如此反覆不已，猶如一種百無聊賴的把戲。家父於此際朝我扶了扶眼鏡，道：「這就好比當年《水滸傳》裡的人物臉上刺了金印，從此成了罪犯、囚徒，永無翻身的一日了。」

家父始終沒有告訴我：頂著個「走之輩兒」的名字、改變了原籍、從此與前半生所經歷和夢想的一切永訣——這，是一種多麼奇特難堪的感受。我猜想他從未有一時一刻覺得安然，恐怕也正因為整趟匆促成行的渡海之旅過於輕率、且導致了令他意想不到的人生轉捩，其間迷霧疑雲，委實難以撥視，他也才會在基隆、台中、台北之間流浪了將近四年以後打定主意，重新回到那個充滿無解之謎的折返點上一探究竟。

那是民國四十二年秋天，家父、家母暫時寄居在台北縣竹林市一位王姓的山東籍國大代表的家中，正愁悶無緒，忽然有訪客自台北市來，聽口音是濟寧州人士，照面接談之下，家父祇覺那一張麻子臉似曾相識，那人卻趨步上前緊緊握住家父的手，道：「久違了！張科長。」

王代表隨即為家父介紹了——原來此人正是與家父同艦來台的李綬武。三人一旦落座，李綬武反而和家父熱絡地攀談起來，聞知家父賦閑無事，便說國防部史政編譯局有個抄寫員的空缺，可以先去佔了，再循公務人員考試途徑取得資格；日後敘薪升等，都有制度可依。王代表聽了，也在一旁勸說，直稱家父年富力強，學養亦佳，該替國家社會多盡些心。家父這才猜出：李綬武並非突然造訪，恐怕還是王代表居間安排，才有此一晤的。未料這一晤，三個人談得十分投契，同吃了晚飯還不盡興，又一巡圍坐閑聊，直到夜半。這一席長談，家父才對渡海之行的首尾有了些輪廓的瞭解。

原來早在民國三十八年一月十號，共產黨華東野戰軍的九個縱隊打下了國軍除州剿匪總司令部指揮中心——陳官莊；生擒副總司令杜聿明。兵團司令邱清泉則飲彈自戕，徐蚌會戰結束。「老頭子」情知華中地區再無可恃之地，而華北平津一帶又已於前月失陷。萬里江山，寖失其半；眼下若非向海外覓一棲枝，便祇能依恃長江天險、勉為抵拒。為了保存經濟實力，「老頭子」遂下令其子——人稱「太子爺」者——與中央銀行總裁俞鴻鈞二人共同負責，將央行所貯存的黃金、白銀全數移運至台灣、廈門兩地。

不料到了一月底，國府最高當局又下了道密令，說是上海方面也有一批黃金必須緊急交運到廈門。此事外間無有與聞者，卻是由國防部保密局的毛慶祥直接指揮。毛慶祥原本是「老頭子」的貼身機要——此人肩不能挑、手不能提；一把攬下了這個任務，還以為可以大大地表現一番。及至細細將密令讀了，才知道貯存在上海的黃金有二十萬之多；貯存的地方叫黃泥塘，位於蘇州河北岸。毛慶祥親自跑了一趟黃泥塘，祇找著一間長寬各約八尺有餘的破板屋，門上貼著「中國新社會事業建設協會」的封條。從門縫往裡望進去，但見蕭然四壁、其內竟空空如也。

好在這「新社會事業建設協會」是保密局的外圍組織。毛慶祥回到局裡一查案底，找著負責和這「新社會」往來的專員徐亮，出示了「老頭子」的密令，徐亮一見密令卻為難起來，告以：這黃泥塘早在幾十年前是塊流沙地，光緒年間曾經起過一幢樓，旋即塌了。日後為哥老會徒眾尋著舊址，在民國二十年左右重新整頓修葺，蓋成一座地窖式的庫房。至於其中貯放的是什麼物事？旁人卻無從知曉。如今密令忒急，要將地底下這二十萬兩黃金於一夕之間掘出、清點以及移運到安全的所在，且不說須動用多少人力了，就算有那麼些可用的人力，又怎麼能教眾人守口如瓶、俾不外洩呢？

毛慶祥追隨「老頭子」多年，知道他用人任事極易起疑，而這一趟啟運黃金的任務之難也就在此——試想：築窖藏金者倘若是哥老會徒眾，那麼開庫移運之事便不能再託付同一方面的人物。但是二十萬兩黃金約莫有六、七公噸之重，正因為不能委交尋常軍警單位處理，才會讓保密局全權負責；然則他又如何能在這兵馬倥傯之際調動一大批信得過的伕役，而將數量如此龐大、價值如此貴重的一筆財物安然交運抵埠呢？此外，既然這是「老頭子」私下交付的一份密差，毛慶祥便更不能去和毛人鳳等大特務參詳討教了。

正躊躇無計之間，會逢當年「力行社」的老政訓特務賀衷寒也奉了「老頭子」密令來上海處理一樁為「太子爺打虎」善後的工作。賀衷寒一聽毛慶祥碰上了這等麻煩差使，便薦了個得力的部屬給他——此人不是別人，正是李綬武。

這，又要從「太子爺打虎」說起。原來在民國三十七年八月下旬，「老頭子」實施幣制改革，以金圓為本位幣，限期收兌人民所有之黃金、白銀和外幣，並收兌法幣和東北流通券。根據這個「財政經濟緊急處分令」，原先流通的法幣三百萬元折合金圓一圓，金圓二圓折合銀幣一圓，美金一圓又折合金圓四圓。幣制一改，就怕物價紊亂。「老頭子」遂派出俞鴻鈞、張厲生、宋子文三名親信分赴上海、天津、廣州，以「經濟管制督導員」身分查辦這三個城市之中的金融和工商界是否有哄抬物價情事。「太子爺」原本是協助俞鴻鈞任事的助辦，可是他身分特殊，一到上海便獨攬大任，半個月之內連續扣押了幾個上海聞人——其中包括一個銀行界的鉅子洪達展和一個紡織界的巨擘萬硯方。罪名分別是非法進行場外證券交易和囤積棉紗。

「太子爺」明明知道這二人都有「在幫」的身分，卻以經濟犯罪之名逕行逮捕，是以博得個「打虎」之名。不料整個經濟管制工作準備欠周，此舉非但沒能疏通物資、平抑物價，反而受到富商巨賈全面的抵制。市面上的物價看似穩定了，老百姓卻買不著東西。米菜及民生用品一時騰貴，祇在黑市裡作得成交易。「太子爺」鐵腕實行配售不成，祇好拍拍屁股走人；這是十一月初的事。數日之後，上海便發生了幾十起饑民搶米的糾紛。非徒米店、碾坊遭殃，連一般民家也受到波及。此時外縣並無荒歉，祇那居於產銷之間的盤商多為在幫光棍，一方面為報復、一方面也恐盜劫，更不肯將米運入上海。偏偏徐蚌會戰又在此時開打，共產黨的華東野戰軍、中原野戰軍和地方武裝部隊分兵南下，眼見這東南半壁的江山已成內憂外患、岌岌不保了。

賀衷寒潛至上海，自然是替「太子爺」收拾殘局的。他的任務看似單純，實則亦非易事——「老頭子」是希望他「不計任何代價」要「同時收服」洪達展與萬硯方二人，使勿快意恩仇、反投入共黨懷抱。

萬硯方獲釋時倒不像有什麼羞惱；祇道這是一場誤會；「太子爺」指控他囤積棉紗，是「知其然、不知其所以然」所致——原來被指為囤積的棉紗是準備交運往華中兩處新設的紡織廠的，但是老漕幫迭獲線報，此去華中路途上有不明武裝部隊游擊滋擾，為恐物資陷於敵手，才遲遲未曾交運，而生出個囤積的誤會。萬硯方對「太子爺」的霹靂手段並無芥蒂，反而說：「一時而得個虎名虎號，倒意外地威風起來。」

可洪達展卻不同了，直說要親往南京面見「老頭子」，賀衷寒阻攔不住，祇有任他去了。孰料次一日「老頭子」的電話就搖過來，命他續留上海，仔細勘察萬硯方動靜，若有任何不軌，當即處以最嚴厲之制裁。

賀衷寒原本就對當年萬硯方插手借箭、為「老頭子」代籌什麼「再造中樞」的組織發展計劃極不愜意，如今得了這個差使，更有意羅織他一個罪名，以便拔除了這眼中之釘、肉中之刺；偏在此時，毛慶祥找上門來，詢以運金南行是否有得力人手。賀衷寒給薦了個李綬武；三人對面一商議，李綬武卻把雙深度近視的眼珠子朝賀衷寒直愣愣瞅了一陣，道：「此事略無難處；要說有什麼顧慮，祇在賀先生身上。」

賀衷寒聞言大惑，忙問道：「這與我有什麼干係呢？」

「要為毛先生解決問題，非搬請老漕幫不可；要搬請老漕幫，則不祇『大元帥』又欠了萬硯方一個情面，連賀先生對那萬硯方都得容讓三分——試問：賀先生肯麼？」

這話說得十分委婉，毛慶祥自然聽不明白；可是賀衷寒一點就透，立刻會意；原來李綬武所指的正是此刻會當洪達展身在南京，於「老頭子」左右嚼舌根、說是非，使「老頭子」大疑萬硯方財勢之際，倘若借助於老漕幫之手解決了毛慶祥的困難，立下大功一件，賀衷寒恐怕也就坐失一次翦伐萬硯方羽翼、熄弱老漕幫氣燄的機會了。然而李綬武這一問，問得賀衷寒幾乎無它辭可對，祇能看一眼毛慶祥，應聲答道：「我對『大元帥』絕對効忠，這是高於一切的；毛兄既受『大元帥』付託，我們就該克盡心力，完成任務。就算讓萬硯方風光得意，也不是我們該顧慮的。」

「有賀先生這話，」李綬武銜毛慶祥一笑，道：「事情就算成了。」

接下來發生的事，李綬武說得極其含糊籠統，祇草草交代了他個人和萬硯方原本素無交往、亦未曾謀面——祇不過在抗戰開打之前幾年，李綬武曾仿萬氏之師方鳳梧公之筆意，畫過一張畫給他，萬氏十分滿意；這便算是討得了一個人情。此番李綬武銜命登門，拜識萬硯方，請他助成這一趟移運黃金的工作。萬硯方的確一口答應，但是也開出了條件：他要毛慶祥以保密局名義出具憑證，俾能於大局頹隳不可收拾之時好讓庵清光棍避一頭地；這，便是當初那「船票」的來歷了。

李綬武的一席話容或為家父勾勒出國府遷台前夕老漕幫如何保留人才、苟延命脈的背景，但是，從他說得不明不白、不清不楚的部分之中，反而滲出了更多啟人疑竇、引人遐思的片段，令家父迭有不吐不快之感。他乘隙追問了一句：「李先生那一張畫顯見非同凡品；否則，不至於輾而轉之地還搭救了十四條性命？」

李綬武聞聽此言，不禁縱聲長笑，逕衝王代表讚道：「張科長年紀雖輕，識見卻高人一等。那張畫兒的確另有一則故事。倒是說什麼『搭救十四條性命』未必的當。」

「噢？」家父和王代表同聲一驚，彼此對望了一眼。

「二位試想：」李綬武摸了摸他臉上的麻子坑兒，慨然道：「跟著國府來台的人雖說暫時逃得戰火之劫，焉知便因此豁免了一切殺身之禍？『福兮禍所倚／禍兮福所伏』所說的正是此理；『塞翁失馬』所寓者亦正是此意。到底是搭救了還是陷害了，卻也難斷得很。此外，『十四』之數亦不正確，要說得準些，其實是一千五百一十四！」

聽他這麼一說，家父又往深處明白了一層——毋怪乎當初那艦長會口出「本艦祇能容載一千一百名官兵，如今上來快三千人」之語，更毋怪乎航行日久便滋生出那麼些諜報艦、逮捕軍中叛徒等等謠言。一陣沉默之後，家父再也忍不住，小心地探問起他一直大惑不解的疑緒：「所以咱們那艘艦上平白多出那麼些男女老幼，果然都是『保』字號兒掛上來的老漕幫丁眷了？」

「倒也未必。」李綬武道：「這裡頭大有文章。老漕幫人丁固然不少，憑個人交情引伴呼朋、攜家帶眷，沾上個七大姑、八大姨的親故關係，隨之而來的也所在多有。我本人便不在幫，與咱們在青島同席用飯的裡頭也有五、六個不在幫的。張科長要是分神留意艦上人丁往來動靜，還興許會發現：連哥老會一路的洪門人馬也竄上來七、八百口子，幾乎與老漕幫丁眾不分軒輊了。」

「這倒不難明白究竟。」家父應聲道：「『保』字號兒畢竟不敢放心祇讓老漕幫幫眾獨踞一船——萬一來個譁變，艦上官兵哪裡抵敵得了？是以放那群洪英上船，是要造成兩方暗中僵峙對立之勢。」

「一點兒也不錯。」李綬武微一頷首，放低聲道：「有個在途中臨盆產子的婦道，正是哥老會首洪某人的側室呢！」

然而家父所念茲在茲的不是清洪二系人馬如何蓄勢較勁，而是他無意間窺見的一幕惡魘；於是掉轉話鋒，歎了口氣，道：「倒是在青島領我上船的那位年輕『幫朋』，日後再也沒見過了。無論李先生您的福禍相生之論如何高明精奧，我夫妻這兩條性命總是人家搭救的，如今卻不知該往何處去道謝呢。」

此言一出，李綏武的身形有好半晌不曾動彈分毫，彷彿這一室之間原本十分熱烈的談話氣氛忽地給凝結起來。其間過了也許祇有幾秒鐘的辰光，李綏武祇把雙眼睛盯著家父的臉，彷彿直欲穿透表面上五官，揭露其下埋藏著的什麼祕密。在這轉瞬之間，家父的直覺是：面前這人也知道那天晚上所發生的一切；非但如此，對方更知道家父也並非毫不知情的人——祇不過兩人都在那短暫的幾秒鐘裡尋覓一個遁脫之道而已。

「我倒忘了恭喜綏武呢，」王代表在此際昂聲岔話道：「聽說府裡最近研擬了一份名單，要聘任一批功在黨國、資歷俱佳、可是苦無職務可以安插的賢達人士，綏武也在其中呢！」

像是突然從禁錮之中得了解放，李綏武堆起一臉笑容，道：「這倒沒什麼可喜的。王代表素知今上用人之道；若是在體制之外疊床架屋、巧立名目，則不論立一個什麼品、戴一個什麼銜，都是既無權、亦無責，祇不過方便他老人家就近看管而已。」

接著，話題轉至王代表和李綏武之間，大體繞著幾個新出爐的職稱打轉。彷彿王代表倒比李綏武熱中關切得多，直說這「資政」便是宋代的龍圖閣大學士，即使到了清末資政院議員也有集議全國政務之尊，要比什麼「政務委員」、「戰略顧問」乃至黨務系統中的「評議委員」都榮耀得多。李綏武似乎對王代表之言全無興趣，敷衍了一陣，推說夜深不該再擾，便要告辭；卻一把扯住家父的袖子。

「老弟，」李綏武一面起身、一面道：「一個人叫車太無聊，可否陪我路口站站？」

不消說，這是另外有話囑咐。王代表也諉稱累了，要家父代為送客。兩人跨步出門，李綏武才鬆開手，四顧一圈，道：「四年前渡海南遷，會拉拔你老弟同行，不是沒有緣故的——試想：

若是將你張科長留在青島，則大軍開拔之前經你之手所盤點出來的一整套帳目，豈不直教落入敵營了麼？就算老弟是條威武不屈、刑斧不懼的漢子，在軍部的立場而言，仍是不可不防的。」

家父無可如何地點了點頭，一時之間卻想不通對方為什麼會提起這個背景，腳下祇得亦步亦趨隨他一路朝河堤方向行去。

「可是軍部方面卻沒料到：你老弟另外還有個在幫的身分，居然先由『保』字號兒那邊發給了入港登艦的憑證。如此一來，艦上司令官不得不通電盤查。誰知大局糜爛之快，出人意表。船行不過幾天，青島便淪陷了。和咱們一同啟碇的六艘大小船艦幾乎全數在射陽河口以北給擊沉覆沒，葬送官兵近萬人。這，照說本是天意；可是從軍部方面視之，怎麼偏偏是這艘滿載著幫會光棍和家眷的船艦保存下來、而非其餘呢？於是通電艦上司令官再仔細查驗——究竟由保密局方面發出了多少通行憑證？攜帶了多少人員物資？——一旦清點起物資來，便查著了不該查著的東西。」一口氣說到這裡，李綬武非但住口不言，也停下了腳步，矯首夜空，凝視良久，忽而抬手拍了拍家父的肩膀，道：「老實說，即便是此刻，我還不知道該不該同你老弟說清楚。不過，從先前你問起我那張畫上看來，足見慧眼獨具，卓識不凡。王代表要我給你薦的這份工作，想來是足可勝任的了。祇不過讓你懵懵懂懂地去了，未必能有所成就；可讓你明明白白地去了，其中卻埋伏著無限凶險殺機——」

「李先生若是肯說得明白痛快，張某人又有什麼不可以去的？」家父一股三昧真氣湧上脊柱，賈勇說道：「我苟延了幾年性命，卻仍是個混天胡塗——渡海南來之時，我究竟擔上了什麼關係？又犯著了何等轇轕？就請李先生賜告罷！」

「那麼我得先請問老弟：方才怎麼會提起那位年輕的『幫朋』來的？」

家父遲疑了片刻，情知這啞謎不該再打下去，遂揚聲應道：「如果我沒看走眼，此人是不明不白給殺害了。」

李綬武似乎並不覺得意外。他摩挲著臉上的麻子坑，終於點了一下頭，輕聲道：「你是沒有看走眼。」

「我還看見了下手的人——」

「這倒不然了。」李綬武搶忙接道：「你祇看見了刀斧手，卻沒看見真兇。」

「這麼說李先生當時也在場了？」

李綬武對這一問始終未置然否，但見他抻臂朝天一指，道：「老弟且看這夜色闃暗如墨，幾無半點明光；可是久在沉黑之中，景物仍依稀可辨。豈有它哉？不外是這一雙眼睛適應了、習慣了。你誠若有心辨識這幽冥晦暗之地的事物，一旦適應了、習慣了，怕不反而傷了眼力，便再也承受不了光天化日裡的景致了呢！」

「李先生不必再試我的膽子了——」家父道：「渡海之時司令官究竟查著了什麼不該查的東西？」

幾乎就在家父問話的同時，李綬武迸出了一個令他無從想像也難以驟信的答案：「金子。」為了怕家父沒聽清楚，他又重複了一句：「二十萬兩黃澄澄的金子。」

簡而言之：當初毛慶祥接獲「老頭子」手諭密令開庫南運的那批黃金並未連同中央銀行所貯存的一批金銀移赴廈門、台灣，反而在老漕幫的協助之下趁水路出上海港北水道，由川腰港外海道北上到了青島。這是萬硯方親手策劃的一步棋——在他看來，「老頭子」之所以會透過毛慶祥來執行這項任務，意味著這筆黃金非國庫所有，而是私財。既屬家產，而須以如此十萬火急的手段處分，則可以想見時局崩毀的程度和速度了。然而是時上海以南遠抵閩、粵乃至香港、馬尼拉的船運全掌握在一個叫項迪豪的航業鉅子手中。此人曾在戴笠組織的「人民動員委員會」中列名第三，僅次於萬硯方和洪達展之下。待「中國新社會事業建設協會」成立，也出席了在麗都花園舉行的籌備大會。然而項迪豪本人熱中武術，精擅技擊，除了商場上必要的應酬之外，多在自宅所設的拳擊館中鑽研磨熬，向無公開活動。不過，既是「新社會」一份子，便須歸保密局監控；換言之：項迪豪所經營的事業亦必須經由種種公文往返的程序向「保」字號兒的特務報備核管。

照說由「保」字號兒發個函，知會項迪豪手下的航運公司撥一艘船將黃金運出也就完差了事了。可是萬硯方一旦插手，卻有了不一樣的想法。首先，他研判這批黃金不由毛人鳳、唐縱或鄭介民經手，亦未隨前一批中央銀行的黃金、白銀公開委交俞鴻鈞和「太子爺」押運，則顯示「老頭子」有意私下處分，且知情的人越少越好。其次，在是否和項迪豪打交道這一點上，萬硯方有極為強烈的堅持；原因究竟如何？萬硯方並未明說，他祇告訴毛慶祥和李綬武：「項某人身上揹了一宗十分奸險的疑案，此案不查個水落石出，這人便信不得。」

如此一來，二十萬兩黃金即便起出，卻不能順行南下，直入閩、台海域——原因無它：在這個區域中往來活動的海船皆屬項氏集團所有，船上皆裝置著新式雷達，一旦經其偵知，必定會通報沿海各埠的水陸交通稽查處、乃至各地交通警察局，如此則輾轉又為「保」字號兒裡其他山頭派系所掌握，雖說最後還可由「老頭子」親自出面收拾，毛慶祥本人卻直似砸了差使。

然而萬硯方給定的策卻單純得多；由老漕幫方面準備四艘船體堅固、且加裝了燃油動力機具的河船，於某日某時、準點準刻在黃泥塘待命。一旦黃金起出，即分裝於四船之上，出河入海、折北而行，沿途不貼岸、不靠港，逕赴青島。

之所以選擇青島，萬硯方並未明說緣故，然而毛慶祥卻不得不深自懾服。因為青島當地原本有那麼一個由日本人創設的魚市場公司，叫「青島水產統制組合」，非但壟斷當地的水產捕撈和販售，甚至還自佔一方碼頭。抗戰勝利之後國府派員將之接收，便歸屬「三有公司」旗下，成立了官商合辦的魚市場。毛慶祥一聽萬硯方點出青島，立刻想起這「三有公司」接收的物業來，不覺拍案叫絕——因為那魚市場自有的碼頭與軍事碼頭恰恰相鄰，連倉庫都祇一牆之隔。

這個暗渡陳倉的計劃祇須打通一個關節，便告成功；那就是如何將數量和價值如此龐大的一筆黃金混充軍需物資、挾帶上艦，而能於裝卸之際避過軍部查驗人員耳目。

說到這個細節上，李綬武將視線從迢遞無涯的夜空深處轉向家父，道：「從三十八年二月下旬開始，一直到五月中旬，你老弟每日裡早出晚歸、馬不停蹄地在各兵站之間，都幹的什麼活兒來？」

「盤點大軍物資。」家父說罷，登時會意地苦笑起來，道：「我明白了！所謂『暗渡陳倉』，便是趁我盤點過後，貼上總監部查驗封條，你們再伺機從隔鄰魚市場倉庫破壁而入，將軍需品卸下，換裝黃金，再貼回封條——且慢，我是在那年五月十六日請了個長假，開始列表做帳的，之前三天，我到過軍港碼頭倉庫——」

「一點兒也不錯。」李綬武接道：「正是三十八年五月十三號夜裡，二十萬兩黃金封箱上車。原本是神不知、鬼不覺；可誰知道老弟你既在軍職、又是庵清光棍，還偏偏剛繳了個盤點軍品的差，艦上司令官立刻派人從裝船物資查起，陰錯陽差地查到了『老頭子』密令交運的黃金。這才循『保』字號兒系統往上報，得知是『上元專案』，保密區分列為極密——」

「司令官是問起過『上元專案』。」

「黃金安全運到青島魚市場倉庫的日子是二月十二號，也是上元節，才因之而命名的。」李綬武一面說著，一面緊緊皺起眉頭，道：「至於那司令官之所以會盤問，恐怕正是上頭的意思——不盤清問明，如何在一千五百多個老漕幫和洪英光棍之間找出負責『上元專案』的事主來，再殺之滅口呢？話說回來：萬老爺子處心積慮、算盡機關，早就提防著會有這一手，是以才假借『新社會』忠貞幹部、眷屬名義向『保』字號兒請領了七、八百張通行憑證，為的還不就是要魚目混珠，保住那位『幫朋』的一條性命麼？那毛慶祥欠萬老爺子一份恩情，不得不遵囑發出。可又誠如你老弟所言：怕這撥人上了船鬧譁變；便索性又同哥老會方面聯絡，請他們鳩集北地洪英，隨艦南行，假稱赴海南島助戰，實則祇是防範老漕幫光棍劫船——」

「據我所知，北地洪英原本不多，怎麼也能湊上七、八百口人呢？」

「『保』字號兒祇管發足一定數量的憑證，哪裡顧得來誰是光棍？誰是空子？其實同老漕幫這邊的情形是一樣的——引伴呼朋、攜家帶眷，大夥兒都以為祇有艦上官兵要去海南島打仗，他們則祇是搭個便船往上海、廈門逃難罷了。其中最冤的大概就是哥老會會首洪達展本人了——他在青島有個外室，眼看懷胎足月，就要臨盆，這才專程搭機北來探視，正好接下了這趟差事。原想憑他的威望，途中祇消知會艦長一聲，便能在上海靠泊；殊不料五月二十七號上海就失陷了。

依我說，這一番因緣際會，倒讓多少心不甘、情不願的人物就此有家歸不得了。」

「羈旅在外倒不算什麼；試想當年，若不是因為我多了重光棍身分而引起盤查，也不至於害那『幫朋』枉送一條性命——」

「老弟！」李綏武回眸深深凝視了家父一回，道：「你如此灰心失志，豈不太辜負我薦你往史編局作一番『學問』的心意了嗎？」

第四十一章　回到寂寞的書房裡

對家父而言，渡海途中身首異處的那位「歐陽崑崙」祇不過是個過耳即逝的陌生的名字。這個名字和發生在他身上的事都離奇得像是祇會出現在那種荒誕不經的武俠小說之中；然而，在家父的人生現實裡，「歐陽崑崙」既是幫助家父、家母得以逃離中國大陸、避禍來台的恩人，也是輾轉受家父的雙重身分牽累而枉送性命的犧牲。在抵台後最初的幾年流徙歲月中，家父祇能透過強迫自己不去回憶的手段來過生活；他和幾個不期而遇的同鄉醵資在台中第一市場外開了一爿小雜貨舖，埋首於秤斤計兩、錙銖必較的商販生涯。可是他的同鄉合夥人太喜歡齊聚一堂、重溫當年在山東老家的種種情景，彷彿祇有憑藉著不斷地回味，大家才能確信自己仍然還在繼續生活著；也祇有互相描述、爭辯著故鄉人事景物、甚至為之塗抹上其實彼此都無法詳加印證的獨特色彩或豐富細節，才算（在精神深處）保有了故鄉的一切。這種談話使家父逐漸無法承受，他總在即將有人問起：「你是怎麼來的？」、「你是跟著哪一個部隊來的？」、或者「你是哪一天上的船？」之類問題的時候藉故逃席。久而久之，他的人生出現了一個不大不小的空洞——自民國三十八年五月二十號到六月上旬的某日；也就是從青島登艦開始、直到在基隆港吃了一大串香蕉而狂瀉不已為止，其間的一切都憑空消失。當不再能夠和同鄉們不斷地交換記憶以相互慰藉之際，家父的恐懼、惶惑和抑鬱並未消解，反而益發深陷成一種頑固不可銷解的信仰；在意識或思維的核心，他篤定地認為：正是他這個人的存在，而使得這個世界上有其他的人受難吃苦。

幾乎是以一種不告而別的潛逃方式，趁著某個藉中秋節而舉辦的同鄉宴正熱鬨鬨、鬧嚷嚷著的時候，家父結清了帳務，取走了自己該得的一份本利，和家母搭火車連夜北上，來到竹林市的王代表家中寄居。車行途中，家母指了指窗外那一輪黃澄澄的滿月，說：「這月亮老跟著咱們呢！」家父便哭了起來。當時他完全不能預知：不過數日之後，李綬武翩然到來，以一種猝不及防的手段指點他重新面對人世苦難的勇氣。說穿了其實很簡單：那份整理、編寫一部《中國歷代戰爭史》的工作得以讓家父在接觸極其龐大的史料的同時去不斷地發現：在看來已有成敗定論的戰鬥、戰役以至戰爭事件背後、還有更長遠的淵源和背景，那些所謂的結果都出於種種必然或偶然的原因；而被人稱為「原因」的東西實則又是另一個更巨大的歷史系統操作下的「結果」……如此層遞相生、輾轉相沿，當家父不得不為謀生而陷入故紙堆中，尋找一個又一個既是果、又是因、既是因、又是果的答案，等那答案到手之後，才瞭解到它祇不過是另一個更大的問題的線索而已。這份工作逐漸令家父擺脫了「我的存在必定造成他人苦難」的自我折磨——在一個從未經歷過戰亂、流離，從未於去留一念之間掙扎著背棄了家園、同胞，也從未面臨過任何重大抉擇的我眼中看來，這折磨應該祇是過分高估自己的重要性的人開了自己一個悲哀的玩笑罷了。但是李綬武顯然並不這樣想——對他而言，家父爾後如痴成狂地鑽研戰爭史料的這份療傷工作祇不過是一個更長遠的謀略的一部分。

《中國歷代戰爭史》是一個規模龐大、卷帙浩繁的計劃，即令集結數十百人之力，也很難在可見的時日之內克竟全功。然而，家父從上班的第一天起，便祇一個人、一張木質辦公桌、一把竹籐椅、一壁合板釘成的檔案架、一個由砲彈箱改裝的地圖卷軸筒、一疊十行紙、一杯茶和一個傳令兵——傳令兵不傳他的令，傳的是「《中國歷代戰爭史》編纂委員會」的令。這個委員會的成員從未露過面，家父祇知道李綬武是委員會的召集人——召集人也從未露過面。露面的祇有傳令兵；他每隔幾天會抱進一大疊少說有尺把厚的資料來，請家父簽收。所謂「資料」，就是各式各樣的白紙黑字。大多數的內容可以稱之為「斷爛朝報」式的考古文獻，且完全不以任何系統形式的分類或序列出現。比方說，家父頭一天領到的第一和第二號兩份資料分別是這樣的：「日本外相陸奧宗光《蹇蹇錄》謂：『當國運死活迫於眼前之際，北京政府徒逞黨爭，如此兒戲之譴責，使彼不得斷行其計略，並免除其責任。李鴻章之不幸，實可謂中國政府自殺其國家耳。』」、「英王至穎州，欽差大臣勝保勸之降，英王不從，乃檻送北京。未至，奉詔就途中殺之。遂於同治元年五月初九日在河南衛輝府之延津遇害；時年才廿六耳。英王眼下有雙疤，有『四眼狗』之別號，驍勇富謀略。忠王聞其死，歎曰：『吾無助矣！』」家父的職責便是把這兩條沒頭沒尾的文字抄錄在十行紙上，並依記憶（其實是模糊含混的印象）分別將之歸入「中日甲午戰爭時期」和「太平天國諸役時期」，然後個別收入一個墨綠色馬糞紙製的檔案夾，放在合板架上。家父永遠不會忘記：他在上班前四天裡一共處理了第一批的七百五十二號資料。

就是以這樣穩定如恆的工作方式，家父每年平均歸檔的資料在四萬六千八百條以上——這是以每日處理一百五十條的速度推估的最低數字。在將近十八萬四千條以上的資料入檔之際——也就是家父上班快滿四年的民國四十六年六月，我出生，第一個傳令兵退役，家父則通過了委任級公務人員資格考試，並且注意到有兩條不知在什麼時候隨其他資料一同混入，卻始終難以歸類的文字。一條是這樣寫的：

上海製造局、火藥局一帶，各國允兵輪勿往遊弋駐泊，及派洋兵巡捕前往，以期各不相擾。此局軍火專為防剿長江內地土匪，保護中外商民之用；沒有督撫提司，各國毋庸驚疑。助餉金二十萬兩□□輪空獨力發之。參見中央日報三十八年二月十一日版。

另一條的內容則是：

致遠艦久戰之後，船傷彈盡。管帶鄧世昌念己艦不能全，當與敵共碎，謂大副陳金揆曰：「倭艦專恃吉野，苟沉是艦，則我軍可奪其氣也。」遂鼓輪向敵吉野艦猛衝。未至，過定遠艦前，適撞及日方射攻定遠之魚雷，鍋爐破裂，艦身左傾，頃刻沉沒。□□輪空斷首於磨盤洋，非戰之罪。

這兩條文字在整整三十五年之後變成黑底反白的字樣、從家父的電腦屏幕裡一行一行地閃熾出來。老人多皺褶的臉上也映得異常亮了，他用鼻子「哼哼」了兩聲，道：「其實我原先也沒看出來。」

之所以無法歸類入檔，乃是因為這兩條文字的內容皆有難以解釋的矛盾。在第一條裡，自

「上海製造局」到「毋庸驚疑」為止的一整段，原本是清光緒二十六年（西元一九〇〇）七月三十日——也就是八國聯軍之役以後，由盛宣懷策劃與各國領事簽訂的《保護東南章程九款》之中的第七款條文。照說應該併入八國聯軍檔中，然而接下來的兩句渾然與聯軍之役無關，且其間更有「口口」狀之脫漏，更使文義看似全不可解。

第二條的情況也極類似：從「致遠艦」到「頃刻沉沒」為止的一整段，原本說的是中日甲午之戰的片段。可是在脫漏了兩個字之後居然出現了東海海域的磨盤洋，而非甲午海戰爆發所在的黃海。

家父最初的推測是那「口口」二字也許是某艘海船的名字，這完全是因為在兩條文字中都出現了「兵輪」或「致遠艦」、「吉野艦」的緣故。然而對照起下文來，文句根本不通，文義自然也就不得而解。

直到某一日，家父忽然心血來潮，跑了一趟當時位在植物園裡的中央圖書館，把民國三十八年二月十一號的《中央日報》影本調出來，仔細蒐尋半天，終於讀到了這麼一條不太起眼的消息：中央銀行所存黃金、白銀已全數平安運抵台灣、廈門，行庫收支依常規進行，任何個人及單位不得無理干涉。惟坊間爭傳上海另有最高當局準備金二十萬兩，是純屬子虛烏有的謠言。

「最高當局準備金二十萬兩」自不免讓家父想起「上元專案」來。他於是再將第一條文字逐句詳讀了幾遍，無論怎麼讀都忍不住會將「防剿長江內地土匪」的字樣想像成國府播遷來台前夕的景況。當他再翻找出砲彈箱裡的地圖來一對照，答案的一角浮現了：「製造局」和「火藥局」之間正是那個叫黃泥塘的地方。換言之：那兩句竄入《保護東南章程》第七款底下的文字正和條款內容所描述的地點形成一個共同指向黃泥塘窖藏黃金的互文。

由於有了這個互文的想法，第二條文字便也吐露了不尋常的意義：

在甲午海戰之中，致遠艦和定遠艦的背後有一段血淚斑斑的故事。致遠艦管帶鄧世昌力戰未捷，欲與敵同歸於盡之時，卻遭日軍吉野艦魚雷擊沉。據說鄧世昌所養的愛犬當時也落了海，在湧波之間浮游，曾一度以口啣咬鄧世昌的手臂，不欲令鄧沉溺；鄧卻在浪濤中將愛犬斥去，意在必殉而後已。不料那犬又泅回，嚙咬鄧的髮辮，鄧於是「望海浩歎，遂與義犬相抱而逝」。可恨的是：因致遠艦而得苟全的定遠艦管帶劉步蟾乃一卑鄙小人，戰後居然謊奏另一濟遠艦「首先駛逃」，並冒領鎮遠艦擊炸日軍旗艦松島艦的軍功。遂使濟遠艦管帶方伯謙於戰後梟首正法，劉步蟾則「著以提督記名簡放，並賞換洪額巴圖魯名號」。

這則故事除了彰顯「善不賞、惡不罰」的「天地不仁」之外，還有個代罪而亡的遺憾——設若鄧世昌未欲與敵同歸於盡，便不至於成為佞人劉步蟾的替死鬼，則劉步蟾又如何能陷害另一位恪忠奮戰的方伯謙呢？

家父再思三歎，終於發現這兩條文字之所以難於歸檔乃是因為有人刻意擬造一個無法輕易歸檔、而獨可引起他注意的效果。

家父曾經想透過新到差的傳令兵詢問：究意是「編纂委員會」裡的什麼人、在什麼時間以及何等動機之下把這兩條另有所指的文字雜廁於一般堪用的史料之間？傳令兵的答覆是：我祇負責收發公文，其他事一概不得過問。倒是忽有一日，家父偶爾在軍方內部的一份名曰《忠誠報》的新聞紙上讀到這麼一則簡訊：「由三軍大學《中國歷代戰爭史》編纂委員會負責編撰之《中國歷代戰爭史》已於去年正式展開史料蒐集和匯整的工作。三軍大學已邀請國內知名史學家、軍事家共二十餘人共襄盛舉。預計完成後本書共七編、十八卷，五百四十餘萬言，並附圖七百餘幅。將於民國六十年左右出版。總編纂李綬武資政表示：《中國歷代戰爭史》將有效提高我三軍官兵對吾國歷史及戰爭本質之認識，提昇全軍精神戰力……」

對於家父來說，這是一則完全荒唐的消息。第一，從哪裡冒出來個「三軍大學」？第二，一切由「編纂委員會」具銜匿名而匯入的資料都還在檔案夾裡，怎麼會有七編十八卷五百四十萬言的數字？第三，如果依照他單人獨力整理一切資料的方式和進度來看，到所謂的民國六十年，不過是累積了近八十萬條與戰爭沾得上邊際的瑣碎文獻罷了，這些雞零狗碎的知識殘片又哪裡能提昇什麼精神戰力呢？

另一方面，無法歸類入檔的資料也不時會繼續出現，每當傳令兵除役或退伍，交接間稍有混亂情況，就會冒出幾張摻合著時空錯亂、真偽淆糅的文字。基於抄寫、蒐集的基本職責，家父並沒有把這些資料隨手擲棄，久之索性另建一檔，題簽曰「備考」。

要不是民國六十六年六月八日那一天，發生了孫老虎深夜開車、遇上三個打劫的惡客、給打斷了一條肋骨、搶走兩千多塊錢的事件，家父恐怕衹會往那「備考」夾裡丟資料、根本不會有興趣重新翻揀、查考它的。

孫老虎捱了揍去找彭師父，彭師父用他獨門的高粱酒泡樟腦丸給搓了一陣，說：「你老弟的底子薄，我會的那點兒本事也來不及渡給你；我看你就老老實實躺它十天半個月的罷——肋條骨長得快，你一晃神兒它就接回去了。」

孫老虎打從那時候起再也不信彭師父會有什麼能耐，賭氣回家躺平了休養。家父帶著我前去探視，發現他的床頭堆置著一大疊武俠小說。一見家父的面，那種自慚才疏學淺的小人物窩囊勁兒又禁不住溢了滿臉，直拿臂膀遮掩著那疊小說，道：「唉喲喲！教張大哥見笑了、教大春也見笑了。我、唉──我們不是讀書人家兒，儘看這些個閑篇，一點兒學問沒有、一點兒學問沒有！」就這麼一陣驚亂，原本好端端砌在床邊五斗櫃上的小說撒了一地。家父一隻手連忙按住孫老虎，自己蝦腰幫著拾掇。

我對那一次探病的印象不深，祇依稀記得：家父也許是為了化解孫老虎那種不知發自天性、抑或出於養成的卑怯，好像刻意向他借了套武俠小說回家，以示同好此道，並無高下；這讓孫老虎顯得非常開心，辭氣間居然流露出感激之情。

我所記得的另一個細節則是孫老虎在惱歎他的兒子們不成才的時候說大一、大二是軍隊裡的米蟲，小三、小四是社會上的米蟲，至於祇有十二歲、第三度離家出走、幾個月不見蹤影的孫小六則已經注定是國家、民族的寄生蟲了。生養了一堆蟲子的孫老虎壓根兒沒提到小五──我猜想就算是提到了也一樣會搖頭說什麼女孩子家沒出息之類的話──當時之所以沒數落小五乃是因為小五就站在門邊罷？她一聽孫老虎搬弄起那麼些蟲子，顯得很不高興，清兩聲嗓子扭身便走。孫老虎卻像是逮住了訴苦的機會，一把從枕頭底下摸出一個牛皮紙封，從裡頭抖抖擻擻甩出一根黃澄澄、亮晶晶的金條來，壓低聲跟家父說：「今兒是六月九號不是？上個月九號早上我一大清早要出門熱車，在信箱裡看見了這個──」孫老虎一根金條緊緊握在手裡，卻把個牛皮紙封遞給家父，上頭迤邐歪斜寫著幾行狗爬字：「爸：不小心滅到這個給你用／小六」。

「你知道他在外頭幹了些什麼嗎？張大哥。」孫老虎瞪起雙虎眼繼續說下去：「我可是想也不敢想啊！」

「也許當真是他撿的呢？」

「他有那個命我就是王永慶了我！」孫老虎隨即指了指胸口的傷處，道：「我教人來上這麼一下子，十之八九同這根條子有關係。」

整整十五年之後、七月十三日的這天晚上，家父問我記不記得去探視孫老虎受傷的事，我立刻想到的是那根金條。家父卻一指桌面上的那部《七海驚雷》，道：「孫老虎借給我的武俠小說，就是這一本《七海驚雷》。」

我望一眼那小說，再望一眼電腦屏幕上的兩段文字，似乎明白了——文中的「□□輪」並不是脫漏了兩個字的船隻名稱，「□□」祇是段落上的區格，竄入史料的句子應該讀成：「輪空獨力發之」以及「輪空斷首於磨盤洋」。輪空——一個武俠小說裡的英雄人物，虛構出來的角色；幼小離家，練成不世出的武藝，以雲遊僧人之身替嵩山少林寺護送一批名為《武經》的祕笈往福建南少林而去，功成之際為兩名預伏寺中的灑掃老僧材庸和材平出掌斬斷了脖子。

「我那個『備考檔』其實是一條一條零零碎碎夾藏在光明正大的史料裡的密碼。為了保留下一些不能光明正大記錄下來的事實，才用顛倒錯亂的手法混進我的檔案裡來，從文順字地讀，讀不出什麼；一旦湊合上這個解碼的譯本——」家父又指一下《七海驚雷》、以及我腳前的書袋，遲疑了幾秒鐘，才道：「你就會明白許許多多原本不該明白的事了。」

僅從編號第一和第二的兩條「備考檔」資料看，家父馬上聯想起從李綬武口中所得知的、關於那「幫朋」參與「上元專案」的事。顯然，他之所以得到這份工作未必是同鄉王代表從中撮合而已，或許竟出自李綬武主動授意的居多；因為他早就發現到家父曾經在青島總監部大軍移動前後涉入的工作以及去留之間的不安、甚至也窺知家父目擊艦上一宗血案的經過，這兩個容有悔愧驚懼之情的心理背景使家父成為一個適於看守祕密、甚至發現祕密的人——家父越是想要藉由瞭解真相、探究因果、以擺脫自責自疚，便越是深深陷落在虬結繁複如迷宮般的祕密之中；而知道了越多的祕密，便越是失去了和人們溝通往來的權利。

在這間寂寞氣味充盈滿溢、有如一具燜熟了千百顆爛梅子的蒸籠的書房裡，我祇能假設：家父先從「輪空」這個人物的儀貌行止上想到了「歐陽崑崙」的名字，看出《七海驚雷》裡有一部分角色的姓名藏著個類似燈謎「捲簾格」的機關。輪空反捲成為空輪、音諧崑崙，材庸和材平反捲成庸材和平材、音諧用才和品才，也就是老漕幫的光棍「哼哈二才」。至於裘攸則稍稍複雜些——攸字可用「陽歐」二字反切出它的讀音，捲簾而上便是「歐陽」，裘字音諧秋字；合而觀之，正是「歐陽秋」。歐陽秋這個名字出自《第一屆全國武術考試對陣實錄》，他的故事則俱載於《民初以來祕密社會總譜》——倘若高陽的考證無誤，這本總譜的作者「陶帶文」又正是李綬武的化名；則可知李綬武不祇利用家父的職務傳遞並保存一些餖餖飣飣的片段信息，連他自己也以一個注腳者的角色旁證著一個龐大祕密迷宮的存在。

然而，在解譯裘攸傳藝的那個叫「跨兒」的徒弟之際，我遲疑了片刻。用我腦子裡殘存著的那些中文系文字學、聲韻學和訓詁學的老把戲，不難把這兩個字反捲出「子越」二字——那是我們「越活越回去大俠」彭師父的名字。依照一連串字謎的邏輯看來，現實裡的彭師父應該就是《七海驚雷》中盡得拾荒人裘攸一身奇門遁甲道法真傳的孤兒；另就我親眼目睹的實況言之：確乎極有可能是如此。如果將小說的情節翻轉到現實世界來看，民國十七年，歐陽秋在窮途末路之際從一個叫「魏三」的路人手中得著了一部《無量壽功》。依據《民初以來祕密社會總譜》引武林史料稱：《無量壽功》練到第三層「川流七坎」以上，便能晉臻一「廣開方便門／大展包容量」的修為。此上再入第四層「鵬摶九霄」、第五層「雲合百岳」則可以縱意所如地改變軀體外形，是以《清朝野史大觀・清代述異》卷下便曾記載：一個叫曹秀先的大臣「肚皮寬鬆，必摺一、二疊；飽則以次放摺」。從這一點看來：忽而肥碩壯挺、忽而矮小佝僂的彭師父應該就是歐陽秋「講功壇」的「說拳」弟子，其功法可以直溯至曹仁父。這一點似乎也能夠從我書袋裡的那七本書找到佐據——曾詳述曹仁父「食亨」一脈絕藝的《食德與畫品》的作者魏誼正、行三、人稱魏三爺，不正是倜儻逍遙、任性瀟灑、將《無量壽功》拱手讓與歐陽秋的「魏三」麼？此人——和李綬武、乃至於錢靜農、汪勳如、趙太初、孫孝胥等人不也正是與家父同舟共渡的一批神祕人物麼？更令我不寒而慄的是：冥冥中大有不可違逆之力早已安排、擺布著我，竟於不知不覺間讀了他們的書。

「爸剛才說不知道這個『飄花令主』是什麼人——」我試探地問了一句。

老人搖了搖頭。

「你不覺得有點兒蹊蹺嗎？和你們一條船來台灣的幾個人所寫的書都在這個袋子裡，惟獨沒有孫孝胥的書，難道這『飄花令主』不就是——」

「不可能的。」家父繼續搖著頭，道：「下午你不在家的時候，我翻了翻這幾本書，一時也納悶兒了。不錯，當初《七海驚雷》的確是從孫家借出來的，可純粹是巧合。」

「為什麼？」

「孫孝胥其實是孫老虎的父親、小五小六他們的爺爺。他老人家早在民國五十五年就過世了。可這《七海驚雷》卻是民國六十六年一月才出版的。」

我沒有立刻跟他爭辯，因為在那個剎那之間，我也忽然生出一種「無知或許較為幸福」的念頭——連帶地，我更不敢貿貿然追問他是否知道「彭師父就是岳子鵬」、「歐陽崑崙救過彭師母」甚至「岳子鵬知情者也」的字謎。我猜想：或許他還沒有時間把《七海驚雷》之外的六本書一一細讀過；正因如此——倘若他也認定「知道得越多越危險」的話——我祇有保持緘默。果不其然，正當我端坐成一副「敬受教哉」的模樣兒之際，家父捧出了他真正想教訓我的一番話——且一如我所揣想的，從渡海到落戶、從武俠到戰史、從清洪角力到國共鬥爭、從盤點軍需到纂輯文獻……無論這老人曾經歷練了什麼、見聞了什麼、感受了什麼以及覺悟了什麼；他根本不在意也不要求我這個兒子是否更瞭解了他的一點什麼，他的目的祇是要我記住：在我自以為如何如何的世界背後，其實有一股更可怕、更強大的操控力量在主宰著人們的遭遇和認知，且沒有人能夠反抗或懷疑。

家父的論證其實祇有簡單而明確的幾句話：「『哼哈二才』從『保』字號兒混下來，一直混到部裡的情報局；之所以從來沒對我下手，除了因為我在幫中頂著個字輩兒，主要還是因為他們不知道我究竟知道了些什麼。如今你同這個什麼歐陽紅蓮又纏在一塊兒，他們搞特務的豈有不疑上加疑之理？寄這些照片來，明擺著是個警告的意思。」

我很想反問他：我和紅蓮已經廝混了十年，他們跟在後頭拍這種下三濫的小照片也差不多一樣久了；為什麼早不警告、晚不警告，偏偏現在來警告了呢？以理度之：就算歐陽崑崙出手幫「老頭子」運了一大批黃金到台灣來，「保」字號兒恩將仇報、殺人滅口，這也是近三十三年以前的塵封往事了，何以時至今日，忽然想出個寄小照片的餿主意來試探家父或者我呢？話未出口，家父輕抬腳尖，朝我腳下的書袋比劃了一下，道：

「不祇你我父子，恐怕他們也早就盯上了高陽了。」

我幾乎不敢想下去。自民國七十五年春天，我與高陽同遊日本訂交以後，他也教一群遊手好閑、惹是生非的情治人員給盯上了——這批人物猶之乎疱疹、流感病毒或蒲公英，十足有牽攀附著、勾串羅織的習性——莫不是因為我和高陽偶爾交談過有關那本《奇門遁甲術概要》，而讓他也跌進了網罟之中罷？

然而，誰又能否證這個猜測呢？高陽在榮總病榻之上，的確曾經對我說過：「他們結拜兄弟七個身上有一部奇案，我打聽了幾十年，不過知其一二，其中還有許多情由緣故不能分曉。」也就在想起這番言語之際，我的眼前猛可閃過一個銀髮白衣、但面容模糊的醫生。不，不是醫生，是做醫生打扮的萬得福——在我和他十年前僅有的那次晤面時，他清清楚楚地警告過後腦勺上教燈架砸了個大窟窿的老大哥：「榮總是『他們』的地盤，」而且「二才剛還到門口來晃了一下。」

一個小小的推論：高陽因病入院的時候，其實仍念茲在茲於萬硯方等兄弟七人身上的那部奇案，是以他所擁有的七本書和厚達六吋的文稿也隨身攜行、或恐即在臥榻左近。然而他發現自己的病情可疑——明明有把握「還有卅載陽壽可供揮霍，一甲子後再言去留」，卻於診療之後突然惡化；於是才會在我前往探視的時候突然提起早年我偶遇趙太初於三民書局的舊事。可惜我一時未察——甚至一副全然失憶的模樣——高陽一定頗為失望，是以未曾將書、稿當面交我。接下來，或許是因為他又察覺了醫院當局（或病房內外環境之中）有些什麼異樣，才會將書、稿託付一個全然不知情的文學雜誌主編，並言明：出得了院、就將原物歸還；出不了院、才將之親手交給我。設若高陽的確周思密慮而作成這一決定，則想必是冒了極大的風險、但也絕對出乎「他們」那批人的意料之外——我幾乎能夠想像出他如何設計了一個偷天換日、掩人耳目的怪招；請那位主編扛個十幾本適合在病榻上消磨時間的閑書前去探訪、再趁四下無人之際把那七本書和他的手稿攜回的過程。

如此作想，則自高陽病危到過世期間，「他們」必定滋生出某些疑慮；那就是這位素以博聞強記、詳考密察著稱的歷史小說家究竟對那部奇案瞭解了多少？又傳授了多少？以及他和我乃至於家父對於近世老漕幫與國府中樞、權力核心之間的恩怨轇轕所掌握的瑣碎知識究竟出自何種共謀？如果確有共謀，那麼主使者是誰？共謀的機制與運作又如何？這些，想必都是「他們」百思而不得其解的。也正因如此，「他們」才會在高陽過世之後展開了行動——寄來這樣一疊照片，和一張寫著「張大春與歐陽崑崙之女歐陽紅蓮」字樣的便條。

無論照片和便條是否一如家父所言、出自「哼哈二才」之手，其目的顯而易見。一方面，這是在撥草尋蛇；等待並觀察我們父子的反應，且據之以判斷我們和高陽、紅蓮乃至那些行蹤詭祕的老者究竟有無共謀？涉入多深？所知又有多少？另一方面，這也是在打草驚蛇，意思毋寧是說：不論你們有無共謀、涉入多深、所知又有多少，一切到此為止。家父要把高陽的遺書遺稿付之一炬，恐怕也是著眼於此。

「漫說你不及高陽於萬一；」家父繼續說著，一面回身又像切肉丁似地在鍵盤上剁剁剁剁了一陣：「就算高陽再世又如何？一個讀書人怎麼跟那種牛鬼蛇神較量？更何況你的書也沒讀得怎麼樣！」

「這就未免太瞧不起人了——」

「你方才說起『白邪譜』上的莫人傑和陳光甫，兩個人你都說錯了。」

一如民國四十六年六月出現的第一和第二條「備考檔」文字，電腦屏幕上又出現了標示著「備11」和「備12」的資料。「備11」是這麼寫的：

張永德對曰：「愛能等素無大功，忝冒節鉞，望敵先逃，死未塞責。且陛下方欲削平四海，苟軍法不立，雖有熊羆之士、百萬之眾，安得而用之？」世宗擲枕於地，大呼稱善。即收愛能等軍吏以上七十餘人，責而斬之。□□愛能實非人傑之助，世宗高壽死，豈其所願哉？

「備12」則是這麼寫的：

日軍侵佔香港，迫市民用「軍用票」，停止使用香港匯豐銀行所發行鈔票，原有港幣形同廢紙。周氏紙廠委代表陳光甫四出收之，聚為造紙原料，計噸許。日本投降，匯豐復業……

家父之所以未曾將這兩條歸檔，其實亦另有緣故。在「備11」裡，原文本來應植入後漢和後周的戰史之中；說的是後周大將樊愛能在後漢主劉崇借契丹兵大舉南侵之初，即棄甲曳兵，引眾潰逃，甚至剽掠輜重、驚走役徒，致使後周方面損失慘重。後周世宗柴榮遂借張永德諫勸之言祭出軍令狀，殺了樊愛能。

可疑的仍舊是「□□」二字之後的幾句話。尤其是「世宗高壽死」，既與上下文不合，亦與史實不符——周世宗英年早逝，其「氣局恢闊、規模宏遠，有唐太宗之風」，可稱五代帝王裡的翹楚；而天年不假、偉業中殂，也是讀史者皆知的，怎麼能說他「高壽」呢？正因這一疑，家父把這三句多讀了幾遍，忽地發現第一句中亦藏有機關：「愛能」雖是後周名將樊愛能的名字，卻因連讀起底下的「非……之助」字而令人想起「愛莫能助」的成語。一旦這個成語浮閃腦際，「人傑」二字與「莫」字便串了起來。以家父早年入幫的資歷，自然風聞過項迪豪挾巨資向莫人傑勒求拳譜的江湖傳言——以之而重讀「愛能實非人傑之助」，非但立刻想到莫人傑、還會接著憶起民國三十四年發生在杭州商會會館中的一宗血案：年僅十六歲的莫家拳少宗師被一無名刺客三槍打死在一間待客小廳的沙發椅上。這條新聞當時轟動大江南北，有謂老漕幫向與經營海運的項氏不睦，故派槍手先殺人、嫁禍，好讓項氏難堪。也有人以為是飄花門孫少華怕項迪豪一旦得著拳譜、便將一報昔年當街折辱之仇。甚至還有人說：莫人傑是詐死，目的在於乘機賴掉項迪豪為一覽拳譜而替他清償的一屁股爛債。更有人懷疑：項、莫二家早就勾串好了，什麼債務、拳譜，都是表面文章，其實不過是找個家下傭作代死，目的反而是於案發之後鼓唆報刊雜誌之好事者添油加醋，捏造出對老漕幫和飄花門極不利的傳言——事實俱在，莫人傑一案果爾在極短時間之內挑撥得孫少華憤激而死，老漕幫聲譽暴跌。

「這一條是民國五十二年十月中竄進來的，」家父接著湊臉近前，道：「當時爆出個沸沸揚揚的『周鴻慶事件』——你還小，大概不知道罷？」

我不吭聲。因為我還沒打定主意要不要告訴他：其實我非但知道「周鴻慶事件」，也在《食德與畫品》這本書裡讀到過：杭州湖墅旺族莫用過一任主廚，叫周鴻慶，拿手的名菜叫「紅煨清凍鴨」。周鴻慶聲震一時之際，還有知名畫家給畫過一幅長寬各約數丈的巨幅群鴨彩繪，題上「冰肌玉骨香無汗／水暖春江鳥不知」的七言詩句，「江鳥」二字巧嵌其中，寓一「鴻」字，傳為美談。這人日後如何，我卻不得而知；因為我在讀到這個段落上的時候，頗為書中形容那巨幅彩繪的工具——「帚筆」——所吸引，一翻檢附注，說「帚筆」須具備相當程度內功、且功力必精湛異常者方可運行，「近世惟滬上方公鳳梧一人能之而已」。當下轉了興趣，便去尋覓那和方鳳梧有關的書，就是《神醫妙畫方鳳梧》了。

「你先看『世宗高壽死，豈其所願哉？』這兩句——」家父摳彎食指，往屏幕上的字跡敲了敲，道：「周世宗英年早逝，則稱不得高壽；既非高壽，這高壽二字必有別解。我再問你：讀過南朝梁徐勉的〈故永陽敬太妃墓誌銘〉沒有？諒必沒有，問了也是白問。在這篇墓誌銘裡有這麼幾句：『年高事重，志義方隆，宜永綏福履，而奄奪鴻慶，以普通元年十月廿三日遘疾，十一月己卯薨於第。』這裡的『鴻慶』所指的便是高壽了。如此再回頭看：『世宗』是後周之主，隱一『周』字，合以下文『高壽』所射之『鴻慶』，非『周鴻慶』而何呢？兩句併起來看，則冒出來個『周鴻慶死，豈其所願哉？』，再合上前一句『愛能實非人傑之助』怎麼看、怎麼像是藏了個脫靴摘帽的謎戲，實則說的是『莫人傑』，或者『姓莫的實非人傑』——這一條，逞足我的力氣，也委實解它不得。不過，倘或江湖上傳言不虛，說莫人傑其實未死，則說不定死的卻是『周鴻慶』，於是下文中『周鴻慶死，豈其所願哉？』這才說得通。對罷？」

聽語氣，家父並不知道那周鴻慶和「紅煨清凍鴨」乃至於他在莫家擔任廚作的雜說掌故。換言之：家父憑字解謎，得著了一個明明是正確的答案，但是卻沒有證據——他手上的拼圖板缺了一塊——而缺掉的一塊證據，卻恰恰藏在他不許我讀下去的書裡。我聳聳肩，道：「我讀書少；說對了也是白說，說不對也是白說。你讀書多，那麼『備12』又怎麼解釋？」

家父可能很想斥我一回，可興許是他的考究癖上來了、擋不住了，遂祇白了我一眼，硬吞兩口唾沫，道：「這一條雖說與對日抗戰的背景有關，卻根本不屬於戰史的材料範圍，之所以編進備考檔，純粹是因為它當初是同『備11』寫在同一張紙片上的緣故。祇不過從這一條上倒可以看出些別的頭緒：第一，陳光甫不祇是國府要員，也和民間一些大公司、大行號有極深的淵源，常憑藉著洋文呱呱叫的本事，替人辦些交涉之類的事；第二，這一條沒寫完，祇寫到匯豐銀行復業，這很奇怪。我後來查證了些別的資料，發現匯豐復業之後，曾有很短的一個時期，宣布公開兌現舊港幣；那是因為庫存現鈔夠不上應市、新鈔又來不及發行。英國人原以為戰火慘烈、焚燬無度，也許兌不回多少舊鈔，總之是拿來流通應急而已。孰料周氏紙廠赫然押運了一噸多的舊鈔來兌英鎊，兌得匯豐差一點周轉不靈，祇好以銀行股票易鈔票、另外還延請周氏紙廠的老闆出任匯豐董事、兼理總裁職務。你方才說陳光甫買下多少『蛇草行書』的作品，分贈政商名流；其實那些書法作品根本不是陳光甫買的，真正的買家卻是那位隱身幕後的周老闆。第三，『蛇草行書』的確如你所言：是那洪達展自創的一門書法，可是它既非骨董、亦非傑作，怎麼會有人肯花那麼多錢去買了來交際公卿呢？──」

「搞政治的懂什麼書法？有人捧、有人送，自然有人掛起來當寶貝。」我哼了一聲。

「不！這裡頭另有玄機。」家父托起下巴頦兒，摩挲著花花白白的鬍子碴，道：「尤其是這兩條文字的內容全然無關、卻寫在一起；這表示：除非前一條裡的『周鴻慶』與後一條裡的『周氏紙廠』有什麼牽連，否則是說它不通的。此外，眾所周知『周鴻慶事件』是民國五十二年十月間發生的事，周氏紙廠兌港幣卻是民國三十五年秋天發生的事，至於『蛇草行書』大興其道，更在三十六、七年間，三者可以說風馬牛不相關；各見端緒卻互無脈理。然而既給寫在同一張紙上，依例是不可能無關的。」

他在這麼說著的時候，我已經理出了自己的頭緒。在我看來，陳光甫（或者他所代表的周氏紙廠老闆）之所以會去買一大堆並無藝術價值的爛字畫，極有可能是一樁幌子交易──質言之：買方出錢是真，賣方所供應的卻另有其物；祇不過那真正的貨物若非見不得人、即非可見之物，才藉著「蛇草行書」的買賣掩護之。其次，如果「周鴻慶」早就在民國三十四年被當成是「莫人傑」而遭人射殺於杭州，則到了民國五十二年十月間冒出來的「周鴻慶事件」便顯然也是個幌子了──起碼，在日本投誠、卻讓一輛莫名其妙的出租汽車給載進蘇聯大使館、以致功敗垂成、被遣回中國大陸的倒楣鬼應該不是什麼「周鴻慶」，卻極有可能是當年誘人為餌、代捐一命的「莫人傑」了。暗中提供資料給家父的人也是趁著鬧出「周鴻慶」事件的熱潮，才打蛇隨棍上、把這一條竄了進來。

然而此刻我所關心的不是什麼陳年骨頭爛年鰓的謎底，反而是家父這後半生所戮力從事的工作。不論他埋首於這滿坑滿谷的戰史資料是一程多麼繁複迷人的探訪，也不論這探訪之於他是否真能作為一次不堪回首的逃亡的救贖或治療；我隱隱然覺得：李綬武當年提供的這份差事是不值得做的！

從那折返點之後，家父所涉獵、鑽研、勾稽、補綴的一切，都是一個看來十分十分偉大的大時代對一個十分十分渺小的小人物的作踐、浪擲和虛耗。在那不時會供應一條又一條難以歸類入檔的資料給家父的人心目之中，家父祇是一部堪用的機器，負責保管一切有價值的祕密。家父絞盡腦汁、費煞思量，祇能爬梳出一些對於整部《中國歷代戰爭史》全無用處的「備考檔」。浸泡在這些彷彿藏匿著許多意義的謎樣的文字之中，家父自己充其量也祇是一個墨綠色馬糞紙製成的檔案夾而已。他永遠不可能真正瞭解由他所發現、謄錄、整理甚至拼湊出來的祕密。

「究竟是誰提供給你這些備考檔的？」我衝口問道：「難道你從來不去查一查？你不想知道麼？如果就是李綬武，你不覺得他祇是在利用你——」

「沒有誰能利用誰。」家父倏忽提高聲量，旋即瞑上眼，深深喘息了一陣，才又平靜地說：「如果你說的是部裡這份差事，我從臨時僱員幹到簡任一級編審，一幹三十四年，最後畫成了七百多幅戰圖；可以了！如果你說的是這份備考檔——」

「我說的就是備考檔。」我站起身，暗裡使腳尖勾住書袋的揹帶，道：「這個一天到晚給你假資料、打啞謎的傢伙到底想幹嘛呢？有話為什麼不明寫白說呢？繞那麼些個圈子，不是簡直要把人逼出個妄想症來了嗎？」

「要是寫明了、說白了，『他們』那一邊的人不也明白了嗎？」家父睜開眼，魚尾紋微微朝上揚了揚，似乎是笑了：「至於這一邊的，我不知道是誰，也不知道人家是『一個傢伙』還是『幾個傢伙』；我祇知道人家很沉得住氣，一絲一縷地追查著一些個事情；有了點什麼眉目，就竄個一條半條的材料給我，一直到整部《中國歷代戰爭史》初稿編成，那是民國五十六年一月的事。之後，我開始忙畫戰圖的工作，直到退休，其間二十年，再也沒有收到過任何一條資料。」

對於家父來說，「備考檔裡藏著什麼重要的訊息？」原本是個不存在的問題，直到他從孫老虎那本《七海驚雷》裡看出歐陽崑崙運金遇害的一點苗頭，才興起了翻箱倒篋、徹地鑽天的搜檢和考證工作。也就是從那時開始，他才赫然發現：備考檔已經十年多沒有新的進項了。最後一條的編號則是「備33」。

這三十三條字謎當中，可解者不過四、五條。家父遂將《七海驚雷》從頭到尾又看了幾遍，依舊毫無所得。照他當時的揣測，乃是由於解碼的「譯本」應不祇《七海驚雷》而已；可是書海浩瀚蒼茫，教他到哪裡去尋覓其他的、也可能根本不存在的「譯本」呢？在這個若有知、實無知的階段，家父有一個在事後看來固然可稱為準確、卻也失之簡單的直覺：他認為備考檔極可能來自不祇一個的、親近老漕幫的人物，為了追查和老漕幫有關的疑案、而刻意將這些看似藏有機關的字謎竄入戰爭史料，加上一個能細心盤點材料如家父這樣的角色，自然而然將字謎彙集起來；既不易為外人所偵伺，又能夠在文獻的護傘之下保存起來。一旦字謎累積得夠多、相互之間產生了意義性的關係，且為有心鑽之研之者識破揭露，則一謎解而眾謎皆解，隱藏在大歷史的角落裡的另外一種真相便得以逐漸顯影；且正因為它們已經是《中國歷代戰爭史》的一部分，這戰爭史又是一部由國防部史編局作業、再加上一個三軍大學之類的學術單位背書的皇皇鉅構，早在民國四十年代末即明訂其編數、卷數、字數甚至戰圖幀數，可見其計劃之精詳縝密，應須是千金不易一字的定稿，也就不容有心文飾、蔽匿或毀棄者妄加撼動了。

不過，依我的後見之明，家父此一直覺仍過於簡單——因為他太看重這一大套由國防部和三軍大學領銜編纂的「正史」地位和價值。在我看來，把這些字謎竄入史料的人另有兩種目的：

第一，設若家父混水摸魚、囫圇吞棗，未經消化即將字謎原封不動地摻入史料，以致竟爾以此面目出版問世，自然會招引一些真正篤學深思、敏求好問者撻伐追究，則隱伏在字謎中的機關反而會惹來更多的人注意和探討，所謂大歷史角落裡的真相也才會不期而然地在眾目睽視之下浮現。

第二，設若家父不肯放過纖芥之疑、毫末之誤，便應當傾力於這些字謎的解譯工作。如果能夠從他親眼目睹歐陽崑崙橫遭加害的這一個經歷舉一反三，而又對種種古老的文字謎戲十分熟稔的話，提供字謎的人其實不祇希望能藉家父之手、將大歷史角落裡被塵封掩埋的一些個疑案悄然不動聲色地保存下來，他（們）恐怕還更期待家父能以同樣的觀點和方法、換一副「幽冥晦暗之地」的眼睛、去重新翻視一遍幾千年以來、那表面上十分「光天化日」的歷史和現實。

「你知道為什麼再也沒收到過那些字謎了嗎？」

家父點點頭，道：「大概知道一點罷？祇不過——我知道得太晚了。」

第四十二章　有弟皆分散／無家問死生

民國五十六年一月，家父收到最後一張字謎「備33」。這是一個孤立、偶發的事件——套用汪勳如在《天地會之醫術、醫學與醫道》一書中所說過的話——「沒有人會將之和其他曾經發生過的，以及未來將要發生的事件合併觀察；不這樣觀察，便更難追討出單一事件的真正原因。」「備33」是這樣寫的：

戍鼓斷人行／邊秋一雁聲／露從今夜白／月是故鄉明

這更不是什麼戰史的材料了，當然不能歸檔。然而個中蹊蹺卻在於它是半首杜甫的五律——〈月夜憶舍弟〉，少了底下四句不說，還寫在一張極其不尋常的紙上。那紙僅有巴掌大小，是一種叫「百葉柬」的古製紙，應該是十分珍貴的骨董了。家父持之細看，但見那蠅頭小楷，分明是明代倪鴻寶的筆意；正狐疑著：怎麼得著件書藝奇珍？忽然手上的紙一滑，登時在拇食二指之間鬆脫了。奇的是紙片輕盈如無物，居然當下散開，成了六片薄如蟬翼、呈半透明狀的紙膜。家父這才想起：百葉柬號稱百葉，乃是經巧匠手工以極黏稠的紙漿經密簾反覆蕩壓而成。上好的百葉柬，可以層層揭起，惟揭脫之後再也不能重新聚貼如初。至於他眼前散落一地的六張，實為一張之上的六層；而先前這六層之所以能夠附著在一起，祇不過是靠著那半首〈月夜憶舍弟〉的墨瀋膠合而已。質言之：是有人先用不知什麼法子把一張（其實是一角）百葉柬揭分了六層，再疊合起來，寫上了這半首詩，使之暫時復原。未料經家父手指撚搓，遂又分離了。家父見損了這古紙精書，覺得不忍，想要將六層紙膜拾起、貼合，豈知手勁兒稍重，紙膜卻紛紛破了。這才不意間脫口誦出〈月夜憶舍弟〉的下半截：「有弟皆分散／無家問死生／寄書長不達／況乃未休兵」。

杜甫此詩作於大唐乾元二年，時在秦州，史思明已叛，陷洛陽，正是兵荒馬亂、劫灰瀰漫之秋。家父轉而忖道：寫這詩的人恐怕不是因為紙張狹仄、全詩書寫不下、才祇寫了半首；實乃以欲語還休之勢明說杜子美前半首之文，以寓後半首之意。在那一刻，家父還以為寫這半首詩的人是有鑒於「反攻大陸」之無望，而要家父同感其羈旅思鄉的情懷。

此後，備考檔再也沒有增加任何字謎；家父懵然無覺，自然不會以為「寄書長不達」所指的是家父並沒有善加利用這些另有意旨的資料——在當時，他甚至不認識這些資料。

一個孤立、偶發的事件——或者一則失落了和其他材料之間任何關係的材料——是不具意義的。倘若我如此寫：「民國五十六年一月，家父收到半首寫在一小塊百葉柬上的杜詩。」便毫無意義；然則，讓我們試著去發現：環繞在此事前後一些散落的、飄零的、支離破碎的片段。之所以令我著意於此、不可自拔的還是書袋裡的七本書：民國五十六年一月是《上海小刀會沿革及洪門旁行祕本之研究》出版的日子，此前的三本書是連續在一年又兩個月之間密集出版的；此後的三本書卻每隔五年才出版一本。這裡面難道不該有一個「為什麼」嗎？

在我生命的歷程中，民國五十六年一月是模糊到幾乎不存在的。我的小學四年級唸了一半，渴望著家裡能擁有一台電視機——那樣我就不必趴在對面鄰居的空心磚牆上看《斷刀上尉》和《勇士們》。和我一起趴在那牆上看美國影集的還有小五和小五背上的孫小六；我們都不知道孫小六即將在半年之後遭到生平第一次的綁架，也不知道孫媽媽將因之而鬧自殺，孫老虎也從而以「在家進修」的方式離職，開起計程車來。我們大約都承認生活是靜止的、平淡的、一成不變的——誰家也買不起電視機，直到永遠。我們甚至不知道全村將在三年之內全數遷出，搬到這城市的另一頭去，住進四層樓的公寓，認識雙和市場邊巷子裡的彭師父、彭師母；更不知道我們將在咫尺有如天涯的水泥樓房中漸漸長大、滋生令人血脈僨張臟腑悸動的情感，遇見早已在暗中改變我們命運的人。我們最不可能知道的是：在很多很多年之後，我們竟然想不起民國五十六年一月間發生過什麼。

就我記憶所及：距離這段時間最近的「一件事」其實是在民國五十五年十二月中旬的一個深夜發生的。當時我們稱之為「戶口普查」。據說在我出生前幾個月也曾經普查過一次，那一次全國聯播電台播放出十二響鐘鳴之後，有十五萬個普查員同時出動，到台灣全島各地進行查訪。為了讓這普查工作順利無礙，政府規定各個城市鄉鎮的街道上不許行駛任何車輛；人人留待家中，門戶通宵開放，燈火齊明，以守候普查員來向每一個國民查詢其年籍、身分、職業和生活狀況。

上一次我錯過了，可這第二次我卻全程參與，且印象深刻。

上門來的普查員是個走路有點兒跛的年輕人，一進屋便喊了家父一聲：「啟京先生。」家父愣了一會兒，道：「你是——」普查員湊到家父跟前低聲說了兩句話，又昂聲道：「其實合該有緣，不必見外——咱們還是同一條船來的，祇那時候兒我還小，才十來歲，啟京先生一定不記得了。」說完逕自一屁股坐進一張籐圈椅裡，一手往茶几上擱下一個厚甸甸的紙冊子，另隻手往椅腳邊拄起一支大約有茶杯口粗細的長條筒子。

家父在這一刻改了語氣：「怎麼？怎麼是您——您怎麼親自來了？這，不是戶口普查麼？」

「若不趁著這個機會來拜望拜望，就太失禮了。啟京先生投師忒早，是『理』字輩兒前人，無論如何我也得親自登門請教的。」

「這怎麼敢當呢？」家父從家母手裡接過一杯熱茶，捧上前就几面放下，倒退一步，甩兩下袖子，右膝打個彎顫——分神見我坐在一旁，狠狠白了我一眼，我連忙彈站起來。那普查員卻笑道：

「別介！孩子是空子，您也不必多禮；我這腿子前兩年行功岔脈，不靈便了。咱們坐著敘罷。」

家父倒也奇怪，始終沒坐下。其情狀好似我們在學校裡給叫到訓導處捱罵的一般——雙手貼緊褲縫、微垂著腦袋，嘴唇一開一闔，彷彿應答著，可卻出不了聲。

「我聽二才他們說啟京先生飽讀詩書，滿腹經綸，是風雅中人。因此尋思：要給啟京先生帶個什麼見面禮兒好些——什麼南北貨也罷、舶來品也罷，哪怕是金珠瑪瑙，恐怕都嫌傖俗了呢！我於是在祖宗家門兒翻箱倒籠，尋覓了半天，給找著這個——」普查員說著，朝椅腳邊那長條筒子一指，繼續說道：「是『老爺子』生前珍藏的一幅畫，上下皆無款識，看起來倒極像是『老爺子』的先師方先生的筆墨。鳳梧公的畫——啟京先生是知道的——可說是價值連城了。皮而藏之，可以傳世；哪怕是真有什麼應急之需，到處也都有識貨的行家。尤其是沒有題款，脫手更方便——」

「您太客氣了。這禮物太貴重，張某人不敢收，也收不起。我隻身在外行走多年，兩度投軍，早已是逃家光棍；豈能再糟踐老爺子的珍藏、鳳梧公的墨寶？不不不、您還是拿回去罷。」

說也奇怪，這普查員自此根本就不理這個茬兒了，另岔一題，問道：「聽說這一趟啟京先生回部任差，是一位李資政給薦的，可有此事？」

「這是十多年前的事了，薦這差使的是位王代表，至於王代表又請託了什麼貴人，我就不太清楚了。」

「那麼，您也沒見過李資政嘍？」

「王代表是介紹過一位先生見了一面，到差之後也沒再會過。」

「那好。」普查員伸手捧起茶杯，掀開蓋兒撥散了浮葉，卻沒喝，又把蓋兒闔上，笑道：「啟京先生應該聽說這兩年匪諜潛伏份子十分猖獗的情況罷？」

家父囁嚅著，好像應了句什麼。

「這一向都有情報說：暗裡不少活動，要破壞咱們反攻的大業。啟京先生既然人在部裡，也就不需要我多嘴多舌地嚼咕什麼了——一切，都以救國救民的任務為先；啟京先生請千萬留意，若有什麼不尷不尬的人物動靜，務必同二才方面知會一聲。」

說完，普查員拾起几上的紙冊，朝家父晃了晃，意思彷彿是說：「就這樣兒了」隨即一拱手，左掌右拳揖了揖。家父更是虔敬異常，當下分甩雙袖，右膝打個彎顫，道：「恭送尊駕——」

「免免免——」普查員扭身推門，出去的時候朝我擠了擠眼睛，又揚聲衝家父道：「別忘了！我是來普查的。」

老實說：原本期待著像過年守歲一樣通宵待客、接受「普查」的我其實是失望的。再加上日後從小三、小四甚至徐老三等別家的夥子們口中所得知的情況，也頗令我不快——在旁人家，那一夜的確熱鬧非凡。有人說普查員談笑風聲、言辭親和；有人說普查員容貌嬌美、艷光四射。接待他們的家庭總竭盡所有地端出瓜子糖果，有如迎迓一位遠道而來的嬌客，眾人圍聚閑話，笑逐顏開——果真像過了個大年一樣。我能湊什麼說的？我說我家來了個長了條木腿的情報人員，那條腿是被匪諜打傷之後鋸斷、重新配置的義肢。除了小五之外，沒有誰相信我編的故事。

倒是那普查員送給家父的一張畫有些意思。當年在南京東路、遼寧街的老眷舍家戶之間，都是竹篾子芯兒糊黏土砌成的土牆，逢上地震就裂，長長一道璺子，現成是個鑿壁引光的態勢。家母便把那畫張掛起來，正擋住那裂痕，也屏阻了隔壁劉家小鬼窺伺的眉眼。

畫是裝裱過了的，橫幅左右約可六尺、上下高二尺有餘，一旦展開，差堪是整面客廳的寬度。畫面左首是一片樹林，林外有院牆、林中是個亭子。亭裡一張石桌，桌上置布酒菜。繞桌祇坐著兩位古人，臉兒大的一個著紅袍、頭戴官帽，正抻臂攤掌，彷彿侃侃談論著什麼。坐在他右手邊的一個臉子小些，耳朵卻出奇地長，紮個包頭巾，身上一襲藍衣。但見長耳之人右手指間夾著一支筷子，另一支則似乎半欹半斜地剛從指縫之中滑落，筷子尖兒輕輕點著盤中的一條魚——這個細節是我先發現的，設若當時沒能發現這一點，恐怕我家是不可能買下第一台電視機的——回頭再說那張畫：看來像是正吃著飯、聊著天的兩個古人的右邊、也就是亭子的另一側，又是一片樹林。這一邊的林子佔去畫面中間很大的一塊位置，樹幹比亭子左邊的林木都粗，枝梢之上點點離離結著翠綠色的果子。樹林的下方有個小池子，池畔則是假山。再往下，便是從畫面左側緜延而來的半截白色院牆——這牆的絕大部分都給牆外密密匝匝的樹影遮去，祇在此處露顯得多些，可以看出牆是用大塊的方石砌成。

至於假山右方，另有幾竿竹子，竹栽成一字排列，像是斜斜地把整個畫面切分成大小不一的兩塊，右邊較小的這一塊上既無庭院、也無人跡，竟是一方菜畦。畦間的確冒出一叢一叢的菜葉子，一旁還擱著個水桶，桶中盛了清水，舀水的木勺子給人隨手扔在地上。

在菜園的外頭——也就是畫幅的最右邊，竟然是一陣烏滾滾、灰濛濛的煙霧，其間還夾雜著犀白的波紋，有如龍捲風的一般。這一部分十分昏沉黯淡，所幸教一座掛衣服的立架給遮去了，是以還不怎麼礙眼。

有好一段時日，我每天站在牆邊，仰臉觀看那張畫，非常羨慕古人居家能有那麼大的一座宅院。比之我們住的鴿籠眷舍，其寬敞舒適不知凡幾。有一次我同家父說：很想搬到那畫中的大院子裡去住，家父說：「你要是真住進這張畫裡，洗澡的風光不都讓劉家的給看去了。」

不過這沮喪不了我日日在畫前觀看、摹想的興趣。我甚至替那畫中的古人起了兩個名字，一個叫「紅大哥」，一個叫「藍二哥」，他倆的故事大約就是當官的「紅大哥」請小老百姓「藍二哥」做客吃飯，喝「五加皮」、喊「四季財」、「八匹馬」，幾乎就是家父和我老大哥飲酒划拳的情致。

偏有那麼一天吃晚飯的時候，家母嘟囔我筷子拿得不好，將來長大了出門做客要鬧笑話給人說咱們家教不嚴。我抗聲應道：「人家『藍二哥』也不會拿筷子。」

家父漫不經心地問：「『藍二哥』又是什麼人？」

我隨手朝壁上的畫一指：「他。」

家父順勢看一眼那畫，扒了兩口飯，想想不放心，碗筷一擱，起身上前，覷眼睇了睇畫上的「紅大哥」和「藍二哥」，退兩步再將整幅畫左右打量了一回，匆忙嚥下食物，回頭跟家母說：「方鳳梧作畫向例不用典——這畫，不是他的。」

「假的？」家母怔了一怔，道：「假就假罷；說咱家有幅真畫人家也不信，掛上了還得瞎操心。」

「不是真假的問題，是這畫裡另有門道——」家父沉吟道：「既然是萬老爺子所藏，又不是方鳳梧的真跡，難道會是他畫的那一張麼？會是那一張麼？」

這張畫究竟是在什麼時候給取下來的？我已經記不得了。總之「紅大哥」和「藍二哥」對酌的光景倏爾消失，要直到幾十年後我按著徐老三的小冊子找著已經改頭換面的「人文書店」，才又看見它，也才完全看懂了圖中的典故，知道了畫外的故事。在民國五十五、六年間，我很快地就忘了那張畫；因為家父嫌那畫勾起他不堪回首的往事，託人變賣，不意竟得了個好價錢，買了一台電視機。

可以先附帶提點的是：那張畫畫的是曹操和劉備煮酒論英雄的故事。不消說，「紅大哥」正是丞相曹操，「藍二哥」則是使君劉備。典出《三國演義》第二十一回。

昔日漢獻帝立朝，曹操專擅，成「挾天子以令諸侯」之局。獻帝無可如何，祇有血書衣帶詔交付國舅董承，意圖號召「十義」，共聚天下兵馬伐曹。是時劉備寄人籬下，凡事俯仰曹操之意，不得不假事學圃，權扮種菜園丁。未料忽然有這麼一天，關、張不在，曹操派了許褚、張遼引數十人入園，來請使君過相府酣宴。席間曹操遙指空中密雲「龍挂」，謂：「方今春深，龍乘時變化，猶人得志而縱橫四海。龍之為物，可比世之英雄。」又說：「今天下英雄，惟使君與操耳！」這一來，讓劉備吃了一驚，還以為曹操看出他的私志潛謀，遂使「手中所執匙，不覺落於地下。」偏在此時天雨將至，雷聲大作，劉備乃假意怕雷聲，將場面掩飾過去、也當下巧釋權奸之疑。

祇不過在我遐想著「紅大哥」和「藍二哥」的童騃歲月，並不知道這張畫其實藏著個典故，更不知道藉由這畫中典故傳遞消息的正是日後的「面具爺爺」李綬武——畫紙上的曹操與劉備則分別隱喻著「老頭子」和萬硯方。

由於前後都沒有落款，亦未題識時間，乍看之下，這畫不過是張融人物、樹石於一景的作品，除了工筆描繪的細節生動入微之外，並無異常之處。然而，真的沒有什麼異常之處麼？如果我在民國五十六年時便有足夠的智慧讀懂《神醫妙畫方鳳梧》，則想必會發現：萬硯方之所以珍藏這幅畫，豈是因為他看不出這畫出自仿手？相反地，正因他知道這畫看來像極了方鳳梧的手筆、卻出自仿偽；遂從而明白：仿畫者乃是要藉擬似的筆墨來喚起注意，一旦看出這畫之於方鳳梧的真跡祇是「形似而神非」之時，觀畫者已經了悟了畫中用典的喻義是在提醒他：「老頭子」（曹操）對萬硯方（劉備）是存有猜殺之意的。更隱微蘊藉的是：劉備以一個捏造的遁辭——畏雷——掩飾其「失驚落」的真相，而仿畫者又何嘗不是以一種捏造的方式來揭示觀畫者真實的處境呢？

這樣說似乎把情形描述得過於抽象了；其實不然。在《神醫妙畫方鳳梧》這本書裡，就曾經具體敘及這一椿藉工筆細繪之圖傳達祕密訊息的事件梗概。我先把這幾段文字翻譯成白話文，夾附於此：

「我的老師方鳳梧先生一向以為：繪畫這門藝術有幾個漸進的層次。首先是求形貌近似實物；因為不經過這一階段，畫家便不能體會自己和外物之間的關係。修養稍微高些的畫家便不會以形似為滿足，他還會要求作品能夠表達意義，這是第二個層次。若要更進一步，畫家更應視其作品為表現某一意義的唯一形式，而非表現普遍意義的尋常形式，這是第三個層次。再進一步，畫家還應當注意：某畫是在向某人傳達某義，而非向所有的人傳達某義；是以畫家還須懂得如何讓這唯一的意義祇容會心人賞識——這便是第四個層次了。一旦進入這個層次，一幅繪畫便猶如一封私人的信函，寫信的人和讀信的人都會感悟到彼此之間無上的契合。

「方鳳梧先生作畫秉持此理，行醫亦然。對於看似同一病徵的患者，他從不開相同的藥方，總在千方百計診查出病家如何飲食起居、行止坐息的諸般細節之後，仍不肯輕易施針用藥；他總是這樣說：『針藥方劑如丹硃水墨，須在極微小處留意全局，偶一不慎，反而貽禍深遠；一張畫畫壞了，還可以廢棄不顧，拿來糊窗糊壁、覆瓿覆盎；但是一場病診誤了，豈不戕賊性命？那就傷天害理了。』

「從這一點去看，方鳳梧先生的繪畫藝術倒極有可能是從他對個別病理的體會起步，而發展出前面所說到的四個層次。一幅畫的美妙，既不在它如何圖真形似，亦不在它如何寓意存思，而是在它如何顯藏露隱，使某個觀畫的人能獨得所悟——一幅卓越的繪畫，就像一帖高明的藥方，恰好祇能適用於一個需要它的對象。得著那帖藥方而痊癒的病家倘若不祇一個，祇能看成是病家的運氣、福祉，而不該是醫者追求的目的。同樣地，一位優秀的畫家的任何一幅畫，或許祇是為了向某一個獨特的觀畫者傳遞一個知音識趣的召喚，倘若這幅畫不祇得著一個知音識趣的觀者，祇能看成是觀畫者的獲益，而非畫家的成就。

「大約在三十多年前，我曾收到一幅匿名人氏寄贈的繪畫。此畫無款無識亦無題，且未經裝裱。初寓目時，祇覺畫中的一列竹栽十分突兀，各株姿影竟一模一樣，渾似方鳳梧先生所擅繪之孤竹，不過是衍一株為一行。這刻意為之的筆墨非徒襯景而已，更在示告：畫這幅畫的人是要藉由我對方公繪藝的翫熟洞悉來指點我一些意義。

「再閱此畫，我立刻發現它看似說了一個曹孟德煮酒論英雄的故事，其實還隱藏著別的細節。其中最明顯的是身著藍衣、看似為『失驚落筯』的劉玄德的人物。此人在圖中左手懸空、右手持筯，但是畫者祇畫出了他的九根指頭，偏就是右手的食指屈曲，看似為刀鋸截去。試想：劉玄德故作畏雷之語以掩飾他識破曹孟德暗藏殺心的事實，則失落一支筷子的食指反而應該是戟張而非攣屈的；之所以攣屈成截斷狀，豈非另有所指？我於是再仔細研看，又發現畫面右邊——也就是傳說中使君種菜的相府後園地上——放置著一個水桶，桶邊有隨手棄置的木勺。看來這是因為當時許褚、張遼銜命率眾來邀梅亭之宴，劉玄德去得匆忙，隨手將勺扔了。然而仔細比對便可看出：桶中所貯、尚餘清水數升，可是勺底卻呈青黑一片，彷彿殘餘著什麼尷尬物事，使人無法不往殘餘著毒物這一方面去想。

「再看那藍衣人，頭紮包巾，的確像是剛從菜園裡扔下澆作、前來赴宴的模樣。然而，若說匆促間來不及將木勺置於桶中，卻怎麼來得及換上一身長袍呢？倘若劉玄德原本就是穿著一身藍袍在後園澆水種菜，則何以不擔心在俯仰曲直之間弄髒了袍角呢？——他為什麼不往袍子上繫條束帶、以便綰住下襬、免得沾染泥垢呢？是以，衣帶之闕如必定另有密意。

「這幾處十分細微而不合情理的小節立刻令我想起另一個和曹孟德有關的故事；即是建安四年春三月，漢獻帝賜國舅董承衣帶詔、密令其糾合諸侯、殄滅曹氏的故事。依畫中所繪者看來，這藍衣人既是劉玄德，更兼董承和吉平的角色。獻帝密頒衣帶詔之後，太醫吉平曾與董承等共謀，吉平為示忠忱義憤，更咬斷一指、作為誓憑，並設下毒殺曹操之計。孰料事機不密，為董承家奴秦慶童洩報於曹。曹孟德故意邀董承赴宴，席間將失手被捕的吉平推至階下，問曰：『你原有十指，今如何祇有九指？』平曰：『嚼以為誓，誓殺國賊！』嗣後董、吉自不免遇害殞身。這一段著名的故實便隨著《三國演義》而廣為流傳。畫這幅畫的人刻意在圖中留下的幾處令會心者起疑的筆墨，其實是在避過尋常人耳目，而獨欲令我翫味出圖中這藍衣人並不是一個人，卻是三個人。按諸當時我個人的行事處境，不難赫然有所憬悟：這位素昧平生的畫家的確是在向我——以及與我往來密切的兩位人士——示警。這幅畫亦決計不是什麼以歷史故事為題材的作品，而是一封向我吐露微妙消息的祕密信函。」

坦白說：我在三民書局二樓初讀這幾段文字的時候非但不覺得它有什麼道理，反而認定《神醫妙畫方鳳梧》的作者萬硯方果真不過是個家大業大、財大勢大、是以談起藝術來口氣也大得令人生厭的黑道糟老頭。如果以他的持論來鑑賞繪畫或其他藝術品，則一切創作表現都應該是望文生義的字謎而已了。反過來說：藝術創作如果不是出自原有所本、密有所指、暗有所藏、私有所期的一套暗碼工具，便根本不能成立。我對這種索隱派的解讀策略一向是嗤之以鼻的，若非其中提及醫道的一段頗為細膩好玩，引起了我一時的興味，我大約根本不會讀下去。或恐也就是在讀到太醫吉平遇害之後的這個段落結束之際，我隨即扔下了《神醫妙畫方鳳梧》，另往醫藥叢書中去抽揀了那本《天地會之醫術、醫學與醫道》而翻看下去。總而言之，當時我徹頭徹尾忘記了自己在年幼之時曾經日日面對過的一幅圖畫——正是同一張畫，掛在我家四蓆半大的小客廳壁上少說好幾個月。家父在我發現了畫上的「藍二哥」不會用筷子之後火速賣了它，我家開始邁入「有電視機階級」。然而，以後見之明視之，世事自然有較此更為重大者。

如果將民國五十五、六年之間看似無關的一些事件羅列出來，則「備33」以前半首〈月夜憶舍弟〉寓涵後半首〈月夜憶舍弟〉的意思便明顯得多了；非但如此，就連我手邊這七本書之所以在出版日期上有著如此大幅度的間隔也有了初步的解釋。

約莫就在西門町新生戲院發生一場大火——民國五十五年一月十九日——之後不久的二月初，國民大會在台北陽明山召開臨時會議，「老頭子」還以中國國民黨總裁的身分召見所有國民黨籍的國大代表，務希貫徹黨的決策，通過修正《動員戡亂時期臨時條款》。大火發生滿一個月的當天，第一次國民大會第四次會議正式揭幕。再過整整一個月的三月十九日，大會三讀通過由張知本、洪達展等人提出的《動員戡亂時期臨時條款修訂案》。這個案子的主要內容是為臨時條款增列第四和第五兩個條款。

第四款：動員戡亂時期，本憲政體制授權總統，得設置動員戡亂機構，決定動員戡亂有關大政方針，並處理戰地政務。

第五款：總統為適應動員戡亂需要，得調整中央政府之行政機構及人事機構，並對於依選舉產生之中央公職人員，因人口增加或因故出缺，而有增選或補選之必要者，均得頒訂實施辦法。這兩個臨時條款實則即是為「老頭子」一個人增加權力，使總統有權直接召集五院院長和一干軍政首長，掌控全國各級機構的人事和行政大計。

依據第四款的法源，「老頭子」隨即在民國五十六年二月一日頒布了「國家安全會議組織綱要」，該會主席自然由「老頭子」本人兼任；成員則包括總統、副總統、總統府秘書長、參軍長、行政院正副院長、國防、外交、財政部長、參謀總長等等。「老頭子」也因而透過國家安全會議而成為全國唯一合法獨裁的領導人。

以現實言之：「老頭子」原本就是總統暨執政黨總裁，何須駢拇枝指、疊床架屋、另組什麼「國家安全會議」來擴權呢？在張知本和洪達展等人修訂臨時條款的提案裡，曾經提出了三個理由：其一、面臨反攻時機快要到最後的成熟階段，為使憲政體制適應戰時需要，應授權總統，以貫徹統帥權之行使，爭取勝利成果。其二、為有效執行動員戡亂業務，對中央政府行政人事機構的編制與職權，必須能機動調整，所以應授權總統適時、適切地處分。其三、中央民意機關公職人員老成凋謝迅速，應授權總統訂定選舉辦法，以增補選中央民意代表。

事實上，上述的第三點非但不是理由，更祇能看成是維持動員戡亂體制的一個步驟或作法；至於第一和第二點，則暴露了一個在日後看來不可謂不驚人的內幕——那就是在「反攻時機快要到最後成熟階段」之際，有人做了「不能有效執行動員戡亂業務」的事，而現存「中央政府行政人事機構的編制與職權」又無法「機動調整」、「適切處分」，而不得不由「老頭子」出面再加整頓，以貫徹統帥權之行使。

從「國家安全會議」的成立時機、以及其直接掌控國家安全局、國防部台灣警備總部、調查局以及全國各級警政單位等龐大的情治系統和資源看來，內幕似乎是確然存在著的。

一旦從這樣一個必欲見其可疑的角度設想，則凡事無有不可疑者；就連我剛才提到的那一次戶口普查都顯得別有作用了——我們為什麼不可以將彼一行動看做是某種大規模的清查和搜捕作業、而其目的正在於尋覓甚至緝拏一些曾經阻撓或破壞了「動員戡亂業務」的人呢？——那個到我家來普查了半天的跛子不是口口聲聲說什麼「這兩年匪諜潛伏份子」如何如何，以及「破壞反攻大業」又如何如何的嗎？

在這麼琢磨著的時候，我幾度險些脫口而出，想要央求家父讓我把他存在電腦裡的另外二十七條「備考檔」給一口氣看了。我直覺認為：其中一定還有些可以拼湊解讀的文本，暗藏著不少在當年促使「老頭子」隻手重整國家情治系統的祕密。可是話才到嘴邊、卻又縮回了喉頭。我不知道該如何確切解釋這種即近而情怯的感受——或許是我體內那隻藏頭匿尾的老鼠又在騷動著了；牠正掀挑著稀疏而敏銳的鬍鬚，提醒我：咫尺之外這個看上去頹喪失措、侷促不安、且顯然替他的兒子憂忡無已的老人恐怕也有他非常非常之老鼠的一面，他也有不該被任何人挑動、觸犯或撩撥的隱衷。為了向他的兒子揭露這世界有多麼地危險可怖，他已經一而再、再而三地撕裂他心底最脆弱的傷口，讓原本已經被流逝的時光和瑣碎的生活輾拂癒合的痂痕又湧出鮮血來。在這樣想著的時候，我抬腳尖勾起那袋書，探手抱住，低低喊了聲：「爸。」

老人抬了抬眼皮，從某個我無從得知的回憶中醒來，怔怔地望著我，彷彿以一種不勝哀矜的神情在跟我說：什麼也別再問了、什麼也別再想了；像我們這種老鼠一樣的小人物能活一天算一天，逃一步是一步。然而，即便是這樣卑微的幾句話，家父都沒能認真說出來，他的一生似乎總衹能對於我們所無能為力的世界抱以疲憊至極的沉默。

「可是我不能像你一樣，爸。」我順手抓起桌面上那本《七海驚雷》、塞進袋裡，道：「我可不想將來收到什麼狗屁倒灶的渾蛋寄一堆我兒子打野炮的照片來嚇唬我。」

「你不想想高陽麼？」這是家父的最後一記掙扎。他一手托住額頭、再度瞑上雙眼，有如預見了多麼不忍卒睹的景象之餘，猶揮之不去地搖晃著腦袋。

「高陽生前要是來得及把這些東西整理清楚——」我把那袋書和文稿高高提拎在半空之中，道：「寫成了書、發表了，讓大家都讀到、也都明白了；也許還不至於遭了『他們』的道兒——」

「你、你想怎麼著？」家父像是忽有所悟，雙手朝籐椅扶手上一撐，站起了身。此際我早已拔下房門插梢，扭開喇叭鎖，勉強擠出一絲不知該說是安慰他、還是自我安慰的笑容，道：「但是『他們』絕對想不到：我可沒有高陽或者你那樣的耐性，非把事情研究透澈了不可——」說到這裡，我已經衝出家父的書房，跳過長几，直往屋門奔去。

家父在我身後好像還追問了一句：「你要幹嘛？」我的答覆則飄蕩在整棟公寓之外的夜空之中：

「我會把他們攪渾、攪亂的世界攪得再渾、再亂一點！」

第四十三章　小說的誕生

這是我動念要寫作一本名叫《城邦暴力團》的小說的那個夜晚。大雨又劈頭罩臉地下著了，我一鼓作氣跑到中華路、西藏路口，設想著多年以後，當孫小六活到和我差不多年紀的時候，是不是仍然在想盡各種法子逃脫那些個老傢伙的追捕？他應該也會和我一樣、先躲進路口這幢名為「南機場公寓」的國宅型建築中避雨。彼時他身上應該還穿著那件他哥小四打從修車廠庫房裡削出來的夾克，胸前背後各繡了一組汽車油精牌子的英文縮寫字母，腰間纏著孫老虎傳給的一捲軟鋼刀，腳下趿拉著小五親手縫製的黑幫子白底棉布鞋，皮夾子勉強不算空，還塞著一疊他老娘在褥子底下攢了不知多久的小額舊鈔票。這小子也許不急著趕路——穿一身給雨淋得透濕的單薄衣褲行功疾走，這叫沒病找病；他應該會一直在「南機場公寓」地下樓的菜市場裡等到雨過天青。我猜那會是一個和今晚截然不同的季節（最好是微帶濕涼之意的初冬）。直至拂曉前後，夜雨漸息，孫小六不敢大意，先躡步竄上公寓頂層的樓梯間，從既小且破的玻璃窗中向下張望，確認方圓數百丈內並無任何一人的蹤影之時，他便一躍而出，一雙腳掌落在紅磚道上，拳抱兩儀、眼環四象、氣吐三分、腰沉七寸，成了個蹲姿。

關於《城邦暴力團》，我最初的想像僅及於此。這個小小的段落猶如一首交響樂曲乍然展開的動機，反覆縈繞、迴旋，從民國八十一年七月十三日的那個雨夜開始，可說無時無刻不在搧動著、觸探著我的意緒，直到我把它寫出來的那天為止——如果我記憶不錯的話，把它寫出來的那天正是民國八十八年的初冬某日清晨，孫小六當真從我所說過的那個五樓破窗中一躍而出、逃向竹林市去了。

容我不帶任何神祕色彩地簡述一下這個創作動機的來歷：

當我瘋了似地衝逃出門，帶著些許離家出走況味地跑進一場大雨裡去，喊著：「我會把他們攪渾、攪亂的世界攪得再渾、再亂一點！」的時候，我的意識其實是十分清醒的。那聽來譫妄的語言實則再明確不過了；我的意思是：我會用寫小說的方式向那些曾經以窺伺、跟監、追捕甚至偷襲等手段對付我的人們施以最直截了當的報復。惟有透過一本小說，我也才能將「他們」多年以來亟欲掩飾、湮沒、埋葬的真實歷史完全暴露出來。

在那樣叫嚷著的同時，我也非常清楚地知道：「他們」一定早已在暗中等待著——祇是「他們」不會料到：我居然如此肆無忌憚地奪門而出、呼喊奔跑，且全然處於孤立無援的境況。

然而，我真的是孤立無援的麼？當雨水如澆似灌地把我的頭臉、四肢乃至渾身上下每一寸肌膚都淋浸冰涼之時，我猛力地搖起頭來，笑了。不！一點兒也不！因為我確信：在「他們」的對面，還有一批經年累月置身於幽冥晦暗之地的人物也隨時守候在我的四周，於真正的危險迫近之前，這些人會從天而降，猶如在任何一部武俠小說裡都曾不斷複詠的主題旋律一般。我笑著跑進「南機場公寓」地下樓層空曠且闃暗的菜市場裡，大口喘著氣，勉力扯開喉嘴，喊了聲：「出來罷！」

事實上，我根本不知道散了市的菜場裡會藏著什麼樣的人？他們會如何現身？又會如何對付我？一多半兒的心情恐怕祇是唬爛而已——也就是說：我其實有如夜半吹著口哨、唱著軍歌、行經一個在理智的認知之下不可能出現惡魔妖鬼的墳場中竭力嘶聲壯膽而已。帶著些許無人能識破戳穿的激憤，我喊了五、六嗓子：「出來啊！你們通通出來啊？不要讓我把事情全部寫出來啊！我反正爛命一條，你們有種就來啊！」

從廊柱和貼著白磁磚的水泥平台之間飄蕩的迴聲裡，我聽見自己的虛張聲勢——這裡頭存有些許微不足道的、屬於潛意識層次的僥倖心理作祟；說穿了其實很不堪：我沒有往相反方向的雙和市場或者青年公園跑，顯然是因為那兩處所在曾經出現過萬得福、四個豬八戒、面具爺爺以及竹聯幫孝堂的痞子們的蹤跡；而闖進這裡來大呼小叫一番，的確有幾分如入無人之境的氣概。我猛裡喊破了喉嚨，咳嗽一陣，現實感也隨之浮湧上來；眼下有家歸不得，我該上哪兒去把這部小說寫出來呢？

從我倚身而立的柱邊抬眼往東南角仰望上去，勉強可以看見燒臘店老廣門楣上的一角招牌，我也許可以像上一回一樣，敲開他的門、假借徐老三的名義，請他開車送我一程。然而，時隔近十年，我已經完全記不得那幢矗立在龍潭茶園中間的「美滿新城一巷七號」到底在什麼地方了。我當然也可以冒雨跑回村子，看能不能找著徐老三、小五甚至孫小六給帶個路什麼的，可是這樣做不過是重複一遍實則不可能真正重複的人生；一個寫小說的人回頭走進他的故事裡搬請他的角色出來替他解決困境，又是多麼愚不可及的一件事。

日後再回頭比對民國八十一年七月十三號的情況，我著實也不可能在村子裡找到他們。就在我進退失據、前路茫茫的那個雨夜，徐老三已經因為走私進口一貨櫃名為「黑星」的槍枝遭破獲而遠走高飛，有人說他去了越南、有人說他去了廣西。小五則陪著她老娘住進台大醫院的神經內科病房——據說是當年孫媽媽開煤氣鬧自殺那回留下來的老毛病——至於孫小六，當時正給困在第六個逮住他的怪爺爺的廚房裡學燒滷湯，我們必須稍晚些時日才會再不期而遇。

真正冒出來為我指點迷津的居然是我的一個讀者。他的聲音先從一根三尺見方的柱子後頭傳出來：「小聲一點，拜託。」

我尋聲望去，柱子邊兒上歪出半個腦袋來，被稀稀落落、從公寓中庭天井裡透進來的日光燈一照，看得出是個膚色黝黑、髮色焦黃、年紀同我不相上下的男子。坦白說：我登時嚇了一大跳，可緊接著的一個念頭立刻讓我冷靜下來——這時就算冒出來個鬼、恐怕也比我孤零零一個人、在雨夜之中不知何去何從來得好些。我沒吭聲，他的膽子卻彷彿大了些，一晃眼閃出身，站在亮處。這一下我認出來了，他正是下午在青年公園廁所裡自稱是我的忠實讀者的那個冒失鬼。我仔細端詳著他瘦骨嶙峋的一張臉，既想不起是否曾經在別處見過，也不覺得他那長相會是讀我的小說的一種人。

「對不起噢，弄髒你的褲子。」那人又走近了兩步，靦覥地乾笑兩聲：「可是沒辦法，師父說現在很緊急，到處是他們的人——」

「且慢且慢！你是個什麼東西啊？你師父又是個什麼東西啊？」

「咦？你不是張大春嗎？」那人一皺眉，五官全擠到一處去了，囁聲道：「奇怪！是我搞錯了嗎？」說到這裡，他也打量起我來，左一眼、右一眼，像是終於按捺不住了，才略微帶些惱意地嘟囔下去：「我們在榮總見過一面的啊；你真地不記得了嗎？」

我的確不記得了。他是我老大哥道具組裡的助理，曾經向我轉述過老大哥被片場燈頭砸破了腦袋的情景。不消說——他所謂的師父，恐怕就是我那位失蹤多年的老大哥了。

「道具助理就道具助理、老大哥就老大哥，」我有些遭人戲耍了一下的惱意，斥道：「說什麼忠實讀者幹嘛？」

「師父說你現在是名作家了，等閑眼睛裡看不上我們這些低三下四的人物。萬一碰到什麼狀況來不及敘交情的話，就說是你的『忠實讀者』；你聽了一高興，眼睛就看見我們了。」

這話入耳確乎有些刺人，可一聽就知道它正是我老大哥那種老渾蛋說得出來的——也許他並沒有譏諷我的用意，卻很透著些那種自稱是「低三下四的人物」洞觀世故人情的慧黠。我反正是無言以對，祇好點了點頭，道：「老大哥呢？」

「師父剛被放出來，本來說要找你，又怕連累你們家。可是最近風聲實在太緊——」

「什麼剛放出來？你說老大哥怎麼了？」

「你不知道嗎？」那人瞪圓了眼珠子，直往我的左眼瞅了瞅、又往我的右眼瞅了瞅，有如替我檢查視力的驗光師。然後，他以一種極之難以置信的神情緩聲斂氣、一個字一個字地說道：「『一清專案』哪！師父被掃進去了啊！」

那是我在陸軍通信電子學校服役期間發生的事。民國七十三年十一月十二號，國父誕辰，全國放假一天，我和紅蓮在一間叫「平鎮雅築」的民宿熱烈交媾、盡興歡愉。至少我個人無從知曉：由國家安全局策劃、指揮的掃黑行動「一清專案」正在各個地方展開部署。據說僅台北市一地就投入了三百多名警力，分別隸屬於四十六個行動小組。參與者完全不知道任務為何，祇知道上級以直撥電話下達給各行動小組一個命令，而命令內容祇有一個時間指示——么九洞洞；也就是晚間七點鐘。時辰一到，各行動小組才許將事先接到的一枚信封拆開，裡頭是書寫了指定地點的紙條——所謂指定地點，其實是八家散處各地、毫不起眼的賓館。也就以這八家賓館作為前進基地，由各分局長任行動指揮，每分局下轄五到六個小組、展開全面的搜索和逮捕行動。至於行動通知則僅以分局長身上配戴的一具無線電話傳達。至於是什麼人下達命令？命令中往何處出勤？搜捕些什麼對象？以及為什麼要如此劍拔弩張而又藏頭翳尾？則連分局長本人也一無所悉。

當局事後對外的解釋十分籠統、也十分冠冕堂皇：這是有鑑於黑道不良幫派份子近來屢傳南北火併及彼此掩護流竄，為免警方不肖之徒「內神通外鬼」、走漏風聲，而能一舉破獲全省各地黑幫首惡，不得不如此詭譎行事。

關於這項十分重大而審慎從事的搜捕行動，外界有相當多的疑慮和揣測。有謂針對台灣地區所有新幫展開的所謂「肅清」祇是一種白道替黑道搞權力結構重新「洗牌」的掩飾而已。也有謂國家安全局首長汪敬煦藉由大規模掃黑的名目乘機逮捕特定幫派份子——一個替國防部情報局擔任殺手、「制裁」掉某位對「太子爺」不敬的作家的竹聯幫老大——而真正的動機則更幽微難辨；極可能是汪敬煦為了連根剷除國防部情報局長汪希苓寖寖日上、步步坐大的勢力。從這兩個看似倒因為果的推論上看，反而適足以摘發出伏匿其下、暗潮洶湧的宮廷鬥爭——國家安全局卯上了國防部情報局。此案首尾，俱見於我的大學同窗好友汪士淳所撰寫的《忠與過——情治首長汪希苓的起落》（天下文化出版）一書之中，此書初版於民國八十八年四月，正當《城邦暴力團》

寫到我老大哥被燈架砸破腦袋瓜兒，給送進了榮總，而萬得福則警告他：「這還算運氣好的——要是碰上治安單位裡有現成的需要，說不定哪天他就讓人抓進去頂數銷案了。」

簡而言之，我老大哥張翰卿以年近八旬之身教一夥兒年輕力壯、充滿幹勁兒、可是祇能聽令抓人、卻不知道嫌犯犯了什麼嫌的刑警掃進去了。苦窰一蹲蹲了七、八年。於老大哥而言，卻是平生最愉悅、華麗、豐盈的一段時光。用他自己的話來說，是這樣的：「我不過是個『逃家光棍』，字輩低得抬不起頭、直不起腰來；可一蹲著了，居然挨著那麼些『前人』、那麼些響噹噹的『幫朋大老』，可開了眼、長了見識了。」

原來「一清專案」令主其事者始料所未及的是：依據戒嚴時期「取締流氓辦法」此一行政命令，不經法院審理、逕將各地「不良份子」逮捕入獄的掃黑行動竟爾為幾個亡命天涯的老傢伙提供了極其方便的投止棲宿的機會。

熟諳法律的學者專家當然不會像一般愚騃大眾那樣，祇會從新聞報導的片段訊息中得知抓了幾百個流氓，因而額手稱慶。這些知識菁英曾一再會同在野黨政客指責這種「取締流氓辦法」不符合憲法保障基本人權的精神。可是看在我老大哥他們這些老幫老會的光棍眼裡，「取締流氓辦法」反而是莫大的恩賜；正因不須送交法院審理，遭逮捕的所謂「流氓」們祇要往軍事檢察官那裡報個到、應個卯、畫個押，就算完成了偵訊手續；既不必在冗長無趣的鞫審、辯詰過程中虛耗垂暮的歲月，又不必擔心被法官推事者流盤查出他們所不欲透露的某些身世背景。換言之：在常人是輕忽人權、草菅民命的惡法，在我老大哥和他所聲稱的「前人」、「幫朋大老」卻是極其優渥的托蔽或掩護。

其實，在動念要寫《城邦暴力團》的那個雨夜，我對如何勾勒出黑道勢力隱然操控了百數十年來我們這個社會現實的內幕並不全然熟悉，有很多關鍵性的細節甚至聞所未聞。我的初衷祇不過是想透過一部充滿謊言、謠诼、訛傳和妄想所編織起來的故事讓那些看來堂而皇之的歷史記憶顯得荒誕、脆弱；讓那群踐踏、利用、困惑、驚嚇過家父和我的「他們」嚐嚐當獵物的苦頭。我並沒有預期會和我老大哥重逢，而真正同那幾乎已遭掩飾、湮沒、埋葬的真實歷史再會。

第四十四章　飛蛾撲火

重獲自由的老大哥經由老東家李行導演的介紹，替一家專門將老電影翻拷成錄影帶的公司看管工廠，職稱是廠長。這工廠佔地十五坪，乃西門町某套房大樓之中打通使用的兩戶，裡頭堆疊著五排錄影機，每排橫六直五三十台，總計是一百五十台，便是這翻拷工廠的主要設施了。當年老大哥道具組裡的助理別無頭路，也早就成了這行當的技師——所謂技師，不過就是自己叫著爽，所負之責則是將人家製作完成的錄影母帶轉拷成一般市場上發行的帶子，貼上標籤、裝進塑膠盒、封裹玻璃紙，再分送到店頭陳列銷售或出租而已。老大哥當初收了七、八個助理小徒弟，待得他出獄再回台北之時，還剩下三個，都是這同一家翻拷公司的技師。一來是李行導演的情面，二來也是和老大哥有過那麼一場師徒之緣，三位小徒弟照常輪班幹活兒，卻把老大哥這廠長服侍得挺認真，菸茶不離手，便當送到口，外帶一天一瓶蔘茸酒。此外，他們還得分勻出不少時間替老大哥執行他交代的任務——暗中查訪我的行蹤，一旦我落了單，就得想法子尾隨保護。

顯然老大哥沒料到我會突然出現，當時那一百五十台錄影機正放映著李小龍的《精武門》——準確一點說：當我再看見老大哥那張較十年前蒼老得可以用「殘破」二字敘述的面容之際，有一百五十個李小龍正在迫令一百五十個壞蛋吃掉一百五十張寫著「東亞病夫」的題匾，同時厲聲斥道：「這一次叫你吃紙；下一次叫你吃玻璃！」

老大哥的五分短髮全白了，右臉從太陽穴以下直到嘴角刻了條可以清楚辨認出釘孔縫線痕跡的傷疤，整條左眉像是給連皮剜了去，原處光潔無毛，變成一塊粉紅色的肉丘。老大哥乍地狠狠瞪了那助理一眼，彷彿是責備他「怎麼把人給帶來了？」的那麼個意思；可隨即又衝我咧嘴一笑，嘴裡祇剩下一、兩枚半黑半黃的牙勉強招搖迎迓了：「弟弟！怎麼說來就來了？這兒可不是個說話的地方。」

「你怎麼搞成這個樣子？」

「人老了，再怎麼搞也就是這個樣子了，嘿嘿！」

老大哥的確是在台南縣仁德鄉一個專關重刑犯的監獄裡受了不少折騰——其中一多半兒是他自找的。事實上，我們甚至可以這麼說：當年衝著雷厲風行的「一清專案」不約而同、飛蛾撲火、鋃鐺入獄的一票老傢伙都是自找的。這叫置之死地而後生。在這裡，我必須先岔筆重提高陽在《奇門遁甲術概要》的蝴蝶頁上所寫下的一段話：

物無不有表裡，人無不有死生。表者裡之遁，裡者表之遁；死者生之遁，生者死之遁。是書（按：即指這本《奇門遁甲術概要》）之表，皇皇乎獨發奇門之術，見微知著、發幽啟明；然余疑此書非關死生而另有所遁。恐其裡實為萬氏之徒策應聯絡之暗號曆法也。

我不知道高陽此說有何確證，但是這本早在民國六十六年七月即已出版的書裡的某些片段則確乎對「一清專案」之前所發生的一些事件有著奇特而微妙的指涉。

從表面上看，《奇門遁甲術概要》未嘗不可以是一部談命理、說天人、宣揚神祕主義的占卜之書。我記得當年孫小六在美滿新城時跟我說過一段「面具爺爺李綬武」扔石頭砸下直升機來的故事，就曾經提過一條也記載於這書裡的口訣：「天衝值辰，鯉魚上樹，白虎出山，僧成群。徵應後四十日內拾得黃白之物，發橫財。七十日內家主有折傷之患。」這條口訣的前半截果然應驗：就在民國六十六年三月三十號當天上午，那架林務局包租的直升機八—一三一〇三像一尾碩大的鯉魚一般橫陳於巨樹之顛。穿著白色緊身護體衣靠、臉上罩著鬼頭面具的李綬武為了開艙門救人而不惜現身、而教副駕駛某當作白老虎而喧騰上報。稍後也當真有一大群正在做法事的僧人前來救援、還正正經經喊著軍事口令……除了這些之外，依照家父和我這一邊的記憶來推演，三月三十日之後的四十日，正是民國六十六年五月九日，孫小六往他家信箱裡塞了根金條，還在牛皮紙信封上寫下：「爸：不小心減到這個給你用／小六」。之後不到一個月，孫老虎便教一批惡客給打斷了肋骨。這不正吻合於口訣後半截的「拾得黃白之物」和「家主有折傷之患」嗎？

儘管用高陽那套「出版日期是一本書唯一篤定的內容」之論來指稱：《奇門遁甲術概要》之問世乃在孫老虎捱揍之後近一個月才出版，則作者趙太初仍有可能是拼湊已然發生的瑣碎小事入書，詭為預言；然而，這又需要多麼繁複而龐大的搜索工程和多麼緊湊而急迫的印刷作業才能成功呢？更何況以孫小六的親身所歷者證之：李綬武著實是在無意間持石打下八—一三一〇三的同時就唸出了那一串和書中所載者一字不差的口訣了。換言之：作為一部談玄論命之書，毋寧以為《奇門遁甲術概要》的確奇驗靈準——可是，這仍非高陽所聲稱的「實為萬氏之徒策應聯絡之暗號曆法也」。

所謂「策應聯絡」而需要使用「暗號曆法」，則表示「萬氏之徒」不能明目張膽地相互往來。讓我們如此想像：有一群迫於環境條件、不能公然交際、甚至不能藉由公開方式傳遞音信的「萬氏之徒」該如何避人耳目、又溝通無礙呢？

當老大哥在一百五十個李小龍的嗥嗥怪叫聲中告訴我：有那麼一票老傢伙銜著「一清專案」不約而同、飛蛾撲火、鋃鐺入獄、置之死地而後生的時候，我不得不揣想：究竟是什麼原因促成這票老傢伙非但不逃命，反而像是看見了號召團結的大纛飄揚、聽見了宣示重聚的吹角響亮，從四面八方的隱形匿跡之處現身，齊入羅網？

我立刻從書袋裡抽出那本《奇門遁甲術概要》，翻到書末——也就是當年趙太初斥責我「沒讀就嗤之以鼻」的段落上；那是明儒劉伯溫所寫的一篇〈奇門遁甲總序〉。我飛快地從頭到尾瀏覽一遍、再一遍、又一遍——每句都讀明白了，可是合起來有什麼要緊的意思卻半點也不懂。

「你也看這個？」老大哥驚呼一聲，缺毛的粉紅色眉丘乍地一亮，道：「我們萬爺也是看這個的。」

「你說的萬爺該不會是萬硯方罷？」

「我哪兒有那個福分兒見得著『老爺子』啊？萬爺是萬得福萬爺，你小子也見過的；人家不是還託你給解個字謎麼？你不會給忘了罷？」

「字謎算什麼？我十年前就解出來了——」

「別說！別說！千萬別說出來，我的小祖宗！」老大哥一副要上前來捂嘴的模樣兒。我搶忙閉氣退身，將書袋和《奇門遁甲術概要》護在胸前，彷彿可以略事抵擋一下他渾身透體散發出來的那股子惡濁腥臭之氣：

「你離我遠點兒！」

老大哥果然住腳不前，可臉上繃不住仍綻露著喜色，眼眶和鼻孔都浮閃出又像水、又像油一般亮晶晶的汁液，半是哭、半是笑地說：「好極了！好極了！我就知道弟弟你是給我、給咱們張家露臉的。可此處不是個說話的地方；你、你、你得隨我跑一趟，無論如何你得隨我跑一趟。」

「可你得先告訴我——」我晃了晃那本《奇門遁甲術概要》：「這本書裡有些什麼機關？你們那位『萬爺』又是怎麼讀這本書的？」

老大哥愣了愣，好一會兒沒回過神，似乎十分詫異於我放著正經事不問，反而岔入了一個他從來沒有興趣瞭解的話題。我祇好再追討下去：

「當年我拿到那張字謎的時候，你們那位萬得福說他等著解惑釋疑，已經十又七年了。倒推回去，字謎是民國五十四年間做出來的。若說其中真有什麼大了不得的祕密、而一時半日之內又當真找不到一位通書識讀的能人來解惑釋疑，難道這十七年悠悠歲月還不夠久嗎？為什麼非要找上我呢？偏偏我這字謎一到手，情治單位的人也上門了、竹聯孝堂的人也上門了，連你們老漕幫的什麼狗屁『幫朋大老』也上門了——」

「噢？」一聽我說到「幫朋大老」，老大哥興頭兒來了，喜孜孜問道：「是哪一位啊？」

我可沒工夫跟他扯絡當年被錢靜農和魏誼正考出來個碩士學位的細節，遂不理他的茬兒，繼續說道：「還有人隨時隨地盯著我、偷拍我的照片。我倒要問問你：你老小子給我惹了多少麻煩，你自己不知道麼？我不過問你一樁雞毛蒜皮的小事，你支支吾吾個什麼勁兒呢？」說著，我又晃了一下手裡的書。

老大哥朝書睇了一眼，露出一絲恍然大悟的表情，堆起密麻麻一臉皺紋笑道：「鬧了半天，你說這個啊？嗐！這個沒什麼大不了起的嘛！咱們萬爺都是這麼看的——」

老大哥順勢把我手上的書一橫，我幾幾乎沒抓穩，幸虧一根食指還叉在劉伯溫那篇文章上，支住了。再定睛一看，老大哥的手指尖兒已經朝下一頁彈去，我才發現：此書在這篇〈奇門遁甲總序〉的後面還有幾頁文字。一如坊間所有的命理書一般，這本《奇門遁甲術概要》也附錄了一些看似真人實事的案例，由作者加以推演解析、增益其可信度。老大哥所指的第一篇是這樣寫的：

土城林君占婚姻：是庚金為男家，乙奇為女家，六合為媒妁。庚之落宮生乙之落宮，得在乙吉格，主男家愛女家。乙之落宮生庚之落宮，得在庚吉格，主女家愛男家。然乙年不得在巳，在巳則庚宮剋乙宮，主男家嫌女家，不成。庚年不得在申，在申則乙宮剋庚宮，辛宮剋甲宮，主女家嫌男家，亦不成。強成之後，必有刑傷；庚金入巳而乘凶格者，刑夫；乙奇入申而乘凶格者，刑妻。然若以乙奇為妻、丁奇為妾，太白庚金為夫，此二女共事一夫。若乙丁之落宮生庚之落宮，其女必肯嫁。乙丁落宮剋庚之落宮者，不肯嫁。乙丁宮相比合者，除酉肖人則主妻妾和諧。如乙宮剋丁宮，主妻不能容妾；或丁宮剋乙宮，主妾欺妻。此乃兩宮星相犯之勢也。若乙丁入宮、陷庫絕之勢，主不能成；成亦不利。如庚金宮生丁奇之宮，亦主徒勞。故知土城林君之婚姻，非納妾不可乘吉格；然納妾須擇丁奇，且不可擇酉年雞肖所生之女也。

老大哥指尖劃處，竟是這段以每行四十個字排印的占卜批文的最末一字，自右而左、橫向順讀下來，則是「乙巳甲申丁酉星主生」。

「這又是什麼意思？」我仍舊混天胡塗遍地痴，一字一字唸出聲來，「乙巳甲申丁酉星主生」。

「這就是你們年輕人忘本滅祖了哇！乙巳——」說時老大哥拿小指尖摳了摳眉丘，屈伸另外四指略微一掐算，應聲道：「乙巳年，是民國五十四年。甲申月，是古曆七月。丁酉日麼——是十五月圓之日。這一天，是星主降世的日子。」

「星主又是什麼人？」

老大哥一聽這話可就樂了，道：「你問我？我算個什麼蔥花蒜末兒的東西？我懂個屁呢？還是那句老話：你得隨我跑一趟，咱哥兒倆見著了萬爺；也好把前帳了一了。有什麼蹊蹺的話，就讓萬爺當面講給你聽。你說怎麼樣？弟弟。」

我沒有立刻答他的話，倒是耐著性子、照著他方法，繼續翻看《奇門遁甲術概要》的最後幾頁——果然，在接下來的所謂「占卜實例」中，順著每一行最末一字由右至左讀下去，都會出現以天干地支排成的年、月、日以及某事之簡述。比方說：「乙巳己丑戊寅火災」、「丙午庚子己酉戶查捕逃」、「丁未戊申丙辰始授星主醫事」、「壬子戊申丙戌始授星主奇門遁甲」——

讀到這一例上，我不由得倒抽一口涼氣，連嗓子也啞了：「老、老大哥，你、你再給算算：這幾個日子——」

老大哥每算出一個日子，我的腦袋瓜兒便猛可抽搐一陣；彷彿有人拿了一根杵子在裡頭翻之攪之、研之磨之，務使不得安寧的一般。可是，我不應該感到意外或陌生的——這些簡略的注記，正與我過往生命之中許多參差錯落的足跡履痕交疊、雜沓，祇不過我大抵入目而無所見、充耳而無所聞，自以為是隻與世事無關無礙的老鼠而已。

其實，運用藏尾格的手法隱而射之的這五則文字分別指示著陽曆上的「民國五十四年八月十一日」、「民國五十五年一月十九日」、「民國五十五年十二月十六日」、「民國五十六年八月二十日」，以及「民國六十一年八月二十三日」。光看日期，於我一無意義；可是最後那個日子裡的「始授星主奇門遁甲」卻令我不得不想起孫小六來。

孫小六會是個什麼大不了得的「星主」嗎？

根據日期來推算，民國六十一年我初入高中，年十五；孫小六則剛滿七歲。在失蹤大半年之後與我重逢，他的確曾經得意洋洋地跟我炫耀：「張哥我以後說讓你找不著就讓你找不著，絕不蓋你。」如此倒推回去五年，民國五十六年的八月二十日——也就是教大火焚燒殆盡而又重建開張之後未幾，「大牙爺爺」開始傳授孫小六《呂氏銅人簿》口訣；是時孫小六正在牙牙學語，悟性未開而記性過人，把一整部「少林十二時辰氣血過宮圖」背了個滾瓜爛熟。

再之前的兩個日期分別是全台灣第二次戶口普查和西門町新生戲院大火——毋須贅言，逕以「捕逃」二字視之，那一次規模空前絕後的戶口普查恐怕正是一個較縱火為尤烈的搜捕行動的掩護；併而觀之，兩者則更非孤立無關的個別事件了。

對於第一個日期「民國五十四年八月十一日」，我還沒來得及多作聯想，老大哥倒搶忙探指過來比劃了一下：「就是打從這一天上出的事兒——你一定記不得了，弟弟——不出這麼個事兒，後首到今天還不定怎麼個太平天下、天下太平呢！唉……」說到這裡，老大哥那張殘破的臉扭曲得更厲害了。但見他側身一讓，搖頭晃腦地似乎是在覷估方位；覷準了大約是東南邊的牆角，登時向空拱手，自頂至脛，長長一拜，道：「逃家弟子張翰卿，給老爺子在天之靈請個晚安。老爺子魂歸極樂、成仙成佛，到今日已經整整二十六年十一個月另兩天啦！弟子無才無德，不能替老爺子雪冤報仇——」說時老大哥忽地噼噼啪啪往自己的左右臉頰上甩打了七七四十九巴掌，直打得面色通紅、筋肉浮腫。打罷了回頭衝我又一咧豁牙的嘴，笑道：「舒筋活血，這是；沒什麼。」

我刻意不搭理他那種帶著幾分誇示其老當益壯的得意之色，翻開《奇門遁甲術概要》的下一頁，指尖橫掃過每行末一字的藏尾格字串——「丙辰辛丑丙申始授星主天人雜術」，問道：「你再給算算，這個——」此際我靈光一閃，想起孫小六曾經告訴過我那段「面具爺爺」在雙和市場裡把他擄走的故事，當下一怔，順眼瞄下去，另一段字串是「壬戌癸卯丙戌始授星主家技」。

「還有這個！」我驚聲叫了起來，脫口說道：「是不是陽曆的民國六十六年二月八號、還有民國七十一年三月四號？」

老大哥已經有些不耐煩了，嘴裡老大不情願地嘟嘟囔囔了一陣，十根手指倒是沒閑下來，不多時果然把我從孫小六口中聽來的兩個日期一字不差地複誦了一遍。

「你小子到底是讀書人，一學就會算了啊？」老大哥仍自笑著，接口應聲又誇獎了一大套，我卻連一個字也沒聽進去，忙又翻到次一頁——正是《奇門遁甲術概要》的最末兩頁。

在這最末的兩頁上，卻又不是什麼案例，而是作者知機子趙太初藉由前述的幾宗占卜記錄來呼應劉伯溫那篇總序所謂的「分天地於掌握，羅列宿於心胸」，俾使「風雷從其呼吸，神鬼聽其指揮」之意。不過，每行末一字仍舊藏著機鋒。其全文如下：

> 劉伯溫承孔明之業，而益入於神，故有運籌決勝之算。此乃心悟，不可以言傳。故「四季甲時，陰內陽外，須分主客，始決雌雄」之語，非有志於衛國安民、出將入相者所可泥也。子不聞「仲甲陽內，宜於堅守，而利於藏兵」乎？否則丁加癸，致朱雀投江而興訟獄；辛加乙，是白虎猖狂而毀身體；癸加丁，為螣蛇夭矯而憂惶至；乙加辛，故青龍逋逃而財帛失。亥矢魯魚，非奇文古義之難明；陰錯陽差，實急功近利之易困。撫今而觀之，誠伯溫所謂「庚加於己，士卒死於中途」之局，舉動皆不利。然盱而衡之，凡魏之暢適、趙之蕭清、錢之戍削、李之密贍、汪之流麗、孫之豪邁；固不世之才，何患而不能自容於天地之間？宜退藏入密、徐圖緩成。竹影釣叟詩曰：漢關秦月總無窮／福禍安危付鏡中／妙悟天機緣巧遇／愁牢物幻愧童蒙／蹄摧千里甘伏櫪／翮墮九霄戒近功／我笑諸君皆白首／白首須知萬事空。

這段文字的前一半兒幾乎全抄自劉伯溫的那篇總序，尤其是什麼「丁加癸」、「乙加辛」之類的野狐禪，直讀得我有些光火了。好容易忍住氣，讀到了後一半兒，才勉強覺出一點興味；這得從「戍削」那個詞上說起。

「戌削」是個極罕見的用語。原本是用來形容人穿著剪裁合度的衣服，也常引申了表述某人身形清癯高瘦。「戌」的讀音作「趣」、而非地支戌狗的「須」音。倒是清初的史家兼詩家王夫之很喜歡用「戌削」入文；他的《薑齋詩話・卷二》裡就曾經摹仿曹丕〈典論論文〉的筆法，形容高子業「戌削」。事實上，引起我注意的原因也在這裡——趙太初可以說一字不改地襲用了《薑齋詩話》勾勒孫仲衍、周履道、徐昌穀、高子業、李賓之和徐文長等六家風格的修辭，來稱道（包括他自己在內的）六個神出鬼沒的老傢伙。之所以如此，除了借古況今之外，難道祇是為了嵌入行末的那個「戌」字麼？

再往下看，「竹影釣叟」的別號眾所周知，正是多年前暴斃的漕幫「老爺子」萬硯方。至於這首詩，也曾出現在萬氏遺作《神醫妙畫方鳳梧》一書之中。我立刻從袋裡翻出書來一比對，果然字句並無二致；原詩還有個副題：「乙巳上元與六君子荷風小集有感草成」。行間則是高陽親筆批注的文字：「蹄催翮墮一聯，既用王安石〈送子思兄參惠州軍〉詩之句：『驥摧千里蹄／鵬墮九霄翮』，復改『老驥伏櫪，志在千里』之語；翻折事典，毫不費力，頗見意思。末句脫胎於陸放翁示兒詩，第以另眼細翫『萬』字，莫非此老已有先見之明，而以詩示警諸子耶？」

此際，我對萬硯方其人的處境如何並不怎麼關心；倒是發現「乙巳」二字先前解過：它指的是民國五十四年。這一轉念，我便又聚精會神地注意起趙太初在書末埋伏的最後一個機關：「甲子乙亥庚戌入牢」這八個字串絕非沒有意義——而且，前一個日期的「壬戌」既然是民國七十一年，則「甲子」自然是兩年之後的民國七十三年。我正遲疑著，老大哥卻蹭過半截身子來，搶道：

「是囉是囉！甲子乙亥庚戌，錯不了的，陽曆七十三年十一月十二號。萬爺讀書識字，知道這書上說的便是正日子，咱倆連個包袱也沒打，抬腿拍屁股就蹲進去了。」

「你說的是——是那個『一清專案』？」

「可不？」老大哥一挺胸、一直腰桿兒，跌暴著五七分英雄氣息，連嘴角也朝下撇著了：「萬爺領著我就近找著個堂口，亮了字號兒，祇說：『待會兒有來拿人的，你們就推說我萬得福、還有這位張翰卿，俱是帶頭兒的首犯，旁的什麼閑言碎語不要多講，等來人把咱倆帶走了，管保你們這幫小崽子們過它三年五載風平浪靜的好日子。』

「也別說那幫小崽子們模樣兒沒多大出息——一個破爛堂口不過就是個賭麻將的『富貴窰子』，可一個個兒橫二霸三、頂不服分兒的呢！居然當場掏出幾管噴子來；萬爺探出根手指頭，堵住一支噴口，說：『你小子扣扣扳機試試！』那小子不信邪，扳機一扣就炸了膛。這一傢伙鬧得痛快——咱倆，嘿嘿！不想進去也不行了——」

「不對！完全不對！」沒等他吹完牛皮，我翻開書封底——上頭明明白白印著一行「中華民國六十六年七月台初版」字樣——這是如山鐵證、唬誰也唬不了的：「六十六年出版的書，怎麼可能寫出七十一年和七十三年間發生的事呢？」

「怎麼不可能啊？什麼叫不可能啊？」老大哥又一挺身軀，連脖子彷彿也抻長了：「老子歡喜蹲苦窰就去蹲苦窰，不歡喜了就出來不蹲了，有啥不可能的？」老大哥單挑起一隻右眉，衝我喝道：「今兒幾月幾？你說！」

「七月十三。」

老大哥又掐指算了一通，道：「那麼是壬申年、丁未月、庚寅日。要是我說：到了丙子年、辛丑月、戊午日，那幫子騎著摩托車嚇唬你的小混混就要散夥，你看可能不可能啊？」

我學著他屈伸手指頭的樣子，勉強算出「丙子」是大約四年以後，便再也算不下去了，遂嗤道：「民國八十五年的事，誰知道？」

「不是八十五、是八十六。陽曆一月十六號，到了那一天，竹聯幫孝堂那幫子小王八蛋就玩兒完了！我說這話，你信不信啊？弟弟！」

「照你給我惹的麻煩看起來，」我兜轉身，自顧往一排一排可謂森然壁立的錄放影機和電視牆間胡亂踅逛，一面懊聲惱氣地說道：「我還等不到八十六年呢——出了你這破爛工廠我就玩兒完了。」

「不會的不會的不至於嘛！」老大哥緊緊趨步跟過來，道：「你要是還為著那年捱槍子兒的事嘔氣，自管打老大哥幾巴掌、踹老大哥幾腳丫。要說當年麼——那些日子老大哥也不好過，再硬的腦袋瓜子也抗不住那麼些燈架子一回又一回地砸呀！你說是罷？」

這老小子不提，我還險些兒忘了。可不？打從捱了那一槍之後，除了在營服役期間，多年來我從不敢輕易脫下徐老三給的那件「殼子」；無論嚴寒酷暑，一逕貼身穿靠；不知情的人總以為我老挺著個鼓凸凸的小肚子。有一次接受電視節目訪問，一位知名的女主持人居然盯著我的肚子說：「聽說作家都喜歡喝兩杯，您一定也不例外罷？」

然而就在這一剎那之間，我聽出個破綻來，忙不迭地回嘴問道：「你怎麼知道我捱槍子兒了？」

老大哥似乎也猛地察覺失言，伸出雞爪般的五指待要捂嘴，反而露了痕跡，祇得期期艾艾地揮舞著臂膀，誇張著不耐煩的神情，道：「這、這——嗐！不早告訴你了嗎？這兒不是個說話的地方。」

「你有能說話的地方，咱們這就去！」

「嘿嘿！」老大哥驀地一拍巴掌，隨即衝我的鼻尖一指，樂道：「君子一言，快馬一鞭！」

這時，螢幕上的一百五十個李小龍騰身躍起、衝向一陣鞭炮也似的槍聲，卻不曾落地；他凝結在半空之中的最高點上，胸口迅速滲出一枚血紅殷殷的「終」字。

第四十五章 殘稿

於李小龍誤服Equagesic（一種複方阿斯匹靈和美丙胺酸混合藥片，有抗抑鬱功能）而暴斃之後十九年，我不期然對《精武門》全劇的最後一個鏡頭有了和少年時代初看時大不相同的觀感。

李小龍騰身躍起、衝向鏡頭，四周響起一陣鞭炮也似的槍聲，電影在他未曾墜下的那一格底片上結束，故事裡一代大俠霍元甲最鍾愛且武技最高明的弟子「陳真」——一個虛構出來的英雄——想必是死了。然而在另一部隨片拍攝的八釐米記錄片上，李小龍當然沒有被亂槍打死，也沒有凝結在半空之中；百分之百吻合牛頓的物理定律，他落下來（而以觀眾之想像、他一定會奮力踢出的最後一腿根本未曾踢出），掉在片場工作人員預先鋪好的假石磚地上。李小龍用大拇指抹去鼻尖的汗水，略事小憩，準備拍攝下一個鏡頭。

所謂下一個鏡頭，反而是出現在剪輯完成、公開放映的影片中稍早的一段畫面，也就是英雄「陳真」在大廳上筋虬肉結地賈勇怒喝，加上一小段助跑、跨越一截尺把高的門檻、向庭院飛奔的鏡頭。

這樣倒著時序拍攝是不是為了鏡位安排作業的順利使然？則我不得而知。不過，在那段八鼇米的記錄片裡，我們看見李小龍捧著個保溫杯在喝水，攝影組的人七手八腳扛著一干器材自敞開的大門外穿越庭院、移入廳堂，先拍攝了眾槍齊發、槍口冒出白煙的鏡頭（這個鏡頭在公映的版本裡又被剪掉了），再掉轉一百八十度、準備拍攝李小龍怒喝奔出的片段。這時，李小龍原聲的旁白以一種帶有濃重廣東腔的英語道出：「My movement is the result of your movement. My technique is the result of your technique. Total fighting freedom is what my style all about. It's actually no style.」

再度想起這部關於李小龍的記錄片時我已置身於一列南下的火車上，車廂中零零落落坐著五個人——除了我和老大哥之外，還有他那三個看來不情不願、睡眼惺忪的徒弟——此時不論你稱他們「技師」甚至「廠長」，他們都不會搭理你的。大致說來，我們坐成一個梅花陣的型式。我居中，老大哥在右後方三排之外的窗口，那三個則分別佔住另外三個方位的窗口，我前面的兩人還把椅背翻移到對向而坐，以便能觀察我後方的動靜。這就十分尷尬了，因為我們三個人的視線總會在刻意迴避之時不期而遇。四目既不免交接，我便更能感受到對方在老大哥頤指氣使地差遣之下「護送」我這一程是多麼地無聊、無奈，又多麼地敢怒而不敢言。於是我祇好低下頭，抽出高陽那疊手稿來讀。

我沒有特別注意所搭乘的火車是哪一種型號，祇知道它大站小站無站不停，且不時會碰上必須暫停讓軌的會車狀況。應該是行經竹南附近的某地，我們這列車居然在曠野中停了半個小時之久。我從而讀完了厚甸甸的一份手稿，祇覺渾身上下的每一個骨節都像是當年在青年公園裡被孫小六整治了一番之後那樣，忽然間崩鬆脫落、又在轉瞬間接合了回去，還發出「叱叱喀喀」的聲響。

我在這一刻重新想起《精武門》和那部暴露拍攝作業實況的記錄片來——可不衹是因為骨節叱咯作響、渾似李小龍的緣故；更準確而深沉的原因是：我開始面對一個寫作上的問題——該如何將腦海中衹有一個畫面的《城邦暴力團》寫出來？寫成之後的《城邦暴力團》要像《精武門》那樣的一部電影，還是像側寫李小龍的一部記錄片？我之所以如此困擾，乃是因為我所想像的、虛構的情節有如一部剪輯完竣、順時展開的《精武門》，但是故事平庸、張力荏弱、內在情感既單薄、又刻板。然而在另一方面，我所面對的真實材料卻奇險詭異、荒怪迷離，充滿了超越經驗和常識範疇的生動細節；偏偏這些真實的材料又非依循時序的推移而為我所得——許多較早發生的事件是截至我細讀高陽的手稿之際才顯跡露相的，當這些材料正補充著我行將遺忘的一些生命記憶之時，我就活像是一個誤把八釐米記錄片的畫面植接到劇情片裡去的導演，讓胸口已經冒出一枚血紅的「終」字的「陳真」落下地面，以大拇指抹去鼻尖的汗水，走入大廳，準備面對門牆外正噴出硝煙的槍陣，怒喝一聲……

恐怕也正是在竹南附近那個曠野之中不進不退無前無後近乎永恆的等待期間，我決定將高陽的手稿抄入《城邦暴力團》的情節裡面。也正由於這份手稿的篇幅龐大、內容蕪雜，抄也不勝抄；衹好揀擇篩濾，裁去其中大抒思鄉之情、憂國之感以及痛詆學、官兩界衮衮諸公貪鄙庸懦的章節。如此剪摭，居然亦能成章，可見高陽行文，常隱端緒於枝蔓，令讀者初讀如隔霧看花、再讀則撥雲見日，三復斯旨，則赫然發現：那些看似無關宏旨的細節、議論甚至個人感慨，其實卻是把來調劑情節，製造「穿插藏閃」趣味的佐料。儘管如此，我還是不得不精簡刪削，載抄載惜了。以下便是高陽之文，原亦無題，姑名之曰「殘稿」——

高陽殘稿

記不得是多少年以前了，閱書讀報之餘，偶有所悟，而時過境遷，往往茫然；有時寫稿，更覺某一事曾持一看法而有當於心，此看法如何？則每每不復省憶，輒大憾，遂作「隨手」，欲矯其失，然又不耐小品之薤露易晞，作了六篇，便罷手了。

「隨手」算是一體，清朝軍機章京的術語，辦某事畢，隨手錄其緣由，勤筆則免思，多記以備忘也。

某夜與周棄公、沈雲公、徐高公、張佛公小酌，聽周棄公說「縣太爺的笑話」，其中有「錢收發」一則，大意是說：民國二十年前後，有趙某經發表為蘇北某縣縣長，接獲委令，趙某之父便與新官兒子扃戶密商，該如何在任上搞錢。當時縣長兼理司法，縣府收發處收受狀子，是個極有膏水的關口，老太爺堅持自充其職，卻礙於兒子是太爺、卻怎好委屈老子幹收發呢？遂想出個改姓的主意，讓老太爺冒姓錢，賃居邸外，彼此皆不認父子的關係。老太爺得以自營金屋，又添了外快，自然不安於室，甚至包了名土娼。久之老太太聞訊，即命兒子撤了老子的差。可是撤了差，豈不也斷了油水的路？老太太祇好妥協，但是堅持讓老太爺下班之後即回邸舍上房。老太爺無奈，祇得日日等縣府職員走光，看清了四下無人，才一溜溜到後進，躲在老太太房裡。不意終有一日失風，教一名新來當差的衛士誤作賊人追拏，最後卻在老太太的床上逮住。第二天的茶坊酒肆裡便鬨傳開了：縣長老太太偌大年紀還偷漢子——偷的是錢收發。

笑談也就罷了；席散之後，徐高公與我同車，逕謂：「棄子的故事不是笑話，而確有其事。你還記不記得你當年在王叔老麾下做幕，有個叫田仲武的貼身扈從？此人便是拏住那『錢收發』的衛士。那一回捅了個大漏子，差使也砸了，人倒是改了運；溯江而上，去了南昌，際遇果爾大大不同。此人現在台北，開一爿餃子莊，生意作得極好，得閑一同去嚐嚐。」

原本是一席閑話，徐高公並未深談——那田仲武西去南昌如何改了運？又有了怎樣不同的際遇？待我訪著田仲武，大啖其山東風味的手皮韭菜豬肉水餃之時，徐高公已經物故了。

於此不得不補說我在王叔銘將軍任總長期間與田仲武初識的一段舊事與見聞。

民國四十六年，我適在岡山空軍官校任上尉文書官，承老友魏子雲介紹，北上到參謀本部總長辦公室服務，因而結識了田仲武。此人原籍山東萊陽，北人南相，是個五短身材。某日我同他打趣：「你老兄身量如此，怎麼保總長的駕啊？」田仲武笑答：「不敢學晏平仲的車伕，祇好低身處世——既然是出生入死的活計，無乃生得命『短』。」其應對之速捷、語鋒之智巧，渾不似一武夫。我既奇其言，遂與之交；才知道他是總統府一位李資政薦了來的。而仲武身懷絕技，有飛黃賁石之勇，雖然矮小些，倒的確是深藏不露的。我與田仲武所隸不同、職司亦異，但是時相過從，卻也過了年餘，才知他真有功夫——

能以一掌心吸啜空酒瓶，瓶底復黏另一瓶口，如此緜緜連連，可至七、八之數。惜仲武矮小，非登桌蹈高不能售此技；我也祇在他醉後見識過一回。

徐高公歸道山後未幾，我從饕友唐魯孫處得知田仲武在竹林市開了爿「田翁餃子莊」，即驅車往訪，果然重逢故人。「田翁」的餃子好在餡食結棍而緜軟，更好在麵皮勻潤而堅實；內藏不膩、外披不滑，決非尋常名店的凡品可比。我大嚼數十個，始悟其佳處必與田仲武的拳腳功夫有關，乃殷殷探問個中緣故。渠徐徐告我：「的確是掌中火候使然。」

原來他老兄在那趙知縣衙中闖了禍，混不下去了，聞聽人說「南昌行營」方面有召募什麼青年團的部曲，便乘小輪溯江，投了軍，未料到了「行營」一派差，幹的仍然是衛士。一日，忽然來了命令，要找個練家子替賀衷寒辦件事。田仲武亟思有所表現，當下應卯去了。孰料賀某的公事竟是揍人——那人給囚在一間辦公室裡，吃他打了一頓，居然不慍不惱、不抵不拒，反而指點了他一套拳法。日後那人不知如何竟成了賀某的股肱，留在「行營」聽用，於是也和田仲武交上了朋友。時日稍久，非徒講談些古往今來的掌故，開益其心智；還點撥了他一套心法，助增其武功。那人正是日後又把田仲武薦給王叔銘的李綬武。我知田仲武敦實謹慎，非妄言者，從而對李綬武產生了好奇的興趣。

據田仲武形容，這李綬武似非甘心情願為「力行社」所用，可以從一樁小事上看出。是時約在民國二十一年，李綬武在「南昌行營」居停，形同軟禁。大多數的時間裡，他是足不出戶的，祇在計劃科翻讀文書。每隔二、三日，賀衷寒便前去叩門，二人隨即密談數刻。由於例行的端茶送飯、以及偶爾要陪同李綬武到附近街市遊走閑逛、甚至找浴池洗澡之類的瑣事，都由田仲武打理，兩人交接漸密，仲武也漸漸看出了李氏的鬱鬱。

某日，賀衷寒又來密商了一、兩個小時，仲武正待為二人換茶，賀衷寒剛要出門，回頭拋下兩句話：「『大元帥』自有『大元帥』的盤算，我是保不住他倆了。」賀離去後，李綬武叫仲武進門，愁眉苦思了半晌，才對仲武道：「可否請老弟給張羅幾樣物事？」

李綬武要的東西是幾枝大大小小、形製不一的毛筆，一卷宣紙和各色染料。在仲武看來，這幾樣東西頗為尋常，更不虞觸犯「行營」安全規定，隨即給備辦了。而李綬武果真就伏案揮毫，不眠不休地作起畫來；其間約莫有兩晝夜的工夫。

仲武畢竟是莊稼人出身，既不通文案、更不識丹青，祇知道畫中有兩個對坐飲啖的古人，和大片的林木樹石之類。畫成之後，也不知李綬武作何處置，仲武也未甚留心。又過了一天，賀衷寒忽然神色倉皇地跑來——似乎是情急之下、不及遣退仲武，逕自衝口而出，對李綬武道：「戴笠有諜報來，說『大元帥』險些遇刺！據傳是馮玉祥所主使。」

李綬武卻氣定神閑地答道：「這事，應該已經化險為夷了罷？」

「你日日足不出戶，怎能得知？」

「那一日我初入貴『行營』，那位居先生不是說：『戴公來電報交代我和那叫化子上南京出一趟差』麼？試問：是什麼樣的差得勞駕兩位練家子慌急登程、竟然把在下就那麼撇下了？再者，戴先生是何等精明的人物？設若此事未曾平息周至，又怎麼會放出個『大元帥』險些遇刺的諜報來呢？」

賀衷寒聞言似是寬了心，也才瞥見仲武立在一旁，正作勢要將他揮出，李綬武卻接著說道：

「賀公當真要擔心的，反而是居先生和那邢福雙呢！」

「噢？此話怎講？」

「那日居先生還說：『這差事幹下來，我也許能跑一趟山東泰安。』又說：『各位還記不記得我說那叫化子身上有一部機關，其價值不亞於十萬雄師？』敢問賀公：待居先生得了那『不亞於十萬雄師』的寶貝機關，他在戴先生、乃至『大元帥』跟前，又該是如何地風光神氣？」

賀衷寒這時沉吟了，來回在室中踱了一陣方步，不發一言。

倒是李綬武開了腔：「賀先生要是信得過我，我倒願意走一趟，把那叫化子的機關破了，也免得江湖祕技竟為妄人濫用誤用，終不免搞得生靈塗炭，這——恐怕也是賀先生在《一得集》裡所強調過的：『革命戰爭的目的在乎非戰』這般信念罷？」

一聽李綬武搬出自己的著述文章，賀衷寒又寬心得意了幾分，忙問：「你一個手無縛雞之力的書生，如何同他們江湖高手周旋？難道不需要我加派丁壯武衛，陪你一道前去麼？」

「人一多，豈不先讓戴先生那邊加意留心了？」

仲武大約便是在此際教賀衷寒給揮遣出門的，底下的話便不得與聞了。祇知兩日過後，李綬武準備起程北上公幹，賀衷寒吩咐仲武給整治行囊。仲武替李綬武打點了兩箱一籠的衣物，李綬武祇著他要了兩個紙封——一個裡頭裝入那張畫，一個裡頭放了疊似是早已預備下的照片。李綬武更在車站月台上囑告仲武：「你千里間關、離鄉背井，治生想必不易。這些個衣物權且將去，或典或賣，悉聽尊便；換得了錢鈔，買些書來讀讀，人說：『開卷有益』，總是不錯的。」說完這些，李綬武忽地一抬頭，指著月台上方木樑喊道：「燕子。」仲武不疑有它，順勢望去，果然看見那高高的樑上有一燕巢，一排探出五隻乳燕，白眉烏首，角喙翕張，正等待著母燕覓食歸來哺飼。就在這分神的片刻之間，不知李綬武使了個什麼手法，朝仲武的丹田處輕輕一拂，匆促間，仲武祇道近小腹方圓三寸之處豁然湧起一陣夾暖夾寒的氣流，腔腸之間有如冒出來個橙子一般大小的圓球，飛速疾轉起來。「老弟若是感覺內急，就趕忙如廁去，咱們就此別過，你也不必送我上車了。」李綬武笑著揮了揮手，仲武果然腹痛如絞，再也禁忍不住，提起箱籠、奔入站旁公廁，拉了個昏天黑地，可是從此居然一身輕捷，渾似脫去了五、七十斤贅肉的一般。

也是經此一別之後，仲武的內力有了長足的進步。由於我素不喜於武學上揣摩鑽研，也說不出個所以然來。不過，除了見識仲武吸酒瓶奇技之外，還看過他揉麵糰，倒頗值隨手一記。

旁人揉麵，看起來極其耗力費事，即便是隆冬嚴寒，也常揉得大汗淋漓，渙流浹背。獨仲武揉麵，如公瑾撫琴，其閑適瀟灑，絕不類廚作。但見他將幾斤麵粉傾於砧上，隆起如山，探手掘一穴容水，狀似潟湖。復掬粉數捧披蓋，當即持一白紗布輕覆其上，並以兩掌隔空數寸作摩挲狀，卻無一寸肌膚觸及麵粉。如此約三、五分鐘，紗布底下的粉屑時起時伏，初如櫻雨、猶沾黏成花瓣大小的薄片而倏飄倏落，紗布亦隨之而乍揭乍掩。稍頃，各薄片附益漸多，方圓漸闊，直如銅板一般了，仲武的動作愈趨和緩，不過幾交睫間，原本若鱗甲接縫的線條便消失了，峰角嶙峋的麵粉堆也變成了一座渾圓平滑的麵丘。回眼再看仲武，非僅面不紅、氣不喘，且滴汗不下，粒粉不沾。我笑謂：「觀閣下揉麵，如看美女梳頭，才深知庖丁解牛，游刃有餘之境。」仲武的內力深湛如此，而甘於市隱作庖，倒教高陽不得不翹起大拇指，稱道一句「好漢子」了。可惜我與仲武再見了幾次面之後，忽有一日，饞蟲祟動，直罣念著他的餃子，遂攜Old Parr威士忌一瓶逕訪，要討他幾個解饞，不意仲武扃門閉戶，竟已喬遷往中部發展去矣。

他這麼不告而別，我的損失可不祇是口腹之欲難填，更兼愁悶之惑不解。到底那「南昌行營」之於李綬武，又有些什麼樣的糾瓜結葛呢？這，就要從另一些枝節上說起了。

文前曾提及周棄公，這些枝節也同棄公有關。周棄子先生學藩，自署未埋庵，晚年別署藥廬，我曾在〈棄子先生詩話之什〉一文中引棄公論溥儒的題畫詩。棄公云：「溥王孫的題畫詩，首首輞川，無非假唐詩而已。有一回跟他閑談，我老實跟他說了；他也承認，他說他也有真的東西，不過不便示人，接下來唸了兩句給我聽：『百死猶餘忠孝在／夜深說與鬼神聽』。」

那篇文章談的是棄公詩論，未便騈議其他。實則棄公對中國繪畫的鑑賞力亦是極精到的，曾持一論云：「近世丹青，頗多充。繪者摹山仿水、皴石點雲，常見衣袍登靴、拄杖過橋之輩，傲睨巉巖，如尋隱未遇模樣；迺於險峰幽澗處，敷衍茅廬數間、角亭一架，泥壚坐酒、殘碁落枰，作世外高閑狀。試問尋者何人歟？隱者何人歟？弈者又何人歟？此等假畫，合該與假唐詩湊趣，一言以蔽之曰：『俗不可醫』。渾不如驚鴉寫孤竹，筆筆疏硬見骨，的是真性情。」

棄公在這裡所提到的「驚鴉」即是方練，字鳳梧，號甘醴居士，又號驚鴉先生；著有《驚鴉留鴻錄》四卷，自述其生平、師友、見聞、藝論。由於周棄公的稱道提醒，我對此老的著作又加意瀏覽了幾回，如讀包世臣《藝舟雙楫》，涵泳深邃，蘊藉風流，果然極有味；也因之而對方練的門生萬硯方所寫的《神醫妙畫方鳳梧》連帶產生了興趣。

某日，應王新公之召赴府試菜，在座的還有張佛公、楚戈、丁望及一位我素昧平生的魏先生。當日所試的菜叫「套四寶」，據說出自開封「宋都菜館」名廚家傳私授的食單。酒過三巡，「套四寶」端上來了，盛在一個景德鎮的青花細瓷湯盆裡，開蓋兒一看，是隻頭尾俱完、熱氣蒸騰的全鴨，肉質酥軟鬆滑，肥而不膩。吃完鴨肉之後，又露出一隻清香熟爛的全雞來。雞肉吃罷，內中還有一鴿，而全鴿的肚子裡竟然還藏著一隻體態完好、腹中塞滿海參、香菇、竹筍的鵪鶉。

據案大嚼之餘，自然眾口稱賞。王新公謂：「食單和手藝都不是舍間廚作所能望及項背，而是這位魏老弟親自打理的——來來來，慧叔，你給說說這『套四寶』的佳處。」

原來這魏先生就是知名的老饕魏誼正，行三，人稱魏三爺的便是。據說此人曾一度參贊中樞、周旋機要，惜與「今上」在抗日戰爭的方略上屢起齟齬，而漸遭摒抑；雖則保住了個國大代表的頭銜，過的卻是縱情酒食聲色的日子。每嘗語人曰：「魏三在國大的價值，便是不投『老頭子』當總統的那一票。」其自號「百里聞香」，更是狂狷得可以。說起「套四寶」來，果然自出機杼、別有妙趣。

「宋都這道菜，是我拿另一道菜換來的，這就先不說了。」魏三爺自始至終未動筷子，說起菜式典故來，卻滔滔不絕了：「『套四寶』的講究，是在把四隻層層包裹的全禽密匝匝套在一起，集鴨之濃、雞之香、鴿之鮮、鵪鶉之野四味於一釜；難就難在如何去其骨而全其肉，這叫『拆架』。等閑的廚子不會拆，一拆就把皮肉給破壞了。拆下來的架子得另起一鍋烹煮，熬得骨爛髓融，便成湯底。我練這『拆架』手藝，足足耗去八年辰光；手藝成就，抗戰也打完了。

「這還祇是個匠作熟巧的功夫，『套四寶』的佳處卻不在這一面上。各位試想：活生生的四味全禽，要之以鴨最蠢拙、雞稍輕健、鴿更不馴，而以鵪鶉最為佻達活潑，卻給囚在最裡層。發明這道菜的廚子想必有一肚皮冰炭難容的感慨，恨世間野性盡為蠢物縛束牢籠，才想出這麼一番折騰來——其中最見深刻的，正在『拆架』的意思上。君不見：如何教人收伏野性、甘為蠢物囚裹呢？很簡單，『無骨』可矣！沒了骨頭，儘管委曲求全，畢竟祇能盤中作餚而已了。」

一氣說到這裡，闔座拊掌笑歎，咸謂「套四寶」似乎不祇可口，還真有能令人會心之處。倒是那魏三爺話鋒一轉，接道：「不過，我有位老友別立一解，他說：『你怎麼不說：越是蠢物、越是要大肚能容呢？』照我這位老友的說解，舉凡袞袞碌碌、高踞廟堂的諸公，蠢斯蠢矣、拙斯拙矣，倒還真要有幾摺肚圍才行。」

諸客又是一陣謔笑，我由是也對魏三爺頗生出幾分敬悅之意，遂道：「聆君一席話，勝讀三日書；可是我仍有三事不明，非請教不可。敢問三爺究竟是用哪一道菜換來的這食單手藝？此其一。三爺自始至終不嚐一口『套四寶』，卻是為何？此其二。聽三爺說起那位老友，想必也是位足智深思之士，但不知是什麼人，可否請三爺見告？此其三。」

「久聞高陽每事必問，果不其然！」魏三爺十分坦蕩，當下答了。原來交易的食譜非常簡單，是一道「素燒黃雀」。魏三爺向宋都的大廚建議：鵪鶉腹中的海參、香菇、竹筍固然各具滋味，然而一旦吃到第四層，其中居然是滿腹散菜，未免少一分艷目之色。何不將素燒黃雀裹入核心，待食客撥尋肌理，又復得一驚喜，這就把「套四寶」變成「套五寶」了。至若今夜何以是四寶而非五寶，魏三爺正色肅容答道：「既已與人，何當復以為己？這『套五寶』是宋都的獨門菜式，我便不能侵奪了。」

關於自製的拿手菜、卻始終未曾舉的一節，魏三爺卻轉臉向王新公道：「新衡先生是知情的——」

話語似斷未斷、待續未續，王新公卻搶道：「高陽的第二問和第三問，答案都在玄關腳凳邊的那個紙袋裡，待歇兒散了局，你帶回去品嚐翫味罷。」

紙袋顯然是早就準備下的，裡頭是一瓶陳釀和兩本閑書，乃是《神醫妙畫方鳳梧》和《食德與畫品》——後者正出自魏三爺之手。彼時我僦居仁愛路圓環一斗室，與王新公府僅一箭之遙，散席信步而回，美酒佐書，不覺竟夜；至天明終卷，才明白王新公以試菜為名，實則是為我和魏三爺作一引見，或許夜來這飯局根本出自魏三爺所授意，其目的則清清楚楚寫在《食德與畫品》的扉頁上：「高陽兄揭諦探真」。

揭諦探真是個雙關語，一則俱載於《食德與畫品》之中，指的是魏三爺自行繪圖鳩工打造的一雙銀筯——一支名「揭諦」、另一支名「探真」——老饕自鑄稱手的筷子，自然有其品細嚐鮮的用意，姑且不論；至於那七字題辭的另一個意思，應該就是以此二書所載之內容，供我究其情實、發其隱匿。揆諸平日，多有為我具文述事的讀者，或抒志陳情、或獻曝揭祕，不外是供我參考，冀能輾轉寫入小說之中，往往披沙揀金，偶亦見寶。魏三爺這兩本書，的確是有補充近世政海祕辛的價值的。

先說我在席間所提的兩問：那位慨然道出「越是蠢物、越是要大肚能容」的人物，正是《神醫妙畫方鳳梧》的作者萬硯方。當年魏三爺浪跡海內，到處尋訪名廚大庖，求授菜譜食方，可以說散盡家貲。但是也因之而學會了不少獨門祕術。尤其是在烽火連天的抗戰時期，許多在道途間流離失所的廚師不惜以傳承數十百年的技藝交易一頓飽餐，《食德與畫品》便詳盡地載錄了作者「遊學」的經歷、見聞和實操實作的七十二則掌故，其描摹刻畫，微入毫髮，真可說是一流的小說了。

當然，求學問道之餘，如何維生也是一個問題。在魏三爺而言，這倒不難。書中坦述：一旦盤川告罄、囊橐蕭然，他便仗著在國府名公、巨卿之間震鑠已久的聲名，去至某要員某府某邸，露一手烹飪的功夫。須知政客最怕人議論他不學無術、最喜人諦聽他逞學售術、又最擅長挾資借勢以窺學求術，是以政客皆好讌集——每於饌饜飲足、酒醉飯飽之餘，蒐聞些「食不厭精、膾不厭細」的談叢，便覺腹笥滿盈的不祇是雞鴨魚肉而已。藉由這一層權貴階級的心理，魏三爺便憑著一身從市井庖俎間訪得的本領，折衝於鳴鐘食鼎之家，可謂悠遊自在得很。他與萬硯方訂交，亦緣於此；而初識所售之術，即是「套四寶」，當在民國四十年前後，是時國府已播遷來台，地點當須在台北。倒是萬硯方一句『你怎麼不說：越是蠢物、越是要大肚能容呢？』的自嘲反詰之辭，頗讓魏三爺刮目相看，深知此公非俗子，而願意傾心結納了。

多年之後，萬硯方驟爾殞命，其事甚祕而可怪，魏三爺便再也不吃這道菜了，其書末慨乎言之：「饋而無所既，猶寢而無所夢；伯牙碎琴、季札掛劍，皆傷離索者，天涯情味，其此之謂歟？」這段話隱了個姜白石〈翠樓吟〉「與懷昔遊，且傷今之離索」的題序之意，所謂「天涯情味」，不免讓我想起〈翠樓吟〉結句：「仗酒祓清愁／花銷英氣／西山外／晚來還捲／一簾秋霽」。

這樣的交情似乎祇能向傳奇小說中得之、而絕難在現實世界上求索。再見王新公時，不免提出來一歎。王新公詑道：「你同周棄子那麼熟，沒聽他談起魏三去萬氏家廟打抽豐、不意卻結識了一批牛鬼蛇神，訂下生死之交的奇事麼？」

「我同棄公大抵談詩詞、說故舊，鮮少述及時人時事——」

「嗐！」王新公喟道：「他和那李綬武也是相熟的。李綬武整理了一本《民初以來祕密社會總譜》，其中引了不少武林史材料，棄子玩興大發，還給那些武林史訂了不少對仗工整的回目，什麼『黑松林七俠結盟誓／白泰官三飛屠蛟龍』、『甘鳳池摘瘤還咒誓／法輪功導穴召英靈』都是出自他的手筆。這還不算，他還用『異史氏』的筆名，替老漕幫寫了不少贊詩。像那首『錦江常碧蔣山青／元戎下馬問道情／揖張義膽緣旗祭／笑剖丹心載酒行／百萬豪銀何快意／八千壯勇豈零丁／孤燈坐看橫塘晚／黯淡功名舉目清』，用事妥洽、鍊字沉雄，更可稱傑作了。這等調皮得意之事，棄子竟沒向你抖露？」

「噫——我竟不知。」

承蒙王新公見告，我才知道：周棄公論畫之所以看重驚鴉，並非沒有緣故。或許是因為他和萬、李之結識而得以進窺方鳳梧藝事之堂奧；或許是因為他欣賞方鳳梧的畫論畫風而不吝以大詩家之身，同這批江湖人物論交。至於魏三爺到寧波西街老漕幫祖宗家門獻菜，究竟是不是存心打抽豐，便不得而知了。總之——據王新公所言——魏三爺之所以能接近萬硯方，乃是因為李綬武的緣故。這又是緣於李、魏二人搭同一條船來台灣，有那麼一節「倚舷把晤」的情景。

據聞當時船行已近基隆，李綬武正憑欄讀著一本書，卻久久不曾翻頁，身後忽爾有人說了話：「老弟倒真是字斟句酌啊，呼呼呼！」

李綬武一回頭，見是和自己在青島同桌復同船前來的大個子，祇方才唱名發簽證時始知其姓字，叫魏誼正；倉促間尚不知如何應答，卻見魏誼正撮唇怪笑的一張臉也倏然凝凍起來——他是在睇見李綬武掌上所托的那本書中的文字之際愣住的。

「閣下手上這本書的主人曾經許過我一個『天下之大，到處可以相逢』的後會，」魏誼正慘然道：「敢問閣下：這個叫歐陽秋的如今身在何處？書又如何到了閣下的手上？」

李綬武聞言似乎也大喫一驚，垂臉怔怔望著手中書本，思前想後片刻，復打量了魏誼正半晌，才道：「設若您是『講功壇』出身的弟子，卻不該如此問話；設若您是銜著這本

《無量壽功》而來的練家，大可以趁我方才失魂落魄之際出手相奪。想這普天之下，能認得這書、認得歐陽秋其人、而又能灑然如此的，恐怕祇有魏三爺一個人了。」

「不敢，在下正是魏三。」魏誼正舞撈著手上的銀筷子，漫不經心地往身後不遠處正吵嚷著的幾個軍官一指，道：「聽他們唱名，閣下是李先生；咱們其實是五月二十號那天一同自青島登船而來的——」正說著，魏誼正猛然發現到李綬武正緩緩地、悄悄地朝後移步，同時瞟目斜眉地似乎在示意他往船首方向走動。果然在走出十多丈遠開外，李綬武才低聲問道：

「恕我冒昧直言：三爺既然也是從歐陽崑崙手上得到的通行憑證，敢問三爺上船之後，是不是給單獨拘在一間艙房之中，受了幾回盤問，直到端陽佳節之夜，才又無緣無故給放了？」

「不錯，那天兵士送來兩個粢米飯糰，冒充粽子，粗糲得很，簡直難以下嚥；我回頭就給扔了。」

「他們盤問了些什麼，可否請三爺見告？」

「翻來覆去就是那麼幾句：問一個身家來歷、親故鄉里。再者便是如何混上艦來？從哪裡攀得一張通行憑證？此後意欲何為？諸如此類，簡直不勝其擾。怎麼？李先生也給拘問了幾日麼？」

李綬武且不置可否，卻益發壓低了聲，道：「依我看：自凡是跟著歐陽崑崙上船的都逃不過這一劫；且看那廂高談闊論的四位、還有個瘸腿婦道和一個孩子，他們是老漕幫萬硯方的家門親眷，與許沒吃什麼苦頭，可是恐怕也一樣給囚了些日子。至於三爺你方才調笑了半天的那位年少婦人——」

「此言差矣！此言差矣！」魏誼正忙不迭地搖手道：「是我看她孤身一人，面容愁苦，兩眼含著老淚，才上前說幾句笑話解頤。李先生說『調笑』，未免誣枉魏三了。」

「她是歐陽崑崙的妻房，眼下身懷六甲，萬里飄泊，又好些天沒見著丈夫了，試問：單憑三爺幾句說笑，如何使之解頤？」

魏誼正聞聽此言，一時驚心，連手上的銀筷子都幾乎捏不穩了，急道：「她、她是——唉！我卻不知道呢！崑崙行事竟如此詭譎，居然連我也不說。」一面說著、一面扭身就要往回走，可袖口早教李綬武給掣住，但聽李綬武驀地迸出兩句話來：

「你這麼一嚷呼喧嚷，莫要害了他們孤兒寡母呢！」

魏誼正不覺心頭一懍，暗自思忖起來：若稱那懷有身孕的婦道是歐陽崑崙的妻室，又說什麼「孤兒寡母」，則歐陽崑崙想必已經身遭凶險——難道竟是這幾天之間、發生在這條船上的事？念頭還沒轉透澈，耳邊又聽李綬武囑咐道：

「那廂萬老爺子幾個兄弟夥兒都在，他們究竟是敵是友？於今也著實難以分清辨明。若非三爺與歐陽秋有舊——坦白說，我也不敢貿然跟三爺說長道短；不過，歐陽崑崙應該是遭逢不測了。下手的人是誰？我不曾親眼窺見，不敢妄言；也正因如此，你我更須小心應付，以免蹈入奸人機栝才是。」說到這裡，手裡的一本《無量壽功》竟遞了過來，李綬武的一張麻子臉也越發地哀悽慘悄了：「沒想到此書竟是這般物歸原主的。」

不意魏誼正捧起這書，在掌心上掂了掂，像是忽然湧起了抵擋不住的什麼感慨，倒先滾落兩滴淚水，哽咽道：「我同歐陽家父子兩代論交，雖各祇一、二面之緣，原本也稱不上什麼隆情厚誼；祇此番承崑崙相邀，實指望到海角天涯遊歷些時日，品嚐品嚐南海之濱的蚯腦鱟足、蟹子蝦姑，孰料還碰上這般凶險蹊蹺。」

「李某平日閑讀雜書，頗知三爺當年慨然將祖傳神功贈與歐陽秋的一段佳話，卻不知三爺同歐陽崑崙也有往來？」

這一段李、魏二人「倚舷把晤」的故事才說到一半，王新公忽然面色凝重地搖起頭來，邊搖頭邊說道：「不對、不對。棄子不同你高陽講必定有什麼顧慮；他不同你講，我也不同你講；講到不該講的事情上，凶險蹊蹺說不定就找上門來了。」

王新公的脾氣饒是如此，任何人也莫奈之何。於我而言，當時的確如骨鯁在喉，頗有幾分窒悶。不過，日久天長，卻也淡忘了。直到民國七十六年一月五日，王新公謝世，不巧我人在香港，連最後一面都不曾見得。洎返國之後，又為了二月中要赴東瀛一遊而趕寫一批連載存稿，忙得不可開交。直到二月十五日清晨，臨上飛機之前數刻，才偷閑至王新公靈前叩了三個頭。辭出之際，未料卻撞見了魏三爺。我看他雖然頎長高大、不減往昔；然而面容清癯、神情蕭索，彷彿瘦了幾許，便打趣道：「三爺竟然也有『衣帶漸寬』之一日呢。」

「吟喬樹之微風，飲高秋之墜露，人焉不瘦哉？人焉不瘦哉？」魏三爺微哂著開了兩句玩笑，即正色道：「高陽，這些日子上哪兒去了？聽說你又要出國。」

我草草應諾，私心竊忖：他那兩句「吟喬樹之微風／飲高秋之墜露」分明是駱賓王〈在獄詠蟬〉詩序裡的用語，當下不免一怵：如果他的話並非玩笑，則其意豈非正是在告訴我：「剛吃了一陣牢飯出來，能不瘦嗎？」

「我知你事忙，」魏三爺一面說著、一面俯身替我拎起兩個行李箱，快步朝馬路邊趨走，並道：「然而茲事體大，不能不教你明白一個首尾——咱們路上談。」

祇見他健步如飛，走得十分輕捷，看上去一點兒也不像個八旬老翁。在仁愛路的紅磚道旁，他似乎是刻意稍事觀察，一直守候到第四輛計程車經過，才招手攔住，逕自吩咐司機：「到桃園機場，出境。」

上車坐定，我忍不住問他：「三爺怎知我要出國？」

魏三爺笑了，沉吟道：「月前報載新衡先生在榮總去世，我就想：不知道高陽會不會前來弔唁？遂請一位能通天人之術的牢友拿你的姓字給算了一算，他說你老弟人在天涯，未必趕得回。偏偏獄中有本過期的文學雜誌，正在召募讀者組團東遊日本，拿你老弟當招牌，號曰『隨團作家』，訂在今日起程。我那位牢友又給算了一算，說今天是正日子，你我當須一會。」

「三爺方才說茲事體大，究竟是什麼事呢？」

「有這麼一個朋友，想託人帶那麼一點兒東西——這是簡單其說；我素知高陽老弟心細如髮，必不以此說為愜心貴當，是以非面告詳情不可。」

初聽此言，我直覺以為：莫不是椿走私販毒之類的勾當？登時應道：「帶的若是尋常物事，何以非高陽不可？若非尋常物事，我豈能應命？」

「老弟別誤會了——祇不過是一本書，明治年間刊印的《肉筆浮世繪》，絕非不法犯禁之物。」魏三爺說得坦蕩，眼神卻不時留意著前座的司機；但見他順手搖下車窗，讓街頭嘈雜零亂的車聲、喇叭聲略為掩護，才復附耳相告：「為什麼請託於你，也不是沒有緣故的；這就得往細處講了——

「其一麼，乃是因為你老弟讀過幾本書。我從你寫的《金色曇花》、《粉墨春秋》和《清幫》這些個小說、叢談裡看得出來：你老弟顯然對近百年來中國政局官場裡的曲折隙積十分留心，諒必也參考過不少稗說野史；這些玩意兒非但不比官修正史為失真，反而填補了許多蘭台大令所不能言、不敢言、甚至不知其可以為言的材料。我說的這幾本書是《天地會之醫術、醫學與醫道》、《上海小刀會沿革及洪門旁行祕本之研究》和《民初以來祕密社會總譜》。怎麼樣？魏三說得可對乎？」

我驚心之餘，自然毋須否認，遂接了句雙關之語：「三爺非但腹笥極寬，眼力更是絕細的。」

魏三爺聞言大笑數聲，拍了拍肚子，突然斂容道：「那麼，不知道你還記不記得：在那本《天地會之醫術、醫學與醫道》之中提到過一個跳樓自殺的洪英，叫羅德強的？」

我正在腦海之中竭力蒐檢所閱記之書的內容、而仍未便驟置然否之際，三爺早已接道：「此人當年任職於日本駐華大使館，表面上幹的是警衛，骨子裡其實是個給『老頭子』幹『鑿底』勾當的諜報人員——」

「我想起來了！」我昂聲要說下去，手背卻猛可教魏三爺給按住；當下微知其意，低聲應道：「此人前去搗毀汪勳如開設的『河洛漢方針灸醫院』，還失落了使館職員證一枚，之後逃捕未遂，跳了樓，以精神病患者厭世自殺結案。」

「他哪裡是自殺？」魏三爺又湊近前來、附耳言道：「分明是另有隱情、暴露了行藏，教辦案的爺兒們給推下樓去滅口的。此事誠若追根刨柢，外間不難得知：『老頭子』在駐日使館埋下了『椿子』，事態就尾大不掉了。」

「這與我又有什麼相關？」

「羅德強一案原本祇是洪門光棍想要迫令汪家醫交出《呂氏銅人簿》、退出醫道江湖的一個綠林糾紛，不料歪打正著，幾幾乎敗露了『老頭子』在日本方面伏椿設線的祕辛。這也就罷了，孰料此事過後五日，國民黨『九全大會』之中，選出來個哥老會首洪達展列名主席團第一後備副主席。此人機心極險，反而在『老頭子』面前參了一本，說他握有密報，可以坐實老漕幫『老爺子』萬硯方暗中破壞反攻大業，而就是因為羅德強掌握了萬硯方阻撓反攻的證據，才慘遭滅口的。『老頭子』聞言震怒，飭令洪達展把所謂的密報源源本本呈上來。洪達展能羅織羅德強入案，自然不是沒有準備。不待大會閉幕，便抖露出一個老漕幫密遣東京在地光棍、將月前準備投奔自由的『周鴻慶』送進蘇聯大使館的內幕來。」

「『周鴻慶事件』我是知道的，當時的『梁兄哥』凌波隨李翰祥到台灣訪問，翰祥特別來看我，說是將來要同我合作，寫幾齣歷史戲；他還說了兩句怪話：『周鴻慶這一路死死活活，拍他一部連台本戲三天三夜都演不完。』」

「翰祥是知情的，所以日後他在台灣也待不下去了。」魏三爺說到此處，忽一振襟，從袖口裡甩出兩本書，祇一時還以巨掌遮掩、不使露相，並繼續說道：「咱們言歸正傳：『周鴻慶事件』究竟如何，魏三也不瞞你老弟——不錯的——當年正是萬老爺子使了個偷樑換柱兼上屋抽梯之計，讓一個在東京開出租汽車的庵清光棍攔下了那化名『周鴻慶』的莫人傑；這姓莫的從前曾經詐死賴債，身上揹了一部血案——知情的除了我這貪吃鬼之外，恐怕就祇有他本人和二、三同謀而已——」

「三爺所言，不正是大作上提過的那道『紅煨清凍鴨』的周廚麼？」

「高陽果然是知味之士。」魏三爺微微一哂，接著說道：「正因為你讀過這些本書，許多枝節細目，便不勞魏三多費唇舌了。總之，這也正是託你帶那部《肉筆浮世繪》的頭一個原因。至於其二麼，還得回到那冒充周廚的莫人傑身上說去——此子當年以半部《莫家拳譜》為酬，和航運鉅子項迪豪勾串，設計了一條李代桃僵的毒計，言明事成之後另以後半部拳譜奉贈。莫人傑確實未曾食言，可卻利用項某人嗜武成痴的奇癖提出了一個條件：他要求項迪豪把旗下船公司在廣東沿海所設的一個倉庫交給他經營三個月。」

「一個小小的倉庫？祇經營三個月？」我大惑不解、脫口問道：「此子意欲何為？」

「莫人傑當時不過是個未經世事的膏粱子弟，哪裡懂得這些機關、計謀？更不消說向人要一座倉庫了。此舉自然是背後另有高人指點，才兜得轉的。原來早在抗戰期間，便有人看上了一宗收購舊港幣的買賣。此人眼看項二房將事業重心轉往上海經營航運，在東南各省港市上都有貨棧倉房，又深知項迪豪性喜鑽研武術、且深銜北京飄花門孫少華一掌之辱，於是給設下條一石數鳥之策：殺了個周鴻慶、救了個莫人傑、毀了個孫少華、誣了個萬硯方；項迪豪得了拳譜，定策之人則掌握了三個月的時間、把早就在戰時用『周氏紙廠』名義買進的一噸多舊港幣化整為零、以小舟運回香港，找上剛復業的匯豐，準備一口氣全都兌成英鎊，匯豐當然吃不消，祇好緩計徐謀，請那『周氏紙廠』的老闆出任董事、兼理總裁職務。」

「然而這位『周老闆』既非『周鴻慶』，恐怕也不是莫人傑。」我其實並不知道真正的答案，卻忍不住迸出一個猜測來：「當年執行收購港幣的是陳光甫，日後花大錢交際公卿的也是陳光甫，難道——」

「還差一步，高陽老弟！還差一步。別忘了陳光甫是人家哥老會的洪英光棍。」

「那麼、那麼——」我遲疑了，十分自然地囁嚅道：「居然還是那洪達展！」

魏三爺深深一頷首，道：「不錯。可笑那項迪豪一心祇想著《莫家拳譜》，未到手時寢不安蓆；既到手了，仍復食不知味。成天價閉門修習熬練，實指望真能學成一副『天下無敵水無邊』的身手，好去北京親自料理了飄花門的殘徒餘孽。他卻始終不知道：自家海南倉庫裡竟然堆放著足可敵國的錢鈔呢！

「至於莫人傑，即令解決了債務、分潤了錢財，頂著個死廚子的姓名，依舊想過他花天酒地、紙醉金迷的荒唐日子。可老家是待不下去了；便由洪達展安排，往香港落腳。洪達展足跨政商兩界，兌舊港幣更上層樓，可說是得意風光之極；在青島、上海、南京各地都置著產業，香港自不例外。從另一方面設想：他也不希望莫人傑在內地招搖，因此買下了灣仔地區一座相當講究的宅子，原名叫『千歲館』——」

「『千歲館』我知道的。那是抗戰初期、日本駐港情報機關在灣仔地區設立的一個俱樂部。」我亦點頭應之：「倒是不對外營業；日本人稱之為『會員制』。我在寫《粉墨春秋》的時候注意過這條材料，可惜用不上。」

「其實『千歲館』就是個專門接待各地前往香港跟日本軍部辦交涉的大小漢奸的招待所。」魏三爺道：「洪達展買下來是有眼光的。試想：戰後再要同日本人作起生意來，此地寧非佳處？可是他礙於身為中樞要員，坐擁一爿日寇的物業，自不好明目張膽，遂委了莫人傑前去經營，直到國府易幟為止。

「可憐人算不如天算，洪達展作夢也不會料到：連他自己都是胡里胡塗跟著『老頭子』的部隊播遷來台，又哪裡顧得上莫人傑的出處呢？然而此子自年少之時便溷跡江湖，跟著洪達展耳濡目染個幾年下來，當然也學了不少手段。加之以香港彈丸之地，龍蛇混雜、風塵囂攘，反倒讓莫人傑交際了不少人物；其中有一個人，姓連名貫，原先幹過八路軍駐港辦事處的副主任。此人精通攝影技術，沖曬放大，無不嫻巧，尤善於以長焦距鏡頭偷拍人物，曾於抗戰中期攝得五、六十張出入『千歲館』的漢奸照片，算是替共產黨立下了不小的功勞。

「民國三十八年中，神州變色，國府遷台，共產黨人民政府成立，少不得論功行賞。這位連貫便成了中共駐港辦事處的主任，一日舊地重遊，大約是向莫人傑吹噓起曾經在

『千歲館』從事祕密工作的往事，莫人傑也約莫是透過了連貫的這層交往關係，才又找著了『那一邊』的靠山。祇不過海峽迢遞、竹幕深垂，魏三對這其中的關節榫目，所知也僅止於此——倒是洪達展這一邊，不得不另有一套說法和作法。這，就株連到日後的一宗大難了。」

魏三爺說到這裡，我恍然若有所悟，而其情猶似隔靴搔癢，抓不著要害，祇好憑著直覺一猜：「外間雖然不知道是洪達展一手安排那莫人傑『借屍還魂』，可香港在地的人物卻總該聽說過他盤下『千歲館』，乃至於交給一個叫『周鴻慶』之名的人經營的事罷？」

「這正是癥結所在！」魏三爺撮起口唇，「呼呼」怪笑了幾聲，才道：「當年國共作殊死戰，『老頭子』坐失大片江山，退居蕞爾之島，仇匪恨匪之念，須臾未曾釋懷；自然無時無刻不透過各方特務人員潛赴各地打探敵我虛實，俾能早日反攻。試想：近在咫尺、位居要津的洪達展在香港方面有那麼一層不尷不尬的老關係、居然還攀上了共產黨在八路軍時代的特務頭子，他該如何向『老頭子』交代？」

「我看他沒法子交代。」我不覺冷笑了兩聲——設身處地以洪達展的立場琢磨，其情倒頗似周棄公口中那有苦難言的「錢收發」；因為一旦和盤托出，說不定還會扯出當年如何教唆莫人傑覓傭代死的舊案來。

「這就是你們寫小說的鬥不過玩兒政治的了！」魏三爺似乎早知我會有此一答，當下如此應道；可是一轉瞬間，又「呼呼」笑了兩聲，搖晃著腦袋，歎了口氣：「唉！也別說你，當年就連我們『老爺子』、外加一個我，乃至身在極峰的『老頭子』都未曾料到，洪達展給咱們變了個偌大的帽子戲法兒。要說有能看出了那戲法兒的，恐怕祇有一個李綬武；可誰教他外號人稱『啞巢父』——明明窺出了底蘊，卻始終不肯揭穿。」魏三爺接著試探地問了一句：「高陽老弟，你還記得當年有那麼一個『反共自覺運動』否？」

我略略遲疑片刻，點了點頭，道：「怎麼不記得？」

那是發生在民國五十一年三月間的事。早在民國四十八年中，我已經服務軍職滿十週年、離開了王叔銘總長的幕僚，且經林適存先生（筆名南郭）之引薦，由中華日報鄭品聰社長聘為特約主筆，負責撰寫些社論、專欄之類的稿子；對於規模如此龐大的一個運動自然不陌生。

這個運動表面上是警備總部政治部主任王超凡中將發起的，目的是在鼓勵那些曾經一時為共黨引誘、脅迫、欺騙，而不得不與匪交往、接觸、周旋的人士自動出面向警總表白。舉凡涉有違反《懲治叛亂條例》第二至七條、《戡亂時期檢肅匪諜條例》第九及十三條者，以及曾有附匪情事而未辦理自首、登記，或自首、登記得不澈底、不誠實者，皆可以在三月一日到四月三十日間向警總辦理自覺。此外，這個運動還有另一項內容，那就是「凡確信某人在台有匪諜嫌疑，雖因缺乏有力證據、卻有向政府報告之必要、以免涉及『知匪不報』之罪者，亦得在此期間向有關單位舉發。」這個運動還將「反共自覺表白之事實」的時空範圍推溯、拓展至「共黨武裝叛亂以前」、「發生地區非僅台灣，大陸、國外亦包括在內」。

從表面上看，「自白免責」之舉是當年「安定後方、鞏固復興基地」的措施，也是受屈遭謗者洗刷嫌疑、還我清白的機會。可是既要人自覺表白，何以又加上一段鼓勵檢舉的內容？當是時，我看出其中有這麼一個邏輯上的牴牾，遂寫了一篇社論，題曰：〈既云縱之，何復枉之？——關於反共自覺運動目標與作法的商榷〉。文章給上頭壓了下來，鄭社長很委婉地向我解釋：關於這個題目，已另有輪值主筆撰就一文，我這一篇、他祇好「留中不發」了。然而在面談結束之際，他語重心長地向我面授機宜，道：「高陽兄，日後再碰上這種看似『以子之矛、攻子之盾』的政令，你就該明白：它是兩股勢力調不勻、鬥不攏的結果。以『今上』的馭下之術，就是『存而不論、以待來茲』而已。」

這話說得含蓄、卻極為清楚：「反共自覺運動」有表裡兩面；無論其初衷來意是疏其網、寬其刑，抑或是密其網、嚴其刑，都有另一方面相頡頏的勢力阻撓之、制衡之。到頭來決定這個運動之功過成敗的，已非理性檢驗之真偽是非，而是鬥爭角逐之強弱消長了。

魏三爺提到這一點，印證了我當初的懷疑；然而他指出了更詭譎的內幕，卻是我始料所未及的。原來此事與我曾兩度自田仲武和王新公口中接聞的一個人有關：李綬武。

早在這個「反共自覺運動」之前，國府曾經辦理過幾次名目不盡相同、而實質十分類似的活動。如：民國四十年和四十一年，由國防部總政治部公布過兩次「自首辦法」，前一次所針對者為「匪諜」，後一次益示其寬而發明了一個詞兒，叫「附匪份子」；且兩次活動也都連帶地公布了「檢舉獎勵辦法」。

到了民國四十四年六月中旬，台灣省保安司令部又宣布：有為期兩個月的時間，可容「前往大陸被迫附匪份子」來一次「總登記」。負責承辦該一「總登記」活動的便是當時任保安司令部政治部主任的王超凡。王超凡原以為這第三回合的網羅周至、收穫豐碩、想必可立上一功。殊不料在呈送所有檔案之際，卻遺失了「港澳地區附匪份子檢舉清冊」一份。此事祕而不宣，知情者惟恐株連及己，殆獲不測之罪，祇好一方面在公文作業上延宕呈報時日，以「港澳地區工作另行彙整」為由掩飾，另一方面則對港澳方面涉嫌附匪人士重新展開積極查訪——甚至羅織——活動。

是時外間關注其事者，多以為港澳一帶為國共兩造情報人員交鋒前線，敵我溷跡雜廁，誠清查之不易，以致遷延未果。獨王超凡深知：必有意圖匿隱該次「總登記」之結果者近在咫尺、扞格肘腋。

到民國四十七年七月，保安司令部連同台北衛戍總部、台灣防衛總部和民防司令部一併撤銷，一干任務全由新成立的台灣警備總司令部接管，隸屬國防部；王超凡仍然做他的政治部主任。此時，那份重新調查製作的「港澳地區附匪份子檢舉清冊」已經登錄完竣，正準備呈報總司令黃鎮球上將。不料有那麼一天，王超凡赫然在自己的辦公桌抽屜裡發現了遺失整整三年之久的第一份清冊。

這一下麻煩來了：他究竟該呈報哪一份？設若以失而復得的一份為可信，則誰能擔保在過往三年之間，此冊未經人增刪變造？設若以重製的一份為可信，則萬一那遺失的一份之中隱伏著什麼重大而真確的匪諜情報，豈不怙惡誣良，反而蹈陷機栝？

如此再三尋繹，似乎祇有一途、且絕不可假手於他者：他得親自比對這兩份清冊之間的差異如何，才能進一步判斷：孰為可信、孰為可疑？

顯然，新冊比老冊多出不少名單、以及據之而衍生的調查報告——其原因可想而知的：那些懷憂存疑、戒慎恐懼的諜報人員直接從王超凡處接獲「重新澈查」的密令，豈敢不戮力効命、務期「寧可錯殺一百、不可疏漏一人」而後已？是以在這一方面，王超凡也將就著「寧可信其有」了。

然而在另一方面，以舊冊產生的方式言之：由於涵蓋區域是海外的港澳，原非省屬保安司令部轄區，為免引起國際糾紛，是以當時辦理「總登記」時，自不可大張旗鼓而為之，迺以極其隱祕的手段實施——尤其是那些主動前往「表白」乃至「檢舉」的人士，多是藉著參加當地僑界慈善晚會活動的機會與國府情報人員接觸，再以一對一方式密約懇談，從而完成了清查。其中便有這麼一個蹊蹺之處——一個在舊冊中遭人檢舉為「附匪份子」的人士卻在新冊中搖身一變而成為檢舉人，他的名字叫「周鴻慶」。

這裡頭大有文章。試想：清冊雖然有新舊兩份，可是「總登記」之實施卻祇有一次，且祇在民國四十四年的六月十五日到八月十五日之間、短短的六十一天而已。倘若在此期間，「周鴻慶」的確經人檢舉為「附匪份子」，他又怎麼可能在同一次「總登記」中檢舉他人呢？

再看檢舉內容：舊冊中檢舉「周鴻慶」者為施品才和康用才，此二人原為老漕幫光棍，一向在總舵主萬硯方身邊任事。直至國府遷台前夕，曾由萬硯方親薦入保密局服勤，為國防部資深的情報工作人員。這兩人提供的檢舉事證非常詳細；包括了「周鴻慶」如何因經營酒店之便結識連貫、又如何因連貫之故而迷上了照相術、以及如何斥資蒐購德國製造的精密照相儀器——除了個人度藏把玩之外，更復轉手提供連貫所主持的匪偽辦事處特工使用。這些情事，都有照片、發票、儀器水單、前線跟監人員逐日筆錄乃至「周鴻慶」多次往來香港、上海、廣州之間的機票存根為附件以資證明。換言之：「周鴻慶」非但與匪過從甚密，甚至還有資匪助匪的嫌疑。檢舉人更在備注欄中建議：「宜從速制裁」。

然而與此相較，新冊所載者卻有極大的出入。「周鴻慶」由「附匪份子」搖身一變，成為國府潛伏在香港的工作人員；其與連貫系統人馬往來的一切內容都成為另一項重大任務之必要準備。身為檢舉人，「周鴻慶」的確也善盡其職，揭發了一宗自香港利用空運郵包販毒來台的案子。此案的被檢舉人叫林木發，台北市人，從事電影膠捲和放映器材的進口生意。由於時常往返港台之間，也成為檢舉人酒店常客，某日於酒後無意間透露其勾串港台兩地郵政及海關人員、以寄運郵包為掩護、將毒品輸入台灣的買賣；並力邀檢舉人入夥，俾能助其「開發貨源」。

王超凡讀到此處，立刻向省警務處電詢民國四十四年六月至八月間查緝走私毒品的案底，幾個小時以後，回覆電話來報：就在該年六月十六日，省警務處破獲了這一宗「林木發案」。詳情果如新冊中「周鴻慶」所描述的一般：香港毒販在航空郵袋中夾入毒品，配合定期班機、依照聯絡所定日期，寄抵台灣。於運輸車將郵件送到郵局途中，預先被收買的郵務人員便先將毒品取出，以逃過安檢。據省警務處方面表示：林木發用這套弄鬼搬神、瞞天過海的手法販毒已有四年之久，共輸入五千多兩的高純度海洛因。經鑑識人員比對：毒物應該來自中國大陸的雲南地區。至於林木發本人則已獲判無期徒刑，但是發監執行未及兩日，便暴斃了，死因不明；法醫研判與此人自己的毒癮有關。

林木發本人死因如何？於王超凡而言並不重要，他所關心且棘手的問題則是他益發無法定奪：這新舊二冊該以孰為可依可據之資？無可如何之下，王超凡祇好硬著頭皮私下求見總司令黃鎮球，把前因後果盡以口頭報告了，並且敦請裁示。黃鎮球出身保定軍校，根本不是搞特務的料，除了抓拏幾個異議份子、查禁幾首靡靡之音、收燒幾本危言聳聽的書刊雜誌之外，還真弄不清國府情治單位各路人馬的底細。此外，一次「總登記」捅出兩本清冊，這又涉及手下一級主管的重大疏失和延誤，一旦作了裁示，說不定會破壞了其他單位在港澳甚至敵後的工作布建；倘若不作裁示而呈報上級處置，則剛成立未幾的警備總司令部便出了這樣一個紕漏，情何以堪？思之再四，黃鎮球把兩份清冊都壓下來了，並且親口囑咐王超凡：「這『自首辦法』也好、『檢舉辦法』也好，都是老案子了——一次清查得不澈底，就原案再作一次；兩次作不乾淨，就來個第三次。你給另外想個名目，換幾個執行的人，再查一回。」

這一席話便為「總登記」弄巧成拙的紕漏解了套、也為幾年之後的「反共自覺運動」定了調——這是一樁可以往復翻折、層出不窮的勾當；每隔一段時間便發動一回。黃鎮球的結論很簡單、也很透露著因無能而無為的陰柔色彩：「昨日之敵或為今日之友；今日之友或為明日之敵；咱們後天再看亦復不遲。」

從這一連串治絲益棼的「自首」、「檢舉」、「總登記」到「反共自覺」，真正隱身其後的人物始終未曾現形——是誰取去了「總登記」舊冊？又是誰將之原璧歸趙的呢？他的居心用意又是如何呢？

先揭謎底：這人正是李綬武。

次說緣由：依照魏三爺的敘述，李綬武潛入省保安司令部竊閱那份「港澳地區附匪份子檢舉清冊」另有不足為外人道的動機——他在追查施品才、康用才二人是否涉及了另一樁「無頭公案」。至於那「無頭公案」為何？魏三爺無暇細論，是以直到走筆於此的今日，我亦不詳其實。

倒是李綬武從那檢舉清冊裡窺看出另外一事的眉目；那就是：建議制裁「周鴻慶」的行動何以如此迫切？制裁了「周鴻慶」將對什麼人、什麼事有什麼好處？

如果以老漕幫立場言之，倘若從當年杭州商會會館莫人傑遇刺一案之後的重重疑雲來看，這「周鴻慶」非但不應率爾殺之，反而更應保全，加以深詰細問，當可使故實水落石出。然則，施品才、康用才以「資匪助匪」嫌疑力主鋤奸便非基於庵清光棍考慮，而是另有密意了。設若再從「周鴻慶」所犯之事來看，不過是巴結中共駐港的情報頭子、兼之藉販售些並未直接關涉軍事機密的器材、從中漁利而已，其罪何以致死？僅此一疑，李綬武便不得不揣測：施、康二人另有所事、更另有所謀。

「如果高陽老弟你是綬武，你會如何設想？」魏三爺一面說、一面抓起掌下二書，渾似搖晃摺扇一般搧起風來。我覷眼一打量，竟是兩巨冊我從未寓目的《七海驚雷》和《奇門遁甲術概要》。

「若以三爺方才之言觀之，『周鴻慶』一旦遭了『制裁』，當年杭州商會會館的一宗血案便再也沒有事主人證；假借『周氏紙廠』名義兑幣而落袋的億萬之資也除掉了名義上的金主，得其利者非洪達展而何？」

「這一回，老弟你進了半步、還差半步。」魏三爺繼續點著頭。此際車過林口——或許因為是週日之故，高速公路十分壅塞，車陣綿延無盡。我既恐遲到、趕不上班機，復恐來不及聽完三爺條分縷析的奇聞；正有些焦躁的意思，三爺卻像是看出了我的心事，忙道：「你再想想另一本《民初以來祕密社會總譜》的內容，就明白過來了。」

「是陶帶文那一本麼？」

「是李綬武的那一本。」

魏三爺又「呼呼」詭笑了兩聲，我立刻憬悟：一個名不見經傳的作者「陶帶文」應該就是從「南昌行營」時代即已緣藉賀衷寒的關係而成為國府核心策士之一的李綬武。毋怪乎《民初以來祕密社會總譜》之中以相當長的篇幅和十分細膩的筆墨勾稽出國府自成立以來、迄於遷台前後的數十年間與各種幫會之間結絡纏綰的轇轕。然因我素不喜言地方械鬥團體間的小恩小怨、細是細非，祇不過在《清幫》一書中頗採了幾則陶帶文信而有徵的考辨佐證，據而立說——大約這也正是魏三爺所謂「蘭台大令所不能言、不敢言、甚至不知其可以為言的材料」者。

一旦明白了「陶帶文」即是李綬武，再佐以田仲武所曾告我的一段「南昌行營」的奇遇，我當下對《民初以來祕密社會總譜》有了不一樣的想法：它恐怕正是李綬武在「南昌行營」披閱各種密檔而重新澆鑄編織起來的一部譜牒，不啻如魏三爺所謂「填補官修正史」，恐怕還另行打造了一部近代歷史。

在遲徐其行的車陣裡，我卻如電光石火般跨出了魏三爺所說的那「半步」——

據《民初以來祕密社會總譜》載：洪達展之所以能涉足政壇，乃是由於他早在民國二十年代初葉即已投效戴笠一系的特務系統，曾經替魏三爺口稱的「老頭子」祕發一窖，私貯鉅金，所藏者除了早年從老漕幫孝敬「每月助餉兩千萬銀圓」伊始之積累外，還有日後抗戰勝利以來陸續自日方接收的龐大資產和物業之所變現者。此事極密，原祇戴笠、洪達展和「老頭子」本人知之而已。

民國三十四年十月，國共兩黨在重慶舉行談判，「老頭子」迫於形勢，不得不簽署一《雙十協定》；其中有那麼一條：國民黨須同意取消一干迫害共黨不遺餘力的特務機關。在「老頭子」而言，這是為維持大局表面上的統一、不得不然的虛與委蛇之計。但是看在戴笠眼裡，這分明是假藉斡旋寇仇之形勢、遂行藏弓烹狗的兩面手法。為了保全羽翼、甚至擴張爪牙，戴笠祇能另求奧援，找上了美國人。

話說抗戰後期的民國三十二年五月，「中美特種技術合作所」在重慶楊家山簽約成立。世人皆知：這是一個結合中美武裝特務工作的機構；主任即是戴笠，副主任則是一個叫梅樂斯的美國海軍中校。戴笠伺候梅樂斯是極周到的，另據《上海小刀會沿革及洪門旁行祕本之研究》「聲色門」可證：經由哥老會方面媒介，戴笠曾為梅樂斯置一外室——此姝姓李名麗，號稱「舞國皇后」；知其然而不知其所以然者嘗渲而染之，以為李麗是戴笠的情婦。戴笠亦從不就此而辯解片言，揆諸老特務之行徑居心可知：其實戴笠正欲藉這樣的謠言為障眼法，目的當然是巧為掩飾，以籠絡梅樂斯了。

「舞后」牌不意發揮了作用。正當戴笠自傷秋扇、坐困愁城之際，梅樂斯給出了個主意，算是答報了戴笠好一番贈妾的美意——由梅樂斯本人居間撮合，向美國海軍方面接洽、活動，以一部分堪用的艦隊支援國府，大壯「老頭子」聲勢，俾能在戰後迅速號召全國軍心士氣，完成統一中興的事功。當然，戴笠更能從中得到一些好處——那就是由美方提議：讓戴笠掌握海軍。

這個兜繞了不少彎子的挾洋自重之計顯然瞞不過「老頭子」。民國三十五年三月初，他親自寫了一封公文、外加一份附件，交給了代號「祐洪」的洪達展。

公文上僅說明：戴笠將於三月十七日上午十一時四十分乘航委會C四七二二二號機自青島飛上海。附件則是戴笠在民國十九年親筆擬稿交辦的一份密令：以製造車禍方式「制裁」一位突然崛起於金融圈的銀行家。昔日被「制裁」掉的銀行家正是洪達展的父親。「老頭子」這一手用意至明：我替你找出了殺父仇人，你看著辦罷。

洪達展如何揣摩「老頭子」方面的用心則非旁人所能體會，但是戴笠等一行七人墜機殞命則是不爭的事實。從另一個角度存想：洪達展手刃戴笠的一節又何止是報殺父之仇而已？對於一個久居君側、深識雄猜的幫會首領兼黨國要員而言，如何在「老頭子」面前釋疑避禍恐怕才是戴笠橫死的最大教訓了。以此而言，「周鴻慶」若是在香港給無聲無息地「制裁」掉，不衹杭州舊案再無對證，就連「千歲館」招惹上的附匪之嫌也可滌清洗淨了。

不過，魏三爺所謂的「還差半步」，實則另有首尾——那就是當李綏武串演了一折《盜宗卷》之後，洪達展如何旋轉乾坤、支應了一步險棋。簡言之：在不知道清冊落於何人之手的時候，洪達展祇能夠作最壞的打算：「老頭子」又疊架出另一系神不知、鬼不覺、直接聽令於「官邸」的特務部隊來了。

以洪達展之嫻於特情作業，當然知道：對付已然得知某事的情報人員最好的辦法就是提供對方另一個和某事全然相反、甚至矛盾的消息。更重要的是：後者要比前者更容易驗證。在疑心生暗鬼的洪達展看來，清冊遺失且遲遲未見任何「制裁」行動的部署、展開祇意味著「老頭子」對「周鴻慶」之是否附匪有了重大的疑慮。

此外，還有一個背景恐怕也是令洪達展擔心的，此事俱載於「留都龍隱」（應該就是李綏武的另一化名）為《民初以來祕密社會總譜》所撰之代跋長文的注腳之中。彼一注腳所注者是那篇代跋裡的一個句子：「世亂隱於諜陣」。

這條注腳可以分為前後兩個部分，前一部分本意是在澄清一個相對於上文「世治隱於市廛」的理念；強調在政局烏煙瘴氣的時代，從事情報偵蒐是種既可以充實個人智識、復得以保存歷史真相的工作。後一部分卻是以國府遷台之後「諜陣錯綜紊亂」為例，指陳情報單位駢拇枝指、歧路亡羊的實況。另眼觀之，竟可體會作者似有刻意暴露內幕之用心。今試將這一部分改寫成語體文，其大意如此：

「……情治系統的錯綜紊亂其實正是隱於諜陣之人的嚴酷考驗。主事者既渴望廣置耳目，又擔心不能獨擅權柄；既畏忌眾說紛紜，又深恐陷於謬寵偏聽。是以常不免東建一個衛、西設一個廠、南加一個處、北添一個局；疊床架屋、駢拇枝指。我就曾經見識過一樁奇案：一名由保密局派赴海外前進基地的某情報人員遭中統局檢舉為『匪嫌』，通令緝捕之際發現錯誤，卻因事權不隸、無法銷案。延宕多年而未果，最後轉由國防部特勤室以『策反』名義處分，令某改名換姓，始得重新歸建。諸如此類歧路亡羊、掘垣補壁的紛擾直到『長九』改組才一度稍見改善，久之故態復萌；故知諜陣撲朔迷離，可謂『詆譖爭逐，誣褻叢出』。若非真正能淡泊名利、不計毀譽的智者，是很難求隱於此的；即令勉而為之，亦終必淪為姦詭狡獪之流，除了城府愈發陰刻之外，別無淑世助人之善。」

這條看似道德文章的注腳提到了「長九」，是十分要緊的節目。乍聽之下，「長九」不免令人想起「天九牌」裡的「長三」——是否藉此隱覆？我不敢斷言。不過「長九」所指的是一枚長條戳章，上刻方框九字陽文，曰：「總統府機要室資料組」九字。在當時，此戳章之威望可比國璽。這個機關成立於民國四十年代初期，由「老頭子」欽命「太子爺」出面組織，一個名稱叫「革命行動委員會」，另一個名稱叫「政治行動委員會」。目的就是在統合黨系的「中央委員會調查統計局」（簡稱「中統局」）、由「軍統局」衍變而成的國防部保密局、台灣省警務處、保安司令部、憲兵司令部、外交部情報局、軍中政四（主管保防）單位等、可以說多頭馬車各行其道的組織。「太子爺」任「長九」主任委員，各組織原先的首長便是委員。徵諸日後之跡視之，「老頭子」要統合、整頓這些組織祇不過是藉口，真正的用意則是讓「太子爺」控制一段情治單位，說歷練也可以，說樹威也可以。

不過，「太子爺」的八字是「一水二火三土二金」，如萬山叢中有一涓滴細流，蜿蜒曲折而下，非苦命奔赴、戮力布溉不可。他搞起「長九」來可是玩真的；不意當真撞破前引注腳中所言及之「海外前進基地」的一宗紕漏。

有一回「太子爺」微服過訪西門町吃小攤，隨意與鄰座食客搭訕，一眼認出那食客是曾在石牌特務訓練班受過訓、派赴敵後的「工作同志」，兩人才打了個照面，那人卻撒腿就跑。「太子爺」按捺未發，吃完點心，回部查辦。隨即發現此人受訓結業之後的確派赴大陸，且定期有回報信函取道香港轉遞至我方情治單位信箱；函內經常附有在廣州、汕頭甚至上海某地張貼反共標語的照片，最近的一封是兩天前才投寄的。但是該員並未「中止任務」，不該在西門町現身。「太子爺」當然沒有看走眼，祇不過那位「工作同志」也不在敵後——一切活動都是他老兄發包給得以自由出入大陸和香港兩地的親友幹的，至於任務獎金，自然也由雙方朋分銷帳。

這宗紕漏讓「太子爺」極為震怒，認為「長九」絕非「長久」之計，它無論如何祇是「機要室裡的一個資料組」。當真要做好各種情治工作，就非得進一步將各組織統合在體制面的層次不可。這是四十四年四月一日，「長九」撤銷、改名「國防會議」——也就是十二年後成立的「國家安全會議」的前身。

「留都龍隱」稱「『長九』改組」應即指「國防會議」之成立。然而繼之以「一度稍見改善，久之故態復萌」，顯見民國四十四年四月以降的某段期間，正是「太子爺」操戈執斧、銳意求治的時期，也正是我判斷「令洪達展擔心」的一個背景。試想：「國防會議」甫出兼月，萬一是「太子爺」方面的人馬得著了遺失清冊、甚或祇是風聞有清冊遺失而加緊查察，一旦循線躡跡，找上了「周鴻慶」，兩頭對證之下，豈不穿幫露餡？於是洪達展索性另闢蹊徑，從層級較低、較容易對付的單位下手——那就是台灣省警務處了。

這一步險棋莫說「太子爺」不可能預聞，就連黃鎮球和王超凡也始終被蒙在鼓裡。洪達展買通了警務處一個管檔案的科員，挑上「林木發」這個案子，給捏造了一名叫「周鴻慶」的檢舉人。之所以大費周章、動了這麼一番手腳，完全基於洪達展誤以為「總登記」清冊落入了「老頭子」或「太子爺」之手。依照洪達展的老謀深算來研判，既然有建議「宜速制裁」的案子驚動到這對父子的層次，他們一定會另外檢派人馬清查「周鴻慶」的關係。果若因之而查到了他洪某人身上，想必也要親口向他盤問。屆時倘或一意撇清，反而徒增狐疑；不如索性以「早作海外布建」為由，逆其勢以愕之——總然有「林木發」那麼一個漂亮的大案子為憑據，「老頭子」或「太子爺」焉有不信之理？

之所以認為「官邸」得著了、甚至扣下了清冊，其實並非沒有道理——若說保安司令部會「遺失」如此機密重大的檔案文件，簡直是匪夷所思的。也正由於誤判清冊的去向，「周鴻慶」便搖身變作了由洪達展指揮、在港澳接敵地區（甚至可隨時出入敵後）、絕對不容許暴露身分的「布建工作同志」了。至於「周鴻慶」本人，則恐怕從來不曾知道：在民國四十四年六月到民國四十五、六年之間，他的身分、作為和人格竟然有了如此巨大的轉捩。

「我明白三爺所說的另外半步了。」我拊掌頓足，不禁笑了起來：「從『世亂隱於諜陣』那條注子上一比對就知道：『長九』雷厲風行那麼一改組，讓洪達展起了疑，原先想利用一般特務制裁手段的借刀殺人之計怕反而惹火燒身，於是乾脆讓『周鴻慶』成了諜陣中的一枚棋子，如此一來，其他系統的人馬反而不便任意接觸了。不過，我倒認為李綬武反將一軍、把清冊又還回去的這一招更高。試想：警備總司令部一口氣接管了好幾個保安、情治單位，事權集中、協調便洽，祇消稍一比對，不就看得出來：這個叫『周鴻慶』的身分詭譎，說不定還是個雙面諜。查到這一步上，洪達展汙水濺衣，豈不越洗越渾？」

「無奈黃鎮球畏葸僨事，來了個換湯不換藥的『反共自覺運動』。新瓶舊酒不說，一拖三年多才啟動，反而給洪達展充分的時間另行布劃——他當真把那個倒楣鬼給送到『敵後』去了。這一節，在《上海小刀會沿革及洪門旁行祕本之研究》中也記之甚詳，你不會不記得了罷？」

《上海小刀會沿革及洪門旁行祕本之研究》是水泥公司獎助出版的一部碩士論文，印數不多，我亦偶然間於舊書肆得之，對於作者陳秀美（觀其名可想而知是一位女性）以一年輕碩士生的資歷、居然能輯散蒐軼、整理出卷帙如此龐大的千頁巨作，其實是由衷地佩服。該書分類細密、考訂翔實，為近二百年來中國南方庶民社會與天地會系統有關的生計活動作了十分完整的記錄。但是它如何與「周鴻慶」給洪達展遣赴大陸有關？卻誠非我所能解，正待向魏三爺請教，他卻將手中二書遞了過來，朝窗外逐漸疏解的車陣瞄了一眼，道：「一時忘了卻也不妨。那本書是吾友錢靜農之積學；靜農為學不藏私，畢生所治都傳授了這名弟子。老弟日後得閑再將此書檢出、細讀一回那陳秀美書前的題記便了。至於這兩本，你也順便拿去，旅次無聊之時翻看幾眼，也是好的。祇今日所餘辰光不多，許多頭緒一時也交代不及。你老弟心懷忐忑，魏三也不是不能體會——千言萬語一句話：怎麼找上你給捎帶一本《肉筆浮世繪》的？不是嗎？」

我執書在手，心卻往下一沉——聽他語氣，此行竟有打鴨子上架的況味了。

「老弟毋須忐忑，這本《肉筆浮世繪》在你一個老朋友手上；旁人他信不過，祇有你老弟出馬可保萬無一失。」魏三爺說時又從袖筒裡甩出一方名片來，上頭印著幾行小字，應該是頭銜、地址、電話號碼之屬，可其中三個大字卻令我十分眼熟——駒正春。

駒正春是純正的日本人，曾任日本交流協會高雄事務所所長。有一年我在高雄演講《紅樓夢》，他來聽講，又託人介紹相識。由於他說一口極流利的「京片子」，談起來才知道：他是北大留學生，唸的雖然是經濟，卻聽過我姑丈俞平伯先生的課，因而敘世誼定交。是後每逢他來台北，必共盤桓；回日後，歲時通問不絕。此次赴東京，自然要約他一敘契闊的。

「駒先生怎麼也牽涉其中呢？」我問著，同時感到毛骨悚然起來。

「駒正春當交流協會高雄事務所所長是後來的事。之前『太子爺』尚未登極、仍然在閣揆任內時曾有訪日一行，即是他陪侍接待；『太子爺』晉見日皇，也是他擔任的翻譯官，這，你不會不知道罷？」

「駒先生是同我提過。可是三爺方才說：託帶《肉筆浮世繪》另與『那冒充周廚的莫人傑』有關，我卻向未聽駒先生說過——」

「那麼他有沒有向你說過：他還是一位伊賀的忍者呢？」魏三爺接著咧嘴哂道：「近世忍術之中有那麼一門『崩樓技』的絕學，還是我那位老兄弟錢靜農祖上傳至東瀛三島去的。此中祕辛於《奧略樓清話》、《廣天工開物雜鈔》之中皆有記述。當真攀論起來，駒正春恐怕稱得上是錢靜農遠房的師弟呢！不過這就又說遠了。言而總之、總而言之：你持此刺去見駒正春；個中曲折，屆時他自會同你說了。」

「我同駒先生熟識，不需要名片了。」

「名片不是給他看的。」魏三爺逕將名片夾入《奇門遁甲術概要》書頁之中，繼續吩咐道：「稍後你老弟進了機場，到免稅店買兩瓶酒——一瓶白蘭地、一瓶威士忌——抵大阪旅館之後，便將白蘭地置於床頭几上，瓶下壓著這張名片。次日醒來，倘若名片不見了，便是駒正春門下弟子前來取去，你毋須尋找。當日行程應該是夜宿京都，你且持威士忌出門，途中若為人魯莽打破，亦不必計較，那也是駒正春派人所為，打破酒的人會把你前夜失落名片交回，但是背面則另書一地址，你且按址尋去，便見得著駒正春了。見著駒正春，也就拿到了《肉筆浮世繪》，大功告成也！」

帶一本書的確不是什麼了不得的大事，即令茲事果爾體大，高陽亦非畏影忌跡之人。但是這樣教人牽著鼻子走，仍使我有幾分不愜。魏三爺卻像是當下看出了我的心事，「呼呼」笑道：

「民國五十三年春，郭嗣汾先生的一部長篇小說《紅葉》為香港電懋相中，準備改拍成電影，簽約之後，電懋方面託了一個叫龍芳的同你老弟接頭，請你執筆改編成劇本——

我說得沒錯罷？」

「是不錯，不過大綱完成之後，陸運濤飛機失事，連龍芳也賠上一條老命，劇本的事也就沒成。」我猶豫道：「這又與駒先生有關了麼？」

「民國五十四年八月，萬老爺子驟爾升天。次年一月，你老弟給周棄子寫了一封信，信上明明白白寫道：『近聞有《神醫妙畫方鳳梧》之作問世；棄公曾謂：萬氏詩髓畫骨皆自驚鴉來，格在龜堂、半山之間。惜小子不敏，未及寓目。念惟萬氏倏忽殞命，事頗諱隱，疑有它故。安得溫犀秦鏡、照幽鑑微，詳其首尾，以俟不惑；即窮十年之力亦不足惜。』可有這話？」

經魏三爺這麼一說，我似有所覺，然而更多的卻是一份赧意——數十年來，我的確時常想起萬硯方暴斃的疑案，偶讀閑書、間有體會；卻昧於片鱗殘甲、管窺蠡測，而始終未得全貌。當年的豪語，於今思之，竟平添了諷誚之意。可是在另一方面，使我益覺訝異的是：從魏三爺的敘述可知，連周棄公都身涉其中了——起碼，我給棄公的信函，魏三爺是讀過的。

就在這個時刻，車行已至中正機場出境大廳廊前，我卻幾乎不想下車了，逕向魏三爺答曰：「當年一諾，至今尚未兌現，慚愧得很。」

「若不是有那麼幾句痛快的話——高陽老弟；我也不會找上你的。算一算：你我在新衡先生府上初晤之時，我已經等了你十年啦！」魏三爺說著，一手拉開車門，跨步而出，道：「此去找著駒正春，取回《肉筆浮世繪》，也許連龍芳那宗案子都能訪出一個下落來了。如此，也才不辜負了棄子老兄同我們這幫老鬼物的一番薦舉之誠啊！」

「啊？」我傾身斜欹、搶忙將車窗完全搖落，道：「棄公是怎麼說的？」

「他說你有造史之才，必可為吾等沉冤喪志之輩一探究竟、再著汗青呢！」

魏三爺說到這裡，旋踵往車尾踅去。待我再一回頭，右側窗外僅見迎送人潮熙來攘往，哪裡還有他的蹤影？至於後事若何，我祇能順著周棄公之言，學唐代劉知幾在《史通》〈忤時〉中的浩歎：真是「頭白可期，而汗青無日」啊！

且說到了大阪之後，住進旅館，其情確如魏三爺所言：我放在床頭几上的名片不翼而飛——不過丟失的不祇是名片，樑上君子連那瓶白蘭地亦一併取去。次日黃昏遊京都之寺町通食街，我本欲遵魏三爺所囑，持另一瓶威士忌在手，以為認記。無奈同行的張大春堅持要替我將挐，後生小子禮敬之意甚堅，我亦不便強拒。一路走了幾里，正漸感索然之際，忽聽大春一聲惡吼，那瓶威士忌遂為一名頭染綠髮、足登風火輪之少年撞落，當下粉碎淋漓。大春與之論理，爭奈言語不通，相互咆哮一陣，也就悻悻然散去。魏三爺說的那張名片，自然也就杳如黃鶴了。倒是那一夜同大春至一風韻如醇醪的徐娘所開設的小酒肆吃京料理，縱飲劇談，說起風水命理之學。不道此子亦讀過《奇門遁甲術概要》，此書偏是魏三爺臨行所贈者之一，刻正在我篋中；遂與大春討論數刻，惜其涵泳不足，莫可深議，乃罷。

原以為魏三爺交代的任務就此泡湯；雖然事不關己，仍未免有些懊惱。就在旅館狹仄的房間之中惆悵著，電話鈴響了。甫一接聽、愁眉乍展——居然是駒正春，劈頭第一句話便是：「替你持酒的那年輕人是誰？」我告以是一位同團旅行的年輕作家。駒正春沉吟片刻，道：「險些誤我大事。不過，這個團你不要跟了。我已查過，此團明日再回大阪，轉赴伊豆。你向雜誌社方面告個假，伊豆風呂就留待來茲罷。你隨我先留大阪，再去東京會團，可否？」

駒正春並沒有告訴我：之所以希望我脫隊是否皆因大春之不可信；不過他卻坦然說明：若非我在那家吃京料理的小酒肆中談到《奇門遁甲術概要》裡的一些修辭細節，他是不會再致電聯絡的。回想起來，我與大春所討論的「天衝值辰，鯉魚上樹，白虎出山，僧成群」一段文字，正出自魏三爺那一天夾放名片的書頁之間，說來不無湊巧——倒是駒正春及其門下耳目偵伺之嚴、網羅之密，殆如明末閹黨之「緹騎」，恐怕便非機緣際會所能解釋。試問：難道連小酒肆中那位年可四十、薄施脂粉、舉止嫻雅的中年美婦竟也會是伊賀忍者的眼線麼？真教人不敢繼續想下去了。

關於旅行團所見所聞，我另有〈神往神田——兼談日本的酒〉一文記之，在此不贅。然而駒正春邀我滯留大阪一日的事，卻須在此隨手一誌。

原來前一夜如由我親自持酒而行，則一切按計劃行事，我自按名片背面所載之地址去訪書，也就見著了駒正春。可是教大春這麼一攪和，駒正春頗為見疑，深恐另有尷尬。我也祇得向主辦單位聲稱不耐團體生活，又須在旅次之間趕稿，還是脫隊獨遊為宜。至此，駒正春更不放心我獨遊了，索性仍約在我去過的那家小酒肆——祇不過連日二度造訪，我已經沒有心情欣賞那位「徐娘風味勝雛年」的美麗女主人了。

我依約到達，兩人打過照面，並無寒暄——這跟以往是截然不同的——駒正春正色告我：第一，書就在我盤腿趺坐的榻榻米底下一個暗屜之中，散會之後再取，回到旅館再看。第二，返國時將書置入隨身行李之中，切勿打包託運。第三，旅次慎防有人掉包或竊取，如果可能，儘量隨時照看注意。

交代完這些，駒正春苦笑了一下，搖頭無奈道：「如此見面也好，這是自己人的地方，你我兄弟還可以多說兩句知心話。祇不過——」說到這裡，他舉目四顧，似是十分之不捨地環看了我們所置身這間雅室，歎了口長氣。我隨他視線望去，才發現此室乃閣中之閣，佔地僅兩蓆大小，矮几軟墊、銀燈泥墟，樑木雖低，卻略無迫促之感；反而因為空間不甚寬敞，一應陳設，轉瞬而盡收眼簾。我忽有所悟，道：「昨宵與大春來，倒不曾留意有此雅室——今夜一見，才明白陶淵明那句『審容膝之易安』並非窮酸人自慰之語。」一面說著，我才又看見身後闌干之外竟是一座小小的梯間，曲徑通幽，不知伊於胡底。

駒正春待我游觀數過，才拊掌喚那美婦前來，以日語說了一大串，我祇聽出他句句用的都是敬語、辭氣極其懇切，卻不明白是什麼意思。那美婦亦和顏悅色地應了幾句，間或也瞄了這房間兩眼，微笑稱答，彷彿十分同意，並隨手朝我身後闌干上所貼的紙條比劃了一下。不多時，清酒小菜捧上來了，四碟二碗，雙盞對壺，的確精潔講究。量固不多，我亦無心貪醉圖飽，卻是駒正春快人快語道：「你這一趟來，必定滿腹狐疑，請毋須客氣，駒正春知無不言、言無不盡就是。」

「其實也祇兩問而已。」我自斟一盞，敬了他一敬，道：「這《肉筆浮世繪》似與國府情治單位和祕密幫會之間有什麼轇轕？敢問其詳；此外，你老兄和此事又有什麼關係？試說其故。」

駒正春似乎早已預知我會有此二問，聞言一舉盞，仰飲立盡，笑道：「先說段往事罷！那是昭和三十八年九月間的事了——」

昭和三十八年，西元一九六三年，也就是民國五十二年。早在八月二十日上，日本池田勇人內閣突然宣布通過幫助中共籌建一所人造纖維工廠的貸款案，價值高達兩千萬美元。是時國府與日本仍有正式外交關係，此舉在台北方面視之，不啻「援匪」，自然是極不友好的行動；便由外交部訓令駐日大使張厲生向日本外務省提出嚴正抗議。當時已應美國國務院之邀、正準備起程赴美會晤甘迺迪總統的「太子爺」也暗中作了一個行程上的安排：倘若池田內閣有意片面改變與國府的關係，他會在回台途中祕密取道日本，親自斡旋其事。

然而無論美、日乃至國府方面知其詳情者甚鮮：實則這一筆貸款中的半數——也就是將近一千萬美元——是由台灣方面某匿名人士提供，該人士的條件有三：第一、一旦國府循外交途徑向日方施壓，池田內閣則可宣布以更優惠延期付款方式繼續加強對台貿易，但是貿易商品將由該人士代理。第二，國府與日齟齬期間，池田勇人得擇期公開表示（或透過它國媒體訪問途徑）中華民國沒有光復大陸的希望或意圖。第三，為因應建廠工程需要，日本應邀請中共先派遣一機具考察團赴日觀摩、參訪，其中一名團員將由這位匿名人士指定。

這三項枱面底下的協議，池田內閣都做到了。那個全名為「中華人民共和國油壓機械友好訪問考察團」的組織在同年九月二十四日抵達東京，預訂全程考察時間為期兩週，其中一位經指定邀請赴日的團員叫「周鴻慶」。早在此前的十二天和六天上，池田勇人已經分別發表了兩次公開談話——九月十二日、星期四，他重申協助中共建廠的決定不變，並且宣示了對國府方面的貿易優惠方針。九月十八日、星期三，則在應答美國華盛頓郵報專訪時特別強調：「日本對華政策並無改變；不過據日方瞭解：中華民國政府似已無反攻大陸之希望，亞洲和平將繫於經貿活動之加強，各國間才有共存共榮之機會。」

這兩次談話果然令原本因貸款建廠事件已急速降溫的中、日關係益發雪上加霜。「太子爺」不得不在訪美行程結束的次日臨時搭機赴日，「太子爺」後首才著陸、張厲生前腳已經登機——被「老頭子」急電召回，「返國述職」了。時在九月二十一日。

「太子爺」是深知「老頭子」脾氣的，在這麼一個滿城風雨的時刻，他自然不宜作任何公開的拜訪。然而人已經來到了日本，總不成匿身在下榻旅館、扃門不出罷？遂向隨員打聽：有沒有通曉中文、又熟悉池田內閣決策的人士，可以私與接洽、以便一詢究竟者？隨員中有一出身石牌訓練班、曾多次赴中國大陸的幹員；他見旁人都沒了主意，祇得應道：「有個當年在北大留過學的學生，現在內閣官房長官麾下任事，專司中國大陸經濟問題研究，中文極佳，祇不過傳聞中此人曾習忍術，如果要接見，在安全上恐怕得格外加強，以免不測。」

「太子爺」聽罷微微一笑，道：「用人不防，防人不用；人家真要怎麼樣，我就算穿一身水泥也無如之何。去找來罷。」

找來的正是駒正春。這便是他與「太子爺」的初晤；兩人促膝獨對，密談了三個小時。其間瑣屑，駒正春並未細說；要緊的話題是：當時池田勇人會否遵守「一個中國」政策、繼續支持國府？——場面已經僵了，日本政府如果還肯迴圜讓步，也得有個台階下；這台階又該由「老頭子」給、還是池田自己找？裡頭的學問不小。駒正春對某匿名人士以一千萬美元提三條件的協議是略知其情的，然而茲事體大，尤其不能對「太子爺」道出，祇得暗示：池田是個生意人，如何在各邊政治關係的張力緊繃到最大程度的情況下攫取最多的利益，才是其所關切者。至於政策原則方面，池田不應有什麼冒進的作為或裁示。

駒正春的建言是否啟示了「太子爺」什麼想法？我不得而知，然而十月七日爆發「周鴻慶事件」、九日消息曝光，十一月台灣各地由學生和青年發起不買日貨、不看日本電影、不聽日本音樂、不閱讀日本書刊和不說日本話的「五不」看來，「太子爺」有可能從駒正春的談話中間找到了對付生意人的辦法。不過，駒正春自與「太子爺」接晤之後，卻獨對介乎中共、國府和日本三方之間的這一連串密商、暗盤、私訪等活動產生了興趣。尤其是辭出告別之際，「太子爺」忽然先問了一句：「駒君此番前來見我，不至於有什麼不方便罷？」

「不會的，不會的。」

「這是因為忍術的高明、還是因為生意人的大度呢？」「太子爺」說了句令駒正春印象極為深刻的笑話——既讚賞了應邀前來遂「士大夫之私交」的駒正春，也恭維了池田政府的立場。在兩國關係已然相當肅殺的當日，可以看出「太子爺」自有一派從容和體貼，駒正春竟然因此而深受感動了。

「周鴻慶」隨團赴日，終於在簽證到期的那一天搬演了一齣令人措手不及的「投誠」事件，且立刻變質成日本政府難辭其咎的政治迫害事件。在駒正春看來，倘若「周鴻慶」根本沒有向國府「投誠」的行動，自然不會被一個叫富田利明的計程車司機誤送進蘇聯大使館；可是一旦出現了誤投的結果——蘇聯駐日使館便不得不以「簽證過期」為由，將之交付日本警方，成了池田勇人再向中共要求加碼的一枚活棋——如此則不能說：一切都是池田深謀遠慮、布置了這麼一盤可以接二連三向中共示好的棋局，反而該回頭深入調查：當初指定「周鴻慶」來日參訪的那匿名人士究竟是誰？又有什麼動機？

然而令駒正春大惑不解的是：打從十月七日起，直到第二年二月二十三日、池田派前首相岸信介以特使身分訪華抵台，發表友好聲明為止，沒有任何一個單位針對此案展開調查。其間衹有昭和三十八年的十二月二十六日深夜，駒正春忽奉內閣官房長官之令前往祕密拘禁「周鴻慶」的市ケ谷驛招待所作一探訪，視其有無任何個人需要。駒正春得令即知：不日之內，「周鴻慶」便有可能會遣交中共特派赴日處理此案的代表團。

這招待所名義上是東京私學會館，平素亦對外開放，作旅館經營；衹七樓整層由內閣官房長官廳包下，以備不時之需。駒正春便是在七〇九號房見著「周鴻慶」的。

此人看上去年約三十四、五歲，皮膚黝黑糙澀，似是勞動人口出身，要不、起碼也生受了幾載艱困。說一口夾雜著杭州和廣東口音的普通官話，聲音粗啞。他並不知道駒正春是日本人，一聽來者殷殷相詢，便急嘈嘈迸出來一大串言語：「我是什麼都不會說的；我說什麼你們也是不會相信的。上了這許多當，我再也不說什麼東西、也不聽什麼東西了。」

駒正春猜想：從十月七日開始，這八十天期間，一定已有中共方面代表人士前來訪視過他，或許這些人士曾假冒台灣當局名義，對他作了一些試探、偵測，而後復表白身分、加以恫嚇，才會讓他如此戒慎恐懼的。僵持了一陣之後，駒正春祇得坦然告知：「敝國政府極可能在三、兩天之內便會將你交還北京派來的代表團；換言之：你是去不了台灣的了。除此之外，還有什麼地方需要我効勞的，就儘管說罷，敝國政府當會傾力促成，不負所託。」

這人聞言一怔，道：「你是日本人？」

駒正春點了點頭。

那人卻猛地放聲大笑起來，笑得上氣不接下氣，忙不迭用手背擦淚抹鼻涕，咳嗆連連，道：「要說起移花接木、借屍還魂的招數，我可是玩了二十年了——怎麼？冒充起日本人，難道我就同你說了嗎？」

「我不是來刺探閣下的。」駒正春肅容說道：「過兩天你回到北京，貴政府自然會有審理這個案子的法律程序。我的任務祇是來詢問閣下：需不需要什麼——」

駒正春話還沒說完，那人笑靨一緊、竟皺起千百條老紋，跟著號啕聲作，有如猿鳴梟吼，一發不可收拾。可哭了不多久，似又想起什麼，順勢搖搖頭，嗟歎兩聲，喋喋怪笑一陣。如此哭罷了笑、笑罷了哭，惹得門外守衛人員不時還會開鎖入內睃視一番。

是時已近子夜，駒正春不意這「周鴻慶」果真還有什麼需求，便要告辭。對方見他要走，忽地搶身過來、跪在膝前、緊緊扯住褲管，道：「我決不能去台灣，也不再去大陸；你老兄若真是日本人，便不理他們的圈套，放我一條生路罷！」

根據駒正春原先的揣想：那匿名指定要「周鴻慶」隨團赴日者或許和此人有什麼親故戚友的關係，可藉此至「海外」一晤，聊解兩地懸念之苦。及至鬧出個「投誠」事件，便懷疑它並非臨時起意，而是出於該匿名人士之預謀。果若如此，「周鴻慶」自然也是一心想赴台灣，好脫離傳聞中艱辛困苦的竹幕生活才對。如今聞聽他說：「我決不能去台灣、也不再去大陸」之言，忽然心生一疑：既然聞知將遭遣返，在這緊要關頭，此人不是更應力爭赴台、以保一線生機嗎？

駒正春強要拉他起立，無奈對方渾似一方植入地板之中的千鈞石座，掙不動分毫。想這駒正春也是伊賀武士出身，一旦窺覺對方還有練家功架，更吃驚不已，暗中凝貫指力，扣住那人臂肘曲尺大穴，才一運勁，「周鴻慶」亦略有所覺，忡忡問道：「這是『擺抖』！你果然是日本人！」

「擺抖」是神速拔刀道（Ihai-do）裡四個疾速連續從事的格式化動作之第三動。與拔刀、砍劈、歸鞘既分又合，形成速戰的基本形式。「擺抖」便是在揮擊得手之後、收刀入鞘之前的一個將刀刃上殘留血滴抖落、以免沾染鏽蝕的動作，講究在轉瞬交睫的剎那間完成。

高手過招、點到為止，駒正春這一出手，雖未當真以力伏之，卻讓對方盡懈心防，眼眸中也閃爍出點染著渴望的光芒：「看來你也是武者，便更該放我一條生路了。」

駒正春隨即將他扶起，道：「你既然口口聲聲要『投誠』，怎麼又說『決不能去台灣』呢？」

「我何時說要『投誠』？何時又說要去台灣？」「周鴻慶」一面說時、一面已瞪起灰濁泛黃的一雙大眼珠兒，暴聲吼道：「從頭到尾，便祇一句話：『我要去中華民國大使館』，『我──要──去──中──華──民──國──大──使──館──』哪裡說了要去台灣哪？去台灣？去台灣我半道上就教『老頭子』給槍斃了！」

「既然不是去台灣，怎麼又說要去中華民國大使館呢？」

「那是聯絡的暗語啊！」「周鴻慶」似是無意而然、迸出這麼一句，隨即噤聲良久，瞳人裡初初綻放的神采從而漸熄漸暗，最後竟細瞇瞇地覷起眼縫，上下打量著駒正春，輕搖著頭，冷笑道：「哼哼哼！老子險些兒又遭了道──你這鬼子莫非也是『老頭子』走狗、七繞八繞又繞回來套我口供？我橫豎是死路一條，你且把我當個屍首，屍首是不會說話的。」

此後那「周鴻慶」果然就像一頭垂死的狼一般，祇把雙眼珠子不住地朝駒正春身上往復盤看，時而怯懼、時而驚惶、時而憤怒、時而哀憐，彷彿他騁目所見者竟是好些個不同的人，為他帶來了好些種錯綜蕪亂的情緒。駒正春知道：他瘋了；即令再說些什麼，恐怕也都是譫囈妄語而已了。

駒正春旋即告辭，而「周鴻慶」果然在次日中午獲得「釋放」──當下交由中共代表團押返中國大陸；此後再也沒有這個人物的消息了。

然而，對駒正春來說，這不是一次單純的事務性工作；他不得不懷疑：「周鴻慶」像個懸絲傀儡一般教人擺布到東京來兜繞一圈、又似乎在迫不得已的情況下被人誤以為要向「國府」投誠——此中是另有隱情的。所幸他並非全無線索；他還掌握了一句「我要去中華民國大使館」的暗語，以及聞聽此一暗語之後卻把「周鴻慶」送進蘇聯大使館的計程車司機：富田利明。

由於治安方面的調查、蒐證工作並非駒正春職責範圍，是以如何合法地找到富田利明已經頗費周章。事實上，案發之初日本警視廳已為富田利明錄製了口供，上頭清清楚楚寫著：「由於語言不通緣故，產生了誤會，才將乘客載往同在使館區的蘇聯大使館。」富田利明並未涉及任何不法，錄過口供之後立刻開釋，如欲依循任何法務途徑則是根本無權也無能尋獲此人的。

幸而駒正春「另有管道」——關於這一點，他可以說是守口如瓶，無論如何不肯進一步解釋，我祇能推測：與其身為伊賀忍者的祕密組織有關——饒是如此，也花了將近兩年的工夫，也就是昭和四十年、民國五十四年的秋天才確然發現了富田利明的住處、所隸屬的出租汽車會社以及經常往返營生的行駛路線。終有一天，駒正春攔下了他的車子，才就座，發現富田利明的左臂近肩袖處縫掛了一圈黑色的帛布——這是中國人在近親長輩如父祖者過世後服喪的裝扮，卻非日本人的禮俗。駒正春登時福至心靈，以十分流利的中國話說了一句：「我要去中華民國大使館！」

富田利明聞言毫不遲疑，推桿入檔，車身剛向前行了幾尺，又忽地煞住。駒正春從後視鏡中與富田利明四目相接，他立刻知道：前後雖僅相去剎那，對方已略疑其身分、意圖，遂重複了一遍去意，且刻意說得緩慢，可是字正腔圓。富田利明卻狀似十分無奈地聳了聳肩，以日語答道：「排檔壞了，我沒有辦法，非常抱歉。」

不消說：才到手的這條線索頃刻間又斷了。富田利明自非等閑之輩，也正因如此，如果「周鴻慶」事件另有祕辛，則他更不會吐實了。

「就此罷手的話，真相豈不石沉大海、永無重見天日的機會了麼？」我急急問道。

「當初我何嘗不是如此作想？其灰心喪氣，就不必多說了。」駒正春好整以暇地又喝了一杯，才悠悠然接道：「人生在世，許多事都是這樣：當你汲汲營營、尋尋覓覓，蹉跎了無數光陰，到頭來一無所得。可是一旦不忮不求、無罣無礙，忽一日涓滴穿石、水到渠成，一切卻豁然開朗了。」

時隔近六年之後，中華民國迫於形勢、宣布退出聯合國，美國總統尼克森隨即於次年二月赴中國大陸進行和平訪問。駒正春在三月初接到新的派令；他的新職務是到外務省一個專門研究「兩岸中國事務」的單位當專員。到差的頭一樁任務是陪同一個叫邱永漢的商業鉅子往台灣一行——這是一次十分重要的訪問，之所以派駒正春前往，自然與據聞即將於一、兩個月之內正式組閣接班的「太子爺」有關。

邱永漢原來並非國府歡迎的人物。此人對戰後國府處理台灣事務之手段極為不滿，於一九四七年憤而離台，前往香港參加「台灣再解放聯盟」。一九五〇年赴日發展，先後擔任過「台灣民主獨立黨」、「台灣獨立總同盟」、「台灣獨立聯盟日本本部」等組織的核心幹部，也是知名的小說家和理財大師，到一九七二年時，他個人已然擁有十八個大小企業。此番回台灣，邱永漢頂著兩面大旗：第一面是「宣布放棄台獨、全力支持國府」；第二面是「投資台灣產業、以報効政府既往不咎的寬大德意」。在起程之前，駒正春當然不會不知道這祇是表面文章——邱永漢的目的是在台灣投資房地產，國府方面正需要足以在國際低盪氛圍中凝聚民心士氣的新聞。而在田中政府方面，則樂於暫時營造一個「日華友誼良好、邦交關係穩固」之類的氣氛，以爭取時間、研擬更周延細膩的「與中共建立關係」的方案。

以實際工作內容而言：邱永漢能說流利的台語，人則老於世故、酬對敏捷，其實毋須翻譯人員，是以駒正春原以為這終須是一次十分無趣的旅行。殊不知抵台次日便有了意外的收穫：「太子爺」派人致贈了一份禮物，另附一封短箋。禮物是仿故宮唐三彩陶塑駿馬一尊，高可二尺，稱得上氣派珍貴；信上則感謝八、九年前初次晤談時所提供的「寶貴建言」，辭意懇切，頗能動人。然而謂之「收穫」，則是在奉令前來的人物。

此人年約六旬，戴一副極厚的深度近視眼鏡，生了滿臉坑坑洞洞的痲子，穿一身幾乎可稱過時的中山裝，漿挺潔淨，十分嚴整。這老者應對唯唯，看來雖平易可親，卻有著沉靜寡言的個性。駒正春是個拘禮的人，固然看來者是行走人等，仍雙手捧上了名片，未料對方也掏出一張來回奉。駒正春一睹之下，不覺駭然，但見那名片上端端正正印著三個宋體大字：「李綬武」。

以駒正春對國府背景之嫻熟，自然聽過此人名諱：他原是「老頭子」身邊十分親近的人士，早在民國四十二年，即位居資政之要。是時國府編制尚無此職此銜，據傳是「老頭子」特別遴選的一批有如清客般的人物，由政訓首領賀衷寒統御，可以算是權力核心最為倚重的幕僚。然而這個班子卻在幾年前無疾而終，外界既不知其首尾，便無從明瞭因由。如今駒正春一眼看出端倪，豈有放過之理？遂驚聲問道：「李先生不會是那位資政罷？您怎麼、怎麼——」接下來的措辭該如何才不致失禮？駒正春無暇揣摩，一時竟至語塞。李綬武卻溫和地笑了，接答道：

「『散館』是常規定例，沒有什麼羞人的，駒先生怎麼也拘泥起俗套了？」

「散館」是明清官常用語。當時翰林院設庶常館，新科進士朝考得庶吉士資格者得入館修習，三年期滿再考——成績優異的，授以編修、檢討，「次者出為各部給事中、御史，或出為州縣官」。駒正春曾追隨我姑丈讀書，一聽便知道這「散館」二字用得不卑不亢、還帶著幾分自嘲自謔的詼諧，登時寬了心，連聲稱是。那李綬武卻說了兩句讓他既愕然、又恍然的言語：「下一次駒先生要是再想叫車去『中華民國大使館』，還是持此刺一示為妥。」

駒正春直覺以為：對方絕對不祇是個替「太子爺」跑腿的信使；自其身分和談吐判斷，則李綬武之所以刻意暗示他追查富田利明的過節，不外是在提醒他：富田利明的確握有某些事實，祇緣乎不可輕易示人，才斷了線。然而這李綬武的名片為什麼就派得上用場呢？駒正春略事思索，小心地反問道：「倘若李先生能為我解惑，我何必再跑一趟如今已易幟的『中華民國大使館』呢？」

「我如果能為駒先生解惑，便不勞你『再跑一趟』了。」李綬武此言用意至顯：答案在日本而不在台灣，且非從那富田利明身上問訊不可。可是緊接著他又說了下去：「當年你應該也看見了：那富田先生帶著一身孝；自茲而後，普天之下的庵清光棍皆有如驚弓之鳥，大都斷了問訊。之後想要再重整旗鼓，寧非難於上青天了。試問：我若能踏出此島一步、去見那富田的話，又何須輾而轉之、請託於閣下這位伊賀方面的『道友』呢？」

扯出老漕幫這個背景，無疑是李綬武蓄意「放水」的——他似乎是在點撥駒正春：我不怕讓你知道我（甚至富田利明）的背景，更重要的是：我也知道你的背景。純以地下社會份子互不輕揭身分的慣例言之，故意稱呼他一聲「道友」，直等於帶著些挾脅的意思了。不過李綬武並未得寸進尺，反而深深鞠了一躬，既莊重、又真摯地說道：「貴我兩國的外交關係或許朝不保夕，倒是咱們『道友』之間的然諾信守要來得長遠多了呢！」

按諸日後發生的事實，李綬武之言居然奇驗無比：同年九月二十九日，田中角榮和周恩來發表聯合聲明，宣布建交，日本承認中共為中國唯一合法政府，國府亦隨即宣布與日斷絕外交關係。就在台灣各界再度發起抵制日語日商日貨日藥日服……的期間，駒正春已回到東京街頭、再度攔下富田利明的計程車，道：「我要去中華民國大使館。」並授之以李綬武所交付的那張名片。富田利明顯然會心同意，點了點頭，以中國語說道：「前次不知道您和咱們『幫朋大老』也是朋友，多有得罪了。」

「不妨。」駒正春道：「當時我為『周鴻慶』一事深自不安，也忒莽撞了。你我且免了客套，可否請將當年的情況賜告呢？」

富田利明應聲答道：「事情原本很單純。八、九月間，祖宗家門有在情治單位任事的光棍，向老爺子密呈了一條機密情報，說是有敵後工作同志，蒐得舟山群島和山東半島兩地匪軍兵力分布圖，於反攻大業極有助益。祇知此人九月底要隨一個機械考察團到日本，有關方面會安排他在東京停留期間投奔國府，得到政治庇護；換言之：祇要此人進了大使館，反攻大陸就勝券在握了。這、自然是樁好事；可祖宗家門卻有不一樣的看法。到了十月初，『老爺子』居然親自給我打了個電話，把前情說了，還傳下『旨諭』，要我務必阻撓此事，否則國共兩方一旦開打，不知又要枉送多少無辜百姓的性命。我是趕大香堂磕了幾千個頭拜師入門的光棍，不能不遵從『老爺子』的『旨諭』——」

「可是我聽那位『周鴻慶』說：他要去中華民國大使館祇是個聯絡暗號，並不是真地『投誠』。」

「這就是不單純的方面了。」富田利明搖搖頭，道：「前一次先生您攔我的車，也許看見我帶著重孝。」

「是的，我記得。」

「那是給祖宗家『老爺子』帶的。他老人家差我幹下那勾當之後，就教情治單位給盯上了。人家暗裡收拾羅織，具足一應事證，過了一年十個月，便把『老爺子』當叛黨叛國份子給處置了。」

「從國府方面的立場來看，這是制裁，而且是合情合理的，不是嗎？」

「不瞞您說：『老爺子』如若不死，我心裡也一直犯嘀咕；可他忽然間就這麼不明不白地死了，我才回頭想出個蹊蹺來。萬一——萬一這椿勾當從頭到尾就是個計謀呢？」

「這又怎麼說？」

「回想當時，『周鴻慶』從下榻的旅館出門，我把車迎了上去，一開門他便說了句『我要去中華民國大使館』——試以常理度之：他若真要攔車去大使館，豈便一上車就說中文？這是頭一個可疑之處。其次一點，當時我衹一心完成任務，慌慌張張加油上路，他又連說了幾句：『我要去中華民國大使館——你怎麼說？』」

「『你怎麼說？』又是什麼意思？」

「不就是先生您方才說的聯絡暗號麼？」富田利明接著說道：「幫會中人往來交接，倘或係陌生人，必須反覆盤查。你問一句，我答一句；我再問一句，你也答一句。如此答問，事先必有約定，多可至幾十句，彼此才能放心。我日後回想起當日情景，越覺內中可疑：『周鴻慶』一再追問『你怎麼說？』分明就是與人事先約定，有那麼一套盤問應答的『講頭』，可我接到的『旨諭』裡沒有這套機關，哪裡應答得出？衹好硬著頭皮把車開入使館區，照『老爺子』吩咐，把他送到蘇聯大使館去。從頭到尾，我衹在『周鴻慶』下車的時候對他說了兩句話：『有什麼要說的、去同裡頭的人說去。』這小子當然不死心，進了蘇聯大使館還嚷嚷著『要去中華民國大使館』，哪裡還有生路？可是中計的不衹他一個，連我們『老爺子』恐怕也不免遭人唬弄，成了人家『借刀殺人』的劊子手。」

「這又從何說起呢？」

「因為根本就沒有那兩份兵力分布圖哇！」富田利明道：「聽說這小子一進去，就給扒光了沖水，連他身上的皺皮都沒放過一塊，赤條條給審了七、八十天，翻來覆去祇說上當，人已經瘋癲了。」

駒正春聞言至此，已大略知其首尾，忽然有一種落寞無助之感。如果富田利明所言不虛，則的確很可能正是那個暗中出資千萬美元、款通中共當局的人士在幕後操盤，兩面放出消息——一則讓國府最高層相信確有「周鴻慶」其人攜帶軍情、假道日本、前來投靠；另方面則將部分聯絡暗號洩露給「老爺子」，假老漕幫厭兵惡戰之手以除之，最後犧牲掉一個「周鴻慶」，進一步再藉「老頭子」的不測之威整肅了「老爺子」。

「你既然是李老前輩的朋友，我私下勸你一句話：此案不必再查下去了——再查，是會送命的。早在你前一次找上我之前一年——也就是『周鴻慶』被押回大陸之後沒幾個月——『太子爺』已經派過一個神祕人物來日本調查了一趟。原本可能祇是想找回那兩份兵力圖，結果卻有了別的發現……」

無論富田利明或者駒正春，原先都不知道「太子爺」派的這個人就是魏三爺在我臨行之前提到的龍芳。

和幾乎所有早年國府所培植的電影製片人一樣，龍芳也是行伍出身，畢業於中央警官學校，在大陸時代曾經參加過政治大學人事行政班的訓練課程，而後遭逢抗戰，分別在南京和重慶的「力行社」外圍組織幹過特務工作。抗戰末期聯勤總部設有特勤署，龍芳身兼總務、人事兩科科長——一手抓錢、一手抓人，這是特務組織中常見的情況，主要還是保密所需，能將權責集於最少數的自己人最好。民國三十六年，龍芳率領聯勤康樂隊到台灣。未幾，該隊便改隸國防部總政治部，成立康樂總隊，龍芳是為總隊長。從改隸、擴編到任官，可以說全是「太子爺」身居幕後、一手促成，隊中上上下下——包括廚丁車伕在內——通通都是情報人員；表面上嬉笑唱作、自娛娛人的歌舞演員所事者充其量可稱之為「文宣工作」，實則他們正是「太子爺」效法戴笠所栽培出來的耳目。

龍芳之所以會投身電影界，有兩個背景。其一，早年國府旗下最重要的電影機構——中央電影製片廠（後改為公司）——的董事長、常董，皆與「太子爺」所親近的領導人物有關，如王新公（衡）、馬星野、戴安國、俞國華等。此外康樂總隊本身也拍過些載歌載舞的所謂「康樂片」，頗受苦無視聽之娛的軍士們喜愛。龍芳遂知此中學問大矣，乃向「太子爺」自薦，願「常在電影界効力」。

他的確不是因為看上了銀幕所敷衍的浮華聲色而自甘絕意仕途、成為影人的。務實其說，龍芳自民國四十四年出為台灣省新聞處電影製片廠廠長伊始，就肩負起「吸引華僑投資、促成國際合作、拉攏海外人才」的任務，也看準了電影之為一種潛移默化的深度思想工具、自然亦有其重要的影響力。民國四十五年拍國、台語雙聲帶的《炎黃子孫》，請平劇名伶戴綺霞演一名化解小學生之間省籍爭執的女教師、最後下嫁草地郎。雖然是個說教故事；在當時，還的確以簡化的方式紓解了表面上不同省籍人士之間的緊張衝突。民國五十一年，龍芳更籌拍第一部彩色劇情長片《吳鳳》，目的自然還是宣揚族群融合的精神；可是龍芳特別從香港請來了大導演卜萬蒼，起用在地新人張美瑤，攝影師山中晉、燈光師關川次郎皆自日本禮聘，全部底片也送到日本沖印，可見其大手筆。連香港電影界巨擘邵逸夫都說：「龍芳我佩服，他比電影人更像電影人。」這句贊，語帶玄機。其實邵逸夫知音者也──他明白：龍芳「一日特務／終身特務」的根骨，拍電影、幹製片，都是為了情報工作。

如果把駒正春引自富田利明的描述放在龍芳的背景上一核對，自不難勾勒出來一些隱情。民國五十三年三、四月之間，龍芳在沒有知會任何媒體的情況下隻身赴日近月，返國後則對外說明：是為了和日本東寶電影公司談合作，出借張美瑤拍一部叫《東京紅杏》的諜報片才有此一行的──此片終於在同年年底拍成，不過片名改了，叫《香港白薔薇》。雖衹易「東京」為「香港」、改「紅杏」為「白薔薇」，但是失之毫釐、差以千里；故事卻完全不同了。當年龍芳受香港電懋方面託付，要我改編郭嗣汾《紅葉》。龍芳當時正忙著整治行囊，電話裡匆匆交代兩句，並囑：「未必要忠於原著。」人便去了日本。我知他性豪爽、重然諾，一言既出，便不會「片兒湯」。遂於匝月間把《紅葉》劇本大綱趕出，算好日子，俟龍芳一回國，大綱便寄到台製他的辦公室去。不出兩日，他翩然而至，出現在中華日報樓下的會客室裡，要言不煩地說：「《紅葉》沒問題了，秦羽他們搞了個審查小組，人人都說精簡得好，而且不八股；成了。」說著，從上衣內袋裡掏出幾張手寫字紙來，上書「東京紅杏故事大綱」八字；接著道：「你給看一看，這，成不成？」

坦白說：故事細節如何，我連一個字都不記得了。衹依稀知道是個女間諜誤陷共匪網羅的故事。我一覽之下，衹給了個一答一問：「糟透了。你寫的？」

對於我的問題，龍芳不置可否，但是表情卻十分凝重地說：「再糟也得拍，祇有拍出來，眾目睽睽之下，才有公論。」說完這話，龍芳便起身告辭——之後我再也沒有見過他；過了一個多月，他和電懋老闆陸運濤搭乘的民航公司客機空中爆炸，屍骨無存。

可是這位在東京待了將近一個月的「神祕人物」畢竟非等閑特務。一抵埠，他便透過東寶公司劇務系統的關係，找上了出租汽車工會，再循線尋著富田利明，遞上了「李綬武」的名片，包下他的車，作了為期十天的明查暗訪。據富田利明粗略的描述，這位始終未曾自報姓名的「神祕人物」在東寶公司要員的陪同下，幾乎是一步一腳印地重新走了一遍數月前中共「油壓機械友好訪問考察團」的行腳所過之處，每有人問其所事，便以「拍攝映畫」、「勘察實景」為辭，連東寶方面都未必能深知究竟。

然而，龍芳到底查到了什麼？連日日充任司機的富田利明都不知道。直到飛機爆炸消息傳出，台灣方面——應該就是老漕幫一系人馬——給他寄了一份剪報，上頭赫然刊登了龍芳的照片。富田利明也才據之對駒正春提出了警告。此後一切歸於沉寂，此前所拼湊成形的一些梗概輪廓也隨時間之消逝而黯淡下來。國府與日本中止外交關係之後的一年又七個月——民國六十三年四月，連日航和華航的班機也宣布停航，「所有日本的飛機和航空器均嚴禁飛越中華民國飛航情報區，否則視同不明飛行體處理」——直到「老頭子」去世，方始恢復。

「然則這些同那《肉筆浮世繪》又有什麼關係？」我忍不住問道。

「這就得從另一頭說起了。」駒正春氣定神閑地啜飲了第三杯，道：「幾年前東寶電影公司清倉，準備實施物流作業管理電腦化，整出一大批早年因為不知如何分類而閑置的書本、圖籍等文獻資料。之所以不知如何分類，乃是因為有些資料純供道具使用，作假亂真；有些非但是真品，還具有骨董價值；有些在兩可之間，卻是某導演公器私藏或私物公用而來；不論怎麼說，都是文化財。其中就跑出來這麼一本《肉筆浮世繪》，是明治年間刊行的一部集畫畫冊。倒不是什麼古籍，但是行家一眼看出：做電影的人持之必有用處；因為畫冊中的許多幅繪圖雖然可說是『春宮』，然而畫工們工筆精繪，十分講究背景細節。倘若要拍時代劇，大可以參考摹擬，非常好用。

「不過，此書扉頁上隨筆寫了我的名字、電話號碼和辦公地址，這就讓東寶的人不得不審慎從事了——萬一書的所有人是『駒正春』，如果擅行處置，則有竊佔他人財物之嫌。於是他們派專人據址查察，發現我已經調了差，人在台灣高雄，祇好暫且擱置。直到我重回外務省，接到通知，才拿到了書。這是前年的事了。書，當然不是我的，可是書中玄機卻喚起了我的記憶——我相信高陽兄也一定會有興趣的。」

此後，駒正春再也沒往深處說什麼了。我微覺其意：該知道的，都在《肉筆浮世繪》書中。當下不必細表，閑說了些清酒溫飲的好處、以及釀製的講究，又相約次日共赴東京時得同去一部東寶出品的名片《魚河岸的石松》背景實地吃魚喝酒。不知是否我不勝酒力之故，接下來祇記得一個話題，便是那富田利明與駒正春告別之際，駒正春告曰：「家父早年曾在天津塘沽一帶行醫，我的乳母是保定府人，我也是『吃中國人奶水長大的』，富田先生可否將中國姓名賜告呢？」殊不料對方聞言而凝咽良久，最後竟以日語答道：

「既是個逃家去國之人，哪裡還能稱名道姓？多少年來、多少年後，我便祇是富田利明了罷！」

走筆至此，本該直說那《肉筆浮世繪》機關；然而是夜與駒正春臨別一景，不可不隨手一記。不過彼時應已爛醉如泥，所聞所見都如一夢，竟是寫到當下才恍然想起，竟有些真幻難辨之感。

駒正春會過鈔，同那著和服的美婦又行了個近九十度鞠躬禮，踅回小室來，亦向我一鞠躬，道：「明日你我各乘新幹線去東京，座位不在一起，高陽兄也不必特意尋我；總之在東京車站自有人替你打點囊篋，高陽兄祇須看顧『它』便是了。」所謂它，指的當然是我座下那本書了。我諾諾應之，掀開蒲墊和榻榻米，果見下藏一屜，屜中是一冊一尺二寸長、一尺八寸寬、厚達兩寸有餘的硬紙裹布燙金題簽的《肉筆浮世繪》和一古紙信封——透光映看，信封中似是火車票。好容易自緊仄的暗屜裡摳起書角、捧入懷中，祇見駒正春袂影翩然，已經在店門口的染布酒帘兒之外，我踉蹌趔趄，疾步趨出，祇見屋外長巷迤邐、明燈熠耀，卻無半抹鬼影；霎時間頗有《禮記》〈檀公〉中形容孔夫子：「今丘也，東西南北之人也。」的蒼茫踟躕之感。再回店中，那美婦一仍笑靨相迎，可是怪狀又浮現了：先前那間「審容膝之易安」的閣中之閣居然倏忽不見了；祇原先在我身後的闌干還在、梯間亦無異狀——惟闌干上所貼的一張想來具有「雀舌」作用的紙條則已被人撕去。小室所在之處竟成了一片平曠的地板；環顧店中景況，似乎又與前夜和大春同來時所見者並無二致了。這個小小的插曲應該不祇是身為伊賀忍者的駒正春特意賣弄其「崩樓技」的身手而已罷？我信步踱出，在寒風裡踽踽而行，越苦思窮究個中奧旨、越覺得此行隨緣而遇、隨遇即滅的遭際一如《舊菴筆記》所謂「崩即崩耳」的境界。或許伊賀忍術之特別注重「滅跡」手段自有其務實目的——比方說：今夜如果有人躡循而至、拍下了駒正春與我密談的照片，如此一「崩」則顯象皆幻，又有什麼證據能指稱這密談曾經真地發生過呢？——不過，對我而言，即使作這樣的推測亦屬妄想。在漫步回旅館的途中，我幾度回頭，欲尋原路而返，再看一眼那小酒肆、再確認那閣中之閣是否完好如初——然而每一旋踵，便啞然失笑；說起來，正是「居一切時，不起妄念；於諸妄想，亦不息滅。住妄想境，不加了知；於無了知，不辨真實」。

回頭再說《肉筆浮世繪》。我首先注意到：在它的蝴蝶頁上，果然信手寫著駒正春的住址和兩個電話號碼，一望而知：確是出自龍芳那筆剛勁而瘦硬的黃體字——這一點無足怪哉；近四十年來特務系統中人學「老頭子」書勢，中鋒側用，方角銳折，常暴露出一種險峻孤拔的情態，反倒與人格上的「刻急」相映成趣了。這是贅語，且罷。

至於書的內容，則合兩頁成一折，一共是兩百九十六幅男女交歡的圖畫；男子大多膘肥肉厚，女子也油胖白皙，或俯仰糾纏、或起落合吻，絞臂蹶足、聳臀袒胸，雖各盡姿趣，恐亦非常人所能仿之效之者。最可憾的是東洋人自有一套東洋人的拘牽泥窒；每於圖中男女私處噴以銀粉，敗興甚矣！

我從頭到尾翻看了兩遍，佐以旅館所奉贈的煎茶，不覺已過三更；酒意漸退，非徒沒有看出這部《肉筆浮世繪》有何蹊蹺，人卻在沙發椅上睏著了。直至天光漸明，透窗刺眼，我才發現自己以書為衾，睡了一、兩個鐘頭。遂待移書起身，覓床復臥，不意由散開的書的頂側看去，卻見有一折兩頁之間竟密密麻麻寫了幾行字。

可稱之為鬼使神差一般，我登時清醒過來，仔細察看這書的裝幀。片刻之後，終至恍然——原來明治年間印行此書時，可能因為印工設施未如後世（起碼在紙張著色後立即烘乾這方面的技術還不夠精良），為免兩圖相互沾染，每紙祇印單面、中央直貫一折，使成兩頁。如此一來，每兩幅圖的背頁便折入不見，所以兩百九十六幅圖事實上佔取了五百九十二頁的篇幅，書焉得不厚？然而這裡頭也有十分細緻的技巧——偶或中折線沒有對齊、或乃原紙尺寸有出入，常會出現脫帙的情形——尤其是遇到手腳粗魯的讀者，指掌間祇消用力稍重，便易將入釘稍淺的一頁抹開，那麼就很難復原了。

也許是坐睡不愜，我或則身軀蠕動、或則肘臂揉搓，總之是使《肉筆浮世繪》中原先已經被抹開的一頁兩折益加鬆脫，裡頭（也就是反折在內的空白頁）居然仍是龍芳的筆跡，寫著：

> 日駐我使館警衛羅德強實為周鴻慶之聯絡人。依總部（高陽按：指警備總部）入出境管理處記錄，羅某曾多次往返香港、東京，時間皆在周氏異動前數日。余疑周氏自港潛赴匪區、復自匪區來日，皆羅氏所煽惑也。

這幾行字的旁邊是一個相當大的箭頭符號，指向筆跡完全不同的幾行小字：

我要去中華——
羅先生怎麼說
說浮世繪養眼
羅先生說得好
那麼東西可帶來了

過了這五行，左邊——也就是對折的另一空白頁上——又是龍芳的筆跡：

此為周氏親筆注記之應答暗語，應係周氏抵東京後轉赴東寶攝影棚參觀該廠自行研發之油壓攝影機組當日（九月廿八），曾與羅某一晤，誌之備忘也。余訪此書於東寶道具部圖籍組，登錄者告余：此書曾於是日出借外賓傳閱賞目。應似周氏偷晤羅某時隨手匆記，文中刻意抹去「民國大使館」字樣，應似袪疑避嫌之故，以免同行團員之監控告發也。至若「東西可帶來了」之語，既可作暗語看，亦可側證周氏十月七日之行動似非「投誠」而實另有所圖。以余所見：此案若得揭露，或可窺求羅某背後復有主使者，則非僅周氏之明暗可白，羅某墜樓之謎亦解矣。

然而，除了這本《肉筆浮世繪》上潦草的幾行可能出自「周鴻慶」之手的備忘之外，龍芳似乎並沒有其他的收穫，是以才會在最後以寥寥數語作結，感歎道：

如無進一步證據，祇能將本事徒託空言，攝製成一部電影；使十目所視，各自會心，或可迫使彼一幕後黑手猙獰出面歟？

從龍芳所記者研判：無論他是從「太子爺」或李綬武方面得知駒正春曾與「周鴻慶」接過頭，而嘗試與駒正春聯絡，才寫下了他的住址和電話號碼。然而他們緣慳一面——即使見了面，較之從富田利明口中所知者，也未必能更有什麼斬獲；是以龍芳才會想要藉一個看似虛構的《東京紅杏》故事、將《肉筆浮世繪》折頁中「周鴻慶」親筆留下的備忘細節，攝製成電影情節的一部分，以迫使那「背後的主使者」「猙獰出面」。可是在另一方面，龍芳於不得已中斷調查之後、並未將《肉筆浮世繪》攜回，反而還藏於東寶公司的圖籍倉庫之中，極可能是他已經警覺到：把書帶回台灣，非但是個無力的孤證，反而有懷璧其罪之虞。祇可憾他如此謹慎將事，仍不免粉身碎骨於萬丈晴空了。

我掩卷長思，竟然想不起龍芳的面容，倒是《東京紅杏》的梗概卻逐漸清晰起來——

高陽的殘稿寫到這裡，正好是那張稿紙的最後一行。我應該有嗒然若失之感才對——彷彿追逐著某一標的、那標的卻始終在數步開外，若即若離，及至最終撲身攫攬，懷中卻空無一物了。不過，我並沒有一丁點兒惆悵，因為我自己才會須是完成這份殘稿的人。

第四十六章　理想的讀者

如果逕以高陽殘稿之可疑可究者加以鑽研對比，則接下來我應該立即為這一疊「隨手」文字中幾處有頭無尾的線索作一番拾遺補闕的工夫。

先從一個小問題說起。殘稿中提及哥老會首洪達展曾於民國四十四到四十七年之間設局用計、將化名「周鴻慶」的莫人傑送入「敵後」。高陽則僅借魏三爺之口聲稱：「這一節，在《上海小刀會沿革及洪門旁行祕本之研究》中也記之甚詳。」並有「細讀一回那陳秀美書前題記便了」之語一筆帶過，而未暇道其究竟。

在那一列走走停停、似乎永遠也不可能抵達目的地的火車上，我遂從書袋底部抽出這本上千頁的大書，翻開前次瀏覽時根本未曾注意的題記。或許由於本書篇幅原就極長，題記也相當繁瑣冗贅；除了包括類似一般工具書、教課書等著作之基於方便查考而訂有凡例之外，還有幾行感謝辭，不外是「若無某某之鼎力協助，則本文殆無法順利出版問世……」諸如此類的陳腔濫調。然而，這篇題記的最後三行讓我眸眼一亮——

此外，筆者更十分感激祐洪文化基金會駐香港分會的莫人傑先生所提供有關哥老會晚近發展的祕密史料。遺憾的是莫先生於十年前身陷大陸，生死未卜，筆者無法當面致意，謹此敬申謝悃。

乍讀這三行文字，辭意俱無不妥。可是深翫細詰，卻疑竇叢生。第一，「祐洪」早經覆案、可知為哥老會世襲首領廁身「老頭子」特務系統之代號，豈能明目張膽以之成立什麼文化基金會？第二、莫人傑這個名字從民國三十四年借屍詐死之後便消失在人世之間，豈能於近二十年後復以本尊姓字向老漕幫「幫朋大老」之門徒提供哥老會的祕史？第三，從陳秀美這部著作之出版於民國五十六年一月算起，倒推十年，則陳秀美應該尚未開始攻讀其碩士學位，而莫人傑既已「身陷大陸」，又如何能未卜先知、且通過海峽兩岸的封鎖隔閡，使陳秀美得其晚近哥老會祕史之奧援呢？

然而，這三行彼此牴牾扞格的文字並沒有困擾我太久，我立刻想起同樣記載於殘稿之中、出自龍芳親筆的「使十目所視，各自會心，或可迫使幕後黑手猙獰出面」這幾句話。顯然，龍芳當年執意要將一部在高陽看來「寫得糟透了」的故事拍成一部中日合作、耗資鉅萬的電影，以及陳秀美會在一部堪稱體大思精、學術嚴謹的著述中題記感謝一個從來沒能、也不可能提供她任何史料的人，其用意是一樣的：在他們的心目中，都有一個「理想的讀者」。這個「理想的讀者」能夠透過殘破散碎的文本，完全瞭解作品的意義；且基於這份瞭解而訴諸某種符合作者所預期的行動。龍芳和陳秀美所要做的正是去勾逗、觸犯甚至挑釁這個「理想的讀者」——讓我們暫且保留對此一語詞的記憶。

在接下來的一段時間裡，我憑著些許殘存的印象，終於在《上海小刀會沿革及洪門旁行祕本之研究》中找到魏三爺所謂「記之甚詳」的四個段落，它們分別散見於此書的「統領門」、「組織門」、「諜報門」、「醫藥門」等四個相去各有數十百頁的章節，每段雖各有上下文，且祇寥寥數語，然而抽離重組卻可以串成一個首尾俱全的完整敘述——

民國三十七年十一月，哥老會洪達展獲釋，旋赴南京請命，奉准接掌「中國新社會事業建設協會」，並廣泛吸收愛國青年，特許各成員保留原有幫籍身分加入協會，互稱同志，戮力反共大業。（以上見「統領門」）

民國四十年三月，「新社會」同志施品才、康用才因奉極峰密令處分「上元專案」善後事宜圓滿周洽，擢聘主持保密局海外前進基地督察室。該單位由哥老會洪達展直接掌握，獨立作業，不受機要室資料組節度；為小刀會首創以來幫會份子管領情治作業的最高層級。（以上見「組織門」）

民國四十五年九月，海外督導室簡派前「新社會」同志羅德強赴香港前進基地，以「國府已偵知匪駐港辦事處主任連貫與莫人傑過從之事」向莫氏示警，促其儘速離港，暫赴內地藏匿。（以上見「諜報門」）

民國五十二年十一月，羅德強自行前往「河洛漢方針灸醫院」展開偵蒐，其行動過程出現重大瑕疵，並且擅自洩露任務機密，督察室當即施以制裁。（以上見「醫藥門」）

第一段中的「洪達展獲釋」，所指者應該就是「太子爺打虎」之後的事。對照次一段可知：大約也就是在民國三十八年初左右，洪達展利用「新社會」吸收幫會份子的納編行動，一方面擴大中樞特務機構、爭取「老頭子」進一步的信任，一方面也誘使幫會光棍，開始對步入政壇或分潤官方權力有了興趣。其中——可算得是我意外的收穫——「哼哈二才」以萬氏家奴身分一躍龍門、倚附於洪達展的時機、背景也浮現了大致的輪廓；這兩人能在不數年之內躋身情治單位的督察，以世俗棍痞視之，自然是身價不凡的了。不過，值得注意的是：從當時清洪分流、壁壘嚴明的背景來看，「哼哈二才」之琵琶別抱、另覓高枝，應屬一祕密投効的計劃。換言之：萬硯方固然曾親自推薦「哼哈二才」入保密局服勤，但是對於他們處分「上元專案」善後事宜（襲殺歐陽崑崙？）、乃至於成為「老頭子」或洪達展的耳目是毫不知情的；且惟其不知情，萬硯方自民國三十七、八年以後，迄乎五十四年暴斃於植物園荷塘小亭的十餘年間，非但先遭「新社會」架空、他自己的動靜也已遭到「咫尺之內」的嚴密監伺。我甚至由此而推測：向萬硯方洩報有人將攜中共兵力分布圖密呈「老頭子」的也是「哼哈二才」。

接下來的第三段文字則要言不煩地指出：直接由「哼哈二才」委令的洪英光棍羅德強的確曾說服莫人傑離開香港、轉匿大陸。其手段則反而是利用「哼哈二才」在民國四十四年間檢舉莫人傑的「總登記」資料，使之心生極大的畏怖。是以高陽殘稿中引駒正春所述，莫人傑說過這麼兩段話：「我決不能去台灣」以及「去台灣我半道上就教『老頭子』給槍斃了」。那麼，龍芳懷疑羅德強居間「煽惑」，「實為聯絡人」的角色，也在這段文字中得到了旁證。

倒是接下來的第四段文字引起了我對高陽殘稿中另一處有頭無尾的線索的揣想。那就是羅德強將莫人傑誘回內地之後六年，兩人重逢於東京東寶片場，接下來又發生了什麼？之所以如此揣想，必須先回到羅德強身上說。

在前引的第四段中，有所謂「行動過程出現重大瑕疵」，應該是指羅德強闖入「河洛漢方針灸醫院」蒐尋《呂氏銅人簿》時不慎遺失其身分掩護證件。「當即施以制裁」則應該是指他墜樓喪生、旋以「精神異常男子跳樓自殺」結案。這些過節另於汪勳如《天地會之醫術、醫學與醫道》和高陽殘稿中皆曾敘及，可信不誣。以殘稿所揭示者言，無論魏三爺或龍芳，其推斷羅德強的死因不外是特務身分暴露、或涉入「周鴻慶事件」內幕過深而遭滅口。可是，陳秀美卻在此處橫生枝節，稱羅德強「擅自洩露任務機密」，難道這也是「施以制裁」的另一原因嗎？還有，它是否更與羅德強「自行」前往汪勳如處、展開破毀式的搜索有關呢？再者羅德強墜樓時間，上距他出現在東京東寶片場、密晤莫人傑的九月二十八日，其間不過四十天，二者會不會有什麼因果關係呢？

於是我開始以想像來重建那一次密晤——

已經在大陸潛匿六年之久的莫人傑像個傀儡般經上級「遴選」加入這個「油壓機械考察團」來到東京。這一天的參訪活動十分輕鬆，目的地是東寶片場，莫人傑也許並沒有預期此行會遇見羅德強——一個曾經協助他逃過國府特務制裁手段的老友。這一次其實顯然是羅德強早作安排的巧遇當然是個陷阱，羅德強必須誘導莫人傑道出「我要去中華民國大使館」之語，俾能另行設計老漕幫方面出手阻撓，是以刻意編派了一套事後證明根本無效的聯絡暗語，由莫人傑隨手抄錄在一本東寶片場道具圖籍《肉筆浮世繪》的折頁之中、以便立即記誦。這個細節似乎說明了一點：

莫人傑其實在期待著、甚至主動提出了另一次收取某一物件的約會，祇不過約會的對象並非羅德強本人，所以在那一套聯絡暗語中的第二句須設定由對方盤詰：「羅先生怎麼說」以證明其並非不相干的第三者。也可能正因手邊這本道具書提供了靈感，羅德強才順口編出第三句答詞是「說浮世繪養眼」，當對方再應以「羅先生說得好」之後，莫人傑便可提出「那麼東西可帶來了」的問題。至於「東西」是什麼？恐怕這世上無人再能答覆，因為羅德強在片場所允諾者從頭到尾祇是一個謊言。不過，以莫人傑當時「決不能去台灣、也不再去大陸」，並一再央求駒正春「放一條生路」的處境看來，或許——這純粹出乎我的大膽假設——莫人傑所渴望的「東西」極可能是一本能夠讓他潛逃偷渡的第三國護照之類的文件、亦未可知。總地說來，莫人傑上了個天大的當，而萬硯方則在同一個詭局迷陣之中上了個比天還大的當。

至於羅德強本人呢？我推斷他在片場密晤之後不久便回到台灣了。但是，一定有某種同此番密晤有關的原因促使他未奉命令即率眾闖赴「河洛漢方針灸醫院」，以近乎瘋狂的手段搗毀該院設施，此後不到十二小時便墜樓喪生了。在想到這個過程之際，我同時找出了那本《天地會之醫術、醫學與醫道》，翻到羅德強當時說的一句話：「洪英光棍容不得汪家醫在此生存！」試問：一個替洪達展布置了那一石二鳥奇謀的大特務如何會如此莽撞地留言恫嚇呢？

若非莽撞，這裡面祇能有一個解釋：「洪英光棍容不得汪家醫在此生存」並非無意間洩露而成為羅德強隨即遭到制裁的原因；實情應該由逆向思之而得見端倪——就在羅德強擺了莫人傑一道之後，忽然因為某種發現（而此一發現又與天地會的死對頭老漕幫有關）而對之前的行動有了不一樣的想法或作為，且自知絕對逃不過制裁，才故意找上老漕幫幫朋汪勳如所開設的醫院、大鬧一場；如此則「洪英光棍容不得汪家醫在此生存」一語便非簡單的恫嚇、而是曲意的警告了。接下來一連串的失誤——包括遺失證件、於汪氏報警處理後去而復回以及與勘察現場之刑警大事周旋，顯然皆出於一個務使事件擴大、並藉媒體渲染而公諸於世的動機。

待我將羅德強的行徑整個逆轉過來思索一遍的時候，立刻想起了龍芳對高陽說過的兩句話：「眾目睽睽之下，才有公論。」質言之：羅德強臨終前跡近瘋狂的最後一搏竟然也猶如龍芳和陳秀美所事者——一部胎死腹中的《東京紅杏》和一篇無的放矢的感謝題記——一般，似乎是在「迫使幕後黑手猙獰出面」了。

當然，作為「隨手」之體的高陽殘稿中還留下許多有頭無尾的線索，比方說：王新衡在陳述李綬武、魏誼正二人渡海來台途中「倚舷把晤」、說到兩人分別與歐陽秋父子論交的故實，卻懍於「凶險蹊蹺說不定就找上門來」而忽然打住。又比方說：原來李綬武於民國四十四年中潛入省保安司令部所欲追查者是「哼哈二才」涉及的一樁無頭公案，此案在殘稿中原屬不必要的枝節，可是於我卻有似曾相識之感。高陽既稱「直到走筆至此的今日，我亦不詳其實」，則何須閒筆帶過？再比方說：那一部《肉筆浮世繪》按理應該由高陽妥為保管且攜回台灣；此書若為魏三爺所託帶，則是否已轉交其手？至少它並不在高陽遺贈給我的七本書之中。據高陽臆測：當年曾被龍芳視為「有懷璧其罪之虞」而歸還東寶的這部「孤證」之書如果會帶來殺身之禍，則高陽是否以為時隔二十餘年、形移勢變、事過境遷而膽敢以身涉險？按諸數年後高陽在榮總突然病況加劇、驟爾亡故的結局看來，寧非與《肉筆浮世繪》所可能揭發者有著草灰蛇線的關係？

這樣一步一蹭蹬地推疑下去，我越來越知道高陽以半部充滿了有頭無尾的線索的殘稿交付於我的用意。他的欲語還休，為的祇是召喚我、誘導我、啟發我在一本又一本我大多未肯認真讀完的書籍裡拼湊出早已存在著的答案。許多曾經有意無意獲得那答案之中極小一部分、一片段的人曾經書寫，然後亡命無蹤、甚至死去。而那些殘留下來的文字則理所當然地被不關心或不耐煩閱讀的世人棄置在任何一個距離日常生活稍遠的角落之中；不復聞問、不復顧惜——哪怕其中隱藏了對每一個祇能汲汲於日常生活者而言其實十分迫切的祕密；這些祕密原本將會告訴我們，究竟是什麼力量已經或正在塑造、掌控、形成和改變我們信以為真的歷史、甚至現實。我們無知——因為那個「理想的讀者」希望我們如此。

讓我們回到「理想的讀者」這個語詞。先前我在提到這個語詞之際曾感到一陣毛骨悚然。我是這樣說的：「理想的讀者」能夠透過殘破散碎的文本、完全瞭解作品的意義；且基於這份瞭解而訴諸某種符合作者所預期的行動。我當然可以就亟欲湮滅和「周鴻慶事件」相關歷史的諸般行動來指稱：這「理想的讀者」就是洪達展。一個擁貲億萬、高踞廟堂、隱身幕後，處心積慮要併吞老漕幫的野心家，一個企圖結合情治單位、重建特務統治、拉攏百數十年來地下社會大小新舊各械鬥團體的罪魁禍首。他是童話故事裡的惡狼、宮廷傳奇裡的毒龍、歷史寓言裡的檮杌、江湖軼聞裡的魔頭。然而，這並不是高陽所期許於我的事——他恐怕並不以為用作品勾逗、觸犯甚至挑釁一個無敵的惡棍會是書寫者最終的目的。我反而認真地相信：高陽的殘稿是在考驗我拼湊答案的創作過程。

在火車即將抵達台中之前片刻，我並不知道馬上就要下車，我甚至以為可以永遠不必下車、而永遠沉浸在構思這部《城邦暴力團》如何展開的摸索之中。我也不會知道：當我立志以一部小說去「把『他們』攪渾、攪亂的世界攪得再渾、再亂一點」的時候，並不真地瞭解《城邦暴力團》繁複的歷史背景和詭譎的鬥爭陰謀其實牽涉到多少我無能處理的材料、無法解釋的問題、甚至無從敘述的情感。正因為如此無知，試圖去把它寫出來的渴望才會那樣迫切、那樣迷人；反過來說：也正因為書寫渴望的迫切、迷人，我才寧可持續處於懵懂茫昧的狀態，讓一個又一個對歷史和現實的疑問與迷惑猶如夜行列車外不時閃爍的燈火，逐字逐行點亮，吸引我蹣跚走過原本已經歸於闃黯、歸於寂滅、歸於遺忘的時空。

那個「理想的讀者」或許也會找上我，然而無論如何他必須等待——這是另一個我在火車上尚未及知曉的謎——他會等多久呢？而我祇能說，他至少得再等整整八年。

第四十七章　我應該如此開始述說

「我應該如此開始述說」是一個總的題目，它包括了六個未完成的片段，每一個片段又都是過去八年以來我亟思取代最初那一幕「孫小六從五樓窗口一躍而出，一雙腳掌落在紅磚道上……」的一次嘗試。可惜的是，它們都失敗了；至於失敗的原因，我不能完全歸咎於黑道、暴力團、地下社會的成員或恐怖份子；毋寧可以說：它們其實更應該是《城邦暴力團》的結局。

我應該如此開始述說：

老大哥帶我去台中的那一次，我十分慶幸書袋裡裝著的不祇是七本絕版書、一疊殘稿，還有一個我們村上徐老三送給我的黑皮小冊子。那是一冊用來檢索台灣各地黑道堂口的對照表；標號「七〇二」者並不在第七百零二頁上，而是表示第七個區域裡的第二個堂口。第七個區域是台中市，第二個堂口則是位於台中市自由路一之十九號的「人文復健醫院暨護理中心」。當時我們一行五人一字排開，坐在一家麥當勞速食店門口的兩張歐式長木椅上，連同佔著個座位的麥當勞叔叔石膏像，一共是六隻傻鳥。老大哥一面死命搔摳著白髮、搓出一陣徑足半尺有餘的雪花頭皮屑，一面自責地歎道：「怎麼忘了呢？怎麼跟老鼠似地呢？怎麼摺爪兒就沒影兒了呢？」旁邊幾個老大哥的助理彷彿全然不關心老大哥和我的問題，他們口啜可樂、冰茶、柳橙汁，你一言我一語議論騎樓下穿梭來往的女孩子們的乳房大小、腰腿粗細以及夏布衣裙的長短。間或會側過身、指著馬路上川流不息、疾駛而過的車輛、以一種相互較量其識多見廣的語氣數說著：「那是天道盟謝通運的車。」「那是台西吳添福的小弟——咦？他薙頭毛了。」「哇哩幹！那是牛埔的莊炳寅，他怎麼也到台中來啊？」「不是啦！阿炳仔車是黑的——」「他不會重新噴過嗎？車號袜變哪——七七八八九九九；哪會不對？」

在大約半個鐘頭左右的歕坐期間，三個傻鳥少說認出來十五、六輛分屬於南北縱貫線上十個不同幫派角頭人物的座車。後來我忍不住向一個膚色黝黑、髮色焦黃、瘦骨嶙峋的傢伙試探地問了一句：「真有那麼多『道上』的人物嗎？」那人瞅瞅我的左眼、又瞅瞅我的右眼，嘴角一揚，和另兩個助理幾乎在同一瞬間嗤聲笑起來；彷彿我問了一個極其愚蠢、令人無法作答的問題。可他還是答覆我了：「沒什麼『道上』不『道上』啦！你若是認識，你就認識了；你若是不認識，就不認識了。真正簡單的事情。」說完，三個傢伙顯然無意再搭理我，掉回頭去啜飲料，繼續觀察街頭如織的風景。

也就在他們那樣嗤笑著的時候，我猛可想起徐老三當年在復華新村辦公室裡給我上過的一課——我們平凡生活著的這個世界，其實祇不過是另一個神奇的、異能的、充滿暴力的世界的倒影而已。猶之乎某種頓悟一般，我急忙扯開書袋、從內側夾層裡翻出徐老三那本黑皮小冊子，翻到台中市的部分，拿手肘頂了頂老大哥的臂膀，道：「你要找的地方難道沒有任何招牌字號嗎？」

老大哥搖搖頭、再點點頭，似乎又覺得點頭搖頭都不對，索性更用力地搔起頭皮來。他喃喃唸著：「自由路一直下去十九號。」「自由路一直就是九號。」其實我們已經來到了那堂口的附近，八十多歲的老大哥不認為他的記性有那麼壞，但是他更不認為堂口長得像「一之十九號」的那所醫院——我卻覺得是他那把年紀的人本能地忌諱醫院使然。

不過，你也可以說老大哥對了——那不是醫院；它是天堂、是地獄、是遁世者的樂園、是記憶的墳場。它原來叫「人文書店」；在徐老三那本小冊子所注記的內容祇有兩個字：「禁地」。我在這個禁地和萬得福、錢靜農重逢，也認識了孫孝胥、李綬武和汪勳如；算是又見到趙太初。頭上仍戴著頂色如牛屎的毛線帽的趙太初和我打個照面，祇說了一句話：「我說過咱們後會有期的嘛！」便扭身朝外走了。

「趙爺慢走。」老大哥欠欠身，閃出一條路來。

「走慢了可不行。走慢了趕不上車，趕不上車就掛不上號，掛不上號就抽不著籤，抽不著籤就住不進榮民之家，住不進榮民之家就死不了啦——死不了多難受啊！」趙太初一面答著，身影卻一逕朝門口闖去。

這是我在那堂口裡見識的第一個場面。或許是看我初來乍到、不明就裡，一旁的錢靜農微笑著，道：「這和二十七年前的一張畫有關。昔日畫有七層；太初在他的那一層上窺見一個劫數，乃是一竹節突斑，應在遁甲盤的『死門』。他今日趕上了車、掛上了號、抽著了籤、住進了榮民之家，便還有七年陽壽可活，七年之後自有人在榮民之家結果他的生命。如若不然，這定數一亂，便不祇太初一人，咱們這一夥子老鬼物恐怕誰也捱不到那已卯之約呢！」說到此處，他猛裡甩了兩下袖子，登時手中多了個鈔票般大小的紙方，沿折七開，抖成一張極為長大的紙膜，紙膜右上角缺了巴掌大的一塊，可是畫面上的一叢亂竹卻仍十分清晰，奇的是（也許由於紙膜過輕、無風自動的緣故）這叢墨竹居然前後搖曳、掩映生姿起來。幾乎也就在同一瞬間，孫孝胥、李綬武和汪勳如的手中也各自抖脫出一層缺角的紙膜，幾乎將我團團圍住。我不由自主一回身，發現後方緊閉的屋門門楣上也垂下來一張一模一樣的紙膜——不消說：是趙太初臨行之際貼上的。錢靜農接著說下去：「沒想到大春你到今天才得來——此畫中另有一層，現在百里聞香手中，可惜他此刻正當值授業，與你錯過了。」

「倒是缺的這一角——」李綬武絞起一張麻子臉，從他那張畫後頭歪探出來，道：「早已寄奉令尊；可惜他拖家帶眷、謀生苟活，與咱們都錯過了。」

就在李綬武這麼說著的時候，我以一種近乎窒息者渴求空氣的姿勢昂了昂脖子、試圖將視線完全移開墨竹的包圍，不意一抬眼間卻瞥見遠處的牆上竟掛著另一張畫——「紅大哥」和「藍二哥」的那一張。

以上的兩千一百字是我第一個失敗的嘗試。它雖然素樸地描述了我隨老大哥造訪「人文復健醫院暨護理中心」最初幾分鐘裡的情景，然而我沒能更仔細地把老大哥如何在麥當勞門口驅走三個助理的經過說清楚，也沒有交代醫院殘毀斑駁的外觀和朽蝕崩壞的內構，更忘了描述瀰漫在每一寸空氣中那溝泥腐醬的臭味。可是如果這樣寫出，似又將浪費太多筆墨在感官細節上，因此而拖沓了原始事實的節奏。於是我停頓下來。

或許我應該如此開始述說：

生了一臉麻子的李綏武有一雙大小顯然不同的眼珠子，經常透過放大鏡觀察事物的右眼反而小些。當他把放大鏡從我臉前移開之後，像是看穿了我的心思一般應答著我瞳孔中閃過的疑惑，說道：「這些不是麻子瘢，是毀佛滅道的報應。」

此事發生在我同李綏武初晤之前整整一甲子，可稱中原武林一大浩劫。是日在山東泰安突然下了一場百年不遇的暴雨，據報載：這場雨摧毀農地近千頃、林木十數萬株，土石崩流、道路寸斷，尤以九丈溝一帶地貌丕變，走山溢流的情狀「令當地父老瞠目駭心，皆以為乃亙古所未曾有的異象」。這，要從李綏武的親身所歷者訪尋——

當時李綏武還是「藍衣社」新進成員，在「南昌行營」賀衷寒左右任事；風聞有一部刊刻於佛頭之上、名為「武藏十要」的古傳祕笈流落至此，於是自動請纓、北上公幹，循跡查訪多日，終於來到了九丈溝。然而這裡頭還別有一番曲折，那就是李綏武私衷所繫、縈縈不能釋懷的另一樁勾當了。

原來李綏武在「南昌行營」効力之際，無意間得知「老頭子」手下特務有意戮殺兩名由老漕幫舉薦、而皆與天地會有累世仇隙的年輕俠士。這兩人與李綏武素昧平生，但是李綏武深知：倘或特務果爾遂行這種禽獸手段，勢必在江湖上釀成一場腥風血雨——至少老漕幫總舵主萬硯方是決計不會善罷甘休的；如此一來，非徒將挑起清、洪兩幫之間的火併，更可能引發國府中樞藉此消滅江湖人物的剷蕩行動。李綏武官卑職小、人微言輕，焉能撼動國府特務方面的決定，遂祇能利用這一次公幹的機會、乘隙向老漕幫方面投遞一封信息，此一密信乃是李綏武親筆繪製的一張畫，畫中藏著典故、典故隱著機鋒，在李綏武親口向我溯憶往事之際，此畫就掛在我倆身旁的一面濕湮漫染的牆壁上。「若非為了保全這張畫，」李綏武摸了摸臉上的麻子點，道：「也不至於落得個『雨點皴』的尊容了。」

那一天，李綏武見天際龍挂翯騰，烏雲蔭翳，早知會有暴雨將至，遂重資賃一小舟，搶赴九丈溝，原想探看探看傳說中那「武藏十要」的面目究竟。不料果如他自己先前所料：獨篙小船才到九丈溝溝口之外，大雨便像是教巨靈神一斧子劈開了天穹蓋、硬生生將一片湖海汪洋給傾注到下界凡塵來的陣勢，一顆顆撲頂砸下的水珠子賽過葡萄粒兒，串發疾墮，更似萬竿利箭的一般。才不過幾吐息的辰光，油布船篷已然不堪抵敵，眼見就要塌垮。李綏武轉念忖道：看這雨勢滂沱凌厲，非比尋常，稍待片刻若無屏蔽，隨身攜帶的紙封不免要飽受淋漓，則又如何再藉之傳遞消息、救人於屠刀之下？這樣豈不白費一場心思筆墨、仍無益於大局？一面想著、一面扯下一角油布船篷，將隨身攜來的紙封包裹嚴密、收紮完妥，貼胸塞在襯衣內側——僅此一耽擱，不過幾分鐘之間，九丈溝急流暴漲了數倍；也就短少了這幾分鐘，錯失原本可以捨舟登岸、另覓遮覆的時機，但見一堵幾丈高的浪牆推盪近前。李綏武祇顧著扣緊衣扣，雙手自然控不住篙子，直覺便催動起丹田深處一枚小小的法輪——此輪無形無體，卻是周身氣血樞紐、精神淵源，一旦啟動、勢如千鈞；李綏武原本但求立定腳跟、固穩樁步，未暇自知用力的輕重，加以情急之間，更估量不出遍體勁道強弱，耳邊但聽「豁浪」一聲巨響，腳下陡地一空，一條小船竟爾教他給跺得直立起來——船尾劃個大弧、翹觸天盧，獨船首方寸之處浸入河面一尺有餘。再被那迎面湍湧而下的浪頭將船底朝前一推，眨眼間這一葉扁舟便翻覆汩沒了。卻在這個當兒，李綏武被自己那向下沉墜的踞力拖帶，偏隨這覆舟滾入近旁的漩渦，其勢益發不得停頓，猛可衝溝底探落——真個是一息摒止、萬念俱灰;他祇道這一回恐怕真要死絕了,空餘兩雙完全不通泅泳之術的手腳,在汙泥濁浪之間胡亂抓舞、踢蹬——殊不知像他這樣掙扎,又與尋常溺者大不相同。旁人溺水,關鍵祇在不能呼吸、血液無法供氧,祇消片刻翻騰、肺泡枯竭,此際再也禁忍不住,便會吸水入腔,一嗆一咳就送掉一條性命。可是李綬武本有一身於無意間修成的「法輪功」,自神庭、期門、環跳、曲垣、陰市、三里以迄神封七穴之間自成一小周天,落水閉息之前但餘半口呼吸,即可再因勢利導,竄出雲門、中府、巨闕、章門、京門、季、太倉等七穴,成一中周天。以吐納之量而言,雖不過數合,但是對於氣行的藏、居、流、衍、輸、布、浸、潤等八部導引來說,已經是充盈飽滿、酣暢完足了——惟獨李綬武自己尚不知曉而已。

也正由於他的意識猶在懵懂茫昧之境,四肢仍騖踢亂打,一推手、一蹬足,都發乎一股剛猛強烈的求生意志,所謂「氣隨意到、力從意出」,每一動作都有挾泰山以超北海的萬鈞劇力,源源瀉出;鼓盪波濤,益添澎湃。

此時倘或有那不知情的鄉人打從溝旁林中經過,便可以清清楚楚望見:在這寬不及數丈的溝口之中,彷彿有蛟龍鼉怪正在大雨之中興風作浪,將原本已十分湍激的河面更捲出一個徑足六尺、高可九尺的碗狀水渦,這水渦時而向東、時而向西、倏忽在南、倏忽在北,並無瞬息歇止;然而每一衝撞,都將溝口沿兒上的土石泥沙掃拂崩坍個尺許見方。如此一來,不到一時半刻之間,九丈溝已經成了十八丈溝——原來鄰河雜生的一干喬木、灌木之屬更哪堪波牆摧擊?先是枝葉橫飛、繼之根柯張露,再加雨水沖刷,但見一株株原本生機盎然的樹叢登時成了大大小小的禿木,紛紛然傾入急流之中、載浮載沉、漂向無以根柢攀附的荒江野渡。

其實隨波逐流的尚不祇是土石樹木而已，傳聞中那批刊刻了「武藏十要」祕笈的佛頭一共有八十四顆，也被李綬武那身法輪功內力所排盪沖注的強大水流攪晃得翻騰上下、欹側歪斜；彼此撞擊幾回，一個個兒從一艘原本是運木材的沉船之中散落。體積大些、重量足些的便墜觸河床、掩埋於淤泥之內；體積小些、重量輕些的也就乘浪隨流、沿河而去。傳聞中可以力敵十萬雄師的佛門武學從此萬劫不復——其中十九顆在五十年後為漁夫網得，佛頭頂門上的穴竅早已斑駁蝕毀，竟無通人能識，有當地考古專家疑其與山西大同雲岡石窟為同時代產物，遂撰文發詳，推測這一十九顆佛頭可以作為佛教初傳時已遠及齊魯區域的證據，其孤執淺妄如此，便不值得贅辯了。

且說李綬武滅頂河中，但憑半口氣息撐持，一陣手舞足蹈下來，居然將身外數尺之間的水流排撥得涓滴不能沾附，體內則漸漸熱了起來。實則這正是丹田法輪自得法語所謂「活潑」妙用的結果。打個譬喻來形容：這法輪好比是今世之人建築水壩，復在壩底增設一部巨大的發電機，藉宣洩而下的奔流再將水勢引回淵源所從來之處，如此周而復始、循環不息。李綬武固無意逞弄什麼功法，未料卻在生死一線的關頭將這法輪功發揮得淋漓盡致。但看他身骨一熱，更不覺得呼吸窒悶了，本能地覷張眼簾，不覺駭然：自己竟置身在一個好似巨缽大碗的漩渦之中，手腳則全然不由自主地揮拂騰踊，推打縱躍。李綬武當即了悟：這是內氣充盈、元靈周轉所致，祇不知隨身紙封濺濕了否？偏是為這張畫再一分神，李綬武那源源勃發的內力頓時散了，可一條身軀卻教周圍那環堵攏聚、飛速旋轉的碗狀水渦狠狠拋彈出去，李綬武撲面栽下，伏在一大片毒藤之上，祇匆匆一刻之內，滿頰奇癢難熬，稍一撓抓，浸毒孔穴便破皮潰血，留下了個終身的瘢記。

以上的兩千九百字是我第二個失敗的嘗試。它的問題是大量堆砌的動作描述成為一種類似慣性書寫的效應，讓小說鑽進了李綬武無意間隻手摧毀武林奇珍的枝節，如此我便根本無法交代「南昌行營」的內幕和白蓮教、丐幫之間的勾鬥背景——他們通通被一場暴雨和兩頰痲瘢給擠壓掉了。

如果說這是創作上的瓶頸，未免言過其實；因為這兩起失敗都是我到達「人文復健醫院暨護理中心」當天午後百無聊賴之下、信筆塗鴉、純以紀實備忘為目的的書寫。當時的環境——一個用污濁、骯髒、窳陋、破敗皆不足以形容的所在——的確刺激著我以極為流暢快捷的速度在高陽那疊殘稿的背面踏出了《城邦暴力團》的兩小步。每一個句子、每一個語詞甚至每一個字、每一撇捺鉤點緣筆落下、覆蓋在透印著高陽字跡的紙面上時，我都彷彿吸吮到一口清涼、甘冽又甜美的泉露，吞入一腔來自翠綠色森林葉尖吐放的新鮮空氣，得著了釋放。然而我並不知道，當天夜晚卻是一次漫長囚禁的開始。九點三十分整，牆上掛鐘頂端的兩扇小木門驀地打開，伸出一支鏽掉的彈簧，彈簧照樣「咕穀」地叫了一聲。魏誼正竟是從通道口裡面出來的，身後跟著個禿子，等那禿子順手戴上牛屎帽，我才認出他是趙太初。萬得福忽然不知打從地獄的哪一層底下冒出來一句：「到齊啦！」在抄錄我的第三次失敗的小說開場之前我應該說明這些，因為這一次嘗試正是那天晚上九點半以後發生的事。

或許我應該如此開始述說：

在感覺這所醫院像一條通道之前，我一直以為它祇是個長寬各約五公尺的房間，臨街的落地長窗已經有一百年沒透進光線來的模樣——朝外望去，勉強能穿過拼湊著不同圖案的毛玻璃望見鐵柵欄的輪廓，且很難分辨室外究竟是晝是夜。室內左右兩扇牆亦皆無窗，但是由於張掛著幾十年份的月曆、日曆的緣故，極易使人產生一種窗格的錯覺。剩下的一面牆上掛著幅古畫——它曾經掛在我年幼時所居住過的眷村泥壁上，權充補縫的擋板。畫的右邊是一座洋式壁鐘，鐘擺給關在一個長條形的木盒子裡，隔著一層祇剩下半截的玻璃讓人看見它還在左右搖晃；它幾乎是房間裡唯一能動的東西。畫的左邊則是一座沒有門扇的三面木框，框後就是我所謂的通道了。不過，在無人出入之際，這通道口看來和一塊黑布幔沒什麼兩樣。

此刻通道口已經不再有什麼人出來而恢復它陰暗的面目。眾人圍著張破圓桌坐定了——背對著那幅畫的上首是不時敲打著一雙銀筷子的魏誼正；他們有時稱他「三爺」，有時稱他「魏三爺」，偶爾有人稱「慧叔」、他也答應。坐在他右側的是李綬武，一個留著長指甲、戴了副深度近視鏡的麻子。李綬武的右邊就是我了。我坐的椅子沒有扶手。我老大哥比我還次一級，他半撅著屁股蹭靠在一個高腳板凳上，也算是坐了，脖子倒伸得挺長，幾乎遮住我右邊的孫孝胥——其實遮住了也好；因為孫孝胥滿頭滿臉（恐怕身體四肢亦然）都塗抹著半似泥、半似膏狀泛著油光的藥物——據說若不如此，不出幾個時辰就有癰潰皮爛之虞；再耽延三、兩日，一身肌膚便要作膿血化了。孫孝胥的右邊是黃鬚大板牙、都喊他「痴扁鵲」的汪勳如。汪勳如正在同他右邊的趙太初竊竊私語；我聽不見、可看得出是那種彼此都未必十分認真、卻作勢萬分嚴峻的爭執。和魏誼正比肩而坐的是紫色同字臉的錢靜農；錢靜農就像九年前考我碩士資格口試的時候一樣，不時朝我頷首微笑，似是在沉默中與人交談甚歡的一種瘋像。他的右後方是銀髮包頭的萬得福；看那躬背探頸的姿態，人應該也是蹭靠在一張板凳上的。

「數兒不對！人不對！年月日時沒有一樣對！」趙太初的嗓門兒猛可大了起來，環視眾人一圈，道：「此會當須八人，中有一肖蛇者，時在己卯之冬。如今我等是九個，卻無半個肖蛇的，距己卯又尚有七年，豈不全亂了套？」說著，揮手朝身後牆上的牌曆指畫了一圈，眼睛卻盯在我的臉上，哼了一鼻子，道：「我與此子結識，尚在諸位之前，他是丁酉年生人，我早就打聽過了的。」

這番話剛說完，圓桌周遭一時如爆炒熱鍋般地炸開了紛紜言語。有的說：「哪個講今夜是『己卯之約』了呢？」有的說：「小六是肖蛇。」有的說：「小六連鍋滷湯都刀尺不來，他怎能算得？」有的說：「翰卿同他是叔伯兄弟，豈能比你結識得晚？」有的說：「不怕一萬、祇怕萬一；萬一解出來了，沒請您老親耳見證，也是不妥。」沒吭聲的是李綬武和我，萬一來、萬一去的是萬得福，最後連我老大哥也低聲下氣地補了兩句：「要是多一個人那就別把我算上，我算個屁不就結了？」

「還是聽大春的罷；既然翰卿大老遠把人給請了來，總有片語隻字可以請教。」錢靜農扭頭衝魏誼正道：「三爺不也曾推許此子有朝一日或能將所學『匯入一鼎而烹之』的麼？」

我還沒來得及接腔，汪勳如齜起大板牙又朝趙太初補了幾句：「橫豎你己卯年是要教那冤家給掐死的；你一死，咱們不就是八個人了麼？」

「總還是沒有肖蛇的。」趙太初亦不示弱。

「小六是肖蛇。」孫孝胥低聲重複道。

「再加上個小六麼，就算我死了，還是多一個。」趙太初嘿聲笑了起來：「說你『痴扁鵲』三字祇一個『痴』字的當，你還不服！依我看，連你這痴子也是多的，也該死了。」

「不多不多！」老大哥又竄聲搶道：「我不算、不算我。二位爺別鬧架——俺弟弟確乎是把字謎解出來了，人家十年前就解出來了。」

最後這句話一出口，屋裡倏然間寂靜下來。李綬武似乎全然未經思索、出於一種反射式動作那樣地掏出一枚放大鏡，想想沒什麼可觀看的，隨手又擱在破圓桌上了。幾乎與此同時，其他所有的人（我想甚至連我身後的老大哥也不例外）都把雙眼珠子朝我臉上轉定。錢靜農的腦袋點得更帶勁兒；魏誼正把嘴唇噘圓了。卻竭力忍住不出聲，趙太初和汪勳如原本相互推擠格擋的兩隻臂膀凝結在半空裡，孫孝胥先是搖頭歎了口氣，見我沒說什麼，才痦著嗓子道：「那是我扮美國總統那一年，唉嗐嗐！覺乎著已經是大清朝時候的事了——我怎麼也活了這麼久了？」

「孝胥老弟！你投胎降世之時，上距大清朝還有好幾年呢；我等不言老，你倒端起來了。」魏誼正終於「呼呼」笑了兩聲，卻朝我一伸食中二指，沉下臉色：「既然早已解出，那年我和『龍教授』越俎代庖，給你小老弟奉上一個學位之際，你卻如何不曾略示一二呢？」

「我怎麼知道你們是一夥的？」我甩巴掌揮掉他幾乎杵上我眉心的手指頭，還沒來得及警告他不要胡指亂指的剎那間右半身一緊，肩窩已經被老大哥探指扣住；老大哥皺起右邊的一條殘眉，悄聲道：「不可無禮！」

「還有你！」我索性衝老大哥鬧起來：「你不是要告訴我有人放了我一槍的事嗎？你不說，我說什麼？」

「那個不難的，『白面書生』。」萬得福緩緩伸平右臂，往魏、李二人之間那黑洞洞的通道口指劃了一下，微微笑著說：「待會兒咱們上四號房看看去，你老弟就沒那麼多閑氣兒啦！眼下諸位爺都到了——魏爺還特地拉著趙爺搭野雞車從台北趕回來——就是想聽聽你老弟的高見；無論如何，諸位爺已經等了二十多年了——」

「快三十年了。」汪勳如道。

「差三年才滿三十年呢。」趙太初說著，右腕使勁兒一頂，推開了汪勳如的左臂。

就在這個當兒，一直沒開口的李綏武突然冒出兩句：「不欲可知，豈有所言？」

「說得好！」錢靜農說時抬起手來，攏指如提筆，在空中一陣舞寫，寫的正是兩行「不欲可知／豈有所言」，且寫且道：「遙想當年案發之後形格勢禁，咱六老避之無地，在綏武巢中暫棲了一夜，商量出這麼一個隱訪之謀；可是得福啊！你自己不也是直到小六投拜到綏武門下那一年，才盡捐成見，肯與我等通聲氣、同進退的麼？那時距萬老大去之期，不已有十二年了？」

「呿呿呿！要說『通聲氣』是讓小六傳話、說什麼『見面合計合計』的那一回，則是十二年不錯的；」趙太初扯下毛線帽、極之不屑地朝萬得福一揮拂，恨道：「要說『同進退』，卻已經是『一清』時候的事了，這個混帳東西有十九年沒把咱六老當正經呢！」

「罪過罪過！不敢不敢！趙爺再不肯寬諒，得福這就上九號領家法去。」萬得福說著，眼風兒又往我這廂瞟過來，接道：「不過，諸位爺是知道的；當初得福若是未曾窮十二年之力鳩合了三萬六千逃家光棍，布下天羅地網、兔耳鷹目，怎麼訪得出像『白面書生』這樣聰明穎慧的人物給解出萬老的字謎呢？既然解得了，依我看：『白面書生』你——就不必猶豫，儘管賜告了罷。」

「有人不許我說。」我把早就準備好的一個託辭拋了出去：「因為說了對大家都危險。」

話音未落，在這直徑不足兩尺的桌面上方赫然又爆起一股鬨然的喧嘩。這一回我老大哥聲音最大——可照樣沒人理他——他嚷嚷的是：「危險？有什麼危險哪？上刀山、下油鍋、騎虎背、睡蛇窩，有什麼好危險的啊？」趙太初說的是：「此子讀書皆耐不到終章，哪裡解得了字謎？分明是推託延宕之語，你們竟也信了。」魏誼正則蹙眉向錢靜農慍道：「看來準是小妮子多事。」錢靜農依舊點頭微笑，指我一記：「又是個對他有心的，不然何必多事？」汪勳如看似自言自語，實則仍是衝著趙太初頂了幾句：「想我神農老祖遍嚐百草，不過是淺咀輕嚼；哪須吞根食幹、啖葉哺枝？又不是牛！」

嘈鬧漸息，孫孝胥才像是等到了不容錯過的間隙，搶忙啞著嗓子、像失水的魚兒那樣努力吞吐著氣音說道：「危險自然是危險。各位兄台不要忘了，上個月三爺才拿到《肉筆浮世繪》的第二天，高陽就死了。高陽心細如髮，少有能及之者；他把書藏了五年多才敢示人，猶且不免於難。各位兄台試想：咱們如此苦苦逼問，是不是有些操急忒甚了？」

「在我看來，這是兩碼事。」魏誼正道：「高陽手上所掌握者，是那大魔頭撥弄權謀、顛倒是非的一部疑案的證據，預聞則涉險，這是毋庸置言的。至若大春所解者，不過是萬老的遺言，以萬老之閑閑大度來看，遺言要交代的未必是緝兇報仇這一類的事體——然則何險之有？照我說，便是小妮子杯弓蛇影、碎嘴閑舌——」

「不然！如若此子十年之前便解得了〈菩薩蠻〉中所藏機關，」李綬武終於舉起了那枚放大鏡，向我一比劃，道：「而又從未向人言說，以至於苟延性命到今日，則所謂危險就未必然是什麼杯弓蛇影——他方才不是還說教人給放過一槍麼？」

「那件事的確是洪某麾下新幫份子所為；不過、似乎是新丁入籍、又力圖表現，莽撞行事了些——咱們祖宗家光棍當下也已經處置了——」萬得福急急分辯。

「這兒沒有人責備你不會辦事！」李綬武睨了萬得福一眼，繼續向魏誼正道：「三爺也不必責備紅蓮；說不定她知道的比咱們還多得多呢。」然後，他以一種令人幾乎無法察覺的速度向右傾身，在那張麻皮臉幾乎貼上我面頰的時候低聲同眾人說：「一旦這位小老弟想知道些什麼的時候，便自然肯說了。」

洋式壁鐘鐘盒上方的木門在這時忽地打開，裡頭彈出來半截長了紅鏽的彈簧，它「咕穀」、「咕穀」地叫了十聲，其間沒有任何人再說一句話——有某一秒鐘裡我錯覺到自己正置身於一群殭屍或蠟像之間——他們當然都在等待，但是看起來每個人都彷彿因為已經等待得太久而失去了關於等待的任何想望；換言之：他們好像已經把等待的對象遺忘得一乾二淨，祇是維持著看似一息尚存的姿勢；此外便僅有一種聲音，輕盈如水滴石，每隔半晌敲落一次——後來我才察覺：那是從孫孝胥的下巴尖兒上滴墮到地板上的琥珀色油膏。

在萬得福不發一言、引我走向那條通道——或者是我漸感窒悶、自行推身站起、而萬得福又恰巧給了我一個指引向通道口的手勢——之前，我都在默誦著紅蓮的名字。之所以那樣旁若無人、莫名其妙地站起來，似乎也是一個焦慮的結果罷？其中如果有什麼值得說的解釋，應該是（在潛意識裡）我並不願意像一具殭屍或蠟像那樣想念著她。我站起來，走了兩步、或者一步，萬得福也起身向右攤開一隻指示方向的手掌，那裡有一方黑布幔似的通道入口，門框後數尺之外便無任何光線可及。我開始努力回憶著此生第一個可能真正愛過的女人的長相。可是，誠如過去發生過無數次的情況一樣：我能夠在黑暗中看到的祇是許多一閃一滅的局部，是近距離凝視之下人體器官的某個片段、輪廓，最後祇剩下十分抽象的線條。猶如撿拾起剛剛組好又立即打碎的拼圖板上的某一小塊，你還知道它在原圖中的位置，奈何隨著無法還原記憶樣貌的焦慮、甚或恐懼；你祇能在模糊中逼視更細微渺小的範圍，直到一切消失在完全的黑暗裡為止。

這時我仍意識到自己所走的是一條直線——至少我並沒有轉彎，萬得福的腳步聲也一直在我的正後方一步開外。我也沒有思考過人在全無視力的情況下是否能走出一條直線路徑之類的問題。總之，那樣緩慢信步前進的時候我一點兒沒有懷疑過自己可能是走在一個所謂的「陣」裡，也沒有設想到：他們提起紅蓮、攪動起我煩躁不安的情緒，可能祇是為了讓我毫不設防地步入一個事後我才知道叫「人遁陣」的所在。

「李爺方才話裡的意思，『白面書生』你要細心體會。」萬得福的話語突然往我的脊椎上鑽來，四面八方全是迴音，我本能地扭頭尋看，眼前徒然一片漆黑，連先前通道口李綬武和老大哥的脊背側影以及房間中的桌沿椅角也都埋覆於幽暗之中。萬得福繼續道：「咱們老爺子一生行事俱是在幽冥晦暗之地、助人逃過光天化日之劫，其中磊落，不是外人能明白的。在你老弟看，咱們這些光棍祇不過是雞鳴狗盜、作姦犯科之徒；這個麼，咱們也不必辯解；倒是幾位爺看你老弟投緣，似乎是可以說得上幾句的人物，才前瞻後盼、巴望著你老弟到此一會——莫怪趙爺說話不中聽，他老人家祇不過是以為時辰未到、不該強你所難而已；其實他的意思和李爺一般並無二致，總然要等你老弟哪一天知心會意，情願同咱們結納，大夥兒成了一家人，你老弟自然肯將老爺子遺言賜告了。」

「你要帶我上哪兒去？」我駐足不前，試著伸手朝黑暗中摸索揮打了一陣，聽見自己的話也帶著迴音。

萬得福的笑聲則忽而從我右邊傳出，道：「那要看你老弟想上哪兒去了。這麼著，我先引你見幾個人，見過他們，你就明白趙爺擺這個陣可是用心良苦啊！」一個「苦」字還沒說完，我右側豁然一亮，萬得福手上多了個三寸來長、狀若飲料吸管的紙媒，尖端微火一點，恰恰照亮了方圓一尺左右之內的空間。「這叫『火摺子』。」萬得福說著，火摺子緩緩向下移動，照亮他腋下一個和夾克同色的軟包裹，他探手入內，取出一支四寸多長、有如袖珍箭矢之類的物事，隨即以之充當鑰匙，箭鏃子往一個鎖孔裡伸去，再一搗，那鎖頭似是銅鑄，在半黃半青的燄苗映照之下顯著炭黑、帶些苔綠，它應聲鬆榫，門也朝左開了，裡頭是個四蓆大小的房間，和尋常病房並無不同，一床、一几，床頭有日光燈一盞，變電鈕有些短路，是以光暈始終乍明乍滅。床上躺著個男子，一身看不出是白是灰、與床單同色的薄衫褲、半邊袖管和褲管從蓋毯下翻捅出來，極其扭曲的一副睡相。

「你老弟不認得此人了？」萬得福吹熄火摺子，趨步靠近床頭，忽地一把揪起那人的頭髮，讓他坐起來。那人也不掙、也不抗，似仍熟睡未醒，任萬得福擺布得如此，便成了個坐姿——這樣兒整張臉龐又靠近日光燈管許多，面頰上的肉刺、鬍髭也清楚些了，可我仍舊認不出來。

萬得福又用另隻手撩了撩掛在牆上的一套黑西裝，登時揚起一陣塵埃：「那麼這套衣服呢？」

我又搖了搖頭。

「這小子當年拿啤酒瓶敲了你一記腦袋瓜子，你居然忘了？」

「是——」我的腦袋瓜子彷彿又挨了一記：「是那一次在My Place，我和幾個僑生去喝酒……」底下的事不消說，我一骨轆兒全想起來——那是我第一次遇見紅蓮的晚上，在酒館裡攪進了和僑生們一起掛彩的戰局；這個穿黑西裝的傢伙十分耐打，我連幹了他兩拳，他連晃都不晃一下。可是眼前這人卻像個特大號的填布玩偶——我甚至懷疑他究竟還有沒有氣息：「他怎麼了？」

「光棍行事，有來有往。他教翰卿一個徒兒訪了一年才訪著了下落；既然當初給了你那麼一下，翰卿那徒兒也照方給了他一下，就這麼回事。」萬得福說著，左手一鬆，那人順勢一滑、又躺了回去。

「我們喝了酒鬧事，你們插什麼手？」

「這小子是『哼哈二才』底下的嘍囉；要不是他，『二才』還不至於從你這一頭又盯住了紅蓮。幸虧翰卿那徒兒出手精到俐落，否則牽絲攀藤，勢必從紅蓮身上又追出魏爺、錢爺蹤跡，那就不妙了。」說到這兒，萬得福迎面走來，把我的肘彎朝前輕輕一提，我毫無抵拒之力，擰腰抬踵，竟往身後踉蹌跌出數步，但聽原先那門「碰」的一聲關上，我又回到了一片黑暗之中。

「別嚇著了，『書生』！」萬得福一面說、一面不知使了個什麼手法、再次打亮火摺、持短箭打開幾乎是正對面的另一扇門，道：「方才那是二號，咱們再看看一號，好教你老弟知曉咱們不祇是逞兇鬥惡而已。」

一號房裡撲鼻漫著一股韭菜和大蒜混合的臭味兒，房中坐著個年約五十上下的男子，衣褲盡如先前所見者，惟此人座下是張輪椅，椅旁也是一床、一几，床頭除了日光燈，還懸著個巴掌大的塑膠殼兒電晶體收音機，正播放著京劇名伶孫元彬教唱戲曲的節目，這人衝我們各點了點頭，笑道：「今兒田師父下餃子，吃多了，打嗝兒帶放屁的，空氣不好。萬兒別見笑。」

萬得福回了句：「不礙事。」隨即對我低聲歎道：「此人原本在老爺子府裡當差幹衛士，老爺子升天之夜，他忽然成了個痴子。我後首一查看，才得知他被人掐斷了百會、玉枕之間的一條血脈，非但腰腳癱瘓，也省不得事了。是後活一日、祇記半日事，現成是個廢物。無可如何，權且容留在此。」

接下來，萬得福又帶我訪視了隔壁三號房，裡頭住的是四處為人追殺、幾無容身之地的瘸奶娘。此嫗行年也已近八十，號曰瘸奶娘，可是雙腿靈便巧捷，一雙纏小又放大的「攣骨削趾足」看上去並不跛，卻是那隻原來並不跛的好腿曾經在二十五年前、她逃家出走的一場惡戰之中負了傷，膝蓋骨被「哼哈二才」發暗器打碎。其後經「痴扁鵲」汪勳如調治痊癒，居然行走如常、健步似飛，亦可謂因禍得福了。瘸奶娘談興奇佳，單祇萬得福說了句「見過瘸奶娘」，她便扯住我的袖子從一隻放大的小腳說到汪勳如的醫道。萬得福好容易找著個談隙岔了句「這位老弟台的尊翁啟京先生當年也在幫，與你還是同船來的」，瘸奶娘兩片垂褶披覆的眼瞼陡地一翻，一雙瞳仁泛起了銀亮亮的光芒：「啟京先生是『理』字輩兒『前人』；聽李爺說：當年『二才』私通洪魔、幹下欺師滅祖的勾當之時，眾人皆不知曉，惟獨啟京先生是個目證。可惜他老人家離家忒早，與咱們斷了音信，否則咱們及早提防，小爺也不至於受他倆妖言惑誘，幹下那般狗彘不如的事體來。」越說到後來，她的一雙眼珠子越鼓凸圓大，直似要跳出眶子的態勢；尤其是「小爺」二字，說的是咬牙切齒，聽來倒像要吞吃掉那「小爺」的模樣。她當下轉臉衝萬得福道：「這位小兄弟就是要來說解老爺子字謎的那位貴客麼？」萬得福點了點頭，眉峰卻蹙了蹙，彷彿猶豫著該不該告訴她：這位「貴客」什麼也還沒說呢。瘸奶娘則逕自搶道：「那你可得好生款待款待——老田今晚下了一鍋餃子，人人誇說好吃，你讓他再包些個，給貴客消消夜、點點心——」

萬得福沒等她吩咐完便揮手辭出，跟我說日子長得很，要吃「田翁」的餃子有的是機會，可是「該見的人還是先見一見的好」。正當我納著悶：什麼叫「日子長得很」？五號房的門又開啟了。此室全然不同於之前的三間，裡面極是敞闊，大約是一號房、二號房的十倍長寬，比之三號房也大了三、五倍有餘，同樣是四壁無窗，僅靠著幾處零零落落的小燈、以近乎螢囊般微弱的暈光照亮咫尺之內的範圍，可以看出這是一間書房，四壁連架迄頂，都是書。這我才注意到：那些高高低低、似是任意放設的小燈都附有黑罩鐵夾，夾置於一落又一落擠不進壁架的書堆頂端；其目的本不在照明——反而像是夜間公路地面上的貓眼反光板，僅在讓人不至於撞翻那一落書而已。在書房的最深處，倒是有那麼一盞檯燈亮著，一人背向伏案，頭頸肩背遮去了絕大部分的光線。萬得福又壓低嗓門道：「之前此地是個書店。民國三十八年播遷之後，一直是咱們老漕幫的物業。民國五十六年二月底大整肅，十之八九的書都給查封銷燬了，出版的事業也不許做了。之後祇零零星星、偷偷摸摸地印了李爺、孫爺和趙爺的三部書——」

「等一下！」這是我踏進「人文復健醫院暨護理中心」以來第一次感到如此亢奮，較之下午趴在那張破圓桌上寫《城邦暴力團》前兩個失敗的開場時更覺愜意十分，我忍不住叫出來：「五十六年二月國家安全會議成立，之前不到一個月你們出版了陳秀美那本《上海小刀會沿革及洪門旁行祕本之研究》，你說的大整肅和這兩件事有關係嗎？」

「『白面書生』總算是『想知道點兒什麼』了——」萬得福得意起來，不自覺地抬手撫熨幾下一頭很白的髮絲，道：「這些個事要是沒有關係，祖宗家門兒也不致淪落到這步田地啊！」

在我們這麼交談著的當兒，桌前那人影忽地轉了過來，髮梢輕揚、背光約略映顯的臉龐輪廓泛著美麗的紅暈。我可以清晰地看見那頰邊極柔極細的茸毛——是我熟悉到不能再熟悉的一個身體的細節、一個零散的片段、一塊小小拼圖上的局部，我曾經粗暴地啄吻和吸吮過的位置。我和她幾乎同時喊叫起來：

「紅蓮！」

「我不是紅蓮。」她已經在我失神愣立的當兒站起身，向我伸出一隻意味著禮貌和距離的右手。我握住了；那隻手和紅蓮的手一樣溫暖、一樣綿軟、一樣滑膩，我再握緊一點，想索性把她整個人拽進懷裡來。可是她不依，她也沒有把手縮回去的意思，祇像是早就猜想到我會有此一拽似地頑固抗拒著，且在同一剎那間遞過來另一隻手——在這隻刻意顯示的左手腕橈骨內側的皮膚上，並沒有那朵我曾長久諦視、狂烈嚙咬的赭紅色蓮花。

「我是陳秀美——紅蓮的母親。」她平靜而溫柔地說。

猶之乎急於躲避一種羞窘難堪處境的直覺所使然的那樣，我匆忙且莽撞地甩脫陳秀美的右手、移開了視線；不期然卻瞥見書桌上攤放著一本大約一尺多長、不及兩尺寬、展開兩頁則佔據了近乎半個桌面的布面精裝畫冊，入眼的一幅圖畫上是兩個裸身相擁的男女，採傳教士姿態；男子歪頂著武士髻、膘肥肉厚，女子朱唇微啟、星眼半閉，通體油胖白皙。奇的倒是在男子陽具處並無圖形，而是一個「酉」字，字邊散落了一圈銀色粉末，近旁則放置著一枚大約是用來刮除銀粉的壹圓鎳幣。

「得福！煩你跑一趟，去同三爺說：《肉筆浮世繪》解出來了，它不是一本尋常春宮，恐怕還是當年隨著錢氏一族的工匠繪畫東渡扶桑而流落出去的一套醫譜，而且譜中另外藏著機關——

「依我推測，它祇是半部，獨有人形而無穴印；倘若再合上汪爺的『少林十二時辰氣血過宮圖』，或恐正是錢、汪二位爺參詳了大半輩子而未果的一部醫道——其珍貴深奧更在《呂氏銅人簿》之上，甚至還是打通『汪家醫』和『呂門醫』兩支絕學的關隘呢！

「如果我這個推測成立，當年羅德強擅闖汪爺醫院的用心就再明白不過了：他一定是在密晤莫人傑之時無意間發現東寶片場收庋此書，且其中藏著這麼個連洪魔都未必知悉的機關。可是當日此書乃是由莫人傑向片場借出披閱的，非得立即歸還不可；倥傯之間，祇好暫時作罷。待羅某回國之後，必然會向洪魔稟報此事邀功——對洪魔而言，羅某這就未免涉入過深且知情忒甚了。應該就是在這個節骨眼兒上，羅某察覺洪魔有意對他這唯一的活口下手、也才一不做、二不休，索性向汪爺示警的。」她喋喋叨叨地一口氣說到這裡，我已經百分之八百地確定她不是紅蓮了。我的紅蓮沉默、慧黠、神祕而且非常放蕩；絕大部分的時候，她不會讓你知道她的看法、她的見解、她的思想，比「絕大部分的時候」更多一點的時候，她不會讓你知道她要做什麼、以及她在哪裡。

「至於你，如果你要問我紅蓮在哪裡的話——很對不起——我也不知道。」陳秀美跟我說完了這些，撇過臉見萬得福還站在原處，不由得皺了皺眉，道：「怎麼還不去呢？」

「就去了。」萬得福面無表情地欠欠身，朝我勾了勾手指頭，道了聲：「請罷。」

這一次、萬得福似乎並沒有帶我從進來的門出去，我們並肩走出數步之外，我漫不經心地回頭要再看陳秀美一眼，但是她、書桌和檯燈已然消失了。原處變成一整面通頂連牆的書架。我略微怔了怔，想確認一下行進的方向，左肘又給萬得福一抵，朝右轉了半圈，他卻已經走到我的前方，一面有如自言自語地沉吟道：

「這婦道也是可憐，十幾歲上懷了身孕，丈夫又無緣無故遭人謀害，人就有些個顛狂。幸虧錢爺容留，指點她讀讀書、認認字，照管書店的事漸漸也做得了，後來託錢爺幫襯，還拿了個學位。祇這瘋病厲害，就連汪爺的醫道也診治不了。

「大整肅之後，祖宗家門裡忠肝義膽的光棍四處不能容身，各位爺彼此也不方便時常見面，如何照應她呢？便給送進松山療養院住了好些年。直到六十六年夏天，趙爺為了避敵耳目，自己放了一把火，把書店燒了，原地重新安頓，裝成廢墟面貌，裡頭再擺上個固若金湯的彌天大陣，才又把她接過來的。這婦道每日裡捧著書讀了又讀、讀了又讀，動不動就說找到了一個什麼什麼證據，又訪著了一條什麼什麼線索。有時候兒抓起本明星畫報，看了便說那白嘉莉就是她女兒紅蓮，已經教石牌訓練班的特務培育成諜報人員，專陪國外元首睡覺、好套取情報；有時候兒翻著本多少年前的舊雜誌，看了便指著照片裡的人說她丈夫其實活得好好兒的，並沒有死——照片裡的人明明是『老頭子』，哪兒是她丈夫呢？

「當時汪爺陪著孫爺在花蓮山裡養傷、李爺領著小六在桃園行館習藝，錢爺、魏爺早已改名換姓——教書的教書，做廚的做廚；這二位爺雖然時相往來，可若依著趙爺書中曆法所示，還不到會面的日子。就連我，也還沒參透趙爺書裡的機關，怎敢貿然出首和諸位爺相認呢？這可就苦了趙爺了。偏偏趙爺為人強項，凡事從不求助告幫；祇他同瘸奶娘二人苦苦撐持，好在我東奔西走、上求下索，總算尋著了三萬六千忠義光棍；不久又識出了趙爺書裡的藏字曆法；這才一方面得著接濟、有了憑靠，一方面則藉那『一清專案』攛掇了一百零八條好漢自首，好與諸位爺在苦窰裡重新聚義、共商大事的——」

「那麼紅蓮呢？」我猜想萬得福還想說說他們「共商」了些什麼「大事」，但是我並不關心。我重複了一遍我所關心的：「紅蓮呢？」

就在這轉瞬之間，我倏忽覺察到萬得福並不是走在我的前面、反而應該是繞回我的後面去了。念起身動，我猛回頭，果然看見他的背影已在七、八步開外，當下消逝在濃黑之中。正待追上去的時候，第二個念頭又波涌般席捲而來——他也許已經轉向左走，重回先前陳秀美所在的位置，且腳步聲和帶著迴音的話語也確乎自彼處傳出：「那是另一頭兒的事了——咱們是不是先上四號瞧瞧去？你老弟所耿耿於懷者不是放了你一暗槍的那小子麼？咱們不多不少、不深不淺，也照樣兒給他來了那麼一下子。祇不過——誰教他身上沒裹著『殼子』呢？嘿嘿嘿嘿……」

「我要知道的是紅蓮！」此刻我全然不在乎萬得福究竟身在何方，我拚命喊著同樣一個句子，喊了五遍（或許六遍），像是承受了十分重大的委屈，直喊得眼角微濕而口唇卻發出陣陣乾燥撕裂的疼痛。我依然可以在閃爍晶瑩、曳拖著刺狀星芒的燈光下辨認自己被幾萬冊、甚至幾十萬冊書籍包圍著，我也越來越清楚地知道自己為什麼會陷身在這個疑惑和解答時隱時現、互纏互絞的陣中，然而——關於紅蓮的一切，我已澈底迷失；且正因為這迷失，我爆發了自己從未付出過的愛意。

以上的整整一萬字是我第三個失敗的嘗試。開始動筆寫它的時候我已經見過了四號房的倒楣鬼——他曾經揮舞著一把二尺四、幾幾乎在雙和街和青年路口的紅綠燈下砍斷我的手筋或腳筋。當時他的腦袋上沒有半莖頭髮，可是如今躺在病床上，髮絲已經長得能夠打辮子了。他顯然已經不認得我，還悄聲拜託我：「如果有機會回到陽間去的話一定要打電話給『花枝』，叫『花枝』務必趕快把『孝堂』大夥解散掉。」他並不知道——就算知道了也不會相信——其實他還活著。但是那樣像一具骷髏架子般活著又其實和死了沒什麼差別。病房裡當然沒有晝夜、祇有睜眼和閉眼。他睜開眼睛之後所能做的就祇是吸食一種叫「安素」的奶汁，以及用稍稍可以動彈兩下的幾根手指頭摳弄尿袋管子。

在這活死人隔壁的六號房裡住的是個粗頭大臉的漢子。這間房裡沒有床、也沒有日光燈，僅有的黃光來自一具嵌在牆上、專供停電時照明的蓄電燈泡。黃光斜射而下，恰恰敷灑著對面牆角的漢子四周。他的左手給銬在三尺高的一根白鐵橫欄杆上，整副看來十分壯碩的身軀半坐半跪地蹉縮著，右手自腕骨以上仍凸肌暴筋，猶似健身房的教練；可是腕口卻祇剩下一截覆了層薄皮的禿骨，手掌則泡在他面前不遠地磚上的一個玻璃瓶子裡——我不能確定瓶中所盛的是什麼樣的油汁或溶液，不過那隻斷掌懸浮著，空氣中則傳來混合了甲醇、乙醚、汽油和消毒水的味道；因為室內絕大部分的空間都擺置著或粉紅、或墨綠、或透明無色的燃劑。據說這漢子外號人稱「火霸天」，當年不過三十出頭的歲數，便已經縱火不下四百二、三十起了。

「一清」囚簽期間，各方光棍首領彙整信息，得知「火霸天」旗下幾個消防器材公司進貨出貨時程、以及此子慣常作案手段，遂在獄中研議，要設下個趁火打劫之局。

到了民國七十五年秋天，相傳國府宣布解除戒嚴令，光棍們爭說：「幫朋大老」何不趁此出去透透氣、觀觀風向？設若洪魔爪牙消磨、氣燄略減，便是庵清光棍替祖宗家門掙一副頭臉的時刻了。倒是六老懷疑其中頗有險詐，深恐這解嚴之舉不過是敵壘識破庵清方面藏身囚牢之策而安排的一個欲擒故縱之計。於是又遷延了好幾個月，直到魏誼正不得不出去會晤高陽，錢靜農也非得當值應卯、向孫小六傳授一身絕學不可了，這才由趙太初擺下一個小小的「風遁陣」，掩護另五老出獄。其間竟有一事是出乎五老意料之外的。

就在這九九八十一顆梨核兒布起的陣式一經作用——時在民國七十六年二月十二、陰曆丁卯年正月十五之夜——登時獄中校場掀起一片沙墟塵爆，密雲罡風自地腳拔空沖起，五老魚貫而行，剛剛站定在一個籃球架底下的鋼骨方圈之中，忽然瞥見陣口趙太初身後站出來密匝匝、鬧哄哄的一群好漢，正是萬得福親率著一百單八將前來送行了。此際自萬得福身側閃出一個張翰卿來，奔前數丈，捧呈給孫孝胥一枚紙封，曲膝拜倒，泣道：「二十年前六位大老受了洪魔毒火殘燒；此仇不報，眾家光棍寢食不得安寧。這裡頭的機關，就請諸位爺笑納了罷！」

封中之物無它，卻是光棍剛剛打探出來的一個密聞：「火霸天」剛丟失一筆大生意。原先招標的買方是中國石油化學開發公司，要在高雄大社廠的丙烯反應系統純化區設置自動防火偵測機具，可是「火霸天」出價過高，中化大社廠所生產的丙烯（供應下游工廠製造壓克力纖維、塑鋼之用）當季行情又看跌，這買賣便讓他人奪去。依「火霸天」行事習慣，結下如此難堪的樑子，則三個月內必然是要滋事報復的。自競標日的一月三十號算起，四月底之前，「火霸天」勢必要對大社廠展開行動。

四月二十六日下午三點鐘，該廠丙烯腈純化區果然發生連續十起爆炸。方圓五里之內的廠舍、民宅玻璃門窗悉數震碎，消防單位一共出動了十一輛化學車、十三輛水箱車、耗時兩個鐘頭才稍稍控制住火勢。此案延宕五年又三個月未曾破得，因為事發當時「火霸天」即為孫孝胥親手擒住——他就此住進了「人文」，給削去慣常用來點火的右手。然而，之所以囚之在此，並不單是為了報復——在另一項更重要的大計劃之中，「火霸天」洪子瞻還是一份誘餌；祇不過五年又三個月以來，還沒有任何人作過「放餌」的決定。

截至我寫出第六個失敗的嘗試為止，八號房一直是空的。據說那是一個寬敞無比的房間，可以容納所有老漕幫庵清光棍亟欲誅滅的仇家。我說我不相信這麼多年下來這幾個老鬼祇囚拏了二號、四號和六號房裡的三口仇家——這純粹祇是為了跟萬得福抬槓而已——萬得福的答覆卻玄奇得很；他說：「李爺的囑咐你老弟不記得了麼？設若你老弟想知道的就祇這麼些，然則在趙爺的『人遁陣』中，又豈能別有所見呢？」然後他為我打開了八號房門，裡面是另一方幽冥晦暗的空間，除了門內數尺之處放置著和先前外間屋中一模一樣的破圓桌之外，全無其他陳設——連籐椅、板凳或壁鐘、月曆之物都沒有。倒是桌面上有一盞油燈和四杯冒著蒸汽兒的熱茶。我湊近桌邊、垂臉端詳了一會兒，但見各杯之中確是黃澄澄、清盪盪的茶汁——祇杯體下半截沉澱著厚達寸許的古怪物事。其物長不過二、三釐、粗不過毛髮一般。有些黑、有些白，有些則灰似雨前之雲，也有極少的一部分黃如車後之土；入眼直要令人作嘔。

「這是咱們六位爺的鬍子碴。」萬得福接著道：「六位爺每年一到萬老爺子忌辰，便薙下這麼一部蓄了三日夜的鬍子碴，盛入杯中供奉。待哪一日擒住了『二才』、小爺還有洪魔之際，便伺候他們一口飲下。」說到這兒，萬得福引我退出，隨手掩上八號房門，當下卻早已一旋踵俯腰，利用交睫即逝的一點油燈餘光，將對面的七號房門又打開了。

此間是我安身立命之地。我有一袋書、一疊反面透露著高陽字跡、還勉強可供書寫的殘稿遺骸，一個專屬於我的房間、專供我疑思惑想而布奇設幻以應之的迷陣。我的左鄰是一間森嚴肅穆的祠堂——九號，奉祀著老漕幫庵清光棍數百年來的列宗列祖、家法家規；裡面還有無數載錄著該幫典章制度、儀節德訓、禮器刑仗的圖籍簿冊，以及比圖籍簿冊更多的幽靈——我在寫完第四則開場的時候撞見一個，他說他叫俞航澄，他要告訴我當年遠黛樓事件之後他之所以引咎退位、乃是受到萬子青挾制、不得不然，最後我沒搭理他。我的右鄰既是一位我素所尊仰的前輩學者、也是一位蒐證翔實、推理嚴密的妄想病人——我甚至曾十分恐慌、憂懼：萬一自稱比我年長八歲的紅蓮其實也是我這位右鄰的話（起碼我是無法從外貌上判然區分的），則我那衹剩下肉體歡愉印象的所謂「愛情」，則充其量不過是一具容顏姣美的軀殼所提供的虛假幻想而已。這是我開始以及結束第三則開場時的一個困擾——紅蓮。

或許我應該如此開始述說：

紅蓮對我隱瞞了很多事情。但是，我從來不曾想到：當我執意向她追問一切的時候，她竟然會從那一則看似與現實人生無關的故事說起，因為那則故事與我和紅蓮的愛情也無關——那是民國六十三年、她在當特別看護的時候聽來的故事。

病人是個四十六歲的中年婦人，那婦人年輕的時候得過肺結核、長過一身骨刺，教煤球給燻壞了一部分的腦子，後來還中過三次風，有好幾年不能認人記事。到了四十歲上，那婦人又罹患了一個奇怪的毛病；病發的時候，她會自動把當下處身的現實移置到過往生命的歷程中去，換言之：婦人不時會過著一種文法上稱之為「過去進行式」的生活。在最初的三年當中，這種病發作的頻率較低，一年祇三、四次，可是每次發作，婦人退返其生命過往的程度也比較規律，總在一到兩年之間——舉例來說，病人四十二歲的那年第十次發病，明明是生活在民國五十九年的婦人卻以為當時是民國四十二年，因為此前的九次分別以兩年、一年、兩年、一年……這樣的形式出現的倒退使得她這一回從現實中遁入了自己二十五歲時的狀態。醫生原本想以此推估出一個「退嬰曲線」，配合上病患家屬的觀察和回憶，也許可以查考出婦人之所以致病、是否與年少時受過什麼樣特殊的驚嚇或挫折有關。但是基於十分神祕的原因，病患似乎並不願意配合；從第二年起，這婦人幾乎每月發病一次，時而退返幾個月、時而又祇退返數週甚至數日。醫生終於宣布放棄作「退嬰曲線」的觀察實驗，祇交代家屬：當病患再度發病時，必須僱請特別看護「幫助病患適應對現實之異常認知生活」。紅蓮並不知道自己是第幾位特別看護，祇知道她在民國六十三年間照顧的這位婦人以為自己還不滿二十歲，世界仍舊屬於民國三十六年。紅蓮的職責則是在幫助她重組一個「看來不像民國三十六年」的現實認知——無論是支吾敷衍、虛應故實，還是順水推舟、因勢利導，目的祇在陪同那婦人重新走過一次民國三十六年——紅蓮來到這世界之前近三年。然而紅蓮很快就會知道，這婦人的故事和她尚未出世的生命竟有些許幽渺的聯繫。

婦人的故事是在一個熱得連紗窗都冒出蒸汽、板牆也開始滲油的炎夏午後講起來的。當時她坐在不過三坪大小的客廳正中央的一張籐椅上，手搖蒲扇，朝二門外正在屋簷下的陰涼地裡整理鳥籠子的丈夫指了一指，對紅蓮說：「明天一早天不亮，趁涼快的時節，我就要隨他去了。」

「噢！」紅蓮應了一聲。

「先搭火車上天津，再去北平。」

「北平？」紅蓮不得不打起精神來，她隱隱約約意識到：婦人正發作著了。

「他是北平來的，不回去怎麼成？」婦人繼續搖著扇子，眉眼之間略顯些許不安，不過，那神情很快地就轉變成一種自己寬慰自己的笑意，嘴角倒不曾當真笑出，眼梢卻揚了揚，以非常嬌俏的聲音說道：「我壓根兒不認得他呢！」

紅蓮順著婦人的視線望去，看那年歲大約也不滿五十、卻已經有幾分佝僂之態的丈夫居然圍著條毛線圍脖，右手把了枝毛筆在一個小缽裡涮著，空氣中飄泊著一股松香水的嗆味；他兩眼直勾勾凝視著空鳥籠子密緻的欄杆上剛鬆塗過的一層朱漆，似乎是滿意了。這時婦人的話語又猶似一種繞口令般地迸出來：

「不認識不怕不認識，總比你認識了多少年結果人家根本不是你認識的那個人可要強得多了呢！」說到這兒，婦人堅執地點了點頭，睟光朝裡間屋掃了一掃，再次壓低嗓門兒，道：「我說的是我爹——他是個恩將仇報的小人！打從明兒起，我這一輩子再也見不著他了。我跟人跑了。」說到這兒，婦人朝院子昂了昂下巴。此時婦人的丈夫抬手輕輕撥轉了一下籠底，好讓向內的一面也能在陽光下曝一曝。

「他是個好人，就是命苦，什麼都錯過了。」婦人說時，那做丈夫的把筆和缽兒擱在窗台上，人便繞過一方小小的菜畦，往大門外步去。婦人搶忙接道：「他要去救人了！」

「救人？」紅蓮聞言一愣。

婦人手中的蒲扇往口鼻上一遮，仍舊低聲道：「救他師父。他師父的兒子從前打殺過一個大魔頭的爪牙；大魔頭於是布下天羅地網、出賞重金捉拏人犯，一拏拏了好些年，到後首連那大魔頭都死了，還是拏不著。」

「那不就沒事兒了麼？」紅蓮搭著腔，看那婦人說得吃力，便要接過蒲扇來替她搧搧，不料婦人緊緊扣住扇柄，似是溺水地夠著一根浮木的一般，瞳中精光乍閃，又朝裡間屋瞬了瞬，登時喘著牛吼之氣，猶如奔跑了一段崎嶇難行的道路，才切齒道：

「可恨的是我爹。自從當年下了那場大雨之後，九丈溝以下三十里的河道先溢後淤，通船的營生沒幾年便捱不下去了。我爹衹能改行上旱路賣力氣——在他祖上幾代走船這一行裡，上旱路混生計有個名堂，叫『鴨打擺子』，是極沒有出息的意思。我爹『鴨打擺子』過了幾年，脾氣也惡了、性情也壞了，衹道是下那場賊雨害人，還說下那場賊雨是咱家高人碼頭上暴殺幾條性命、血腥氣招惹了河中蛟怪，於是興風作浪、驚動東海龍王鑾駕，龍王這才搬請雷雨鎮伏。說來說去，說去說來，不過是為了他要去通風報信、請領賞錢、編派的口實罷了——我娘便十足惱恨這小人行徑；直說：他去請賞、她便去投河。橫豎當年若非人家小恩公出手搭救，咱娘兒倆也不免投河一死的下場。」

在這一刻，紅蓮並不認為這個聽來支離破碎、虛妄奇幻的故事曾是婦人真實生命的一部分。

在這一刻，紅蓮祇能想像自己的母親——一個長年居住在療養院裡的近代史學者——也同樣生活在虛實錯綜、真偽交織的時空之中。在這一刻，紅蓮撫掠了一下婦人額頭沾滿了熱汗的垂覆髮絲，且十分詭異地聽見屋後傳來一陣陣如驟雨沖刷硬質地面的聲音。她明明知道這一家祇有婦人和她的丈夫居住，裡間屋並沒有婦人所謂的「我爹」或「我娘」，世上更無蛟怪、龍王作祟，然而那傾江倒海、如洩如注的暴雨聲響竟如此逼真地灌入她的耳膜。在這一刻，紅蓮仍抗拒著從婦人的瞳仁深處看見自己、以及母親的容顏。她匆忙別開臉，道：「您不是說那大魔頭已經死了麼？」

「他們是死不絕的！」婦人拚力喘著氣，又將蒲扇向敞開的大門外指了指：「這老好人便是受盡了他們的支使折磨，到如今還儘顧著要去搭救他那個『講功壇』的師父呢！嘖！可終究——還是錯過了。」

紅蓮永遠也不會知道：屋後傳出的不是雨聲，而是徐老三、孫小四、也許還有我和那個還沒長出屌毛來的孫小六闖進來洗澡的聲音。可是當她聽見「講功壇」三個字的時候，耳鼓深處一定會響起一記驚天動地的霹靂。她面前這個婦人——我們的彭師母、當時的嫚兒——在民國三十六年八月三十一日這天、一路汗流浹背地跑了五里地，來至泰安通西橋東端，再也沒了氣力；她匍匐在滾燙的石板上，估量著自己再也走不完剩下的一段約莫五百多步的途程。偏在這個當兒，迎面撞來了那個從北平到此投拜歐陽秋習藝的彭子越——可惜，他來的不是時候。

早在兩年以前，對日抗戰勝利，中央派赴山東的接收大員同時帶來了戴笠早在十幾年前就發布過的一道懸賞緝令——「務期結合地方稽查處及憲警單位力量，加急捉拏殺害居翼兇犯」。這道緝令一出，歐陽崑崙自然不敢再於家鄉逗留，於是辭親別里、遠走高飛，遁往南方去也。據云他此後所為者也是一部行俠仗義、劫富濟貧的事業，從而將一副原來祇在冀魯間傳揚的「鐵頭崑崙」美譽、又往大江南北張播開來；日後以年幼時一遇之緣助李綬武完遂「上元專案」發窖運金的艱鉅任務，所憑的不祇是蓋世神功，更是江湖人任俠慕義的慷慨之氣。

可憾的是此子一去，後事殆如《七海驚雷》所述；顧氏憂勞成疾，遽爾辭世；歐陽秋窮愁潦倒，神鈍智昏，「講功壇」也一蹶不振了。彭子越不辭千里、辛苦跋涉，自北平投拜而來，是民國三十五年三月間事。當時「大魔頭」座機觸山，人是死了，懸令卻依然在山東各地稽查處張告示眾，一時口耳相傳，鄉人皆聽說官家要緝拏一個殺害「居先生」的兇犯了。

彭子越原來並不明白這個背景。其行事便略如《七海驚雷》中那位「跨兒」；而所不同者，這彭子越本是帶藝投師，實指望更上層樓、得窺武學堂奧；不意登門投師之後，才發現歐陽秋竟如此落魄，反而得將靠著他一副健碩腰腳、幹些苦力活兒、勉維餬口之計。是不是在這段時日裡彭子越私發竊學了歐陽秋所藏的《無量壽功》？抑或是歐陽秋一似《七海驚雷》的「裘攸」、把這十九年來目誦神悟之術傾囊盡授此徒？則世無知其詳者。不過，即使「無量壽功」是時已然成就，彭子越也救不了任何人；其情恍如彭師母隨口漫聲的那句：「都錯過了。」

第一個錯過要數那潦倒失志的船家。他蹉跎了一、兩年，終於鼓足勇氣、泯下良知，一頭鑽進那稽查處的大門，說是來報信捉拏兇犯的。這夯漢不識字，卻不知此地已非什麼稽查處，而是中國共產黨新設的一個「解放區幹部訓練所」了。

原來在這年四月中旬，國民黨軍隊自臨沂至大汶口一線發起、向魯中山區推進。共黨華東野戰軍索性轉守為攻，發動了一次大規模的「泰蒙戰役」；以一部攻擊泰安國軍整編第七十二師，想要誘使整編第七十五、八十五兩個師的兵力北移援助。四月二十二日，戰役開打，華東野戰軍第一縱隊包圍了泰安城。孰料這「圍魏救趙」之術並未得售，國軍大汶口之部根本沒有前來援師的意思。四天之後，共軍「一不小心」打下了泰安城，殲滅國軍整編七十二師一萬七千人，活捉了師長楊文泉，古城易幟。共產黨無意之間又推拓出一塊「解放區」的版圖。

可憐這船家當年聽居翼「上課」的時節打了幾個瞌睡，於國共兩黨長期以來你死我活的內鬥素無所知；這些年逢著兩造拉鋸式的什麼「解放之役」、「光復之役」，便竄東流西，往那沒有硝煙炮火的窮鄉僻壤躲藏。今番幾個月沒進城，連野蔬溪魚、半飢不飽的日子也混不下去了，好容易把心一橫、原指望討幾文賞錢度日，不料一說起「替戴先生捉拏殺人要犯」的來意，非但立時便教那幹部訓練所的同志給扣住，所中還另外簡派了一標人丁前去高人碼頭搜捕「同黨嫌疑」。試想：一個破落船戶能有什麼「同黨」可捕？能逮住的不過是個半老婆娘——同志們畢竟不是專職特務，一陣囉唕喳呼，迭忙抓住了母親，卻驚走了女兒。這嫚兒一見來人洶洶喧嚷、直說要捉拏通敵人犯，心想必定同他爹狠意報官請賞的事脫不了干係。登時打定主意，非去知會那「小恩公」歐陽崑崙一聲不可。於是撒開雙腿，從一壁鏡面也似的高人碼頭上趨步斜竄而下，足尖如搗臼、沾地即起，才不過三、兩吐息的辰光，便已搶下河床，再沿著淤涸多年、已然生出丈許雜芒叢葦的灘道，逃出魔爪。須知這高人碼頭斜坡陡滑，非熟練船家人等哪能踅走半步？有兩名同志眼見這少女健步飛奔而去，心下一急，追趕落坡，一陣天翻地滾，摔了個漿血淋漓。

當嫚兒狂奔力盡、趴伏在通西橋頭的石板上喘息不及的時候，另一撥荷槍實彈的兵士們也已經衝入「講功壇」。在彼一當下，嫚兒恰恰暈厥在彭子越的腳邊；她瞧眼所見，來者祇是一條襯著灼白烈日的陌生黑影，似曾在「講功壇」出入過，便含含糊糊吐露了一句話：「叫歐陽崑崙快逃命去罷！」她其實並不知曉：歐陽崑崙早已背井離鄉、潛逃千里之外。彭子越則眼見一個蒼白孱弱的女子氣息奄奄、橫陳於前，身外不遠之處又是一片「車轔轔／馬蕭蕭／行人弓箭各在腰」的景況，繼之聽往來街坊吵嚷，爭說：「講功壇」窩藏「國特」，教軍爺們一排槍給掃了，磚瓦門窗上全是火藥窟窿。也有人說：要逮的人物沒逮著、不該逮的人物也跑了；此事不會善了。正祟亂著，一個平素與歐陽秋、彭子越師徒時相過從的老者飛步上前、朝彭子越的後腦勺上狠狠甩了一巴掌，一面擠眉撇嘴使眼色，一面狀似氣急敗壞地詬罵起來：「這是麼兒年月了？還將著你媳婦長街短巷地瞎狼竄！槍子兒不長眼，搗鼓搗鼓就往你胸膛上開口子——歪爾嬤的跟老子家去！」說時下手撈起嫚兒背脊，撐腰借力，一把提上彭子越的肩頭，隨即又揪住他前襟，逕自碎步疾行。直走到一個僻靜無人的院落，才鬆開手，低聲囑咐道：「我聽人說：是這小可家子的爹給嘍嘍出來的一場禍殃，你遲走個一會兒半會兒、怕不連條小命都給葬了！」

數落起來，這無名老者昔時也是受過歐陽崑崙俠行義舉幫襯的。今日在橋頭聽嫚兒發了那聲喊，又聞知「講功壇」教上百小隊的槍兵給崩了，他雖不明白究竟，可眼前這一雙男女看來都與歐陽家有些善緣，便不暇細較，逕以一念之仁，急伸援手——殊不知隨這無名老者走出半里之遙去，彭子越和嫚兒一生的際遇便大不相同；他倆卻都是回不了頭的人了。

紅蓮從來沒有用這種巨細靡遺、不憚辭費的方式跟我說過話。她這麼說著的時候令我覺得十分陌生——我曾數度分心，遐想著過去十年來不時和我擁抱、糾纏，相互燃燒著熾烈情慾的那個女人也許是個鬼魂。要不，突然間在我文思枯竭的某個秋日午後推開七號房門走進來、一屁股坐在我書桌對面的這個女人就是個鬼魂。她們之中的某一個竟是如此地不真實、如此地遙遠。我在忍無可忍之際粗暴地打斷了對面的這一個：「跟我說這些做什麼？」

「你不是一直想知道：彭子越和岳子鵬究竟是怎麼回事嗎？其實這裡面——」紅蓮微微笑著，眸光盈盈，卻彷彿受了什麼委屈而又勉強將忍住的模樣，她咬了咬下唇，艱難地說：「算是有那麼一個愛情故事罷。」

就在我一句「這算什麼愛情故事」正要噴口而出的當下，一種「此情此景、居然重歷」的感覺油然升起。我頓了一頓，低頭望著桌上零亂的稿紙、潦草的字跡，然後那早已失落於不知何時何地的記憶猛地跳了出來——是我開始過逃亡生活的當天晚上，在迴音四合的那間村辦公室裡。小五用一雙極冰極涼的手為我穿上防彈背心，她問我說：「聽彭師母說故事啦？」接著，一邊替我整理衣領、她一邊繼續問道：「她今天說了什麼故事沒有——說了那個教她一輩子忘不了的小男孩兒了嗎？那可是彭師母的初戀情人喲！」當時，我給了小五一個冷漠而粗暴的答覆：「那算什麼情人？」近十年歲月忽忽地過去了，我對「愛情」兩個字的直覺或本能反應幾乎是並無二致的。這使我稍稍遲疑了片刻——然而，就算遲疑一百年也沒有用；我滿腦子所能想的祇是關於彭師母那種發病狀態的現實推理：倘若彭師母四十歲以後的人生景況便是間歇性地回到從前、而這種倒退顯然一如現實中的時間一樣不可逆反、亦不稍停佇；那麼，小五既然聽過了彭師母初晤歐陽崑崙的故事，我和孫小六又怎麼可能再聽一次呢？我抬眼睇了睇紅蓮，此際她眼眶之中灩灩瀲瀲的淚光已近飽滿，而我的孤執仍堅決異常，我聽見自己的話語是這麼說的：「別跟我說你也聽過彭師母第一次見到你爸爸就愛上了他的故事好不好？這他媽太動人了！比一個不知道從哪裡冒出來的鬼馬子跟我睡了十年的故事還動人！」說完，我吸口氣又重複了一次：「還動人，你知道嗎？」

事實上這些都不是我想對紅蓮說的，我想說的原本很簡單；一如每個經歷過好奇、渴想、追求、慾望、思念、懷疑……這一類折磨的人都會說的話一樣簡單，可是我說不出來；表達愛意、甚至善意的語言卡在某個渺茫的宇宙彼端。這個和自己的語言絕對分離的情況使人益發感到卑微和痛苦。我在下一瞬間奮力扔掉手上的筆──可是我忘了，四周是一個陣，它和尋常的世界全然不同；在陣裡，你的好奇、渴想、追求、慾望、思念和懷疑會不時地前來找你。結果那枝筆又從黑暗之中彈了回來，掉落在一張寫了幾行的稿紙上，筆尖塗觸，還留下了貨真價實的墨汙點痕。

「其實你還不懂。」紅蓮把第一滴掉落的淚水用拇指丘擦了，第二滴用手背，第三滴用食指指腹、然後是中指、無名指，揩拭的速度終於及不上涓滴串流的速度。她垂下手，同時笑了起來。然而笑容並不能中和淚水，祇能模糊她那張看來仍舊年輕美麗的臉孔。不過她哭得十分平靜，肩膀不曾抽搐、聲音也沒有哽咽，彷彿淚水就是把兩汪小小池溏一般的眼睛清滌了一圈便淌溢出來，既沒有悲傷、也沒有哀愁或是被我激將的言辭挑起的憤怒。她接著告訴我：兩個月的居家看護結束，彭師母祇再發作過一次，這一次她退返的實際年月並未出現在敘述之中，紅蓮祇知道：她已經是個情竇初開的姑娘，經常遠遠地站在通西橋頭，往「講功壇」方向張望；想看一眼歐陽崑崙──最好是也能教他看上一眼。在這個現場，歐陽崑崙已經不認得嫚兒了，他走過她身旁，她恍了神，一隻腳慌不迭往橋下踩了個空，眼見就要落河，忽地胸前教一股看不見、摸不著、極其強勁的力道給拽住，人又站穩了。歐陽崑崙淡然伸手指了指她身後潺潺流逝的泮河，道：「下游不出二里，有片流沙灘；小可家子在這兒玩耍得要留神。」說完便頭也不回地走了。「小可家子」是泰安土語，就是「小姑娘」的意思。這小姑娘此後再沒見過歐陽崑崙。但是四十六歲的彭師母似乎並不以為憾，在昏昏睡去之前，她勉強撐開眼皮，用那種滿懷憧憬而堅定的語氣對紅蓮說：「我還要同他見面的。」

對紅蓮來說，彭師母的病反而成了她窺伺自己從未謀面的父親唯一的機會。此後八年，無論她改換了什麼樣的工作，總會趁著彭師父不在家的時候、有如尋訪一處祕境般地偷偷探視一下彭師母——證諸彭師父那句「這些年來時不時到家來翻箱倒櫃」的話，我祇能想像那是紅蓮潛悄出沒的形跡；一個個試圖捕捉父親片影殘形的腳印。有一次，當上臨時演員的紅蓮接了個沒人肯要的尼姑角色，下戲之後趕忙去見彭師母，祇是為了讓她認一認，看看自己的模樣兒和「光頭大俠」有幾分相似。結果彭師母那天沒發病，布施了她一百塊錢，唸叨了幾聲：「阿彌陀佛」。我在這一幕假尼姑化緣的情景上輕輕卸除了武裝，長長吁了口氣。

「就在那八年中間，她又倒退回去十六年。」紅蓮緩緩闔攏睫毛，讓最後兩滴淚水爬過她捂在口鼻之間的指縫，變成兩片閃著晶光、轉瞬乾逝的鱗，才繼續說道：「你還記不記得我告訴你不要向任何人提起字謎的那一次？」

我點點頭——不，應該是基於某種殘存的自尊而表現出來的動作罷？其實，我是昂了兩下下巴頦兒：「怎麼樣？」

「在那之前不久，彭師母就已經退回她頭一次見到我爸爸的那天去了。然後她就卡在那裡，再也沒有退過一年、一個月、哪怕是一天。她在那個碼頭上卡了整整十年，一直到昨天夜裡為止。」

彭師母靜靜地死去之前大約又說了一遍那個她已經絮叨了不知幾百次的遭遇。依照紅蓮的解釋，那一次充滿驚恐的綁架、打鬥和殘殺的經歷是這個老太太所能遁逃的極限；彼處既是她人生的盡頭，也是她一切感受和知覺的起點。逃到這一步上，彭師母已經退無可退了。

「聽起來像是一見鍾情，永誌不忘；不是嗎？」紅蓮苦笑了一下，移開撐在我書桌上的手肘，搖了搖頭，道：「所以我說這算是個愛情故事，可是它比愛情還要多一點——多了一點『其實你還不懂』的東西。」

「不懂什麼？我不懂什麼？」我再度抓起筆朝更遠的地方扔去。這一次它彈回來得慢了些，落紙時的力道也重了些，筆桿折斷，油墨渙染，把稿紙殷黑了一大片。

「不祇你不懂，我也不懂——這樣說你也許會好過一點罷？」她無可奈何地揚了揚眉毛，探出一根手指頭往那灘墨水上沾了沾，隨意在紙面空白的地方抹畫兩下，低聲說了兩個字：「虧——欠。」

虧欠。一種我從來沒有的情感。

我所能理解的這兩個字祇是一種負債行為，無論它的換算單位是金錢還是實物——哪怕玄虛深奧如講論心性的理學家所謂的「吾性本來完全具足，不可自疑虧欠」——這個語詞都不該是一種情感。然而紅蓮以為是的，而且有的人有這種情感、有的人沒有。後者也許活得太淺薄、太粗糙或者太坦蕩、太自在，總之是太心安理得；這樣的人生命中沒有經歷過真正巨大的驚駭、挫折和艱險，從而也沒有得到過堪稱珍貴的幫助、救濟和撫慰。短少了這麼一種情感的人猶如伸手需索隨即獲得滿足的嬰孩，整個世界是由一連串的「我要——我得到」、「我要——我得到」所打造起來的；這個我，憑靠著廣泛的閱讀、嚴密的推理甚至圓滑的書寫技巧和恣肆的幻想、再加上一點點福至心靈的運氣，解開了一些字謎、發現了一些內幕、並且開始要翻寫一部揭露近世歷史真相的小說。但是這個我卻沒有能力察覺、體會或者想像那種可以名之為「虧欠」的情感究竟是什麼。這個我——一把揮拂掉桌面上零亂的稿紙——顯然還想要作最後的抗拒。這個我，正因為從來不覺得自己虧欠什麼，而根本不懂得愛情。

紅蓮也許看出了我的恐懼，也許沒有；但是她做了一個動作——把她的左手伸過來，往我的右手背上磨了一下，就像我們第一次見面的時候那樣。我在那一剎那以一種近乎虔敬的心情想起過往的歲月裡許許多多和我曾經如此親近的人，我其實沒有認真進入過他們之中任何一個的真實生命。即使在這個當下，我的手背那樣緊密地貼觸著一朵紅蓮，它究竟是個胎記般的刺青？還是個刺青般的胎記呢？我翻轉手臂，想再看清楚一點，紅蓮已經抽手起身，以令人幾乎無法察覺的幅度搖了搖頭。我猜想她要離開，且永遠不會再回來。於是我放聲大哭了，聽見她也哽咽著告別的話語：「我還沒懂得自己虧欠了什麼，就已經老了；你可不要像我。」我的哭聲襯在她的話語底下，聽起來比風聲雨聲還要空洞虛無；除非我所傷悼的不祇是一具完美的肉體，還有那些我來不及認識的人——比方說：彭師母。一個擁有過真實生命的角色。

在寫完以上的八千字之後，我以為我會澈底放棄那個寫作《城邦暴力團》的念頭。原因很簡單：真實生命太過巨大，你越是進入它的細節，它就更巨大一些。

那無數張被我揮拂到黑暗裡去的稿紙不知何時又飄落桌面，紙表漸漸積上一層厚厚的塵埃。我才知道：塵埃這種東西居然也會長大；過一段時間你再輕輕觸碰，它在指尖的感覺就像灰、像沙、像土粒兒，開始有了重量。

這段時間比我想像的還要長一點，但是我並沒有去計算：到底過了幾天、幾個月還是幾個冷暖交替的季節？我也從沒有離開這裡的意思；其間我經常走訪我的鄰居們，有些時候興之所至還會穿過九號房間祠堂的側門，到廚房去幫老田幹些零碎活兒，摘摘菜、提提水、淘淘米什麼的。偶爾，我會在黑漆漆的通道裡和萬得福或者我老大哥擦身而過、甚至撞個滿懷。大部分的時候我總在前廳遇見那幾個老傢伙。沒有誰再提起字謎的事。

極少的情況下我會出門走走——通常那都是在我非常想念紅蓮的清晨或深夜。最後的一次是個颱風夜。陳秀美在那颱風還是個呂宋島北方海域的熱帶性低氣壓的時候開始向我逑說她和紅蓮相依為命的十二年。紅蓮從一個襁褓中的嬰兒成長到荳蔻初綻的少女，其間都是在這裡度過的；當時，這裡叫做「人文書店」。

紅蓮在斜對面四十八號的陳忠義醫院出生，沿著自由路走到中山路口明功堂藥房的這一段，是紅蓮最初搖擺學步的旅程。此外，中山路一百號當時是一爿正章洗染店；陳秀美白天在人文書店當差，入夜之後便到這洗染店打雜兼記帳。每當陳秀美忙碌起來的時候，紅蓮就會一頭鑽進那些吊著、掛著、堆疊著的衣物之中藏匿，通常母親總得花上一、兩個鐘頭才找得著她，彼時她多半已發出鼾息，然而睫角猶濕、抽咽未止，夢中似乎仍堅決地表示：母女之間這小小的離棄遊戲，是由她所發起。

沿著同一個方向往下走到中山路一百五十五號，此處原先是一家大公委託行，許多跑單幫的買賣人出入的地方。這些單幫客幾乎時時在台北、東京、香港和馬尼拉飛航往返，以隨身行李攜帶時髦的衣飾、珍貴的骨董、價值不菲的珠寶和罕見的洋式玩具，入境即交行委賣，賺取百分之八到百分之十的佣金。紅蓮則可以隨時到此地索取任何她想要的東西，因為「大公」幕後的東家正是大夥尊為「老爺子」的萬硯方。紅蓮兩歲的時候擁有一個眼睛可以眨動的洋娃娃、四歲的時候得到一架附有三十二枚彈鍵的手風琴、五歲的時候玩起單眼照相機、八歲那年的春天跨上一輛接裝了動力馬達的腳踏車、不告而別、一路騎到基隆。萬硯方發動上千名庵清光棍找著她的時候，她指著西北方海天一線的遠處，隻字不語。到九歲和十歲上，同樣的事紅蓮又做了兩次。是否因為這三次出走而重新喚起陳秀美突然失去丈夫的恐怖記憶？她並沒有說清楚，可是爾後兩年間紅蓮的生活景況可想而知——陳秀美在母女倆的手腕上緊緊地縛起一條長約八尺的細鎖鍊，鍊條稍稍繃緊或鬆弛，陳秀美都會膽顫心驚一陣，立即摟住紅蓮、渾身顫抖、低聲啜泣。

這樣近乎病態的分離焦慮終於讓陳秀美在民國五十年秋天完全崩潰了。九月十八號那天，台灣省警備總司令部在雲林北港地區逮捕一群涉嫌發起武裝叛亂、推翻政府、完成台灣獨立革命的人士。由於這群人士之中有個叫詹益仁的，在虎尾開設了一爿「國際照相館」，正是他們平常聯絡開會的祕密總部；一時風詭雲譎，全台各地凡是名為「國際」的照相館都受到嚴密監控。偏偏在台中市區、台中戲院對面巷子裡也有這麼一爿「國際照相館」，原本和詹益仁毫無干係，卻飽受同名之累——九月十八號晚間八點鐘左右，突然闖進來十幾名武裝便服的人物，逢人就逮。

是時警笛蜂鳴、探燈四射，方圓數里之內，連蟲蛇鼠蟻亦不容遁跡。陳秀美便是在這天深夜將人文書店前後門窗自內釘板封絕，還把紅蓮和自己纏裹了三副大鎖，綑在屋後天井裡的汲水鐵杆上整整兩晝夜。書店的負責人錢靜農萬不得已，祇好從消防隊中請來兩名庵清光棍，持利斧破門、搶入，救出母女二人。不料此事不密，竟然在九月二十二日上了報，鬧出一條「紅粉佳人奈何做囚」的尷尬新聞。虧得萬硯方拉下老臉，請託了些報界高層的關係，權將消息壓了、未再渲染，才算息事寧人。大約也就是因為這個事件，祖宗家門傳下「旨諭」：將陳秀美送入汪勳如的「河洛漢方針灸醫院」診療休養。此外，李綬武也活動了方面上的人物，給她請得了一個「烈士遺族」的身分，既能申領些許微薄的生活津貼，還可以免試入上庠寄讀。這就一如萬得福所言者：錢靜農幫襯盡力，非但親炙私淑，還另向幾位知名教授薦過，讓陳秀美一面治病、一面求學。惟有一樁，那就是暫且不能與紅蓮共同居處，以減妄執煩惱。

對於當時的紅蓮來說，那可能是一段優游快樂的日子罷？每到星期天，她便跟著孫孝胥到西門町歌廳、戲院巡走，販賣香菸糖果。星期一則隨趙太初至新公園、衡陽路一帶擺卦攤。星期二泰半是前往「河洛」探視陳秀美——和母親的團聚彷彿應卯一般，看汪勳如問診下針、開方抓藥則是別開生面的遊戲。星期三是陪伴魏誼正過府登堂、指點豪門巨室的廚作、庖丁設宴置席的日子。星期四，向例作碧潭之遊，不外是由李綬武將攜著泛舟踏青，儘一日在山野間嬉耍。這幾位「爺」字輩兒的幫朋，多不寬裕；趙太初尤稱潦倒，孫孝胥的子媳兒孫雖據著一戶狹仄眷舍，孫孝胥嫌擠，寧可同趙太初浪跡公園和防空洞。李綬武在山上的三間茅屋也直如幕天蓆地的一般。這三人的住所當然不能容留一個半大姑娘居停，是以一週之中倒有五日，紅蓮得寄宿在魏誼正的宅子。祇週五和週六兩天錢靜農南下台中赴「人文書店」理事，紅蓮總要隨同，仍舊是遊玩的意思多。

據陳秀美的記憶所及，重返台中的紅蓮經常提起的是中正路火車站附近老正興食堂的客飯、民權路鐵道邊玉光美容院自創的新款髮型、河墘街醉月樓小北投浴室中的蒸騰霧汽，以及台中公園裡倒影著怪狀紅頂角亭的小小湖塘。紅蓮再也沒有獨自前往基隆海邊遙望或追想一個永遠回不來的父親。

陳秀美說著這一切的時候，我隱約可以聽見忽而濃烈呼嘯的風吼，隨風掃灌而入的雨水似乎也不時地從建築物中每一個縫隙或撲、或滴、或沖淋、或滲漏到我的臉上和身上。我絲毫不以為意，感覺這一陣一陣的潮濕冰冷祇不過是幻象；真正踏實的反而是一種前所未有的思索：我正在一絲一縷地縫綴著一個我還來不及遇見的女子的人生。在她初訪這世界的十二年裡，一個稚嫩、脆弱的生命已經鑄就了難以移易的主題：她必須不停地躲藏、不停地逃遁、不停地向每一個佇留停頓的當下告別；惟其如此，她才能免於那告別所帶來的寂寞罷？也正由於對一個稚嫩、脆弱的生命而言，寂寞太過強大；除了抗拒它，紅蓮便再也沒有愛人的力量。她當然也沒有愛過我——假如過去這麼些年來我們熱烈的交媾還有什麼肉體渴望以外的意義，恐怕祇是讓我們彼此都膠著在那寂寞的邊緣，而不知道自己終將成為它的一部分。

「她不會回來了。」我隔著張珠簾兒也似的漏雨排串對陳秀美冒出這麼一句；說時已自覺可笑，彷彿還竊竊巴望著她會反駁我。但是陳秀美肅然點了點頭，從書桌抽屜裡摸出一個信封，小心地避過淋漓的雨勢，遞到我的手上，道：

「上回她走之前來看過我，說你要是平靜下來，還會問起她的話，就把這個還給你。」

在那個颱風天，人稱颱風眼無風也無雨的一段時間，天似乎是晴了；空氣有如凝結起來的膠質，吸進腔子裡便塞成泥狀。我抄起那信封，跨步出門、走到街邊，看見滿地是折斷了的路樹枝葉、商店殘破的招牌、從不知哪一幢大廈的頂樓或陽台上砸下的塑膠浪板、東倒西歪的交通號誌鐵杆。積雨的路面浸泡著散落的電線，轎車的擋風玻璃窗中央杵著張麥當勞門前的歐式長木椅，消防栓頂掛著條不知是女人或是孩子的三角褲，敞著蓋的地下管線出入口斜斜栽著輛機車——彷彿那騎士仍俯伏洞中、正在和地底之人熱切商議著如何修復這城市的創傷。

我沿著自由路那麼走下去，滿目瘡痍的城市看似再也無法修復，一如時間曾摧折、輾壓過的生命已不能還原。但是我仍舊像探訪一處又一處傳聞中發生過動人傳奇故事的廢墟一般，穿透颱風撲襲過後零亂破敗的景觀，揭開四十多年來人們悉心經營維護的繁華樣貌，在重覆疊砌的磁磚、玻璃帷幕、壓克力板和經由狂風暴雨滌洗而顯得益發明亮新鮮的廣告字圖底下，我看見現實中早已消影匿跡的醫院、藥房、洗染店、委託行、照相館、食堂、美容院和浴池。最後我走進公園，蹲在幾乎漂滿了塑膠袋、保特瓶、錫箔包和鋁罐的人工湖畔。若非緊接著發生的一切，那會是一次悲涼的巡禮、淒美的憑弔；我長達十年、純屬肉慾之歡的所謂初戀也將劃下一個塗染著懺情傷感色彩的休止符。

然而，這一程我走得太遠、太率性、也太漫不經心。我忘了多年來我身上一直揹著的那道符咒：無論如何不要獨自一個人出入任何的地方。幾乎就在我曲膝下腰蹲定之際，一個碩大的黑影從我的頭頂掠過，筆直地鑽射到粼粼波光之間，冒出一圈祇有腦袋瓜大小的白色泡沫。幾秒鐘之後，水面浮起來黑黝黝的一隻皮鞋。我猛回身，萬得福早已一個箭步竄到我旁邊，探頭朝那隻黑皮鞋打量了老半天，搖頭喟道：「老啦！勁頭兒不足了，這一傢伙扎得不夠深；再下去三寸，這隻鞋是斷然不至於漂上來的。真他娘的費事！」一面說著，他一面就地拾起根樹枝，抻臂踮腳、好容易從水裡夠起那隻皮鞋，順手又往湖中一擲，其勢如強弓發疾矢，皮鞋入水無蹤，再也沒浮上來。

「是個縱貫線的嘍囉，打從你白面書生南下的那一程起就跟到台中來了——看這態勢，恐難善了。」萬得福雙臂環胸，似是極不放心地瞅著那人先前落水之處，目不轉睛，眉頭卻越鎖越深：「人家可是鳩集了幾十個新幫、數萬名光棍，終有一日要摸索到醫院來，殺咱們一個積骨成山、血流成河的痛快！」

萬得福並未危言聳聽，實證都已歷歷在目。在返回「人文」的路上，他一樁一件地指給我看：牛埔幫莊炳寅座車擋風玻璃上那把長板凳不是颱風吹的，而是孫孝胥的手筆。栽進地下管線出入口的機車騎士是台西吳添福的小弟，幹下這起勾當的則是我老大哥。傾倒在中山路和三民路口的紅綠燈杆乃是李綬武所為，情急出手，祇是為了不讓天道盟派出來的探子太接近「人遁陣」巽位陣腳。還有消防栓上的那條三角褲衩亦非罡風吹至——那是個表意的認記，意思顯然是「有三方角頭到了，要與在地洪英一會」。倘若來者祇代表某一方面或兩方面的新幫首領，消防栓上則會以透明膠帶黏附一枚市面上已極為罕見的壹角、貳角鎳幣。如果來者是四股不同勢力的代表人物，就以四色牌的紅「仕」或撲克牌的方塊四顯示。要求訪見的角頭數目若在五以上，則其事非同小可，須大張旗鼓、另作通報才行得通。總之，萬得福言之鑿鑿地說道：「人家早有迫著祖宗家門兒光棍速戰速決之意。祇幾位爺的意思不急；說什麼不是不報、時辰未到。你老弟方才可是親眼瞧見的：萬某人不過是料理一個螻蟻不如的東西，還費了偌大一番蠢手笨腳。再這麼耗下去，莫不要耗得我灑尿淋濕鞋、老到連頭也抬不起了麼？」說著，他歎了口大氣，就地一轉身，肘尖抵住我腰眼、輕輕一頂，說也奇怪——前一秒鐘我還走在自由路的騎樓底下，後一秒鐘人已經給頂上了一條狹窄的扶梯，在每一階直立面的梯板上都貼著張招牌紙，上寫「民眾旅社」、「自由路六十一號」、「電話〇四二三七一八八八」和「休息是為了走更長遠的路」。

片刻之後，我才恍然大悟：一旦遇上可疑情勢，萬得福或者其他熟門熟路的老鬼物們便不大從「人文」自家的正門出入，因為整條自由路凡屬單號這一面的商家、寓所在臨街三十尺到五十尺左右的深度之後，竟然都是相通的。萬得福和我上了民眾旅社二樓，也不理會那櫃台女中，逕往一個門上掛著「閑人勿進」塑膠牌的房間長驅而入。房裡除了堆置著掃把、拖布、滅火器和水桶之外，另有一側門；再從這側門趄進，我陷入完全的黑暗之中，但是，一陣熟悉的氣味卻從遙遠的某處向我迎過來——那是混合著油脂膏藥、發霉的紙張、枯朽蛀蝕了的木料、各種化學溶劑、燃油再加上新剪的韭菜。我們已重新回到陣中來了。萬得福似乎並沒有忘記先前的話題、又像是得來到了陣裡才肯敞懷說下去的模樣，道：「你老弟同咱們朝夕相處、怕不也有一年多了？諸位爺一日老似一日，你也是親眼可見的，敢問：要到何年何月、你老弟才肯給咱們一個交代呢？」

我伸手向口袋裡摸了摸那信封，繼續向更深更沉更濃重的無盡黑暗信步趨走。我知道：信封裡不會是什麼情書、相片或者其他任何表述愛意的東西，它祇不過是一張抄了闋〈菩薩蠻〉的紙片。從前再從前，小五曾經拿著這紙片像射飛鏢似地甩了我一耳光，當時它還散發著有如明星花露水般清新甜美的香氣。之後紙片被我揉搓過、扔棄過；拾回來、抄寫上那闋艷詞、又丟進字紙簍裡。紅蓮把它偷了去，而且溫柔地警告我不要向任何人提起它和其中的祕密。對此刻的我來說：這張香氣早在不知何時已散逸淨盡的破爛紙片別有一種象徵性的況味——它標示著我和紅蓮一切關係的起點、終點，以及像禁錮著某個生死交關的重大祕密一般怯於承擔情感重量的交往過程。至於抄寫在紙面上的艷詞更是一個莫名的諷刺，它讀起來亦哀亦婉、如泣如訴，彷彿道盡戀人之間刻骨銘心的思慕和惆悵。然而，四十四個字祇不過是一副妝扮冶麗的空洞軀殼，一個言在此而意在彼的字謎——一場遊戲。

我掏出那封信，隨手朝黑暗深處扔了，揚聲道：「你們幾個老東西誰愛玩兒誰玩兒；我不奉陪了；我玩兒不起——」我的話還沒說完，四下裡像是猛可間八門大開的密閉電影院，光線紛至沓來，頂天立地一片敞亮——我已經置身在前廳之中。

當先出手在半空之中抓著信封的是孫孝胥，拈指撕開封口，叱叱丫丫地吐著氣，道：「什麼叫玩兒不起？你小子還沒開始玩兒呢！」說時口中氣息已然將信封吹鼓、登時爆開，那張紙片剛彈落寸許有餘，橫裡飛過來一支金針，恰恰貫穿紙片當央，金針帶著股旋勁兒，直把紙片戳成個風車或竹蜻蜓的模樣，繞室飛轉了一大圈子。此際但聽汪勳如接道：「待我瞧瞧、待我瞧瞧——」話音未落，金針卻已教魏誼正手上的一雙銀筷子牢牢實實地夾了個死緊，另隻手迭忙搶下紙片，「呼呼」笑了兩聲，道：「君不聞李漁《奈何天》有這麼幾句：『終不然闖席的任情饕餮，先來客反忍空枵』——這字謎還是讓我這闖席的先品味品味。」怎奈他話說多了，正待垂首展讀，指間卻空無一物；原來那紙片早被身後的錢靜農以拇、食、中三指隔空一抓、猶似擎筆握管的模樣給搶了去。錢靜農一邊頷首微笑，一邊環顧眾人，道：「此詞大春能解得，理當先看個賞；爾等你搶一把、我奪一把，怎地如此沒有禮數？」說時三指突然發勁一抖擻，將紙片震得舒展開來。偏在這個剎那，趙太初亢聲喝道：「且慢！權聽知機子一言：去歲此子來日是癸巳，陽三局；在遁甲盤上看來，天盤、地盤呈甲甲、乙乙、丙丙、丁丁之象，這叫天地同干。今日是癸亥日，陽九局；休門與天蓬星同宮、生門與天任星同宮、傷門與天衝星同宮、景門與天英星同宮、死門與天芮星同宮、驚門與天柱星同宮、開門與天心星同宮，亦是乾乾、坤坤、離離、坎坎之狀，這叫『星門同原』。無論天地同干也罷、星門同原也罷，皆是『伏吟』——綏武！你摸索我的門道也有三十年了，不會不明白『伏吟』的厲害。祇今無論我說什麼，都有人慣同我抬槓，現我不說；你說說『伏吟』罷！」話才說到抬槓，汪勳如黃鬚吹掀，齜牙笑斥：「又不是坐轎，哪個同你抬槓？」

「『伏吟』主凶——」李綏武截住汪勳如的話，朗聲道：「所謂『動如不動／焦惱呻吟』，確是萬事不如意。」

「如何？」趙太初像是得了極其有力的靠山，一隻高聳的鼻子似又挺翹了幾分，當下五指一攢，將紙片攫過來，投入口中大嚼幾下，眾人祇聽他鋼牙齘齘，齜齜作響，不一忽兒竟然「古登」一聲，將紙片吞嚥入腹，且摹挲著肚腹，道：「各位老兄弟，我還是那兩句話：不是不報，時辰未到。想當初各位早我兩年出窰，我留下來同得福、翰卿他們一百單八將反覆研讀這世變之局，時趨所鶩，才益發明白昔日萬老畫中一叢亂竹所藏的『己卯之約』，洵不誣也！大夥兒

二十七、八年都已經忍過，何不再苟且幾年、遷延幾年？須知到了民國八十八年，歲值『家人卦』——老兄弟們一個比一個淹通，豈不知『家人』之義、正在各自修一家之道，不能知家外他人之事也？換言之，老漕幫光棍就算要重整旗鼓、再出江湖，也得到民國八十八年上才能整頓家業，『由內以相熾也』。眼下大夥兒急慌慌知了究竟，未必佔得機先，反而容易失顧生險，亂步投荒呢！」

「呿！」魏誼正一拂袖，隔空丈許以銀指了指趙太初的肚皮，作色道：「你這叫『中飽私囊』，還叫咱們『且食蛤蜊』，簡直豈有此理！」

聽到這一句上，我卻忍不住笑了。魏誼正用了一句俗語和一個典故，都與吃有關。後者出自《南史．王弘傳》，說的是沈昭略倚老欠學，不認識年少而才名俱高的王融，還故意在酒宴上向主人頤指而問：「是何少年？」王融不服，自道：「僕出於扶桑，入於暘谷，照耀天下，誰云不知？而卿此問。」王融自比太陽，不免傲岸了些；然而沈昭略本是個草包，的確連「扶桑」、「暘谷」的出處都聽不明白，竟然答道：「不知道這碼事——來，且吃蛤蜊罷。」（「不知許事，且食蛤蜊」）用這個典故，便常是指稱人不求實是、但知敷衍。我之所以會笑出來，也是由於魏誼正的表情；他看似忿忿、實則眼角眉梢具現調侃頑皮的神色——因為這「且食蛤蜊」一方面暗喻趙太初為沈昭略，另一方面恐怕也是拿王融來比擬我了；起碼這一室之中堪稱少年的，畢竟祇我一人。

果不其然，錢靜農頓時看我一眼，拊掌樂道：「三爺真會罵人——祇不過太初的顧慮未必無理。試想：大春初來之日，也曾明白說到，有人向大春諄諄示警；切切不可持之告人——」

「所以我說是小妮子多事。」魏誼正嘴上硬，卻忍不住偷眼6了6李綬武。錢靜農則一正面容，接著道：

「不然不然，請溯其源——說不定正如當日綬武所謂：紅蓮也早已知悉了某些祕聞，卻礙於什麼緣故，刻意隱瞞。啞巢父！我如此作想，你道是也不是？」

李綬武眉一擰、鼻一皺，臉上那不知幾千百粒麻瘢像是忽然有了生命，一個個兒浮跳了起來——這可是我頭一次見識到他歡悅的笑容，他笑著說道：「都讓你說了罷，何必問我呢？」一面說、一面俯身拾起地上爆成一片一片的信封，掏出放大鏡來細細勘察了半晌，略一沉吟，仍無煩言，祇將紙片悄悄地收進口袋裡。

對面汪勳如卻將忍不下，衝我斥道：「小子方才在陣中既然憋不住要說，何不就給個痛快？還吞吞吐吐地幹什麼？」

「人家壓根兒沒說，哪兒來什麼『吞吞吐吐』？又不是牛！」趙太初這樣反唇相譏，倒教我窺見個態勢：這六個老傢伙對於〈菩薩蠻〉中所藏字謎之應否揭露、其實各有不同的想法。汪勳如顯然最是急切，魏誼正也頗欲知其詳；趙太初則激烈反對，錢靜農似乎認為字謎謎底另有曲折，該俟機待時而解，李綬武根本是成竹在胸，一副隔岸觀火、無可無不可的模樣。惟獨那孫孝胥滿臉哀矜，彷彿別有愁悶傷懷之事，端的是心不在焉——然而，就在眾人寂寂不語之際，他那張紅赤通通的臉卻衝我一昂，道：「兒孫自有兒孫福，有些事兒原不該我這行就將木的老朽貧嘴咶舌；不過，咱們家小五可是個老實孩子，你究竟存的什麼心思最好給她個明明白白的交代。嗯？」

我沒提防他會岔到這一枝上來，胸臆間一陣緊，像是徐老三形容過的：打著手槍時卻給滿街的人看見了。我很想硬著頭皮答一句：「我沒什麼好交代的。」可是在這一刻，有一種感覺再也不肯躲藏，它從虛無縹緲之處嗚鼓吹角迢遞而來，連這「人遁陣」的銅牆鐵壁皆不能抵擋。它撞擊在我的心臟中央，讓眼前的一切景象模糊消逝，代之而出現的，是昔日小五在美滿新城二樓樓頂上的情狀；她站在我前面、左右搖晃著身體、為我屏蔽著迎面飛來的暗器。那是一個孩童嬉戲著老鷹抓小雞的動作，顯得多麼滑稽。但是有過那麼一個片刻，我笑不出來——我看見小五後腦髮際插了支簪子，底下露出塊青青白白的頭皮，她當時正在以生命捍衛著我。

我從來不知道：虧欠之感是如此雄渾、滂沛且頑強的一股力量。它一旦迸出，便滔然莫之能止，逞其顛撲衝撞之勢揭露著記憶之中每一處你原以為覆蓋完好、掩埋緊密的隅隙。用具體一點的話來描述，就好比推骨牌；一旦在某事上你自覺對某人有所虧欠，便幾乎可以在一切事上發現你對所有的人都不免虧欠。

對一隻老鼠來說，這負擔太過沉重了。我垂低了臉，隻手環胸，另隻手搓著鼻頭，猶似要搓出一句什麼像樣的回答。此際我一腦子都是鬧閧閧、亂紛紛的人影；裡頭有紅蓮、有孫小六、有徐老三、有孫老虎和孫媽媽，當然還有家父和家母；也有高陽，高陽身邊是我的系主任王靜芝教授——我還隱約看見那幾個僑生、南機場賣燒臘的老廣，以及拎著鳥籠子的彭師父和摘著菜葉子的彭師母。他們之中，有的曾經和我多麼親近、有的則與我僅僅是萍水相逢，有的已經不在這熙來攘往的塵世，有的也許還活著，但或恐再也不會出現在我的面前。然而，虧欠的情感就是這樣：彷彿這些人都從你空虛透明的身體裡穿越了一下，然後在胸臆間的某處留下了什麼，你原本並不想去檢視那到底是些什麼，可是不行；你非看仔細不可——那是這些人生命的一部分。你想呼喊他們回來，把遺失的那一部分收了去。可是也不行——那是收不回去的一種東西。

「孝胥說這些就是多餘了。」錢靜農好像看透了我衷懷歉疚而跼促不安的模樣，忙道：「人家小兒小女之間，有意無情，各隨緣遇，豈容吾等老朽之人插手過問？君不見：當年綏武迷上太初的門道，一時得意，向小六說破了不該說的因果，反倒嚇得大春膽顫心驚，去不復顧，這才與小五漸行漸遠的。連綏武都自悔孟浪，從此幾乎不再談天人之術了。如今你又來咄咄相逼，不好不好。」

此言一出，孫孝胥連連點頭，下巴尖兒上的油汁益發急速地往地下抖落。倒是湊近前替他補塗膏藥的汪勳如朝我一努嘴，道：「其實嘛！我看這位小老弟確實也很為難，才說什麼『玩兒不起』、不陪咱們玩兒的——諸位試想：他要是不說那字謎，便辜負了翰卿的請託；要是說出那字謎，又違背了紅蓮的囑咐。可他也不琢磨琢磨：為什麼紅蓮大老遠跑一趟，來個物歸原主呢？」

「你的意思是——」魏誼正這回「呼呼呼呼」了老大一陣，才眉飛色舞地用筷子尖指著趙太初的肚子，恍然悟道：「知機子腹中之物原來竟一直在小妮子手中——可她瞞著咱們做什麼？痴扁鵲則又焉能得知呢？」

「紅蓮前番來時，我正在替秀美下針，聽她母女二人有這麼幾句交代，想來便是了。」一面說著，汪勳如轉臉朝我一齜牙，又招了招手，我略無抵拒之力，教他一招，便邁步趨前；同時聽見趙太初悶聲吼道：「痴扁鵲！你這是小人行徑——」語音未落，魏誼正的筷子尖兒卻倏忽往他小腹中央比劃過去。趙太初情急無何，祇得抓下頭頂的毛線帽作勢捲裹，兩人正僵持著，汪勳如已探出一隻沾滿了油膏、狀似枯籐般的指爪、向我頂門罩將下來，若拂若撫，看來並無半點勁力，但是迫近於尺寸之間視之，則油膏竟像是萬千點熠燿著的星火，噴薰著濃烈的香氣，把我的頭臉團團圍住，他的話語則綿軟沉緩，自燦爛奪目的光芒之中遞出：「依我看，是紅蓮體貼你有口難言之苦，才將信封還你，封中是不是那字謎啊？」我迷迷糊糊點了個頭。「那麼——字謎又該當如何拆解呢？」

偏在此際，令人暈眩的星光一黯，汪勳如的指爪前方赫然漫漶起一片白花花、明晃晃的物事。我再凝眸細看，原先亮麗搖曳的一切都融化、消失了，剩下的竟然是一條一條、一圈一圈，或縱橫交叉、或盤旋周轉的掌紋——原來是李綬武出手把一枚放大鏡不偏不倚地擋在汪勳如的手掌和我的眼眸中央，李綬武當下正色道：「道心、魔心，皆存乎方寸之間，有時竟無纖芥之別。勳如！你指尖這蔓陀羅汁施之於孝胥是藥，施之於大春，便是毒了。如此用力求索，端的是由道入魔；豈不枉費了萬老當年羚羊掛角、天馬絕塵的一番苦心麼？」說到這裡，他才慢慢地移開了放大鏡。汪勳如則帶著幾許羞慚、幾許懊惱，一張臉漲紅著，頹然垂下了手。

然而我卻發現他的話其實蠻有道理——紅蓮將那張紙片還給了我，莫非也是在隱約暗示著：我已經毋須再替任何人背負一個莫名其妙的祕密了？如果比對起十多年前紅蓮不許我向人吐露的那番警告來說，其間顯然祇有一個解釋：她已經弄清楚岳子鵬——或者彭師父——的底細，且正因那底細浮現、而紅蓮當年所謂的危險如今已不復存在，她交還紙片的動作才具備了切合現實的意義：我可以揭曉那字謎了。

「『岳子鵬知情者也』！」我突如其來道出一句：一邊說、一邊還兜身轉了個圈子，掃視著廳堂之中每一個人的神情，並且像是卸下了一副千鈞重擔般地吐了口大氣，又一字一字說了個清清楚楚：「『岳子鵬知情者也』——〈菩薩蠻〉裡藏的就是這麼句話；沒別的。」

「『沒別的』是什麼意思？」魏誼正搶問道。

錢靜農幾乎間不容髮地應了句：「莫非就是綏武所謂的『不欲可知，豈有所言』乎？」

「所以我說此非其時嘛！」趙太初猛然間打了個嗝兒，道：「此子向學問道，不求甚解，枉教三爺期許了一番，還說什麼『匯入一鼎而烹之』呢——」

「嘿嘿！」汪勳如抬肘朝趙太初脅間輕輕一撞，黃鬚掀掀抖抖地笑了起來：「知其然，卻不知其所以然；這叫囫圇吞棗，惜其不能吐故茹新，果然連頭牛也比不得。」

緊接著，孫孝胥卻晃悠悠站起身，似有無限躁惱地向眾人搖著手，道：「還數落我咄咄逼人呢！你們這樣冷誚熱諷，難道不逼人麼？更何況人家畢竟知無不言，小六也誇他是個講義氣的小哥們兒；各位老弟權且高抬貴手放人一馬罷！」

這廂話才說到一半，那廂萬得福已等不得竄身近前，待那「放人一馬」四字出口，他已經「噗通」一聲雙膝落地，眼角噙著淚水，衝諸老抱拳揖過一圈，道：「諸位爺！得福既不通文墨、也不識歧黃，更參不透什麼觀天知人的大學問。這『白面書生』若解得不對，便都是我的罪過，還請諸位爺念在他的老尊翁還是本幫『理』字輩兒前人，放他一條生路去罷！」

一聽這話，我老大哥也像是忽有所悟，連忙上前跟著跪了，眼一擠、脖一縮，想硬生生逼出幾滴傷心老淚的德行，孰料那五老當下一瞪眼，齊聲道：「誰說他沒解出來呀？」

魏誼正仍復將筷子指了指趙太初的肚子，笑道：「我們祇不過是求全責備了些——大春竟不問岳子鵬知的什麼情，真真是為山九仞，功虧一簣了呢！」

錢靜農隨即起座，一手抄住一個胳窩，將跪在地板上的萬得福和老大哥攙扶起來，話卻是衝我說的：「當年你考碩士之日，我指點了你一個『謙卦』——『謙卦』是艮下坤上；象辭明明白白說的是『地中有山』，你怎會不省得？——就是你，大春！你怎會不省得呢？」

我乍聽此言，四肢百骸猶似通上了電，不覺「啊」的一聲出口。想當時，錢靜農口占「屈躬下物、先人後己」之語，並以之稱道我日後「所在皆通」的一段話，不過是孔穎達《周易正義》裡的幾句附麗之語，並非經籍本文。至於《易經．謙卦》中最要緊的主題，反而是象辭所謂：「地中有山，君子以裒多益寡，稱物平施。」對照彖辭所謂：「天道虧盈而益謙，地道變盈而流謙，鬼神害盈而福謙，人道惡盈而好謙。」這個主題其實包涵了兩層意思：一方面是「損有餘以補不足」的常態均衡；一方面是以藏埋在地底的山作為一暗喻或象徵，相對於凡睛俗目僅能看見地表崇隆巍峨的突起之山，這「艮下坤上」意味著更堅實、更鞏固、更充盈飽滿的一個事體正隱匿在人們習焉不察的卑下低鄙之處。如果轉換成我的處境來看，則「地中有山」的意思簡直就是在說：值得深究者並非觸目可及，它還掩翳在深沉的幽冥晦暗之處。而我，尚未真正揭露。

如此一來，這幾個老傢伙似乎不祇早已解得了字謎，他們更以為字謎謎底之下還別有究竟；印證於先前那些「不欲可知，豈有所言」、「知其然，卻不知其所以然」乃至於「向學問道，不求甚解」的讖言諷語，顯然他們所期待巴望的，正是我對於那別有究竟之事的好奇之心。

「我？怎麼會是我呢？」我著了慌，發了急，往後退跨兩步，背脊抵上了濕涼凝冰的牆壁。

「諸位爺別鬧俚戲！」我老大哥看來也莫名所以，趕上前護住我面前，聲音卻顫抖著，道：

「諸位爺要是早就解出了字謎，何須咱們底下這些逃家光棍瞎鶩亂？俺弟弟終不過是個空子，幫了咱們一個小忙；您諸位要是嫌這小忙幫得多餘、抑或是幫得不趁力，便怪我唄！張翰卿這就上九號領罪去——」

他一頓搶白還沒說完，一旁的萬得福早已橫臂當胸、立掌如扇，肘尖向側旁發勁一移，但見我老大哥便像教一具碩大無朋的吸塵器給猛然吸扯一記，整副身軀應聲騰空飄起，直衝那掌影撞去。萬得福沉聲道：「沒事兒的，回來！」

幾乎就在同一瞬間，趙太初又打了個比先前還要響的嗝兒，一面輕拍著肚子，嗤聲道：「靜農的意思是說：你小子不是鑽研西漢的麼？對於『知情』二字怎會略無體悟呢？——噢噢噢，我怎麼忘懷了？你小子讀書是不讀末章的，當然是『君子無終』、『君子無終』嘛！來來來，知機子給提個醒兒——『知情』二字典出揚雄《法言》卷十三，有『知情天地』一語，李軌的注子是這麼解的：『與天地合其德，知鬼神之情狀。』我這麼講，你總該明白了罷？」

老實說：《法言》我祇隨手翻過，莫說李軌的注子，就連原文也記不得三行兩句，我登時怔住，聽見汪勳如也插嘴道：

「天不怕、地不怕，就怕禿子說文言不說白話——知機子這樣跩文，人家怎麼明白？你得把『天地』二字解一解才是正理——小子！天地者，天地會也。如此一來你可懂了？」

孫孝胥這時又一發不止地攞起手來，道：「幾位哥哥知道的也就這麼些，並不比『岳子鵬知情者也』七字多點兒什麼，『岳子鵬』終究何所指，各位說得上來麼？」

他這麼一說，反而教我更加覺得詭異離奇了。以事實和情理度之：曾化名「龍敬謙」和「鄭以偉」的錢靜農與魏誼正應該早就發現：岳子鵬、彭子越不過是出自同一個反捲姓名的遊戲邏輯。孫孝胥署名「飄花令主」所寫的《七海驚雷》之中，無論是輪空（歐陽崑崙）、裘攸（歐陽秋）、材平材庸（施品才、康用才）乃至跨兒（子越）……幾乎無不是玩弄同樣一個命名規則。再就孫小六親歷的過往來說：至少裝扮成「面具爺爺」的李綬武以及「雷根爺爺」的孫孝胥都曾經告誡過他：彭師父打他的時候不許逃、不許擋、更不能回手，因為無論彭師父怎麼收拾他，「都是為他好」——由此可見：這些老傢伙和彭師父並非陌路，甚至還有相當程度的過從和瞭解。既然如此，不明白岳子鵬即彭子越、彭子越即岳子鵬，就簡直是匪夷所思了。

「岳子鵬不就是彭子越嗎？」我脫口問了一句。

廳中當下又爆起一片鬨鬧。孫孝胥仍擺著手，還搖起頭來，連聲狐疑道：「老彭？老彭？」汪勳如則道：「不可能，不可能，這三字與那三字，純屬巧合而已。」錢靜農也像是大吃一驚，驀地站起身，轉臉對魏誼正道：「早在萬老升天之前十多年，江湖上早有傳言：那義蓋天龍紋強項岳子鵬已經發痧物故了。」魏誼正一張圓臉上的五官也蹙攢絞皺，一失神，兩支筷子「叮叮鈴」一落了地。趙太初那廂「哇叱」一聲暴喝，唇一張，脖一仰，口中豁地向天噴出個棗核兒大小的白丸，白丸甫落，已被他摘帽撲個正著。

「彭師父親口告訴我的，他說全天下的人都知道他就是岳子鵬，可沒有誰會到處喳呼。」我昂聲辯道：「他還說他們這一輩兒的人物，都有幾個串東串西的名字，沒什麼稀罕的。」

「一派唬弄小孩子的話！乃是我常說的『信，以為真』之理。」魏誼正一邊就地板上拾起筷子，一邊道：「你一旦信了，便自然以之為真。試想：既然全天下人都知道他是岳子鵬，還有誰會到處嗆呼呢？」

一直緘口不言的李綏武這時清了清嗓子，道：「你彭師父怎麼會同你說這些呢？除非是你先開口嗆呼了，他才不得不拿這話唬弄你；如此萬流歸宗，還得回到你老弟身上問一句：你又如何得知這岳子鵬、彭子越竟是一人呢？」

大約我是不自覺地往趙太初那廂瞥了一眼，還沒來得及答腔，李綏武忽然放聲大笑起來，手中放大鏡重重地往桌上一砸，道：「是也！是也！知機子，此其時也——我看紅蓮那孩子早就另有解悟，比起咱們這些負書恃才、睨人傲物之輩，小丫頭確乎洞燭機先。你就別再遷延推託，且將那字謎交出來罷。倘若彭子越就是岳子鵬，他必然有些交代的。」

「不不不！」趙太初偏將毛線帽覆按於掌下膝頭，抗道：「岳子鵬既然早已謝世，焉能『知』什麼『情』？這裡頭沒有個剔透的講法兒，我便要將此紙留待『己卯之約』才肯揭露。」

李綏武仍舊微笑著，道：「好！君子一言，快馬一鞭；各位都是見證，我若是給知機子一個說法兒，他便非交出那字謎不可了，是麼？」

眾人登時齊聲唱了個喏。趙太初百般無奈，十分不情願地把毛線帽抖開，已經被嚼成白丸的紙片恰恰落於桌面，他搶忙再伸手按住。如此桌面上的情狀便猶如李綏武、趙太初兩人對賭——一側是支放大鏡、一側則是個字謎。李綏武不慌不忙地轉臉朝魏誼正道：

「尊府上那一部《無量壽功》練到極高明處，身手如何？」

魏誼正似未提防李綏武竟有此一問，遲疑了片刻，才道：「我吃不了那個苦，才學了個『念起三焦』，便把肚皮撐大了。此上第二層『氣迴五行』、第三層『川流七坎』、第四層『鵬搏九霄』，要到第五層『雲合白岳』，才算登峰造極，可以縱意馭氣、變化形軀——這些，你不都已經秉筆入書、載之《總譜》了麼，怎麼還明知故問呢？」

「徒我一人之言不足為憑，正須各位老兄弟旁證旁證。」說時，李綬武又轉向孫孝胥問道：「老彭的《無量壽功》練到第幾層上了？」

「這個麼——」孫孝胥眨眨眼，努力吸了兩口氣，道：「照他給小六調氣理脈的功法看來，應該在『鵬摶九霄』之上，可他一向不露，仍然是莫測高深。」

李綬武點點頭，道：「孝胥所見，與我略同——」

「這就是你的不是了。」趙太初挪出一隻手，抓起毛線帽往頂上扣了，扶扶正，截道：「方才說過：岳子鵬早就死了；啞巢父先得證之未死，才好說岳子鵬、彭子越實為一人；不能硬說岳子鵬、彭子越便是一人，如此則岳子鵬當然還活著。」

李綬武彷彿就在等他這一問，登時接道：「妙哉問！其實我亦不知岳子鵬生死原委；不過適才正是知機子你考較了大春『知情』二字的出處，才讓我豁然貫通的。」說時壽眉一揚，逕自向汪勳如道：「《法言》卷十三是此書終章，題曰〈孝至〉，此書始乎〈學行〉、終乎〈孝至〉，是個歸本人倫的宗旨。痴扁鵲以『知情天地』的『天地』為『天地會』之影射，確是別出心裁。因為『知情天地』的上文是有人問道：『力有扛洪鼎、揭華旗，智德亦有之乎？』揚雄的答覆是：『百人矣！德諧頑嚚、讓萬國，知情天地，形不測百人乎。』原文之義如何、且不去說它；要之在萬老用『知情』一詞，是伏下了他老人家自己的意思。」

「不錯不錯。」汪勳如朝李綬武一瞪眼，道：「『扛洪鼎、揭華旗』，是有人撐了洪門的腰，卻打著國府旗號，若問這樣的人智德如何，不過是百人便能敵之——豈非萬老生前便已洞見：日後得福要號召一百單八將抵拒洪英，光復老漕幫基業？」

「『德諧頑嚚、讓萬國』這兩句麼——」錢靜農這時也露出了會心的笑容，道：「所指的自然就是那舜、禹禪讓之道了——換言之：老漕幫領事之主，須以『傳賢不傳子』思之。固然萬熙非萬老血胤，名義上還是子嗣，倘若深翫這『讓萬國』三字，更知萬老有意另覓統幫攝眾之人了。」

「你們說了半天，還沒講出個岳子鵬的所以然來。」趙太初一面說著、一面漫不經心地雙手環胸，桌上白丸紙片赫然失了掩翳。

「勳如既然對《法言》熟極而流，何不將『形不測百人乎』的注子一併說了？」李綬武說時瞥了眼那白丸，似乎是在示意：若是說了，字謎便儘可拿去。

汪勳如的一對大板牙將下唇咬了又咬，側臉歪頭又瞧了瞧孫孝胥和魏誼正，過了約莫幾吐息的辰光，猛然間探出一手，把桌上白丸拿捏在掌，縱聲長笑一陣，順勢向李綬武抱個明字拳，道：「佩服佩服！」接著又轉向趙太初，笑道：「知機子死了鴨子——嘴硬；他明明能背得出李軌的注子，卻賴皮不說。」

「扁鵲果真是痴！」這一回倒是李綬武嗤笑起汪勳如來了：「剛才的約定是咱們得給他一個說法兒；他若說了，還能讓你得手麼？」

這時趙太初卻歎了口氣，站起身，環顧眾人一圈，表情竟透著令人不忍逼視的慘悄、惶惑，像個終知抵賴不掉罪責的人犯，頹然放棄了掙扎、辯解，道：「不錯！『形不測百人乎』底下的注子是這麼說的：『人見其形而不能測其量，非百人之倫也。』前一句的確像是在說某人之形軀並非表象所現者。如果彭子越誠然練就《無量壽功》第五層『雲合百岳』，則或可能變形易貌。可是『非百人之倫也』已昭然示告：此人並非老漕幫之流，君等竟然不疑麼？」

「我等原本亦非庵清光棍出身，你這麼說，咱們又如何稱得起『百人之倫』？又如何不可疑呢？呿呿呿！」汪勳如這一回像是真地動了氣，一拳擂上桌面，震得我腳底一麻，他卻繼續說下去：「乙巳年七月半萬老升天之夜，植物園荷塘小亭外來了四口人，一個是萬熙、兩個是槍兵，還有一人，是個身形健碩的胖子——」

「我記得的，」孫孝胥吁吁咰咰地喘道：「那人穿著雙棉底桑鞋，有上乘輕功在身，腰間還纏著兵刃。」

「這四個人到時，諸位正專心致力拆解那流星異象同墨竹畫謎，是時亭外無光、來人站得又遠，咱們也沒能細辨其眉目。」汪勳如接著聲量一沉，道：「那胖子會不會就是岳子鵬呢？」問到這一句上，他拈起雙手拇、食二指，以極輕極緩之勢將桌面上的白丸翻來覆去撥弄了半晌，最後找著下手之處，四片指甲尖兒猶似鉗鑷，捏準了紙角分別向左上、右下兩方一拉，紙片逐漸鋪展開來——果然正是當年我親手寫的一闋〈菩薩蠻〉、以及圈畫注記的「岳子鵬知情者也」。汪勳如側過臉，對我深深一頷首，道：「咱們六老還是該謝謝你才對；字謎雖不好解，可若非你老弟一句『岳子鵬就是彭子越』驚醒夢中人，大夥兒恐怕始終不悟：原來岳子鵬遠在天邊、近在眼前呢。」

「可我還是不明白，」我一時還沒能意會透澈，祇能憑直覺問道：「你們既然早就認識彭師父，這二十七、八年來，難道從沒見過面、兩下裡把話敞開來說了，豈不俐落？」

「你忘了麼？」李綬武持起放大鏡往我腦袋上輕輕點了兩下，道：「在我等而言，岳子鵬早就死了；在老彭而言，則是『與天地合德、知鬼神之情狀』——他曾經是廁身於天地會方面的一枚棋子，當年出了這等大事，他要是同咱們有所接觸，豈能苟全性命至今？」

正說著，汪勳如已將紙片完全展開，逆光透看，眾人同時「咦呀」驚叫起來——紙片背面多了些什麼——是用狼毫筆蘸朱漆畫了一個小茶盅，又在茶盅上打了個大大的「×」。

「茶陣圖？」萬得福湊近來、垂低臉，激動地說道：「又是從天地會『海底』傳入的門道。這一杯茶沒有別解，斟過便飲，主人若斟得十分滿，客人便須留意——因為灑落一滴都嫌不敬，而斟滿就是主人有心作難，客人接在手上、啜去兩分、賸八分，道兩句：『獨腳難行仍須返／八荒自有光棍家』，之後抬屁股走人，可保平安。可圖中這茶杯卻是空的，這個麼——」

「想來紙片是由紅蓮持交老彭過目的，紅蓮不是光棍，空茶碗或即是『空子』之意。」孫孝胥道：「不過這朱漆錯不了，正是老彭常持之鬃刷鳥籠的物事。」

「用一個茶盅布陣，既有『獨腳難行』的答辭，可見茶盅非徒指的是紅蓮，或恐也寓有彭子越自況之意。」魏誼正道：「祇茶盅上打個『×』著實難解，我——想不出來了。」

萬得福迭忙道：「之所以布茶陣，原本有個來歷。飲茶總詩是這麼說的：『清朝天下轉明朝／蓮盟結拜把兵招／心中要將金人滅／茶出奸臣總不饒』，倘使岳子鵬就是彭子越，他一定也明白咱們這些年來所查者的確是小爺如何幹下殺害老爺子的事體，此『茶』即是彼『查』，空茶盅豈非空查一場的意思？」

「要知道，」汪勳如似乎並不以萬得福之言為然，隨即接道：「彭子越之所以跟咱們打啞謎，並非存心為難，乃是防人耳目；他既曾溷跡洪門，便不至於借用洪英光棍可解的慣例作隱射——」

「照你這麼說，這張圖根本與茶陣無關嘍？」趙太初的懸膽鼻「哼」了一聲，道：「那他何不畫個大碗，偏偏畫個小茶盅呢？」在說到「小茶盅」三字時，趙太初刻意變了個江北腔，順手朝汪勳如一指，聽來倒彷彿是罵對方「小雜種」了。

錢靜農這時忽地擊掌笑道：「『茶』還是『查』，『空茶盅』也還是『空查一場』——祇不過彭子越費了些心思。各位且看他刷刷兩筆抹下，筆觸分明，絕非胡亂塗抹個大「×」，倒像一撇一捺的兩劃——這其實是個字呢！」

「是個『五』字。」李綬武收起放大鏡，滿意地點了點頭：「五在盅上，合為『五衷』——」

「古篆『五』字作『×』，象陰陽交午之義；午字亦作此形。彭子越未必通曉金甲籀篆之學，但是近世商家作帳記數，以『×』代『五』，算是返古用俗，並不罕見。」錢靜農一面臨空撮指劃了幾個『×』，一面興高采烈地讜論下去：「所以人家畫的既不是一盅茶、也不是一個空茶盅，而是五個空茶盅。」

「錢爺這麼說，我倒想起來了，」萬得福說時已縮掌入腋下百寶囊中掏摸了半晌，道：「當年我在植物園荷塘小亭頂上撬回了五顆彈頭，是老爺子神功逼射所致；那彈著之點，乍看也是五杯茶的茶陣，左三右二如此——」說時他且將五顆彈頭往圓桌中央放去。但見他放得雖輕，可一鬆手之際彈頭赫然嵌入桌面，布成一個「汇」字：「祇怨得福愚昧，我想破頭皮，祇能猜出老爺子用的是『稟進辭』的典故；而非茶陣。但不知這張圖上的小茶盅若用茶陣，又有什麼講頭？」

「自然是有的。」李綬武道：「設若岳子鵬、彭子越就是一而二、二而一之人，適才勳如說的那大胖子應該便是他了；疇昔之夜吾等去後，此人必有所見、必有所聞，才堪當得萬老所謂『知情者也』。可是人家又憑什麼信得過咱們、而願意將所知之情據實相告呢？咱們不都是空子嗎？是以我方才說這字謎上必然有些交代；岳子鵬畫這茶盅的意思，諸位老兄弟都說對了一部分，卻真如瞎子摸象，各見一隅；兜攏了說，我倒認為要從『五衷』這個用詞上說起。」

「綬武說的可是『衷腸』之『衷』？」汪勳如問道：「『五衷』所指，不就是心、肝、脾、肺、腎五臟麼？」

「正是。」李綬武繼續說下去：「洪門『海底』為庵清光棍收納之後，歷任總舵主常耿耿於懷的便是一個『五』字。那是因為天地會尊奉的是蔡、方、馬、胡、李五祖，而老漕幫供養的則是翁、錢、潘三祖；餘事或許毋須計較，奉祖之禮卻不可不有所區別。待傳到了光緒年間的俞航澄老爺子任上，遠黛樓一劫之後，俞老爺子引咎稱退，特別訂下了個『五衷如一』的規矩——這些，孝胥書中都表過了的。」

「不錯。」孫孝胥道：「那是俞老爺子體念六十四位庵清元老齊心戮力逃過崩樓一劫，才頒下的一道旨諭，日後凡是逢著必須布茶五杯的場面，便多置一海碗，無論該喝的是哪一杯，都得先注入海碗之中，方可再飲，取的是『相濡以沫』之意；『濡』字音讀為『如』，正合『五衷如一』——這麼一來，桌上盛茶之具、其數為六，也就不再是敵壘仇家所供奉的五祖之五了。」

「從『五衷如一』到『五盅如一』——」李綬武道：「焉知岳子鵬畫此，不是在向咱們討五個一式一樣的信物？若沒有這如一的五個信物；咱們當然祇是空茶（查）一場了。」說到這裡，眾人目光已不約而同地往桌面上那五顆彈頭望去。

惟獨萬得福失聲囁嚅道：「難道老爺子臨終之際另有託付、要家下光棍持這五顆彈頭去向那岳子鵬討消息？」

「得福！你是個用心的，悟到這一步，老爺子在天之靈應該十分欣慰了。不過——」李綬武瞄了我一眼，又向其餘五老道：「諸位老兄弟可曾想過：萬老臨終留書，何以用右手寫下『泯恩仇傳香火會六龍知天命』，卻又用左手寫下隱著個『岳子鵬知情者也』的字謎呢？右手是慣常持筆之手，僅書十二字；左手原不習於行文，卻寫了四十四個字的〈菩薩蠻〉，豈不謬悖常情？」

這一問，顯然把孫孝胥、汪勳如、趙太初、魏誼正都問住了。我老大哥則低頭傻瞪著自己的左手、又瞪瞪右手。倒是錢靜農又露出之前那種老屁股兔子哥的神色，衝我不住地點起頭來，口中的答話竟似與李綬武所問者無關：「大春也頗能識書，我卻問你：《禮記》〈玉藻〉同《漢書》〈藝文志〉相提並論起來，孰為可信哪？」

以我的一偏之見而言，《禮記》在群經之中是後起之書，西漢諸儒多講《儀禮》，東漢諸儒講《周禮》；《禮記》之所以受重視，多半是因為《儀禮》、《周禮》不再能通行實踐，才需要靠《禮記》來作一疏證會通。此書最早且稱完整而流傳的是鄭玄的注本，鄭玄出生於西元一二七年，上距《漢書》作者班固之死已經三十五年，若以孰為近古言之，班固的《漢書》自然著述得較早。然而錢靜農這麼沒頭沒腦地把一經、一史二書中略不相涉的兩個篇章拿出來討問，似乎不祇是在問我：「哪一部書中之言較早出而可信？」或者「哪一部書中之言較後出而轉精？」他像是要我但憑直覺應對作答。我眨了眨眼，道：「你既然瞎問、我就瞎答——我還是信班固的。」

「敢問其故？」錢靜農紫臉上的五官一開，笑得更得意了。

「班固是世襲蘭台令史，搞的就是紀實立言；比起搞經術思想的那些個儒生動不動就祭出一個尊經法聖的幌子來借注立說，真個是『述而不作』，老實得多。」

「此子恐是王若虛的信徒，」李綬武摘下眼鏡，似是忍不住微笑著插嘴道：「所謂『若謂聖人之經，不當變易以就己意，則寧闕之而勿講，要不可隨文而強說也。』儒生解經，常對法說相；越解得歧駢枝蔓、越覺立異鳴高，反而因相失法。好一個『述而不作』！那麼我且多問一句：你可知靜農為什麼拿〈玉藻〉、〈藝文志〉來瞎問於你麼？」

我當然祇能搖搖頭，道：「寧闕之而勿講，不可隨文強說！」

錢靜農當下一拍桌面，喝了聲：「好！」但見那五顆彈頭給震得向上衝飛，在半空之處教他一把攫住，接道：「〈玉藻〉說的是『動則左史書之，言則右史書之』；而〈藝文志〉說的則是『左史記言，右史記事』。如今你既然省得了萬老臨終所託，竟是覓一記言之人，何不便將了這五個信物，去尋那『岳子鵬知情者也』？」

「方才你還在問：為什麼是你？為什麼不是你呢？」李綬武虎瞪起一大一小兩隻眼珠子，一臉麻瘢湊到我鼻尖上，仍舊猖猖笑著，道：「令尊當年要是肯不計出處安危、抗首任事，咱倆一裡一外，恐怕早就把『哼哈二才』暗中勾串洪魔的事證蒐羅齊詳、公諸於世；哪裡容得這二廝日後在萬老身邊嚼舌嚼黃胡開口、嘮噪出個『周鴻慶』的案子來？即便是萬老升天之後，我還等了令尊一年又五個月，結果呢？令尊畢竟辜負了我！」

錢靜農攢握的那五顆子彈在此刻喀喀啦啦落入我那雙不知何時竟已攤開的掌心之中。我聽見萬得福對我老大哥說：「他原本就該是個光棍，卻到今兒才算是回了家！」

我把五顆彈頭交到彭師父手上的時候，他跟我說了兩句話：「看光景是長了點兒見識——屋裡說去罷！」

離開彭師父的家之前，他交給我一個用金懷錶鍊條束著的布包兒，布包兒是淺藍色薄綢袍子前襟的一角，上頭還灑了幾滴早已乾涸、呈暗褐色的血汗痕漬，鍊條和袍襟之間則塞著一枚鈔票大小的紙方。彭師父告訴我：「聽萬老爺子說：裡頭是一捲音帶——你，可以回去了。」

在這一頭一尾之間，我問了他許許多多的問題。無論他怎麼說，都讓我覺得：「越活越回去大俠」自己那殘破、飄零的大半輩子竟然像連綴著百衲衣的針黹，扃鐍著、穿引著、補充著他身邊所有的人們的生命。他從來不是這個世界上任何一隅的中心；他的存在總衹能襯托出其他人巨大的幸福和痛苦。如果有誰要以他個人的經歷攝製成一部劇情片，則彭師父也衹合是個龍套——且除了他自己以外，沒有誰能平庸到那個程度來飾演他的角色。他唯一值得丁點筆墨的地方是曾經偷偷摸摸練成了《無量壽功》之中所載的五層功法；然而即便如此，在施展此功之際，他的肌膚腫脹、筋肉膨臁、五官暴突、四肢肥滿，渾然不再是尪尫瘦弱的本來面目。換言之：認識彭師父的人不會知道、也難以想像他能有什麼本事；見識到他真有些本事的人則不會相信他就是彭師父。他的皮相和實體——請允許我略事誇張地把這個人物說得抽象一些——他的皮相和實體是彼此決裂、悖離且扞格不相容的。

事實上，在他的一生之中，也僅有兩次——純屬意外的兩次——讓人看見了他變容易貌的整個過程，一次是在民國七十一年冬天、我和孫小六逃出地遁陣，躲進武館洗澡、聽彭師母說故事的那個晚上。彭師父認為那一回洩底的原因乃是被我一天之內喊了他兩聲「岳——子——鵬」給嚇岔了氣。另一次是在民國五十七年六月二十五號，那天下午警察局派員扣押了他的三輪車，還裁處了他三百罰鍰，甚至告訴他：三百罰鍰就是九百塊錢新台幣。彭師父當時隱忍未發，睡到半夜裡起來撒尿，再回房臥倒之際，彭師母一聲驚呼、暈了過去。彭師父抬眼一看，床邊梳妝台上的鏡子裡自己赫然變成了另外一個人。從那天起，原本染過肺結核、長了一身骨刺、教煤球給燻壞了一部分腦子、又中了三次風的彭師母再也無法承受人生中一再驟然撲襲而至的驚嚇；她四十歲，在意識的深處堅決地展開了一程永不回頭的遁逃之旅，漠不關心的世人以為她罹患了另一種痼疾，從而無法得知：這才是她為自己所作的最澈底的一次治療。

我曾經花了將近三年的時間去查考、覈對彭師父這樣一個卑微的小人物如何進入乃至牽動著他所處身的這個「時代的巨大漩渦」。其間——在眾多早已隱身於各界且身居要津的庵清光棍暗中的協助之下——我逐漸成為一個比「年輕作家」、「知名作家」或「值得期待的大師級作家」更了不得一點的人物。即使我用化名、冒充一個國中學生、寫了一本生活週記，也都在短短兩年不到的時間裡賣出去二十六萬冊。接著，有人請我上電視主持節目，有人邀我客串演出一部名為《悲情城市》的電影（這部電影還得過威尼斯影展的金獅獎），也有人重金禮聘我替吉普車、烏龍茶、眼鏡、烈酒、信用卡和一種醃漬得酸不溜丟的牛蒡絲等產品當代言人。背著人，我自己其實再清楚不過：這些浮光耀影、繁華縟麗的俗世聲名、成就和利益絕非來自我個人的智慧、學養或努力；它們全是老漕幫傾力發動，運用各種勢力、關係、人際網絡、社會資源去換來的。而且我更知道：這一切都是「預付的版稅」——祖宗家門兒上自幫朋大老和一百單八將，下至潛伏在台灣社會各個階層、各個行業、各個角落裡不為他人所知的庵清光棍，他們都在引領翹首，等待著、企盼著、甚至有形無形地催促脅迫著我寫出這一部《城邦暴力團》，重新還原一個本該歸屬於他們的歷史真相。

扮演所謂「媒體寵兒」、「社交名流」的一段不算短的時日裡，我幾乎忘了曾經作過四次失敗的嘗試，分別寫成了四個終至廢棄不用的小說開場。然而對真正的書寫工作來說，這段歲月就像任何一個膽敢假藉創作之名、佔世界一點小便宜的藝術家所曾經示範過的那樣，並非全然浪擲。比方說：一位電視台的高級主管慷慨地讓我隨意使用一架可以播放那種古老盤式錄音帶的機器，我才能夠憑藉著現場的交談和聲響去重建民國五十四年八月十一日晚上在植物園荷塘小亭中發生的事件細節——我終於知道那些警車頂上的鳴笛燈號的確是在趙太初引吭長嘯之際轟然震碎的。

再比方說：一個替廣告公司看管片庫的老榮民為我旁證了彭師父當年的挫折和憤懣。原來自民國四十九年起，台北市政府便有意整頓市容、逐漸淘汰三輪車，一方面以每輛三到六千元的價格公開收購，另方面則輔導車伕轉業開計程車、要不就從事其他勞動工作。有些車伕祇肯接受輔導、或領取救濟金；至於車輛，卻寧可自行高價轉賣給那些並不認為政府真會淘汰三輪車的新進同行。民國五十五年初，在部分車伕集體勾串哄抬之下，一輛六、七成新的三輪車可以叫價到新台幣八千多。彭師父和片庫那老榮民幾乎是在同時上的當。片庫那老榮民接著問我：「你那個什麼師父後來做啥？」我說他賣了些金子買一把大關刀插在門口開武術館。他說：「那他厲害！」那是我生平第一次、也是最後一次感覺有人會羨慕彭師父。

我認真想要以彭師父為主軸敘述《城邦暴力團》的念頭之所以忽然出現是在一個玄關上方懸掛著一輛三輪車、名喚「酷力」的狄斯可舞廳。那時距離我離開「人文復健醫院暨護理中心」已經三年多，正確的日期是民國八十六年一月十五號。我早已忘記背後一直有人在追殺著我。

當時有一家剛開始營運的有線電視頻道準備請我主持一個可以環遊世界的旅遊節目；頻道負責人很有誠意地請我吃了一頓豐盛的湘菜晚餐，就在他和另一位製作人分別離座打電話和上廁所的時刻，三個穿一身黑西裝的年輕人圍近餐桌，其中一個十分有禮貌地說：「請大春先生借一步說話。」我走了大約一百步、剛出餐廳大門的第一瞬間便給那十分有禮貌的傢伙兩指捏住了後頸。「很抱歉，竹聯孝堂——有點要緊的任務。」

遺憾的是我永遠不可能知道那任務的內容究竟是什麼——兩秒鐘（也許更久一點）之後，我後頸上的箍爪一鬆，三個年輕人像商量好了似地同時萎仆倒地，連猶如墜樓者屈體橫陳的姿勢都一模一樣，我的後脊樑貼上來一隻厚重溫暖的巴掌，而底下的兩條腿也猛可離了地——我這一整副身軀已經迎風向前疾速飄行著了。

「張哥變胖了！」孫小六說。

「你當上大廚了？」我盯著他那一身高帽圍巾的裝束，想笑，可一張嘴就吃風。

「沒呢，二廚。」說時遲、那時快，孫小六「嗖」一聲摘了帽子，一面加急推頂著我跑，一面低聲道：「這回是『花枝』親自督陣，今晚非拏下張哥不可——要是拏不下來，『二才』那邊就要逼他們明天自動散夥。」

在抵達「酷力」之前，照我粗略的估算：孫小六身形過處，沿路順手拔斷了十四具公用電話，發暗器打滅了五處紅綠燈，還放火燒掉三輛停放在騎樓底下的機車。我問他這又何必？他說每一筆帳都會算在附近孝堂的那些王八蛋身上，跟咱們一點兒關係也沒有。我說你這是毀損國家資產。他說張哥你還搞不清楚這世界上沒有國家這種東西。我愣了一下。他在這個當兒就地一轉身，肘尖抵住我腰眼、輕輕一頂，我們便進了「酷力」的大門。我說你這招頂著人兜風的本事萬得福也會。他說這本來就是北平自然六合門的手眼身法步——當年他撞上葉啟田殺人逃亡的那一天，萬得福當街攔住他、一把扯到立體停車場躲槍戰，在短短的那一程路上，他給偷偷學會的。我便是在這時抬頭瞥見頭頂上懸著一輛三輪車；玄關內側的電動門隨即向兩旁退開，雷霆一般的搖滾樂節奏擂擊著我的心臟，大廳中央舞池裡一個乍閃乍滅的輪轉燈球把不知是自發還是反射的光影劈打得支離破碎。我回頭，趁自動門尚未全然關閉的剎那又瞥了那三輪車幾眼，它是狄斯可世代因為看不見未來而擺布出來的復古場面，斑駁故壯麗，猶如供應漫不經心的觀光客朝聖快門下一百二十五分之一秒顯像的廢墟。時間並不連續而世界從未完整。一個我失落已久的句子閃了出來——或許我應該如此開始述說。

或許我應該如此開始述說：

彭子越遠走山東拜師學藝一去一年又半，藝成不成沒人知道，帶回來個粉粧玉琢的大閨女倒是驚動了一胡同的街坊。眾口爭誇：那泰安姑娘模樣兒俊俏，人也老實，祇身骨看來略嫌單薄，怎麼跟了彭子越卻頗費疑猜。彭家兩房三代二十幾口人全是悶葫蘆罐兒，誰問起姑娘出身來歷，祇說是親戚。興許也是怕起口舌，彭子越回家三天，便一個人搬出拐棒胡同，自往乾麵胡同與他那打光桿兒的娘舅同住。這一來落了形跡，又惹人閒話了大半年；有說那姑娘是船妓出身的、有說那姑娘是整編七十二師楊師長姨太太的、也有說那姑娘是個舉目無親的流亡學生的，無論怎麼說，結論總一致：怎麼看上彭子越的？真是。

彭子越遊學歸里，仍不見出息。原本的武館不肯再容留，他祇能跟著娘舅拉洋車。從東四牌樓到東單牌樓、從皇城根兒到地安門、從天壇到雍和宮。他自己無車不在行，更非俗稱「四腳班子」——也就是類似人力車伕工會組織——的一員，仗著他娘舅在班子裡算個「頭把式」，十天倒有八天給安派一輛車、一條路線，幹的是「替丁兒」，又名「挨諸葛」，全靠「四腳班子」大夥幫襯，分勻些活計讓他混口飯吃。跑得一塊錢車資，實拿八角，兩毛歸公；比起剛入行、隨老車把式推車認路的「跑輪兒徒弟」要稍稍敷裕些個。

活該小人賤命還要碰上霉運消磨。九月二十四號這天，白日當空，街頭突然宣布戒嚴，各處牌樓上的闊嘴喇叭嗚嗚乍響，路口凡有警察亭子的地方也時時可以聽見哨聲起落。不多時，打從前門起，繞皇城兜圈兒的幾路電車全沒了蹤跡，倒有一列載著武裝兵士的敞篷卡車自海淀方向開來，逢著大馬路口便跳下一批荷槍實彈的隊伍，人人瞋目游睛、四方胡亂掃視，彷彿隨時要撲灰趕塵的模樣兒——兇惡肅殺之中確乎還透著些無的放矢的倉皇氣。

這是冀察綏靖公署派出的部隊，據線報四出查捕中國共產黨的祕密電台主持份子和間諜組織。行動發起不到兩個鐘頭，也就是當天近午時分，便傳出逮捕「高階層潛附匪諜首謀」多人；其中赫然包括保定綏靖公署的設計委員余心清、情報處長謝士炎、副處長丁行之、參議梁藹然，以及三、五個秘書、參謀之類的人物。

另一方面，出馬協助冀察綏靖公署偵緝匪諜還有「保字號兒」裡的人物，此人姓徐名亮，一向在京、滬一帶協調幫會合作事宜；此番親自北上，手下率領了「中國新社會事業建設協會」轄下三十多名便服赤手的練家子。這一撥人馬在此次任務之中負責捕拏的是另一批對象；其中有北平市政府地政局科長董劍萍、女子師範大學教授董肇筠、貝滿女中教員田伯嚴、北京大學學生李恭貽、孟憲功、電台主持人李政宣和一個神祕的江湖人物。這些人各司其職、所事亦異，卻有一個共通之處：他們都是身懷絕世武功的高手，翻刀弄掌、飛簷走壁，無不精湛——尤其是那個神祕的江湖人物。此人來無影、去無蹤，亦不立姓名字號，祇知道董劍萍等六人早年都是此人門生，經其指點開悟，才成就了各人一身的武藝。究其實而言之：今番冀察綏靖公署之所以發動這麼一樁規模空前的捕諜行動，據聞竟是「保字號兒」所授意。徐亮親赴北平督陣，為的也是這個——原來哥老會首洪達展有意接手擴充「新社會」羽翼，又有消息說那神祕的江湖人物目前為共產黨游擊軍隊大肆追捕、走投無路、間道潛赴北平，可能會去依附他那幾個門生。洪某遂與徐亮定計，一方面向冀察綏靖公署透露一個「保字號兒」早已掌握的情報；那就是余心清、謝士炎、丁行之和梁藹然這一路人等替共產黨做工作的底細；另一方面則羅織董劍萍等六人也是共諜的罪名事證，俾能一體拏押，之後再迫那神祕的江胡人物出首。如果此人和「新社會」方面「不見外、又肯投效」的話，則董劍萍等六人「既往不咎、著即開釋」，一切但可歸因於匪諜大事誣枉，鬧了場誤會。

民國三十六年九月二十四號這天黃昏，路頭巷尾的軍警人員漸漸疏散，卻無任何消息宣布：

究竟人車准上街了不？彭子越原想沿著哈德門大街衝北、好上東四南大街還車去，不意身後一緊——打從天外飛落一條人影，端坐在他的車上。

彭子越沒來得及回頭，後脖梗兒已然教一根桿棒之類的物事給頂住，車座兒上那人沉聲喊了句：「別回頭！」

「街上戒了嚴，不許出車。」彭子越怯聲應道。

「俺囑咐你兩句話——哪兒也不去。」

礙著脖梗兒給硬生生頂了個死緊，彭子越稍一偏動，四肢百骸便猶似通上了極強的電流，自百會以迄會陰，緣督脈上下無一分一寸不痠麻疼痛，可在這萬分難忍的苦楚之中，又隱隱藏著些快意，好像撒開一泡尿、或者抓著一處癢、甚至擤出一通鼻涕那般舒展活暢；偏在此際，他聽出來者刻意壓低了的口音——是一路他原本十分熟悉的泰安土腔。

「您、您老——您老是——」

「才幾天不見，您小子怎麼幹上車把式了？」

「師、師父？」

來人正是歐陽秋。也不知他使了什麼樣兒的一個手法，彭子越但覺頸脊之間一處骨隙倏忽湧入了一股源源不絕的沸湯熱油，同時聽見歐陽秋慨乎言道：「你小子偷偷摸摸熬練《無量壽功》，雖然搶入了第五層心法，可這陰維脈與任脈交會之天突、廉泉沒打通，陽維脈與手足少陽交會之風池、風池以上腦空、承靈、正營亦不通。這幾個穴枯竭經時、虛耗既久，你衹消一運氣、一調息，脖頸上下就要分家——到時候兒一顆腦袋瓜子便像一泡氣球裡頭窩著隻刺蝟——噗嚓！」

彭子越聞聽此言，眼一閉、脖一縮，祇覺喉下天突、廉泉之間一陣收束緊張，皮肉有如被一條毿毿糙糙的麻繩箍住，且越箍越緊、越箍越熱，下手一摸，卻什麼也沒有。

「姑念你小子還是個有良心的，師父權且救下你一條性命，日後熬練，切記不可躁急貪功。」說完，一道渾似五點梅花一般的尖針銳刺搶入玉枕，繞頸根下沿兒滾走一圈兒，既像扎、更似烙，其疼痛之甚，又過於前——彭子越想叫、喉頭卻彷彿上了鎖、加了焊，祇能囁囁然迸出「師父」二字。

好在歐陽秋這一出手，不過眨眼間事。彭子越悶哼兩聲，原先極其熱燙的膚感登時散了。打個譬喻來說：好比伏裡天酷暑難當、乃以煮滾的毛巾敷面揩體，當即自內而外、湧出一陣清涼之意。彭子越乍一舒坦，探手再摸，卻發現繞頸生出一圈兒寬可寸許、顆粒浮凸的毛囊。當下捺不住，又要回頭，可頸根兒上仍杵著那支桿棒，此際彭子越分神轉念，忖道：師父是個癱廢，又發了瘋癲，此前一年六個月裡，從未見他行功出手，怎地這一會兒居然有偌大氣力？念頭閃過，脫口斥道：「你不是我師父！我師父又癱又瘋，連隻螞蟻都捻不著——」

「不癱不瘋，師父焉能苟延性命到今日？」歐陽秋說著，半是笑、半是哭地梟鳴了幾聲，歎道：「二十年來，江湖中人皆稱『講功壇』光說不練；要不是這『光說不練』的金字招牌，師父每日裡抵擋那些上門來試拳較掌的棍痞都應付不完了，還能栽培什麼好樣兒的人物？」

彭子越聽著像要明白了、卻仍透著五七分胡塗，還沒意會過來歐陽秋說的是不是瘋話，祇得隨口黏搭了一句：「好樣兒的人物？」

「祇可惜你入門太晚，沒趕上打鬼子那些年——雖說是兵荒馬亂，總然還是槍尖朝外、刀刃向敵，有些大是大非的時節；師父也點化過幾個資質佳、品行好、端方秀異的人才；你，恐怕終究是及不上你那幾位師哥的修為了。」歐陽秋說到此處，忍不住又迭聲長歎了片刻，才掉轉話鋒，道：「至於這兩年來，師父裝痴賣傻，也是實出無奈、情非得已；若不出此，特務機關裡那些鷹犬爪牙怕不早就探出『講功壇』的虛實究竟來？——倒是耽誤了你千里迢迢、前來投拜的一片向學之心，師父著實歉疚難安得很——這一部《無量壽功》，畢竟原非師父所有，不該私藏獨佔；你且把了去，再揣摹揣摹，日後能成就多麼深的造詣，便非你我師徒所能強求的了。」

一聽說起偷學《無量壽功》，彭子越才知道：果然是師父到了；且那話裡的意思，非但全無瞋怪怨怒，反而多的是寬惘慷慨，當下倒羞恧自責起來，想起月前匆促間臨著生死大劫，自己失張喪志、慌速竄走，於身陷槍林彈雨的師父竟無半點憂灼恤念，兩相對較，深自不堪，遂道：「弟子慚愧、弟子沒能照料師父；弟子——」

「這卻正是師父要囑咐你的頭一樁事：」歐陽秋道：「習武之人，力敵數十百眾，最喜逞豪勇、鬥意氣，揚名立萬，還洋洋自得，號稱『俠道』。我有一子，便是受了書場戲台上那些撲刀趕棒故事的蠱毒，如今流落天涯，尚不知落個什麼樣的了局。你是我關門弟子，切記我諄諄一言：萬萬不可以俠自任。」

「弟子記下了。」

「再者，」歐陽秋說著時，已然從車座兒裡將那部《無量壽功》扔上前來，端端落在車前橫杆彎角之處：「這部功法乃是一個名喚『魏三』之人所贈，回想起來，魏三隨手便將他家傳之學授與我這麼一個萍水相逢的落難之人，其中很有些深意——人家所期許於我者，乃是一副無私能捨的心腸；即此，師父也把這副心腸傳了你。從今而後，你處世為人，也就知所進退了。」

「弟子也記下了。」

「此外嘛——眼前還有樁小事，做師父的得央你幫個忙，此事你樂意擔下便擔下，不樂意便拉倒——」

「弟子赴湯蹈火、在所不辭——」

「逞什麼能？你忘了師父頭一樁囑咐了？」歐陽秋暗裡一運勁兒，彭子越祇道後頸上的桿棒直要貫喉而入，不覺把個腦袋又垂低了些，聽他師父娓娓道出了究竟。

原來前此二十年間，「講功壇」在北五省裡名聞遐邇，出入不下數千人眾，其中十成九九皆是聽掌故、湊熱鬧、閒來無事登門入座，把歐陽秋當成個說書人一般看待。興致高些的，連月捧場不失一日，但覺故實引人入勝，便齎發幾角賞錢作酬。正經活計忙碌些的，三天打漁、兩日曬網，到席則聽講、缺席亦無妨害。要之如觀人逞口舌賣藝、打發慌悶光陰而已。

然而，誠如武林史所載者，歐陽秋也頗知「詳觀慎擇」，凡是碰上資質品行俱佳的，無不傾囊以授，使之「各自會心」、「勇猛精進」。廿載以下，果爾調教了董劍萍、董肇筠、田伯嚴、李恭貽、孟憲功和李政宣等六人。這六人也是「講功壇」往來門客之中俱得《無量壽功》所載真傳者。其中二董淹留泰安時日較長，各有三、四年光景；李政宣成功至速，也有一年八個月辰光。孟憲功入門時年紀尚輕，僅十五歲，田伯嚴最稱年長，出師時已逾知命。

李恭貽所遇最奇，可以岔筆敘之。此人年幼時得了個怪病，高燒十日不退，教個江湖術士下虎狼藥退燒之後兩腿癱麻萎悴，略無一斤半兩的氣力。此後，這李恭貽就在地方上匍匐行乞，天天到「講功壇」前討些殘羹剩飯，閑耳旁聽宣講。一日聽到歐陽秋說張紫陽《八脈經》，至「八脈者，先天大道之根，一元之祖，采之惟在陰蹻為先。此脈纔動，諸脈皆通。」以及「陰蹻一脈，散在丹經——上通泥丸、下透湧泉；使真炁聚散，皆從此關竅。」堂上眾人已昏惓不支、鼾息大作，獨門外這李恭貽殘疾在身，加意炁凝神領會，當下隨之觀想，自起脈之踉中，偏及足少陽然谷穴，再同足少陰循內踝下照海穴，忽然感覺內踝骨上二寸交信穴抖跳了一陣，這已是他病足以來所未曾有過的奇遇。接著，聽見屋裡的歐陽秋復開言道：「……故天門常開、地戶永閉。尻脈周流於一身，貫通上下，和氣自然上朝；陽長陰消，水中火發，雪裡花開。門外空腹漢子且昏且默、如醉如痴——要知西南之鄉乃坤地，尾閭之前、膀胱之後、小腸之下、靈龜之上。此乃大地逐日所生，炁根產沿之地也。一息既入，令胞中略轉，透通陰蹻八穴，起來行走便了。」歐陽秋話才說完，門外這「空腹漢子」居然當真像個醉鬼似地走了進來，雙膝落地，伏拜不起。這年李恭貽十七，二十歲出師之後反倒得了歐陽秋發囊資助，到濟南府育英中學就讀，走上一條學子的道路。

歐陽秋對這先後投拜門下學藝的六人，總有一番交代；除了「萬萬不可以俠自任」、「無私能捨」之外，更曾一再耳提面命：「講功壇」一非幫會、二非門派，絕不可廣為薦引，大肆招徠，以免聚結莠秕、滋生擾攘。至於歐陽秋的名號，更不許向人吐露宣揚——不消說：這是當年他赴南京參加「第一屆全國武術考試」鎩羽而歸所換得的一個教訓：自凡人心存一點虛榮好尚，放不開顯揚姓字的念頭，於藝業便終須是窒礙、終須是綑縛。

此六子容或不敢違拗師父的勗勉，然而邈邈之隱、卻難以擺脫悠悠之談。終有那泰安出身的好事之徒，見同邑之子李恭貽者有朝一日成了北大高才生，乃向報章之專門刊登「曲線消息」的編採人士透露：李恭貽原是個癱廢的乞兒，若未經一番非比尋常的奇遇豈克臻此？「曲線消息」乃街談巷議、言事風聞；「相承有此一說，何必究所從來？」逕給登了一篇「癱子迭遭奇遇／乞兒竟入上庠」的特寫；繪形繪聲，語多穿鑿，於是也才有「神祕江湖人物」之語喧騰於市。李恭貽一見消息走光，違失師父訓誨，又恐新聞界附會生事，一怒之下，輟學而去——幾乎和他同時離校的還有一個也來自泰安的孟憲功。這一下「曲線消息」更有得寫，說北大兩名學生無故中輟課業，恐與祕密社會之煽惑不無干係。如此捕風捉影，果然引起了「保字號兒」的注意，自然特別簡派眼線、多方查訪。春去秋來，前後蒐羅了大半年，終於從泰安「淪陷區」——也叫「解放區」——聽來了一個離奇的傳聞；說是一隊槍兵放了一排火砲、轟垮一幢民宅、卻仍沒能逮住一個江湖高手。此外，還打聽出四個名字——這四口人先後不約而同地在泰安待過，回北京落腳也頗有時日；且在行家眼中一「過」，便看得出都不是好對付的能人。終於在九月二十四號上，「保字號兒」兵分六路，刻意不帶刀槍火器，以迅雷不及掩耳之勢找上六人，直言是抓共諜。說也奇怪，這六人各祇分辯了幾句，既不恃強拒捕、也不運功走逃；彷彿這祇是場尋常易解的誤會，便跟著徐亮的特務來到了永定門外長春觀西側的一爿聚珍堂當舖。

為什麼是當舖，仍須分筆詳說。清中葉左宗棠駐新疆，為了給發配充軍的人犯尋一生路，特許其集資設立押店；後來赦釋回京而仍操此業的大有人在，是以北平城裡外的典當舖子還一直維持著原先獄中的部分形式。比方說：大門前放一束油布扎箍的幌子，即仿獄中曾於牢房外懸挂衣、傘以為質押處認記的舊制。又如以磚砌牆、另築紅色木欄圍之；院內必以石材蓋庫房，房舍亦必以鏤石為窗戶，一似監牢。之所以如此，當然不祇為了懷古，更出於防盜防賊的實用目的。是以「保字號兒」索性盤下了聚珍堂，平時仍雇有朝奉、掌櫃、夥計人等，一旦遇上些不必和憲警同調協辦的案子，便以此為羈押人犯、鞫審刑訊之地。

徐亮畢竟是大特務，行事自有主張；他逮住了這六人，目的卻是要迫那神祕的江湖人物出首；是以非徒不諱形跡，且當即透過廣播電台和報紙號外出播消息：這六人算是「主動到案說明，還須另行查察首謀」。另一方面，北平在地的洪英光棍則一傳十、十傳百地到處散布著一個說法：「新社會」方面正千呼萬喚、等一位江湖高人上聚珍堂「前去投效」。

歐陽秋總還是個實心眼的人，識不破徐亮的皮裡春秋；祇道這六個門生暴搆橫禍，皆因自己而起——否則月前何至於有那麼一標槍兵上門濫射？其情說不準還與歐陽崑崙昔年犯下的一樁讓他至今不明就裡的什麼案子有關。即此作想，歐陽秋便打定主意，自上聚珍堂去「認案」，管它首謀些怎樣的事，祇管一體擔承下來就是。

至於託彭子越幫忙的一樁小事，則是想央請「四腳班子」——也就是洋車車幫——給打聽打聽，能否在茫茫人海之中，訪著歐陽崑崙下落，給帶個口信兒，就說父母雙雙客死異鄉，泰安則遍地虎狼，他可是萬萬不必以故里為念了。接著又交代那歐陽崑崙年約二十許，自幼寸髮不生，號稱光頭大俠，生得一副劍眉星目、紅唇皓齒、隆準高額、虎背猿腰；儀表十分出眾。說到這兒，歐陽秋便再無一點聲息了。

「師父您、您究竟要作什麼打算？」彭子越聞言之下，不覺心一急、氣一躁，腦袋瓜兒往前稍稍伸探幾分，但聽耳後「哐啷」一聲重響，脖根之上乍地一輕；再回頭時祇見車座和腳台之間直愣愣躺著支鐵杆子，哪裡還有他師父的影子？

這半晌折騰，日後可苦了彭子越。他撒下車、收起《無量壽功》、回屋跟他娘舅打商議。「四腳班子」裡的頭兒是何等精明江湖？一聽浮掠首尾，便跌足歎道：「你師父一準是上聚珍堂投案去的。此去九死一生，你恐怕再也見不著他了。」

照這位娘舅的揣測：天地會挾著「保字號兒」令箭、出動大批人馬北來，應該出自一萬全的布劃，進可如何、退可如何，俱有定策。其中「捉拏共黨間諜」便該是個可鬆可緊的「活套頭」。倘若歐陽秋——甚至他那六位高足——情願投效，活套頭就鬆個口兒，大夥兒黑裡白裡都算「朋友」；要是三句話鬥不上榫，活套頭往裡一收、再加個單繫十字纏裹，七條人命全歸在「共諜」帳上，不外是就地正法而已。怕就怕歐陽秋天真爛漫，以為他單槍匹馬闖入聚珍堂，一肩扛起人家給羅織的什麼罪名，還巴望特務們能網開一面，放過先前六人，這就透底白搭了。

「師父總勉勵咱們別逞能、萬萬不可以俠自任；照說不至於——」

彭子越話還沒嘀咕完，腦袋上愣生生吃了他娘舅一菸鍋，娘舅頂問了一句：「那麼他沒災沒病的，這『客死』二字該當作何說解？」

這一夜，車是來不及還了，彭子越不必同娘舅窩擠，自就車下鋪了皮氈草薦寢息；可怎麼也睏不著，滿腦子祇是他師父在公堂之上受審的奇情幻影——堂上坐著太爺、堂下跪著歐陽秋和六位師哥，一會兒上了夾棍、一會兒上了拶指，再不多時兩旁衙役，個個兒揮舞著碗口粗細的朱漆長棒，朝人犯兜頭撲臉打砸過來。想到這一節上，彭子越哪裡還有睡意，雙眼一睜，不覺大駭——

原來單身車把式夜眠於車下是個不成規矩的規矩。那些穿窬躍戶的夜行盜匪窮急窘迫、萬一要往車座兒裡尋摸點物事，非得先向車下照看照看不可。若有車把式寢睡車底，便不許貿然動手——那必是「四腳班子」裡無家無眷的落魄之人，向這樣的人下手，未免太不上道。久之，也有算盤打得精的車把式會將車底方丈之地出租給一些行事慳吝的過路商販，這些人走完一趟單幫，褡褳裡少不了黃白錢鈔，又捨不得花錢宿店，熟悉門道的便找上「四腳班子」，租個「車窩」暫避一夜風露，次日拂曉走人，就將幾文錢留在車座兒底下，名之為「滑轂轆兒」。

閑話不煩，回頭說彭子越在「車窩」裡一睜眼，祇見自己的胸脯已經膨脝而起，像座小山丘似地頂觸著車後輪間的洋鐵軸瓦，兩邊肩膊和臂膀也浮鼓腫脹，把件夾衣都給綳炸了線，腋下洞開，一陣一陣颼颼掠過的涼風讓他打了個寒顫，這才回過神來——剛要翻身，又發現肘尖還卡在輪圈之間。

不消說：是師父方才動了番手腳，將他陰維、陽維兩條未曾打通的血脈給點撥了，不意這一股早在他偷練《無量壽功》以來已日漸充盈沛勃的真氣竟如此飽滿，渾身上下到處竄逐流溉起來。一時之間，彭子越亦無可如何，祇得從「念起三焦」、「氣迴五行」、「川流七坎」、「鵬搏九霄」……這麼一步一步按著功法緩緩調理；但覺臍下四寸中極穴先有了舒活翕通之感。

想這中極穴，乃是任脈上行第三穴——其下是毛際、曲胃兩小穴，其上則是關元、命門、氣海三大穴。氣行一旦導入氣海，下一步便是與足少陽經會於臍下一寸處的陰交；若自臍中央再行導引，則可入神闕、水分，在下脘另行轉入足太陰經，便更暢快許多。這一回彭子越不敢輕躁，當那元氣歷足太陰經下脘之後，又徐徐導出其中主流，到中脘入手太陰、手少陽兩經，另有餘息則沿著上脘、鳩尾、中庭、膻中、玉堂、紫宮、華蓋、璇璣入喉嚨，終於在歐陽秋所指點的天突、廉泉處與陰維脈相會。

令彭子越意想不到的是：就這麼默默觀想著《無量壽功》所載功法，過了約莫一個更次辰光，連額頭入髮際五分之處的神庭也有了感應。此穴為足太陽經和督脈交會，向頂門而去，經上星、囟會、前頂、百會、後頂、強間、腦戶至風府，又豁然貫通了足太陽經和陽維脈。如此輾轉相生，果爾化鏗鏘為氤氳；內勁漸輕漸微，筋肉髓血不再強矯賁張，心緒更平復寧靜下來。這時再騁目打量，連身軀也不知在什麼時刻返卻其瘦瘠嶙嶙的模樣兒。

彭子越還不敢放心愜意，反手摳住輪皮、側裡斜翦雙腿，翻身從車底鑽了出來，一口氣跑到胡同口花想容照相館——那店家有個新鮮門面，外頭扃著兩扇白鐵黑漆柵欄，裡一層洋式木門，鑲著兩塊半人多高的大玻璃，教初九的半月斜斜映照，直似雪花鏡面的一般。鏡中的彭子越果然恢復舊貌，怎一個瘦字了得？他轉念細思：片刻之前在車窩裡動彈不得的那個胖大漢子如果不是我，又會是什麼人？如果那人是我，則玻璃門上柴稜骨削的這人又是誰？這個念頭前兜後轉，彭子越靈機一動，先將陰維脈與任脈交會之天突、廉泉封了，又將陽維脈與手足少陽交會之風池也封了，再將腦空、承靈、正營三穴亦封住。內蘊一氣，偏向下行。

須知凡人一身有經脈絡脈，直行曰經、旁行曰絡。經凡十二，手足各三陰三陽，絡依經而別出，亦為十二之數，復合以脾之一大絡、加上任、督二脈之旁絡，為十五絡，這就是二十七氣的本元。然主奇經之說者，則將任、督二脈及陰維、陽維、陰蹻、陽蹻、衝、帶等六脈合而論之，認為前述二十七氣中陰脈營於五臟、陽脈營於六腑；陰陽相貫，如環無端，莫知其紀，終而復始——其流溢之氣，才入於奇經，收轉相灌溉之效。以喻言之：十二經如河川、十五絡如溝渠，奇經八脈則為湖澤。有「天雨降下、河川漲流、溝渠溢滿、雱沛妄行，乃流於湖澤。」的說法。

彭子越站在花想容照相館的玻璃門前，所做的正是重演一遍寢睡之際脈氣「沛妄行」的過程——彼時他六神無主、心志渙散，原先未曾打通的脈穴自然亦應深閉固鎖。而人體一旦攤平，氣血沉墮，順勢下導，若無旁鶩，也就悠悠入夢了。偏偏上半夜彭子越意緒紛亂、幻象頻生，在昏倦朦朧間不覺催動內力，其情正如此刻玻璃上所映顯者——彭子越便像一顆逐漸吹脹的氣球，約莫幾眨眼間，自肩頭以下倏忽壯大了一倍有餘；祇顆腦袋還是尖嘴猴腮的舊時模樣。這麼一狐疑，他不免抬手摸了摸脖梗兒，卻發現繞頸一圈好似著了火一般灼熱起來，當下拚力攀擠那鐵柵欄，想藉玻璃上投影看清楚師父給點烙了些什麼。不道稍一使力，那呈菱角圖形的鐵柵欄卻像麵條似地向兩邊彎折了。這可大出彭子越所料，心下一驚，原本封絕的六穴登時洞開，彭子越再定睛看時，玻璃上自己的頭臉也變了形——一雙眼珠朝前暴突，顯得大了許多；這正是陽維脈與手足少陽會於風池之後、餘氣鼓盪腦空、承靈、正營三穴的結果——正營在目窗後一寸、承靈又在正營後一寸半，腦空更在承靈後一寸半，脈氣由此向前催發，上入陽白穴循頭過耳，再入本神穴才得息止。所幸氣行周身一圈，到此已無勁爆之力，而本神又是陽維脈的終點，餘氣冉冉散入顱中，且消且化；彭子越印證這「雲合百岳」的功法可謂有驚無險——一顆腦袋瓜子便這麼懵懵懂懂地保住了。他索性將鐵柵欄又向兩旁扯開了半尺有餘，上半身緊貼著玻璃，凝視著脖子上那一圈青黑色的繩紋，恍然大悟：自己居然平白多出另一個體態形貌。這麼一來，他卻拿捏出一條主意，祇不知來得及、來不及？當下不敢怠慢，擰身掉臂，直奔永定門而去。一面跑著、一面還自言自語地叨唸：「彭子越！你是個孬蛋，做不得此事。彭子越！你是個蟲豸，幹不了這活兒。」儘這麼嘟囔得起勁，彭子越還是一路飛奔到永定門外長春觀西側聚珍堂——是時歐陽秋已經教徐亮手下特務持橡皮索綑成個蠶繭一般，扔在跨院庫房角落，其餘六個蠶繭則一字排開、給吊在庫房外兩株椏槎交錯的大槐樹上；吊人的橡皮索柔軟而富彈性，稍有幾霸斜風吹過，那偌大的蠶繭便上下四方地晃搖起來——不消說，這便是那六位師兄了。

改容易貌的彭子越匍匐在長春觀牆頭覷看一回動靜，尋思此事似乎尚有可為者，登時躍身下地，繞到南側聚珍堂正門口，深吸一口大氣，猛可抬腿踹開大門，直奔前廳。此際正院、跨院四邊房舍都還亮著燈火。特務也好、軍警也好，都為今夜審訊那歐陽秋如臨大敵，荷長槍的、擎火棒的、持電筒的、扛索具的，聞聲一哄而出，卻沒有誰料想得到：此時此刻竟然又不知打哪兒冒出來個江湖人物。眾人反應不及，彭子越已經飛身竄入廳中，見圍桌坐著的四、五個穿著公服的爺們兒；他這廂鼓足膽氣，合掌抱個明字拳，平揖半弧，齜牙咧嘴地笑起來：「在下義蓋天龍紋強項岳子鵬！聽說有遠道兒的朋友來見，未曾遠迎，還請當面恕罪則個。」

迎頭對面一個黑矮子正是徐亮，乍見來人濃眉大眼、虎背熊腰，一雙腿子有如房柱般粗圓，上身夾衫前後襟之間居然無衲線，裡頭微微露著銅澆鐵鑄的肌肉，不由得升起三、兩分懍敬之情，當下拱手回禮，口風仍密遮不透，道：「但不知岳兄到聚珍堂來，有何貴幹哪？」

「這就怪了——不是你們要找我麼？」彭子越雖竭盡所能、強自鎮定，可畢竟他不是綠林豪傑，初出茅廬便撞上這等場面，渾身氣血翻湧如沸，一條陽蹻脈自跟中便抖動顫跳，一路上行，眨眼間已竄到與任脈交會的地倉穴裡。這地倉穴在口吻旁四分開外，左近一無筋、二無骨、三無肉，偏祇薄薄一片臉皮，哪裡承受得了他內息衝突？兩句話才說完，穴眼上便破了個針尖兒大小的孔竅。彭子越自己無甚所覺，看在徐亮等人的眼裡卻是無比怪狀——祇見那孔竅之中似是冒出了一滴米粒兒大小的血水，旋即乾凝，可自凡是彭子越一吸氣吐息，那血水便又搶決而出，渾似菉豆；如此不過頃刻辰光，湧出的血水也益發濁了，徑足一枚龍眼大小，其色紫中帶黑卻不滴墜，彷彿猛然間長出個痦子似地。

徐亮原本不是草莽出身，睹此異狀，算是別開生面，不禁分神忖道：這人看來倒像個江湖練家，非但報得出字號，且神色間自有一番英雄氣象、豪傑顏色。兩相比較之下，先前來的那人看似手腳長大，卻道不出個師承祖業，祇一口一聲替那六人求情告哀，哪裡像個得體的人物？僅此一猶豫，徐亮先且不疑有它，攤手示意讓了個座兒，但見來人一搖手，雙臂環胸，兩腿跨了個同肩寬的小內八步，道：「聽說有人冒充我泰安崑崙派旗號到處招搖撞騙，可有此事？」

彭子越固然是「吃鐵絲兒，拉笊籬——肚子裡現編」的一席言語，聽在徐亮耳中，竟也合情入理，應聲答道：「說不上誰冒充誰。本局情報掌握得十分透澈，這些人都有共謀嫌疑。」

「我怎麼聽洪英光棍說：這裡頭其實是『一場誤會』呢？」一面說著、彭子越一面暗裡將周身勁氣齊聚至右手食、中二指第二關節之處、虛虛摳個拳形，向桌面輕輕點了幾下，那三寸六分厚的一張實心原木桌上立時現出幾個一寸的凹洞。彭子越繼續說道：「咱們俠道中人，最重名聲，受不了半點屈謗。他們要真是什麼共謀，貴局便處置了；如果有誤會，便放人，萬萬不可壞了我泰安崑崙派的聲譽；說我義蓋天龍紋強項岳子鵬屈害了些小老百姓，他們可是連螻蟻都不如的東西！」說到最後一句上，那叩桌二指稍一用力，祇見一張桌面倏忽矮下一截——四條桌腳陷地足可半尺深淺，嚇得眾人不覺都從座中彈跳起來。聽來人清了清嗓子，接道：「我是收了些徒弟——卻不是教你吊在樹上那幾個。我的徒弟們，唉！可惜都在四月裡守泰安城的時節，隨我投了那整編七十二師的部隊作戰，卻都成了砲灰。貴局——恐怕還是拏錯了人。」

徐亮聞言再三尋思，又追問了些泰安保衛戰的細節。是役從頭到尾、彭子越都身在城中，說起守軍久候大汶口援軍不發的種種情狀，可謂絲絲入扣；尤其是言及楊文泉師長被俘時為敵虜斬斷手筋、腳筋的詳情，由於皆屬親眼所見，說得更是瞋目切齒、拊膺頓足，顯然十分動容。徐亮聽罷，微微點了點頭，展顏道：「我看岳大俠雖然身在江湖，能親與泰安保衛戰，可見也是赤膽忠心、憂國憂民的人物；如蒙尊駕不棄、何不就加入了咱們『新社會』，一同為剿匪建國的大業効力呢？」

「我人都來了，您這話說得豈不忒見外了？」

徐亮登時大喜，隨即吩咐左右，先換了茶，引薦眾人名姓，又重新議定座次，將彭子越迎至上首坐定，再命人前去跨院中，「將那一干無知百姓先行飭回，聽候發落」。這廂徐亮再向彭子越說解：「新社會」是個什麼背景、什麼前途；要之便是集結各地忠義賢良，使之信仰三民主義、服從最高領袖、培養愛國思想、實踐軍民合作、加強政治思想、增進軍事技能；俾能達成四個主要目標：頭一個是鍛鍊健全體魄，次一個是建立自衛武力，三一個是嚴密保甲組織，四一個是掃除境內盜匪。彭子越有耳無心，聽得雲山霧沼，呵息連天。徐亮看光景也怕煩擾了貴客，自尋台階下了，道：「岳大俠遠來疲憊，不如就在聚珍堂上房安歇，明日早起，大夥兒再商議大計。」

彭子越一心祇惦罣著歐陽秋，搶聲道：「我浪跡天涯，餐風宿露已久，睡不慣什麼上房，何不便在那跨院小房裡捱蹭半夜，天明再向徐先生討教。」

徐亮暗忖：跨院庫房說穿了就是座石牢，正愁你不肯委屈將就；若發置在彼處安歇，還省得加派人丁巡扈。當即遣衛士打火棒引路去了。

話休絮煩；且說到那破曉前後，兩院三進各房人丁俱在酣睡，好夢方殷，一枕黑甜，但聽得庫房頂上轟然傳出一聲霹靂巨響，正院這邊的警衛連褲靴也來不及穿上，迭忙披了氅衣，抓起長短槍械，從角門裡雜沓奔入，遠遠地已然瞧見端倪——那庫房頂上破了個方圓五尺有餘的大窟窿，好似捱火砲炸射了一記的模樣。眾人開鎖推門，一窩蜂搶進屋中，祇見滿室塵埃、遍地瓦礫，當央地上躺著一條孱瘦佝僂的身軀，除了條短褲衩掩覆著要害，通體一絲不掛、眼耳鼻口不住地淌著鮮血。祇當時並無一人窺破機關、四下裡仔細勘驗：其實就庫房頂東北角落桁梧複疊深處，竟捲藏著一件破夾衫、一條舊棉布褲、一雙磨開了口的老桑鞋和一本《無量壽功》——纏裹這包物事的，正是先前給歐陽秋鬆過綁之後、教衛士們隨手剪斷、扔在地上的橡皮索。

徐亮聞訊趕了來，使腳尖兒把地上這瘠瘦輕薄的身軀掀過來、挑過去，端詳了老半天，雖道那繞頸一圈兒肉疣也似的疙瘩看著有幾分刺眼，然而它與岳子鵬脖梗兒上青中帶黑的繩紋畢竟絕不相類。徐亮怎麼看怎麼胡塗，竟有些著惱，惡聲斥問道：「你小子是打哪兒來的？」

「小、小人是、是乾、乾麵胡同的車把式，夜來在車窩裡睏覺，一朦子來了六、七口人，剝光了小人衣服，一頓死揍。便給扔進來了。」

「怎麼偏偏找上你呢？」

「小、小人實實不知情。小人在『四腳班子』裡幹、幹的是『替丁兒』，興許是班子裡的車把式得、得罪了主偓，人家認車不認人，撓上了小、小人——」

徐亮的一張臉登時垮了，歎了口大氣兒，轉身朝外走到門口，又回神抬眼瞅了瞅房頂上的大窟窿，再瞥了瞥彭子越，搖搖頭，似是跟自己說道：「咱們總然是鬥不過這些江湖人物——莫說是招不進來；就算招進來了，也少不得鬧一場百數十年的心腹大患！」

彭子越非但保住了一條苦命，還賺了「保字號兒」裡一套簇新的衣褲。踉踉蹌蹌出了聚珍堂的大門，他忍不住偷聲笑了出來。

以上的一萬兩千字是我第五個失敗的嘗試。寫到彭師父潛出聚珍堂的一節之時，我突然想到：如果順著這條路寫下去，《城邦暴力團》的主人翁就變成彭師父了，而我勢必得追隨這個角色的觀點進入他根本無從參與或得知的大歷史迷宮之中。那麼我終將碰到小說創作上一個既殘酷、又頑固的難題：我的主人翁無從在他真實的人生經驗發生的當下、置身於另一個需要由他來揭露的故事之中。

據實言之，其詳略如此：聚珍堂那夜脫殼之計得售，彭師父嘗到了分身有術的甜頭，少不得搬弄這手法兒解決許多麻煩。到了民國三十七年秋天，又教他撞上了另外一樁事體。原來「四腳班子」裡有個叫元寶的學徒，當年是飄花門末代掌門孫少華的關門弟子，馬步還沒站穩、腳筋兒還沒拉開，老掌門便「一鼓作氣」、暴死在長街之上。少掌門孫孝胥隨即宣告：飄花門封門絕派，孫氏一族從此不再涉足江湖。孫孝胥守制三年，將妻攜子遠走滬上，再也不見蹤跡。那元寶無奈成了個苦人兒，祇好上「四腳班子」來幹「跑輪兒徒弟」。一日，座兒上拉了位客，一口杭州話黏惹糊贅，車把式問了半晌才聽出來是要去燈市口。車把式聞言放下拉手槓頭，踅過車後，低聲跟元寶吩咐道：「得！上你老爺家去了；這一趟小歪輪兒你自個兒對付罷。」「老爺」原本為外公，在此則是個帶些輕蔑況味的用語，意思是：燈市口是你熟悉的地界，這趟小生意你自己拉去罷——不消說：那飄花門舊址即在燈市口；幹「跑輪兒徒弟」的忽然得了個差使，情知出師不遠，心下自然一樂，打毛巾把車身撲撣了一回，扶起拉手，撒腿便奔。才出刀把兒胡同、離燈市口還有里許地，車身卻無緣無故地煞住了；任元寶怎麼使勁兒，祇一雙破鞋原地刨掘著黃土地，沙飛塵舞，車身卻一寸也不得前行。元寶一回頭，但見座兒上那白衣白褲的中年路客臉一沉，道：「看你跑車身法矯健、形影輕捷，彈步而起之際還有幾分冰上推臼的內力——敢問：可是飄花門中弟子？」

元寶一個「是」字才出口，但見那路客揚手一掌隔空推出，猛然間彷彿有個從天而降的大力神驟爾將元寶一把拽起、拋出車前三丈開外。

「回去知會你同門師兄師弟，就說杭州湖墅德勝壩江浪鉅子領袖項二房到了。我這一趟來，就是要斬草除根、滅絕了飄花門的星火殘灰。」一話說完，白影乍地掠頂而過，不及一眨眼間，已出了刀把兒胡同——看景況，還是往燈市口去了。

元寶吃這一掌，斷了五、七根肋條；勉力撐持回班，把詳情說了。車把式們皆以為此事應另有恩怨轇轕，不是班子裡結下的樑子，當然毋須過問。倒是我們的彭師父聽著於心不忍起來。試想：人家放了話，非滅絕飄花門星火殘灰不可，看元寶身上的殘傷可知，這項二房中懷深仇大恨，哪裡肯善罷甘休？若是真教他訪著飄花門下弟子，豈不又要挑起一場腥風血雨？於是自向他娘舅「頭把式」請令：起碼得把棄置在刀把兒胡同的空車給拉回來。

彭師父拾掇了車，卻不往回走，一面鑽小胡同兒往燈市口飛竄，一面內運氣息，外移筋骨。到了燈市口朝陽胡同飄花門老宅，赫然又是個義蓋天龍紋強項岳子鵬的面目了。

燈市口原本是個十分熱鬧的所在；彼時國共兩造在四野八鄉正有一撥兒、沒一撥兒地打著內戰，北平市裡的買賣卻不受半點影響。無論是肩挑貿易、攤販營生，看來並沒有因為共產黨華東野戰軍剛打下山東濟南而顯露些許冷清。反倒是許多販售吃食的小生意竟然較以往更加熱絡。數不盡、看不清一片又一片鴉聚麇集的男女老幼都上街來混幾口猶恐不及的吃喝；吆喝聲此起彼落，雜遝著叫罵呼喊的、聊天說地的，渾然一幅繁囂俗麗的昇平盛景。

中有一人，白衣白褲，兀自端坐在一爿「鴻漸茶館」的二樓，憑窗眺瞰，似是要在熙來攘往的人群之中尋覓著什麼一般，把雙鷹隼似的眸子掃東掠西、睃裡睇外，瞳仁直要燒出火來。

這人正是懷仇銜怨近二十年的項迪豪。他苦心孤詣練成一部「莫家拳」，終於自忖打通「南腿雙秀」關節，堪稱無敵了。遂決意隻身北上，為的就是要一一翦除那飄花門孫少華的門徒子弟。無奈孫孝胥在九月下旬便已舉家南遷，往上海小東門倚附了老漕幫總舵主萬硯方。饒是項迪豪武功再高，仍忌憚萬硯方身手勢力，如此一來，祇好暫且退而求其次，撲殺幾隻離群孤雁，也好出一出這一口積年累月的烏氣。此際他置身所在的這爿茶館，正對著已然人去樓空的飄花門大院兒，居高臨下，仍可想見當年在杭州高銀巷、惠民街口、以一吹息之力折辱於他的那孫少華意氣風發的神情顏色，項迪豪哪裡還有興致品茗覽勝，偏凝眸注目，但盼能覷見往來人丁之中有那麼一、兩個仇家的傳人，好讓他上前暴打洩恨一番。

就這麼海底撈針、守株待兔，默坐了一個時辰有餘，果然搖搖晃晃、捱捱蹭蹭過來了個車把式，就門前擱置拉手，瞅了瞅四下無人注意，抽冷子使了個鷂子翻身，人已經躍進了牆裡，站定在院中石板地上。這廂項迪豪眼紅心熱，知是對頭到了，隨手往桌面扔了茶資，當下騰身而起，竄空彈出五丈開外，恰似一無聲虹電，迅即貫越街心，端端落在那車把式跟前；身形甫定，已然踩出一個金雞步，指手喝道：「料你也是個飄花門的餘孽——項某人一向不打殺無名之輩；你且報個字號，讓諸天神佛聽明白了，也免得去至枉死城前不能銷帳。」

「這位爺穿衣體面十分，說話卻邋遢得很——您要是打殺不了小人，又當如何呢？」

項迪豪哪裡還肯同他鬥口舌？早已挺胸疊腹、吸腰沉肩，雙掌一前一後振出個「霸王開鞭」的式子，一掌落上對方左肩、一掌劈著對方右脅——彭師父硬生生吃下兩掌，非但文風不動，還開口道出一句：「這位爺且消消氣。」

一擊雙掌皆中，不料掌緣卻給震得微微發麻，內力回吐，居然盪胸撼臆；項迪豪暗道一聲不妙，變掌成拳，蓄起個「帶馬回槽」的身形，旋腰擰背，以左踵為軸心、右腿作規桿，橫裡使出一記「虎尾攀星」，丘如石丸，正踢上彭師父面門。彭師父捱下這一腳，仍豎立不移，接著道：「這位爺且緩緩神。」

項迪豪餘怒猶熾，更覺他話中譏刺諷誚之意難堪，登時倒退數步，斂足十成十的勁勢，一聲狂吼，拔地衝前，右豹掌、左蛇扣，兩般指爪全是「莫家拳」向不外傳的殺招，眨眼間紛向彭師父胸前膻中、氣海要穴襲來——但聽「噗噗」兩聲悶響——項迪豪的一雙掌骨齊根崩折，竟然是被他自己那雄渾無匹、剛猛有加的內力給震斷的。打到這步田地，項迪豪滿腔悲憤慚惱再也禁忍不住，膝頭一軟，仆地癱了，隨即放聲號啕起來。彭師父則蹲下身，溫聲道：「飄花門中弟子東離西散，浮沉人海，哪裡還經得起驅趕摧折？您老大人大量，便不消計較那小小不言的恩怨仇隙了罷！」

這話表面上說的是飄花門，骨子裡感慨的又何嘗不是他自己縈懷繫念的講功壇呢？項迪豪哪裡省得個中滋味，祇道：廿載殷勤何所事？一朝隳隤盡徒然；痛快哭了一回，抬眼衝彭師父哀求道：「閣下若是個爽俐的人物，便賜告一個稱呼，再一掌劈死了項某。項某十八年後又是一條錚錚的漢子，再來向閣下討還公道。」

彭師父微微一笑，且不答腔，祇就地盤腿趺坐，捉起項迪豪兩隻手膀，各於臂腕相接處緊緊握合；如此寂然不動，過了約莫有一炷香的辰光，直到天色闃暗、暮靄輕籠，才倏忽鬆脫——說也奇怪，項迪豪先前崩筋折骨之處居然略無痛楚，指掌間一陣接一陣湧動著的不過是些微燒灼之感。他再稍稍催發真氣，逼促入指，竟然無一丁半點的窒礙——顯然，他的一雙手掌算是又保住了。經過這麼一番波折，項迪豪翻來覆去把看著自己的十指，萬千感慨、一時俱興，不由得再三喟歎，道：「想我項迪豪習藝治武不祇三十年；雖然常聽人說：『天外有天／人上有人』，卻總以為自求精進，終必修成那天外之天、人上之人的正果。殊不知井蛙出闌、尚在涸池之中，哪裡見識得到湖澤之廣、汪洋之大？今日敗在你這位車把式仁兄手中，才明白我那麼點纖微毫末的雕蟲小技，實在值不得方家恥笑呢！」說時蝦腰拱手、長揖及地，道：「請容項某再問一次尊姓大名、學藝何門何派、師尊又是哪位高人？」

「我叫元寶，」彭師父連忙回了一拜，道：「我師父是鼎鼎大名的義蓋天龍紋強項岳子鵬！可惜他老人家頭年兒裡發痧，過世了，再有多麼高強的本事也全無用武之地了。」

「元寶兄既非飄花門弟子，如何卻到這院中來作耍？」

「看這燈市口滿街滿路滿世界都是人，教我向哪兒去出野恭？不瞞這位爺說：我是來這院兒裡拉泡屎的。」

項迪豪聞言不覺愣了一愣，忽而恍然若有所悟，自語道：「想那孫少華一代名俠、譽滿神州，身後家業破敗如此，稱得上是樹倒猢猻散了；看它斷壁殘垣、鼠穴狐窟，任人溲溺，倒解恨得很、解恨得很！」說罷又朝彭師父拱拱手，道：「元寶兄！承蒙指點，令項某眼界、胸次皆為之一寬，即此謝過；告辭了！」

這是民國三十七年十月二十一日發生的事。我原本可以把它銜接在先前我那第五個失敗的嘗試後面，使兩者融成一個順時而下、首尾相連的完整段落。然而，這樣寫下去便會讓我沒法兒敘述同時在燈市口所發生的另一件事——那是彭師父始終無從得知的。

或許我應該如此開始述說：

民國三十七年九月的最後一天，「老頭子」自南京搭乘專機飛抵北平。隨行的人包括空軍總司令周至柔、海軍總司令桂永清、聯勤總司令郭懺、陸軍大學校長徐永昌、國民黨青年部長陳雪屏、政訓部科長李綬武等。

此行前後九天，目的當然是在安撫民心、激勵士氣；期使冀察咽喉之地勿如山東省重兵屯鎮的首善之區一般——不過匝月之間，乃有大將臨陣倒戈，對敵折損十萬之眾的下場。「老頭子」華北之行，匆匆來去，祇蜻蜓點水似地在北平、瀋陽、天津、塘沽各地，召見了華北剿匪總司令傅作義、東北剿匪總司令衛立煌、行政院副院長張厲生等人，隨即飛赴上海。同機南返的諸要員中卻少了一人——政訓部科長李綬武。

原來是在十月一日這天清晨，「老頭子」召開了一次軍事會議——名義上是會議，其實不過是「老頭子」一路訓誡傅作義：不可重蹈大汶口國軍見死不救、恃險固本之覆轍；在戰區作戰的考量上，「宜乎以攻為守」，出兵進援錦州，才是取法乎上之計。會後「老頭子」緩緩步下綏靖司令部門前石階，援例要接受記者照相，以為元戎北上督師之憑證。不意就在眾人安排合攝座次之際，「老頭子」忽然起身，拾級而上，走到李綬武跟前，低聲囑咐道：「傅作義眼神飄忽閃爍，未必靠得住；你留下來，仔細打探觀望；有什麼動靜，火速電告。」

此舉實大出李綬武所料，但是成命加身，豈有違逆之理？無可如何，遂獨自羈留北平。偏在「老頭子」飛瀋陽召見衛立煌之際，傅作義把他找了去，開門見山祇兩句辭溫意切的話：「你我『同台無二戲』——一部且戰且走罷了。」

「同台無二戲」本為梨園術語，原意是說舞台之上不分主從、祇應有一個戲劇焦點；除此焦點之外，皆是邊配、襯托。引申言之，傅作義自然對這位小老弟的祕密任務已有所知，且情願充分配合，目的則不外因時待勢而已。他的話說得可進可退，且十分體己——至少沒把李綬武當細作防範。這樣坦率，反而拉攏了兩人之間的距離。

傅作義，字宜生，山西臨猗人氏，出身保定軍官學校，原隸閻錫山麾下。此人幼學不算紮實，可是聰穎慧黠、投機善變，能親近士卒，頗養了幾分深厚的人望。在李綬武滯留北平的頭幾天上，他已然看出這位科長是個好奇成癖、嗜書入迷的痴人——這痴人還別具隻眼，獨獨對一些散軼於民間的武學叢考之流者十分鍾情。傅作義探得清楚，當下拿定了一個主意——他親自搖了個電話到聚珍堂「保字號兒」稽查處，問道：「去年貴處修繕屋瓦，在庫房桁樑上找著一本古書——此書現在何處？儘快送到司令部來。」

十月二十一日正午，傅作義先請李綬武在城南和平門外「廠膳酒家」用飯。顧名思義，可知「廠膳」一詞得自地名。元明之際，此處原叫海王村，清初工部所屬的琉璃窯在此設廠，因此改名琉璃廠。乾隆年間四庫館開，學人蜂至，又有興辦書籍、古玩、字畫、碑帖、文具等店面的，其中以書肆最稱昌盛。

用過了飯，安步當車逛逛廠甸書肆是應然之事。傅作義卻託辭司令部另有軍務待處理，不能奉陪。倒是留下了兩句漂亮話：「凡有入眼之書，例由司令部『後勤支援』。」

廠甸自東徂西，不過二里，但是知名坊肆林立——如翰文齋、來黃閣、二酉堂、汲古山房和榮寶齋等，但凡知書識藝之人，未有過門而不入者。李綬武卻萬萬沒有想到：其中的榮寶齋竟然是個機栝。

榮寶齋本是一爿南紙舖，進門直入裡間，還有內店。靠東牆置了張八仙桌、兩把太師椅；靠西牆是條三丈有餘的櫃台，上鋪藍布。日日下午打烊之後，櫃上學徒便在此一字排開，持毫肅立，臨帖學書。近世以來，這些學徒大都不以蘇、黃、米、蔡、歐、柳、顏、趙的法書為足，倒常競相摹仿有清一代知名翰林的字跡，如劉春霖、陳寶琛、翁同龢、陸潤庠等。工夫下得深，落筆常可以亂真——有個叫劉澤甫的仿沈尹默出神入化，讓骨董鑑賞名家靳伯聲花大錢栽了跟頭，一時傳為廠甸佳話。還有一個閻善子，擅仿乾隆墨跡，尤能曲盡其「無骨而肉立」的媚態，時人譽之曰「閻御筆」。

這一天李綬武遇著的正是經常到榮寶齋串門子的徐蘭沅。此人替梅蘭芳操過琴，且以之名家，在南新華街開設「竹蘭軒胡琴店」，店中到處懸著樊樊山的對聯——裡頭沒有一幅是真跡；都是徐蘭沅的仿造。李綬武當日閑步踅入榮寶齋內店，見一人長身玉立、在藍布條櫃前拈筆濡墨，作勢揮毫；然而看他神情意態，又絕不類舖中學徒，於是好奇之心，一時油然而起。趨近細觀，紙上竟是一派逼真酷肖的樊體行草，寫的則是「無量壽」三字——祇這三字之旁尚有餘紙。似可容得下第四字，然而揮毫之人卻遲疑再三，不肯落筆。

「蘭沅先生這麼一停歇，筆勢就頓挫了。」李綬武掏出放大鏡，朝櫃上那橫幅束紙比劃了一下。

徐蘭沅微微哂道：「拿捏不定該下哪一個字——」

「不是個『佛』字麼？」

「『人是西方無量佛／壽如南極老人星』」徐蘭沅答道：「此乃米元章自撰詩句，豈可用樊體字寫之？且這紙稍嫌狹仄，『佛』字末筆一拉便要出格的——」說到「出格」二字上，右腕輕輕抖振，毫尖下輾，正鋒逆折，隨即兼帶鉤弧，轉勢斜挑，再一提、向右滑出一圈大圓，順勢迴鋒衝左，一撇劈下，恰恰是個「功」字。

「咦！」李綬武不覺驚呼出聲，迭忙問道：「這不是當年由曹仁父傳下的那一部內功功法麼？」

「我非江湖中人，更不懂舞槍弄棒，你說什麼功法不功法的我卻不知——祇不過晌午時分燈市口有人持此書沿街兜售，說是研之習之可以長命百歲；依我看，全是女青年開會——無稽（雞）之談。倒是那封皮上的硃筆題簽，字寫得不壞……」

未待徐蘭沅把話說完，李綬武即拱手作別，疾步搶出榮寶齋，直向燈市口大街奔去。其實，他大可不必如此著急的——所謂「沿街兜售」《無量壽功》之人、此刻其實尚堅守司令部傳達室中待命。傅作義將會在一個半鐘頭之後召喚此人到跟前，發布指示，命之前往燈市口叫賣《無量壽功》——命令中絕對不可違悖的部分是：他祇能將書賣給李綬武。剩下來的問題似乎再簡單不過——但是傅作義一個人卻無法作成決定——他不知道該替這本書出個什麼樣的價錢，好讓李綬武一時拿不出手、卻又不至於灰心掃興。惟有將價錢扣住這麼一個不上不下的關節，也才好出動那第二波的「後勤支援」，替李綬武完遂了交易。

「訂個什麼價呢？」傅作義把親隨參謀叫進了辦公室，他自己憑窗佇立，迎著陽光朝燈市口的方向瞭瞰：「五百萬法幣不算少了罷？」

「報告總司令！這幾天物價又漲了。五百萬祇合買四斤饅頭——」

「漲得這麼兇？可是市面看來還不壞嘛。」傅作義隻手打起亮掌、遮住眉沿，想看得更遠、更清楚些。

「報告總司令！漲得是兇，隨日子漲。老百姓有倆錢兒就趕緊買了東西——不買趕不上漲，買了拽著勁兒漲。今兒一早雞子兒八個賣一百萬，到晌午一百萬就祇興買三個啦！」

「錢財如糞土，此言不差。」傅作義歎了口氣。

「報告總司令！街頭弄尾廁所兒裡法幣滿地，老百姓把鈔票當手紙，都說這叫廢物利用——總司令要作成買賣，法幣、金元券是行不通的，市面兒上除了些小吃食生意，多半兒祇認黃金、美鈔的帳了。」

傅作義聽到這裡，猛一分神，前後有那麼極為短暫的三、兩秒鐘時光，他忘了燈市口還有個他亟欲巴結籠絡的李綬武——此人一隻腳已經踏進了他悉心安排的賂網之中，恐難翻逃走遁——可是就在這遊魂盪魄的幾秒鐘裡，他祇覺青天白日刺目逼眼，反而乍興昏暗無明之感；視野中的一切閃逝滅跡，瞳眸之中則盡是一片說赤紅非赤紅、說漆黑非漆黑的蒼茫，於是脫口說道：「是要變天了罷？」

以上的三千兩百字是我第六個失敗的嘗試。寫到傅作義因日光暴射入眼而眩盲片刻的時候，我停下了筆，支頤長思，一遍又一遍又一遍地追問自己：「小說裡難道非得植入如此富於象徵意義的片段不可嗎？」

然而根據傅作義生前最後一次接見訪客時的追憶，民國三十七年十月二十一日當天午後，的確發生過那樣的一幕。

那一天，原本已成孤島之勢的長春為共軍攻陷，東北剿匪副總司令鄭洞國率領六十餘名衛隊退守長春中央銀行，苦戰歷時一小時二十分，鄭洞國被俘的時候身中三彈，腳下祇有一隻靴子。八天之後，長春共軍向南推進，直破鐵嶺。瀋陽駐地的國軍當下譁變，總司令衛立煌、參謀長趙家驤和遼寧省主席王鐵漢等人搶上一架飛機逃往葫蘆島。傅作義本人也沒能撐持多少時日。他手下駐紮在張家口、北平、天津、塘沽一線上有五十萬大軍。然而戰線拉得不算短，教共軍琢磨了個分點截斷的殺招、使出一套「隔而不圍」、「圍而不打」的切割戰術。這讓傅作義麾下諸將弄不清敵人確實的數量、組織和運動方式；五十萬大軍的防線可謂柔腸寸斷，在五十天之內終為共軍林彪、羅榮桓部各個擊潰。三十八年一月二十日，平津之役宣告結束，傅作義和中共簽訂了和平協議，所餘二十萬殘部接受改編，雙方於一月三十一日上午八點整在北平朝陽門前舉行接防儀式。傅作義面朝正東，迎師而入，行軍禮時眼前又是一陣眩盲。

到了文革期間，傅作義已經在中共政府中歷任中央人民政府副主席、政協全國委員會副主席、國務委員會副主席，還當過水利電力部長，行年七十七。登門來訪視他的客人其實是昔年經常在榮寶齋出沒的徐蘭沅的一個小徒弟。徐蘭沅早已物故，生前常耿耿於懷的是：北平易幟之前整整兩個月，傅作義曾親自來竹蘭軒胡琴店面授機宜，指示他如此如此、這般這般；他依言行事，卻始終祇知其然，不知其所以然。是後遺囑小徒：若有機緣際會，能將昔日舊事訪出一個情由，則可至墳前一告。

徐蘭沅這徒兒在琴藝上是十分了得的。一九六六年投身中央戲曲學校紅衛兵演出隊，在一場為國慶表演的樣板戲中拉了兩段指法奇詭的「翩雨翎風」花腔過門兒，贏得當時總政治部文化部長謝鏜忠的幾聲沖天好采，遂一鳴驚人——演出隊在那年年底劃歸部隊建制，成了文宣前鋒；徐蘭沅的徒兒這才有機會在一九七二年冬天見著已然深居簡出、垂垂老矣的傅作義，聽說了那一部和《無量壽功》相關的掌故曲折。傅作義本人又活了不到兩年，以八十高齡溘然病逝。然而他的感慨卻直到一九八二年一月才公諸於世——徐蘭沅那徒兒以「蘭坊不肖生」的筆名在《江淮文藝》發表了一篇文章，題為〈機關算盡亦枉然——記一次和傅作義先生的談話〉。文中提到當年傅作義試圖籠絡國府某「政訓科長」而情商徐蘭沅揮毫放餌的內幕，傅氏的結論委實語重心長：「我身居一個大時代，眼裡儘有幾個大人物；總以為時勢推移，不出一二人之手。事實殆非如此。窮我蝦睛蟹目、螳臂蚊腰，所應付的卻祇是廟堂之高；卻未遑顧慮江湖之遠——於今回首前塵，一切豈不枉然？豈不枉然？」

一九八二年一月，海峽這一邊的民國七十一年一月，還沒有人知道「蘭坊不肖生」這個人，也沒有誰會忽然想起三十四年前的叛將傅作義。我們的孫小六上身罩了件藏青色的盤扣夾襖，下身套了條烏崽褲，光腳板趿拉著雙棉布鞋，在台北市大埔街和中華路口捱了一記悶棍——棍長五尺過半，徑可一寸五分，純以桑木磨製而成——它落上孫小六肩胛骨的剎那之間便黏住了。孫小六一扭臉，瞥見那持棍之人頭戴膠皮彫模的雷根面具，情知在劫難逃，沮聲喪氣地問道：「這一回咱們上哪兒？」

「雷根爺爺」笑了，吁吁呼呼吐著氣音，道：「不過是天涯海角而已。」

「那我什麼時候可以回家？」

「嘿嘿嘿嘿——」「雷根爺爺」湊臉近前，唧咕著乾澀的嗓子道：「你小子什麼時候兒有過家的來著？」

孫小六勉力抬了抬手臂，漫朝中華路、西藏路口的復華新村指劃了一下，還沒來得及搭腔，「雷根爺爺」已應聲搶道：

「哦哦哦！燈市口朝陽胡同飄花門老宅——你小子指錯啦！」

在目睹孫小六自南機場公寓五樓一躍而下的那一刻，我忽然想起十七年前他初逢「雷根爺爺」時的一小段情節。我再三回味著他祖孫二人一來一往的對話，腳下略一遲徐，待要追上前去的時刻，孫小六的身影已經不及一根拇指般大了。然而我知道：他將要在竹林市某處歇腳，與汪勳如、李綬武、錢靜農、魏誼正、萬得福和他爺爺孫孝胥會合，同赴花蓮「榮民之家」見趙太初最後一面。我祇晚了片刻，再也撲趕不上；一回頭，赫然瞥見他躍落之處近旁的樓柱上開了朵白色的花——定睛細看，那不是花，而是猶似我們年幼時玩「追蹤旅行」遊戲裡的那種聯絡表記；原來孫小六探指往樓柱上戳了一個窟窿、塞進去一個被人撕碎了、又黏合復原的白色信封，我把它從窟窿裡抽出來、展開，認出它正是很久很久以前紅蓮臨別之際留下來、輾轉交給我的那封信，裡頭當然是空的。不過，封紙印著奇特的蓮狀無色浮紋——它，會是另一個故事的線索麼？

——《城邦暴力團》全文完

上海來的人，以及針客

故事之外

我的朋友萬得福是第一個死在我懷裡的人。吐出最後一口氣的時候，他用盡餘力問了我一句話，聽起來像是：「你曉不曉得我那菊枝小姐在什麼地方？」——菊枝是他死前才認識不多久的一管老馬子，年紀有五十上下了，長得白淨纖柔，在風塵之中很混了些年月。萬得福是不是為她捱的槍子兒，我其實是一直懷疑著的——當時我點了點頭，搶忙問了聲：「你想見她麼？」孰料萬得福突地暴睜起一對圓鼓鼓的眼珠子，罵了聲：「我肏！我說的話沒人聽得懂了麼？」之後，人就死了。我那會兒慌了手腳，也不認為我真聽懂了、還是真沒聽懂什麼。直到有一天，我在另一個朋友孫小六的骨灰罈子裡發現了那七支袖箭，才恍然大悟：當初萬得福說的是：「你曉不曉得我那幾支袖箭在什麼地方？」

萬得福是個曾經令我非常好奇的人物。倘若我從來沒能真正接觸他、認識他、乃至於還和他同在台中市自由路臨街的一幢危樓裡住了好一段時間，我會把他想像成是從武俠小說裡蹦出來的老怪物。這個老怪物應該有一個百寶囊，囊中所貯皆行走江湖必備之物，如飛蝗石、袖箭、薰香、火摺、喪門釘之屬。其實我沒有猜錯，萬得福真有那麼一個年輕人稱之為霹靂包的東西，裡頭就裝著袖箭和火摺。

袖箭是樁有來歷的玩意兒，據說它的出現可以追溯到宋代。相傳在宋真宗年間，雲陽白鶴館中有道士號霞鶴者，年少時曾雲遊四海，足跡遍歷名山大澤，頗有幾分識見。後入川，慕峨嵋七十二峰之勝，流連不忍去，日夕就山中尋幽訪祕，飢則採果而啖，渴則掬泉以飲，迺於琵琶峰下見一石屋，屋廣可容三數人；奇的是這石屋並非人力築建，卻是天然形成，其後壁微微敞開一縫，恍若是在迎迓著那好奇探異之人的到來。

霞鶴徘徊逡巡了半天，自然要覓出一個究竟；遂側身從壁隙中擠入，發現裡頭還有一間斗室，當央是座小石几，几上置書一冊，題曰《機輪經》，竟是三國時代諸葛武侯所著。霞鶴匆匆翻閱一過，見書中刻寫多古文奇字，所載皆是傳說中木牛流馬石弩火砲等物事，非徒有形製、圖式，還有如何取採料材、鳩集匠作以及如何構工營造的諸般細節——不消說，這是武侯當年在蜀中時特意貯放於此，其用意不外是「藏諸名山以俟來者」。

霞鶴於是盤膝坐下，又細細將全書讀了個通透，才驀然驚覺自己的學行道術淺陋浮薄，是萬萬不能追隨武侯之所述的，當下搖頭太息；詠歎之不足，還手起一掌，重擊在石几之上。要知這霞鶴固然自知去大道尚遠，畢竟在俠道之中仍是個方面上的人物——他這隨手一擊固屬無心，仍蘊蓄著千鈞之力，掌落處竟將石几打碎了一角。更不料這一角斷落之處，卻有如刀切石磨的一般。

近千年後峨嵋七十二峰成了遊人如織的名勝，琵琶峰下石屋夾室也成了觀光景點。時人嘗稱此室中石几為「五角几」，更附會其來歷，說呂洞賓同張果老在此對弈，特地從靈鳶峰挪了方五角石到此，權充碁枰，不過是為了方便李鐵拐「看歪脖子碁」之故。殊不知此几原本就是個尋常的四方几，霞鶴無意間劈落的一角卻給他帶回了雲陽白鶴館，懸諸樑上，平日不時目睹，即心生自惕自勵之念。至於那一冊《機輪經》，霞鶴並未攜回——這是俠道中人不忮不求的一番正念——既然經中所載多非我霞鶴可解能行之道，豈便就此竊佔為己有？何不逕留於原處，另待高明的有緣之人？

可《機輪經》之於霞鶴，亦非全無用處。當他猶在琵琶峰下石室中歎著氣、第三度披閱這部奇書之際，心中起了個念道：我霞鶴若能從武侯身上習得一技，此番峨嵋七十二峰之遊，已屬不枉了，哪能貪功求勝，必欲盡窺諸葛的絕學呢？一面如此忖想，一面任指翻揀，隨機拈到「蜂針」一則，當下用志不紛，凝神誦讀幾回，前後也耗費了一個對時的辰光，終於取成一藝——這便是袖箭得傳於世的淵源了。至於《機輪經》中其他奧義神機又得了什麼人而傳，則非於此可以縷述，暫且不表；「蜂針」卻不能不先說詳細，否則交代不了萬得福的本事。

那是民國三十八、九年間的事。當時老漕幫甫由內地遷堂東渡至台北市，佔了一幢日式庭園宅邸。那會兒正址還不叫寧波西街，大凡還叫千歲町某目某番，方值百廢待舉之際。祖宗家門的文卷、圖籍、儀仗、器物也還沒有完全輸運抵埠，內三堂、外三堂執事的元老多滯留在滬，根本不及隨軍來台；就連老爺子萬硯方本人亦仍暫棲香港，處分轉運要務。

然而遷堂是何等大事？需要多少人力物力方才辦得妥洽？無奈幫中旗主、舵主以上乃至尊師、正道、護法等各方領袖音訊杳然，即便其中有些人物已經來到這海外孤島的，也都散逸八荒、匿藏市井，未經號召，恁誰也不便出頭理事。一時之間，重整祖宗家門兒所需備辦的大小雜務便悉數落在了萬得福和一位瘸奶娘的身上。

瘸奶娘早萬得福數月到了台北，手上還將攜著個十二、三歲的小爺萬熙，能幫手助腳的地方就更少了。初來乍到之日，瘸奶娘祇知老爺子交代了一個落腳之地，貿貿然依址尋著，卻是幢遍地蟲蛇鼠蟻的廢院危樓。待立秋前後萬得福也尋了來，見這娘兒倆面黃肌瘦、神喪氣沮不說，髮間還鑽爬著蝨子，身上也養出了疥蟲。

一日秋陽似酒，萬得福拉了張小板凳兒向大門口一坐，把著小爺萬熙抓蝨子。不覺道旁來了個鬆皮耷拉臉的漢子，忽地止住行步，凝眸細細打量著二人。過了好半晌，那漢子忽然昂聲道：

「好傢伙！這活兒來勁！你給俺也抓抓罷？」

萬得福斜眼一瞟，見那人寬袍大袖、一襲堪稱襤褸的玄色道衣，可是頂上無髻、背後無劍，儼然又祇是故作方士打扮的落魄俗人；且看他出言如此衝撞魯莽，未必不是個癲痴，於是索性垂眉低瞼，全不理會，仍復專心一意地替萬熙抓蝨子。

那漢子卻好生拗性，扯直嗓子又喊：「叫你給俺也抓抓，你耳朵聾了是怎地？」萬得福情知撞上個棘手的，又怕驚嚇了孩子，祇得附耳低聲向萬熙道：「小爺先進屋去，我同這位爺喇嘎喇嘎。」

「喇嘎」者，閒聊天也。萬熙年事尚輕，不明白萬得福另有密意，祇道蝨子抓畢了，歡歡喜喜蹦起身，一溜煙閃向門裡去。那大門才掩上，萬得福早已抄起腳下小凳兒，朝那漢子掄了。孰料那漢子也敏捷，不待凳腳遞至，袖幅已然展開，護住面門，另隻手戟起食中二指，衝萬得福照劃了一記，萬得福登時發了怵——祇在電光石火之間，他已從漢子的袖口覷見裡頭圍了圈兒黑忽忽的皮腕套子。慣走江湖之人大都知曉，這麼圈皮腕套必然同袖箭脫不了干係。

皮套是個砲架子般的物事，前後分二至三截，用來固定一銅澆鐵鑄的箭筒，筒長三寸六分，末端朝肘彎、前端朝手腕，對敵之際手縮入袖，撥動箭筒前端插梢，使之向前彈移，至末端在腕、前端在食中二指之間，指縫正是瞄準線。此時祇消以另隻手橫向遞前、往腕口輕輕一拍、振動機弩末端蝴蝶葉，則第一支袖箭立時脫簧飛出，直取二指所向之處。萬得福曉得袖箭厲害，不待那漢子仙人指路的式子落定，先翻轉小凳兒，遮了門戶；底下勾起一腳，使個「踏花歸路」，逕往漢子的脛骨中央踐去。漢子猛可縮腿貼胸，雙手逆勢一拱，道：「閣下是自然六合門的朋友？」

萬得福聽他話中似無惡意，登時收了架式，道：「你既然認得本門藝業，應是明眼之人，舉止言語卻如何這般莽撞？」

漢子聽了，當下單膝落地，頭一垂、袖一灑，道：「我師父喚我到這方來，我便到這方來，哪裡莽撞了？」

萬得福皺眉忖道：看模樣兒此子已然十分棘手，豈料背後還有個什麼德行的師父？萬一他師徒二人聯手來討晦氣，我又該如何應付？心下雖然嘀咕，萬得福口頭仍將忍著，道：「令師是——」

漢子提膝挺背、站起身來，抬手撓了撓後頸根兒，道：「我師父祇喚我今日此時到千歲町來，可以見著一個會使『踏花歸路』身法兒的人物，依我看就是你老兄了！」

「我既不是走闖賣藝的，」萬得福道：「令師又怎麼知道今日此時我便在這兒使得出這『踏花歸路』呢？」

漢子摩挲兩下肚皮，嘴角浮起一絲苦笑，囁嚅著道：「這話說回頭還真有點兒不好意思……我、我……我師父當年給了我一個錦囊兒，說是自凡我餓了飯、混不上正經事兒，便可以拆囊尋找，隨意拿出一張密摺蠟封的紙帖，裡頭自有稱用的機關，可以消災解困——這些年來時局不大好，我每隔個三、兩載就得拆看一回，用它一張拿主意。這回拆開來一看，裡頭就剩最後一張了，上頭寫著的就是今日此時至千歲町見一個會使『踏花歸路』身法兒的朋友。」

「咱倆不算朋友，世上也沒見過這麼交朋友的——」聽他言語荒怪，不外就是個落魄的瘋漢，萬得福沒打算再同他糾纏下去，於是揮了揮手，逕自轉身推門，道：「你旁處討飯食去罷！」

「那可不成！」漢子道：「我餓飯事小，我師父交代的事沒辦成，我就算餓死了也沒有臉到閻王爺那兒去見他老人家。」一邊說，一邊抬胳臂架上前來抵住門。

好在萬得福當下一遲疑，多聽了漢子兩句話——否則他缺了袖箭這行當子，不定哪天就死在滿世界殺紅了眼的對頭手裡，還未必有機會同我敘得上這一切呢——那漢子說的是：「我師父把錦囊兒交給我的時候還說：『也不知道你小子山窮水盡之際是個什麼光景？祇袖箭的藝業不該埋沒在你這麼個渾人手裡；但不知那萬籟聲的門下肯不肯接濟接濟你便是。』」

萬得福把這人的話翻來覆去又想了一遍，忍不住「咦——」了一聲，道：「令師既然已經不在人世，又焉能知道你我今日有此一會？」

「別說他老人家死得早，連我也不知道哪時哪地兒會用上哪張紙帖裡的機關呢！」漢子一面說，一面暗暗地打從肘臂之間使力氣，彷彿非頂開這門扇不肯罷休的模樣兒，嘴裡仍接著道：「合該咱們有緣，你老兄就成全成全我這落難之人罷了！」

這漢子叫雷不怕，蹭在祖宗家門兒住了好幾個月，吃飽睡足，也不那麼鬆皮耷拉臉了，反倒顯得膚潤肌澤，十足年輕了好幾歲；挺胸抬頭走在大馬路上，人還當他是哪裡來的名門公子。後來是因為犯了花案、才教萬得福給逐出去的；多年之後再讓他回來幫手園事，也是萬般無奈，套句萬得福常說的話：「誰教祖宗家門兒人丁單薄、材力不濟呢？」

不過，萬得福也沒什麼好抱怨的——源出諸葛武侯、溯及棲霞道士、輾轉千年而下的一部「蜂針」奇術，居然也就假雷不怕之手而傳給了萬得福。雷不怕的師父是誰？雷不怕幹下了多少渾事？雷不怕與老漕幫之間又究竟有什麼恩怨瓜葛？都不是此處說得清的；於今得先將萬得福尚未耍使那袖箭之前的一段來歷表上一表。

話說民國四十年初，春三月，老爺子萬硯方自香港搭福星輪東來。此船吃水近八千噸，為滬上世家蔡某所有——萬老爺子搭得上蔡家這艘船，不是沒有緣故；也因之而非牽引出另一段前塵往事的枝節不可。

蔡氏子髫齡赴笈海外，及長，入上庠，專攻法律；返國之後便承襲家資，運籌國際商務，並涉足運輸事業，以輪船公司發達。這位蔡公子是個有識見的人物，早在三十五、六年上即已看出國府敗機漸萌，遂暗中將家產以投資名義移注香港銀行。這種事，想瞞也瞞不住，未及十天半月，便已為上海警備司令宣鐵吾所風聞；彼時正當國府發行兩萬、四萬和十萬元三種大鈔，宣鐵吾應上海市長吳國楨之邀，在十二月九號那天參加了一場為宣導發行大鈔、以免人心浮動、物價上揚而舉辦的聯合記者會。會中宣鐵吾乘隙把方才得知的、蔡家私自匯出財產的密報告訴了吳國楨；這廂記者會還未曾開完，那廂一艘剛泊進港的財星輪就傳出了鍋爐爆炸的消息。

財星輪比福星輪小了一半兒，吃水不過三千八百多噸，可是船上載的都是剛從杭州湖墅一帶交運了來、準備出口外洋的高級絲棉；一經此禍，損失不可謂不巨。而那蔡公子畢竟是明眼人，表面上文風不動，一切折損全不計較；暗地裡則運動了中央銀行副總裁劉攻雲，表明蔡某願意捐輸巨款幫忙穩定金價，條件是國府方面得在海洋運輸和國際投資事業上對蔡家「放一馬」。劉攻雲找上吳國楨，當天就把蔡家的「請示」向「極峰」報了上去。據說「老頭子」非常開心，親口下達了指示：國事如麻，豈可在實業方面同老百姓錙銖爭利？

有這麼兩句「聖眷」，照說什麼天大的關隘都該放牛歸馬了，然而這事畢竟留下個尾巴。原來，就在蔡公子鳩工修復那艘莫名其妙給炸毀的財星號輪船之時，偏又逢著個「申九事變」的案子。

民國三十七年元月三十號中午十二點半，全國規模最大的一家私營棉紡織廠「申新九廠」鬧罷工。起因很單純：年來由於物價飛漲，資方有意苛扣工人年終花賞，明令「按照上年舊例以八折計算」、「分兩期發給」，再加上申九廠的工人早被政府徵去四個月薪水的所得稅、還有市總工會強收的「一日所得」作捐款，且全廠工人已經連續五個月沒領到配給米和煤球了，眼看過不了年，祇有罷工一途。說巧不巧地，稍早之前還有兩波伺機待動的風潮也趁此應運而發，鬧了個不可開交。

原來上海有個同濟大學，一月十三號那天舉行學生自治會改選，選出二十一名理事、五名候補理事，校方卻硬是拒絕承認，並且宣布禁止自治會從事任何活動；尤有甚者，還一連開除了三批學生。這是一波。另一波更離奇：三個多月以前——也就是民國三十六年十月間，行政院頒布了一條「禁舞令」，不許國人跳舞。

在上海，這就意味著連舞女帶樂隊、歌手乃至舞場職工近七千四百人要失業。這些人別無所長，混不了生計，當然要抗議。上海市社會局也擔不起譁變的責任，祇得答應禁舞日推遲實施，且「分批漸禁」；至於孰先禁、孰後禁，則全憑抽籤運氣決定。原訂一月三十一號抽籤的，期未至而同濟大學的罷課潮已經發動，市政府派出幾千名軍警包圍了工學院，可交通、復旦等二十八所大學的學生代表一千五百多人抄小道溜進校園，在地下黨學委會負責人吳學謙、同濟總支書喬石的指揮之下，和市長吳國楨作了一次全無結論的談判。

舞女那邊的人馬一想：連唸過書的都和衙門裡說不上話，我們還談得出個鳥來？索性夥聚了三、五千人，三十一號下午從新仙林大舞廳出發，到社會局「鬧籤」去。一去才知道社會局早在上午就關起門兒來把籤抽畢了。這一下群情激憤，舞女們搶進社會局，搗毀了所有的辦公室。

學生、舞女再加上工人，上海可以說成了個鼎沸之勢。二月二號這天一早五點多鐘，剛收押了四百多名舞女之後連大氣兒還沒喘一下的武裝警察又包圍了申新九廠。工人糾察隊拿鐵鍊鎖住了三道大門，給洋槍掃破了兩道，第三道門是鋼鑄的，怎麼也打不破。僵到下午，說是警備司令宣鐵吾來了，放眼一望，哪兒看得見司令？

倒是一輛足有廚房大小的裝甲車直向門前衝闖，這時不知打哪兒冒出來一群女工，倒比男人來得豪勇奮進，當下結成人牆，橫阻於車前咫尺之地。裝甲車駕駛兵傻了眼，稍一猶豫，給一個叫許泉福的工廠司機逮住機會，藉著裝甲車身使力，翻了老高一個筋斗，直上廠房屋頂而去。事後大夥兒才知道：許泉福原先給困在工廠外頭，進不來；趁著女工們築人牆抵擋的當兒，縱身躍上房頂，再破瓦而入，把原先停在廠房裡換修軸承的一輛大卡車發動了，從裡側頂住第三道門。

此舉極其重要，當宣鐵吾下達格殺令之後，裝甲車衹得奉命向前，人牆潰散，可隔著一扇鋼鑄的大門，裡頭還有一輛全速抵拒的卡車。這便給工人們爭取了一個多小時的時間，眼看對峙之勢再也撐持不住，一部分的工人就利用這段時間從許泉福鑿破的屋頂逃逸了。

逃走的工人之中，有的雖說惱恨廠方剝削，卻無意鬧破了局，砸掉飯碗；也正是這些人在衝突一而再、再而三推向高潮的時候逐漸發現：一向在背後鼓動工潮的地下黨工委會並沒有把「年獎不打折扣、按生活費指數發放」的口號當作罷工的目的，工委會真正的目的是要把申九搞垮，再把這個案子拿來當作對付國民黨政府的鬥爭武器。看清楚這一點的人裡自然少不了老漕幫的份子。罷工事件撐到最後一刻，這些「庵清」盤算了又盤算：如此瞎耗下去，不是死在廠裡、就是關進牢裡——顯然兩般都划不來。幾張嘴再一商議，人人涼了背脊，索性腳底抹油——溜之大吉——有什麼想望，大不了回堂口向本家執事的長老們稟報、請示；好歹是留得青山在、不怕沒柴燒。

申九一案果然牽扯廣遠，地下黨工委方面用「上海工人協會」的名義發表了慘案宣言，籲請「社會各階層人士同情申九工友的遭遇」，要「為死者復仇，為生者爭取生存權利而鬥爭」。這還不算，另外又有人組織了「慘案後援會」、「申九哭訴團」，找來了事發當時身在現場的工人親自到各個工廠、行商甚至報館和機關裡去講述軍警鎮壓的詳情細節。故事人人愛聽，聽了也絕不能無動於衷——這就要回頭往那蔡公子身上說去了。

話說蔡公子正鳩工修船，忽一日有替「哭訴團」說項的人物來，請求大老闆擇日接待接待。蔡公子心腸軟，也知道這批工人受了許多委屈，便應允他們到船公司來給職工們見見面、講講話，除外至多不過是招待一餐伙食，算是打發得相當體面了。可這蔡公子萬萬沒有想到，前來「哭訴」的是案發當日一個以肉身為屏障、阻擋裝甲車衝撞廠門的女工。

此女自始至終未落一滴眼淚，卻有條不紊地縷述了申九廠工人在過去近一年之間所經歷的種種盤剝，加之以抗爭當時情景畢竟是十分慘烈的，經這女子娓娓道來，讓與聞者莫不有親臨其境的感受。蔡公子不聽則已，一聽之下，大為震懾；當即簽了張面額不小的支票，捐給申九「受難工人家屬」。偏偏有那既同情工人處境、又想宣揚義舉的報館記者得知此事之後，忽然給發了篇稿子，讚譽蔡公子富而好施、善行可封云云。

這麼一來反倒弄巧成拙——消息見報之後，宣鐵吾立刻致電吳國楨，說蔡某人明明是支持地下黨的，還「到處向政府討便宜」。說開了，國府、市府都繞著彎子幫上了敵壘的忙，「不是資匪又是什麼？」這頂帽子扣得太硬，連劉攻雲也緩不過頰，眼看蔡公子就要倒大楣了。麻煩的是：沒有誰知道他會在什麼時候、栽在什麼事上。

早在這年一月五號，港英當局為了擴建九龍機場，強拆民房，曾經打死了一名住戶、傷了十幾個圍觀看熱鬧的百姓，逮捕了二十多個干涉公務的地方人士。這還不算什麼，機場佔地使得兩千三百多人無家可歸，才是大爭議。國府盱衡情勢，認為這局面是個時機，如果能見縫插針，發起一個活動，足可以轉移舉國上下當時正呈山雨欲來之勢的反美帝干涉內政示威風潮的焦點。

於是國民黨也來了個「反英護權戡亂大遊行」——以「反英」牽制「反美」足矣，又戡什麼亂呢？這是一招先發制人的手法，目標就是中國共產黨，把戡亂的名目高高掛上，一來免得這「反英」壯舉平白給共產黨篡奪了去，二來順便宣傳宣傳「反共」的大戰略。此外還有一個作用旁人不大明白：國府特務系統裡的「瓢把子」單位保密局得以趁此之便，咬定三、四個目標，準備藉著「抗議九龍暴行」的活動，使一個障眼法兒，燒殺打砸一頓，再栽給大遊行中「情緒失控的群眾」或者是「趁亂打劫的流氓」都行；不知其情者怪不到正主兒身上，詳知其實者也祇有吃悶虧、認倒楣的份兒。

在這幾個目標裡，就有那蔡公子託香港銀行代籌投資、倩人經營的一爿航運公司——還不是公司寫字樓，而是碼頭倉庫；倉庫一旦有個三長兩短，不祇自己遭殃，還得賠償貨主的損失。

如何行動不是「上頭」關照得到的，保密局也祇是根據警備司令部的情報去揣摩「老頭子」一定對蔡公子「資匪」十分動怒，便交代了任務：就算不能把蔡公子在香港的物業整治得摧枯拉朽，好歹也得作弄得他灰頭土臉。可當時「保字號兒」在香港沒有實設機構，命令是一層一層差撥下來了，卻由什麼人去執行呢？無可如何，一個稽查處的副處長祇好藉助私人在香港的關係，找著個武術行裡的能人。此人出身福建永春白鶴派，姓簡、名文彬。

永春白鶴派創始於方掌光，復經其女方七娘傳出漳、泉二派。漳州一派傳張揚華，開設龍溪國術社，得徒鄭文龍，日後也輾轉到了香港，成為北角區一所健身院的門主，由於功架紮實、拳腳俐落，有極好的聲譽，同演藝界過從甚密。泉州一派傳蔡玉泉，得徒簡文彬，比鄭文龍還要早一步赴港發展——要不是撞上「保字號兒」這麼份差事，日後的成就、名望未必在鄭文龍之下。

三十七年三月初，簡文彬夥著四、五個同在蔡玉泉門下學過幾歲拳腳的師弟，趁夜來到北角避風塘東側的興發街，按「保字號兒」眼線所提供的地址找著倉棧所在——此地日後為人戲稱做「小上海」，不數年間，由電車總站到黃都戲院忽地蓋起了一大片新樓、外帶摩天輪遊樂場，十足風光了近二十載。後首不知為了什麼緣故，上海人幾乎全部遷出此區，住民清一色又換了福州佬，地名則給叫成了「小福建」。

「小福建」最負盛名的一所整骨醫院懸榜曰「慶春堂」，創堂老師父曾貴牛即是當年跟著簡文彬「出任務」的幾個伴當之一。此老出那趟任務之時不過一十六歲，原本指望追隨著簡文彬賣弄兩下拳腳、賺取幾文錢鈔，不過是番極簡便俐落的差使，未料找著了倉棧、撬開了門鎖，才窺知滿世界奇能異事，非等閒習武健身之流者所能望及項背的了。

那一天海風自東北捌來，潮膩沁骨，暗冥冥的夜空之中又飄著白花花的雨絲，還頗有幾分料峭春寒。簡文彬一馬當先入了倉房，幾個伴當也搶著進門避雨，都說曾貴牛身形瘦小，最宜在門外插旗把風；曾貴牛也沒說的，祇得縮著脖子、攏著袖筒，蹲在門口留神觀望。依照行前計議，一夥人自凡到了地頭兒，認準是那蔡公子的物業，倘若沒有看管巡守之人糾纏囉噪，了不起一把火放將下去，也要不了片刻辰光。

可曾貴牛在門外任那冷雨浸個滿頭，連打了十多個寒顫，卻聽不見倉房裡半點動靜。他身上受冷不耐，心裡越發慌急；抬手推門，半截撬壞了的鐵鎖又發出刺耳的響聲。無可如何之下，他連想也沒想便朝倉房西側的巷子裡踅進去，隻手扶牆尋行了幾十步，指尖忽地一陷——不消說，是個門框——曾貴牛剛要摸索出門把兒的位置，貼臉湊前，猛裡卻發現這道邊門是鑲了玻璃的，透窗朝裡窺看，果然覷見簡文彬等四人亮起火摺，正圍著一口約莫有五尺見方、比棺材小不了好多的大木箱，像是商議著什麼、又疑惑著什麼，十分躊躇不決的模樣兒。

曾貴牛才窺看了一眼，就覺得後頸根兒處一緊——直覺是頂上了根棒槌、或者是教根棒槌給頂上了——還沒來得及叫喚，嘴也給摀了個死緊。但聽耳邊一人口操吳腔國語，低聲問道：「你這孩子同他們是一夥的？」曾貴牛翻念一想：我方才轉身進巷子一路行來並無人跟隨，這個拏住我的東西究竟是從哪裡冒出來的？使的又是什麼手段？我修習了五年之久的永春白鶴派手眼身法尚未經用、便輕易給制住，可如何了得？轉念雖祇一瞬，曾貴牛卻剔透機靈，一個勁兒地搖起頭來。

「那好，就去了罷！」身後那人倒也爽俐，當下鬆開挾制，將曾貴牛向來時路上輕輕推搡了一把，曾貴牛吃力不住，兩隻腳連連打了五、七個踉蹌，最後還是立足不穩，一轂轆兒翻個後車輪、跌在一灘雨泥裡。待坐定了，抬眼朝前打量——巷中哪裡還有人影？再怎麼說曾貴牛當時還是個孩巴芽子，遭上這樣的怪人豈有不疑懼見鬼的？頭皮一緊脊骨一涼，扭身撒腿往巷口衝出，再朝原先蹲身的倉庫門前一打量，那兒憑空冒出一個黑影子來。

從身形看去，對方是個十分魁偉的男子，祇不過此刻無星無月、又兼雨霧蒼茫，哪能辨識眉目？曾貴牛才動念揣想著：此人同巷中挾制住自己的那人究竟是不是同夥？他們早已埋伏在此、抑或湊巧經過附近？敵乎？友乎？那人卻忽地衝他招了招手，刻意壓低了聲道：「後生過來、快過來！」

曾貴牛還沒來得及細想，兩條腿子卻止不住地朝前蹭去，來到跟前兒，見那人頂上光溜溜一片濯濯牛山，繞額卻盤著一大圈兒又粗又黑的辮子——這是什麼時代、什麼年月了——怎麼還有人作如此裝束？留辮子這人待曾貴牛靠近了，猛可向前一撈，一把扣住他兩隻手腕子，仍低聲道：「裡邊兒那四口搗子是你什麼人？」

曾貴牛聽此人說話口音、語氣都和巷中那人不同，可手底下的本事卻是一般了得；他暗暗道了一聲「不妙」——看光景，今夜我們這五口永春白鶴派的白丁是很難全身而退了。正著急間，倉庫大門「咿呀」一聲敞開，裡頭邁步跨出來一個五旬有餘、六旬不足的老者，身量也甚是長大。老者落定腳步、隨即瞅了一眼曾貴牛，同那留辮子的道：「這孩子同他們不一夥兒的，放他去罷。」留辮子的略一遲疑，抬眼一覷臉色，忙鬆了手，轉向曾貴牛道：「你撒開腿朝路西跑，跑到天曚曚亮，就沒事兒啦！」

曾貴牛豈敢怠慢？腳底下像是裝上了自走輪兒，一溜煙從興發街跌跌撞撞衝西奔出高士威道，奔了約莫有五里路，路是越跑越窄，從高士威道跑進加路連山道，繞過禮頓山，一逕來到跑馬場，才鬆了口氣，心想：我已經跑出這麼大一段路來，該沒有事了；但不知師兄他們安危如何呢？

想著想著，腳步便放緩下來。孰料眼前黑影兒一晃，打從黃泥涌南邊迎面閃出一條大漢——正是先前留辮子那人，遠遠地發了聲喊：「呔！怎麼著？天亮了麼？」

曾貴牛不敢接腔，硬著頭皮再往前跑。跑過摩里臣山是一座大墳場，兩腿已經有些不聽使喚的意思了，才扶住路旁一塊半人多高的墓碑，喘了口氣，耳邊廂又聽得那大漢吼道：「耶？你小子是打算在這兒挺屍麼？」

曾貴牛教這聲吼嚇得鼻涕眼淚和著汗水噴湧而下，勉強撐起身子，又向西發足狂奔了好一陣，跑到船街、文明里一帶之際已經昏頭搭腦、不辨東西了。最後來到兵家貨倉左近的老操兵地，實在是肌溶骨散、筋疲力竭，可怎麼看、四下裡仍舊是闃黑昏暗，哪兒有「天曚曚亮」的意思？正悶聲叫著苦，迎頭自北面威靈頓兵房側門又歪出半截人影來。曾貴牛再也忍禁不住，大喊了一聲：「阿娘的——救命！」便瞑上眼、揮舞著雙臂，猶似隔空取物的一般、胡亂朝前仆了。

其間不過是一眨眼的工夫，曾貴牛身形跌墜、半道裡卻給個軟綿綿的物事兜住。他覷眼一打量，抱住自己的竟然是簡文彬。祇見簡文彬臉色煞白如紙、額角青筋暴突，兩隻原本不顯著大的眼珠兒瞪得好似他師父成天價捏在掌心裡打轉的銀丸一般，劈頭問了一句：「你看見了沒有？」

說時又像忽然發覺手上挨沾了什麼不潔的東西，急慌慌把兜著曾貴牛的雙臂一鬆，這一下曾貴牛沒提防，摔了個結實的。再抬頭見簡文彬身後的小衖堂裡捱捱蹭蹭晃出來三口子人——不消說，永春白鶴派在港新丁兒全到齊了。曾貴牛剛吁出一口大氣，那簡文彬卻發了失心瘋似地喊道：「有鬼啊——有鬼！」

他背後那三人也是一個個兒掉了三魂七魄的德行，祇能湊合著點頭如搗蒜而已。曾貴牛回神一想：夜來之事確有蹊蹺之處。試想：他四人明明還給那老夥仔和盤辮子的怪人困在倉庫裡，怎麼居然先一步來到了這老操兵地呢？

這大半夜在興發街倉庫裡究竟發生了什麼事？個中原委，得再過數十載春秋才能得一大白；簡文彬等人當時也未能明瞭。他們一行四人莽莽撞撞撬開鐵鎖，進了庫房，打亮火摺一照映，祇見滿室堆聚的都是五尺見方、四尺來高的大木箱，粗估約可千隻。各箱皆以銅扣關合，並無鎖鈕。倒是分別黏貼了一張張的淺黃色米紙封條，封條上俱以烏墨正楷寫著「萬古長青」四個大字，大字底下是分兩行以金粉行草寫畫的不知什麼文句，上頭還加蓋了硃紅色的長條戳印。

且說簡文彬身邊有這麼一對兄弟——一個叫羅有吉、一個叫羅添順——哥兒倆膂力不小，蔡玉泉傳下來的幾套拳腳也打得虎虎生風，可兄弟二人卻都是醉貓；這羅有吉的性子尤其粗豪頑劣。進門之後捧著火摺逕往庫房深處衝走。一眼瞥見有那麼一個木箱孤伶伶橫置在三、五丈開外，其上並未堆疊別的箱子，於是一個箭步竄出，搶到木箱旁邊，揚手撕棄了封條，砉琅琅一聲掀開箱蓋，口中不覺驚道：「嗚呼呼呀——」簡文彬等人也不敢怠慢，三步並兩步地圍了過去，低頭一看，箱中卻不是什麼金珠瑪瑙、財帛古玩，而是一支支長短參差不一、形製也未盡相同的古劍。

這些劍都是裸劍——質言之，便是孤伶伶一片頑鐵，自首及鋒，確是精鋼鑄就、渾然一體，既無柄跗、也無鐔環，更沒有鞘穗函櫝之類的裝飾。當堂四個人物雖然皆村野出身，可畢竟都是練家子，一瞥眼便認得是好行貨。

簡文彬隨手想要拾起一支長可二尺四寸的來，誰知他掌心才握住劍莖，便覺得劍尖處傳來一股極強的牽曳之力，彷彿這劍不想要被他操持、而拚力掙脫的情狀。簡文彬一驚，還來不及縮手，劍莖也隨之猛可向下一墜，竟硬生生把他的四根手指頭夾向另一支劍上。所幸箱中這幾支裸劍都是同向放置，劍莖與劍莖之間雖然縫隙狹仄，這樣夾一下，不過是有如給鐵鎚揳了一記，也祇落個瘀血腫疼而已；設若當初這些裸劍是依首尾錯落的方式擺置，這一夾之下，簡文彬的四根手指頭恐怕都得給底下的另一支劍鍔給截了去。

捱了這麼一記，簡文彬於駭怖之餘，卻動起了旁的念頭——「保字號兒」天高皇帝遠，層層授命而下，也不過撥發幾個小錢。可眼前這一箱裸劍卻是百世不遇的奇珍異寶。且此倉所貯，竟有千百箱之數，如果能一一發之，祇要十之一二、甚至百中得一，我不就大大地發達了？

想到這裡，隨即吆喝了身後正斜頸探頭的一個名叫許長德的小師弟，持火摺四處尋一遭：是不是還有這種落單放置的木箱，索性一個個先行開啟，看看裡面究竟還有些什麼樣的寶貝。許長德往倉庫深處摸索過去，果不其然又發現一口大箱子，他也學羅有吉身手，撕封掀蓋兒砉琅琅一陣巨響，俯身一望，裡頭竟然是成札成束的文卷、圖籍、書冊，有些大約是年代久遠，迭遭湮漶，非徒紙色泛黃，蠹蝕蟫損之處更是所在多有。許長德不知簡文彬打什麼主意，祇好招呼眾人過來看過，於是四個白丁人手一卷，要在連綿數行的文句之中找它一、二個可以辨識的字、拼湊解讀，又談何容易呢？

大約也正是此際，側門窗外的曾貴牛窺見了這一景。曾貴牛卻不知道：就在他一個踉蹌跌出的剎那，倉庫裡的四人眼前驀地烏影一閃，恍惚間竟有一人打從牆壁裡蹦了出來。此人身形甚是高大，一襲青布長袍已經不大合時宜，頷下一部尺許長的五綹鬍鬚黝黑濃密、也帶著些許蒼蒼古意。一張同字闊臉上高額隆準，眼角頰邊略略點抹了幾莖皺紋，年紀當在五十開外了。他與簡文彬等四人隔箱對立了半晌，驟爾微微笑了笑，道：「諸位夤夜到此，有何貴幹哪？」

這廂哥兒幾個雖然聽不大懂「夤夜」之語，「貴幹」卻是知道的，可倉促間如何能夠應付？於是你望望我、我望望你，誰也答不上話。祇那羅有吉焦躁異常，回了聲：「就幹你啦！」猛可一曳真氣，雙臂吊展、單膝屈提，使了個「白鶴飛空」的式子，騰身近六尺之高——不待勢頹而落，隨即招式一變，兩腿一剪、右手向前倏忽一探，的的當當是一招「餓鶴食水」，食中二指已直逼老者面門而來。

接下來這一霎發生了什麼無人得見，但聽「碰」的一聲，一陣飛灰揚土，大木箱蓋上了，長鬚老者依然氣定神閒、亭身而立，祇不過木箱這一邊祇剩下三個搗子——顯然，羅有吉凌空一擊，倒把自己栽進那大木箱裡去了，連門牙帶臼齒，一共打落五顆，一顆顆沾塵染血、全散落在那些文卷裡，日後自有不知情者為之耗思費神而不得懸解。

「倉庫是滬上蔡先生的物業，庫中所貯乃是我老漕幫祖宗家傳下來的些個破箕爛擔，俱是不值什麼錢的家當。勞諸位跑一趟，白搭了手腳，也是辛苦。我不留難諸位——諸位就請回罷！」

老者話說得極客套，然而詞色之間隱隱含著肅殺之氣。說完袍袖一揮、木箱蓋兒居然順著袖角所過之勢緩緩地開了。

簡文彬等三人低頭睇視，見那羅有吉一臉血污，勉強吞吐著游絲般的氣息，還不時嗆咳兩下，顯見胸臆之處還受了不輕的內傷。幾個人七手八腳剛把羅有吉撈抬出箱，一瞬眼，卻再也看不見那老者的蹤影。四下裡無孔無穴，卻不知打從何方吹來一陣繞室旋轉的陰風，登時將幾支火摺吹熄。簡文彬硬撐起膽子來朝闃暗深處悶聲喝問了一句：「敢問前輩是——」

此時狂風越吹越緊，四個人不由得相互摸尋了臂膀肘腕，掙命抓牢，眼睛已然睜不開了，耳邊卻聽得字字分明：「就當我是上海來的鬼物罷！」話音未落，四個人一陣顛倒胡塗，祇覺乎著彷彿平日裡吃醉了酒似地天懸地轉，當下頭腳翻撲、如激波盪涌裡的漂羽浮萍，騰滾不歇。待再一睜眼打量，四口人已經置身於十數里之外的老操兵地了。

這「上海來的鬼物」不是旁人、正是當年統有大江南北老漕幫數十萬之眾的「老爺子」萬硯方。

三十六年秋，上海各界潮鬧紛紜，神州大陸已呈土崩魚爛之勢，萬硯方盱衡時勢，情知不出一、二年，政局必有極大的動盪，其摧枯拉朽之劇，必有甚於八年抗戰者；而上海必然不足以偏安。從而將本幫一切文書、契劵、儀仗、器械之可以攜遷者，包租一艘貨輪躉移香港，賃下蔡公子的一整棟倉庫，暫為保全。萬硯方親命一名護法堂長老金慶瑞滯留在港，日夜巡守，親自督看。

這金慶瑞本是個旗人，族姓愛新覺羅，攀得上是前朝皇親，雖說是民國以後生人，卻是個認祖不順時的拗人，長到八、九歲上聽得本家親長說起改朝換代的往事，遂一狠心，薙去了前顱頂髮，後頭便留起了一束辮子。他便是曾貴牛在興發街倉庫門前遇見的那人。

也祇怪簡文彬時運不濟，那一夜焚倉燬棧不成，偏巧是趕上了萬硯方本人親自南來到港，既想瀏覽一下這些傳幫的物事，又不願驚動委辦倉儲的外人，於是趁夜與金慶瑞來了個私訪，偏偏撞上簡文彬破門而入。為了保全宗門信物，遂出手整治了這幾個白丁。此舉在簡文彬等人而言固然是重創，在萬硯方而言亦不免一驚。

試想：隨隨便便闖來幾個流氓地痞，幾幾乎盜毀了老漕幫數百年基業，實屬不可思議之事。萬硯方次日即調遣了從西灣河沿北角、銅鑼灣、鵝頸、灣仔直至下環一線之間的數十名弟子，四出密探潛查：是否有擅使福建永春白鶴派拳腳的人物在港活動？又是與何方勢力勾掛、意欲何為？在老漕幫，這是老爺子的「旨諭」——所謂「無上號令」——當天下午就有了回音。原來是上海方面保密局裡一個副處長下的條子，要讓蔡公子「生意難看」，人家原本並不是衝著老漕幫來的。

萬硯方在滬上早已聞知蔡公子接濟「申九哭訴團」那批工運份子的事，猜想此人不過是個棉肝紙肺軟肚腸的青年實業家；而「保字號兒」這樣與人為難，以江湖上「圍事」的風義來看，就實在有些說不過去了。

當下萬硯方便修書一封，敬告蔡公子：此後他蔡氏在港一切營生，自有老漕幫「庵清」為之「交際打點」。信封是尺二黃裱紅簽紙，外覆三尺紫綾，另裹「萬古長青」籤條七七四十九張，意思是讓他自行憑籤調度在港庵清賣力。這是一個天上掉下來的福報，蔡公子也因而與萬硯方結了緣、訂了交。

待三十八年秋國府鼎革，河山易幟，萬硯方顧念著祖宗家門的香火必須存續，若是如此長年寄籍香港，又恐終有為英國殖民政府所不容之一日。衡估情勢，是不得不「乘桴浮於海」的時候了；於是萬硯方才搭上了那艘由蔡公子給備妥的專船福興輪——連同老漕幫寄存在棧的九百九十箱運物、以及願同隨侍前往的三十六名庵清——於民國四十年三月初東航渡海，歷五晝夜抵達基隆港。萬硯方再也沒能看一眼上海風物。

萬硯方乍到千歲町祖宗家門兒新址的那一天，才見著小爺萬熙、萬得福和瘸奶娘的面，連一句噓寒問暖的話還不及說，臉色已然陡地一沉，衝萬得福皺了皺眉，厲聲喝道：「你袖子裡那套『蜂針』是打哪兒物色來的？」

「蜂針」即是袖箭。萬得福能活到九十歲開外、一肩挑起興復老漕幫的事業、經歷過多少出生入死的陣仗、邀納齊集了一百單八將重入大夥，乃至於無日無夜不與天地會系統的洪英光棍作殊死之鬥，險逃殘生，行有餘力，還可以在紅包場裡爬馬子。這一切——不能不歸功於那一門「蜂針」。

要說蜂針，就不能不先說針客；要說針客，就不能不先說避雷針。避雷針是一個多重意義的譬喻，指的是有這麼一樁堅硬的物事，挺得住天上打下來的焦雷，而避免讓他人被雷劈中，受了損傷。不過，這樣解釋祇是常識，像避雷針一樣堅硬挺拔經搥耐打，說的可能是別的東西。

說的是那話兒，強硬到連雷劈都不怕。

我頭一回見到雷不怕的那年可能還沒上小學呢。祇記得是由我老大哥牽著，上街看了一場非常駭人的熱鬧。

那是在南京西路圓環附近——也應該是在盧讓泉伯伯屁股開刀的那一爿小診所附近——我剛從一條安安靜靜的巷子裡邁步跨上大街，猛地看見一個身形約莫有一層樓高、腦袋比臉盆還大的人，穿一襲戲台上常見的、綻金甑紅的寬大袍服，腳下登著厚白底子黑面靴，抹一臉五色油彩，甩手踋腿打我眼前晃悠過去。幾乎就在那怪人出現的同時，耳邊豁然一陣鑼鼓炸響，街對面也出現了一個黑臉綠袍、一樣穿著靴子的傢伙，此人看起來矮些，可頭頂帽子上搖搖顫顫的銀亮珠花卻也不時地碰觸著街邊樓上垂下來的鞭炮——待那些鞭炮霹靂啪啪再一爆鬧，我已經竄進我老大哥的懷裡號啕大哭起來。我老大哥說那是人家起廟會，七爺、八爺出巡——所謂的范、謝兩將軍，俱是忠義之士。我管不了那麼許多，一逕哭了個不可收拾。

就在我老大哥手忙腳亂、不知該如何是好的當兒，滿天滿地白茫茫、灰靄靄的硝煙之中款款走過來一個穿了身水藍色旗袍的婦人。這婦人是從對街過來的，穿越街心之際正迎著一頂小小的轎子，抬轎的少說有十來個身著白布汗衫的壯丁，個個兒皮黑膘厚，嘴裡還哼哼喝喝地喊，眼見就要撞上那婦人了。不料那婦人把身軀一扭，雙手往腰間一扠，吼道：「嚇著人家孩子了你們作死啊！」這一聲吼尖銳高亢，直把鑼啊鼓的全蓋過去。

抬轎子的一時之間似乎都傻了眼，不覺停下了腳步。婦人也不多說什麼，一陣風也似地踅過來，一把將我抱住，同時皺著眉、低聲跟我老大哥咕噥了一句：「帶著孩子湊這種熱鬧你是少心沒肝的不是？」才說完，人已經掉轉身，朝來時路跨大步踅回去。

我緊緊箍住她的脖子，聞到一陣又一陣從沒聞過的香味兒，看見她後腦勺上倒是梳了個同家母一模一樣的、圓鼓鼓的髻子。打從那髻子底下往後望過去，可以看見街當央那一夥抬小轎的漢子正交頭接耳不知說些什麼；我老大哥當然不敢怠慢，也三步搶作兩步跟了上來，嘴裡不情不願地唸叨：「誰知道會撞上這行當子啊二奶奶？誰知道會撞上這行當子啊！」

二奶奶沒再說什麼，輕輕盈盈抱著我又像一陣風似地穿過一條長長的騎樓底下密匝匝看熱鬧的人群，不知如何一轉身格登格登上了樓。其實我對那一程登樓的經歷印象十分深刻——打出娘胎起，我從來不曾走過、亦或是教人抱著走過那麼長的一大段樓梯，感覺上像是每一步高出一大截、怎麼走都走不完，越走越黑不說，也逐漸聽得見二奶奶後方低幾步處老大哥喘息的聲音；急得我差一點兒又要哭出來的那一剎那，白光從我背後一亮亮到眼前來，我看清楚的第一樣物事是二奶奶左邊那隻白皙皙的耳垂上的一個金光閃熾的墜子——小小的一個墜子不過指甲蓋子大，居然精雕細琢出一個穿著古裝、梳著雙鬟的美女，雙鬟之中還有兩顆熠耀七彩的寶石。

我忍不住伸手扯了那耳墜子一下。二奶奶輕輕「唉喲」了一聲，把我抱向臉前，笑道：「你倒是個識貨的，嗯？」隨即衝亮光迎處昂聲喊道：「不怕不怕！看誰來了？」

我沒想著她是跟別人說話，應聲一扭頭，看見空蕩蕩一大間屋，足有我們一家三口住的眷舍好幾倍寬廣。裡面和右面的牆不是牆，而是一大塊、一大塊拼連起來、頂天立地的長方形的鏡子。整間屋地面上鋪著深色亮光地板，室內除了兩張沙發，也沒什麼家具，祇當央自天花板上垂下來一盞大吊燈富麗嚇人——我祇在三軍軍官俱樂部裡見過一盞差不多模樣的——像是棵倒栽著的花樹，每一朵花就是一個燈頭，一開電門能把人眼照瞎的氣派。

我望著那大吊燈才沒半晌工夫，眼前便一陣矇黑，祇這瞬間恍惚著有一扇大鏡子朝外敞開了，走出來一個渾身上下沒穿一點衣裳的男人，胯下懸著老長老長一根大雞雞——我趕緊把頭撇向二奶奶的髮髻子，二奶奶也搶忙斥道：「作死的沒聽我說有客麼？」話才說完，我卻從二奶奶背後的老大哥臉上看出不對勁兒來。老大哥支支吾吾說了兩句：「是我來的不是時候——弟弟，咱們這、這就走啦！」說時愣把我搶抱入懷，我頭一歪，又瞥見方才那大雞雞的男人，這時他身後還閃過一個女人的身影，看似也沒穿衣服。

我老大哥倒像是犯了什麼大錯一般，顫著聲對那二奶奶道：「我我我改日再來、改、改日再來！」二奶奶卻放聲笑了，道：「你怎麼見外了？翰卿。我還不知道他這點兒毛病麼？」說完轉回頭去，臉上像是帶著忍禁不住的譏誚而快要笑出來的樣子，說：「我才出去多麼一會兒？呿！還不穿衣服去？沒見守著個孩子麼？」一邊說、她一邊騰出一隻手來摘下左耳上的墜子，塞在我手裡，又拍拍我的背脊，柔聲說道：「頭一回來就瞅著你雷叔叔的怪模樣兒，可別見怪啊！——你就是大春罷？」我點點頭，聽二奶奶又對我老大哥笑著說：「早聽你說啟京大哥老來得子，就是這孩兒咯？長得真好；啟京大哥畢竟是有福之人呢。」

二奶奶，姓辜、單名一個薇字，是當年上海新仙林的紅牌舞小姐。她送給我那個耳墜子就是新仙林舞廳裡貨腰嫦娥的認記；據說一起三十六對，皆是純金鑲鑽的珍寶，各以古代傾國傾城的美女造像雕琢而成，由舞廳大老闆姜壽芝出資鳩工打造，分贈旗下美女。如此手筆，自然引得十里洋場之上遠近馳名。好事的、好色的、好搬弄些蜚短流長的都會往新仙林走幾遭；無論能不能一親芳澤，總之有個講頭：某某在某日見識了「西施」、「貂蟬」，某某又在某日見識了「王昭君」、「楊玉環」。

久而久之，成了個傳說不盡的話題，從廣招徠的效果看，姜老闆的投資未必划不來。辜薇號稱「陳圓圓」，可她自己常打趣說吳三桂「衝冠一怒為紅顏」，那麼陳圓圓祇合是個亡國商女，所以乾脆自封「亡國奴」。

說也奇怪，像這樣一個不祥的稱謂居然炒得大紅大紫，據聞還有火山孝子專程搭飛機從重慶、武漢等內地城市到上海來，偏為一睹「亡國奴」的芳容而已。那時節，鮮有人能洞見國民政府果然在不數年間就差一點玩兒完了；更沒有誰料到「亡國奴」日後竟然成了雷不怕的第二個老婆——於是才有這二奶奶的名號。

雷不怕再推開鏡子從裡間屋出來的時候穿了件連身長袍，先前躲躲閃閃那女人還是躲躲閃閃地想要藏在雷不怕的身後溜出門去——不消說，人家怕的總不會是我和我老大哥——二奶奶倒像是好說話，祇淡淡地笑道：「咱們這兒梯磴又陡、梯間又黑，留神慢走了小姐。」接著像是眼裡再沒有那女人的樣子，轉臉對我老大哥道：「一個勁兒說要開張、要開張，偏偏徵不進什麼像樣的人物來。我拿什麼去同『三點水』那幫人搶生意啊？」說著歎了口氣，搖了搖頭，彷彿是刻意等那女人出了門，才繼續講下去：「好容易盼著個資質好點兒的，老雷又犯了毛病，非招惹招惹不可。」

那廂雷不怕關了門，拖著步子踅過來往另一張沙發裡一倒，朝我抬了抬下巴，道：「是你叔叔的——兒罷？怎麼帶到我這兒來了？」

「有位『通』字輩的前人害痔瘡，開刀住院，我原先不過就是帶著他探病去，沒打著要來——」我老大哥瞥瞥我，道：「碰上二奶奶才拐過來的。沒事兒，就走。」

「來了就來了，走什麼？」雷不怕說到這裡，忽地朝空一甩袖子，口中唸唸有詞，五根棒槌似的手指頭倏而伸出，再向上一翻攤，掌心裡憑空多出一個金元寶來，他隨即衝我齜牙一笑，道：「啟京大哥的公子初次見面，雷叔叔看個見面禮兒罷！」

「不能收、不能收！」我老大哥急得連連擺手：「這要是讓叔叔知道了，我可是吃不了兜著走。」

「你放心罷，翰卿！這是我身上的，不是搬弄來的。」雷不怕一邊說、一邊探手將金元寶揣進我懷裡。

接下來他們三個人又說了好一陣子話，我因為手上有了兩個新鮮玩意兒，一分神，便沒聽仔細。祇知道雷不怕像是為了到西門町開一家舞廳傷腦筋，剛巧要請我老大哥的朋友給幫點忙。之後又說了些什麼我就一點兒也記不得了——很可能我是胡里胡塗地在我老大哥懷裡睡著了。醒過來的時候我們倆都四仰八叉地坐上了一輛三輪車。三輪車停在我家巷子口的那一刻，他一把從我口袋裡摸出那金元寶來，放進自己的口袋，低聲囑咐道：「別說咱們上雷叔叔那兒去過，知道嗎？這個麼——你反正用不著，老大哥替你保管保管。」

我在成為一個靠寫作維生的人之前其實是很會保守祕密的。雷不怕、二奶奶辜薇以及他們送給我耳墜子和金元寶的事，我一向沒跟任何人提起。那天下午匆匆一會的情景也隨著時間流逝而與我其他的生活經驗融合成一種不確定的記憶。比方說：我在讀白先勇的小說《永遠的尹雪艷》或《金大班的最後一夜》的時候，往往會把二奶奶的髮式、衣著乃至香水氣味填充到文本之中，這在任何一個小說讀者而言都是平凡、正常、不足為奇的事。然而我們永遠不要低估那不確定的記憶悄悄改變歷史原貌的力量。我們總會不期然受這種力量的影響而在無意間扭曲了現實。

有一次我在向一群中文系的學生講授「現代小說」課程的時候一不小心脫口就把二奶奶的名字說出來，且一連說了好幾次，我卻渾然不覺。直到一個學生十分困惑地舉手發問：「請問老師『幸薇』是《台北人》裡的角色嗎？」

然而記憶之不確定也有其反向的作用——正因為我從來不曾敘述過那天下午的遭遇，日子久了，就會誤以為它根本沒有發生過。從街上的七爺、八爺到兩個赤身裸體的男女，似乎祇是一個遙遠、模糊的夢境裡的離奇影像。唯一讓我覺得困擾而無法解釋的是那個嵌了兩顆寶石的耳墜子。也幸虧我一直像保管一個重大的祕密一般地將那耳墜子收藏在一個白鐵製的餅乾盒子裡——我從小到大所有的小祕密都裝在其中——連從遼寧街老眷村搬到西藏路的公寓去的一路之上都緊抱在懷，未曾須臾離之。

有些時候我會把那餅乾盒子打開來端詳一陣，似有確認我此生的種種記憶究竟是否屬實之用心。但是每當我捧起那個耳墜子，便感受到一陣巨大的惶惑；彷彿我可以任意為它編織一個來歷、卻無法翔實地回憶起二奶奶把它塞進我手心裡的細節。換言之：那天下午在圓環附近喧鬧的街上乃至詭異的樓裡所發生的一切、也都像是被我一轂轆兒扔進了同一個餅乾盒子、封起來；與盒子裡其他的物事所不同的僅僅在於這份記憶連形體都沒有。它就像包圍在那個耳墜子四周的封閉祕密鎖的空氣一樣，環繞著幾十張圓牌、十多顆彈珠、一個沒了下半身的破布偶、還有一些我老大哥打從電影公司裡「越」回來送給我把玩的小道具——其中有一枚戒指、一方印石、一隻像手鐲一樣的玦、一個方孔古錢、一根髮簪、一塊懷錶和一管鋼筆。也就像所有孩子們的小玩意兒一樣，它們一旦被收拾起來，裝入了某個象徵祕密的盒子，便很難再重新進入真實的生活。孩子們因此在無知的失落中長大，若非忘了自己珍藏過的東西，就是忘了為什麼要珍藏那些東西。

我是直到第二次遇見雷不怕，才認真想起來：我不該忘記他以及二奶奶的。

那是非常奇特的一天——人的一生之中總會遇到那麼幾回——從早到晚有如撞了邪的一般，做什麼事都不對勁，彷彿脫逸出自己的軀殼兒的一縷遊魂，掉進另外一個人的身體裡面，過了一整日全然陌生的生活。

當時我還沒有在老漕幫那群鬼物的脅迫之下結婚，已經四十出頭的人了，仍隨著父母住在城市西南角一幢四疊的公寓眷舍底樓。偶爾寫寫稿子，湊合湊合作為一位「作家」的身分。絕大部分的時間裡，我祇是傻吃悶睡，混著無所求、無所謂也無所事事的日子。我唯一的戶外活動便是漫無目標地在住家方圓一、兩公里的範圍之內瞎逛。村子裡的長輩們見了我，總會問一聲：「吃了罷？」我一定答一聲：「吃了。」和我同輩的大多各自成家立業，早就搬出去了。

直到我再度遇見雷不怕那天為止，村子裡我這一輩兒上的祇剩孫家的小五、小六、劉家的二毛、三毛和吳家一個叫慶華的傻子。傻子見了我也會問我：「吃了罷？」我一向跟他說：「還沒呢。」不然他會一直追問下去：「那你吃的什麼？」「那你還吃了什麼？」二毛、三毛的應酬話同長輩們一般，我答起來也一般；惟獨小五、小六不一樣。我還是隻小公雞的時候曾經迷戀過小五，送給她一支不值錢的簪子，小五是不是因之而認了這個份兒？我沒膽子弄清楚。總之她始終沒嫁人，於我就是個尷尬。時日越久心越虛，連出門散步都要躲開她。好在小五是那種生活極有規律的人，幾時出入、幾時作息，比鐘錶還準；我可以經年累月不見她的面，自己還覺乎著光明磊落呢。

至於小六——事情就要從他身上說起。那天一大清早，他從南機場公寓的五樓上一躍而出，直奔竹林市而去，與他六個師父——汪勳如、李綬武、錢靜農、魏誼正、萬得福和孫孝胥——會合，同赴花蓮「榮民之家」見他另一個師父趙太初。依趙太初自己的掐算，那是他們師徒八人能團圓相見的最後一面，能見上這一面，趙太初才好安心讓一個叫做淳于方的瘋子活活勒死在棋桌上。這是枝節上的事，且先擱下不說。單說孫小六比我早一步跑了，卻刻意留下了一個撕碎了、又黏合復原的白色信封，把它揉成一朵紙花也似的玩意兒，插進一支鋼筋水泥柱子裡。插紙花的窟窿——不消說——是孫小六臨時起意，隨便伸指頭鑿的；可那朵信封紙花卻像是精心摺疊之物。我當然認得：那是我的女友紅蓮在很多年以前離我而去的時候留給我的，一個原本盛著張字謎的信封，封上並無片紙隻字，撫觸之下，勉強可以發現封紙的一角浮印著蓮狀花紋。我捻著那朵紙花，忽然有一種要倒點什麼楣的預感。幾乎就在同一刻，我的後腰眼兒教人狠狠捏了一把，「吃了罷？」說話的是吳家那傻子慶華。

我當然不理他，邁開步子穿越中華路，心想：傻子一向不敢離家太遠，我若是搶忙走出兩條街去，他便不會再纏了。然而我說過，這是從早到晚都要撞邪的一天，你一點轍都沒有；傻子隔著街亦步亦趨地跟著我直走到南海路，一邊像個小孩子唸誦兒歌似地高聲喊著：「……來——找——你——真——嗑——藥——來——找——你——真——嗑——藥——」

這一下可難為人了，路上來來往往過路的誰看見一個傻子不肯多瞄上一、兩眼呢？瞄上了他，順勢自然就瞄上了我，傻子一口一聲嗑藥，我哪裡擔待得起？說不得我撒開腿便跑，碰上南海路紅燈，索性向東轉，才轉彎、腦門卻結結實實撞上了一堵牆似的物事。睜眼想看個仔細，左眉上已經淌下來一注濕滑黏稠的玩意兒，額前金星銀星焰火似地炸了個漫天燦爛，兩個膝蓋不聽使喚就朝地下跪了。我雙掌捧住臉、滿腦子祇一個念頭：「無論如何不要一個人出入任何地方」——這是許多年以前化名「龍敬謙教授」的錢靜農在我論文口試結束之後低聲囑咐我「切記切記」的一句話。

此際果然像是有那麼一位老者，硬生生從我額前的裂縫裡蹦出來，嗡嗡營營又教訓了我一陣。我勉強睜開右眼，從睫毛和指隙間看出去，面前杵著三條怕不有尋常人腰桿一般的腿子；再勉力瞠看一眼，才發現那是兩條腿——還有一支五尺長短、頭粗尾細、狼牙棒也似的兵刃。倒提著狼牙棒的這漢子騰出空著的一隻手抄住我的左腋窩，啞嗓子低聲道：「不是告訴你真嗑藥來找你麼？」不等我答話，他虎口一提勁兒、便把我朝馬路上拋了出去，我稍稍掙了掙，發覺四肢不沾實地，本能地一閉眼，半空之中又橫過兩隻鐵鉗似的大手，端端穩穩夾緊我的腰，我一聲喊沒出口，屁股已經落在一輛廂型車門邊的座椅上。車門幾乎也就在同一瞬間向前滑上，關死了。我聽見門鎖「喀」的聲扣住，窗外那倒提著狼牙棒的漢子衝我齜了齜兩排黃板牙，顯然是笑了，登時車身一動，那笑容便向後飛快地消失。先前抓著我的腰的其中一隻手現在輕輕拍打著我的左膝蓋——

那是雷不怕的手，他接著溫聲說道：「不怕不怕，唉喲伐、這可不有幾十年了？。」

我一眼認出了他，除了依舊濃密的頭髮漫成一片灰白之外，他幾乎沒有變模樣，連皺紋都少有。他露出友善的微笑，打量著我，道：「不會叫人嗎？」

我怯怯地應付了一聲：「雷叔叔。」

在高速疾駛的車上，他益發顯得平靜從容，說：「聽說你是寫小說的？你知道吧？我上回同你見面之前，也寫過小說；兩毛錢港幣活色生香一大本。」

這樣意外且暴力的重逢並不容易鼓動我閒聊天的興致。我暗自盤算著：能不能尋機趁空跳車逃脫，也完全沒有興致知道他和前面那司機要把我帶到什麼地方去。你也寫小說？干我屁事！

雷不怕接著說：「寫著寫著，寫進去了，就過上了你寫的日子了，是吧？」

「你讓人打我一棍子就是為了跟我說這個？也太費勁了吧！」

「那不是打你，那是給你闢了一印。」雷不怕接著便兩眼直愣愣盯著前方的路面，指揮那司機從環河快速路過橋穿出竹林市，久久不再理我。

我回味著他的話，感覺的確有些玄惚——額頭捱了狼牙棒那樣結結實實的一記打，祇這一會兒工夫，就一絲不見疼了。這是什麼？闢了一印？

車行就在一瞬間堵在竹西街口，一看就明白，這是三方來車搶道、各不相讓，打成結子了。往前勉強蹭走了幾十公尺，雷不怕忽然低聲自語：「不對——」

這時，分別從左前方和右前方兩側巷子裡鑽出來的兩輛小轎車堪堪卡住了廂型車的車頭，不過幾吋隔擋，卻行不得也。此事在上下班尖峰路段並不罕見，看似就是小轎車彼此不相容讓，各欲搶一步機先。可雷不怕似乎不這樣想。他拔起窗邊的插梢，隨即滑開左側拉門，左手一揚，左前方那輛車的擋風玻璃上就出現了一個小圓洞。雷不怕隨即拉上車門，再打開我這一側的邊窗，同樣右手一揚，右前方那輛車的左前側玻璃上也登時出現了一個小圓洞——兩輛車窗都貼了反光紙，可是從小圓洞裡飄出來的白煙卻清晰可辨。雷不怕接著朝前座的司機大吼一聲：「作死的你還等什麼？」

司機高聲應了一個「是」字，猛採油門，擠開兩輛不斷從窗洞中噴出白煙的轎車，衝決向前。

到了這一刻，雷不怕再看我的眼神已經大不同於前，他的臉頰上泛起的光澤變得黯淡且陰鬱，兩頰法令紋也深刻起來。他就那樣看著我，才說：「後來我什麼也不寫了，就開始殺人了。」

雷不怕後來成了一個針客。幫會中人用語，針客，就是穿針引線，為人作嫁之人。然而，就像我先前說的：避雷針是一個多重的譬喻，針客亦然——針客手上的確有刺針一般的暗器，無堅不摧，何況車窗？而一大早傻子慶華說得也沒錯，他的話是：「針客要來找你。」

文學森林 LF0113

城邦暴力團（下）

作者

張大春

一九五七年出生。臺灣輔仁大學中文碩士。作品以小說為主，已陸續在臺灣、中國大陸、英國、美國、日本等地出版。

張大春的作品著力跳脫日常語言的陷阱，從而產生對各種意識形態的解構作用。在張大春的小說裡，充斥著虛構與現實交織的流動變化，具有魔幻寫實主義的光澤。八〇年代以來，評家、讀者們跟著張大春走過早期驚豔、融入時事、以文字顛覆政治的新聞寫作時期、經歷過風靡一時的「大頭春生活週記」暢銷現象、一路來到為現代武俠小說開創新局的長篇代表作《城邦暴力團》，以及開拓歷史小說寫法的「大唐李白」系列，張大春的創作姿態獨樹風骨。

《聆聽父親》入選中國「二〇〇八年度十大好書」，《認得幾個字》入選「二〇〇九年度十大好書」，成為唯一連續兩年獲此殊榮的作家。近作為《送給孩子的字》、《大唐李白：少年遊》、《大唐李白(二)：鳳凰臺》、《大唐李白(三)：將進酒》、《文章自在》、《見字如來》等。

封面及扉頁題字　張大春
封面插畫　張榕珊 JungShan
封面設計　日央設計
內頁設計　張添威
人物表協力　陳文楠
責任編輯　詹修蘋
行銷企劃　李倉緯
副總編輯　梁心愉
初版一刷　二〇一九年九月二日
定價　新台幣四二〇元

ThinKingDom 新經典文化
發行人　葉美瑤
出版　新經典圖文傳播有限公司
地址　臺北市中正區重慶南路一段五七號十一樓之四
電話　02-2331-1830　傳真　02-2331-1831
讀者服務信箱　thinkingdomtw@gmail.com
粉絲專頁　http://www.facebook.com/thinkingdom/

總經銷　高寶書版集團
地址　臺北市內湖區洲子街八八號三樓
電話　02-2799-2788　傳真　02-2799-0909
海外總經銷　時報文化出版企業股份有限公司
地址　桃園市龜山區萬壽路二段三五一號
電話　02-2306-6842　傳真　02-2304-9301

城邦暴力團 / 張大春作 -- 初版 -- 臺北市：新經典圖文傳播, 2019.09
2冊；14.8x21公分.--（文學森林；YY0212-YY0213）
ISBN 978-986-98015-0-8（上冊：平裝）
ISBN 978-986-98015-1-5（下冊：平裝）

863.57　　108011594